ARNE JENSEN

Etwas verborgen Schönes

ROMAN

WILHELM HEYNE VERLAG
MÜNCHEN

Der Verlag behält sich die Verwertung der urheberrechtlich geschützten Inhalte dieses Werkes für Zwecke des Text- und Data-Minings nach § 44 b UrhG ausdrücklich vor. Jegliche unbefugte Nutzung ist hiermit ausgeschlossen.

Editorische Notiz

In diesem Roman verwendet der Autor für seine Figuren auch rassistische Wörter und Konzepte, die im Kontext dieser Zeit gebräuchlich waren

Penguin Random House Verlagsgruppe FSC® N001967

2. Auflage
Originalausgabe 12/2023
Copyright © 2023 dieser Ausgabe
by Wilhelm Heyne Verlag, München,
in der Penguin Random House Verlagsgruppe GmbH,
Neumarkter Str. 28, 81673 München
Redaktion: Hanna Bauer
Umschlaggestaltung: Nele Schütz Design unter Verwendung
von AdobeStock/Adriana
Satz: Uhl + Massopust, Aalen
Druck und Bindung: GGP Media GmbH, Pößneck
Printed in Germany
ISBN: 978-3-453-42653-5

www.heyne.de

*All jenen in Bewunderung gewidmet,
die immer wieder den Mut aufbringen,
anders zu sein – auch wenn es schmerzt.*

Inspiriert durch wahre Ereignisse.

Stammbaum der Familie Rabe

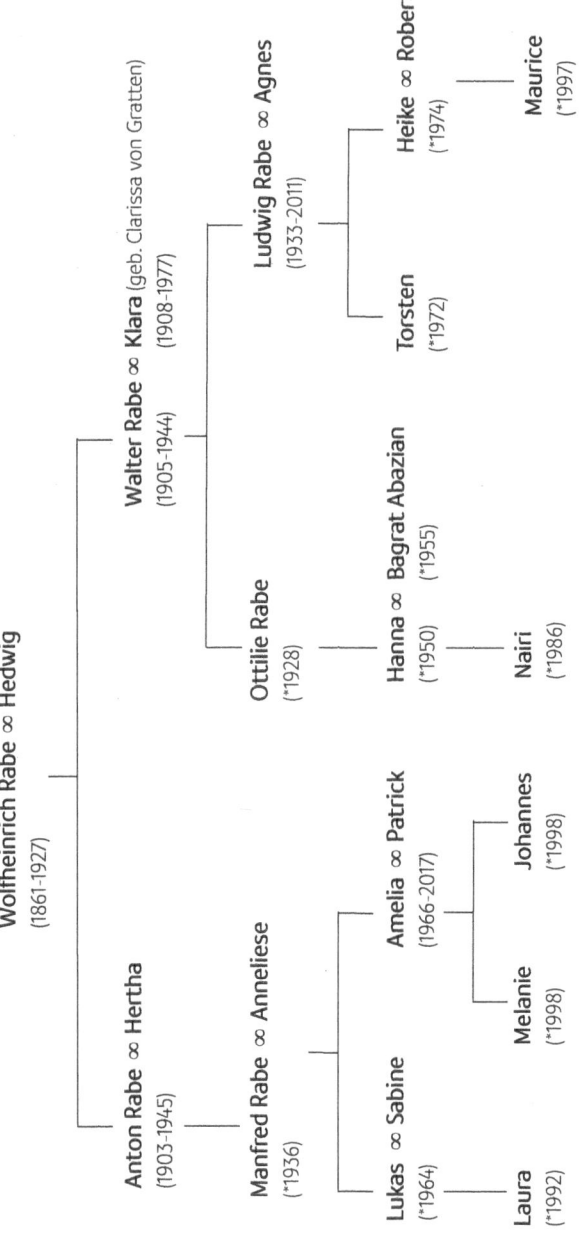

Weitere wichtige Personen:

Werner Beltheim: Kriminalrat bei der Kripo 1944

Dr. Anna Schönberg: Psychiaterin und Mitarbeiterin beim Reichsgesundheitsamt 1944

Ilse von Gratten: Ottilies Großmutter mütterlicherseits

Norbert von Gratten: derzeitiges Familienoberhaupt der Familie von Gratten, Psychologe

Dr. Eberhard „Ebbi" Luchtmann: Ottilies Lebensgefährte und Anwalt

Gernot Beyer: Kriminalbeamter des BKA im Ruhestand, jetzt Privatermittler

I

*Es gibt Augenblicke, da wir wählen müssen
zwischen einem höchst eigenen Leben
in Fülle, in Gänze und Vollendung;
oder ob wir ein falsches, oberflächliches,
entwürdigendes Leben führen wollen,
nach dem die Welt in ihrer Heuchelei verlangt.*

(Oscar Wilde, 1854–1900)

(aus: O. Wilde, *Lady Windermere's Fan*, 1893;
Übersetzung des Autors)

1

Berlin, April 1944

In der Wohnung roch es stark nach Kohlebrand. Ihre Mutter hatte wohl den Kaminzug etwas zu weit geschlossen. Oder ihr Bruder Ludwig. Zwar gab es in dem modernen Bau bereits eine Zentralheizung, aber in der Stube stand auch noch ein Ofen. Für die Gemütlichkeit. Heute Abend würde es folglich mächtig Ärger geben. Denn ihr Vater mochte den Schwefelgestank der billigen Braunkohle nicht. Und kleine Anlässe genügten, seinen Zorn zu entfachen.

Ottilie stand im Schlafzimmer ihrer Eltern. Alle nannten sie Lili, nur ihr Vater nicht. Ihr Blick war jetzt auf das große Fenster gerichtet, das zum Hinterhof wies. Durch den nur einen Spalt weit geöffneten Fensterflügel drang kühle, feuchte Luft ins Zimmer. Es hatte in den letzten Tagen immer wieder geregnet, jetzt allerdings kam die Sonne durch. Lili fühlte sich unwohl. Es schien, als wäre ihre Aufmerksamkeit in diesem Moment nur auf Kleinigkeiten gelenkt. Spuren von Straßendreck auf den Dielen. Und der Schirm hatte getropft, an der Garderobe im Flur stand sogar eine Wasserpfütze. Ja, Vater würde außer sich sein. Er liebte den hellen, frisch gewachsten Holzboden. Auf der Fensterbank und dem Sims lag etwas Schmutz. Lili erkannte auf der Anrichte eine ältere Ausgabe des *Völkischen Beobachters*. »Festung Sewastopol uneinnehmbar!«, verkündete das Blatt vollmundig. Winzig kleine Staubkörner schwebten vor ihren Augen, das Licht brach sich an ihnen als heller Pfeil und zeigte auf einen Herrenhalbschuh neben dem Bett. Dort, an dicken, glänzenden Tropfen, flammte es jäh auf in dunklem Rubinrot. Das herrlich feine Hirschleder war sicherlich ruiniert. Die Farben und kleinen Flocken, die neckisch darüber tanzten, gaben allem einen unwirklichen, beinahe zauberhaften Schimmer.

Rubin und Silberfaden, dachte sie und erinnerte sich an die Märchen, die ihre Großmutter so oft erzählt hatte. Die Edelsteine wurden von Feen im letzten Glühen des Abendlichts erschaffen, hatte sie gesagt. Und das feine Metall wurde von ihnen aus dem Tau der Wiesen am Morgen gesponnen. Vielleicht schützte dieses geheime Wissen den Menschen vor dem Irrsinn der Wirklichkeit? Ihr Onkel hatte zu Märchenmusik getanzt. Vor dem Krieg. Lili drückte das Paar abgetragener Spitzenschuhe an sich. Onkel Anton hatte schon immer Leinen bevorzugt. Folglich musste sie besonders achtgeben, denn ihre Hände waren schmutzig geworden. Mit Sorge musterte sie einen kleinen, roten Fleck auf dem Stoff. Sie würde Oma fragen, wie sie ihn wieder herausbekäme.

Während die junge Frau nur dastand, wanderte der Lichtpfeil langsam weiter zum Kopfende des Bettes. Der Körper des Vaters lag seltsam verrenkt, ein Arm auf dem Nachttisch, als hätte er eben nach einem Buch greifen wollen. Die Strahlen des harten Sonnenlichts spiegelten sich im Glas der teuren Armbanduhr. Es war gesprungen. Wie kleine Adern strebten die Risse einer Mitte zu. Fast perfekt, nur im Bereich der Zeiger waren sie leicht verschoben und eingedrückt. Lili bemerkte einen Schimmer in den Augen ihres Vaters. In ihnen lag ein Staunen, als hätten sie den Sinn des Lebens im letzten Augenblick noch erfasst. Doch sie waren trüb, in der Tiefe war nur noch ein bleiches Blau zu erahnen.

Lilis Verstand schien auf seltsame Weise blockiert. Alle Eindrücke blieben irgendwie stecken. Ihre Augen sahen zwar, ihre Ohren hörten. Sie spürte den Luftzug durch das Fenster und nahm den ungewöhnlichen Geruch im Zimmer wahr. Aber ihr Geist und ihre Sinne spielten ihr Streiche. Als würden innen und außen verschwimmen.

Und dann plötzlich drang der Lärm doch zu ihr durch. Die Sirenen. Was geschah da draußen? Ging es sie etwas an? Nur die *Öffentliche Vorwarnung*, also noch kein Grund zur Sorge für die Bewohner der umliegenden Straßen. Dennoch lösten die Geräusche Unbehagen in Lili aus, denn sie kündigten das große Unheil, den nahenden Tod, an. Ihr Heranwachsen in dieser Stadt war seit Jahren begleitet gewesen von den Ängsten der Familien und der Trauer der Witwen. Das Grauen war jedoch in den letzten Monaten immer näher gekommen. Nicht nur die Front im Osten. Der Tod in Berlin schoss jetzt aus den Wolken. Luftalarm bedeutete, dass es jeden überall zu jeder Zeit erwischen konnte. Aber obwohl Lili erst sechzehn war, wusste sie, dass das Ende auch Trost bedeuten konnte. Es hatte viele Freitode in der Stadt gegeben. Gequälte Menschen, die in ihrer Verzweiflung nicht weiterwussten, sich in die Spree oder vor die Hochbahn warfen. Soldaten auf Heimaturlaub hatten eher sich und ihre Geliebte erschossen, als wieder an die Front zurückkehren zu müssen. Natürlich stand so etwas nicht im *Völkischen Beobachter*. Oma Ilse hatte ein paar schlimme Geschichten erzählt. Und die wenigen Andeutungen aus den Briefen ihres Onkels reichten aus, dass Lili sich vorstellen konnte, wie grausam es an der Front zuging.

Vielleicht hätte sie in diesem Moment etwas fühlen müssen. Trauer und Entsetzen? Angst? Oder wenigstens eine Abscheu, denn hier lag doch der eigene Vater! Zerschlagen in seinem Blut. Eine Gestalt, die im Leben so bedrohlich gewesen war. Lili betrachtete seine bleichen Hände, feingliedrig und fast zart. Und doch brutal. Wie oft hatten sie zugeschlagen? War es also Erleichterung, die sie verspürte? Sie wusste es nicht, denn alle Gefühle schienen durch eine Art innere Erstarrung unzugänglich.

Zwölf Sekunden tönte draußen der Alarm. Und unten im Hof, auf der Straße ging das Leben weiter, als wäre nichts gewesen. Vielleicht konnte auch sie einfach in die Küche gehen?

Oder ein paar Tanzschritte in ihrem Zimmer üben? Dort, in Richtung Innenhof, war das Jaulen etwas gedämpfter zu hören. Dann kamen zwölf Sekunden Grabesstille. Es war, als hielte die Volksgemeinschaft den Atem an. Wieder der Lärm. Und die letzten zwölf Sekunden waren immer die längsten, denn mit ihnen setzten die bangen Fragen ein: Kommt der richtige Alarm? Aus welcher Richtung fliegen sie ein? Wer ist heute dran?

Die Meldung im Drahtfunk verhieß nichts Gutes. Waren Luftangriffe zu befürchten, dann wurde der Rundfunkbetrieb abgeschaltet und durch das Telefonnetz »über Draht« ersetzt. Wer einen Anschluss und ein Gerät hatte, musste es einschalten und die Meldungen mithören. Natürlich hatte ihr Vater von seiner Dienststelle einen modernen Apparat erhalten, der nicht mühsam von Hand umgeschaltet werden musste. Ein schnöder Volksempfänger wäre auch unter seiner Würde gewesen. Das hübsche Gerät von Philips hatte Lili von Anfang an fasziniert. Die Frequenzwählscheibe zeigte nämlich die Namen vieler Orte, die zum Träumen einluden: Lissabon, Neapel, Budapest, Tallin, Rom, Paris. Das Radio stand auf einer Anrichte in der Stube nahe der Tür, sodass es bei Bedarf überall in der Wohnung gut zu hören war. Nun krächzte die Stimme des Rundfunksprechers aus dem Lautsprecher: »Achtung! Achtung! Hier spricht das Flugüberwachungskommando Berlin. Wir bringen eine Luftlagemeldung. Feindliche Bomberverbände befinden sich über dem Raum Braunschweig im Anflug auf die Reichshauptstadt. Wir melden uns in Kürze wieder.«

Ihr Vater hatte auf dem Amt natürlich wieder früher von dem bevorstehenden Angriff erfahren und war aus dem Dienstgebäude an der Prinz-Albrecht-Straße nach Hause in ihre Wohnung in der Nähe des noblen Belle-Alliance-Platzes geeilt. So bekam die Familie immer die besten Plätze im Bunker an der U-Bahn-Station Kaiserhof. Oft ließ er sie auch einfach durch einen Fahrer abholen, und sie nutzten die Schutzbauten des Reichssicherheitshauptamtes, die einem unterirdischen Hotelbetrieb ähnelten.

Als ihr Vater vor einiger Zeit stark angetrunken gewesen war, hatte er bei Freunden damit geprahlt, dass der Sicherheitsdienst auf allen englischen Flugplätzen Spione beschäftigte. »Wir wissen schon alles«, pflegte er zu sagen. »Der Sicherheitsdienst kennt bereits alle Frontbewegungen, bevor die erste Granate einschlägt. Bevor Schütze Arsch überhaupt bemerkt, dass ihm die Sohlen brennen. Wir wissen sogar, welches Mundwasser Zarah Leander benutzt. Von Stalins Klopapier ganz zu schweigen.«

Lili stand da, den Mund halb geöffnet, den Blick starr nach vorn gerichtet, und sie war unfähig, sich zu bewegen. Die Welt schien stillzustehen. So wie neulich im *Astor*-Kino am Kurfürstendamm. Der Film mit Hans Albers. Das Bild hatte plötzlich angehalten. Gerade in dem Augenblick, da Albers eine Liebeserklärung hauchen wollte. Seltsam dämlich hatte er ausgesehen mit seinem halb offenen Mund und den herabgesunkenen Lidern. Nach einem Moment des Stillstands war dann das Zelluloid geschmolzen. Albers hatte sich einfach in der Hitze aufgelöst. Erst war nur ein Punkt auf seiner Wange erschienen. Ein Loch, das schnell größer wurde. Dann hatte sich die Szene in einer kleinen Stichflamme aufgelöst. Vielleicht stammte auch das Bild in diesem Schlafzimmer nur aus einem Film. Vielleicht war es gar nicht real? Vielleicht würde es sich einfach auflösen, bevor es sich für immer in ihren Verstand eingrub. Vielleicht war es nur ein Kerzenschatten, der mit dem Erlöschen des Dochts verschwand und das Grauen mit sich nahm.

Plötzlich hörte sie ihren Namen. Leise und doch energisch.

»Lili! In den Flur. Komm schon!«

Oder bildete sie sich diese bekannte Stimme nur ein?

»Herrgott, komm endlich!«

Schließlich leistete sie dem heftigen Drängen Folge. Im Treppenhaus war es gespenstisch still. War mittlerweile der Vollalarm ausgelöst worden? Sonst klackten doch wenigstens die Blechklappen der Sehschlitze an den anderen Türen, wenn jemand im Hausflur stand. Nichts. Jemand packte Lili am Arm, zog sie hinab bis zum ersten Stock, aber dort riss sie sich los.

»Die Schuhe!«, rief sie so laut, dass ihre Stimme durch das gesamte Haus hallte. Sie rannte wieder nach oben. Ihr Rock hob und senkte sich, als sie immer zwei Stufen gleichzeitig nahm. Wenig damenhaft. Sie hinkte, als sie wieder in das Schlafzimmer trat, war erleichtert. Denn dort auf dem Bett, am Fußende lagen die Ballettschuhe. Noch völlig außer Atem drückte sie sie fest an sich.

Die Dielen knarrten. Sie sprachen zu ihr. Wie oft hatte sie diesen Stimmen gelauscht, wenn sie nachts weinend im Bett lag? *Kleines Mädchen, sei nicht traurig*, hatten sie ihr zugeraunt. *Du bist doch schön. Und wunderbar. Schau her, wir trösten dich, wenn es kein anderer tut. Maikäfer, flieg!* In eine Welt ohne Schmerz und harte Worte.

Da waren aber auch die anderen Stimmen. Die dunklen, die bösen. *Nein, du dummes, hässliches Kind. Strafen werde ich dich! Denn du bist ein Teufel im Weibergewand. Du bist nur Dreck, Unrat. Unnütze Fresserin, ekelhafte Kreatur, nicht nur Wechselbalg, sondern Hautwechsler.* Und des Vaters Hand zerdrückte den feinen, kleinen Käfer im Mai. Lachend.

Lili wiegte sich im Stehen, als lauschte sie dem Schlaflied, das ihre Mutter in fernen Tagen gesungen hatte. Sie verlagerte das Gewicht von einem Bein auf das andere. Knarz. Und zurück. Knack. Hier roch es noch immer seltsam. Der Kohlebrand. Knarz und Knack. Aber da drang noch etwas anderes an die Nase, etwas beinahe Tierisches.

Schreie. Tumult. Entsetzte Nachbarn standen plötzlich im Flur der Wohnung, spähten voller Neugier und Abscheu hinein. Zentimeter für Zentimeter hatten sie sich vorgeschoben, Würmern gleich. Hatten sich gegenseitig Mut zugesprochen und eindringlich die Pflichten guter, deutscher Nachbarn betont. Der Blockleiter Baumann bellte Befehle. »Lüders zu mir!«

Der einäugige Versehrte aus dem Ersten Weltkrieg, der in der immer größer werdenden Menschentraube ganz hinten gestanden hatte, nahm zunächst Haltung an. Dann bemerkte er offenbar, dass er von seinem Standort aus dem Befehl nicht Folge leisten konnte, und schob sich vor.

»Platz da, Leute. Ich bekomme Weisung!«, rief er stolz.

»Zum Edeka runter!« rief Baumann. »Lassen Sie sich mit dem Fernsprechapparat 16 43 11 verbinden. *16 43 11*. Das ist die Kriminalpolizei am Werderschen Markt. Verstanden, Lüders?«

Der Mann nickte, stand wieder stramm.

»Gut, Lüders. Melden Sie ein Gewaltverbrechen. Ab!«

Da! Fliegeralarm. Nun wurde es wirklich ernst. Die innere Spannung der Leute im Raum stieg im Gleichklang mit den Sirenen. Wieder eine Meldung über den Drahtfunk:

»Achtung! Achtung! Hier spricht das Flugüberwachungskommando Berlin. Wir geben eine Luftlagemeldung! Der gemeldete Verband Feindflugzeuge hat seinen Kurs beibehalten und befindet sich jetzt im Anflug auf die Reichshauptstadt. Wir melden uns in Kürze wieder.«

Lili begann zu weinen. Sie rief nach ihrer Mutter, und dann bemerkte sie, wie ihr feines Höschen nass wurde. Der Urin bildete einen kurzen Moment lang eine Pfütze auf den gebohnerten Bodendielen. Und im nächsten Augenblick schon verteilte er sich in den Holzritzen. Das Rinnsal nahm Kurs auf das große Rote, das sich von rechts langsam vorschob. Als wollten sich die Säfte dort unten vereinen. Wie viel Zeit war denn vergangen? Ein Wimpernschlag? Eine Ewigkeit?

»Wo ist denn die Mutter?«, rief jemand.

Wie durch einen Schleier nahm Lili die Welt um sich herum

wahr. Alles schien verschwommen, leicht unscharf. Und es war, als steckte Watte in ihren Ohren.

»Ruft doch endlich einen Arzt!« Frau Wenders. Sie war nett.

»Der Hammer! Mein Gott, der Hammer.«

»Man wird hier alles auf den Kopf stellen!«

»Ich habe nichts zu verbergen.« Grollberg aus der Mansarde.

»Ruhe, Volksgenossen«, ging der Blockleiter dazwischen. »Wir können uns jetzt keine Unruhe leisten. Jeden Moment kann …«

Als wollte ihm die Stadt da draußen recht geben, erklangen zwei kurze Alarmtöne.

»Achtung! Achtung! Hier spricht das Flugüberwachungskommando Berlin. Wir geben eine Luftlagemeldung! Luftlage 15. Die gemeldeten Feindflugzeuge befinden sich jetzt im Anflug auf die Reichshauptstadt. Ich wiederhole. Luftlage 15.«

»Luftgefahr!«, rief jemand. Der Luftschutzwart. »Ruhe bewahren. Ihr habt es gehört, Kameraden! Wir haben eine Viertelstunde, dann knallt es hier. Ab jetzt übernehme ich, Kamerad Baumann. In fünf Minuten will ich jeden bei den Schutzräumen sehen. Volle Ausrüstung. Heute ist Kontrolle. Ist das klar? Baumann, Sie prüfen am Einlass. Los, los. Was steht ihr noch herum?«

Da. Die Hausgemeinschaft lauschte einige Sekunden, alle Hälse schienen sich nach Südwesten zu recken, länger zu werden in Erwartung des Schreckens.

In der Ferne war bereits das Knattern der Flak zu hören. Draußen auf der Straße blökte das Bosch-Horn eines *Hanomag*, dessen Fahrer wohl hoffte, noch sicher in einer Halle oder Tordurchfahrt unterzukommen. Ungeduldiges Fahrradklingeln durchzog das Viertel, es wurde geschimpft und befohlen. Dazu gaben die Kaliber 88 mm aus Lichterfelde und 105 mm von der Batterie Düppel ihr Grollen. Zeitzünder oder Kontaktzünder. Ein hohes Surren. Dann kam das typische *Wump*. Armer Maikäfer. Berlin schoss sich ein.

Das Blut am Boden erreichte den Fuß des Mädchens.

2

Berlin, September 1944

Kriminalrat Werner Beltheim spürte, dass seine Anspannung von Minute zu Minute wuchs. Er ging im Flur des Gerichtsgebäudes Moabit unruhig auf und ab, sprach hin und wieder mit sich selbst oder schüttelte den Kopf. Bis zur Verhandlung gegen Ottilie Rabe waren es noch etwa zehn Minuten. Er und die Psychiaterin Dr. Anna Schönberg waren als Zeugen geladen. Immer wenn er sich auf die Bank setzte, schien es, als ließen ihn glühende Kohlen nach ein paar Sekunden wieder aufspringen. Das letzte Mal hatte er sich so gefühlt, als seine Tochter zur Welt gekommen war.

Es schien, als wären seine Bemühungen letztlich doch umsonst gewesen. Dabei hatte er versucht, die junge Frau zu schützen, und gehofft, dass er ihr einen Prozess ersparen konnte. Er war auch für sich selbst ein hohes Risiko eingegangen. Wenn aufflog, dass er Mitarbeiter des Sicherheitsdienstes belogen hatte, dann sah es schlecht aus. Mit einer Versetzung an die Front könnte er vielleicht noch umgehen, aber seit dem Attentat auf den Führer waren auch die Familien unliebsamer Volksgenossen nicht mehr vor Verfolgung sicher. Er schwitzte und rieb sich die feuchten Hände.

Als leitender Ermittlungsbeamter in der Sache Walter Rabe hatte er die wichtigsten Dokumente mitgebracht, obwohl dem Gericht alle relevanten Beweismittel in Abschrift zugegangen waren. Mehr als vier Monate hatte ihn der Fall beschäftigt. Gegen die Widerstände aus Partei und Sicherheitsdienst hatte er versucht, einfach ordentliche Kripoarbeit zu leisten. Er kannte alle Indizien, Beweise und Verhörprotokolle. Hypothesen hatte er entwickelt und später verworfen. Und einen kurzen Moment lang hatte es so ausgesehen, als ob er und die Ärztin der jungen Frau würden helfen können.

»Sondergericht, Anna! Sondergericht!«, flüsterte er leise, aber eindringlich. Verzweiflung lag in seiner Stimme.

Dr. Schönberg saß neben ihm und nickte stumm. Sie kannte den älteren Mann seit über zehn Jahren, und zwischen ihnen hatte sich eine ungewöhnliche Freundschaft entwickelt.

»Sie wird es schaffen«, meinte sie. In ihrer Beziehung zueinander war sie der besonnenere Part. Und Beltheim wusste natürlich, dass sie ihn nur beruhigen wollte. »Setz dich, Werner. Du machst mich nervös.«

»Warum nicht Jugendgericht? Sie ist erst sechzehn.« Der Polizist sprach mehr zu sich selbst, denn eigentlich kannte der die Antwort.

»Was hast du erwartet, Werner? Den Tod eines Parteimitglieds und Mitarbeiters des Sicherheitsdiensts werden diese Leute nicht mit einem Verweis und drei Wochen Jugendarrest durchgehen lassen.«

Diese Leute. Beide wussten, dass eine derartige Bemerkung heutzutage ausreichen konnte, um von der Gestapo eingehend befragt zu werden. *Diese Leute,* das waren die ganz Strammen, die Verbohrten und besonders Harten. Die Endsieg-Apostel und Parteifanatiker. Beltheim ballte bei diesen Gedanken die Fäuste, bis die Knöchel weiß wurden und schmerzten. Denn seit Jahren fragte er sich mit immer größerer Verbitterung, was ihn eigentlich von *diesen Leuten* unterschied. Dabei hatte er anfangs noch geglaubt, er könnte die Dinge anders machen. Nun kam jedoch noch ein neues Gefühl hinzu. Durch Ottilies Verurteilung rückte die Sache verdammt nah an ihn heran. Bisher war er nur der Ermittler gewesen. Zumindest nach außen unbeteiligt. Nun aber konnten ihm die Leute vom Sicherheitsdienst – er scheute sich von jeher, sie Kollegen zu nennen – auch persönlich an den Karren fahren. Der innere Zwiespalt war kaum zu ertragen. Er wollte dieser Frau, Ottilie Rabe, helfen. Aber er wollte sich und seine Familie nicht in Gefahr bringen. Er musste eine Entscheidung treffen.

»Ich werde mir etwas ausdenken, Anna«, sagte er und gab sich entschlossener, als er es war. »Mir fällt schon etwas ein. Irgendetwas, damit man sie in Ruhe lässt!«

»Nein, das wirst du nicht tun«, entgegnete Schönberg. »Du reitest dich damit auch in die Grütze. Und für Ottilie wird es in ein paar Wochen nur umso schlimmer.«

»Es ist so weit.« Ein hagerer Mann in Anwaltsrobe hinkte ihnen entgegen. Ottilies Verteidiger. Er wirkte bieder und still, fast unterwürfig. Aber Klara Rabe hatte für ihre Tochter den besten Strafverteidiger verpflichtet, den Berlin derzeit zu bieten hatte. Beltheim wusste, dass der Mann zum Dunstkreis um den berühmten Anwalt Rudolf Dix gehörte, der mit einer eleganten Mischung aus Kritik und Opportunismus manchen Mandanten vor dem Schlimmsten bewahrt hatte. Allerdings hatte er im Laufe der Prozessvorbereitungen den Eindruck gehabt, der Mann wäre als Gärtner besser geeignet, seine Mandanten zu unterstützen.

Ruhig durchatmen, ermahnte er sich und spürte Annas Hand auf seinem Unterarm. Der Mann tut, was er kann. Wenn er dem Richter oder Beobachter von der Partei zu dumm kommt, landet er an der Front.

»Verhandelt wird der Fall 44/10 Strich R 19. Das Reich gegen Ottilie Rabe.« Wie zur Bestätigung krähte jetzt ein greiser Gerichtsdiener den Aufruf zum Beginn der Sitzung in den zugigen Flur. »Das ehrenwerte Gericht tagt unter Ausschluss der Öffentlichkeit. Zutritt nur für Prozessbeteiligte, geladene Zeugen und Beobachter.«

Die Verhandlung gegen Ottilie Rabe geriet zu einer Farce. Beltheim war vom Sicherheitsdienst instruiert worden, was er sagen durfte. Und was nicht. Wenn er nicht spurte, drohte ihm die Entlassung. Vielleicht sogar eine Versetzung an die Front. Der Beobachter der NSDAP saß neben einer Sekretärin, die das Protokoll führte. Wenn er einen Finger hob, unterbrach sie ihr Tippen. Und setzte erst wieder an, wenn er ein weiteres Zeichen gab. Mehrere Zeugen, die der Kriminalkommissar nie zuvor gesehen hatte, bekundeten zu Beginn des Prozesses Ottilies schlechten Leumund, ihre Aufsässigkeit und die mangelnde Bereitschaft, der Volksgemeinschaft dienlich zu sein. Mehrmals gelang es dem Verteidiger, die Zeugen in Widersprüche zu verwickeln. Aber jedes Mal unterbrach der Parteibeisitzer die Mitschrift, einmal wandte er sich sogar direkt an den Richter und schien ihm zu soufflieren. Dann verlas der Vorsitzende ein polizeiliches Protokoll zum Tathergang, das Beltheim – obwohl er der leitende Ermittler in dieser Angelegenheit war – in dieser Form nie zu Gesicht bekommen hatte. Auch hier verwies Ottilies Anwalt auf Unstimmigkeiten, wurde aber rüde vom Vertreter der Anklage zurechtgewiesen.

»Gerade in dieser schweren Zeit, einer Zeit, die Führer und Volk im Ringen um den edelsten Sieg zusammenschweißt, stehen die Ermittlungen und Rechtsprechung im Dienst der höheren Sache«, tönte der Reichsanwalt. »Sie werden sich diesem Dienst doch wohl nicht verweigern, Herr Kollege?«, schob er in drohendem Tonfall nach und sah zum Parteibeobachter, der sich eigene Notizen machte. »Wir können nicht auf Punkt und Komma achten, wenn es um die eine, doch so offensichtliche Wahrheit geht. Kleinsinn ist Zersetzung! Recht schützt das Ganze, nicht den Einzelnen. Und Urteile werden im Sinne völkisch-germanischen Brauchtums zum Wohle der Gemeinschaft gesprochen.«

Ottilies Verteidiger protestierte vehement und verlangte eine

Unterbrechung, die ihm jedoch nicht gewährt wurde. Stattdessen sollte Ottilie abschließend zu den Anschuldigungen Stellung nehmen.

»Fräulein Rabe, was haben Sie zu den gegen Sie erhobenen Vorwürfen zu sagen?«, fragte der Vorsitzende Richter Römmele. Im Alltag wurden alle jungen Menschen geduzt, aber hier vor Gericht waren der Abstand und die Einschüchterung durch eine förmliche Anrede natürlich beabsichtigt.

Der Mann schob seinen massigen Oberkörper nach vorn. Da er ohnehin erhöht saß, wirkte er nun beinahe bedrohlich. Beltheim hatte kurz vor dem Verfahren herausgefunden, dass Dr. jur. Karl-Heinz Römmele sehr aktiv im Rechtswahrerbund auftrat, mehrmals in Fachartikeln die Bedeutung einer harten Rechtsprechung für den Endsieg hervorgehoben hatte und natürlich Parteimitglied war.

»Ich weiß nicht«, antwortete die junge Frau nach einigem Zögern. »Ich kann mich kaum erinnern. Vater kam nach Hause … Es sollte Alarm geben. Ich war … Da war Blut …«

»Schildern Sie, was geschehen ist!«

»Ich weiß es wirklich nicht mehr. Diese Leute haben mich aus dem Zimmer geschoben. Danach. Ich meine, unsere Nachbarn. Oder die Polizei.« Sie blickte Hilfe suchend zu Beltheim. »Vorher war ich in meinem Zimmer. Im Schlafzimmer lag Papa. Ich … Es ist fast so, als wäre bei einer Filmvorführung der Strom ausgefallen.«

»Sie können sich an den Tod Ihres Vaters nicht erinnern?«, fragte der Vorsitzende mit sarkastischem Unterton. Dabei ließ er die Stimme zum Ende der Frage eine Oktave höher klingen. Eine Unart, die er sich bei Richter Freisler vom Volksgerichtshof abgeschaut hatte. »Können Sie sich denn überhaupt an etwas aus Ihrem Leben erinnern, Fräulein? Etwa an Ihr unzüchtiges Auftreten? An Ihr Fernbleiben von der Schule? Sie scheinen mir ein recht flatterhaftes Vögelchen zu sein.« Er lachte, und sowohl der Reichsanwalt als auch der Beobachter stimmten pflichtgemäß ein.

Beltheim wäre am liebsten aufgesprungen. Die Zuständigkeit eines Sondergerichts für jugendliche Straftäter war eine komplizierte Angelegenheit. Die Angeklagte konnte auf diese Weise als Jugendliche nach Erwachsenenrecht abgeurteilt werden. Als Gründe wurden fast immer eine Veranlagung zum »Schwer- und Berufsverbrecher«, zu »asozialem Verhalten« oder die »Schädigung der Volksgemeinschaft« angegeben. Das Strafmaß war ähnlich hoch wie bei Volljährigen. Immerhin durfte es für »die deutsche Frau« – so die Weisung des Führers Adolf Hitler – nicht die Todesstrafe geben.

»Herr Vorsitzender, ich darf auf das ärztliche Gutachten verweisen«, versuchte Ottilie Rabes Verteidiger erneut einen Einwand. »Außergewöhnliche Belastungen können die Erinnerung massiv beeinträchtigen. Die ...«

»Papperlapapp. Die Fakten zählen«, unterbrach ihn Römmele. »Niemand kann irgendwo sein und irgendetwas tun, ohne sich daran zu erinnern! Außer ...« Seine Stimme wurde gefährlich leise. »Außer er oder sie ist schwachsinnig.«

Anna Schönberg stöhnte leise auf. Alle im Saal schienen zu wissen, was es bedeuten würde, käme man hier auf die Idee, Ottilie Rabe doch noch für geisteskrank zu erklären. Sie würde in einer dieser »Anstalten« verschwinden. Bei ihrer Befragung versuchte die Ärztin deshalb, diesen Verdacht mit Nachdruck auszuräumen.

»Ottilie ist bei klarem Verstand«, erklärte die Psychiaterin im Zeugenstand. »Ihre Leistungen in der Schule liegen im oberen Mittelfeld. Für die Aussetzer ihrer Erinnerung gibt es plausible Erklärungen. Hochrangige Kapazitäten der Nervenheilkunde ...«

»Jüdischer Unfug, Herr Vorsitzender!«, ging der Staatsanwalt dazwischen. »Mir sind die Arbeiten dieser sogenannten Fachleute sehr wohl bekannt. Eine Zersetzung deutschen Geistes.

Zeugin! Wagen Sie es nicht, das Ansehen dieses Gerichts durch Verweise auf derart undeutsche Schriften zu beleidigen!«

»Sie wollen doch Professor de Crinis von der Charité nicht als undeutsch oder gar jüdisch bezeichnen?«, gab Schönberg zurück.

»Ja, ja. Nehmen wir einmal an, es gibt diese Aussetzer des Gehirns, wie Sie in Ihrem Gutachten behaupten, Frau Doktor«, meinte der Richter. »Die Angeklagte wurde am Tatort aufgegriffen. Sie stand neben dem Leichnam ihres Vaters, die Hand blutbesudelt. Da brauche ich keine Erinnerung der Verdächtigen, um eins und eins zusammenzuzählen!«

»Verzeihung, Herr Vorsitzender«, warf der Verteidiger zögerlich ein. »In dieser Frage muss der Zeuge Beltheim gehört werden. Schließlich war er es, der die Ermittlung von Anfang an geführt hat. Eine Entscheidung nach Aktenlage führt zu fehlerhafter Einschätzung.«

Kriminalrat Beltheim spürte ein Stechen in der Brust. In ihm baute sich eine seltsame Mischung aus Zorn und Furcht auf. Er verabscheute derartige Situationen, die ihm seine eigene Ohnmacht vor Augen führten. Er konnte gegenüber Vorgesetzten durchaus laut werden, wenn er sich überfahren fühlte. Aber wie sollte er hier reagieren? Zehn Jahre hatte er sich in diesem Staat bedeckt gehalten, meistens still seine Arbeit getan. Er hatte Kaiserreich und Republik erlebt. Und irgendwann würden auch dieser Krieg und der Führerspuk zu Ende gehen, sagte er sich oft. Bloß nicht auffallen. Und dennoch sauber bleiben. Für Ottilie Rabe hatte er sich mächtig aus dem Fenster gehängt. Er mochte diese junge Frau. Und er mochte es nicht, dass Parteiinteressen und Ideologie ihr das Leben verpfuschen konnten. Andererseits wurde sein Auftritt hier vor Gericht vom Beobachter der NSDAP genau registriert. Der Mann würde sicherlich eine Beurteilung schreiben. Und die Folgen für Beltheim und seine Familie waren kaum abzusehen.

»Sehr gut«, unterstützte der Richter ausnahmsweise den Vorschlag der Verteidigung. »Die deutsche Kriminalpolizei ist unbestechlich und unerbittlich!«

Beltheim versuchte behutsam, die gröbsten Verdrehungen im Bericht zu korrigieren, wurde jedoch bei seiner Befragung mehrmals ermahnt, bei der Sache zu bleiben. Jede Äußerung von Zweifel an den Indizien wurde vom Staatsanwalt mit Einsprüchen zurückgewiesen, denen der Richter jedes Mal stattgab. Der Parteibeobachter hob derart oft den Finger, dass die Protokollführerin wohl kaum zwei Zeilen zu Beltheims Zeugenaussage niederschreiben konnte. Es schien, als sollte auch seine Aussage nur bestätigen, was in den Köpfen der Anklagevertreter bereits zementiert war.

»Das gesamte bisherige Leben der Angeklagten ist ein klarer Verstoß gegen alles, wofür unser neues System steht«, meinte der Oberstaatsanwalt in seinem Plädoyer. Der ältere Jurist war eigens aus Leipzig von der Reichsanwaltschaft am dortigen Reichsgericht angereist. »Uns liegen zudem einige Hinweise auf rassenbiologische Fragen vor, die in naher Zukunft noch zu überprüfen sind. Natürlich würde die Feststellung einer rassischen Minderwertigkeit die eindeutig vorliegende …« Er schnaubte verächtlich. »… starke, asoziale Komponente erklären. Es gibt außerdem noch Klärungsbedarf auf polizeilicher Seite. Zeugen berichten von heftigen Auseinandersetzungen zwischen der Angeklagten und ihrem Vater. Sogar die Mutter Klara Rabe wurde verletzt! Ottilie Rabe widersetzte sich den Forderungen des Opfers, sich medizinisch untersuchen zu lassen. Sie lehnte jeden Versuch ab, eine Besserung ihrer abnormen Haltung und Eingliederung in die Gemeinschaft zu erreichen. Somit ist unzweifelhaft festzustellen, dass die Angeklagte wenigstens eine Mitschuld am Tode ihres Vaters, des mehrfach belobigten, angesehenen Parteimitglieds und Mitarbeiters der Sicherheitsbehörden Walter Rabe, trägt. Strafmildernd setze ich die offenkundige soziale Unreife und das Alter der Angeklagten an. Ich fordere deshalb die Verurteilung zu einer Zuchthausstrafe von zehn Jahren.«

Es ging ein ungläubiges Raunen durch die Reihe der wenigen Anwesenden. Ottilie Rabe schluchzte, Beltheim fluchte leise. Der Verteidiger wurde offenbar ebenfalls vom geforderten Strafmaß überrascht und ließ vor Schreck seine Aktenmappe fallen.

»Ruhe in meinem Gericht!« schnauzte Richter Römmele und schlug mit der Faust auf die Tischplatte. »Herr Verteidiger, hätten Sie die Güte, sich und Ihre Unterlagen zu sammeln? Wir haben heute noch anderes vor. Ich gebe Ihnen für den Schlussvortrag zwei Minuten. Der gesamte Kasus atmet den Geist einer widernatürlichen Unordnung. Ihr Blätterhaufen spricht Bände. Es reicht mir, die Zeit läuft!« Er sah demonstrativ auf seine Uhr. »Ich warte auf Ihr Plädoyer!«

Ottilies Rechtsbeistand gab den Versuch auf, die Aktenblätter zu ordnen. Er sah kurz zu dem Kripobeamten, als erhoffte er sich von ihm Unterstützung. Aber dann setzte er zu seinem Vortrag an, in dem er alle Zweifel an der Schuld der Angeklagten zusammenfassen wollte. Er hielt dabei die Augen geschlossen, wirkte hochkonzentriert. Beltheim wusste, dass jedes Wort wichtig – aber auch gefährlich – sein konnte.

»Erstens: Ich muss an dieser Stelle klarstellen, dass jede Form körperlicher Gewalt in der Vergangenheit nachweislich und ausschließlich vom Opfer ausging. Zweitens: Meine Mandantin wurde zwar am Tatort aufgegriffen, aber dieser Umstand lässt nicht auf ihre Täterschaft schlussfolgern. Drittens: Das rechtsmedizinische Gutachten bestätigt die Anwendung von brutaler Gewalt, zu der die Angeklagte rein körperlich nicht ...«

»Noch fünfzehn Sekunden, Herr Anwalt!«

»Ein medizinisches Gutachten bescheinigt, dass Fräulein Rabe unter keinerlei Störung an Körper und Geist leidet.«

Der Richter beendete das nervöse Stakkato, das sein Stift auf der Tischplatte aufgeführt hatte, und hob mahnend seinen Zeigefinger.

»Ja, ich ...« Der Verteidiger hob die Hände, als stünde er vor dem Lauf einer Waffe. Ihm blieb nur noch, einen Antrag für das Strafmaß zu formulieren. »Gut, dann beantragt die Verteidigung drei Monate Jugendarrest und anschließend eine noch festzulegende Dienstzeit zum Wohle der Volksgemeinschaft.«

Beltheim sackte in sich zusammen. Der geforderte Jugendarrest war nur eine Art strengere Erziehungsmaßnahme. Dass der Richter hierauf eingehen würde, war mehr als unwahrscheinlich. Hätten die Verantwortlichen diese milde Strafe in Erwägung gezogen, wäre sicher kein Sondergericht berufen worden. Ein hartes Urteil, etwa zehn Jahre Zuchthaus, würde allerdings das Leben, wie Ottilie es kannte, für immer zerstören. Beltheim fragte sich, welche Chance die junge Frau hier überhaupt gehabt hatte. Wahrscheinlich waren von Partei und SD klare Anweisungen an Richter Römmele und die Reichsanwaltschaft ergangen, die alles bereits im Voraus bestimmt hatten. Der Richter erhob sich, die anderen im Saal taten es ihm gleich.

»Das Gericht braucht keine Bedenkzeit«, meinte er. »Im Namen des Führers ergeht folgendes Urteil: Fräulein Ottilie Rabe wird bis zur Vollendung ihres achtzehnten Lebensjahres in das Jugendschutzlager Uckermark überstellt. Danach sind fünf weitere Jahre in ordnungsgemäßer Schutzhaft zu verbüßen. Mit Vollendung des einundzwanzigsten Lebensjahres kann die Reststrafe, gute Führung vorausgesetzt, zur Bewährung ausgesetzt werden.«

Anna Schönberg begann zu weinen.

»Verdammt«, flüsterte Beltheim. »Sie kommt ins KL. Sieben Jahre. Das übersteht sie nicht!« Er sah Ottilie an, die wie versteinert wirkte. Er hatte erwartet, beinahe gehofft, dass sie jetzt eine Regung zeigen würde. Weinkrämpfe, Zittern, einen Zusammenbruch, sogar einen Wutanfall, alles hätte er in einem solchen Moment verstanden. Aber sie stand stumm da. Zunächst glaubte er, ihrem Blick nicht standhalten zu können, bis er bemerkte, dass sie durch ihn hindurchsah. Es schien fast, als wäre sie gar nicht mehr anwesend.

3

Berlin, Oktober 1944

Eine Verurteilung zu Schutzhaft nahm den Betroffenen auch noch ihre letzten Rechte. Nur nahe Angehörige durften den Gefangenen schreiben, und die Zensur leitete viele Briefe nicht weiter. Das Recht, Pakete zu empfangen, hatte sich der Häftling erst durch gute Führung zu »verdienen«. Selbst Besuche nach der Verhandlung und vor dem Antritt der eigentlichen Haftzeit im Lager wurden nur in Ausnahmefällen genehmigt. Durch die Zunahme der Bombenangriffe auf die Stadt hatte es in letzter Zeit erhebliche Schäden an der Infrastruktur gegeben. Auch Ottilies Verlegung in das Jugendlager Uckermark hatte sich hierdurch verzögert. So war es der Ärztin Anna Schönberg unter Vorgabe medizinischer Gründe gelungen, sie im Gefängnis Moabit noch einmal zu besuchen.

»Was wollen Sie hier?«, fragte die junge Frau trotzig, als ein Wärter sie in den Besucherraum geführt hatte. »Es ist doch alles entschieden. Es hat nicht geklappt.«

»Hat es doch«, meinte Schönberg. »Zumindest teilweise. Es hätte auch das Fallbeil sein können. Du weißt selbst, dass sie jetzt sogar Lebensmitteldiebstähle sehr hart bestrafen. Selbst harmlose Witze bringen schnell Gefängnis ein.«

»Was ist heute schon harmlos?«, erwiderte Ottilie. »Und KL würde ich nicht unbedingt als Erfolg sehen.« Im allgemeinen Sprachgebrauch vermieden es die Leute gemeinhin, über die Konzentrationslager zu sprechen. Zwar wusste man von ihnen, aber sie zu erwähnen, beschwor scheinbar eine Art von bösem Zauber. Als fürchtete man, dadurch Unheil auf sich zu ziehen. Als Verurteilte hatte Ottilie diese Scheu vor dem Unglaublichen jedoch offenbar abgelegt.

»Natürlich nicht. Aber Kriminalrat Beltheim hat gute Kontakte zu Regierungsdirektorin Wieking. Ihr ist das Jugendlager in der Uckermark unterstellt. Und ich kenne mehrere Leute beim Jugendamt und bei der Fürsorge. Wir versuchen, dich in einer Arbeitskolonne unterzubringen, die etwas außerhalb liegt.« Die Psychiaterin sah kurz über die Schulter zum Wachposten, der jedoch die gestrige Ausgabe des *Völkischen Beobachters* durchblätterte. Sie sprach sehr leise weiter. »Wir alle wissen, dass es nur noch ein paar Wochen sind, Ottilie. Beltheim meint, dass es in zwei oder drei Monaten zu Ende ist. Waffenruhe und dann Frieden. Verhalte dich dort im Lager ruhig, und du wirst bald alles überstanden haben.«

»Aber ich bin doch verurteilt! Was soll sich ändern, wenn der Krieg vorbei ist?«

»Bitte, nicht so laut! In der BBC haben sie gesagt, dass bei Kriegsende die Lager aufgelöst und die Häftlinge entlassen werden. Vielleicht erweist es sich auf diese Weise noch als Glück im Unglück, dass sie dich ins KL schicken.«

»Papa wollte mich auch wegschicken. Wegsperren. Ungeschehen machen.« Die junge Frau wirkte von einem zum anderen Moment beinahe wieder kindlich. Sogar ihre Stimme hatte sich verändert. »Vielleicht haben sie recht? Und ich bin wirklich asozial.«

»Unsinn«, erwiderte die Ärztin mit belegter Stimme. »Ich habe viele erfahrene Kollegen, die schon vor zwanzig Jahren bestätigt haben, dass ...«

»Ich habe Angst«, unterbrach Ottilie sie.

»Es wird nicht so schlimm werden, wie du befürchtest.«

»Das meine ich nicht.« Die Jugendliche legte die Handflächen gegen die Schläfen und schien fest zuzudrücken. »Es muss doch da oben drin sein! Ich war da! Alle sagen es. Sogar Fotografien gibt es. Da stehe ich mit Blutflecken an der Hand im Schlafzimmer. Was habe ich getan?«

»Ganz ruhig. Wir haben doch darüber gesprochen, Ottilie.«

Schönberg wollte sie in den Arm nehmen, aber der Wärter wies sie zurecht und drohte, den Besuch abzubrechen.

»Wie geht es Mutti?«, wechselte Ottilie abrupt das Thema.

»Sie erholt sich. Die Sache war zu viel für sie. Erst die Schläge, jetzt die Nerven. Sie hat versprochen, sich sofort um eine Besuchserlaubnis im Schutzlager zu bemühen, wenn sie wieder auf den Beinen ist.«

»Und Ludwig?«

»Er ist jung. Du musst ihm Zeit geben. Er weiß im Moment nicht, was und wem er glauben kann.«

»Das weiß er sehr wohl!«, entgegnete Ottilie heftig. »Er war doch immer der gute Sohn von Papa! Gedeiht, wie es sein soll. Ein Führerkind. Er glaubt jeden Scheiß, den sie ihm bei den Pimpfen eintrichtern.« Sie schien kurz davor, einen Wutanfall zu bekommen.

»He! Mal janz ruhig mit die junge Pferde«, schnauzte der Wachbeamte sie an.

»Du kannst nichts erzwingen«, meinte Anna Schönberg mit sanfter Stimme. »Ich verstehe dich, aber die Dinge brauchen Zeit. Veränderungen brauchen Zeit.«

»Dürfen Sie mich da ...« Ottilie waren Tränen in die Augen getreten. »Ich meine, dürfen Sie mich weiter behandeln?«

»Ich habe dich begutachtet, nicht behandelt«, erwiderte die Psychiaterin. »Lass dir von den Leuten nichts einreden. Du bist völlig normal.« Sie sah zu dem Mann an der Tür, der seine Aufmerksamkeit allerdings wieder seinem Naseninhalt zugewandt hatte. Sie berührte Ottilies Hand, drückte sie beinahe zärtlich. »Das, was du jetzt als Schwäche und Makel empfindest, ist in Wahrheit deine größte Kraft und dein größter Schatz. Ein paar Wochen noch, Ottilie, dann beginnt eine neue Zeit. Und es wird auch deine sein.«

Ottilie blickte die Ärztin an und schwieg. Langsam trockneten die Tränen auf ihren Wangen. Sie schienen beide zu ahnen, dass sie sich das letzte Mal sahen. Und dennoch würden sie einander lange begleiten.

*

Beltheim und Schönberg gelang es tatsächlich, Ottilie in einer Außenstelle des Jugend-KLs unterzubringen. In der Nähe von Prenzlau hatte die SS auf einem Gutshof mehrere Gebäude und eine Absperrung errichten lassen.

»Rabe, Baracke drei zum Sortieren und Flicken!«, hatte sie die Aufseherin eingeteilt.

Es war eine öde und deprimierende Arbeit. Vierzehn Stunden täglich besserte Ottilie Uniformen und andere Kleidung der Wehrmacht aus. Manchmal waren die Sachen nur zerrissen. Vielleicht hatte ihr Träger einen Ast oder spitze Steine übersehen. Viel öfter jedoch musste sie Stoffreste auf jene typischen Löcher nähen, die von Kugeln und Splittern verursacht worden waren. Trotz der Arbeit der Bleichkolonne, die das Blut vor dem Ausbessern herauswaschen musste, konnte Ottilie oft noch Reste davon erahnen. Sie arbeitete an Totenkleidung, die für viele weitere – noch lebende – Tote vorgesehen war.

Ich werde abhauen, überlegte sie mehr als einmal. Und eine Flucht wäre wahrscheinlich recht einfach gelungen. Der Zaun stand nicht unter Strom und wurde nachts nur schwach beleuchtet. Es gab keine Wachtürme, keine Maschinengewehre, keine

SS-Aufseher, nur mehrere verkrüppelte Soldaten, die gerade noch zum Wachdienst taugten.

»Vergiss es, Lili«, meinte Helga Poczak, eine minderjährige Volksdeutsche, die wegen Unzucht mit Nichtariern einsaß.

Die beiden jungen Frauen hatten sich schnell angefreundet. Ottilie fühlte, dass sie eine Seelenverwandte war. Innerlich ebenso zerrissen wie sie selbst.

»Weißt du, Lili, ich bin in Polen geboren«, hatte sie gesagt. »Nach Kriegsbeginn lag mein Dorf plötzlich in Großdeutschland. Und jetzt sind da die Russen. Wer bin ich? Was bin ich? Polin oder nur Deutsche zweiter Klasse? Bin ich asozial und verwahrlost, weil ich Pavel Jankowski geküsst und gestreichelt habe?«

Helga hatte Lili erklärt, dass es dumm gewesen wäre, ohne Plan fortzulaufen.

»Willst du nach Osten? Viel Spaß mit den Russen! Sofern du durch die Frontlinie kommst.«

»In den Dörfern der Umgebung denunzieren sie dich sofort.«

»Nach Westen oder nach Berlin? Du kannst in den Städten nur untertauchen, wenn du dort viele Leute kennst.«

»Und wenn sie dich erwischen, geht es nach Ravensbrück ins große KL. Schwerstarbeit für Siemens & Halske. Pressen, Drehen und Polieren. Oder Munition ätzen, damit bringen sie dich in sechs Monaten um. Dagegen ist hier das Paradies. Ich sage dir, vergiss es.«

Anna Schönberg sollte recht behalten, denn das Reich ging unter. Aber sie hatte nicht ahnen können, dass es dabei alles andere mit sich in den Abgrund reißen würde. Nicht einmal die abgebrühtesten Parteigänger konnten ahnen, welch grausamer Veitstanz den Menschen während der letzten Kriegswochen noch bevorstehen würde. Das Jugendschutzlager Uckermark wurde gegen Ende des Jahres aufgelöst. Aber es wurde zu einem Sterbelager der Frauen aus dem KZ Ravensbrück. Die Jugendlichen mussten vier Monate lang die ausgemergelten, vergifteten, infizierten Körper »betreuen«, bis endlich der Tod gnädiger schien als jedes weitere Vegetieren.

Ottilie erfuhr davon nur durch Helga, die sie hin und wieder am Zaun des Außenlagers traf. Sie selbst war aufgrund ihres Geschicks zu einer Tuchfabrik in Prenzlau abkommandiert worden, durfte sich dort sogar relativ frei bewegen.

Helga starb an Typhus. Anfang April 1945.

4

Berlin, April 2022

Lili hatte wieder einmal einen Plan ausgeheckt. Und sie bat mich um Hilfe bei dessen Umsetzung. So machten wir es immer. Wir griffen uns unter die Arme, hakten uns unter, stützten uns gegenseitig. Obwohl wir uns auch in vielerlei Hinsicht unterschieden, funkten unsere Antennen doch oft auf gleicher Wellenlänge. Und unsere Träume flogen dann eine Zeit lang gemeinsam in dieselbe Richtung. Dieses Mal jedoch war ich überrumpelt, irgendwie ratlos.

Ich kannte Lili als einen Menschen, der nicht nur voller Ideen steckte, sondern diese Ideen auch realisierte. Es zumindest versuchte. Eigentlich müsste ich von Oma Ottilie sprechen, aber sie war eine Großmutter der besonderen Art. Wir konnten uns auf Augenhöhe begegnen. Trotz des Altersunterschieds von gut sechzig Jahren. Vielleicht hatte sie auch einfach diese besondere Kraft in sich, die es ihr erlaubte, andere so sein zu lassen, wie sie waren. Für meine Mutter war ich seit dreieinhalb Jahrzehnten Tochter. Da war immer eine Art Ungleichgewicht zwischen uns geblieben. Sie bevormundete mich nicht wirklich, aber in entscheidenden Momenten wusste sie es eben doch besser. Mein Leben durfte nach ihren Maßstäben nie gänzlich mein Leben sein. Lili hingegen hatte nichts Gluckenhaftes an sich, wir gönnten uns unsere Eskapaden und Eigenheiten. Nun jedoch hatte sie den Bock endgültig abgeschossen.

Ich scrollte durch ein paar Bilder, die sie mir geschickt hatte.

Eine ganze Galerie, die eine Mischung aus Idylle und Katastrophe zeigte. In Romanen gab es diese verwunschenen Ecken mit einem Herrenhaus in unberührter Natur. Jane Austen auf Downton Abbey, so etwas in der Art. Aber im echten Leben lauerten da nur jede Menge Arbeit und Ärger. Zudem wurde das Geld bei so etwas immer schneller verbrannt, als es gedruckt werden konnte.

»Du willst ein Landgut kaufen?«, fragte ich fassungslos und blickte zum wiederholten Mal auf das Bild einer Bruchbude, die offenbar zu einer anderen Zeit auf einem anderen Planeten ein elegantes Haupthaus gewesen war. Mir schien eine solche Entscheidung mit vierundneunzig doch etwas zu gewagt. »Verstehe ich dich richtig? Irgendeine abgewirtschaftete Klitsche, die keiner dieser Landgeier und Spekulanten haben wollte?«

»Nicht irgendeine Klitsche«, erwiderte sie. »Es ist Gut Torchau.« Sie sagte es in einem Tonfall, als müsste ich wissen, was sie damit meinte. Als ich sie nur reichlich belämmert ansah, fuhr sie fort: »In der Uckermark.«

»Die Uckermark? Da erhängen sich doch die Ratten in den Kellern. Aus Not und Langeweile.«

»Du übertreibst, Nairi. Es ist sehr hübsch dort. Gute Luft, Ruhe und viel Platz. Alles, was es hier nicht gibt.«

»Als ob dich Unruhe jemals gestört hätte.« Ich nahm mein Smartphone und navigierte mich durch die Suchfunktion meiner Map. Nichts. »Uckermark finde ich. Gut Torchau nicht.« Es verwunderte mich nicht weiter. Für Berliner hatte ländliche Umgebung immer etwas von Friedhof.

»Es ist bei Prenzlau und wurde nach der Wiedervereinigung aufgegeben. Natürlich hat man danach das wertvolle Ackerland in der Umgebung abgeteilt, aber die Gebäude und das direkte Hofland wollte niemand haben.«

Eine von zehntausend Immobilienleichen der alten DDR, dachte ich und konnte mein Entsetzen kaum verbergen. Übrig geblieben nach dem Wendeboom der Steuersparmodelle und dem längst ausgeträumten Traum der »blühenden Landschaften«.

»Unglaublich, nicht wahr?«, fuhr Lili fort. »Da steht ein ganzes Landgut drei Jahrzehnte lang leer. Du musst dir den Hof unbedingt ansehen. Schon seit der Wiedervereinigung versuchte die Treuhand, ihn zu verkaufen. Vor zwei Jahren haben dann Ebbi und ich Torchau entdeckt. Im Prinzip wurde es verschenkt. Aber niemand war so verrückt, zuzugreifen.«

»Außer dir.« Ich spürte zwar dieses Prickeln, das sich immer einstellte, wenn Lili zu neuen Abenteuern aufbrach. Aber ich befürchtete auch, diese Sache könnte eine Nummer zu groß werden. »Was willst du denn mit dem Hof? Du hast doch nicht vor, Berlin den Rücken zu kehren?«

Wir saßen in meiner Küchen-Wohnzimmer-Werkstatt und tranken Tee. Klar, wenn ich auf einer Party beim Prosecco-Schlürfen angeben wollte, nannte ich mein Zuhause ein Innenstadtloft. Aber eigentlich war es eine halb verfallene Tischlerei in einem Kreuzberger Hinterhof. Das Vorderhaus stand unter Denkmalschutz, und kein Baufahrzeug von nennenswerter Größe passte durch die Tordurchfahrt. Bisher war mein Refugium also vom Neubauwahn verschont geblieben. Reines Glück.

»Ich möchte etwas hinterlassen, das Leuten Freude macht«, meinte sie.

»Zwanzig Jahre Sanierungsarbeiten?« Lili machte es mir nicht leicht. Ich hatte einige Bekannte, die dem Häuslebau-Wahnsinn verfallen und daran beinahe zerbrochen waren. Reihenhaus mit ausgebautem Spitzboden auf einem Grundstück, das kaum zwei Saunatüchern Platz bot. Alles für lachhafte achthunderttausend. Die Ehe guter Freunde war über solchen Themen sogar zerbrochen. Ich hatte diese moderne Form der Mammon-Sklaverei nie verstanden. Planungschaos, Geldsorgen und Lärm waren in meinem Leben ohnehin ein ewig nervendes Dreigestirn und bedurften keiner weiteren Hypothek. Andererseits steckte bei Lili und Ebbi sicher kein Nestbau-Instinkt hinter dieser Entscheidung. Dass ich mir eine solche Sache partout nicht vorstellen konnte, hieß nicht zwangsläufig, dass eine über Neunzigjährige ebenso dachte. Ich entschied, dass mir die Rolle der altbackenen Bedenkenträgerin weder stand noch zustand. Und ich nahm mir vor, aus der Komfortzone des Entgeistertseins herauszukommen. Bisher waren Lili und ich mit einem Vertrauensvorschuss und einer Portion Wohlwollen immer gut gefahren.

»Ich werde es dir erklären, Nairi. Aber es ist eine lange Geschichte. Du weißt, dass ich mich immer bemüht habe, in der Gegenwart zu leben und nicht wehmütig nach hinten zu sehen. Aber Gut Torchau ist für mich wie ein Blick zurück in die Vergangenheit. Teilweise schmerzhaft, aber notwendig.«

Ich wurde hellhörig. Solche Töne kannte ich von meiner Großmutter nicht. Tatsächlich wusste ich sogar recht wenig über ihre frühe Lebensgeschichte. Sie hatte nur ein paar Dinge erzählt, die sich zu DDR-Zeiten abgespielt hatten. Sie gestattete mir hin und wieder ein paar kurze Einblicke in ihr früheres Leben. Es war, als würde man eine umfangreiche Biografie nur durchblättern. Sie hatte in den Fünfzigern eine Tischlerlehre gemacht und restaurierte seit Jahrzehnten alte Möbel, die sie aus Abrisshäusern rettete. Gegen alle Widerstände hatte sie etwas später meine Mutter adoptiert und sich als Alleinerziehende durchs Leben geboxt. Lange Zeit hatte sie am Berliner Stadtrand ein Museum geleitet, in dem vor dem Verfall gerettete Möbel aus allen Epochen des neunzehnten Jahrhunderts ausgestellt waren. In den späten Sechzigern war sie mit Menschen zusammengekommen, die man heute als queer bezeichnete. In dieser Szene war sie stets sehr aktiv geblieben. Da sie auch nie verheiratet war, machte ich mir da so meine eigenen Gedanken. Und sie war in der Tat eher ein Mensch, der nach vorn blickte. Irgendwie hatte sich zwischen uns nie das

Bedürfnis entwickelt, lang und breit über das bisher Erlebte zu sprechen. Mir war das sogar ganz recht, da es auch bei mir ein paar Dinge gab, die ich lieber in ihren Schubladen lassen wollte.

»Gut Torchau hat eine besondere Bedeutung für mich«, begann Lili. »Als ich vor zwei Jahren mitbekam, dass es für einen symbolischen Preis zum Verkauf stand, war für mich klar, was ich tun musste.«

»Hast du dort mal gelebt?«, fragte ich. »Ich dachte, du wärst schon immer in Berlin gewesen?«

»Es gibt etwas, das ich noch nie jemandem erzählt habe. Selbst deine Mutter weiß nichts davon. In meiner Jugend sind Dinge passiert, die ich irgendwie selbst nie richtig begriffen habe.« Sie wurde ernst. »Du weißt, dass während meiner Kindheit und Jugend die Nazis an der Macht waren.«

Ich hatte ein ungutes Gefühl, und mir war nicht mehr danach, Scherze über die Uckermark oder heruntergekommene Gehöfte zu machen. Ich schwieg und nickte.

»Ich wurde als Sechzehnjährige von einem Gericht in Berlin zu einer langen Haftstrafe verurteilt. Etwa ein halbes Jahr vor Kriegsende. Sie haben mich in ein Lager für Jugendliche gesteckt. Ein besonderes Lager.«

»Du warst …?« Ich mochte es kaum aussprechen. »Meinst du etwa ein KZ? Du warst in einem Konzentrationslager?« Von manchen Themen glaubte ich, dass sie niemals meine eigene Familie betreffen könnten. Nun war es so weit, und ich fühlte mich beinahe wie gelähmt.

»Ein Nebenlager von Ravensbrück.« Lili nickte. »Für asoziale und verwahrloste Mädchen. Sie nannten es Jugendschutzlager Uckermark.«

»Doch nicht Torchau?« Ich war fassungslos. »Du willst ein Haus erwerben, das zu einem KZ gehörte?«

»Nicht ganz. Ich hatte Glück im Unglück. Die Ärztin, die damals ein Gutachten für das Gericht anfertigen sollte, hat nach meiner Verurteilung alles darangesetzt, dass ich eine Arbeitsstelle in einem sogenannten Außenlager bekam. Wie sie das angestellt hat, weiß ich nicht. Und ich konnte ihr niemals dafür danken. Jedenfalls war Gut Torchau eher das, was man später ein Erziehungsheim genannt hätte. Zwar streng und vergiftet durch das NS-Weltbild, aber ich konnte dort überleben. Wir mussten Kleidungsstücke nähen und ausbessern. Für die Front. Später habe ich erfahren, wie grausam dagegen Ravensbrück und das eigentliche Lager Uckermark waren.«

»Trotzdem«, sagte ich. »Warum tust du dir das an? Die Erinnerungen müssen doch quälend sein.«

»Sind es wirklich die Erinnerungen, die uns quälen?«, fragte sie. »Oder ist es das Unverarbeitete in uns, das mit diesen Erinnerungen zusammenhängt? Genau darum geht es mir, Nairi. Dass Torchau zum Verkauf stand, war für mich ein Zeichen, dass noch etwas zu erledigen ist. Ich möchte, dass dort etwas Gutes entsteht.«

»Ich verstehe das nicht, Lili. Was hast du denn als junges Mädchen angestellt? Asozial. Ein ekelhaftes Wort. Es muss doch selbst für die Nazis irgendeinen Anlass gegeben haben, dass sie dich wegsperren wollten.«

»Ich muss einige Dinge klären, Nairi. Es gibt ein paar Geheimnisse in meinem Leben, von denen ich selbst nichts weiß.«

Ich starrte sie verwirrt an. Das Ganze klang spooky.

»In meiner Jugend sind Dinge passiert, an die ich mich nur bruchstückhaft erinnern kann«, erklärte sie mir. »Ich meine nicht, dass ich sie im Lauf der Zeit vergessen habe. Ich meine, dass sie irgendwie nie richtig da oben drin waren.« Sie tippte sich gegen die Stirn. Mit ruhiger Hand griff sie nach der Kanne und schenkte uns Tee nach. »Und außerdem ist die Story noch nicht zu Ende. Denn ich bin ein paar Jahre nach der Nazizeit noch einmal nach Gut Torchau gekommen.«

5

Ostberlin, Sommer 1952

Acht Jahre. Jahre der Unsicherheit, des Zweifels. Was um sie herum in der zerstörten Stadt geschah, geschah auch in ihr. Ottilie lebte in ihren inneren Trümmern, in denen sie herumirrte, ihre verlorene Kindheit suchte. Trümmer, die sie mühsam zu beseitigen versuchte. Eine Aufgabe, die das kleine Mädchen in ihr, das jetzt endgültig zur Frau geworden war, allzu oft überforderte. Zwar war sie noch bei ihrer Mutter gemeldet, aber sie blieb tagelang fort, lebte auf der Straße oder kam bei Zufallsbekanntschaften unter. Sie liebte das Tanzen, doch an Ballettunterricht war nicht zu denken. Also fand sie Trost in Charleston und Jitterbug. *Rum and Coca-Cola* war nicht nur das Fanal einer neuen Zeit, es war Lilis Hymne, das Menetekel ihrer frühen erwachsenen Jahre. Sie trank, sie liebte, sie schlug.

Acht Jahre waren vergangen, seit ein Nazirichter sie in ein Lager geschickt hatte. Seit nunmehr drei Jahren gab es zwei Staaten, die sich Deutschland nannten. Lili lebte im Osten der Stadt. Und jetzt war es wieder so weit. Sie wurde erneut angeklagt. Ihr Pflichtverteidiger hatte das Schreiben der Staatsanwaltschaft vorgelesen:

```
Fräulein Ottilie Rabe werden folgende Verge-
hen zur Last gelegt: Erstens mehrfach unge-
bührliches Verhalten gegenüber der Polizei
und Verwaltung. Zweitens mehrfach unzüchti-
```

ges Verhalten in der Öffentlichkeit. Drittens mehrfacher Verstoß gegen Auflagen und Anordnungen der staatlichen Fürsorge und der Arbeiterwohlfahrt. Viertens eine Vielzahl kleinkrimineller Handlungen, unter anderem Diebstahl und Straßenhandel ohne Reisegewerbekarte. Fünftens bewusste Schädigung der im Aufbau befindlichen sozialistischen Gemeinschaft der Deutschen Demokratischen Republik durch ungerechtfertigte Inanspruchnahme und Bindung wichtiger Arbeits- und Betriebsmittel.

»Wir müssen diese Anschuldigungen unbedingt ernst nehmen«, hatte der Mann gesagt. »Eine bewusste Missachtung des sozialistischen Werte- und Normensystems wird schwer geahndet. Auf dem SED-Parteitag wurden entsprechende Richtlinien verabschiedet.«

Ottilie kam es so vor, als hätte sie die Worte schon einmal gehört. Jugend hatte zu spuren. Damals, heute. Hüben wie drüben. Altes Denken in sozialistischem Anstrich. Die junge DDR glich einem pickligen Teenager mit ausgeprägtem Minderwertigkeitskomplex. Jede Bemerkung war verdächtig. Volkspolizisten hatten sie betrunken aufgegriffen. Sie trug Jeans und rauchte amerikanische Zigaretten. Eine Halbstarke!

*

»Fräulein Rabe.« Der grauhaarige Richter am Jugendgericht Mitte räusperte sich, blätterte in der Akte und musterte die Angeklagte eingehend, bevor er weitersprach. »Trotz Ihres Alters hat die Kammer entschieden, dass im vorliegenden Fall das Jugendrecht zur Anwendung kommen wird. Dabei ist insbesondere die Tatsache von Bedeutung, dass die Delikte und jenes Verhalten, über welches hier entschieden wird, bereits zu Zeiten des faschistischen Regimes ihre Ursprünge hatten. Indes muss an dieser Stelle betont werden, dass viele junge Menschen unter dem Faschismus gelitten haben, nicht nur Sie. Und diesen Menschen ist es fast immer gelungen, sich von ihren inneren Fesseln zu befreien, ohne auffällig zu werden. Sie hingegen waren jahrelang unter besondere Aufsicht der Wohlfahrt und Jugendfürsorge gestellt. Dadurch genossen Sie Privilegien, die Ihnen die sozialistische Gesellschaft teilweise bis heute gewährt. Das Gericht stellt hierzu fest: Sie, Fräulein Ottilie Rabe, haben die Möglichkeiten nicht genutzt, sich als wertvolles Mitglied dieser Gesellschaft zu erweisen. Was haben Sie dazu zu sagen?«

Lili hatte schwere Jahre auf den Straßen Berlins hinter sich und war nicht auf den Mund gefallen. Mittlerweile wusste sie sich gut zur Wehr zu setzen. Gerade diese Eigenschaft hatte ihren Verteidiger jedoch veranlasst, ihr zu raten, vor Gericht zu schweigen. Was hätte sie auf solchen Blödsinn auch erwidern sollen? Sie war in einem System der maximalen Anpassung groß geworden. Und jetzt, Mitte zwanzig, forderte ein neuer deutscher Staat wieder genau dies. Wegducken, verbiegen, einfügen. Maximale Anpassung eben. *Wertvolles Mitglied dieser Gesellschaft.* In ihr brodelte es.

»Ich deute Ihr Schweigen als erstes Zeichen der Reue. Mit viel Wohlwollen. Die Anklagepunkte wurden Ihnen durch Ihren Anwalt erläutert? Was haben Sie dazu zu sagen?«

Lili hatte Schwierigkeiten, den Ausführungen des Juristen zu folgen. Lange Reden verursachten ihr eine Art Schwindel. Sie fühlte sich dann orientierungslos. Ohnehin schien es, als hätte sie sich bereits vor Jahren im Irrgarten ihres eigenen jungen Lebens verlaufen. Sie konnte sich kaum konzentrieren und schweifte auch beim Sprechen schnell ab. Wirkliche Ruhe fand sie nur bei handwerklichen Tätigkeiten. Auch die Schulausbildung hatte sie gleich nach Kriegsende abbrechen müssen. *Aufsässigkeit und Arbeitsverweigerung* hatte das abschließende Urteil im Zeugnis gelautet. Nicht gerade hilfreich, wenn man eine Lehrstelle suchte.

»Sie haben Glück, Fräulein Rabe«, fuhr der Richter fort. »Das Gericht folgt der Argumentation Ihres Anwalts. Es gilt, das Übel an der Wurzel zu packen und zu entfernen. Ihr Vater war ein ranghoher Mitarbeiter des Sicherheitsdienstes und Mitglied der Hitlerpartei. Wir erkennen an, dass Sie selbst daran keine Schuld trifft. Dennoch sind gerade Sie geprägt durch eine unmenschliche, faschistische Erziehung, und Sie waren auch eine Nutznießerin der väterlichen Position. Die Ursache Ihrer mangelhaften Fähigkeit, sich in die neue Gesellschaft einzubringen, ist also in einer Zeit zu suchen, zu der Sie selbst minderjährig waren. Daher wird Ihnen das Gericht die Möglichkeit einer nachträglichen Reifung geben.«

Zwei Jahre Umerziehung in einem *Jugendwerkhof*, lautete das Urteil. Wahlweise sollte die Maßnahme vorzeitig als gelungen gelten, wenn Lili dort eine Lehre begann und die Beurteilungen positiv waren.

*

Vor sieben Jahren hatten die sowjetischen Truppen bei ihrem Vormarsch auf Berlin den großen Gutshof westlich der Oder als Zwischenquartier genutzt. Die damaligen Besitzer waren Hals über Kopf geflohen und bis heute nicht zurückgekehrt. Zumal sie Nutznießer der Zwangsarbeit in einem Jugendlager der Nazis gewesen waren. Da hoffte man besser darauf, im Westen unter die Decke des Vergessens kriechen zu können. Beinahe alles auf dem Hof war geplündert worden. Ein Nebengelass war abgebrannt, viele Fenster im Hauptgebäude waren zerstört und mit

Brettern notdürftig gesichert. An allen Außenwänden waren Schusslöcher zu erkennen, die kleine und größere Putzstücke aus der Fassade gerissen hatten.

Lili überkam in doppelter Hinsicht das Gefühl, in der Zeit zurückgereist zu sein, als sie zwei Wochen nach Prozessende auf dem alten Landsitz eintraf. Ein unvoreingenommener Besucher musste denken, dass an diesem Ort schon vor hundert Jahren alle Uhren stehen geblieben waren. Es gab kein Telefon, kein fließendes Wasser. Der Stromanschluss reichte gerade für ein paar Lampen und ein Radio. Wurde er überfordert, flogen die Sicherungen heraus. Holz und billige, schwefelhaltige Kohle sorgten für alles, was mit Wärme zu tun hatte: Bad, Heizen, Kochen. Eine elende, dreckige Plackerei. Aber in Lili weckte Torchau auch aus einem anderen Grund Erinnerungen, die allerdings keineswegs romantischer Natur waren. Vor fast acht Jahren war sie schon einmal hier angekommen. Nicht am Haupthaus, sondern bei einem Wirtschaftsgebäude etwa hundert Meter entfernt. Dort hatte die Kriminalpolizei Berlin in einem umzäunten Bereich eine der vielen Außenstellen des Jugendschutzlagers Uckermark eingerichtet. Nun also war es der Jugendwerkhof Uckermark. Wie es schien, konnten sich Namen ändern. Und dennoch blieben manche Dinge, wie sie waren.

Ein ausgemusterter Militärlaster brachte die jugendlichen Delinquenten bis vor das alte Gutshaus. Lili war bei Weitem die Älteste unter ihnen. *Jugendwerkhof.* Der neue sozialistische Staat wollte dort junge Menschen zu guten Genossen machen. Bisher hatte sie nur flüchtig von diesen Einrichtungen gehört, wenn sie dem Tuscheln auf den Gängen der Wohlfahrt lauschte. Dann war die Rede von Umerziehung. Von Lager, Strafen und Zwangsarbeit. Sogar Jugend-KZ hatte es ein pickliger Bursche leise genannt. Sehr leise. Wie recht er doch damit hatte, konnte nur Lili wissen. Aber sie hatte lieber den Mund gehalten.

Was hatte sie eigentlich falsch gemacht? Warum taten diese Leute ihr das an? Damals die Nazis, jetzt das neue System. Was sollte sie denn »besser« machen? Weshalb brauchte sie eine andere Erziehung? Wer entschied, was normal war?

Ja, sie war manchmal wütend. Sie konnte schimpfen wie ein Bierkutscher. Sie hatte mehreren Jungs kräftig eine verpasst, wenn sie versucht hatten, ihr dumm zu kommen. Sie trank gelegentlich zu viel Alkohol und rauchte. Und arbeiten konnte sie nur, wenn es ihr Spaß machte. Wenn sie wusste, warum sie etwas tat. Sie musste das Ergebnis ihrer Arbeit in Händen halten. Die vom Amt angeordneten Arbeitsmaßnahmen – Fließband, Packen oder Putzen – waren in den letzten Jahren sämtlich nach kurzer Zeit gescheitert.

»Lauenberg, Wiesner, Rabe, Teller. Zweiter Stock, auf Stube drei! Einweisung um fünf im Speisesaal.« Die raue Stimme des Wärters zerriss ihren Gedankenfaden.

Vielleicht musste sie tatsächlich lernen, sich einzufügen. In Regeln. In eine Ordnung. Erziehung versprach Besserung. Besserung bedeutete Anpassung. Und umgekehrt. Alle behaupteten es. Gleich werden, um nicht aufzufallen. Um nicht anzuecken. Die Anstaltskleidung bestand für alle aus grauer, grober Wolle. Gerüchten zufolge kam sie noch aus Restbeständen von der Wäschestelle des KZ Ravensbrück. Essen gab es zu festen Zeiten auf Blechgeschirr. Licht aus um zehn. Wecken um sechs.

»Nummer 05–12.« Lili reagierte nicht sofort. Zahlen gehörten für sie zu Fahrplänen und Waren, nicht zu Menschen. »05–12! Rabe, verdammt! Melden um sieben Uhr in Bereich B 7. Einteilung zum Lumpensichten und -sortieren.«

Ausgerechnet. Die dämlichste Arbeit. Vielleicht verlangte sie schlicht zu viel vom Leben. Beim Essen horchte Lili auf die Gespräche derjenigen, die schon länger hier waren. In der Tischlerei wurden offenbar fähige Lehrlinge gesucht. Nur Jungen. Natürlich.

»Rabe. Eingeteilt bei der Schneiderei«, hieß es am nächsten Tag. Typische Arbeit für Mädchen und Frauen.

Lili bekam den ersten Verweis, als sie sich einige Tage später unaufgefordert bei Harry Soltmann, dem zuständigen Tischlermeister, meldete. Drei weitere folgten, bis sie endlich doch zur Probe dortbleiben durfte. Harte Monate folgten. Sie musste beweisen, dass sie besser war als die Burschen, die über sie lachten. Viele Tränen flossen. Und sie tat, was sie immer getan hatte.

Sie überlebte.

6

Berlin, Mai 2022

Gott sei Dank, es gab sie noch. Alte, aufgelassene Fabriken in den Hinterhöfen von Kreuzberg. In meinem Fall war es ein Möbelhersteller mit Tischlerei gewesen. Familienbetrieb seit der vorletzten Jahrhundertwende. Ein alter Nachbar kannte sogar noch den letzten Besitzer.

Die Durchfahrt war für ein modernes Auto zu schmal, sodass ich meinen winzigen Klaufix-Anhänger hindurchschieben musste. Wenn ich das Werkstatttor öffnete, konnte ich den Anhänger mehr oder weniger direkt in mein Wohnzimmer schieben. Ich lebte quasi auf, mit, um, in, für meine Arbeit. Das Gebäude atmete eine Art von Beständigkeit, die mich beruhigte. Wenn ich in den kleinen Innenhof trat, streifte ich Hektik und Gewusel der Straße einfach ab. Dann noch ein Tee und der Stress fiel von mir ab. Für gewöhnlich, denn heute kam ich doch gleich wieder ins Grübeln. Was hatte sich Lili da aufgehalst? Ich nahm mein iPhone und scrollte durch die Bilder, die sie mir geschickt hatte. Torchau schien in der Art eines Dreiseithofs angelegt zu sein. Das imposante Hauptgebäude hatte etwas reizvoll Altbackenes, strahlte aber auch eine edle Würde aus. Wie eine dreißig Jahre alte Weinflasche, deren Etikett verstaubt und verblichen war. Was mochte einen erwarten, wenn man sie entkorkte? Ich vergrößerte einige Bildausschnitte. Waren die Fensterläden abgerissen und der Putz löchrig? Fehlten ein paar Dachziegel? Und war das ein Loch in dem Fensterglas? Gnädigerweise verloren sich weitere Details in der Verpixelung. Aber irgendwie konnte ich Lili auch verstehen. Diese Freude und Erwartung, wenn ich ein altes Möbelstück entdeckte. Altbacken und dennoch würdevoll. Es war mein Überraschungsei, wenn ich unter Schmutz, Lackschichten und zerschundener Oberfläche eine verletzliche Schönheit freilegte. Ich freute mich jedes Mal wie ein kleines Kind. Und ich wusste, dass Lili ebenso empfand. Aber musste es ein Landgut sein?

Ich sah auf die Uhr. Schon zwei, viel später als erhofft. Ein Kunde hatte mir lang und breit seine Vorstellungen erläutert, um nach gut zwei Stunden Beratung doch noch abzuspringen. Und ich fühlte mich zerschlagen und ausgelaugt nach einer Einkaufstour durch die Berliner Baumärkte. Manchmal brauchte ich Allerweltssachen, die dort viel preiswerter waren als im Fachhandel: Leim, Nägel, Öko-Lack, Farbpigmente und Schleifpapier. Und ich konnte auch nicht jedes Brett, das gerade fehlte, anliefern lassen. Mein Smartphone vibrierte. Es war Annika, meine beste Freundin. Ich ahnte, worum es ging.

»Du hast es versprochen!«, meinte sie nach kurzer Begrüßung und kam damit sofort zum Thema. »Die Handwerker fangen gerade an, die Wohnung zu renovieren. Ich muss jetzt zusehen, dass ich die Möbel bekomme. Und du weißt, dass Jan in dieser Hinsicht keinen Durchblick hat.«

Jan und Annika. Nach vier Jahren wollten sie jetzt in eine gemeinsame Wohnung ziehen. Selbstbau-Regale, Teekisten und Kissenstapel ade. Beide hatten beschlossen, sich neu einzurichten.

»Allzeit bereit«, erwiderte ich schicksalsergeben, aber in wenig überzeugendem Tonfall. Zweimal schon hatte ich einen verabredeten Termin platzen lassen. Ich hatte echt wenig Lust darauf, durch die bekannte Möbelkette zu hetzen. Weder stand mir der Sinn nach miefenden Echtholzimitaten aus melaminbeschichteter Pappe, noch vermochte ich mich für modulare Wohnkonzepte aus Pressspanregalen zu erwärmen. Auf der Suche nach Blechbesteck, Papierlampen und Polyester-Teppichen würde ich dann noch den Rest meines Glaubens an die Menschheit verlieren. Aber jetzt gab es kein Zurück mehr, ich musste mich meinem Geschick ergeben. Und gute Freundinnen durfte man auch nicht allzu oft beschwindeln. Also verabredeten wir uns zum Tee, um vorab einen Schlachtplan abzusprechen. Damit konnte ich leben, denn es hieß, dass ich noch eine Galgenfrist hatte.

Nach dem gescheiterten Verkaufsgespräch und der Erinnerung an das Damoklesschwert, das über mir schwebte, beruhigte mich der vertraute Duft nach Politur, Schleifstaub und Klebstoffen in meinem Werkstattbereich. Ich strich sanft über das Holz der beiden Truhen, die ich gerade aufarbeitete. Die Vorstellung, demnächst eine Art Möbel-Mastbetrieb aufsuchen zu müssen, gefiel mir gar nicht. Ich war für Biohaltung. Da tat der direkte Kontakt mit meinen Öko-Schätzchen einfach gut. Ich genoss es, als mir der Duft von Leinöl, Juchtenfett und Köndringer Pflegewachs in die Nase stieg. Trotzig entschied ich zum wiederholten Male, dass Tiere und Möbel Respekt verdienten und nicht vernachlässigt werden durften. Vielleicht konnte ich zusammen mit Lili eine Demo organisieren, die auf beider Schicksale hinwies.

Ich nahm gerade Maß an einem abgebrochenen, rostigen Scharnier und fotografierte die Schadstelle, als es läutete. Termine hatte ich nicht vereinbart, also nahm ich an, dass es der Postbote war. Die Makroaufnahme eines Wurmgangs im Eichenholz misslang ebenso wie mein Versuch, das wiederholte Schnarren der alten Hausglocke zu ignorieren. Ziemlich genervt öffnete ich schließlich die kleine Hallentür, die gleichzeitig mein Wohnungszugang war. Dieser Tag drohte eindeutig eine ungute Wendung zu nehmen.

»Nairi?«

Ich musste den Störenfried wohl ziemlich dämlich angesehen haben, denn der Mann schien stark verunsichert. Ich konnte es nicht glauben, war völlig vor den Kopf gestoßen. Vor mir stand mein Vater. Aber das konnte nicht sein, denn der Kerl war eine viel jüngere Ausgabe meines Erzeugers. Es schien, als hätte ich gerade eine Zeitreise in die Vergangenheit gemacht. Mit allen Erinnerungen, die mich wie ein Tsunami zu verschlingen drohten.

»Nairi?«, drang es erneut wie aus der Ferne eines Tunnels an mein Ohr. »Sie ... Du bist doch Nairi Abazian?«

Unmöglich! Die armenische Nase, groß und mit Buckel. Das fast schwarze, leicht gewellte Haar. Die dunklere Hautfarbe. Er war vielleicht ein paar Jahre jünger als ich. Ich brachte immer noch kein Wort heraus.

»Ich bin Levon, dein Cousin. Unsere Väter sind Brüder. Ich ... Tut mir leid, dass ich dich überfalle.« Er sah mich an. Ich machte offenbar in diesem Moment den Eindruck, als wäre mein IQ in den Minusbereich gerutscht. »Alles in Ordnung?«

Irgendwie war ich doch erleichtert. Klar, er konnte nicht Papa sein. Aber einen kurzen Moment hatte ich einen Stich in der Brust verspürt, hatte befürchtet, er wäre vielleicht mein Bruder. Ein Bruder, von dem ich bisher nichts gewusst hatte. Plötzlich kamen in mir Bilder hoch, die ich sonst lieber in den hintersten Erinnerungsschubladen versteckt hielt. Meine Eltern hatten sich getrennt, als ich zwölf war. Mein Vater, ein Armenier aus der damaligen Sowjetunion, hatte einen wissenschaftlichen Kongress genutzt, um in den Westen zu türmen. Vorher hatten sich er und meine Mutter in Ostberlin verliebt. Folglich war sie gleich mitgekommen. So weit hörte sich alles an wie ein romantisches Roadmovie. Aber danach begann für Hanna Rabe und Bagrat Abazian der Alltag im muffigen Köln der Achtziger. Liebe kann viele Tode sterben. Schon als ich sechs oder sieben war, bemerkte ich die Spannungen zwischen meinen Eltern. Geldsorgen, berufliche

Nachteile, Wohnungssuche, Vorurteile zermürbten. Meine Mutter war für die Nachbarn »die aus dem Osten«, mein Vater war »der Türke«. Womöglich pflanzte sich in beide Herzen eine Sehnsucht, die nicht gemeinsam gelebt werden konnte. Meine Mutter hatte sich entschieden, Bildhauerin zu werden, mein Vater wollte zurück in seine Heimat. Leider reagierte er wie viele Männer, die sich eingeengt fühlten. Er schlug um sich. Zwar nicht mit Fäusten, aber auch Worte konnten verletzen. Und irgendwann war zwischen den beiden der letzte Funke erloschen, das Band durchtrennt gewesen. Mein Vater war zum zweiten Mal geflohen und hatte mir damit den größten Schmerz meines Lebens zugefügt. Ich musste ihn hassen. Oder vergessen.

Nun stand ein Mann vor meiner Tür und behauptete, mit mir verwandt zu sein. Und ich redete mir seit zwanzig Jahren ein, dass mein Vater mir egal wäre. Und dann diese Angst! Eine Furcht zu erfahren, wie sein Leben nach mir und meiner Mutter aussah.

»Darf ich reinkommen?«

Endlich gab ich mir den notwendigen, inneren Tritt. Nicht einen Moment lang zweifelte ich daran, dass er die Wahrheit sagte. WTF!

»Ja. Sicher. Aber weshalb ...?«, stammelte ich.

Er hielt mir eine Flasche Wein vor die Nase, die er bisher hinter dem Rücken verborgen hatte. Wenigstens keine Blumen. Ich nahm sie ihm ab und wollte schon nach dem Korkenzieher Ausschau halten, als mir die Uhrzeit wieder einfiel. Und schließlich musste ich noch fahren. Ich war nachmittags mit Lili in der Uckermark verabredet.

»Sorry, ich wollte dich nicht überfallen«, wiederholte dieser Cousin Levon und lächelte entwaffnend.

»Mission gescheitert«, erwiderte ich immer noch überrascht. »Wie hast du mich überhaupt gefunden?«

»Ja, ich schulde dir wohl ein paar Erklärungen. Ich bin noch nicht lange in Berlin und wusste irgendwie nicht weiter. Dass du hier lebst, habe ich mal von deinem Vater aufgeschnappt.«

Aus Überraschung wurde zunehmend Verwirrung. Er kannte also meinen Vater. Er hatte mit ihm gesprochen. Natürlich. Nein, ich wollte nichts davon wissen. Oder vielleicht doch?

»Abazians gibt es nicht so häufig in Berlin.« Er zuckte mit den Schultern. »Ich musste nur ein wenig im Netz recherchieren.«

»Ja.« Mir brannten viele Fragen auf der Zunge, aber mir war selbst nicht klar, ob ich für die Antworten bereit war. »Bist du schon lange in Deutschland? Und wieso überhaupt?« Ich stotterte herum wie eine soziophobe Nerdin. »Ich meine, du hast Armenien …? Was macht denn deine Familie?«

»Eine lange Geschichte. Vater-Sohn-Sache. Er ist nicht ganz zufrieden mit meiner Berufswahl. Ich hatte den ewigen Streit irgendwann satt, habe meine Koffer gepackt und bin abgehauen. Nach einem Engagement in Dänemark habe ich fast zwei Jahre in Stuttgart gearbeitet. Und nun ist Berlin dran.«

Ich sah wieder auf die Uhr. Solche Situationen kosteten echt Kraft. Im Raum – und in mir – nahm ich eine explosive Kraft wahr, die sich jeden Moment entladen konnte. Ein Teil von mir wollte so viel wissen. Wollte alles wissen. Ein anderer Teil schmollte, blieb enttäuscht, bockig, verwundet. Das damalige Verhalten meines Vaters hatte diese Gefühle in mir hinterlassen. Und Levon bedrohte nun ein offenbar labiles Gleichgewicht aus Verdrängung und Wut. Kopf in den Sand oder face it? Nein, diese Chance durfte ich mir nicht entgehen lassen!

»Ich brauche deine Hilfe, Nairi.« Seine Stimme hatte plötzlich etwas Klägliches. »Ich weiß nicht, wohin ich soll. Ich kenne doch sonst niemanden in der Stadt. Also, niemanden, dem ich in dieser Sache vertrauen könnte.«

»Welche Sache?«, fragte ich, hellhörig geworden.

»Meine Familie will mich verheiraten!«

Wenn es mehrere Stufen der Kommunikationshölle gab, dann war ich jetzt im siebten Kreis angekommen. Ich verstand rein gar nichts. Die Weinflasche in meiner Hand wurde immer attraktiver. Mein Cousin saß jetzt auf dem beinahe fertiggestellten Biedermeiersofa. Denn ich arbeitete nicht nur an meinen vielen Schützlingen, sondern lebte auch mit ihnen, bis sie vom Auftraggeber abgeholt wurden. Wie schön wäre es jetzt, meiner lieb gewonnenen Vermeidungsstrategie zu folgen und einfach an Holz oder Skizzen zu arbeiten.

»Jetzt mal von vorn, bitte«, sagte ich. »Langsam und vor allem vollständig. Ich verstehe nur Bahnhof.«

»Kurzfassung?«

»Ja, schon, ich bin nämlich verabredet. Aber nicht zu kurz«, forderte ich ihn auf, endlich das Rätsel seines Auftauchens zu lösen.

»Ich bin Tänzer«, begann er. »Wie du dir vielleicht denken kannst, ist das nicht gerade das, was sich ein Vater in Armenien als Berufsziel für seinen einzigen Sohn vorstellt. Seit zehn Jahren habe ich deshalb Ärger mit meinem alten Herrn. Vor ein paar Jahren hatte ich die Nase voll und bin nach Kopenhagen abgehauen. Später dann Engagements in Stuttgart, jetzt hier.«

»Welche Art von Tanz?«, fragte ich.

»Ballett.«

Ich ahnte, was kommen würde.

»Als mein Vater davon erfuhr und ein Bild von mir in engem Body sah, hat er einen Tobsuchtsanfall bekommen. In unserer Heimat bist du in der Wahrnehmung vieler Leute als Mann beim Ballett im besten Fall eine Tunte, im schlimmsten Fall ein Stricher.«

Ich überlegte, wie die Helikoptereltern aus Steglitz oder Dahlem wohl reagieren würden, wenn der einzige Filius statt Jurastudium das Ballett wählen würde.

»Und was ist das mit der Heirat?«, fragte ich.

»Abgesprochen. Offiziell gibt es das zwar nicht mehr, aber

Familien mit etwas Geld oder Land verabreden sich immer noch gern. Zwecks Erhalt und Mehrung ihres Einflusses.«

Mir schwirrte der Kopf. Das Summen in den Ohren bedeutete, dass alles bereits zu viel war. Das Thema, der Tag, das Leben.

»Echt jetzt? Zwangsheirat in Armenien?«, fragte ich etwas hilflos. »Unsere ... Papa ... Wir sind doch Christen?« Mein Stammeln wurde langsam zur Methode.

»Ja, und? Es geht um Traditionen. Wahrscheinlich dreitausend Jahre alt. Es kommt zwar immer seltener vor, aber die Absprachen gibt es noch. Wir reden ja nicht über Zwangssehen, Kinderheirat oder so etwas. Sondern über Vereinbarungen zum Nutzen beider Familien.«

»Natürlich sind das auch Zwangssehen!«, rief ich empört. »Die Verbindung zweier Menschen ist doch keine Kosten-Nutzen-Rechnung.« Es fühlte sich irgendwie seltsam an, dass ich in dieser Frage die Position eines Mannes, der mir bis vor einer halben Stunde unbekannt gewesen war, verteidigte.

»Ich denke, mein Vater hat sich vor allem darauf eingelassen, damit ich dann als guter Ehemann geläutert nach Hause zurückkehre und einen in seinen Augen ordentlichen Beruf ergreife.«

Ich musste langsam los. Prenzlau war von Berlin keine Weltreise entfernt, aber vor dem Berufsverkehr graute mir. Ich hatte mit Lili keine exakte Uhrzeit vereinbart, aber sie wollte mir heute noch die Umgebung von Gut Torchau zeigen. Tageslicht wäre also entschieden von Vorteil.

»Kann ich ein paar Tage bei dir bleiben?«, fragte Levon.

Es war ihm deutlich anzumerken, dass er verzweifelt war.

»Ich kann jetzt nicht allein sein«, fuhr er beinahe flehend fort. »Ich habe noch keine echten Bekannten oder Freunde in der Stadt, die ich sonst bitten könnte.«

»Ich bin mit meiner Großmutter verabredet«, meinte ich zögerlich. »Und ich muss heute noch in die Uckermark.«

Es war nicht meine Art, jemandem Hilfe abzuschlagen, und ich fühlte mich gar nicht wohl in meiner Haut. Sollte ich ihn hier in meiner Wohnung lassen? Bei allem Urvertrauen, so gut kannte ich ihn nun doch nicht. Außerdem wäre er auch dann mit seiner Angst allein.

»Was befürchtest du denn?«, fragte ich. »Wird schon keiner kommen und dich verschleppen.« Mein Lachen klang aufgesetzt.

Er hatte jetzt den Blick eines Welpen, den man nach dem Spielen in sein Körbchen zurücksetzte. Enttäuscht, ratlos, fassungslos. Herzzerreißend, aber irgendwie auch süß.

»Doch. Ich habe Angst, dass jemand kommt«, sagte er. »Aus der Familie. Ich bin dann zu weich. Vielleicht lasse ich mich überreden. Oder sie drohen mir. Ich brauche Abstand und das Gefühl von Sicherheit.«

»Dann komm doch mit.« Ich hatte in diesem Moment keine Ahnung, wie ich Lili die Sache erklären sollte. »Ist nur übers Wochenende geplant. Wir wollen ein paar Dinge besprechen. Es geht um eine Renovierung. Und eine helfende Hand ist sicher willkommen.« Als ich den Vorschlag machte, reifte gleichzeitig der Plan. Lili war immer spontan gewesen. Wenn jemand um Mitternacht klingelte, dann öffnete sie im Nachthemd. Und wenig später konnte sie mit dem Gast schon beim Tee in der Stube sitzen. Dass ich einen Verwandten aufs Anwesen mitbrachte, würde sie kaum stören. Vielleicht ließe sich sogar eine Aufgabe für Levon finden. Lili hatte erzählt, dass es eine Menge zu tun gab. Mein Cousin konnte zwar sicher keine Zementsäcke schleppen, aber bestimmt einen Pinsel halten oder den Besen schwingen.

»Ist das eine gute Idee?«, fragte er. »Zu deiner Großmutter? Wer weiß, wie sie reagieren wird.«

»Du konntest auch nicht wissen, wie *ich* reagiere«, erwiderte ich. »Als du dich entschlossen hast, bei mir zu klingeln.« Ich überlegte. »Hast du ein paar Sachen mitgenommen? Ich meine, als du aus deiner Wohnung raus bist. Im Auto vielleicht?«

»Ich habe keinen Führerschein.«

»Dann müssen wir kurz noch bei dir vorbeifahren«, seufzte ich und sah eine weitere Stunde dahinschmelzen.

»Geht nicht. Die Brüder meiner Braut warten da.«

Die Brüder meiner Braut? Hörte sich an wie eine Happy-End-Kinoklamotte aus den Neunzigern mit Hugh Grant.

»Nicht, was du denkst«, sagte er schnell. »Sie wollen nur mit mir reden, mich überzeugen. Und ein bisschen ist es natürlich auch eine Beleidigung, wenn ich ihre Schwester zurückweise.« Er warf die Arme in die Luft und raufte sich dann das dichte, dunkle Haar. »Ich kann das nicht! Nicht im Moment jedenfalls. Ich brauche etwas Abstand.«

»Sag ihnen, dass du dich für den Beruf entschieden hast und dass es nichts mit ihrer Schwester zu tun hat.«

»Darum geht es doch gerade«, entgegnete er. »Ich habe Angst, dass ich vielleicht doch noch nachgebe. Dass sie mich überreden. Ich weiß nicht, ob du das kennst. Ich möchte einfach niemanden verletzen.«

Und wie gut ich das kannte.

»Ich bin müde«, fuhr er fort. »Meine Entscheidung damals hat viel Kraft gekostet. Und die Trennung von meiner Familie tut immer noch weh. Aber wenn ich jetzt einknicke und nach Hause zurückkehre, sterbe ich tausend kleine Tode.«

»Du kommst mit«, entschied ich für ihn. Mein Cousin gehörte offensichtlich zu den Menschen, die nicht nur für den Tanz, sondern auch für ihr Leben eine Choreografie brauchten. »Klamotten finden wir schon.«

*

Auf der A 11 in Richtung Norden waren wir natürlich nicht allein unterwegs. Wer fährt auch gegen halb fünf mit dem Auto aus Berlin heraus? Nach zwanzig Kilometern Stop-and-go wurde es endlich leerer. Eigentlich hätte ich mir jetzt lieber eine harte Arbeit vorgenommen. Schleifen mit Atemmaske oder Hobeln eines neuen Werkstücks. So etwas brachte mich auf andere Gedanken. Besser gesagt, es ließ keine Gedanken zu. Weshalb tat ich mir das an? Wieso hatte sich Oma Lili entschieden, ein uraltes Gutshaus in der Uckermark zu erwerben? Eine Abbruchbude, die dreißig Jahre lang niemand haben wollte. Als junge Frau war sie dort zwei Mal gegen ihren Willen untergebracht, besser gesagt inhaftiert worden. Ich hatte immer noch nicht verstanden, weshalb es sie jetzt wieder zurückzog.

»Eine Perle«, hatte sie am Telefon geschwärmt. Schon als sie mir das erste Mal davon berichtet hatte, war mir klar gewesen, dass sie nichts von ihrem Vorhaben abbringen konnte. Es war auch nicht meine Art, so etwas überhaupt zu versuchen.

Sicher, eine Perle. Die meisten Nebengebäude waren, so viel hatte ich auf den Bildern erkennen können, aus Plattenbeton errichtet, und über den Zufahrten prangte der in Ehrfurcht verblasste Schriftzug *LP Genossenschaft Prenzlau 1954. Bauernland in Bauernhand!* Offenbar hatten sich die Verantwortlichen damals entschieden, das Anwesen nach seiner Nutzung als Adelssitz, Jugend-KZ und Erziehungsanstalt in die Hand sozialistischer Bauernbetriebe zu geben.

Während der ersten halben Stunde schwiegen wir. Menschen, die merkten, wann es Zeit war, den Mund zu halten, waren mir grundsätzlich sympathisch. Er sah aus dem Fenster, ich auf die Rücklichter meiner Stop-and-go-Leidensgenossen. Ich fühlte mich durch die Situation unter Druck gesetzt, musste aufpassen, dass mir das Ganze nicht über den Kopf wuchs.

»Wann hast du meinen Vater das letzte Mal gesehen?«, fragte

ich, nachdem wir den Großraum Berlin hinter uns gebracht hatten.

»Vor gut zwei Jahren«, antwortete er. »Bevor ich gegangen bin.«

»Geht es ihm gut?« Meine Eltern waren bereits Mitte dreißig, als ich zur Welt kam. Mein Vater musste jetzt über siebzig sein.

»Ja, aber ich hatte nur kurze Kontakte zu ihm, wenn er meinen Vater besuchen kam. Du ...?« Er wirkte unsicher. »Ihr habt den Kontakt zueinander abgebrochen?«

Ich nickte. Meine Eltern hielten über kurze Briefe und Karten einen losen Kontakt. Ich hatte mich als Jugendliche geweigert, ihm zu schreiben oder mit ihm zu telefonieren. Und dabei war es bis heute geblieben.

»Die Abazians gelten gemeinhin als Sturköpfe«, meinte Levon und beschrieb, wie ich mich bei den Gedanken an damals fühlte.

Levon konnte nichts dafür, aber in mir braute sich etwas zusammen. Warum sollte ich mich bei meinem Vater melden? Warum blieb überhaupt immer alles an mir hängen? Konnten sich doch auch mal andere kümmern! Mein Cousin sammelte jetzt weitere Pluspunkte bei mir, indem er wieder schwieg und scheinbar die brandenburgischen Kühe zählte.

Die Fahrt dauerte gerade lange genug, um die Gewitterwolken in mir abziehen zu lassen. Wäre auch unfair gewesen, wenn ich meine Großmutter und ihren Lebensgefährten für etwas büßen ließe, wofür sie gar nichts konnten. Als mein Navi mich durch Prenzlau lotste, nahm ich das Städtchen kaum wahr. Kirche und Marktplatz mochten ganz ansehnlich wirken, aber mehr als ein großes Dorf war das hier nicht. Irgendwo am östlichen Ortsrand musste ich rechts abbiegen.

»Mit einem sehr schönen See in der Nähe«, hatte Lili bei ihren Beschreibungen noch hinzugefügt.

Pfützen, Tümpel, Teiche und Seen gab es hier mehr als genug, also musste wieder das GPS zur Orientierung herhalten. Nach ein paar Kilometern ging eine Art Feldweg von der ohnehin kruden Kreisstraße ab. Jeder blitzblanke Urban-SUV hätte dort wohl die Weiterfahrt verweigert. Mein uralter Toyota meisterte Kies und Kopfsteinpflaster jedoch mit Bravour.

Gut Torchau stand auf einem Findling am Wegrand. Entweder hatte der damals noch real existierende Sozialismus den Schriftzug übersehen. Oder er war nicht für würdig befunden worden, angerührt und beseitigt zu werden. Jetzt passte er recht gut zu dem Anwesen, auf das er hinwies und das vielleicht hundert Meter entfernt lag. Alt, verwittert, ein Relikt aus längst vergangener Zeit. Je näher ich dem Stein und der Inschrift kam, umso stärker wurde der Eindruck. Mit der schon tief stehenden Sonne im Rücken näherten wir uns dem Haupthaus.

Lili hat recht, dachte ich zuerst. Es war wie auf den Smartphone-Bildern. Eine Idylle. Dann jedoch zoomte ich in der Realität näher heran, und dieses Mal legten keine Pixel ihren gnädigen Schleier über die Szene. Ich revidierte folglich meine Einschätzung hin zu »ganz nett«, um nach weiteren zwanzig Metern bei »da muss einiges gemacht werden« zu landen. Als ich schließlich vor der maroden Haupttreppe neben einer jungen Eiche parkte, war ich nur noch zu einem »Was, um Gottes willen, findet Lili an diesem Ort?« fähig.

Wenn man schöne, alte Sachen reparierte, brauchte man neben dem handwerklichen Geschick vor allem eine Gabe. Man musste das Schöne selbst dann erkennen, wenn es unter einer dicken Staubschicht verborgen lag. Und Staub gab es auf Gut Torchau genug. Dazu noch Rost, Schimmel, abblätternde Farbe, fehlende Dachziegel, ein paar Löcher im Putz, gerissene Fundamente. Beinahe andächtig glitten meine Finger über die feinen Schmiedearbeiten und ihre Narben einer langen Zeit, die sie mit einigem Stolz zu tragen schienen. Das ausladende Geländer, soweit noch intakt, formte sich schwerelos aus oval geschwungenem Zierrat. Die Beschläge und Bänder des herrschaftlichen Portals waren Meisterarbeit. Hier zeigte sich, was ich spürte, wann immer ich an meinen alten Möbeln arbeitete: Leben war mehr als Funktion. Es war Liebe zum Detail, zum Spiel und zum verschwenderischen Geben. Jetzt ahnte ich nicht mehr nur, was Lili gefühlt haben musste, als sie diese Ruinen das erste Mal gesehen hatte. In diesem Moment wusste ich es. Wie so oft in meinem Leben schlugen in diesem Moment zwei Herzen in meiner Brust. Da rang das Empfinden für Schönheit mit dem ewigen Gegner, dem schnöden Mammon.

»Nairi, da bist du ja endlich!«

Es war Lili. Seit ich denken konnte, hatte der Klang ihrer Stimme schon alt auf mich gewirkt. Etwas heiser und leicht rauchig. Und dennoch übte diese Stimme immer noch ihre Magie auf mich aus. Sie hatte etwas Mitreißendes, Aufrüttelndes. In ihr lag eine Kraft, die erst das Leben ihr gegeben hatte. Das Äußere meiner Großmutter entsprach diesem Eindruck. Alt, aber irgendwie auch zeitlos. Wer sie sah, wurde unweigerlich an die Bäume erinnert, die an der Küste im rauen Seewind wuchsen. Knorrig, verbogen und ein bisschen widerspenstig. Aber auch robust und unbeugsam. Trotzig schien sie den Stürmen ihres Lebens standgehalten zu haben. Und ihre dunkelblauen Augen hatten den Ausdruck von Neugier und Zuversicht bewahrt, auch wenn sie in den letzten Jahren einen wässrig-milchigen Glanz bekommen hatten. Ich hatte Lili nie als gemütliches, genügsames Mütterchen erlebt. Sie stellte Ansprüche an das Leben, vertrat mit Nachdruck ihre Ansichten und konnte durchaus unleidlich werden, wenn die Dinge nicht gut liefen.

»Ich habe versucht dich anzurufen«, erwiderte ich mit müder Stimme.

»Smartphones taugen hier meist nur zum Fotografieren«,

sagte sie mit einem Lächeln. »Funkloch. Der Nachbar da drüben hat Satellitennetz mit fünf Gigabyte. Für zweihundertfünfzig Euro Grundgebühr pro Monat.«

Erst jetzt stieg Levon aus dem Wagen. Er wirkte verlegen. Wahrscheinlich fühlte er sich wie das berühmte fünfte Rad.

»Wen hast du denn da mitgebracht?«, fragte Lili, und ich stellte sie einander vor.

»Wie schön! Da ist die Familie ja doch größer, als ich dachte.« Beide waren fast sofort beim Du und kamen kurz ins Plaudern. Sie bückte sich mit einiger Mühe über ein längst verwildertes Blumenbeet und pflückte ein paar Maiglöckchen. Sie reichte den kleinen Strauß Levon, der sie mit einer Verbeugung im Stil eines spanischen Lebemanns entgegennahm. Beide lachten, und er hakte Lili unter, als sie ihren unverhofften Gast zum Hauseingang geleitete. Sie wies ihm den Weg zur Küche.

»Ich bin wirklich froh, noch jemanden aus Nairis Familie hier zu haben«, meinte sie. »Kost und Logis musst du dir allerdings durch Gartenarbeit verdienen, mein Lieber.« Sie hob ihren Zeigefinger und lachte wieder. »Trink erst einmal etwas. Ich komme gleich mit Nairi dazu. Wir brauchen am Anfang immer etwas Stille.«

Lili gehörte zu den Menschen, die einem Gast sofort das Gefühl geben konnten, zu Hause zu sein. Und Levon erging es offenbar nicht anders. Ich sah, dass sie ihm eine Art freundschaftlichen Klaps auf die Schulter gab, obwohl er sie um eine Kopflänge überragte. Dann kam sie zu mir in den Vorgarten zurück.

Ich sagte ihr, dass ich ein wenig Auslauf brauchte, und sie schlug sofort einen Spaziergang über das Gelände vor. Anscheinend hatte sie gerade einen Strauß Wildkräuter und Blumen gepflückt, denn sie führte mich als Erstes zu einem verrosteten Gartentisch, auf dem ein kleiner Blecheimer mit einem Haufen Grünzeug stand. Sie arrangierte die Blütenstände.

»Harter Tag?«, fragte sie.

Ich nickte nur, und wir schwiegen eine Weile. Eine weitere Gemeinsamkeit. Wir mussten nicht plappern, um uns zu verstehen. Ich sah mich um. Das Gelände um das alte Gutshaus war riesig. Es gab ein halb verfallenes Torhaus, mehrere Ställe und heruntergekommene Schuppen. Natürlich störten die vielen Wirtschaftsgebäude, die zu DDR-Zeiten in den 1960er-Jahren hier hochgezogen worden waren. Rostflecken quollen wie ekelhafte Pickel aus den unverputzten Plattenbauwänden. Von ihnen ging ein seltsamer Geruch nach feuchtem Mörtel und Metall aus.

»Warum, Lili?«, fragte ich.

Sie blickte sich um, dann zeigte sie auf eine Ruine. Von dem Gebäude war kaum mehr als das Fundament übrig geblieben. Daneben stand ein verrosteter und ausgeschlachteter Kettentraktor, dessen Fahrerhaus allerletzte Reste von Gelb zeigte.

»Da hinten war die Tischlerei«, sagte sie. »Da hat alles angefangen.« In ihrer Stimme lag ein Zittern, das mir schon immer angezeigt hatte, wenn sie von etwas ergriffen war.

»Hier hast du als junge Frau arbeiten müssen?«, fragte ich, und mir lief ein Schauer über den Rücken. Siebzig Jahre Vergangenheit schienen plötzlich greifbar.

»Ich habe hier meine Lehre gemacht und die Liebe zu den Materialien entdeckt, mit denen wir beide arbeiten. Jedes Mal, wenn ich etwas zusammensetze, ist es, als fügte ich etwas in mir zusammen. Du weißt, was ich meine, nicht wahr, Nairi?«

Ich nickte und fragte: »Während der Zeit, als Torchau ein Jugendwerkhof in der DDR war? Da konntest du die Ausbildung machen?«

Sie nickte. »Die Leute haben junge Menschen gequält und geschunden, aber so schlimm wie bei den Nazis war es nicht. Ich hatte Glück und habe meine Nische gefunden. Selbst im Dunkeln kann man auf gute Menschen treffen.«

»Nicht zu fassen! Du warst also jahrelang ein Landei in der Uckermark«, erwiderte ich erstaunt. »Weshalb hast du früher nie davon erzählt?«

»Na, bisher hatte ich einfach nicht die Zeit, dir die ganze Geschichte zu erzählen. Du bist ja auch noch nicht so lange in Berlin.« Sie zwinkerte mir zu.

»Bald zwölf Jahre, Lili!«

Die Zwölf machte mir Angst. Es war in meinem Leben bereits die dritte Zwölf. Bis zur Trennung meiner Eltern hatten wir in Köln gelebt. Danach war meine Mutter mit mir nach Hamburg gezogen. Jetzt Berlin. Immer zwölf Jahre. Hier wollte ich eigentlich bleiben, aber die Magie der Zahl beunruhigte mich doch.

»Zu zwei Jahren Arbeitspflicht hatten sie mich verdonnert. Der Richter meinte, ich wäre auf dem Weg zum Rowdy und zur Gammlerin. Tolle Begriffe, nicht wahr?«

Ich schwieg und stellte mir vor, wie wohl zu jener Zeit Asperger- oder ADS-Kinder und Menschen mit Lernschwäche oder Handicaps behandelt worden waren. Gruselig.

»Man wollte mir den rechten Weg weisen«, fuhr Lili fort. »Ich sollte eine gute sozialistische Heldin der Arbeit werden oder so etwas. War aber nie mein Ding. Erst haben sie versucht, mich mit allen möglichen Schikanen kleinzukriegen. Aber dann habe ich hier alles über Möbelbau gelernt.«

In der Nazizeit war Lili also eine »Asoziale«. In der DDR galt sie später als »Rowdy« und »Gammlerin«. Offenbar gab es einiges, was ich über ihre Jugendzeit nicht wusste. Ich nahm mir vor, da später nachzuhaken. Meine schlechte Laune und die Müdigkeit waren jedoch wie weggeblasen. Mit dieser Frau war es immer interessant.

»So wie hier war es oft in meinem Leben«, meinte sie. »Erst reißt es mir den Boden unter den Füßen weg. Ich stürze in bodenlose Tiefen. Und plötzlich ist da ein Lichtblick. Etwas, das mir

Halt gibt. Wie sagen die Fallschirmspringer? Es ist immer der Aufprall, der dich umbringt. Nicht der Sturz. Und einen zu harten Aufprall konnte ich bisher immer im letzten Moment verhindern. Ich war ja bereits in den Jahren vorher tief gefallen. Und der Werkhof schien das Ende zu sein. Aber die Tischlerlehre hat mich gerettet. Möbel, Holz, Werkzeuge. Gerade du kannst das verstehen, Nairi. Wenn etwas total zerschlagen und zerkratzt erscheint. Verdreckt und kaputt. Und dennoch ist da etwas, das wir entdecken und retten können. Auf Gut Torchau habe ich genau das getan. Mich selbst gefunden und gerettet.«

»Trotzdem«, sagte ich. »Heim, Anstalt, Lager. Nenne es, wie du willst. Es hört sich übel an. Ich käme nicht auf den Gedanken, mir so etwas anzutun.« Ich hatte vor Jahren eine Dokumentation über Kinderheime in Rumänien gesehen und dachte mit Grausen an die Bilder. Wahrscheinlich waren solche Einrichtungen in den 1950er-Jahren überall auf der Welt der blanke Horror. Umso weniger konnte ich verstehen, dass man freiwillig an einen solchen Ort zurückkehrte. Ich hatte vor einiger Zeit sogar eine Einladung zu einem runden Schuljubiläum nach Hamburg abgelehnt. Keine zehn Pferde brächten mich dazu, noch einmal einen Fuß in mein altes Gymnasium zu setzen, an das ich so viele üble Erinnerungen hatte. Meine lieben Mitschüler hatten mich anfangs »Urlaubsandenken« und »Türkenbraten« genannt. Als Reaktion auf das Mobbing wurde ich aufsässig und ziemlich bärbeißig – manchmal im wahrsten Sinn auch schlagfertig – und hatte mich total abgekapselt. In der Folgezeit war ich dann nur noch die »Schwarzmeerziege«. Für mich eine beschissene Zeit, die Neunziger. Erinnerungen konnten echt verdammt schmerzhaft sein. Da musste ich deren Kultstätten nicht auch noch freiwillig besuchen.

»Ich bin sogar ein Jahr länger geblieben, als ich musste«, fuhr Lili fort. »Heute glaube ich, dass der Erziehungsansatz damals gar nicht so verkehrt war. Natur, Eigenverantwortung, ein geregelter Tagesablauf, Ausbildung. Dass es oft in Zwang und Gewalt ausartete, liegt nicht am System selbst, sondern an den Menschen, die das System formen. Schließlich ist es doch immer das Verhalten von Menschen, das darüber entscheidet, ob eine Sache gut oder böse endet. Da ich älter war als die meisten, war ich nach kurzer Zeit eine Art Betreuerin für die Jugendlichen. Ich habe versucht, sie zu unterstützen. Und wir hatten auch eine Menge Spaß. Einige von denen kenne ich heute noch.«

»Aber man hört ja so einiges über diese Einrichtungen.«

»Du meinst, dass geschlagen und bestraft wurde?«

Wir nahmen auf einem vor sich hin rottenden Baumstamm Platz, den man bereits vor Jahrzehnten neben ein Werktor gerollt haben musste. Mittlerweile wirkte er vertrauenswürdiger als das Gebäude dahinter. Ich musste den Input erst einmal verdauen und schwieg.

»Ja, sie nannten es damals Züchtigung«, fügte sie hinzu. Sie rieb sich die Handrücken, und es schien, als verspürte sie dort einen alten Schmerz. »Aber es ist niemals der Rohrstock selbst, der zuschlägt. Ich habe mich damals entschieden, es anders zu machen.«

»Ach, und dann kaufst du gleich das ganze Anwesen? Hätte nicht ein Wochenende zur Miete gereicht, um deine Aufarbeitung abzuschließen?«

»Ich habe da so meine Visionen«, entgegnete sie. »Aber davon später. Ich verspreche dir, dass du mehr über mich und meine Vergangenheit erfahren wirst. Und natürlich über die Pläne mit Torchau. Außerdem ist es ein schöner Ort, um unser Treffen abzuhalten. Findest du nicht?«

Ich seufzte. Eine weitere Idee von ihr. Seit Monaten schon hatte sie vor, ihre Angehörigen zusammenzubringen. Manche von ihnen hatte sie seit Jahrzehnten nicht gesehen. Wir wollten dieses Wochenende auch dazu nutzen, um über die Planung zu sprechen.

Bei mir traf sie mit dem Thema jedoch einen wunden Punkt. Familie. Was war das überhaupt? Ich hatte doch jahrelang nur Lili und meine Mutter gehabt. Es gab keine Geschwister. Keinen Vater. Jedenfalls keinen, der anwesend war. Bereits lange bevor er meine Mutter und mich endgültig verließ, hatte er sich von uns entfernt. Erst war er zu einem Träumer geworden, der von seiner Heimat als einer Art gelobtem Land schwärmte. Er hatte mir in einer Sprache vorgelesen, die ich nicht verstand. Er hatte mir Karten und Fotografien gezeigt, deren Bedeutung sich mir nicht erschloss. Und immer hatte ich gespürt, dass er es für sich tat, nicht für mich. Dann war er verstummt, als die Resonanz ausblieb. Er hatte sich immer mehr in sich selbst zurückgezogen. Und schließlich war die ganze Wut und Frustration aus ihm herausgebrochen. Er wurde ungerecht, trank zu viel und erstickte unsere Liebe in Zorn und Geschrei.

Ich wusste, er war nach Armenien zurückgekehrt. Ich war zwölf, als er fortging. Verflixte Zwölf. Und jetzt hatte ich plötzlich einen Cousin. Und in zwei oder drei Monaten sollte sich dieses Haus mit mir zum Großteil unbekannten Angehörigen füllen?

»Ich will dir etwas zeigen, Nairi.«

Lili hatte mit mir kaum fünf Minuten auf dem morschen Stamm gesessen. Jetzt trieb es sie schon wieder an. Immer Hummeln im Hintern. Meine Großmutter, die sicherlich alles Recht der Welt hatte, im Lehnstuhl auf ihr turbulentes Leben zurückzublicken, stürzte sich also in ein neues Projekt.

Sie schob das Rolltor, neben dem wir jetzt standen, gerade so weit auf, dass wir ins Innere des Werkschuppens treten konnten. Durch die verschmutzten, blinden Fensterscheiben schien gelblich-graues Licht in den großen Raum. Es roch muffig. Aber auch irgendwie vertraut. Alles war mit uralter Baufolie abgedeckt, die an einigen Stellen eingerissen war. Staub und Plastik hatten sich in einer scheinbar untrennbaren Einheit über die Maschinen und Gegenstände gelegt. Oma zog an einem vergilbten Wachstuch und legte eine Schönheit frei. Eine Schönheit, die nur wir beide in diesem Moment als solche zu erkennen vermochten. Etwas verborgen Schönes. Vollholz, Intarsien, Drechselkunst aus der Gründerzeit. Ein Schatz unter Schichten von Lack, Beize, Klebefolie und mumifiziertem Staub.

Ich hatte schon immer ein Faible für Möbel gehabt. Wie gesagt, ich sprach nicht von jenen armen Geschöpfen, die in Millionen Kofferräumen, verpackt in Millionen graue Kartons in Millionen Wohnungen verfrachtet und unter Millionen Flüchen zusammengeschraubt wurden. Ich meinte das volle Holz, das gelegte Furnier, die gedrechselten Beine und Säulen, die gefrästen Pilaster. Ich meinte die feinen Gipsfische, die Gipsmuscheln und Gipsblumen, die – mit Resten dunkler Farbe bemalt – meine Bewunderung, Pflege und Zuwendung verdienten. Vielleicht liebte ich gerade die Verletzlichkeit dieser Kreaturen. Denn ja, sie waren für mich Geschöpfe, die ohne beachtet zu werden dennoch Jahrzehnte überstanden hatten. Viele gute Stücke hatten ihr Dasein in Kellern und Garagen gefristet, dämmerten dort ihrem endgültigen Ableben entgegen als Werkbank oder Stauraum.

Ich schlich um das herrliche Möbelstück, das jetzt vor uns stand. Ein Sekretär, weit über hundert Jahre alt. Die Ledereinlage war gerissen, das Buchenholz trocken und rau. Ich bemerkte natürlich sofort, dass ein Bein fehlte, atmete dann aber erleichtert auf. Das andere war intakt, eine Restauratorin konnte es als Muster verwenden.

»Dresden?«, fragte ich, bereits vollkommen entrückt. Die Kannelierungen an den beiden Säulenschäften des Aufsatzes erinnerten mich an die Arbeiten der Bergheim Manufaktur.

»Gehört alles zum Landgut.« Lili nickte, zwinkerte mir zu und wies mit ihrem Arm auf die anderen Stücke in der Halle. Sie war schon immer geschickt darin gewesen, die Menschen ihrer Umgebung für sich einzunehmen. Auch bei mir hatte sie gerade den richtigen Knopf gedrückt. Plötzlich fand ich ihre Idee gar nicht mehr so abwegig wie noch vor einer Viertelstunde.

7

Ostberlin, April 1954

Zehn Jahre waren seit dem Tod ihres Vaters vergangen. Ein Ereignis, das Lili immer noch unwirklich vorkam. Das sie sich immer wieder selbst bestätigen musste. Dabei hatte sie gehofft, endlich frei sein zu können von Terror und Angst. Aber die Jahre davor, die Qualen in der Schule und bei der HJ, die Erniedrigungen durch den Vater und die Selbstzweifel hatten Wunden hinterlassen, die nur langsam heilten. Obwohl die Waffen auf den Schlachtfeldern Europas schon lange schwiegen, machte Lili in dieser Zeit ihren ganz eigenen Krieg durch. Sie hatte nie zu Hitlers strahlender Jugend gehört. Und ihr Krieg hatte längst begonnen, als der Weltenbrand entflammte. Seit ihrer Kindheit kämpfte sie gegen ihren Untergang. Ihre Niederlagen waren zahlreich, ebenso wie die Narben an ihrer Seele. In manchen Nächten hatte sie nicht einmal mehr weinen können. Alle Verzweiflung schien aus ihr herausgeflossen zu sein. Vielleicht war es dieses Durchschreiten der tiefsten Täler, das sie veränderte. Vielleicht aber hatte ihr immer schon eine geheime Kraft innegewohnt, die nur freigelegt werden musste. Ja, ein Geheimnis war es, das sie hütete. Erst hatte es sie belastet. Aber sie spürte, dass es auch der Beginn einer Befreiung sein konnte.

»Fräulein Rabe«, meinte der Funktionär in feierlichem Tonfall. Der rundliche Mann reiste halbjährlich eigens aus der Hauptstadt der DDR an, um zur Entlassung mehrerer Jugendlicher, die ihre Zeit verbüßt hatten, Lobeshymnen auf die neuen Ideale zu singen. Er hielt jetzt eine Urkunde in den Händen. »Ich freue mich, dass die zentrale Kommission der Jugendwohlfahrt Ihre Erziehung im sozialistischen Geiste für gelungen und abgeschlossen hält. Wegen guter Führung ist die angeordnete Maßnahme mit sofortiger Wirkung zu beenden.«

Offenbar brauchen wir Deutsche für alles eine Führung, dachte Ottilie und lächelte.

»Jawoll!«, rief der Redner in Verkennung ihrer Reaktion. »Da ist es! Das strahlende Lächeln einer neuen Generation, die den Idealen unserer Bewegung zum Sieg verhelfen wird! Bravo! Vom heutigen Tage an sind Sie, Fräulein Rabe, ein vollwertiges Mitglied der sozialistischen Gemeinschaft der Deutschen Demokratischen Republik. Bollwerk gegen Faschismus und Ausbeutung.« Er winkte jetzt beinahe fröhlich mit der Urkundenmappe, die bereits einige Schweißflecken zeigte, die seine feuchten Hände darauf hinterlassen hatten. »Liebe Genossen und Genossinnen des Jugendwerkhofs Torchau, ich darf Ihnen die Grußworte unseres FDJ-Bezirksleiters ... In Anerkennung der Leistungen ...«

»Du kannst raus«, flüsterte Greta. »Berlin wartet auf dich!«

Vor diesem Moment hatte sich Lili lange gefürchtet. Sie wusste selbst nicht genau, weshalb. Vielleicht war sie wie das Kaninchen, das sie als Kind im nahen Kleingarten hatte freilassen wollen. Es saß kurz vor dem Käfig, beäugte die unbekannte, freie Welt ziemlich ratlos und kehrte wieder in sein Gefängnis zurück. Dort war es sicher, dort gab es Futter. Das Tier kannte nur das.

Die Feier ging zu Ende, der Funktionär gab Lili zum Abschluss die Hand. Weich, warm, feucht. Sie lächelte nur gequält. Und verzog sich kurz darauf zum Rauchen.

»Ich bin Mitte zwanzig und weiß nicht, wohin ich gehöre«, gestand sie Greta, als sie sich eine billige F6 teilten.

»Zu mir!« Die Freundin sah sich hastig um und küsste Lili.

Ihre Liebe. Ihr Geheimnis.

Immer gibt es irgendwelche Geheimnisse, dachte Lili und drückte die Kippe mit einer wütenden Bewegung aus. Intime Beziehungen zwischen den Jugendlichen des Werkhofs waren untersagt. Lili und Greta teilten sich ein Zimmer. Und niemand sollte von ihrer Beziehung wissen, obwohl sie beide längst volljährig waren. Auch das neue Deutschland hatte eben seine Vorbehalte. Dass Greta eine dreijährige Tochter hatte, machte die Sache nicht einfacher. Warum nur musste alles so kompliziert sein?

»Und wie soll ich bei dir sein, wenn ich jetzt nach Berlin gehe?«, fragte Lili in gereiztem Tonfall. »Schon mal daran gedacht?«

»Komm mal runter von der Palme, Lili. Hier drinnen gibt es Leute, die würden alles dafür tun, um an deiner Stelle zu sein. In drei Monaten wird über meinen Antrag entschieden. Die Leiterin glaubt, dass sie mich wegen Hanna nicht länger hierbehalten können. Krippenplatz nur bis drei Jahre, und sie wird bald vier. Du kannst dich in Berlin umschauen. Arbeit und Wohnung. Dann sehen wir weiter.«

»Ich bleibe.«

»Hast du sie noch alle? Warum?«

»Die Lehre.« Lili zwang sich, ihre Kurzsilbigkeit zu überwinden. Sie war im Laufe der Jahre eine Meisterin der Vermeidung geworden. »Harry kann mir noch Sachen beibringen, nach einer solchen Stelle müsste ich in Berlin lange suchen. Noch dazu als Frau. Und ein paar Leute hier sind mir echt ans Herz gewachsen.«

»Du spinnst ja total!«

»Kannst dich auch freuen«, meinte Lili. »Zeit für uns.«

»Hast du nicht zugehört? In drei Monaten kann ich von hier verschwinden. Und ich werde es tun, Lili. Mich halten an diesem kranken Ort keine zehn Pferde.«

Lili wusste, dass ihre Freundin im Grunde recht hatte. Torchau war beileibe keine Idylle, in der junge Menschen zu sich und ihrem Lebenssinn finden konnten. Harte Arbeit, schlechtes

Essen, meist lieblose Betreuung, manchmal körperliche Bestrafung und sehr oft seelische Schmerzen. Und dennoch. Lili hatte gelernt, sich in dieser Umgebung zu behaupten. Sie war für viele Jugendliche eine Vertraute und vermittelte oft zwischen ihnen und der Heimleitung. Es war eine Gratwanderung, manchmal ein Eiertanz. Aber sie erwies sich als geschickt darin, die Herausforderungen zu meistern. Das erste Mal in ihrem Leben hatte sie hier das Gefühl, etwas geben zu können, nicht unnütz oder gar abgelehnt zu sein. Zudem hatte sie in den letzten beiden Jahren in Tischlermeister Harry Soltmann einen Fürsprecher und Mentor gefunden. Der Handwerker hatte schnell erkannt, dass Lili für Feinarbeiten besonders begabt war, sodass er ihr die Plackerei, die einem Schwielen einbrachte, meist abnahm. Die Tischlerei hatte sogar mehrere Belobigungen erhalten.

Greta schüttelte nur wütend den Kopf und ging davon. Lili wusste, dass das Kind nicht der einzige Grund war, aus dem man ihre Freundin vorzeitig aus der Erziehungsmaßnahme entlassen werden würde. Denn Greta war schwer krank. Sie hatte seit ihrer Geburt Zucker. Wohl nicht die schwerste Form, aber schwer genug, um bedrohlich zu sein. Erst seit drei Jahren bekam sie einigermaßen regelmäßig Insulin. Sie hatte sich mehrmals schwere Infektionen zugezogen, wenn die Medikamente nicht rein gewesen oder Kanüle und Glasspritze nicht gut ausgekocht waren. Zudem hatte sie nie richtig gelernt, mit der Krankheit umzugehen. Wenn es Kuchen gab, stopfte sie ihn in sich hinein wie alle anderen auch.

Ottilie handelte in den nächsten Tagen mit der Heimleitung einen bezahlten Arbeitsvertrag aus. Sie würde ein weiteres Jahr bleiben und konnte nebenbei ihre Tischlerlehre bei Harry Soltmann zu Ende bringen. Greta sprach eine Woche lang kein einziges Wort mit ihr. Ottilie litt, aber sie ließ sich nichts anmerken, stürzte sich in die Arbeit. Aus Berlin wurde immer wieder Mobiliar angefahren, das einst wertvoll gewesen, aber durch lieblose Behandlung in liebloser Zeit oft kaum mehr zu retten war. Meist kamen die Laster mitten in der Nacht, und die Packer warfen – auch bei Regen – alle Möbel einfach auf den Vorplatz. Soltmanns ungehobelter Geselle nannte das, was am nächsten Morgen folgte, gern »Selektion«. Er ließ es erst sein, als Ottilie ihm drohte, seine Nase mit einem Stuhlbein neu auszurichten. Anfangs gab es drei Kategorien: Das Feuerholz, die HO-Klamotten und die Bonzenmöbel. Später kam dann noch der »D-Mark-Kitsch« für den Export dazu.

Diese Dinge hatten für Ottilie eine besondere Bedeutung. Sie hängte nicht ihr Herz daran, wie andere es mit Schmuck oder anderem Besitz taten. Aber sie spürte, dass ihre Seele ein wenig heiler wurde, wenn sie ein gutes altes Stück vor dem endgültigen Verfall rettete. Nach dem Krieg, nach dem ersten Aufenthalt in der Uckermark war sie als verlorener Mensch in die zerstörte Hauptstadt zurückgekehrt. Mutter und Bruder lebten dort mittlerweile in einer kleinen Wohnung. Klara Rabe hatte sich nach dem Tod ihres Mannes die große Neubauwohnung in der Nähe des Belle-Alliance-Platzes nicht mehr leisten können. Lili hatte Ludwigs unbändigen Hass kaum ertragen können. In seinen Augen war sie die Mörderin seines Vaters. Dabei wusste sie immer noch nicht genau, was damals genau geschehen war. Alles schien in einem dichten Nebel zu liegen. Gestalten tauchten auf und verschwanden wieder. Und so hatte sie den Vorwürfen ihres Bruders außer ihrer Wut nicht viel entgegenzusetzen. Ihr Verstand sagte ihr immer wieder, dass ihr Vater tot war. Aber manches Mal hatte sie daran gezweifelt, war erschrocken, wenn sie einen Mann sah, der ihm ähnelte. Manches Mal noch hatte sie seine höhnischen Worte gehört, seine Verachtung gespürt, wenn ihr etwas misslungen war. Schließlich hatte sie versucht, Dr. Anna Schönberg ausfindig zu machen, um ihren Rat einzuholen. Aber die Kriegswirren oder der Nachkriegsmoloch schienen die Ärztin verschluckt zu haben.

Schlimme Jahre. Tote Jahre, denn Ottilie hatte nur wenige Erinnerungen an die zweite Hälfte des Jahrzehnts. Sie trank viel. Wodka war anfangs sogar billiger als sauberes Wasser. Ihre Großmutter hatte sie zu sich genommen, aber Lili blieb einem Zuhause oft fern, das nicht mehr ihres zu sein schien. Sie sah Jungen und Mädchen, die sich der rohen Gier von Männern verkauften. Sie sah Raub und Tod. Aber da war eine Schicht, die alles abprallen ließ. Ein Panzer. Sogar sie selbst drang nicht zu sich durch. Sie hatte damals einen jungen Mann geliebt, danach eine Frau, die doppelt so alt war wie sie. Aber war es überhaupt Liebe gewesen? Oder nur eine Suche? Monate zogen damals an ihr vorüber wie Wolken. Und wer erinnerte sich schon an den Himmel von gestern?

*

»Lili, komm schnell!« Ein Zehnjähriger kam auf sie zugerannt, als sie gerade Maß für eine Drechselarbeit nahm. »Greta ist umgefallen und wacht nicht wieder auf!«

Sie lief dem Knirps hinterher, so schnell sie konnte. Vor Wohnblock III stand bereits eine Menge neugieriger Gaffer, die Lili unsanft zur Seite stieß. In ihrem Zimmer hatte der Sanitäter ihre Freundin in die Seitenlage gebracht.

»Sie reagiert nicht«, meinte er.

Lili hatte bereits mehrmals erlebt, dass Greta umgekippt war. Nach dem Stillen und nach Fressattacken war bisher die Gefahr am größten gewesen, dass so etwas passierte. Sie beugte sich zu ihr hinunter und strich über das Haar. Greta atmete seltsam. Als ob ein Arzt sie abhorchen wollte, sehr tief ein und wieder aus. Ihr Atem roch nach Apfelsaft.

»Wo ist ihre Spritze?« Lili hoffte inständig, dass Greta das kleine Set nicht wieder verbummelt hatte. Und dass noch Insulin in der Stechflasche war. Sie wühlte in den Klamotten und fand es endlich in der untersten Schrankschublade. Mit zitternden Händen zog sie den Reißverschluss des Lederetuis auf. Tatsächlich war alles da. Sie wusste jedoch nicht, wie viel man von dem Zeug spritzen musste.

»Mich brauchst du da nicht anzusehen«, sagte der Sanitäter. »Meine Ausbildung war im Krieg. Blut und Knochen waren meine Prüfungsfächer.«

Irgendwie. Irgendwas. Alles war besser, als nichts zu tun, entschied Lili und zog die Glasspritze bis zu einem Viertel voll. Dann zerrte sie an Gretas Pullover, bis der Bauch frei lag, nahm eine Hautfalte zwischen die Finger und stach zu. So hatte sie es ein einziges Mal bei Greta beobachtet.

»Davon die Hälfte, dann sehen wir mal.« Sie redete zu sich selbst, um sich zu beruhigen.

Die folgenden Minuten waren die Hölle. Lili wusste, dass das Insulin etwas Zeit brauchte, um zu wirken. Und wenn man zu viel davon gab, konnten die Leute ebenfalls sterben. Nach scheinbar endlosem Warten normalisierte sich Gretas Atmung, dann schlug sie plötzlich die Augen auf. Lili küsste sie. Ihr war vollkommen egal, was die anderen davon hielten.

»Versprich mir etwas, Liebes.« Die Lider flatterten, die Stimme war kaum hörbar.

»Nicht jetzt, Greta. Komm erst einmal zu Kräften.«

»Du musst dich um sie kümmern. Hanna. Ich muss wissen, dass es ihr gut geht, wenn es irgendwann vorbei ist.«

»Du hast recht.« Lili weinte. »Irgendwann. Aber nicht jetzt! Hörst du, wage es ja nicht!«

»In Ordnung.« Greta versuchte ein Lächeln und wischte mit einer Hand, die eiskalt war, über Lilis nasse Wange. »Ich bleibe noch eine Weile. Aber nur, wenn du es versprichst.«

»Ja doch, natürlich. Alles, was du willst. Ich verspreche es.«

8

Gut Torchau, Uckermark, Mai 2022

»Ich habe Pläne, Nairi«, sagte Lili. »Ich möchte Torchau wieder mit Leben füllen. Nur dieses Mal soll es ein guter Ort werden. Und die Sache ist so groß, dass ich es allein nicht schaffe.«

Ich sah sie fragend an, aber sie winkte ab.

»Es wäre schön, wenn die Familie das Projekt gemeinsam angehen würde. Aber alles zu seiner Zeit. Erst einmal möchte ich alle kennenlernen.« Wir schlenderten in einem weiten Bogen zum Haupthaus zurück. »Ich war in meinem Leben nie schüchtern, hatte und habe viele Kontakte zu liebenswerten Menschen. Dafür bin ich dankbar. Aber meine eigene Familie kenne ich kaum. Du, Hanna und ich. Wir sind der Kern. Dabei hatte ich doch auch meinen Bruder Ludwig. Oma Ilse. Und natürlich Onkel Anton, dem ich so viel zu verdanken habe. Von allen war er mir der Liebste. Mütterlicherseits gab es noch eine Tante. Und die haben ebenfalls wieder Kinder und Enkel. Von Antons und Ludwigs Nachkommen und der Familie meiner Mutter weiß ich fast gar nichts. Ich möchte das ändern.«

Mir stieg der Duft von frisch gemähtem Gras in die Nase. Ein Augenblick, den ich gern festgehalten hätte. Ich hatte den Eindruck, dass dieser Wunsch immer dann auftauchte, wenn sich etwas zusammenbraute.

»Habe ich dich eigentlich vorhin richtig verstanden, dass du deinen Cousin heute das erste Mal getroffen hast?«, fragte sie interessiert.

»Er hat quasi mich getroffen«, murmelte ich und nickte. »Ich wusste bisher nichts von ihm.«

»Und? Kannst du mich dann nicht verstehen? Wir sind mit Menschen verwandt, die wir gar nicht kennen.«

Sie sah mich an, wie nur sie es konnte. Eine Mischung aus Fröhlichkeit und Trauer lag in ihren Augen. Überhaupt, diese Augen. Sie waren für mich immer wie ein heller Sommersee gewesen. Meist klar und freundlich. Einladend. Augen – ebenso wie Seen – konnten schließlich auch dunkel und abweisend sein. Aber Lilis Augen waren immer so gewesen, dass man den Menschen dahinter unbedingt kennenlernen wollte. In den letzten Jahren war noch dieser Schuss Melancholie hinzugekommen. Vielleicht hatte Lili auch portugiesische Fado-Spieler unter ihren frühen Vorfahren. Es hätte die leichte Wehmut in der Melodie ihres Alters erklärt. Mir war plötzlich danach, sie zu umarmen, und wir standen einen Moment still umschlungen, lauschten den Vögeln in diesem verwunschenen Garten.

»Ich verstehe dich«, sagte ich.

»Ich möchte am Ende nicht bereuen, dass ich diese Chance nicht ergriffen habe«, meinte sie. »Lass uns die Sache im Haus besprechen. Du musst erst Sonntag wieder los?«

Ich nickte schweigend.

»Was glaubst du, können wir deinen Cousin mit irgendetwas beschäftigen? Ich denke, es wäre wohl unpassend, ihn in Familienangelegenheiten einzubeziehen, wenn wir gar nichts über ihn wissen. Andererseits wirkt er ein wenig zart gebaut, da wird wohl Entrümpeln oder Putzklopfen eher nichts für ihn sein.«

»Er ist Tänzer.«

»Nein! Wirklich?« Lili blieb abrupt stehen. »Zufälle gibt es. Wie schön.«

»Äh, was? Wieso?«

»Ich erkläre es dir später, Schatz.«

Ich sog den Duft der Süßkräuter noch einmal tief ein. Man konnte nie wissen.

*

Wahrscheinlich hatte Lili längst durchschaut, dass ich mal wieder in meinen Grübelsphären schwebte. Sie zeigte munter hierhin und dorthin, erkannte Eichen wieder, die gemeinsam mit ihr jung gewesen waren. Das Areal war wirklich riesig für jemanden wie mich, die Radieschen in einem Blumenkasten züchtete und aus den meisten Fenstern der Werkstatt gerade mal fünf Meter weit schauen konnte.

»Da drüben waren einige klapprige Schlafbaracken.« Lili zeigte in die Gegend. »Wahrscheinlich von den Russen gebaut, als sie den Hof für einige Wochen als Lazarett genutzt haben. Da drin zog es wie Hechtsuppe. Und beim Bach hinter dem Hügel trafen sich die Pärchen. Das war natürlich verboten, aber alle außer den Wärtern wussten es.«

Sie gab mir die Zeit, mich zu sammeln, bedrängte mich nicht. Und mittlerweile war der Weg zum Hauptgebäude zu einem passablen Rundgang geworden.

»Dich beschäftigt doch etwas«, meinte sie, nachdem wir eine Zeit lang schweigend nebeneinander gegangen waren.

»Gib mir bitte etwas Zeit«, erwiderte ich. »Du kennst mich, Lili. Wenn ich mich unter Druck gesetzt fühle, bekomme ich Angst. Dann geht der Kopf entweder in den Sand. Oder ich laufe davon. Ich muss mich bei der Sache erst verorten. Klären, wo ich meinen Platz sehe. Und dass Levon gerade jetzt auftaucht, macht das Ganze nicht einfacher. Es ist derart viel Zufall, dass ich schon fast bereit bin, an Fügung zu glauben.«

Als ich in Hamburg lebte, hatte ich eine Therapie gemacht.

Die Therapeutin hatte behauptet, ich hätte ein Vaterproblem, dem ich mich irgendwann stellen müsste. Und diese Bemerkung nagte bis heute an mir. Ein Vaterproblem. Gemeint war natürlich auch ein Männerproblem. Der Papa als Ur-Mann. Alle späteren Männer als Vater-Kopie. Und zu allem Überfluss war er auch noch ein verloren gegangener Vater. Was mochte dieser Umstand für die Männer in meinem Leben bedeuten? Dummerweise war Levon tatsächlich vom Äußeren her meinem Erzeuger sehr ähnlich. Überall liefen also Vater-Plagiate und Männer-Schablonen herum. Klar, so einfach hatten Gott und Sigmund Freud die Welt gestrickt. Da hatte ich mich damals in der Therapie einfach ausgeklinkt. Zu abstrus. Und zu nah dran. Es war geschehen, was immer geschah, wenn es brenzlig wurde. Ich hatte mir eine neue Wohnung besorgt. Wenig später gleich eine neue Stadt dazu. Und bis heute auf weitere Therapiegespräche verzichtet.

»Ich möchte, dass du eines weißt«, sagte Lili. »Meine Pläne sollen dich nicht unter Druck setzen. Wenn du mitmachen möchtest, gut. Wenn nicht, auch gut. Zwischen uns wird sich dadurch nichts ändern.«

Es gab Menschen, bei denen man fürchterlich auf der Hut sein musste, wenn sie so etwas behaupteten. Oft genug hatte ich erlebt, dass sie in solchen Fällen das genaue Gegenteil meinten. Bei Lili war ich mir jedoch ziemlich sicher. Sie brauchte für ihr Wohlbefinden vor allem die eigene innere Überzeugung, nicht den Zuspruch und die Bestätigung der anderen. Sie legte auch keinen Wert auf Machtspiele.

Ich gab mir einen Ruck. Lili hatte sich offenbar einen lang gehegten Wunsch erfüllt. In der DDR hatte sie bereits eine Art Museum und Künstlertreff in einem Berliner Abbruchhaus geleitet. Bis die Bonzen plötzlich entschieden hatten, dass ihre Person und ihr Anliegen nicht ins sozialistische Weltbild passten. Jetzt, mehr als vierzig Jahre später, hatten sie und ihr Lebensgefährte diese ländliche

Ruine aus Staatsbesitz erworben. Zu Zeiten der Wende waren das die berüchtigten Eine-symbolische-Mark-Immobilien, die manchen Investor später in den Ruin getrieben hatten. Gut Torchau. Dass sie einen persönlichen Bezug zu dem Anwesen besaß, verlieh dem Ganzen natürlich eine besondere Tiefe. Das hier war schlicht und einfach ihr Ding. Eberhard Luchtmann, kurz Ebbi, Lilis Anwalt und Freund, hatte den Preis für das nur halb sanierte Anwesen zwar erbarmungslos nach unten verhandelt, aber ein Wagnis blieb es dennoch. Ich wäre dazu nicht fähig. Und ich war mehr als ein halbes Jahrhundert jünger als die beiden.

»Mich schreckt kein Risiko mehr«, hatte sie lapidar erklärt, als sie ihre Pläne mir gegenüber zum ersten Mal angedeutet hatte. »Denn in meinem Alter ist ohnehin jeder Tag ein Wagnis mit ungewissem Ausgang.«

Es wurde also Zeit, sich ein wenig mit der Vergangenheit zu befassen. Mit unserer Familiengeschichte. Wenn Lili es wagen konnte, weshalb nicht auch ich? Wir hatten mittlerweile den großen Hausflur erreicht. Es war eher eine kleine Empfangshalle.

»Ebbi ist wahrscheinlich in der Küche«, sagte sie. »Es ist der gemütlichste Raum im Erdgeschoss. Wir haben vorab schon ein paar Arbeiten erledigen lassen. Putzen war nie meine Stärke, aber Geschirr und Betten müssen sauber sein.«

Ich besah die dicken Staubbeläge in den Ecken des Flurs und strich mit typischer Schwiegermuttergeste über den uralten Heizkörper. Prompt war die Fingerspitze mit einem klebrigen, grauschwarzen Belag bedeckt.

»Mein Liebster wird sicher unseren unerwarteten Gast nicht allein gelassen haben«, fügte sie hinzu.

Ich sah auf die Uhr. Ich hatte mit meiner Großmutter fast anderthalb Stunden im Garten verbracht und darüber meinen Cousin vollkommen vergessen.

»Hallo, Nairi«, begrüßte mich Eberhard, den alle Freunde und

Angehörigen nur Ebbi nannten. »Ich wollte bereits eine Vermisstenanzeige aufgeben. Ihr seid wieder ins Plaudern gekommen, nicht wahr?«

Er lachte, und seine Grübchen kämpften sich den Weg zwischen den vielen Falten frei. Ich mochte den alten Mann. Er passte gut zu Lili, wirkte er doch immer als eine Art Puffer zwischen ihrem Temperament und dem Leben. Ich war froh, dass sie ihn hatte. Als Anwalt und Lebensgefährten. Andererseits konnte ich endgültig alle Hoffnung begraben, dass das Projekt meiner Großmutter nur eine vorübergehende Liebelei sein könnte. Wenn sie ihn überzeugt hatte, dann wurde es ernst. Ich umarmte Ebbi und sah dann Levon etwas ratlos an. In diesem Moment kam Lili mit einem kräftigen Kerl zurück, der einen Werkzeugkasten aus Metall hin und her schwang, als wäre sie eine Kelly Bag.

»Ich darf euch Janosz vorstellen«, sagte sie. »Unser Handwerker, Hausmeister und zukünftiger Bauleiter.« Sie wandte sich an meinen Cousin. »Er braucht ein paar starke Hände drüben bei den alten Stallungen. Ich dachte, das wäre etwas für dich.«

»Gern«, meinte Levon, offenbar froh, irgendwie eingebunden zu werden. »Ich weiß aber nicht, ob ich eine große Hilfe sein werde.«

»Wer essen will, muss arbeiten.« Janosz zeigte sich von seiner rauen Seite. Er musste wohl klarstellen, wer künftig in der Haustechnikmannschaft das Sagen hatte.

»Mach dir nichts draus«, meinte Lili. »Er meint natürlich, wer tanzen kann, wird auch seine Hände irgendwie sinnvoll einsetzen können.«

»In Ordnung. Aber was habt ihr hier eigentlich vor?« Levon kratzte an einer Putzscholle, die prompt von der Wand fiel. »Wollt ihr Mietwohnungen daraus machen? Oder ein Altenheim? Hat in Deutschland Zukunft. Hm, ich meine ...« Er rieb sich verlegen die stoppelige Wange. »War nicht so gemeint, Lili.«

»Nein, nein.« Sie lachte. »Ein bisschen origineller wird es schon. Ich erkläre es dir später. Bleib doch einfach ein wenig länger.«

Gut, dachte ich erleichtert. Eine Sorge weniger, wenn Levon hier aushalf. Dann musste ich mich nicht um ihn kümmern. Ich wusste im Moment ohnehin nicht, wo mir der Kopf stand.

»Arbeiten, essen. Nicht reden«, verlieh Janosz seiner Weltsicht Nachdruck und winkte Levon zu sich.

»Schon gut, ich komme ja schon.«

Der Tänzer und der Bauarbeiter. Beide Männer beäugten sich argwöhnisch, bevor sie gemeinsam loszogen. Ich stellte mir Janosz im Tutu und Levon an der Maurerbütt vor. Kopfkino konnte auch lustig sein.

Als wir nur noch zu dritt am Küchentisch saßen, legte mir Lili ein paar Namenslisten vor. Sie hatte unter jedem Familienmitglied, das sie von früher kannte, eine Art Stammbaum angefertigt. Neben den Namen standen dort auch ein paar Adressen. Es gab aber auch viele Fragezeichen.

»Ich dachte mir, dass wir alle für den Hochsommer hierher einladen«, sagte sie. »Bis dahin kann Janosz das Dach dicht und die Abwasserleitungen frei bekommen. Für ein Wochenende. Dann sehen die Gäste auch gleich, worum es geht.«

»Worum geht es denn nun tatsächlich?«, fragte ich halb belustigt, halb säuerlich. »Der Gutshof, das Treffen. Wird Zeit, dass ihr beide mich komplett einweiht.«

»Es sind mehrere Angelegenheiten, die ich ...« Lili blickte ihren Partner an. »... die wir klären wollen. Ich möchte hier eine Stiftung einrichten. An der Planung und möglichen Gestaltung arbeitet Ebbi gerade. Zudem will ich klären, wer aus der Familie dabei mitarbeiten möchte. Daran knüpft sich eng auch die Erbfrage, die ich zu regeln gedenke. Und dann gibt es etwas, das mit meiner Vergangenheit zu tun hat. Ich habe dir bereits ein paar Sachen erzählt, Nairi. Es mag seltsam klingen, aber ich weiß einige Dinge selbst nicht. Und das Treffen soll Klarheit bringen.«

Ich verstand nur Bahnhof. Stiftung, Erbe. Und was gab es zu klären, was Lili selbst nicht wusste?

»Ich kann versuchen, im Netz nach den Leuten zu suchen«, schlug ich vor. »Bei den älteren Semestern haben wir aber vielleicht Pech.«

»Und wenn ich als Anwalt bestätige, dass es um eine Erbauseinandersetzung geht, geben die Meldeämter Auskunft«, meinte Ebbi.

»Zwei oder drei Monate Vorlaufzeit werden schnell ins Land gehen«, gab ich zu bedenken. »Die Leute müssen schließlich planen.«

»Gut«, entschied Lili. »Wir nehmen Mitte August. Den Entwurf für eine Einladung habe ich bereits fertig.« Sie zog einen weiteren Umschlag aus einem Ordner, der auf dem Küchentresen lag, und reichte ihn mir.

Liebe/Lieber [...],

vielleicht erinnerst Du Dich an mich? Ich bin es, Ottilie. Ich weiß, es gibt einige unter Euch, die jetzt ins Grübeln kommen. Welche Ottilie? Und mancher fühlt sich vielleicht näher mit Goethe verwandt als mit mir. Aber dennoch. Nachdem mich über die vielen Jahrzehnte kein Adolf, kein Walter, kein Erich und kein Helmut kleingekriegt haben, bin ich jetzt doch langsam in einem Lebensalter, das zum Nachdenken zwingt. Kurzum ich beabsichtige, mein bescheidenes Vermögen unter meinen Angehörigen aufzuteilen. Dazu möchte ich Dich einladen, im Sommer ein Wochenende (Datum) mit mir auf meinem neuen Landgut in der Uckermark zu verbringen. Mein Anwalt wird ebenfalls anwesend sein, um die »Erbauseinan-

dersetzung vor Tod des Erblassers« (es tut mir leid, aber das ist nun mal der Fachbegriff) zu betreuen. Auf diese Weise wird alles auch juristisch seine Richtigkeit haben.

Ich verspreche, dass es sich für alle Beteiligten lohnen wird. Immerhin geht es um das Landgut Torchau, eine Berliner Wohnung, einige antiquarische Möbel, die Beteiligung an einer geplanten Stiftung und etwas Geldvermögen. Sollte ich Dein Interesse geweckt haben, so muss ich jedoch an dieser Stelle die einzige Bedingung erwähnen, an die ich eine Erbberücksichtigung knüpfe:

Nur jene Angehörigen finden in meinem später aufzusetzenden Testament Berücksichtigung, die der Einladung persönlich Folge leisten. Mit anderen Worten: Wer erben will, muss zu dem Treffen erscheinen. Ausreden jeder Art können zwar vorgebracht werden, finden jedoch – in Bezug auf das Erbe – keinerlei Gehör.

Deine Lili Rabe

»Meine ehrliche Meinung?«, fragte ich, und Lili nickte. »Ich weiß nicht, wie ich auf ein solches Schreiben reagieren würde. Etwas hemdsärmelig. Müssen die Leute nicht denken, es wäre eine dieser dreisten Betrugsmaschen von angeblichen, ausländischen Anwälten? Darin heißt es doch immer, man sei der einzige Nachkomme des Königs von Zamunda, der dreißig Millionen Dollar auf einem Schweizer Konto hinterlassen hat. Man müsse jetzt nur eine kleine Anzahlung zur Deckung der Unkosten leisten.«

»Danke, Nairi«, meinte Ebbi. »Ich sehe das auch so. Wir sollten diese Menschen weder verärgern noch abschrecken. Da könnte eine neutraler formulierte Einladung ein guter Anfang sein.«

»Ein paar kleine Neckereien sind doch wohl noch erlaubt.« Lili tat, als wäre sie eingeschnappt.

»Ich denke, es wird bereits für gehörigen Unmut unter den Anwesenden sorgen, wenn sie von uns erfahren, dass du dreihunderttausend Euro in diese Immobilie gesteckt hast, anstatt das Geld direkt an sie zu vererben. Das Objekt war dreißig Jahre lang unverkäuflich. Und das wird auch in Zukunft so bleiben, fürchte ich«, meinte Ebbi.

»Eigentlich steht ihnen ja gar nichts zu«, meinte Lili. »Also gibt es auch keinen Grund für Unmut, wie du es nennst.«

»Warum machst du das Ganze überhaupt?« Kaum hatte ich die Frage ausgesprochen, war mir nicht ganz wohl dabei. Klang irgendwie so, als sähe ich meine Felle davonschwimmen.

»Ich habe noch nichts entschieden«, erwiderte sie. »Ich warte ab, wer überhaupt kommt. Und ich werde genau beobachten, wie meine Verwandten auf die Pläne reagieren. Danach berate ich mit Ebbi, wen ich im Testament berücksichtigen werde.«

»Dann ist die Erbsache eine Art Köder?«

»Ich will wirklich niemanden hinters Licht führen, aber ich verspreche auch nichts. Wir bringen die Familie zusammen, dann sehe ich weiter.«

»Ich bin gespannt«, sagte Ebbi. »Allein die Vorstellung, ein solches Haus in Erbengemeinschaft zu besitzen, lässt die Haare der Beteiligten schneller grau werden, als ihnen lieb sein wird. Ich habe es hundertfach erlebt in meinem Berufsleben.«

»Einer der Vorzüge des Alters«, sagte sie und zuckte mit den Schultern. »Man lernt den wahren Wert und Charakter des Geldes kennen. Wer ihm dann immer noch hinterherläuft, hat etwas Grundlegendes nicht verstanden.« Sie sah ihren Lebensgefährten plötzlich besorgt an. »Geht es dir gut? Du wirkst müde.«

»Ich werde die Erika holen.« Ebbi drückte Lilis Hand und verließ die Küche.

Ich wusste nur zu gut, dass sie sich seit einiger Zeit Gedanken um ihn machte. Sie hatte es mir vor ein paar Wochen unter

Tränen gestanden, als wir im neuen Kranzler die Torten probiert hatten.

»Er hat wenig Appetit«, hatte sie gesagt. »Und er hat abgenommen. Sieh dir sein Gesicht und seine Haare an. Ich glaube, ich mute ihm einfach zu viel zu.«

Eine ruhige Parkbankbeziehung, bei der die Taubenfütterung der Höhepunkt des Tages war, führten die beiden wahrhaftig nicht. Tatsächlich war sein Haar, das noch vor einiger Zeit beneidenswert voll gewesen war, jetzt schütterer. Seine Haut wirkte fleckig und blass. Ebbi war dreizehn Jahre jünger als meine Großmutter. Letztes Jahr, an seinem Achtzigsten, hatte sie bei der Tischrede noch scherzhaft eingestanden, dass sie schon immer auf jüngere Männer gestanden hatte. Nun wirkte er allerdings älter als sie.

»Von Ruhestand kann bei euch beiden ohnehin keine Rede sein«, hatte ich nur erwidert. »Vielleicht solltest du akzeptieren, dass es Menschen gibt, die ein wenig mehr Pausen brauchen als du. Ihr müsst nach dieser Sache unbedingt kürzertreten.«

»Sollte er gehen, dann verlässt mich die Kraft, Nairi«, sagte sie jetzt, nachdem Ebbi außer Hörweite war.

»Bitte nicht, Lili«, erwiderte ich etwas hilflos. »Ihr habt bestimmt noch viele gemeinsame Jahre.«

Natürlich war mir bewusst, dass ich mir das einredete. Ein kleiner Infekt oder ein harmloser Sturz konnte für die beiden zur Katastrophe werden. Und wahrscheinlich klang meine Entrüstung deshalb eher steif und pflichtgemäß. Mir war in solchen Momenten nie klar, wer eigentlich mehr Trost und Zuspruch brauchte, sie oder ich.

»Wer ist übrigens Erika?«, fragte ich, um von diesem Thema abzulenken. Ich vermutete, es könnte sich um eine weitere Angestellte handeln.

»Die Schreibmaschine«, antwortete Lili. »*Erika*. Ein sehr

beliebtes Modell in der DDR. Ebbi und ich müssen jetzt ein Schreiben aufsetzen. Ich erkläre dir später alles, Liebes.«

Schon wieder dieses *Später*, dachte ich.

»Wir wollten nicht auch noch den Drucker herschleppen«, ergänzte Ebbi, als müsste er sich dafür entschuldigen, ein Requisit aus der Mottenkiste der Technikgeschichte hervorgeholt zu haben. Gerade war er wieder zur Tür hereingekommen und hielt ein quadratisches, schwarzes Etwas in der Hand, das aussah wie ein kleiner Koffer. »Mir reicht der letzte Kampf mit den Patronen. *ID-Code nicht erkannt, Fehler 03, bitte wenden Sie sich an den Hersteller*«, äffte er eine Meldung des Bildschirms in Alexa-Stimme nach und lachte.

Er nahm eine weitere Teetasse vom Wandbord. Das Geschirr war bei Übernahme des Hauses geblieben. Wertvolle KPM- oder Kahla-Teile standen hier neben volkseigenem Schund und frühen China- oder Vietnam-Importen. Ein großer Teil des Küchenmobiliars mochte älter sein als Lili, vermutete ich. Ein wenig zumindest. Typisch Uckermarker Barock aus der Zeit der Wende zum vorigen Jahrhundert. Herrliche Anrichten und Borde. Überall kleine Verzierungen, damit sich die spülende Mamsell ebenso wohlfühlte wie der Zigarre rauchende Gatte im Salon.

»Dir ist klar, dass die Sache eine Menge Ärger bedeutet?«, versuchte er offenbar zum wiederholten Mal, Lili von ihrem Vorhaben abzubringen. »Presserummel, Gutachten und hässliche Gerüchte werden nicht lange auf sich warten lassen.«

»Ich wäre nicht bis hierher gekommen, wenn mich *mögliche* Widerstände bereits von meinen Vorhaben abbringen könnten. Ich war immer konsequent, Eberhard. Und nun werde ich nicht am Ende meines Lebens mit dem Zögern und Zaudern anfangen. Ich werde mich nicht auf mein Alter berufen und einfach schweigen.«

»Wie immer. Konsequent dickköpfig, meine Teuerste.«

Ebbi hob den Deckel von der alten, sozialistischen Reiseschreibmaschine.

Meine Verwirrung nahm zu. Sollten jetzt die Einladungen geschrieben werden? Ein Brief? Und wieso bedeutete das Ganze Ärger? Es wurmte mich, dass ich nicht wusste, worum es ging. Demonstrativ beobachtete ich, wie der alte Mann einen Bogen Papier auf die Walze der Antiquität spannte. Das schnarrende Geräusch schien Erinnerungen in ihm zu wecken, denn er hielt inne und wirkte fast ein wenig entzückt. Lili sah auf ihre Uhr.

»Wie lange werden wir brauchen?«, fragte sie ihn.

»Eine Stunde. Höchstens.«

Ebbi fummelte an seiner uralten Ledertasche aus den aktiven Kanzleizeiten herum und kramte eine kleine Mappe hervor.

»Hallo, falls ihr es vergessen habt, ich bin auch noch hier!« Die Geheimniskrämerei konnte ich noch verstehen, aber ich mochte das Gefühl nicht, übersehen zu werden. »Was soll das?« Ich zeigte auf die Schreibmaschine. »An wen schreibt ihr denn?«

Ebbi legte ein Schreiben vor sich, das offiziell wirkte.

»Es hat mit dem Treffen zu tun«, antwortete Lili. »In gewisser Weise hat mich die Angelegenheit sogar erst auf die Idee gebracht.«

Sie berührte meinen Arm. Natürlich verstand ich das Zeichen.

»Dann lasse ich euch mit den Geheimnissen mal allein.« Ich bemühte mich, möglichst neutral zu klingen, konnte jedoch einen Anflug von Ärger und Enttäuschung in der Stimme nicht verbergen. Denn natürlich hoffte ich insgeheim, Lili würde mich doch noch zurückhalten und endlich einweihen.

»Manche Dinge müssen erst reifen«, sagte sie. »Der Winzer weiß am besten, wann die Trauben geerntet werden können.«

Ich konnte Antworten, die keine sind, nie leiden. Ich überlegte kurz, ob ich meinen Cousin suchen sollte. Ebenso konnte ich allerdings die Zeit nutzen, das Haus ein wenig zu erkunden.

Ich ging noch einmal nach draußen und ließ meinen Blick über die Zufahrt schweifen, die in der Art eines Dreiseithofs angelegt war. Auf dem Rund in der Mitte musste ein alter Baum gestanden haben. Der verbliebene halbhohe Stumpf zeigte Spuren eines Blitzeinschlags. Wahrscheinlich war das Anwesen tatsächlich einmal eine Perle gewesen. Etwas Untergegangenes, nach dem man sich sehnen konnte. Das Geländer der vorderen Treppe war derart verrostet, dass es nur vom letzten Anstrich mit Bleifarbe zusammengehalten wurde. Bloß nicht berühren. Die verrottenden Holzstufen hatte ein letzter Held der Arbeit vor dreißig Jahren lieblos mit Beton aufgefüllt, sodass jetzt alles nur noch schneller vergammelte.

Es gab eine Menge Arbeit, bevor Lili hier Gäste empfangen konnte. Deren Ansprüche mussten ohnehin minimal sein, eher auf Pfadfinder-Niveau. Aber wir hatten wenigstens dafür zu sorgen, dass hier niemand zu Tode kam. Ein Mann wie Janosz war ein guter Anfang. Dach, Elektrik, Badezimmer. Ein paar Areale konnte er absperren. Mit List und Tücke war es Lili gelungen, die örtlichen Versorger dazu zu bewegen, trotz der maroden Leitungen wieder Strom und Wasser bereitzustellen. Und die Gäste brauchten natürlich Schlafzimmer. Mit einem Minimum an Komfort. Irgendwann würde auch irgendjemand alles säubern müssen. Aber ganz gewiss nicht ich.

In jeder Ecke des Gutshauses entdeckte ich neue Katastrophen. Draußen platzte der Reibeputz, der einst in der DDR so beliebt gewesen war, in mächtigen Scheiben vom darunter liegenden Klinker. In den desolaten Holzrahmen der Fenster im Souterrain nisteten zwei Zaunkönigpärchen. Und drinnen sah es auch nicht besser aus. Risse im Wandputz. Durchsottungen am Schornsteinzug. Die Wasserleitungen waren auf den Wänden verlegt. Und den Flecken im Holzboden nach zu urteilen, hatten geplatzte Rohrleitungen in den vergangenen Jahrzehnten ein paar Mal die

Räume geflutet. In allem Ruin gab es jedoch auch Hoffnungsschimmer. Einige Scheiben der Kassettentüren waren sorgsam von geplatztem, rissigen Kitt befreit und mit neuen Fensternägeln befestigt worden. Drei Dielenbretter mit Trockenfäule waren herausgebrochen, und daneben lag frisch gehobeltes Holz. Der Geruch nach frischem Putz stieg mir in die Nase und weckte Erinnerungen an einen Handwerkertrupp, der mein Wohnatelier in Kreuzberg auf Vordermann gebracht hatte. *Eau de Kolonne* hatte der Chef die miefige Mischung aus Schweiß, Mörtel, Lösemittel und Nikotin genannt. Absolut patentwürdig. Aus einem Nebenraum, der vielleicht das Speisezimmer gewesen war, drangen Stimmen. Ich spähte vorsichtig hinein, weil ich nicht stören wollte. Janosz und Levon unterhielten sich. Beide Männer standen mit nackten Oberkörpern vor einer Wand und gestikulierten. Politisch vollkommen unkorrekt und ansatzweise sexistisch registrierte ich, dass Levon durchaus für die berühmte Coca-Cola-Werbung getaugt hätte. Offenbar verstanden sich die beiden jetzt recht gut. Ich ließ die maskuline Idylle einen Moment auf mich wirken und schmunzelte. Torchau begann mir zu gefallen.

*

Ich hatte noch nicht einmal ein Drittel des Hauses gesehen, als Lili nach mir rief. Ich ging zurück zur Küche. Sie hatte neuen Tee zubereitet. Grüner Tee am Tage und eine gute Ostfriesenmischung am Abend, da war sie eigen. Seelentröster und Friedensangebot. Wirkte immer.

»Ebbi ist schon oben. Für heute ist Feierabend«, entschied sie. »Morgen können wir über die Liste sprechen, und ich erkläre dir meinen Zeitplan. Bin gleich wieder da, dann gönnen wir uns noch eine Tasse.«

Ich nickte zufrieden. Als ich allein war, nahm ich eine Tasse vom Wandbord. Dabei fiel mein Blick auf die Erika-Schreibmaschine, die Ebbi auf die Anrichte gestellt hatte. Daneben lag seine Aktentasche und bedeckte ein Blatt Papier. Ich konnte dadurch nur den Briefkopf und die ersten Zeilen erkennen.

```
Gut Torchau (Prenzlau), 17. Mai 2022

An die
Staatsanwaltschaft Berlin
- Büro Oberstaatsanwalt Dr. F. Berger -
10548 Berlin

Az. 02/GH/37-14

[...] erkläre ich hiermit, dass ich zu einer
Aussage bereit bin. Mein Rechtsbeistand in
dieser Sache ist Herr RA Dr. Eberhard Lucht-
mann. In meiner Funktion als Zeugin ersu-
che ich um vorherige Darlegung des Sachver-
halts [...]
```

Meine Neugier war geweckt. Überrascht und mit schlechtem Gewissen zog ich vorsichtig zwei weitere Blätter unter der Tasche hervor. Offenbar handelte es sich dabei um eine gerichtliche Vollmacht für Ebbi und seine Mitteilung an die Staatsanwaltschaft.

```
[...] In der Strafsache Walter Rabe zeige ich
unter Vorlage einer Vollmacht an, dass ich,
RA Dr. Eberhard Luchtmann, mit der Wahr-
nehmung der Interessen von Frau Ottilie Rabe
beauftragt bin. Ich beantrage vorsorglich
Akteneinsicht in genannter Strafverfolgungs-
```

> sache. Nach der Gewährung von Akteneinsicht wird sodann über die Abgabe einer weiteren Stellungnahme und die etwaige Notwendigkeit von Beweisanträgen entschieden werden [...]

Strafsache. Akteneinsicht. Beweisanträge. Hier ging es ganz sicher nicht um die Erbauseinandersetzung oder um Fragen zur Stiftung. Das Schreiben war an das Landgericht adressiert. Lili und ich hatten trotz aller Nähe die stille Übereinkunft, uns Freiräume zu lassen. Nicht jede Frage musste gestellt werden. Und wenn doch, musste nicht sofort geantwortet werden. Aber dieses Schreiben weckte mehr Besorgnis als Neugier in mir. Lili kam in die Küche zurück und sah, dass ich vor Ebbis Unterlagen stand.

»Tut mir leid, sie fielen mir ins Auge, als ich mir eine Tasse nehmen wollte.« Ich sah sie irritiert an. »Ein Schreiben an die Staatsanwaltschaft. Es handelt sich also um eine Strafsache?«, fragte ich und zeigte auf das Blatt Papier. »Habt ihr Ärger mit jemandem?«

»Es ist kompliziert, Nairi. Es geht um eine Anzeige.« Lili setzte scheinbar zu einer Erklärung an, entschied dann aber anders. »Bitte, vertraue mir. Ich habe dir erklärt, dass ich vor meinem Tod noch viele Dinge klären will. Diese Sache gehört dazu.«

Da liegen ein paar Leichen im Keller, kam mir in den Sinn, aber ich nickte widerstrebend. Welche Wahl hatte ich? Sollte ich zwischen Tür und Angel auf einer Erklärung bestehen? Und mit welcher Begründung? Zwar machte ich mir Sorgen, aber Lili hatte ein Recht auf Privatsphäre. Ich musste die Beziehung zu ihr jetzt nicht belasten, indem ich auf Klärung von Fragen bestand, für die sie selbst offenbar noch Antworten suchte.

Unser Verhältnis war nicht immer so gut gewesen wie jetzt. Meine Eltern lebten in Köln, und offiziell hatte sich meine Mutter der Republikflucht schuldig gemacht, durfte also Lili in Ostberlin nicht besuchen. Lili hatte zwar zu meiner Geburt eine Besuchsgenehmigung der DDR-Behörden erhalten, aber daran konnte ich mich natürlich nicht erinnern. Die Wiedervereinigung änderte dann vieles. Ich war acht, als meine Mutter mich über die Sommerferien zu meiner Großmutter nach Berlin schickte. Sie und mein Vater hatten wieder einmal Streit, denn er wollte unbedingt Urlaub im Kaukasus machen. Sie war von der Aussicht, mit einer Achtjährigen Rucksackferien in einer politisch instabilen Region zu machen, nicht gerade begeistert gewesen. Folglich wurde es für mich Berlin, und meine Eltern blieben zankend zu Hause. Meinem Empfinden nach war damals selbstverständlich jeder Mensch jenseits dreißig uralt. Lili war schon Mitte sechzig, hatte Falten, roch seltsam, zog sich komisch an und hatte scheinbar immer Besuch. Und sie nahm mich oft mit zu Straßenfesten oder langweiligen Versammlungen. Wahrscheinlich war es die nicht ganz objektive Einschätzung eines schmollenden, jungen Mädchens, das sich um seine Eltern sorgte. Und ohnehin lieber lesen und für sich allein sein wollte. Ganz langsam waren wir uns dann aber nähergekommen. Meine Interessen änderten sich, und später besuchte ich sie öfter. Nach der Trennung meiner Eltern zog meine Mutter mit mir nach Hamburg, da sie dort nebenberuflich an der Hochschule für bildende Künste studieren konnte. Ich – natürlich mitten in der Pubertät – war innerlich völlig aufgelöst, orientierungslos und auf alles wütend. Hamburg passte mir nicht, die Schule war Mist, Freunde hatte und wollte ich keine. *Life sucks* eben. In dieser Zeit hatten Lili und ich uns ebenfalls entzweit. Ich konnte die Gründe dafür heute gar nicht mehr benennen. Denn eigentlich hatte ich mich damals mit allem und jedem entzweit. Ich denke, es war eine gewisse Sturheit auf beiden Seiten. Ich wollte mich freischwimmen, war auf der Suche nach eigenen Wegen. Heute weiß ich, dass sie mir damals nur helfen und ihre Erfahrungen weitergeben wollte. Aber wir verloren uns etwas aus den Augen, bis ich mit vierundzwanzig nach Berlin zog. Seit vielen Jahren waren wir nun ein recht seltsames Paar. Manchmal fühlte ich mich fast älter als sie. Die Zeit, in der ich lebte, schien mir so kräftezehrend, bei allem Komfort so mühsam. Es war, als führen wir alle unsere hochmodernen Autos nur im ersten Gang. Immer hochtourig, immer Vollgas. Bis zum Knall.

»Was soll mich noch aufregen?«, sagte Lili häufig. »In meinem Alter hat man doch alles schon mindestens einmal erlebt.«

Sie schwebte scheinbar über den Dingen, wirkte auf mich oft wie eine Art Queen Mum, die etwas zurückgezogen auf den Trubel am Hof, auf die Intrigen und Nöte der Leute blickte. Sie war zwar dabei, aber doch mit Abstand. Die Zeit hatte uns beide wohl auch milder werden lassen, nachsichtiger. Und ich hatte endlich gelernt zuzuhören. Auch wenn ich vieles in der Lebensgeschichte meiner Großmutter noch immer nicht verstand, so kam doch langsam ein Bild zum Vorschein. Ich ahnte, dass es Erinnerungen gab, die sie am liebsten vergessen wollte. Wahrscheinlich hatte sie sich und anderen auch viele Dinge verzeihen können. Aber ich spürte in ihrer Gegenwart, dass manches Leid für immer blieb. Große Liebe und großer Schmerz lagen dicht beieinander und hinterließen nun einmal die tiefsten Abdrücke in unserem Seelensand. Die meisten Menschen begriffen es langsam, wenn sie die Dreißig überschritten. Außer sie machten sich etwas vor. Oder betäubten diese Erkenntnis auf die eine oder andere Weise.

»Fünf Deutschlands habe ich erlebt«, pflegte sie zu sagen. »Und manche Jahre musste ich genau hinsehen, um die Sonne in meinem Leben überhaupt zu erahnen, so viele dunkle Wolken hingen über mir.«

Die Zeit heilte alle Wunden, hieß es. Aber diese Frau war alt genug, um zu wissen, dass das nicht immer stimmte. Dass es oft nur ein gut gemeinter Kindertrost war, um den ewigen Schmerz, den manche Enttäuschungen nun einmal hinterließen, erträglicher zu machen. Sie hatte es jedoch zeit ihres Lebens nie versäumt, nach dem Schönen Ausschau zu halten. Es war quasi das Pflaster, das sie auf die Schürfwunden klebte, die das Leben einem zufügte.

»Levon ist also Tänzer«, meinte sie unvermittelt. Sie lächelte verträumt. »Mit fünfzehn habe ich auch Unterricht genommen. Leider nicht lange. Weißt du, Nairi, mein Onkel Anton war auch Balletttänzer. Kein Star, aber gut genug, dass er bis zum Krieg Engagements auf vielen Bühnen hatte.« Ihre Augen strahlten.

9

Am nächsten Morgen saß ich mit Lili und Levon gegen neun wieder am Küchentisch. Ebbi wollte noch ein Telefonat mit dem Bauamt wegen irgendeiner Umnutzungsklausel führen und später dazukommen. Der wilde Garten vor dem Fenster hatte seinen ganz eigenen Reiz. Mehr als Giersch, Löwenzahn und Wegerich erkannte ich zwar nicht, aber alles sah nett aus. Unter den typischen Duft des Frühstücks mischte sich ein Hauch Menthol und Rosmarin. Pferdesalbe. Levon saß etwas abseits, jammerte und rieb seine Fußgelenke damit ein. Lili schwor auf das Zeug. Janosz hatte meinem Cousin wohl gestern doch zu viel zugemutet.

»Ich dachte, als Tänzer wärst du einiges gewohnt«, sagte ich.

»Schon«, erwiderte Levon. »Aber keine Sicherheitsschuhe. Und das Aufgraben einer Hausleitung gehört ebenfalls nicht zur Ausbildung.«

»Du Armer!« Lili wirkte beinahe mütterlich und musterte besorgt die roten Stellen an Levons Knöcheln. »Mein Onkel war auch Balletttänzer. Die Salbe ist gut.« Sie legte ihre Hand auf seine Schulter. »Da habe ich dich ziemlich überfallen mit dem Vorschlag, Janosz zu helfen, nicht wahr? Wenn es zu viel ist ...«

»Es ist schön hier.« Er schüttelte den Kopf. »So friedlich, und das tut mir gut. Ich habe gestern und heute Nacht gemerkt, dass ich zur Ruhe komme. Die letzten Jahre war ich immer in Action. Und ich habe Nairi schon erzählt, dass mich meine Vergangenheit jetzt in Berlin eingeholt hat.«

»Tut sie das nicht immer? Irgendwann?«, fragte Lili. »Willst du darüber sprechen?«

»Mein Vater kommt nicht zurecht damit, wer und wie ich bin«, erwiderte Levon. Dann schwieg er und knetete einen Fuß.

»Auch das scheint es wohl schon immer gegeben zu haben.« In Lilis Stimme lag dieser Anflug von Melancholie, wie man sie vielleicht erst im Laufe eines langen Lebens entwickelt. Es schien mir bei ihr eine Mischung aus Erkenntnis und Trotz zu sein. Sie wusste zwar, dass das Leben so manchen Schmerz bereithielt, aber sie hatte niemals aufgegeben zu hoffen.

»Ich würde gern für einige Zeit bleiben, wenn ich darf«, sagte Levon unvermittelt. »Torchau ist der ideale Ort, um etwas Abstand zu gewinnen. Ich muss mir über ein paar Dinge klar werden.« Er hatte jetzt wieder den verletzlichen Welpenblick, als befürchtete er, jeden Moment ausgesetzt zu werden. »Ich werde mich an die Arbeit gewöhnen. Janosz und ich kommen gut zurecht. Und hier gibt es eine Menge zu tun. Darf ich helfen?«

»Natürlich!«, sagte Lili. »Du gehörst doch auch zur Familie. Jetzt haben wir sogar noch jemanden von Hannas und Nairis Seite. Was denkst du?« Sie sah mich an.

»Klar, warum nicht?«, antwortete ich. »Für das Familientreffen hast du ja auch Leute eingeladen, die du kaum kennst. Und ich weiß gar nichts über sie.« Ich sah meinen Cousin an. »Ich fände es toll, wenn du bleibst.«

*

Nach dem Frühstück kam unser Allrounder Janosz und holte Levon ab. Meine Großmutter nahm ihre Lesebrille und legte ihre Finger unter die erste Zeile einer Namensliste. Sie und Ebbi wollten nun endlich das Geheimnis lüften, und ich sollte erfahren, wer mit wem verwandt war und eingeladen wurde.

»Also«, sagte sie. »Da ist zunächst die Verwandtschaft meines Bruders Ludwig. Recht überschaubar. Er ist erst spät Vater geworden und vor über zwanzig Jahren verstorben. Aber meine Nichte und meinen Neffen möchte ich dabeihaben. Heike ist verheiratet und hat einen Sohn. Sie ist politisch sehr aktiv. Wer weiß, vielleicht kann sie uns ein paar Tipps geben, wie man die Gemeindevertreter für sich gewinnt. Und Torsten hat die Baufirma meines Bruders übernommen.«

»Auch praktisch«, meinte ich. »Mit ihm müssen wir uns gutstellen. Bei den Handwerkerpreisen.«

Lili nickte nur und fuhr mit der Hand auf der Namensliste nach unten. Sie setzte neben die Namen ein paar Ausrufezeichen. Ich erfuhr, dass sie ihren Bruder nach dem Krieg kaum noch zu Gesicht bekommen hatte.

»Er hat mir sein Leben lang die Schuld am Tod unseres Vaters gegeben. Außerdem gab es viele Punkte, die uns wohl ohnehin entzweit hätten. Wir hatten es nicht leicht in unserem Elternhaus. Mein Bruder war ein Tyrann, der diese furchtbare Erziehung nie ablegen konnte. Heike und Torsten sind zur Welt gekommen, da war er bereits Mitte vierzig. Kurz danach wurde er schon krank. Übergewicht und Herzprobleme.«

Sie nahm ein weiteres Blatt zur Hand. Mir schien, dass sich ihre Gesichtszüge jetzt etwas entspannten.

»Meine Verwandten der mütterlichen Seite«, sagte sie. »Familie von Gratten. Verarmter pommerscher Landadel.«

»Daher der Hang zur grünen Idylle«, meinte ich lächelnd.

»Meine Mutter hat sich aufgerieben zwischen ihrer Familie und ihrem Mann. Baron von Gratten erschien mein Vater nicht als würdige Partie. Er war ja anfangs nur ein bürgerlicher Assessor bei Gericht. Sie hielten ihn für einen Mitgiftjäger und Emporkömmling.«

Ich musste unwillkürlich lachen. Von solchen Dingen las man vielleicht in Sittenromanen. Dass es vor gut hundert Jahren in

Deutschland noch ähnlich zugegangen war, konnte ich kaum glauben. *Mitgift. Emporkömmling.* Dieser alte Adel erschien mir wie abgestandene Luft. Irgendwie unangenehm und verbraucht. Von Gratten. Der Name hatte etwas Bissiges, fand ich. Er erinnerte mich an kleine Hunde, die niedlich bellten und dann zuschnappten, wenn man sich zu ihnen herabbeugte. Vorurteile machten das Leben leichter. In diesem Fall waren es meine eigenen. Da ich sehr wohl wusste, wie sich das anfühlte und welche Folgen es hatte, beschloss ich, diesen Leuten eine Chance zu geben.

»Meine Eltern haben ein paar Jahre nach dem Krieg geheiratet«, erklärte Lili. »Nach dem ersten großen Krieg. Da hatte man dem Adel gerade alle Rechte aberkannt, und diese Leute achteten deshalb umso mehr auf standesgemäße Verbindungen. Meine Mutter war anscheinend von ihrem Großvater, dem damaligen Baron, dazu ausersehen worden, das spätere Erbe anzutreten.«

Ich musste sofort an meinen Cousin Levon denken. Letztlich bemühte sich offenbar auch sein Vater um eine *standesgemäße Verbindung*. Man brauchte sich also nur ein wenig in der Zeit oder auf der Welt umzusehen und traf überall auf dieselben Muster.

»Eine Frau als Erbin in hohem Haus?«, fragte ich dennoch verdutzt. So schnell konnte man mit Vorurteilen aufs Glatteis geraten. »War der Baron derart aufgeschlossen? Ich meine, fast alle Adelsfamilien wünschen sich doch den stolzen, männlichen Stammhalter.«

»Von wegen aufgeschlossen«, erwiderte Lili. »Ihm schienen die eigenen Söhne nur eine noch schlechtere Wahl zu sein.«

Fast war ich erleichtert, dass ich meine Klischees doch nicht einmotten musste. Wir saßen eine Weile schweigend da und sahen den schwächer werdenden Dampfwölkchen zu, die von unserem Chai Latte aufstiegen. Mich fröstelte trotz der frühsommerlichen Temperaturen, und ich wärmte meine Hände an der Tasse.

»Ich werde nur Norbert von Gratten einladen«, meinte Lili.

»Er ist derzeit das offizielle Familienoberhaupt. Ich muss selbst überlegen, über wie viele Ecken ich mit ihm verwandt bin. Aber es fühlt sich unvollständig an, wenn ich nicht wenigstens einen aus der Familie meiner Mutter dabeihabe.« Sie nahm die letzte Namensliste zur Hand. »Dann wären da noch die Angehörigen meines Onkels Anton.«

»Der Tänzer«, meinte ich, und sie nickte.

»Ich habe ihn immer gemocht. Wäre er mein Vater gewesen, vielleicht …« Sie unterbrach sich und schüttelte den Kopf. »Es ist eben, wie es ist«, schien sie sich selbst zu ermahnen.

Ebbi, der bisher geschwiegen hatte, streichelte zärtlich ihre Hand und zog die Liste zu sich heran. Er nahm ihr damit erkennbar eine Last ab. Beide hatten dieses bezaubernde Gespür füreinander, das ich so bewunderte. Sie verstanden sich auch ohne Worte. »Anton Rabe war gegen Kriegsende schwer krank«, meinte er. »Du weißt, dass Lilis Vater gewaltsam zu Tode kam?«

»Ja«, erwiderte ich. »Zu einer Zeit, als die Nazis noch fest im Sattel saßen.«

Ebbi nickte. »Laut Polizeiakte blieb die Täterfrage lange ungeklärt. Man versuchte zwar, Lili zur Verantwortung zu ziehen, jedoch mehr unter ideologischen Gesichtspunkten. Nach dem heutigen Rechtsempfinden nicht haltbar. Aber auch später viele Fragezeichen. Auch die Berichte und Protokolle sind nur unvollständig erhalten.«

»*Das* wusste ich nicht«, meinte ich mit belegter Stimme.

»Es war eine schlimme Zeit. Das Berliner Zentrum war weitgehend zerstört. Die Nazibeamten haben viele Akten verbrannt. Die Russen waren auch nicht zimperlich.«

»Anton galt lange als verschollen.« Lili hatte sich wieder etwas gefangen. »Niemand wusste damals, ob er tot oder untergetaucht war. Ich habe bei der Kommandantur und später bei den DDR-Behörden Suchanfragen aufgegeben. Nichts.«

»Im Chaos der Nachkriegszeit haben sich die Russen nicht großartig um die Sache gekümmert. Und die Genossen der späteren DDR interessierte weder der Tod eines Nazibeamten noch das Schicksal eines verschollenen Landsers.« Ebbi seufzte. »So bitter es klingt, es bleibt ein großes Rätsel.«

»Anton hat zwei Enkelkinder«, sagte Lili. »Lukas und Amelia. Sie ist leider vor ein paar Jahren bei einem Verkehrsunfall ums Leben gekommen, aber vielleicht folgt ihr Mann Patrick mit den gemeinsamen Zwillingen unserer Einladung. Ihre Kinder müssten inzwischen fast achtzehn sein.«

»Lukas Rabe«, murmelte Ebbi und sah auf die Notizen. »Ausgerechnet. Der Kerl hat sich ja einiges herausgenommen …«

»Ihr kennt ihn also schon?«, hakte ich sofort nach. Ebbis Reaktion kam mir seltsam vor.

»Kennen? Würde ich nicht sagen«, entgegnete Lili. »Es gibt da aber eine unangenehme Schriftsache. Deshalb mussten wir auch vorhin die Schreibmaschine bemühen.« Sie setzte ein Ausrufezeichen neben den Namen. »Ich lade ihn ein. Mit seiner Tochter Laura.«

Mir schwirrte der Kopf. Selbst war ich als Einzelkind in einer Minifamilie aufgewachsen. Und nun sollte mein Gehirn mit Tanten, Onkeln, Schwagern, Neffen, Nichten und Cousinen klarkommen? Dafür hatte ich definitiv keine Synapsen. Also beschloss ich, eine kleine Zeichnung, eine Art Stammbaum, anzufertigen, auf der ich alle Namen und verwandtschaftlichen Beziehungen vermerkte.

»Mal ehrlich, Oma«, sagte ich. »Mir scheint, da könnte auch eine Gruppe von Touristen hier hereinplatzen, die behaupten, sie wären mit dir verwandt. Du kennst die Leute gar nicht richtig. Manche von ihnen hast du nie gesehen.«

»Schlimm genug«, sagte Lili.

10

Ostberlin, 1960

»Ich habe vorsorglich schon die Einwilligung gegeben«, sagte Greta. »Sie ist beim Referat Jugendhilfe in Mitte hinterlegt.«
»Was sagen die Ärzte?«, fragte Lili.
Greta lag seit einigen Tagen in der Abteilung für Innere Medizin der Charité. Ihre Augen waren von dunklen Rändern umgeben.
»Es war dieses Mal ein leichter Schlaganfall.«
Lilis Freundin war wieder einmal kollabiert. Mitten auf dem Alex. Beinahe wäre sie sogar von der Tram überrollt worden, hätte sie nicht ein beherzter Passant von den Gleisen auf den Bürgersteig gezogen. Jetzt lag sie im Bett, war beinahe so blass wie das Laken. Und sie war fürchterlich abgemagert, wie Lili fand. Zwar bekam sie inzwischen regelmäßig Insulin, allerdings waren ihre Organe bereits zu stark geschädigt. Sie wirkte um zwanzig Jahre vorgealtert.
»Das linke Bein ist wie Watte«, sagte sie. Ihr Mundwinkel hing leicht herab. Lili tupfte den Speichel fort.
»Weiß Hanna es?«, fragte sie.
»So viel, wie eine Zehnjährige ertragen kann«, antwortete Greta.
Zu viele Abschiede, dachte Lili. Sie sah aus dem Fenster, versuchte, ihre Tränen zu unterdrücken. Sie hatte Übung darin. Greta und sie waren bereits lange Zeit kein Paar mehr, aber immer noch gute Freundinnen.

»Unverheiratet mit meiner Vorgeschichte. Es wird schwierig werden, Greta.«

»Hat dich das je in deinem Leben gestört, Lil?« Greta versuchte sich an einem aufmunternden Lächeln. »Du ziehst die Schwierigkeiten doch regelrecht an. Normal wäre dir zu langweilig.«

»Eine Adoption ist etwas anderes. Du weißt, was die Leute so tuscheln. Der Jugendhilfeausschuss nimmt es ganz genau. ›Die Annahme an Kindes Statt darf nur bewilligt werden, wenn das sozialistische Erziehungsziel sichergestellt ist.‹ Du siehst, ich habe mich erkundigt. Das sozialistische Erziehungsziel. Da bin ich genau die Richtige, Greta.« Lili verdrehte die Augen. Mit den Behörden stand sie auf Kriegsfuß.

»Du bist die Richtige für Hanna. Das ist alles, was zählt.«

Greta hustete Schleim. Lili wusste, dass ihre Freundin eine Lungenentzündung verschleppt hatte. Ihr Körper war derart geschwächt, dass er kein Fieber mehr hervorbrachte.

»Ich habe alles mit einem Anwalt besprochen. Du stellst einen Antrag auf Versorgung nach der Pflegekinderverordnung. Gleichzeitig bemühst du dich um die Adoption. Der Mann wird dich darin unterstützen, immer wieder Einspruchsgründe zu finden, sofern die Anträge abgelehnt werden.«

Eigentlich war bereits alles besprochen. Aber Lili ließ die Kranke gewähren. Es war wie mit einem gepackten Reisekoffer. Man stand davor und zählte auf, was alles drin war. Wahrscheinlich beruhigte es Greta, wenn sie jetzt noch einmal alles wiederholte. Nach einigen Minuten war Greta erschöpft und schlief ein.

*

Es hatte eigentlich Usedom sein sollen. Denn Greta wollte noch einmal ans Meer. Sie war allerdings stark geschwächt, sodass ihre Kräfte letztlich nur für den Müggelsee reichten. Gegen alle

Widerstände hatte sie durchgesetzt, dass die Ärzte der Charité sie entließen. Und vor drei Tagen waren sie zu dritt losgezogen, um am See zu zelten. Die zehnjährige Hanna und die beiden Frauen. Gestern Abend hatte Greta lange mit ihrer Tochter gesprochen. Obwohl Lili abseits am Ufer gestanden hatte und die Worte nicht hören konnte, zerriss es ihr in diesem Augenblick fast das Herz. Hanna war später von einer Bekannten abgeholt worden.

Nun saß Lili im Zelt und beobachtete, wie sich Gretas Konturen in der Morgendämmerung immer deutlicher aus dem Dunkel schälten. Sie hörte den rasselnden Atem, der oft für zehn oder zwanzig Sekunden auszusetzen schien. In diesen Momenten starb Lili tausend Tode mit ihrer Gefährtin. Ihr war klar, dass ein Leben erlosch. Viel zu früh.

Ein Kind, dachte Lili und schlug die Hände vor das Gesicht. Ich kann mich doch kaum um mich selbst kümmern. Ständig Geldsorgen, dazu der Ärger mit Ämtern und zugewiesenen Arbeitsstellen. Immer neue Ideen. Widerstände. Was kann ich einem Kind geben, wenn ich selbst noch suche? Die Zweifel nagten seit Tagen an ihr. Aber es gab kein Zurück. Denn sie durfte Greta nicht enttäuschen. Jetzt nicht und auch später nicht.

Nicht irgendein Kind. Lili reckte trotzig den Kopf, als könnte sie damit die dunklen Gedanken vertreiben. Hanna. Soll die Kleine etwa von einem desinteressierten Beamten an irgendjemanden vermittelt werden?, fragte sie sich. Weil ich zu sehr mit mir selbst beschäftigt bin? Hanna ist ein Geschenk.

Lili beugte sich vor, öffnete leise das Zelt und sah hinaus. Sie hatten es am Westufer aufgestellt, sodass Lili jetzt über den See die erste Morgenröte im Osten erblickte. Zwei Lichtpunkte strahlten knapp über der Baumkette am Horizont, als wollten sie dem nachfolgenden Feuerball den Weg in den Tag weisen.

Die Sterne vom Müggelsee, dachte Lili lächelnd.

Greta erwachte mit einem Stöhnen. Sie versuchte, sich aufzusetzen, war jedoch zu schwach. Die Frauen sahen sich an, und Greta nickte. Mit Lilis Hilfe gelang es ihr schließlich, sich vor das Zelt zu setzen. Eingehüllt in die Schlafsäcke hielten sie sich stumm in den Armen, sahen die Sterne verblassen und die Sonne aufgehen. Lili spürte gerade die Wärme der ersten Sonnenstrahlen auf der Haut, als die Hand in ihrer plötzlich erschlaffte. Greta war bewusstlos. Es war ein Abschied. Eine kaum erträgliche Wehmut legte sich über die nächsten Stunden und Tage. Es waren Gefühle, die Lili beinahe entzweibrachen. Die Dankbarkeit für das Gewesene, überlagert von einer Angst davor, was kommen würde.

11

Berlin, Juni 2022

Solange ich sie kannte, war Lili ein Wirbelwind gewesen. Ideen, Träume, spontane Einfälle kamen und gingen. Oder blieben. Und sie konnte einen ganz schön nervös machen, wenn sie erst einmal loslegte mit ihren Aktivitäten. Zugegeben, die emotionalen Windstärken hatten in höherem Alter etwas nachgelassen, aber mit ein paar Sturmböen vermochte sie ihre Umgebung immer noch ordentlich durchzuschütteln. Die Zeit nach unserem Treffen auf Gut Torchau verging schneller, als ihr lieb sein konnte. Ich hatte noch ein paar Adressen abgeglichen und Telefonate geführt. Dann waren die Einladungen – in einer etwas entschärften Version – versendet worden.

»Aber ich bleibe dabei«, hatte Lili betont. »Wer nicht kommt, geht leer aus.« Wir hatten es in den Anschreiben freundlicher ausgedrückt.

Für Ende Juni hatte sie die Deadline für die Rückmeldungen gesetzt, und nun saß ich mit ihr und Ebbi in meiner Werkstatt, damit wir uns absprechen konnten.

»Ein schönes Ergebnis«, meinte sie. »Heike und Torsten haben zugesagt. Und sie kommt mit ihrem Sohn Maurice. Die Familienseite meines Bruders ist damit gut vertreten.«

»*Dr.* Norbert *Baron* von Gratten erweist uns ebenfalls die Ehre«, ergänzte Ebbi und betonte beide Titel besonders. »Wie du es wolltest, ist also auch dein mütterlicher Part dabei.«

»Ist er Arzt?«, fragte ich.

»Psychologe.« Ebbi schüttelte den Kopf. »Er hat einige Jahre an der Uni Leipzig gearbeitet. Dissertation und ein paar Veröffentlichungen.«

»Besonders freut mich, dass Onkel Antons Seite kommen wird«, sagte Lili. »Seine Enkelin Amelia lebt ja leider nicht mehr, aber ihr Mann Patrick bat darum, die beiden minderjährigen Kinder vertreten zu dürfen.« Sie sah uns zufrieden an. »Und nicht zu vergessen, Antons Enkel Lukas. Er bringt seine Tochter Laura mit.«

Ebbi murmelte etwas Unverständliches. Ich erinnerte mich, dass beide vor ein paar Wochen ein Schreiben aufgesetzt hatten. Und es hatte irgendetwas mit Lukas Rabe zu tun gehabt. Den Mann umgab offenbar ein Geheimnis, das ich noch nicht kannte.

»Auf einem Foto sieht er seinem Großvater unglaublich ähnlich«, meinte Lili. »Lukas muss jetzt etwa so alt sein wie Anton, als ich ihn das letzte Mal sah.«

»Ob er ihm auch charakterlich das Wasser reichen kann, wage ich zu bezweifeln«, knurrte Ebbi. So kannte ich ihn gar nicht. Es kam selten vor, dass er sich Urteile über andere erlaubte, bevor er sie kennengelernt hatte.

»Alles wird sich klären, Eberhard«, sagte Lili und legte ihm beruhigend die Hand auf den Arm. »Übrigens danke, dass du mir ein paar Bilder von den Leuten geschickt hast, Nairi.«

Sie hatte die Fotos, die ich von unseren Verwandten im Netz gefunden hatte, ausdrucken lassen. Jetzt strich sie behutsam über eines der Porträts.

»Ach, Anton«, flüsterte sie dabei. »Wie gern würde ich noch einmal mit dir sprechen.« Ihre feucht schimmernden Augen blickten durch uns hindurch. »Bevor er in den Krieg musste, haben wir eine Stunde lang getanzt. Wusstet ihr das?« Jetzt schien sie nicht mehr in der Gegenwart zu sein. »Nein. Woher sollen sie es wissen? Es war unser Moment, Tonton.«

Ebbi und ich schwiegen. Solche Traumzeiten durfte man nicht unterbrechen. In diesen Zwischenwelten fand man nämlich oftmals jene Gewissheiten, die einem der Verstand vorenthielt.

»Nur Zornesfalten hatte Anton nicht.« Lili zeigte auf Lukas' Stirn, lachte und wischte ihre Tränen ab. »Ich glaube, er sucht ebenso nach Antworten wie ich. Jeder Mensch geht dabei eigene Wege.« Sie sah Ebbi an. »Einfach wird es sicherlich nicht mit ihm, da gebe ich dir recht.«

»Die Arbeiten gehen gut voran«, wechselte Ebbi das Thema. »Janosz hat ein paar Leute beauftragt, die jetzt alle Gästezimmer vorbereiten, damit denen nachts nicht der Gips aufs Bett rieselt. Und dein Cousin scheint ein verborgenes Talent als Planer zu haben«, meinte er an mich gewandt. »Janosz war immer ein wenig kopflos. Das Treffen kann also wie vorgesehen im August auf Torchau stattfinden.« Er erhob sich und hauchte Lili elegant den Kuss auf die Hand, für den er beinahe schon berühmt war. »Ich habe noch einen Termin, meine Liebe.«

Nachdem er gegangen war, saßen Lili und ich noch einige Zeit zusammen. Mir lagen viele Fragen auf der Zunge. Aber wann immer ich in den letzten Wochen einen Vorstoß zu deren Klärung gewagt hatte, war ich vertröstet worden.

»Ich mute euch viel zu, nicht wahr?«, fragte sie.

Ich nickte. Ohnehin konnte ich ihr nichts vormachen. Ich war in letzter Zeit ein paar Mal gekommen, um zu helfen, und hatte dafür meine eigene Arbeit vernachlässigt. Hin und her. Nicht nur die Fahrerei nervte. Auch in meinem Inneren saß ich mal wieder zwischen den Stühlen. Wollte ich bei der Sache mitmachen? Engte mich das nicht zu sehr ein? Ich sah meine Freiheit und meine Verwirklichung eher bei mir selbst, nicht in einem solchen Großprojekt. Andererseits wusste ich, wie viel es Lili bedeutete.

»Tut mir leid. Ich weiß, dass die Sache dich und andere unter Druck setzt.« Sie seufzte. »Aber glaube mir, ich werde jede Entscheidung verstehen, Nairi. Und es ändert nichts zwischen uns, wenn du nicht mitmachen möchtest.«

»Es ist eine Zwickmühle«, erwiderte ich. »Ich kann dich verstehen. Aber dann auch wieder nicht.«

»Was gibt es da nicht zu verstehen?«, fragte Lili und betrachtete mich mit diesem verschmitzten Ausdruck auf dem Gesicht. Dabei schien jedes ihrer Fältchen zu lächeln. »Wenn die eigene uralte Großmutter eine riesige, baufällige Bruchbude kauft, um künftig ihre Möbelsammlung dort auszustellen und ein Museum oder eine Stiftung zu gründen.«

Wahnsinn. Und doch, ich ahnte, was sie empfand. Sie, meine Mutter und ich hatten eine Gabe, wir waren gut darin, hinter die Dinge zu sehen. Wenn wir etwas betrachteten, dann formte sich ein Bild vor unserem inneren Auge. Wir sahen das Heile im Zerstörten, die Harmonie im Unpassenden, wir hofften noch, wenn andere schon aufgegeben hatten. Meine Mutter hatte ihre Kunst, ich die Möbel. Eher kleine und überschaubare Welten, wie ich fand. Aber Lili wagte sich noch einmal an einen großen Wurf. Mir schien dieses Projekt eher eine Lebensaufgabe für Jahrzehnte zu sein. Meine Rolle dabei blieb noch recht unklar.

»Wie geht es eigentlich Levon?«, fragte sie plötzlich.

Er war vor etwa einer Woche nach Berlin zurückgekehrt. Schließlich konnte er sich nicht ewig in der Uckermark verstecken.

»Er war ein paar Tage bei mir«, meinte ich. »Dann haben wir zwei Tage lang wie Detektive seine Wohnung observiert. Er hat geglaubt, dass die Brüder seiner Verlobten ihm dort auflauern. Als die Luft rein war, ist er dorthin zurück. Er will uns als Dank für seine Rettung Freikarten für eine Vorstellung geben, aber ich muss ihn sicherlich daran erinnern. Irgendwie ist er eine Mischung aus Kindskopf und ADHS-Junkie.«

Levon hatte Lili mittlerweile in die verwirrende Story seiner Familie eingeweiht. Das Thema hatte sie wütend und gleichzeitig traurig gemacht. Wenn Menschen fremdbestimmt wurden, verstand sie keinen Spaß.

»Na, dann ist gut«, meinte sie. Nachdenklich fuhr sie fort: »Schon seltsam, nicht wahr? Diese Zufälle. Erst steht Torchau zum Verkauf. Dann steht ein unbekannter Cousin vor der Tür, und er ist Tänzer. Und Lukas Rabe sieht seinem Großvater derart ähnlich, dass es mir fast unheimlich ist.«

Als auch Lili gegangen war, blieb noch etwas Zeit, bis ein Kunde zu einem verabredeten Termin kam. Ich entschied mich, Annika anzurufen. Denn nicht nur mein Leben steckte voller Überraschungen. Erst hatte ihr Freund sie vor einem Monat mit der Nachricht überfallen, dass er im Silicon Valley ein mehrmonatiges Praktikum ergattert hatte. Ganz spontan und natürlich sofort. Damit warf er alle Pläne des gemeinsamen Hausstands über den Haufen. Annika hatte immer Verständnis für die Belange anderer und nahm sich selbst gern zurück. Für meinen Geschmack entschieden zu oft. Dieses Mal jedoch flippte sie derart heftig aus, dass ich es war, die sie bremsen musste.

»Wenn er glaubt, dass ich hier das wartende Hausmütterchen mache, das ihm schon mal die Wohnung putzt, dann hat er sich aber verrechnet«, hatte sie geschimpft und sogar gedroht, die Beziehung zu beenden.

So kannte ich sie gar nicht. Und letztlich war dann alles doch nur halb so wild. Es folgten Aussprache und Versöhnung. Und natürlich stieg Jan in den Flieger. Kaum war dieses Problem erledigt, brachen in Annikas neuer Wohnung, in der die Renovierung zunächst auf Eis lag, zwei Wasserleitungen. Aber welcher Mensch war auch so verrückt, eine sanierungsbedürftige Immobilie zu kaufen? Okay, ich kannte nun zwei. Drei, denn meine Bleibe hatte ebenfalls den Neubaustandard von vor hundert Jahren. Jedenfalls war meine Freundin völlig fertig und konnte ein wenig Zuspruch vertragen.

»Als du neulich mit deinem Cousin aufgekreuzt bist, da dachte ich schon, dich hat es erwischt.« Sie hatte mir zehn Minuten ihr Leid geklagt. In Ordnung, so etwas musste man aushalten können. Ich würde meinen seelischen Abfallkorb später bei der Arbeit wieder entleeren. Nun jedoch kam sie wieder auf ein Thema, das seit einigen Monaten irgendwie zwischen uns stand. Männer. Sie war ein paar Jahre jünger als ich und wohl äußerst besorgt, ich könnte »den Zug verpassen«, wie sie es gern nannte. Seit die Planungen mit Jan standen, fand sie immer wieder Gelegenheiten, mich an tickende Uhren und schließende Tore zu erinnern.

»Irgendwann bist du auch dran, meine Liebe.«

Wie dran? Wo dran?

»Du kannst dein Leben nicht ewig so anonym leben.« Annikas Stimmung hatte sich offenbar erheblich gebessert, während sich meine gerade eintrübte. Was gefährlich war, denn dann kam sie in Lebensberaterlaune und bemerkte nicht, dass sie manchmal etwas übergriffig wurde.

»Wie meinst du das?«, fragte ich.

»Du willst, dass dein wahres Ich unerkannt bleibt. Dadurch machst du dich aber viel zu oft unnahbar. Du stößt die Leute weg, weil du niemanden an dich heranlassen willst.«

»Jetzt übertreibst du«, erwiderte ich. »Ich bin gern unabhängig. Beruflich und privat. Hat doch nichts damit zu tun, dass ich niemanden heranlasse.«

Ein leichter Kopfschmerz begann sich einzustellen. *Anonym?* Eindeutig übertrieben, aber ihre Bemerkung gab mir doch zu denken. Wenn die beste Freundin die unsichtbaren Grenzen überschritt, dann musste sie ja nicht zwangsläufig auch unrecht haben. Es konnte bedeuten, dass das Gesagte wenigstens zum Teil stimmte. Dass ich es nur nicht hören wollte.

»Doch, sicher«, legte Annika nach. »Wenn es nach dir ginge, wäre das Leben ein Maskenball. Keiner darf wissen, wer du wirklich bist. Und wie es in deinem Inneren aussieht. Und wenn der Tanz vorbei ist, ziehst du einfach weiter. Ich kann ja verstehen, warum du das machst. Aber für andere bleibst du …«

»Anonym«, unterbrach ich sie. »Ich habe es verstanden.«

Klang nach fremd, unbekannt und namenlos. Aber auch nach unpersönlich, kalt, seelenlos. Irgendwie nicht schön. Klar, dass es jetzt in mir leicht brodelte. Zumal Annika, ohne es zu wissen, in eine alte Wunde gehauen hatte. Kurz bevor ich aus Hamburg wegging, hatte ich dort eine Gesprächstherapie begonnen. *Anonym.* Da hallte etwas in mir nach.

»Du sprichst mit deinen Möbeln, Nairi!«

»Na, wenn schon. Andere reden mit ihren Hunden. Deshalb bin ich noch lange nicht entrückt oder so etwas. Ich bin eben gern mit mir allein. Das muss ja nicht bedeuten, dass ich für alle eine anonyme Fremde bin. Likes und Bussis sind eben nicht mein Ding.«

Lili und meine Mutter waren anders, das wusste ich. Zwar war meine Mutter eher schüchtern, aber sie trug ihre Kunstwerke wie einen Ritterschild vor sich. Dadurch konnte sie sich nach außen wenden und sich gleichzeitig geschützt fühlen. Und Lili schien sich durch Kontakte regelrecht zu definieren. Durch ihre Offenheit konnte sie ungezwungen auf Veranstaltungen sprechen oder mit dem Bürgermeister schwoofen.

»Wir haben doch im Leben auch Ziele«, fuhr Annika unbeirrt fort. »Ich meine nicht Geld oder am Strand zu chillen. Man will doch Spuren hinterlassen. Wissen, dass da etwas ist, das bleibt.«

Ich befürchtete, das Gespräch könnte eine Wendung nehmen, die wir später bereuten. Jetzt war definitiv nicht der Augenblick, um über den Sinn der Welt und die eigene Rolle darin zu sprechen. Mein Kopfschmerz pflichtete mir durch leichtes Pulsieren bei.

»Du, ich muss Schluss machen. Ich habe noch einen Kunden.«

II

Die Entschälung des Gegenstandes aus seiner Hülle,
die Zertrümmerung der Aura, ist die Signatur
einer Wahrnehmung,
deren »Sinn für das Gleichartige in der Welt«
so gewachsen ist,
daß sie es mittels der Reproduktion auch
dem Einmaligen abgewinnt.

    (Walter Benjamin, 1892–1940)

    (aus: W. Benjamin, *Das Kunstwerk im Zeitalter seiner*
    technischen Reproduzierbarkeit, 1936)

12

Gut Torchau, Uckermark, August 2022

Ich musste zugeben, es war eine Wohltat, der städtischen Hitze zu entfliehen. Berlin garte seine Bewohner derzeit bei schwülwarmer Umluft. Zwar erreichten die Temperaturen auch auf Gut Torchau tagsüber dreißig Grad, aber es kühlte gegen Abend angenehm ab. Endlich Freitagnachmittag. Das Warten hatte ein Ende. Und mit ihm auch hoffentlich die endlosen Telefonate, die Sichtung von Kostenvoranschlägen und Preisvergleichen, der Ärger mit Verwaltungsvorschriften und Behördenanfragen. Zumindest für diese Woche. Ich war schon zu einer Art Fachsekretärin in Sanierungsfragen geworden. Und nebenbei hatte ich einiges Wissen im Bereich Stiftungs- und Erbrecht erworben.

Ich war bereits gestern eingetroffen und hatte mit Lili die letzten Vorbereitungen besprochen. Alle Gästezimmer waren hergerichtet, Schimmelflecken und Putzbrocken in den zwei Bädern beseitigt. Ich war beeindruckt. Janosz, unser Mann fürs Grobe, hatte sich zum Bauleiter gemausert. Mit ein paar Bekannten und einer Putzkolonne hatte er ganze Arbeit geleistet.

»Zum Ablauf«, sagte Lili. Es war bereits das dritte Mal, dass wir den Plan durchgingen. Sie wirkte nervös wie eine Debütantin beim Wiener Opernball. »Wenn alle Gäste da sind, lernen wir uns beim Abendessen erst einmal kennen. Morgen nach dem Frühstück beginnt das Programm.«

»Die Vorstellung der Stiftungsidee. Ich weiß, Lili.« Ich zeigte auf den Stapel Moderationskarten. »Alles notiert, es kann also nichts vergessen werden.«

»Dann die Erbfrage. Nur grob. Die Details wird Eberhard noch ausarbeiten.«

Ich nickte stumm.

»Und zum Schluss werden die Ergebnisse der Nachforschungen vorgestellt.«

Nachforschungen. Ich wusste, dass sie einen Privatermittler damit beauftragt hatte, ein paar Fragen aus ihrer Vergangenheit zu klären. Er hatte offenbar in alten Akten gestöbert, um die Hintergründe des Todes von Lilis Vater zu beleuchten. Ich erinnerte mich an das Schreiben, dass Ebbi vor drei Monaten aufgesetzt hatte. Darin war eine *Strafsache Walter Rabe* erwähnt worden. Hier war die große Unbekannte in unserer Gleichung. Was hatte der Mann herausgefunden? Wie würden Lilis Angehörige und sie selbst darauf reagieren? Und welche Folgen mochten solche Erkenntnisse haben? Ich machte mir vor allem Sorgen um ihre Gesundheit.

»Stiftung, Erbe, Familiengeschichte. Bisschen viel für einen Samstag, findest du nicht?«, fragte ich.

»Es muss jetzt endlich auf den Tisch, Nairi. Und zwar alles. Ich habe lange genug im Ungewissen gelebt. Ich dachte, dass es abgeschlossen ist. Begraben und vergessen. Ist es aber nicht.« Sie ordnete die Karten mit den Notizen und wirkte jetzt entschlossen. »Es gab bereits vor ein paar Monaten eine Anzeige. Und die Staatsanwaltschaft hat Vorermittlungen eingeleitet.«

Vor Schreck ließ ich den Löffel fallen, mit dem ich gerade herumgespielt hatte.

»Nicht direkt gegen mich, keine Sorge. Eine Anzeige gegen unbekannt wegen Mordverdachts.«

»Dein Vater«, sagte ich mit tonloser Stimme.

»Mord verjährt nicht«, sagte sie und nickte. »Also mussten die Behörden irgendwie darauf reagieren. Sie haben es eher lustlos getan, denn die Kripo ermittelt nur gegen lebende Tatverdächtige. Aus dieser Zeit lebt doch ohnehin niemand mehr, haben sie sich wohl gedacht.«

»Verdächtigt die Polizei jetzt etwa dich?«

»Im Moment bin ich nur Zeugin. Und aufgrund meines Alters hat Eberhard durchgesetzt, dass ich schriftlich zu den Umständen befragt werde.«

Deshalb also die Briefe, dachte ich. Aber wer konnte nach achtzig Jahren ein Interesse daran haben, die Sache wieder aufzurollen? Welche Folgen hatte eine Neunzigjährige noch zu befürchten? Würde Lili vor Gericht aussagen müssen?

»Bis unsere Gäste eintrudeln, werde ich noch etwas Musik hören«, meinte Lili. »Und keine Sorge. Ich denke, die Sache wird jetzt endlich aufgeklärt.«

»Du hast doch sicher bereits mit diesem Privatermittler gesprochen? Was sagt er? Trägst du irgendeine Verantwortung? Bitte, Lili, spann mich nicht so auf die Folter!«

»Ich weiß im Moment ebenso wenig wie du. Er wird die Ergebnisse auf unserem Treffen vorlegen. Ich wollte es so.«

*

Ich war vor die Tür gegangen, brauchte frische Luft und musste erst einmal alles sacken lassen. Den Gutshof umgab ein ganz eigener, leicht morbider Zauber. Entweder konnte eine Betrachterin verzweifeln. Oder aber sich in Träumen verlieren. Der Vorgarten am Haupthaus war stark verwildert, aber wunderschön. Ich mochte ganz besonders den Klatschmohn. Der Staketenzaun war schon lange morsch geworden und in Teilen umgefallen. Ungehindert konnten die Rehe jetzt an jungen Trieben und frischen Wildrosenblüten knabbern. Die langen Wiesengräser waren an einer Stelle niedergedrückt. Wahrscheinlich hatte dort ein Tier gelegen. Noch eine Stunde. In den letzten Monaten hatte es ein Auf und Ab in meinem Inneren gegeben. Jetzt war es da. Das Wochenende mit Fremden, die unsere Angehörigen waren.

Ich ging ins Haus zurück und sah nach den kalten Platten, die der örtliche Feinkost-Caterer samt Eis zum Kühlen vor zwei Stunden gebracht hatte. Die innere Unruhe trieb mich auch dazu, in den Zimmern noch einmal nach dem Rechten zu sehen. Obwohl dies nun gar nicht meine Art war.

Danach ging ich in die alte Bibliothek, die bis jetzt von den Sanierungsarbeiten ausgenommen war. Das große Zimmer atmete irgendwie Zeitlosigkeit. Selbst die Luft roch auf seltsame Art alt, obwohl es doch im gesamten Haus zog wie Hechtsuppe. Der Duft war nicht unangenehm, wie ich fand. Eine Mischung aus gutem, aromatischem Pfeifentabak und den Resten eines schweren, blumigen Parfums. Vielleicht hatte ein Ehepaar hier Jahrzehnte damit verbracht, gemeinsam in Stille zu lesen. Lange vor Smartphone, PS5 und Netflix. Leider war die Wand an einer Stelle etwas grünlich. Entweder ein alter Wasserschaden oder chronisch feuchtes Mauerwerk. Die Regale waren mit dickem, klebrigem Staub überzogen. Einige wenige Folianten gammelten darin vor sich hin. Da musste später unser unerschrockener Janosz ran. Schade um die schönen Bücher. An der Wand neben der Kassettentür hing der alte Fernsprecher. Die weißen Ziffern in der Wählscheibe waren abgerieben. Das Ding war aus schwarzem Bakelit, das kleine Schild darauf halb abgerissen. VEB irgendwas. Lili hatte tatsächlich versucht, den Apparat wieder anschließen zu lassen. Natürlich ohne Erfolg. Solche beinahe schon fossilen Relikte hatte ich überall auf dem Gutshof entdeckt. Ich hatte im Badezimmer eine Trockenhaube gefunden, eine Musiktruhe war auf dem Dachboden von Taubenkot zersetzt worden. Sogar eine Vinylscheibe von Karat lag noch auf dem Plattenteller. Diese Sachen mussten wir später unbedingt erhalten.

Im ersten Stock betrat ich das zukünftige Atelierzimmer meiner Mutter. Lili hatte natürlich auch sie nach Torchau eingeladen. Und gleich überredet, hier doch ein paar Wochen im Jahr an ihren Plastiken und Reliefs zu arbeiten. Es war wirklich ein schöner Ort dafür. Langsam begann auch ich, mit Torchau in eine Art Beziehung zu treten. Und diese war nicht von der einfachen Art. Es schien, als müssten sich der Hof und ich erst aneinander gewöhnen. Die verwundeten Schätze, die wir mittlerweile in einer trockenen Scheune gelagert hatten, warteten auf ihre Erstversorgung. Ich war zwar durchaus gewillt, sie zu retten. Aber konnte es gelingen, die Vergangenheit des Ortes einfach abzuschütteln? Lili hatte mir in den letzten Wochen vieles erzählt. Und zudem blieb die Frage eines Umzugs oder nervtötenden Dauerpendelns.

Gerade überlegte ich, ob ich den Leuten zur Begrüßung ein Glas Sekt anbieten sollte, als im Innenhof ein Auto hupte. Hatten wir die Türklingel überhört? Ich sah auf die Uhr. Da war jemand deutlich zu früh. Als ich die Haustür öffnete, traute ich meinen Augen kaum. Im Hof stand ein Taxi und daneben mein Cousin Levon.

»Was machst du denn hier?«, fragte ich.

»Kannst du mir vielleicht hundert Euro leihen?«

»Wofür?« Ich blickte den genervten Fahrer an. Berliner Taxifahrer waren nicht gerade für Geduld und Freundlichkeit bekannt. »Ach ja, klar. Echt jetzt, hundert Euro für eine Taxifahrt?«

»Eher zweihundert, aber ich hatte etwas Geld dabei«, meinte Levon und versuchte sich an einem entwaffnenden Lächeln. »Du bekommst es natürlich zurück.«

Es dauerte einige Minuten, bis ich in allen Taschen gewühlt und schließlich Ebbi angepumpt hatte.

»Ich hätt jern ooch zwanzich Trinkjeld vertrajen«, blökte der Taximann unverschämt und ließ mit durchdrehenden Rädern Kies über den Platz regnen, als er losfuhr.

»Was ist denn in dich gefahren?«, fragte ich meinen Cousin. »Du kannst hier nicht einfach hereinschneien. Wir haben dieses Wochenende unser Treffen.«

»Sie sind wieder da.«

»Wer?«

»Die Brüder meiner ... der Frau, die ich heiraten soll.«

»Für zweihundert hättest du auch ein Hotelzimmer bekommen«, erwiderte ich.

»Bitte, Nairi. Ich bin zu jedem Sklavendienst bereit. Steine klopfen, umgraben, Zäune richten. Ich wasche ab und kaufe ein. Alles, was du willst.«

»Sicher.« Ich lächelte bei dem Gedanken an geschwollene Knöchel und Lilis Pferdesalbe.

»Danke! Du bist ein Schatz.« Er hatte meine Bemerkung und Mimik völlig falsch verstanden. Ich ließ ihn stehen und sprach kurz mit Lili über diese Neuigkeit. Danach besorgte ich Bettwäsche und Handtücher.

»Erster Stock, linker Flur, das Zimmer ganz hinten«, wies ich ihn an. »Nicht das schönste, aber die Suiten sind leider alle ausgebucht.« Ich sah wieder auf die Uhr. »Warte, ich begleite dich«, fügte ich dann in versöhnlicherem Tonfall hinzu. Schließlich konnte ich ihn nicht dafür leiden lassen, dass mich die Ungewissheit mächtig stresse.

»Meinst du nicht, dass du die Angelegenheit klären musst?«, fragte ich ihn. »Oder willst du in Zukunft immer weglaufen, wenn ein fremder Briefträger vor der Tür steht?«

»Ja. Also, nein. Du hast ja recht. Aber man hört so einiges. Diese Leute sind bestimmt nicht zimperlich.«

»Du hast Angst, dass sie dir etwas antun?«, fragte ich entgeistert. Echt jetzt? Dachte mein Cousin tatsächlich an so etwas wie Familienehre und Blutrache? Ein Ohr für eine Beleidigung? Oder zwei Finger für ein nicht eingehaltenes Versprechen?

»Klingt reichlich nach *BILD*-Klischee, mein Lieber, findest du nicht?«

»Bitte, nur dieses eine Mal noch, Nairi. Ich denke über eine Lösung nach. Versprochen. Mit der Familie ist es eben nicht einfach.« Er lächelte vielsagend.

Als er seine paar Habseligkeiten im Zimmer verteilte, nutzte ich die Gelegenheit, um ihm vom Ablauf des Treffens zu erzählen. Nicht dass er es unbedingt wissen musste, aber auf diese Weise konnte ich ein wenig Dampf ablassen.

»Wenn du reden möchtest, ich bin auf meinem Zimmer«, sagte er. Verkehrte Welt, dachte ich. Er bittet um Hilfe und bietet mir eine Schulter zum Ausweinen an. Ganz ruhig, tief durchatmen. Ich nickte nur und ließ ihn allein. Der arme Kerl war zum denkbar ungünstigsten Zeitpunkt aufgetaucht und stand jetzt mitten in dem Gefühlsshitstorm, der sich in mir zusammengebraut hatte. Ich hätte jetzt gut eine Zigarette vertragen können. Oder ein Glas Wein. Ich fuhr mit dem Finger über die Scheibe eines Seitenfensters neben dem Eingang.

»Meine Mutter konnte schmutzige Fenster nicht leiden.« Die vertraute Stimme. Das weiche Reibeisen. Lili hatte sich entweder sehr leise genähert. Oder ich war geistig wieder einmal weit weg gewesen. Sie deutete auf die Scheibe, auf der Schleier und Schlieren zu sehen waren.

»Sie mussten ohne Streifen sein«, fuhr sie fort. »Ihr Leben hätte sie sich auch so gewünscht, glaube ich. Eine streifenfreie Frau in einem streifenfreien Heim. Die Gardinen gestärkt, die Bügelfalten an der Hose des Gatten tadellos. Wahrscheinlich merkte die Gute nicht, wie sie sich in ihrem Bemühen um Perfektion immer mehr verlor, zu einem unauffälligen Wesen wurde. Sie hat sich irgendwie selbst weggewischt, jede Unebenheit geglättet, jeden Fleck gebleicht. Sie gehörte zu jenen Menschen, die sich zeit ihres Lebens für alles Auffällige, sogar für sich selbst, entschuldigten.«

»Na, da bist du wohl etwas aus der Art geschlagen. Du bist vieles, aber ganz sicher nicht unauffällig, Lili.«

Ich betrachtete lächelnd ihren bunten Rock. Das Seidentuch mit Goldfäden, das sie um den Hals trug und das beim kleinsten Lufthauch auf ihren Schultern zu tanzen schien. Die Schleife im silbernen Haar. Sie sprach selten über ihre Mutter.

»Als ich jung war, habe ich ihre Signale nicht verstanden. Ich war wütend, dass sie sich so selten für mich einsetzte. Vater bestimmte alles. Heute weiß ich, dass die Zeit eben so war. Wie soll ein Mensch, der sich selbst unauffällig und klein macht, anderen seine Zuneigung zeigen? Trotz allem denke ich, dass sie mich geliebt hat. Wenigstens hoffe ich es.«

Ich nahm sie in den Arm. Die Erkenntnis, dass solche Dinge einen Menschen auch noch mit über neunzig beschäftigten, haute mich schlichtweg um. Redete ich mir doch ein, dass die alten Verletzungen irgendwann mal vergeben und vergessen wären. Bevor nun das einsetzende Schweigen unangenehm werden konnte, unterbrach ein Läuten die Stille. Undankbar war ich darüber in diesem Moment nicht, denn in meinem Kopf schien sich ein Bienenschwarm einzurichten. Ich musste unbedingt meine Aufmerksamkeit auf Alltägliches richten. Ich erinnerte mich an den kleinen Löwenkopf neben dem Eingang. Man konnte an dem Ring ziehen, den er mit dem Maul umfasste. Inmitten des uns umgebenden Verfalls hatte der Klang dieses Gongs etwas Erhabenes, Ewiges, Erdendes. Ich sah auf die Uhr. Die ersten Gäste.

13

Gut Torchau lag im Uckertal, nicht weit vom Nirgendwo entfernt. Und Heike Kernbach, die Tochter von Lilis Bruder Ludwig, der ich gerade vor zwei Minuten die Tür geöffnet hatte, wurde nicht müde, dies zu betonen.

»Strukturschwache Regionen sind ein Fass ohne Boden«, meinte sie sofort nach ihrer Ankunft und der ersten Begrüßung, zu der sie Lili und mir auffordernd die Wangen hingehalten hatte. Als würden wir uns jahrelang kennen. Heike gehörte zu den Menschen, für die Schweigen verlorene Zeit zu sein schien.

»Sie haben jedoch den Vorteil, dass sie so herrlich authentisch sind«, ergänzte sie. »Die Leute suchen ja heute wieder nach dem Echten, nach der Ursprünglichkeit.«

Sie war eine Endvierzigerin, die penibel auf ihr Äußeres zu achten schien und sportlich wirkte. Über die Berliner Verwaltung war ihr der Sprung in die Politik gelungen. So viel wusste ich von Lili und aus dem Internet. Anfangs hatte ich mich ein wenig über ihr Alter gewundert. Sie war Lilis Nichte, und ich hatte deshalb vermutet, sie wäre deutlich älter.

»Es ist unendlich wichtig, dass ein solches Kleinod erhalten bleibt«, schob sie hinterher. »Das kann nicht alles die Politik machen. Da brauchen wir Schwärmer, Freigeister und Künstler, die die Zeit und Kraft haben, sich um das Schöne zu kümmern.«

Sie sah mich an, als erwartete sie begeisterte Zustimmung. *Schwärmer. Freigeister. Künstler.* Mit viel Zeit und Kraft. Wen konnte sie nur meinen? Trotz – oder gerade wegen – ihrer Überspanntheit musste ich lächeln.

»Du siehst etwas erschöpft aus, meine Liebe«, fuhr sie unbeirrt fort. »Sicher die Belastung durch die Sanierung. Gehen die Arbeiten gut voran? Und dann noch die Vorbereitungen für das Treffen. Kann schnell zu viel werden!«

Sie gehörte offenbar zu jenen Menschen, die sich gern selbst die Antworten auf die von ihnen gestellten Fragen gaben. Bevor ich etwas entgegnen konnte, kam ihr Sohn Maurice um die Ecke. Er mühte sich mit zwei riesigen Koffern ab, die bei einer Charterflug-Abfertigung als anmeldepflichtiges Sondergepäck durchgefallen wären.

»Mag sein, dass es viel ist«, erwiderte Lili an meiner Stelle. Sie war von hinten durch den Flur gekommen. »Aber vor allem ist es doch wunderschön hier, findest du nicht?«

Ludwig Rabe hatte Berlin nach dem Krieg als junger Mann verlassen und war nach Süddeutschland gegangen, um dort Maschinenbau zu studieren. Später gründete er eine Baufirma, die heute von seinem Sohn Torsten geleitet wurde. Lili hatte mir erzählt, dass ihr Bruder damals Hals über Kopf verschwunden war, ohne sich von ihr zu verabschieden. Ihre Mutter hatte nur einen kurzen Brief auf dem Küchentisch gefunden. Ludwig hatte spät geheiratet und eine Familie gegründet. Seine beiden Kinder Heike und Torsten hatte es später aus unterschiedlichen Gründen wieder in die Nähe Berlins verschlagen. Sie hatte einen Medienunternehmer geheiratet und in der Hauptstadt gute Chancen für ihre politischen Ambitionen gesehen. Torsten Rabe hingegen hatte versucht, die kleine Familienfirma zu einem Big Player im Spree-Chicago des einundzwanzigsten Jahrhunderts zu machen. Seit einem Jahrzehnt war er an verschiedenen Stadtprojekten beteiligt gewesen.

»Ach Gott«, meinte Heike jetzt. »Wie lange ist es her, Tante Lili? Zwanzig Jahre?«

»Dreiundzwanzig. Denn so alt ist dein Maurice doch?«

Sie begrüßte den jungen Mann, der neben seiner Mutter stand. Er war durchaus attraktiv. Nicht schön im griechischen Marmorsinn, sondern herrlich unfertig wie rauer Granit oder Ostsee-Gneis. Er hatte noch jene typische, beinahe niedliche Unsicherheit an sich, die Männer in seinem Alter durch betonte Lässigkeit zu verbergen suchten. Konnte natürlich nerven, wenn man es nicht durchschaute. Er jedoch wirkte keineswegs überheblich, die Extrovertiertheit seiner Mutter schien ihm abzugehen. Was ihn sympathisch machte. Aber offenbar stand er ordentlich unter der Fuchtel seiner Mutter.

»Ich dachte, du kommst mit deinem Mann«, sagte Lili.

»Mein Mann ist leider verhindert, lässt dich aber grüßen«, erwiderte Heike. »Dringende Geschäfte, da kann er sich nicht ein ganzes Wochenende freinehmen.«

Nach wenigen Minuten kannten wir bereits die ganze Erfolgsgeschichte des Ehepaars Kernbach. Noch im Flur stehend ließ Heike uns in Zeitraffer daran teilhaben. Sie bekamen mehr Einladungen, als sie Abende zur Verfügung hatten. Besaßen viel mehr Geld, als schicklich war. Augenaufschlag. Sie machten keinerlei Aufhebens um die vielfältigen Charity-Acts, in denen sie sich engagierten.

»Eigentlich erwähne ich das gar nicht.«

Und gingen als Angehörige der Gen X immer mit der Zeit.

»Echt cringe, sage ich dir. Absolut cringe!«

Sie erinnerte mich ein wenig an die legendäre Dame Edna. Ich nahm mir vor, ihre Attitüden mit Humor zu nehmen.

»Ich zeige euch die Zimmer«, schlug ich vor.

Viele Comedians konnte man nur eine gewisse Zeit ertragen. Für Dame Edna galt das auch. Und ich würde die Gelegenheit nutzen, unsere Gäste mit den Besonderheiten von Gut Torchau vertraut zu machen.

»Der äußere Anblick ist imposant«, sagte ich. »Das Ensemble dürfte in diesem Erhaltungszustand einzigartig sein. Der Teufel steckt vielleicht ein wenig im Detail.«

»Und man sollte wohl lieber nicht allzu genau hinsehen, da die Gefahr besteht, dass weitere Schäden am Bau entstehen«, meinte Maurice und grinste.

»In Bezug auf unsere modernen Ansprüche ist jedoch alles sehr bescheiden«, fuhr ich unbeirrt fort. »Die Heizung wurde ausgebaut. Deshalb haben wir auf den Sommer gewartet. Strom und Kaltwasser gibt es immerhin. Und im großen Badezimmer gibt es sogar Warmwasser.«

»Abenteuerurlaub! Prima. Und ein LTE-Funkloch bekommt man gratis dazu.« Maurice blickte seine Mutter an. »Da wirst du auf deine Zoom-Meetings und BBB-Konferenzen mit dem Präsidium verzichten müssen, Heike.«

»Die Dörfer haben Breitband«, meinte ich, ohne mit der Wimper zu zucken. »Damit die alten Leute, die da noch leben, ihre Filme ruckelfrei streamen können. Besseres Internet als in Berlin. Das Landgut haben sie leider vergessen. Der Anschluss wird zehntausend Euro kosten. Aber wenn der Wind richtig steht, haben wir UMTS-Empfang.«

»C-Netz wäre wohl verlässlicher«, witzelte Maurice.

»Wirklich wichtige Menschen sind nicht ständig erreichbar«, gab seine Mutter jovial zurück, aber ihre Leichtigkeit wirkte etwas aufgesetzt. Ein Spruch aus einem Managermagazin, da war ich mir sicher.

Die Treppe ins Obergeschoss war breit, und auf halber Höhe teilte sie sich. Ich führte die Gäste zum linken Hausflügel. Die Stufen ächzten bedenklich.

»Onkel Eberhard meint, es könnte der Hausbock gewesen sein, der früher an den Hölzern genagt hat«, sagte ich, da ich nicht wusste, worüber ich sonst sprechen sollte.

»Onkel? So nennst du ihn?«, stellte Heike mehr fest, als dass sie fragte. Ihre Stimme klang einen Moment lang abschätzig, dann hatte sie sich jedoch wieder im Griff.

»Hat sich so ergeben«, erwiderte ich und zuckte mit den Schultern. »Lili und er sind schon ziemlich lange zusammen. Aber nicht verheiratet. Onkel oder nur Ebbi, egal. Für mich bleibt er derselbe.«

»Ach, sie sind nicht verheiratet? In *dem* Alter. Na ja, ich breche darüber keinen Stab.«

»Heike, hör bitte auf«, sagte Maurice. »Erspare uns die Predigten. Deine Volksgenossen finden so etwas vielleicht interessant, wir nicht.«

War das eine Anspielung auf Heikes politische Stellung in ihrer neuen Partei, die sich irgendwo zwischen FDP und AfD verortete? Ich hatte meine Recherche-Hausaufgaben gemacht. Einen Moment lang glaubte ich, ein elektrisiertes Knistern wahrzunehmen, als sie Maurice anblickte. Es konnte jeden Moment knallen, und eine Entladung würde den Flur verwüsten, da war ich sicher. Dann besann sich Heike jedoch, und das Gewitter zog ab.

»Wie geht es deiner Mutter, Nairi?«, fragte sie stattdessen.

»Der Zucker macht ihr zu schaffen. Am schlimmsten sind für sie die Augen.«

»Ja, natürlich. Eine Künstlerin, die nicht richtig sehen kann. Schreckliche Vorstellung. Wird sie auch kommen?«

Ich nickte.

Obwohl ihre Anteilnahme echt wirkte, spürte ich plötzlich eine Art Spannung in mir. Seit der Trennung meiner Eltern hörte ich die berüchtigten Flöhe an der Wand husten, wenn jemand über meine Mutter oder meinen Vater sprach. Obwohl es über zwanzig Jahre her war.

»Maurice, Schatz. Sei so nett, nachher noch nach Prenzlau zu fahren«, bat Heike. »Sieh zu, dass du ein nettes Café mit WLAN findest. Ein paar Kleinigkeiten muss ich unbedingt noch regeln. Die Jungs im Büro sind ohne mich aufgeschmissen. Und ich laufe hier bestimmt nicht auf der Suche nach einem 5G-Balken durch den Garten.«

Das kann heiter werden, dachte ich, als ich wieder Richtung Erdgeschoss ging. Heike war es offenbar gewohnt, Anweisungen zu geben. Eine dieser modernen Dirigentinnen. Absolut multitaskingfähig. Telefonierte wahrscheinlich beim Sex. Ich musste an die frische Luft. Durchatmen.

*

Gut eine Stunde später läutete es wieder an der Tür. Oma Lili war schneller als ich und öffnete selbst. Vor uns stand ein schlanker, großer Mann mit harten Gesichtszügen. Eine teigig-schwammige Blässe um Augen und Kinnpartie milderte den Eindruck. Wenn auch unvorteilhaft. Zum Glück hatte ich die Ahnentafel. Er war Lilis Neffe zweiten Grades. Norbert von Gratten. Doktor und Baron. Meine Urgroßmutter Klara war eine geborene von Gratten gewesen. Pommerscher Landadel, der nach dem Krieg alles verloren hatte. Lili hatte mir erzählt, dass sie bei den wenigen Treffen in der Vergangenheit nicht müde geworden waren, dies immer wieder zu betonen. In den 1950ern hatten sie über ein Jahrzehnt mit sich gerungen, ob sie auch in den Westen gehen sollten. Wie so viele. Als sie sich dann endlich dazu entschlossen hatten, war plötzlich die Mauer da gewesen. Deutsche Tragik. Aus der Traum. Das blaublütig veraltete *von* Gratten wurde für dreißig Jahre ein sozialistisch korrektes Gratten. Man passte sich halt an. Mit der Wende war schließlich das *Von* zurückgekehrt, quasi als Rück-Anpassung. Und mit ihm ein paar Ländereien.

»Meine Eltern lassen Grüße ausrichten«, sagte Lilis Neffe, als er im Flur stand. »Mutter hat es mit dem Herzen, und Vater leidet an den Folgen der Prostataoperation.«

Er hielt sich kerzengerade und hauchte seiner Tante einen Handkuss hin. Es hätte nur gefehlt, dass er die Hacken dabei zusammenschlug. Eine Mensurnarbe trug er Gott sei Dank auch nicht im Gesicht. Vielleicht hatte ich auch falsche Vorstellungen vom deutschen Adel.

»Und Sie müssen Frau Abazian sein, die ...« Norbert von Gratten wandte sich mir zu und hielt kurz inne. »Lilis Enkelin, nicht wahr?«

»Nairi, ja«, erwiderte ich etwas steif. »Ich denke, wir sollten uns alle duzen. Schließlich wird das hier ja ein Familientreffen.«

»Natürlich, gern«, entgegnete er. »Familie. Ein großes Wort. Ich musste erst im Stammbuch nachsehen. Ich bin mit Tante Lili über meine Urgroßeltern verwandt. Und wir beide ...« Wieder stockte er. »Ihr Vater war ... Ich meine, dein Vater war Türke?«

»Er *ist* Armenier«, korrigierte ich und hatte das Gefühl, es in diesem Leben zum tausendsten Mal zu tun. Ich musste mich immer zusammenreißen, wenn Gespräche auf dieses Thema kamen. Wie selbstverständlich nahm ich an, dass alle wussten, wo Armenien lag. Und welche Konflikte dort ausgetragen wurden. Es hatte für mich etwas persönlich Verletzendes, wenn ich merkte, dass die meisten Leute geografisch südöstlich der Balkanregion mächtig ins Schwimmen kamen. Mein Vater war während seiner Zeit in Deutschland fast immer »der Türke« gewesen. Meine Mutter meinte, ich wäre in dieser Hinsicht sogar empfindlicher als er.

»Verzeihung, ich wollte niemandem auf die Füße treten«, erwiderte von Gratten. »Schwierig, im Moment den Überblick zu behalten.«

Während ich noch überlegte, was er damit meinte, wandte er sich wieder an Lili.

»Ich will nicht unhöflich wirken, aber ich brauche unbedingt eine Dusche. Du hast ja geschrieben, dass hier jeder ein eigenes Zimmer bekommt. Nette Anlage.« Jetzt klang er ein wenig sarkastisch. »Erinnert an eine FDJ-Ferienanlage aus meiner Kindheit. Und absolut ruhige Alleinlage. Im Vergleich zu dieser Gegend sind wir in Sachsen-Anhalt ja so dicht besiedelt wie New York.«

Ich führte ihn in den rechten Flügel des Obergeschosses und stellte mir dabei vor, wie es wäre, wenn Norbert und Heike sich im großen Badezimmer leicht bekleidet über den Weg liefen. Wahrscheinlich absolut RTL-tauglich. Während der kleinen Führung erklärte ich wieder die Besonderheiten der Alleinlage. Entgegen meinen Erwartungen kamen bei der Erwähnung des fehlenden Internetanschlusses keine Proteste oder Bemerkungen.

»Die gleichzeitige Nutzung von Föhn oder Wasserkocher und Warmduschen führt zu Kabelbrand«, sagte ich schließlich noch. »Da die Feuerlöscher vierzig Jahre alt sind, sollten wir das tunlichst vermeiden.«

»Darf ich dich etwas fragen, Nairi? Etwas Persönliches?«

»Nur zu.«

»Geht es deiner Großmutter gut?«

»Wie meinst du das?« Ich versuchte, neutral zu klingen.

»Die Angelegenheit ist eine riesengroße Belastung«, meinte er. »Und ich würde mir so etwas nicht zutrauen. Als sie mir schrieb, wurde mir erst wieder klar, dass da ein Mensch ist, der meine Urgroßmutter noch kannte.«

»Du hast recht«, sagte ich. Der Mann war gerade dabei, Sympathiepunkte bei mir zu sammeln. »Es ist wirklich anstrengend für sie. Aber sie betont immer wieder, wie wichtig ihr das Vorhaben ist.«

»Es heißt doch, was wir mit Freude tun, sei keine Belastung. Aber dennoch, in ihrem Alter ...« Er blickte sich interessiert um, als wir den ersten Stock betraten.

»Das Badezimmer ist dort drüben«, meinte ich, als wir sein Zimmer erreicht hatten, und zeigte auf eine entsprechend beschriftete Tür. »Und Abendessen gibt es um acht im Speisesaal.«

»Kommen wir heute Abend schon zur Sache?«, fragte er.

»Lili möchte, dass wir uns erst einmal kennenlernen. Morgen sollen dann die Details besprochen werden.«

Norbert nickte und stellte seinen Koffer in den Raum. Auf dem Weg zurück nach unten überlegte ich, weshalb er und die anderen einem Treffen wohl zugestimmt hatten. Aus Neugier? Oder war es die Aussicht, unerwartet an etwas Geld zu kommen? Gab es da doch einen Rest Familiensinn? Nach so langer Zeit? Langsam bekam ich eine Vorstellung davon, was Lili sich dabei gedacht hatte, als ihr die Idee für dieses Wochenende gekommen war. Es war eine Sache, wenn Menschen sich kurz auf einen Kaffee trafen, miteinander chatteten oder telefonierten. Aber jemanden längere Zeit um sich zu haben, war etwas völlig anderes. Da konnten sich die wenigsten verstellen, da sah man die Gesichter ungeschminkt. Ich war bereits jetzt davon überzeugt, dass es Lili genau darum ging. Ich beschloss, mir die Zeit mit einem Spaziergang zu den ehemaligen Ställen und zur Weide zu vertreiben. Unsere weiteren Gäste hatten sich für halb sieben angekündigt. Ich hatte also Zeit, um etwas nachzudenken.

Als Lili von ihren Plänen in Bezug auf Gut Torchau erzählt hatte, war ich für einen kurzen Moment in Versuchung geraten, dem Ruf dieser Idylle dauerhaft zu folgen. Das Landleben abseits der modernen Hektik sollte doch – so das übliche Klischee – vorteilhaft für kreative Menschen sein. Ganze Romane und Filme handelten vom Zu-sich-Finden in Ruhe und Natur. Für mich als Restauratorin war es ein durchaus reizvoller Gedanke, hier zu arbeiten. Genug Platz für eine große Werkstatt. Lagerräume. Hier musste ich nicht einen halben Monat für die Miete arbeiten. Und in der Umgebung gab es auf den Höfen und bei Nachlassversteigerungen sicher manchen Schatz zu entdecken. Andererseits war ich in der Großstadt eindeutig glücklich. Ich brauchte den Trubel, die Kontakte. So nervig sie manchmal waren, so oft waren sie auch Quelle meiner Inspiration gewesen. Mein Wesen glich einem Springbrunnen. Das Wasser sprang, tropfte und hüpfte, alles war lebendig. Stellte man die Pumpe jedoch ab, wurde es irgendwie langweilig, still, traurig. Im Corona-Lockdown, in dieser lähmenden Isolation hatte ich deshalb gelitten wie eine geprügelte Hündin.

Zusammen hatten wir schließlich einen Kompromiss gefunden. In der geplanten Stiftung sollte ich zunächst eine Funktion übernehmen, die es mir – quasi unverbindlich – erlaubte, öfter herzukommen. Lili und ich würden gemeinsam den Aufbau der Möbelwerkstatt beaufsichtigen. Und ich konnte auf diese Weise jeweils eine Zeit lang hier arbeiten. Die Kunden in Berlin musste ich dann höchstens für ein paar Tage vertrösten. Wie die Aufgabe auf Gut Torchau genau aussehen würde, musste die Zeit zeigen. Irgendwie schien mir dies jedoch eine Entscheidung zu sein, die keine war.

»Hi, darf ich mich dazugesellen?« Maurice hatte mir bereits von Weitem zugewunken, als er mich auf der Treppe vor dem Haupteingang sitzen sah. Ich nickte. »Meine Mutter hat ein paar Andeutungen über dich und Lili gemacht. Ich ziehe es jedoch vor, Informationen aus erster Hand zu bekommen.«

»Was willst du wissen?« Maurice gefiel mir. Sein Auftreten wirkte unvoreingenommen. Dazu noch nett anzusehen.

»Ottilie hat deine Mutter adoptiert?«

»Yep. Meine leibliche Großmutter ist früh verstorben. Sie und Lili waren gute Freundinnen.«

»Sicherlich nicht einfach.« Es klang ehrlich.

»Meine Mutter hat sich oft wie ein Kind zweiter Klasse gefühlt«, bestätigte ich. »Die Adoption wäre sogar beinahe schiefgegangen. In der DDR haben sie in solchen Fragen oft politisch, also willkürlich entschieden.«

»Ihr seid aus der DDR abgehauen?«

»Meine Mutter. Ich war noch nicht auf der Welt. Sie hatte einen Mann kennengelernt. Meinen Vater.«

»Klingt alles reichlich kompliziert.«

»Willkommen in meinem Leben. Einfach kann jeder.« Wir lachten. »Und du willst mir sicherlich nicht erzählen, dass deine Mutter unkompliziert ist.«

Einen kurzen Moment schien es, als hätte ich einen wunden Punkt getroffen, aber dann war sein Strahlen wieder da.

»Kann spaßig werden«, meinte er.

*

Nach dem Gespräch schlenderte ich auf dem riesigen Areal umher, aber ich kam innerlich nicht wirklich zur Ruhe. Gegen sechs überfiel mich eine bleierne Müdigkeit, und ich musste mein bewährtes Programm zur Wiederbelebung meines Geistes starten, das ich mir mühsam im Studium erarbeitet hatte. Schokolade und grüner Tee. Wirkten immer. Ich saß keine fünf Minuten in der Küche, in unbeabsichtigter Meditation versunken, als Maurice wieder erschien.

»Mein Onkel ist gerade gekommen.«

Ich hatte die Türklingel gar nicht gehört, wurde aber von Maurice sogleich aufgeklärt, dass unser neuer Besucher in anderer Weise auf sich aufmerksam gemacht hatte. Hupen, Läuten, es gab scheinbar viele Möglichkeiten.

»Er hat sich vorn bei der Zufahrt mit einem Polen angelegt. Onkel Torsten wollte seinen feinen Triumph-Sportwagen nicht ins Gras setzen, als ihm euer Gärtner mit einem Traktor entgegenkam.«

Janosz. Unser Mann für alles.

»Gab es Tote oder Verletzte?«, fragte ich. Es verhieß nichts Gutes, wenn Männer sich darum stritten, wer aus dem Weg gehen oder fahren sollte.

Maurice lachte. »Euer Angestellter hat zurückgesetzt, gewendet und meinen Onkel bis vor die Tür begleitet.«

Der Klügere gibt nach, dachte ich.

»Ist da etwas, das ich über deinen Onkel Torsten wissen sollte?«, fragte ich Maurice vorsichtig und bot ihm Tee an. »Vielleicht lässt sich dann die eine oder andere Situation schneller entschärfen. Ich will nicht, dass Oma zu sehr gestresst wird durch das Wochenende.«

»Kurzfassung?«

Ich nickte.

»Er gehört zu denen, die ständig betonen, dass ihnen egal ist, was andere von ihnen halten.«

»Dabei ist ihm nichts auf der Welt wichtiger«, meinte ich und nickte wissend.

»Volltreffer. Aber wenn man ihn richtig anpackt, dann kann man sich auf ihn verlassen.«

»Meinst du, wir können ihn auf die Bauarbeiten ansprechen?«, fragte ich. »Ihn fragen, ob er uns hilft?«

»Klar«, antwortete Maurice. »Wenn ihr ihm klarmacht, dass es ohne sein Know-how nicht geht ...« Er lachte.

Ich schnitt eine Grimasse, stand auf und ging Richtung Flur.

Braun gebrannt, trainiert, eloquent und etwas zu laut. So stellte ich ihn mir vor. Als ich in die Vorhalle kam, stand ich allerdings vor einer Berliner Kopie von Danny DeVito. Eine pralle Orange auf zwei Beinen. Der Mann erreichte kaum meine Größe. Er schob eine ordentliche Kugel Bauchfett vor sich her und hatte eine recht hohe, fast quiekende Stimme. So konnte man sich täuschen.

Torsten Rabe scherzte gerade mit Janosz. Dabei hatte ich doch erwartet, einen Hahnenkampf schlichten zu müssen. Auch der Pole überragte den neuen Gast um einen ganzen Kopf. Beide lachten herzhaft, und der Danny-DeVito-Verschnitt legte fast freundschaftlich seinen Arm um die Schultern unserer männlichen Hausfee. Was zugegeben etwas ungelenk wirkte.

»Da haben wir bestimmt unsere Nairi!«, meinte er, als er mich erblickte.

Fehlte nur noch, dass er mir in die Wange kniff. Der feste Händedruck und sein offenherziges Lächeln irritierten mich. Wieder so eine Kneippkur der Gefühle. Eben noch war alles klar, dann war wieder alles anders. Menschen waren es gewohnt, andere Menschen schnell in Schubladen zu stecken. Ich nahm mich da nicht aus. Torsten Rabe jedoch schien in keine zu passen. Eines war dem Mann jedoch sicher. Die Aufmerksamkeit aller Anwesenden.

»Vorsicht«, sagte Maurice leise, als sein Onkel nach draußen gegangen war, um das Gepäck zu holen. »Gegen ihn ist meine Mutter ein Weichei.«

Bevor ich ihn fragen konnte, was er damit meinte, war Torsten Rabe wieder im Flur erschienen. Meine kleine Sightseeingtour durchs Haus begann also erneut. Ich führte ihn zu seinem Zimmer, nahm jedoch bewusst ein paar Umwege, damit er sich einen ersten Eindruck von den notwendigen Arbeiten verschaffen konnte. Obwohl er mir gegenüber den plaudernden Lebemann gab, schien er sehr genau die Schäden und den Renovierungsstau zu registrieren.

»Mensch, da kommt ganz schön was auf euch zu«, sagte er nach einer Weile. Dann klopfte er gegen eine Wand und trat fest mit dem Fuß auf. »Die Substanz ist solide. Vorkriegsware, nichts von der Stange.« Er grinste. Wahrscheinlich ein Maklerspruch, wenn man Altbauten verkaufen wollte. »Wenn ihr wollt, dann arbeite ich mal eine grobe Übersicht aus. Gewerke, Kosten, Zeitplan, Kosten-Nutzen-Analyse.«

»Gern.« Er löste widersprüchliche Gefühle in mir aus. Mit dem Männertypus Manager hatte ich eigentlich arge Probleme, aber Torsten wirkte interessiert und unbefangen. »Lili wird sich darüber freuen«, fügte ich hinzu. »Ihr solltet aber vorher darüber sprechen, denn ihre Vorstellungen weichen erheblich von den Vorstellungen postmoderner Wohnkultur ab.« Jetzt lächelte ich.

»Damit habe ich keine Probleme. Im Gegenteil, vielleicht ganz erfrischend, nicht nur mit Glas, Dämmwolle und Gipskarton zu planen.«

Nach einer kleinen Odyssee vorbei an ausgetretenen Dielen, gerissenen Fensterstürzen, wackligen Bakelitdrehschaltern und verdächtig ächzenden Treppenstufen kamen wir vor der Tür zu seinem Zimmer an.

»Ich habe deine Eltern gar nicht gesehen, Nairi. Sind sie schon hier?«

»Sie ... Du bist nicht ganz auf dem neuesten Stand. Die beiden haben sich schon vor langer Zeit getrennt.«

Mir war gar nicht klar gewesen, dass er meine Mutter und meinen Vater überhaupt kannte. Und aus diesem Grund zögerte ich wohl einen Moment zu lang. Er schien mein Erstaunen richtig zu deuten.

»Ist ein paar Jahre her«, sagte er. »Um genau zu sein, über fünfundzwanzig. Ich war auf einer Roadshow für meine Firma in den neuen Bundesländern. Goldgräberstimmung damals. Ich habe später im Rheinland eine kleine Verschnaufpause eingelegt. Zu der Zeit haben deine Eltern noch in Köln gewohnt. Wahrscheinlich erinnerst du dich nicht mehr an mich.«

Ich schüttelte den Kopf. Mir war das Thema – wie immer – unangenehm. Andere Leute sprachen vielleicht davon, dass die Eltern ein paar Jahre in Australien gelebt hatten. Oder einfach zusammen in Wanne-Eickel alt geworden waren. Von so etwas konnte man viel unbefangener erzählen als von einer Trennung.

»Wir sehen uns später«, sagte ich nur und ging zurück zum Treppenaufgang. Torsten war Bauunternehmer und leitete eine Firma, die auf Lärmschutz spezialisiert war. Seit gut zehn Jahren gehörte er zu den Schildbürgern, die am Berliner Flughafen herumwerkelten. Ich hatte im Internet recherchiert und fand, dass er seine Expertise recht gut in Torchau einbringen konnte. Mit etwas Glück konnte sich nach dem Wochenende einiges zum Guten fügen. In Gedanken versunken hätte ich fast einen Putzeimer übersehen, der am Fuß der Treppe neben dem Geländer abgestellt war. In dem Moment bemerkte ich Lili. Sie stand mit dem Rücken zu mir und untersuchte offenbar die gedrechselten Pfosten. Sie hatte sich den Kleinarbeiten im Haus verschrieben und so manche versteckte Handwerkskunst freigelegt.

»Wir müssen aufpassen, dass die Zimmerleute hier nicht einfach drüberschleifen«, sagte sie, nachdem sie mich bemerkt hatte. »Unter fünf Lagen Farbe finden sich Verzierungen, die sonst weg sind.« Sie legte eine winzige Schruppröhre und einen Flachmeißel in den Werkzeugkoffer zurück. »Ich bin so aufgeregt, Nairi! Fünf Sachen habe ich angefangen und nicht zu Ende gebracht.«

»Ich renne auch herum wie Falschgeld«, erwiderte ich und zwinkerte ihr aufmunternd zu. »Es läuft doch schon recht gut, findest du nicht?«

»Aber das Beste kommt immer zum Schluss«, sagte sie leise und führte mich in Richtung Ausgang. »Natürlich von deiner Mutter abgesehen.«

Sie konnte ihre Umgebung wunderbar in Aufregung versetzen. Indem sie an einer Demo teilnahm. Oder an einem Sitzstreik vor dem Roten Rathaus. Oder durch einen Artikel in der *taz*, in dem sie sich zum Thema *Sex im Seniorenalter* äußerte. Der Titel war dann durchaus *BILD*-tauglich gewesen: *Greise, nie leise*. Kopfkino inklusive. Zuletzt hatte sie sich mit einer Kampagne für Toleranz gegenüber muslimischen Schwulen und Lesben in die Nesseln gesetzt. Dabei blieb sie selbst meistens erstaunlich gelassen. Wer wagte es schon, einer Frau, die Mitte neunzig war, Widerworte zu geben? Auch die Vorbereitungen auf Gut Torchau hatte sie ohne große Aufregung gelenkt. Und dabei mit ihrer Beharrlichkeit einige Mitarbeiter bei der Prenzlauer Verwaltung, der Deutschen Telekom und beim Denkmalamt in den vorzeitigen Ruhestand getrieben. Umso mehr erstaunte es mich, dass sie sich jetzt nervös die Hände rieb und sogar draußen auf der Treppe zum Haupteingang eine Zigarette rauchte. Sie griff nur noch dann zu den Menthol-Glimmstängeln, wenn sie aufgeregt war. Sie fummelte an der abblätternden Farbe des Geländers herum, bis sie den Rost unter ihren Fingernägeln entdeckte. Ich sah sie fragend an.

»Lukas und sein Anhang?«, fragte ich, und sie nickte. »Geht es dir so nah?«

»Es ist wegen Anton«, erwiderte sie leise. »Als kleines Kind nannte ich ihn nur Onkel Tonton. Er war ganz anders als mein Vater. Und Lukas sieht ihm so ähnlich! Da kommt vieles wieder hoch.«

Ich bemerkte ein feuchtes Schimmern in ihren Augen. Sie zog an ihrer Zigarette und blickte in eine weite Ferne, die mehr in der Zeit zu liegen schien als im Raum. Erinnerungen. Sie waren wie Badeschaum. Leicht und fast schwerelos. Man konnte sie berühren, aber nie wirklich festhalten, weil sie unter den allzu neugierigen Fingern des Verstands einfach zerplatzten und verschwanden.

Ich schwieg. Reden konnten alle. Am besten noch aneinander vorbei. Sich anschweigen, meistens als stumme Anklage, das schafften auch viele. Aber miteinander in einer Stille sein, sich im Schweigen Halt geben, das konnten nur wenige. Lili und ich beherrschten diese Kunst.

»Ich weiß gar nicht, was aus ihm geworden ist«, sagte sie, nachdem sie den Stummel ausgedrückt hatte. »Schrecklich. Mama habe ich beerdigt. Sie hatte ein Grab. Und später habe ich sogar seinen Namen auf den Stein setzen lassen. Aber ich konnte mich nie von meinem Onkel Tonton verabschieden.«

Lili hatte bisher nur selten von Anton Rabe gesprochen. Aber es waren immer warme Bilder gewesen, die sie von ihm gemalt hatte. Zart gebaut und von leiser Wesensart. Feinfühlig. Ihr Onkel, der Tänzer. Auch sie hatte zum Ballett gehen wollen. Aber das Leben hatte anders entschieden.

»Findest du es nicht erstaunlich, dass dein Cousin ebenfalls Balletttänzer ist?«, fragte sie. »Und jetzt ist er auch wieder da. Ein Wink des Schicksals, wer weiß? Ich muss unbedingt mit ihm sprechen. Er bleibt bis Sonntag?«

»Ich weiß es nicht. Ich hatte keine Ahnung, dass er hier aufkreuzen würde. Seit dieser Sache im Mai haben wir drei Mal telefoniert. Und jetzt hat er wieder Ärger mit der Familie seiner ...« Ich winkte ab. »Du kennst die Geschichte.«

»Flatterhafte Wesen, diese Tänzer. Als ob sie irgendwo zwischen Himmel und Erde ein eigenes Reich hätten. Mal sind sie hier, mal dort.«

»Aber ich kann dich wegen Anton und Lukas verstehen. Levon sieht meinem Vater auch verdammt ähnlich. Irgendwie macht es die Erinnerung noch intensiver.«

»Und schmerzhafter.« Sie nickte und fingerte in der Packung nach einer weiteren Mentholzigarette, entschied sich dann jedoch anders. »Wirklich tragisch. Onkel Tonton hatte es natürlich damals nicht einfach, als er sich entschieden hatte, auf die Bühne zu gehen. Dass es hundert Jahre später solche Geschichten immer noch gibt, macht mich traurig.«

»Warum hattest du in all den Jahren zu diesem Teil der Familie nur so wenig Kontakt?«, hakte ich nach. »Ich meine, dein Onkel weckt so viele schöne Erinnerungen in dir. Da wäre es doch normal, dass man sich trifft.«

»Antons Frau war nach dem Krieg plötzlich wie vom Erdboden verschluckt. Er selbst galt ja zunächst als vermisst, war auf den Listen der Gefallenen und Kriegsgefangenen nicht zu finden. Keine Einträge, keine Dokumente. Meine Mutter und ich befürchteten damals das Schlimmste. Zu uns beiden hatte er schon immer eine besondere Beziehung gehabt. Mit meinem Vater hat er sich nie verstanden. Und damals wusste anfangs niemand etwas über ihn. Später erfuhren wir, dass mein Onkel für tot erklärt worden war. Und seine Familie war nach Stuttgart gezogen. Wir haben uns einfach aus den Augen verloren. Erst waren es die Russen, dann kam die DDR, später die Mauer. Und ganz plötzlich waren fast achtzig Jahre vergangen.«

Achtzig Jahre, dachte ich. Fast drei Generationen. Meine Eltern waren in den Westen geflohen. Ich selbst hatte meine Großmutter erst mit acht kennengelernt. Achtzig Jahre. Sogar Staaten kamen und gingen in dieser Zeit. Aber Lili war noch immer da. Schon irgendwie verrückt.

»Mein Cousin hatte damals bei Daimler angefangen. Sein Sohn Lukas war auch lange dort beschäftigt, aber irgendetwas ist da vorgefallen. Jedenfalls wurde er entlassen.« Sie schwieg eine Weile. »Wenn ich die kurzen Briefe richtig deute, dann gab es in der Familie wohl einiges Pech.«

»Lukas kommt mit seiner Tochter Laura«, sagte ich. »Und Patrick? Kennst du ihn?«

»Ich weiß nicht viel über Amelias Mann. Er hatte es nach ihrem Tod wohl recht schwer. Er klang am Telefon sehr zurückhaltend.«

»Also langsam verliere ich den Überblick, Oma.«

»Halten wir es einfach, Nairi. Alle, die hier sind, sind auch irgendwie mit uns verwandt.« Sie lächelte. »Über viele Ecken, Kanten, Hürden und über eine lange Zeit. Reicht doch als Grund, sich zu treffen, oder?«

Achtzig Jahre, ging mir wieder durch den Kopf.

14

Lili ließ es sich nicht nehmen, Lukas, seine Tochter und Patrick selbst zu empfangen. Obwohl ihr das Treppensteigen Mühe machte, führte sie ihre neuen Gäste zu den Zimmern. Ich hielt mich unauffällig im Hintergrund. Die Begrüßung und der erste Plausch wirkten steifer als bei den anderen Gästen. Vielleicht war es Lilis Aufregung, die ihr jetzt einen Strich durch die Rechnung machte.

»Schön, dass ihr gekommen seid«, meinte sie.

»Ich hatte meine Bedenken«, entgegnete Lukas. »Aber Laura und Patrick haben mich überzeugt.«

»Es gibt so viel zu besprechen.«

»Ja, das denke ich auch.«

Was war da los?, fragte ich mich. Das klang seltsam schräg und aufgesetzt wie bei einem Rathausempfang. Lukas Rabe hatte etwas von einem vierschrötigen Jungen, den die Schöpfung mit dem ihr eigenen Humor in einen zarten Körper gezwungen hatte. Durch sein polterndes Wesen wollte er wohl die eigene Verunsicherung überspielen. Sein Sprechen und die Mimik hatten etwas – politisch unkorrekt ausgedrückt – Proletenhaftes an sich. Seine Haltung und Gesten wirkten hingegen grazil, fast zerbrechlich. Seine Tochter Laura war deutlich stiller als er. Von Lili wusste ich, dass sie etwas jünger war als ich. Jedoch machte sie den Eindruck, als hätte ihr das Leben ziemlich zugesetzt. Sie hatte dunkle Ringe um ihre Augen, die tief in ihren Höhlen lagen, und zeigte eine ungesunde, blassgraue Gesichtsfarbe mit einem Gelbstich an den Wangen sowie die ersten Anzeichen einer Fischerhaut mit vielen Hundert, allerdings noch sehr feinen Knitterfältchen.

Lili entschuldigte sich, weil sie noch etwas für das Essen zu klären hatte. Plötzlich stand ich mit Lukas allein im Hausflur, da seine Tochter und sein Schwager bereits in ihren Zimmern verschwunden waren.

»Lili ist wirklich froh, dass ihr zugesagt habt und gekommen seid«, meinte ich und webte die Konversation in etwa gleicher Weise fort.

»Wirklich?« Sein Erstaunen klang jetzt echt. »Hoffentlich bin ich dann nicht der Spielverderber.« Er sah aus einem Fenster auf den Hofplatz hinaus. »Aber es ist schon eine außergewöhnliche Idee, nach so vielen Jahren der Trennung alle zusammenzubringen.«

»Wieso Spielverderber?«, fragte ich.

»Lili schrieb, dass sie einiges aus der Vergangenheit aufarbeiten will. Das will ich auch. Die Frage ist nur, was kommt dabei heraus? Und gefällt es jedem?«

»Ihr Onkel Anton war für sie etwas ganz Besonderes«, meinte ich.

»Amelia und ich haben Opa nie kennengelernt.«

Es schien, als erwartete Lukas eine Erklärung von mir. Seine Gesichtszüge hatten sich verhärtet. Er musterte mich, als wollte er ergründen, ob ich etwas wüsste. Ich hätte es ihm vielleicht gesagt, wenn ich geahnt hätte, worum es überhaupt ging.

»Meine Familie musste nach dem Krieg in Württemberg neu anfangen«, fuhr er fort, als ich schwieg. »Meine Großmutter hatte nichts. Und mein Vater Manfred ist als Halbwaise aufgewachsen. Mit dem üblichen Getuschel, mit dem man die Flüchtlinge und Vertriebenen bedachte.«

Was sollte ich erwidern? Lilis Onkel war zunächst vermisst

gemeldet und später für tot erklärt worden. Es gab kaum eine Familie, in der sich damals keine Tragödien abgespielt hatten. Aber ich spürte, dass Lukas Rabe offenbar noch heute darunter litt. Vielleicht hatte Lilis Einladung eine alte Wunde aufgerissen? Immerhin würde dies seine eher ablehnende Haltung erklären.

»Also, Lili freut sich? Und sonst hat sie nichts gesagt?« Seine Frage ließ mich sofort hellhörig werden.

»Was denn?«, fragte ich etwas gereizt. Ich mochte diese kommunikativen Versteckspiele, dieses Umkreisen in Frage und Antwort überhaupt nicht. Vielleicht lag es daran, dass meine Eltern in der ätzenden Zeit vor ihrer Trennung immer dachten, ich würde von dem Streit und der unterschwellig aggressiven Stimmung nichts merken.

»Wir müssen wohl alle lernen, mit dem Thema Familie anders umzugehen«, sagte er, ohne auf mich einzugehen. »Nairi, bitte entschuldige, es war eine anstrengende Reise.« Er betrat sein Zimmer und winkte mir kurz zu.

Ich dachte über seine Worte nach, als sein Schwager auf mich zukam. Patrick, Amelias Witwer, schien tatsächlich ein eher zurückhaltender Mensch zu sein, ein Mann, der sich nicht sofort in den Vordergrund drängen musste. Ein Merkmal, das ihn mir sofort sympathisch machte. Wir einigten uns ebenfalls aufs Du und gingen gemeinsam nach unten, da er sich ein bisschen die Beine vertreten wollte.

»Keine einfache Situation für dich«, sagte ich.

»Ich bin eigentlich nur in Vertretung hier«, meinte er und nickte. »Für die Kinder. Ich werde mich also zurückhalten, was Fragen der Familie betrifft. Aber ein wenig fühle ich mich schon als Fremdkörper.«

»Ach, viele von uns sind einander fremd. Geben wir der Sache doch einfach eine Chance«, erwiderte ich. »Sag mal, kann es sein, dass Lukas wegen irgendetwas angefressen ist?«

»Ich würde mir Sorgen um ihn machen, wenn es nicht so wäre«, antwortete er. »Amelia erzählte mir, dass ihr Vater nicht gut auf Anton zu sprechen war. Irgendetwas muss im Krieg passiert sein. Oder es hat mit Ottilie zu tun. Ich weiß es nicht. Diese Familiengeheimnisse sind nicht mein Ding. Lukas schimpft zwar viel, aber er redet kaum. Wenn du verstehst, was ich meine.«

Ich nickte. Aus Patrick würde ich also nicht viel herausbekommen. Aber er und Laura standen in angenehmem Kontrast zu den übrigen Anwesenden. Beide wirkten still und in sich gekehrt. Bei Patrick mochte es Höflichkeit sein. Vielleicht wollte er sich nicht zu sehr in Lilis Angelegenheiten mischen. Bei Laura schien der Rückzug eher eine Art Desinteresse zu sein. Unsere anderen Verwandten erschienen mir jedoch allesamt ein wenig zu grell und vordergründig. Ähnlich wie bei überbelichteten Fotos verschwanden dabei ihre Konturen, und die Kontraste wurden seltsam flau. Egal ob Lukas, Norbert, Heike, Torsten oder auch Maurice. Durch-schaubar bekam bei ihnen eine neue Bedeutung. Und alle schienen ein großes Bedürfnis danach zu haben, gesehen zu werden. Es war, als hätten sie auf einer Feier bisher immer unbeachtet hinten gestanden und drängten sich nun zum Gruppenbild nach vorn.

*

Das Konzept, das sich hinter der Einrichtung von Speisezimmern verbarg, war mir nie eingängig. Ich brauchte keinen eigenen Raum, wenn ich allein aß. Und gemeinsames Essen hatte für mich immer etwas von einem Gesamtkunstwerk. Es war eine grundsätzlich soziale Handlung. Köchinnen und Köche sperrte man davon nicht aus. Zubereitung und Genuss gehörten meinem Empfinden nach einfach zusammen, selbstverständlich auch räumlich. So etwas gab es eben nur in einer Wohnküche. Das Gutshaus

Torchau folgte natürlich der alten Tradition. Ich hatte nicht viel herausgefunden über die ursprünglichen Besitzer. Wahrscheinlich musste ich dafür erst einmal mit den Einheimischen in der Umgebung warm werden. Oder aber Nachforschungen im Heimatmuseum Prenzlau anstellen. Es hatte wohl irgendwann einen Baron von Torchau gegeben, der zur Seitenlinie eines alten brandenburgischen Geschlechts gehört hatte. Wie in der Adelsbranche üblich, war man chronisch knapp bei Kasse, und bereits zur Kaiserzeit war auf dem Gelände eine Erziehungsanstalt errichtet worden. Zu Zeiten der Weimarer Republik brachte die Vermietung an die Wohlfahrt ein paar Einnahmen. Aber richtig gutes Geld ließ sich mit den Nazis verdienen, die billigste Arbeitskräfte ausbeuteten und regelrecht vermieteten. Die Verhältnisse im Jugend-KZ mussten grauenhaft gewesen sein. Die Eigentümer waren bei Kriegsende getürmt und hatten auch später nie Ansprüche auf eine Rückübertragung gestellt. Wahrscheinlich hatten sie gute Gründe dafür. Trotz dieser schrecklichen Geschichte ließ ich es mir nicht nehmen, mich ein wenig romantisierten Vorstellungen hinzugeben. Die adligen Herrschaften hatten sicherlich früher das Mahl im Speisezimmer eingenommen. Tafelsilber, feinstes Porzellan, ein paar Bedienstete. Der Raum war eigentlich ein kleiner Saal mit einem Haupttisch in der Mitte, an dem problemlos zwanzig Gäste Platz fanden. Ganz besonders imponierte mir ein Relikt aus der Ständegesellschaft und Dienstbotenzeit. Hausherr oder Hausdame konnten an einer Kordel ziehen, die jeweils am Kopfende der Tafel unter der Tischplatte angebracht war. Über Ringe und Rollen führte ein dünner Draht in einen unsichtbaren Spalt im Boden. Zog ich an dem Ding, dann erklang im Küchentrakt eine Glocke. Natürlich konnte ich jetzt läuten, bis die Finger wund waren, und nichts würde geschehen. Das Abendessen war als Büfett geplant, da Lili hoffte, dass sich die verwandtschaftlichen Strukturen dadurch auflockern könnten. Mit Janosz hatten wir die Platten, die der Feinkostladen geliefert hatte, auf zwei großen Anrichten abgestellt. Auf weiteren Tischen, die seitlich an den Wänden standen, fanden sich Geschirr und Getränke. Niemand sollte auf die Idee kommen, sich abseits zu halten. Lilis Plan ging leider zunächst nicht auf. Die Anwesenden gruppierten sich in Clans, als ginge es um das Treffen altgermanischer Stämme vor einem Feldzug gegen die Römer. Einzig Norbert sah etwas verloren aus und tat so, als wäre es ihm egal. Lili und Ebbi saßen an den Tafelenden und wirkten angesichts der steifen Atmosphäre leicht ratlos. Schließlich klopfte Ebbi mit dem Löffel an ein Glas, und Lili erhob sich kurz.

»Ich freue mich wirklich, euch hier versammelt zu sehen«, sagte sie in feierlichem Tonfall. »Damit geht bereits ein erster Herzenswunsch in Erfüllung. Aber es gibt noch andere Gründe, weshalb ich euch hergebeten habe. Das Gut und die Region haben für mich eine besondere Bedeutung, und deshalb habe ich diesen Ort für unser Treffen ausgewählt.«

Ein Murmeln setzte ein, denn natürlich warf ihre Bemerkung Fragen auf.

Aber Lili hob die Hand und schüttelte den Kopf. »Ihr werdet später alles erfahren, keine Sorge. Ich hatte in der Einladung auch geschrieben, dass ich euch an diesem Wochenende gern näher kennenlernen möchte. Und ich will euch – auch wenn es seltsam klingt – durch die Klärung der Erbschaftsfrage am Vermächtnis meines langen Lebens teilhaben lassen. Zu diesem Vermächtnis gehören Torchau und ein Projekt, das ich euch später vorstelle. Damit untrennbar verbunden ist die Aufarbeitung einiger Altlasten aus der Vergangenheit. Einer Vergangenheit, die uns alle angeht.«

»Jedenfalls ist es sehr fair, uns bei der Erbsache miteinzubeziehen«, meinte Norbert von Gratten und nickte selbstzufrieden, als wäre seine Bemerkung eine äußerst generöse Geste.

»Wieso fair?«, griff Lili seine Bemerkung auf, und ich konnte eine leichte Verstimmtheit spüren. »Was wäre denn unfair daran gewesen, euch zu übergehen? Wie ich es übrigens mit allen mache, die meiner Einladung nicht gefolgt sind.«

»Na, ich meine deine Hanna«, antwortete Norbert. »Sie ist adoptiert. Und das ist ja nicht dasselbe wie ein leibliches Kind. Da ist es nur fair, die ganze Familie bei einer solchen Entscheidung zu berücksichtigen. Oder wie siehst du das, Eberhard?«

Glatteis, dachte ich nur. Der Mann verspielte sich gerade einige Sympathien.

»In fast allen juristischen Fragen ist ein adoptiertes Kind den leiblichen Nachkommen gleichgestellt«, antwortete Ebbi in seinem unverwechselbar trockenen Tonfall, den er immer dann wählte, wenn er jegliche Einmischung der eigenen Gefühle vermeiden wollte.

Er konnte so wunderbar schnell seine Rolle wechseln. Eben war er noch ein Knuddelonkel und leicht schrulliger Gentleman, dann der Juraprofi, der knallharte Anwalt. Es war wieder einer der Momente, in denen er zu ahnen schien, wie es Lili erging. Denn er hatte sich von seinem Platz erhoben, war zu ihr gegangen und legte nun seine Hand auf ihren Arm, als wollte er sie davon abhalten, ihren Neffen anzuspringen. Nicht nur das, er hielt sie beinahe fest. Das machte er immer, wenn er spürte, dass sich etwas in ihr zusammenbraute.

»Somit stünde es Lili frei, ihr gesamtes Vermögen einfach an ihre Tochter zu vererben«, fuhr er fort. »Ich kann aber versichern, dass wir euch nicht zu diesem Treffen gebeten hätten, wenn dies ihre Absicht wäre.«

»Ich finde es schräg, über eine Erbschaft zu sprechen, wenn die Person, die vererben will, noch lebt«, sagte Maurice. Er sprach mir mit seiner Bemerkung aus dem Herzen.

Alle Anwesenden wirkten etwas konsterniert. Tosenden Beifall hatte Lili nach diesen Worten sicherlich nicht erwartet, aber betretenes Schweigen ebenso wenig. In solchen Situationen hatte ich immer das Gefühl, ich müsste etwas tun. Eine Art sozialer Erster Hilfe leisten. Durch die Vernissagen und Ausstellungen meiner Mutter war ich es seit meiner Kindheit gewohnt, mich auch in größerer Gesellschaft zurechtzufinden.

Heute Abend betrat ich jedoch Neuland. Familie war für mich bisher ein überschaubares Feld. Lili, meine Mutter und ich passten seit jeher auf ein Polaroidselfie. Und nun sieben fremde Menschen, die mir nah sein mussten, weil ich mit ihnen verwandt war. Acht, wenn ich Levon mitzählte, der allerdings auf seinem Zimmer geblieben war. Es war, als drängten sich plötzlich acht unbekannte Gestalten in mein Bild.

Lili gegenüber sah ich mich jetzt in der Pflicht, für ein nettes Beisammensein und gute Laune zu sorgen. Ich hatte von klein auf gelernt, mich zu sorgen. Um das Wohlergehen meiner Mutter. Um die Beziehung meiner Eltern. Dabei hasste ich nichts mehr als Sorge. Wenn es anderen schlecht ging, konnte ich das kaum ertragen. Also hatte Nairi Späße gemacht, Tee gekocht, Kuchen gebacken, die Küche geputzt. Wenn das Leben mir übel mitspielte, musste ich doch erst recht ein braves Mädchen sein!

Da saßen also die Grattens, die Antons und die Ludwigs am Tisch. Mit meiner Mutter zusammen würde es ab morgen dann noch die Rabe-Abazian-Fraktion geben. Denn wir beide standen ja – vom Stammbaum her betrachtet – etwas abseits. Und über allen thronte unsere Ahnfrau Ottilie Rabe. Mit ihrem Prinzgemahl Onkel Eberhard. Die Windsors von Berlin. Auf seltsame Weise beruhigte mich dieses Bild.

»Die Begrüßung und Vorstellung haben wir hinter uns. Und ja, viele von uns haben sich nie zuvor gesehen. Ihr wisst nicht alles von mir. Und doch gibt es etwas, das uns verbindet. Wir sind eine Familie. Wir haben Gemeinsamkeiten in der Vergangenheit.

Und, wie ich hoffe, auch in der Zukunft. Wenn ihr das schon nicht selbst einsehen wollt, dann lasst das Eis bitte wenigstens mir zuliebe auftauen.«

»Vielleicht hilft es, wenn du uns noch ein paar weitere Einzelheiten zu unserem Treffen verrätst«, schlug Torsten vor.

»Die Einzelheiten erläutere ich morgen nach dem Frühstück«, mischte sich Eberhard ein. »So hat Ottilie es sich gewünscht. Auch weil unsere Tochter Hanna erst am Vormittag kommen kann.«

Unsere Tochter. Ein kleines Pronomen, und ich hätte ihm dafür um den Hals fallen können. So war Onkel Ebbi eben.

Die Rolle der Beobachterin lag mir eigentlich nicht. Aber im Moment blieb mir nichts anderes übrig, als diese Szene nur auf mich wirken zu lassen. Erstens war ich müde. Und zweitens kannte ich unsere Gäste kaum. Ich beschloss also, ein wenig auf innerliche Distanz zu gehen. Lili hatte mit ihrer Einschätzung recht gehabt, dass sich alle erst einmal kennenlernen mussten. Die Familienzweige standen und saßen hier wie Reisegruppen auf einem Bahnsteig, die merkten, dass sie den gleichen Zug besteigen würden. In Erwartung möglicher Gemeinsamkeiten, aber einander doch fremd. Die Nervosität war greifbar. Und es war faszinierend zu sehen, wie jeder dieser Menschen anders mit dem Stress und der Aufregung umging. Maurice sprach offenbar gern dem Alkoholischen zu. Schon nach der Ankunft hatte er in der Küche zügig einen Prosecco geleert. Und Laura wirkte, als müsste sie beständig gegen einen inneren Drang ankämpfen, sich ihm anzuschließen. Hingegen rührte Norbert nicht einmal den selbst gepressten Apfelsaft aus Prenzlau an.

»Gärung setzt sehr zügig ein«, trug er uns vor. »Da kann schnell ein Prozent Alkohol drin sein.«

Überhaupt kehrte er gern den akademisch geprägten Analytiker heraus. Er wirkte in seinem legeren Anzug nach Smokingart eindeutig overdressed. Torsten war hingegen sportlich lässig gekleidet, obwohl Sport das letzte war, das mir bei ihm als mögliches Hobby einfiel. Vielleicht spielte er ja Golf. Wann immer es ging, wechselte er in Gesprächen schnell das Thema. Denn er sprach gern und viel über seinen Erfolg. Heike schien permanent zu sondieren, wie ihr Verhalten und ihre Äußerungen auf andere wirkten. Ihr Selbstradar war ständig auf Empfang geschaltet. Wahrscheinlich ein typischer Wesenszug von Politikern. Beim Anblick der üppig gefüllten Servierplatten erhitzten sich die Gemüter der Vegetarier, auf die wir bei den Bestellungen natürlich Rücksicht genommen hatten. Sie wurden zwar nicht müde zu betonen, dass jeder nach seiner Art selig werden möge. Dass sie sich jedoch gewünscht hätten, am Büfett nicht auf Teile von toten Tieren blicken zu müssen. Kurzum die Rabes, Abazians und von Grattens waren auch nur eine schrecklich normale Familie.

Lukas Rabe saß in einem Trainingsoutfit aus Mallorca-Ballonseide am Tisch. Dieser Kampfanzug wirkte, als wäre er bereits bei mancher Schlacht um Scampi und Lachs zu Felde geführt worden. Er bestand vor dem eigentlich zwanglos gehaltenen Essen auf einem Tischgebet.

»Es gibt noch Regionen, die großen Wert auf Glauben und Tradition legen«, meinte er. »Also, niemand bricht sich einen Zacken aus der Multikulti-Krone, wenn wir alle kurz schweigen.«

Eine Forderung, die sofort eine Diskussion in Gang setzte, bis schließlich heftig gestritten und die Suppe kalt wurde. Schließlich einigten wir uns tatsächlich auf ein kurzes Innehalten. Mehr hatte Lukas eigentlich gar nicht verlangt, aber der Ton machte eben die Musik. Kurz darauf entpuppte sich Heike auch noch als abendliche Lichtesserin.

»Nach sechs am liebsten nur einen Löffel Kaviar. Wertvollste Eiweiße, sage ich euch.«

Da es keine Fischeier gab, legte sie demonstrativ Tarotkarten, während wir anderen aßen.

»Nicht gut, gar nicht gut«, sagte sie mehrmals. Sie hatte die *Umgekehrte Mäßigkeit* auf die Vier gelegt. »Das bedeutet Unruhe und Disharmonie.«

Für diese Vorhersage hätte ich allerdings kein Tarot gebraucht. Maurice gestand, auf Wrestling zu stehen, und die bisher unscheinbare Laura beschallte uns aus ihren Earbuds mit den »Hells Bells«. Ich befand, dass ich mich für meine kleinen Marotten überhaupt nicht zu schämen brauchte. Der Abend war ein erstes, vorsichtiges Abtasten. Ein Vorfühlen, wer zu wem passte. Erleichtert stellte ich fest, dass die Stimmung schließlich doch lockerer wurde. Auf Partys wurde schnell klar, wem man besser aus dem Weg gehen wollte. Ohnehin bevorzugte ich eher wenige, dafür gute Kontakte. Aber wie sollte das in einer Familie klappen? Hier stand ich mit vielen anderen auf einem Drahtseil. Und alle hatten ihren eigenen Rhythmus, ihr eigenes Gleichgewicht.

»Vielleicht könnten wir nachher noch ein bisschen was unternehmen«, meinte Maurice, nachdem die Tafel aufgelöst worden war.

»Träum weiter«, erwiderte Laura. »In dieser Gegend sind wahrscheinlich Bingo, Bundesliga und Jauchs Fragestunde als Public Viewing die absoluten Partyhöhepunkte. Vielleicht gibt es auch Carmen-Nebel-Wiederholungen in Endlosschleife.« Laura blickte dabei teilnahmslos in die Runde, und einen kurzen Moment meinte ich sogar, in ihren Augen zwei ausgestreckte Mittelfinger zu erkennen. Ein lebendes WTF-Emoji. Ihre Klamotten musste sie heute früh im Dunkeln aus dem Schrank genommen haben. Auf dem Shirt waren Waschmittelflecken zu erkennen, und das Dunkelgelb stand in einem mutigen Kontrast zur lilafarbenen Jeans. Ich entspannte mich etwas. Familie konnte doch recht amüsant sein.

Ich schaute meine Großmutter an und wusste sofort, dass sie sich ihre eigenen Gedanken über jeden machte. Ihre Finger suchten Beschäftigung auf dem Tisch, und ihre Füße standen nicht ganz still. Ansonsten wirkte sie gelassen, aber ich kannte sie zu gut, als dass sie ihre Aufregung vor mir verbergen konnte. Auch sie musterte unsere Gäste aufmerksam, und da waren dieses ganz feine Lächeln auf ihrem Gesicht und der Glanz in ihren Augen. Sie war zufrieden. »Ich habe ein langes Leben gehabt«, sagte sie plötzlich. Ihre Stimme hatte immer etwas Energisches, fast Kühnes, wenn sie gehört werden wollte. »Und es gibt nicht viel, das ich bereue. Aber dazu gehört, dass wir uns alle aus den Augen verloren haben. Dass wir uns nicht gegenseitig in unsere Leben hineingelassen haben. Wenn die Haltefäden zu dieser Welt langsam dünner werden, dann schaut man sich noch einmal genau um. Dann möchte man sich alles einprägen. Es war mein Wunsch, dass wir noch einmal zusammenkommen. Dass ich euch ein paar Dinge erzähle, von denen höchstens eure Eltern oder Großeltern noch etwas wussten. Vielleicht auch nur ahnten. Geheimnisse können auch Gift sein. Deshalb werde ich einige Dinge klären. Es geht dabei nicht nur um meine Pläne mit diesem Landgut und die Erbfragen. Ich habe einen Fachmann gebeten, sich mit ein paar Fragen aus meiner Vergangenheit zu befassen. Er wird morgen eintreffen und uns von seiner Arbeit berichten.«

»Ich möchte nicht unhöflich sein«, unterbrach Torsten sie. »Aber weshalb berichtet dieser Fachmann uns davon? Sind das nicht deine persönlichen Dinge?«

»Sicher. Persönliche Dinge, die uns alle angehen. Dazu aber morgen mehr. Nur so viel, es gibt einen konkreten Anlass. Es ist für die gesamte Familie wichtig, dass die Geheimnisse endlich gelüftet werden, damit sie uns eben nicht länger belasten.«

Lukas klatschte – wie ich fand – unpassend Applaus und murmelte ein paar unverständliche Worte in Lilis Richtung. Aber plötzlich schien ein Bann zwischen den Anwesenden gebrochen. Denn alle sprachen miteinander. Heike unterhielt sich mit Lukas.

Torsten und Norbert steckten die Köpfe zusammen. Maurice stand bei Patrick und bot ihm ein Getränk an. Neugier schweißte offenbar zusammen. Es war, als hätte Lili ein Geschenk gezeigt, das erst morgen geöffnet werden durfte. *Fragen aus der Vergangenheit. Anlass. Geheimnisse.* Ich musste wieder an diesen Brief denken, den Lili und Ebbi verfasst hatten.

»Ich spreche für die Familie von Gratten«, sagte Norbert nach einer Weile. »Wie ihr sicherlich wisst, entstammte Klara ...« Er räusperte sich. »Also, Lilis Mutter entstammte einem uralten deutschen Adelsgeschlecht.«

Ich sah, wie Maurice die Augen verdrehte. Es schien mir, als spielte Norbert nicht das erste Mal diese Adelsgeschlecht-Geige. Abfälliges Schnauben kam von Torsten. Lukas hatte seine bisher grimmigste Miene aufgesetzt. Er wirkte auf mich jetzt wie ein halb verhungerter, bissiger Schäferhund. Aber Norbert von Gratten schien das alles zu überhören und zu übersehen, denn er fuhr unbeirrt fort: »Familiengeschichte ist wichtig. Sie bietet Zusammenhalt und Stolz. Und kann Vorbild sein.«

»Was ist denn an euch noch adlig?«, murmelte Lukas. »V.O.N. Das ist alles. Und das reicht ja wohl nicht, um hier das vornehme Alphamännchen zu markieren.«

Ich musste mich beherrschen, um nicht laut zu lachen. Lukas hatte den Nagel auf den Kopf getroffen. Denn genau darum ging es gerade. Antiquiertes Alphamännchen-Gehabe. Ich biss mir grinsend auf die Lippe und sah, dass Laura sich nicht zurückgehalten hatte. Unsere Blicke trafen sich.

»Wir haben nur unter Vorbehalt auf unseren alten Besitz und unsere Rechte verzichtet!«, erwiderte Norbert empört. Er trieb es unbeirrt auf die Spitze. »Das wurde nach der Wiedervereinigung bestätigt. Im Falle einer Rückgabe der deutschen Ostgebiete ...«

»Verzichtet?«, bellte Lukas. »Ja, damit ihr eure fette Entschädigung kassieren konntet!«

»Ich gebe Norbert insofern recht, als Tradition ein schweres Pfund ist, mit dem man auch wirtschaftlich wuchern kann«, mischte sich Torsten ein. »Viele Aufträge im Mittelstand werden vergeben, weil die Familien sich kennen ...«

Neben mir kicherte Onkel Ebbi. »Besser sie streiten, als dass sie gar nicht miteinander sprechen«, raunte er mir leise zu.

Mir kam der leise Verdacht, dass er sich etwas zu viel von dem Aquavit eingeschenkt hatte. Mittlerweile war die Ordnung am Büfett weitgehend zerstört, Weintrauben lagen in den Resten der Bruschetta, und die Kräuterbutter hatte begonnen, mit den Feigen zu kuscheln. Mir blieb es ein Rätsel, wie eine halbe Scheibe Mozzarella ihren Weg in die schlanke Ölkaraffe gefunden hatte. Offenbar hatten jetzt alle das Gefühl, dass es besser war, sich ein wenig zu bewegen.

Maurice kam auf mich zu und bot mir von der Bowle an. Da konnte ich wirklich nicht ablehnen. So amüsant es war, so anstrengend war es auch. Ich leerte das erste Glas in einem Zug.

»Irgendwie hat jeder das Gefühl, immer irgendwie zu kurz zu kommen«, sagte mein Cousin und biss in ein Ananasstück. »Ist doch typisch deutsch, oder?«

»Mag sein«, stimmte ich halbherzig zu. »Und du? Was machst du eigentlich? Deine Mutter war vorhin etwas überpräsent, da mochte ich nicht fragen.«

»Von Beruf Sohn.« Er grinste schief. »Sagt Heike.«

»Hast du dazu auch etwas zu sagen?«

»Ich könnte jetzt mit Blogger oder Influencer antworten. Oder Strategic Logistics Officer sagen. Flat Floor Manager. Junior Time Killer. Was weiß ich. Solche Ich-bin-wichtig-Fantasieberufe erfindet man doch heute, wenn man sonst nichts kann, oder?«

Ich entschied, besser nichts zu erwidern. Konnte in solchen Momenten alles falsch sein. Seine leicht glasigen Augen verrieten mir, dass er die Hälfte der Bowle wohl allein getrunken hatte.

»Schön«, meinte er nach einer Weile.

»Was?«

»Dass du nicht mit Trost und nett gemeinten Ratschlägen kommst. Ich höre dann nämlich immer: ›Du bist ja noch jung. Den Multitaskern gehört die Zukunft. Hast doch schon viele Erfahrungen gesammelt. Manchmal braucht es Zeit, bis man weiß, was man will.‹ So etwas eben. Könnte jedes Mal kotzen.«

»Kenne ich«, sagte ich und biss mir sofort auf die Lippe, denn die Frage, die kam, musste ja kommen.

»Bist du etwa auch eine Suchende? Eine auf dem Meer der Unmöglichkeiten Dahintreibende? Deren Schiff zerschellt ist in den Untiefen einer längst vergangenen Postmoderne?«

»Poet solltest du nicht werden.«

»Du hast ein eigenes Geschäft. Ist doch offenbar alles safe bei dir. Weshalb sagtest du, du kennst das?«

»Ich meinte das Gefühl, das sich einstellt, wenn Leute fragen«, erwiderte ich. »Und die guten Ratschläge, die dann kommen. Allerdings zu einem ganz anderen Thema.«

»Abazian. Verstehe.« Er tippte auf sein *iPhone*. »Hab dich gegoogelt, Nairi. Zwischen zwei Stühlen stehen. Meintest du das?«

Ich nickte und war überrascht, dass Maurice jetzt trotz des vermuteten Alkoholspiegels komplett aufgeräumt wirkte.

»Wenn Menschen wie wir nicht einfach so sein dürfen, wie sie sind.«

»Menschen wie wir?«, fragte ich. »Was weißt du davon?«

»Mehr als du denkst. Fremd zu sein? Sich weder hier noch dort zu Hause zu fühlen? Immer dieser Druck, sich für irgendetwas rechtfertigen zu müssen? Dafür braucht man nicht Deutsch-Armenierin zu sein, Nairi. Du kannst dich auch da drin ...« – er zeigte auf seine Schläfe – »... als Heimatlose fühlen. Ich weiß genau, wovon ich spreche.«

Anonym. Ich brauchte ein weiteres Glas Bowle.

Bevor wir das Thema vertiefen konnten, gesellte sich Laura zu uns. Und Maurice verzog sich. Sie war etwa in meinem Alter, ein Umstand, der uns zu Verbündeten machte. Hoffte ich wenigstens.

»Ein Flirt mit einem Twentysomething?«, fragte sie.

»Man kann sich seinem Charme kaum entziehen«, erwiderte ich lächelnd. »Ich denke, ich muss höllisch aufpassen. Ein übler Womanizer, wie ich hörte.«

Es schien, als würden wir gerade ins Gespräch kommen, als sich ihr Onkel Patrick näherte. Er schien nett zu sein, aber nur zu gern hätte ich jetzt mehr über Laura erfahren. Dafür wurde mir nun klar, was Lili gemeint hatte, als sie davon sprach, dass Antons Familie offenbar viel Pech gehabt hatte.

»Alles nicht so rosig«, sagte Patrick nach einer Weile. »Leider auch finanziell. Ich gebe zu, dass ich auch aus diesem Grunde hier bin. Eine kleine Erbschaft könnte später meinen Kindern helfen, auf eigenen Beinen zu stehen.«

Wenigstens war er ehrlich.

»Meine Firma ist vor einigen Jahren in die Pleite gerutscht«, fuhr er fort. »Ich selbst stecke in der Privatinsolvenz fest. Und dann die Sache mit Amelia ...« Er entschuldigte sich und ging zum Büfett zurück.

»Meine Tante und er haben es früher mächtig krachen lassen«, flüsterte mir Laura zu. »Große Autos, ein Boot, tolle Urlaube in Ländern, die ich nicht mal vom Namen her kannte. Alles vorbei. Tante Amelia ist kurz nach der Pleite bei einem Autounfall ums Leben gekommen. Böse Geschichte. Es war Alkohol im Spiel, und die Lebensversicherung sagt, sie hätte absichtlich das Steuer verzogen. Kein einziger Euro wurde aus der Police bezahlt. Patrick ist dann in eine schwere Depression geraten.«

»Verständlich«, erwiderte ich schockiert. Wenn ich von solchen Tragödien erfuhr, nahm ich mir immer vor, in Zukunft weniger über Kleinigkeiten zu jammern. Mir war plötzlich nicht mehr nach Bowle, Häppchen oder Small Talk. Mir schien es auch nicht passend, jetzt mit einem jovialen: »Und du? Was machst du so?«, mehr über Laura zu erfahren. So stand ich einen Moment lang ziemlich hilflos da. Allerdings rettete mich Lili, indem sie kurz darauf mit einer Gabel ein paar Mal gegen ihr Weinglas stieß. Es war fast halb zehn.

»Ich ziehe mich nun zurück«, sagte sie. »Fürs Erste danke ich euch vor allem dafür, dass ihr gekommen seid.« Sie wirkte müde. »Nairi wird bezeugen, dass ich bereits den ganzen Tag nervös war. Überall habe ich ihr und Janosz im Weg gestanden und weise Tipps gegeben. Ich will mich nicht überfordern und schlage vor, dass jeder von euch sich noch auf eine kleine Safari über das Gutsgelände begibt. Dann lernt ihr die Abendstimmung der Uckermark kennen. Aber ganz wie ihr wollt. Eine Stunde ist es noch halbwegs hell, also nutzt die Zeit. Umso besser werdet ihr verstehen, worüber morgen gesprochen wird. Alle Zimmer stehen zur Besichtigung offen, lediglich die Schlafräume sind mit einem Schild versehen. Da bitte ich um Rücksichtnahme. Alles Weitere dann morgen Vormittag. Gute Nacht, meine Lieben.«

Heike bestand zum Abschied auf einem Küsschen, andere waren zurückhaltender. Mir stand nun noch eine anstrengende Stunde bevor, denn insbesondere Torsten, Norbert und Lukas bombardierten mich mit Fragen zu Baujahr, Vorbesitzern, Sanierungen, Gutachten, Bodenanalysen, Baugenehmigungen. All dies eben. Gut Torchau war für sie:

»Ein Fass ohne Boden.«

»Reine Geldverbrennung.«

»Das perfekte Steuermodell.«

»Eine Ruine im Subventionskarussell.«

»Als Firmensitz sicher vollkommen ungeeignet.«

»Wenig repräsentativ und zu weit weg von der Hauptstadt.«

Männer waren unendlich anstrengend, wenn sie erst einmal

anfingen, in Zahlen zu denken. Keiner der drei erwähnte auch nur ein einziges Mal den Reiz dieser zugegeben verstaubten Schönheit.

»Ihr könntet euch ein wenig zuversichtlicher geben«, schlug ich genervt vor. »Lili zuliebe. Der Ort bedeutet ihr viel. Und nur vertrocknete Erbsenzähler übersehen die inneren Werte dieses Anwesens.«

»Ich habe nicht gesagt, dass es nicht möglich wäre.«

»Solide Arbeit und gute Materialien.«

»Wenn alle anpacken. Und bei guter Planung. Ja, man könnte etwas daraus machen.«

Ich gab es endgültig auf. Mehr Begeisterung war den Kerlen offenbar nicht zu entlocken. Die Dämmerung war bereits fortgeschritten, als ich kurz nach zehn einen Schlussstrich zog und mich entschuldigte. Ich wollte den Rest der blauen Stunde im Freien genießen. Bei immer noch über zwanzig Grad würde die Bank am halb verfallenen Wagenhaus einen angenehmen Platz abgeben, um den Tag ausklingen zu lassen. Und tatsächlich hatte ich Glück. Außer Fledermäusen und Mücken gab es keine weiteren Gäste. Seltsam, aber mir kam plötzlich der alte Begriff *Mischpoke* in den Sinn. Mein Vater hatte ihn oft benutzt, um sein Missfallen über Politiker und Vorgesetzte auszudrücken. Für ihn waren das alles Trickbetrüger und Halsabschneider gewesen. *Mischpoke* eben. Ich musste lächeln. Ob er sich der Doppeldeutigkeit bewusst gewesen war? Denn eigentlich bezeichnete das Wort im Ursprung ja nur die Familie, also die engere Verwandtschaft. Ohnehin hatte er einige seltsame Begriffe verwendet. Ein lauter, ungerechter Mensch war für ihn sofort ein *Osmane*. Und Russen waren grundsätzlich die *Bolschewiki*. Und meinen Teddy nannte er *Mufleglóch* oder so ähnlich, wohl armenisch für Muffelkopf. Weshalb aber ging mir das gerade jetzt durch den Kopf?

Manchmal kamen winzige Erinnerungsstücke über ihn in meinem Geist an die Oberfläche. Als würden Ameisen das Material in ihrem Bau hin und her tragen. Dinge, die ich scheinbar vergessen hatte. Es war, als kramte ich in einer Schublade, weil ich hoffte, darin einen uralten Kaufvertrag für ein Möbelstück zu entdecken. Aber stattdessen fand ich Erinnerungen an ihn. An den Vater, den ich partout nicht in meinem Kopf, nicht in meinem Leben haben wollte.

»Wir wehren am stärksten ab, was wir in uns selbst am meisten fürchten«, hatte meine Therapeutin vor Jahren gesagt. Aber wovor hatte ich denn Angst? Und warum erinnerte mich derart vieles an diesen Vater, der doch selbst entschieden hatte, nicht *mein* Vater zu sein?

Alte Lederhandschuhe ähnelten plötzlich den seinen. Oder eine geöffnete Flasche Holzpflegemittel verströmte den Duft seines herben Rasierwassers. Eine leere Zigarettenpackung *Roth-Händle*, die ich in einem Sekretär fand. Seine Marke. Jetzt war da auch noch mein Cousin, der ihm so ähnlich sah. Manchmal kamen mir auch nur Worte in den Sinn. Wie *Mischpoke*. Was auch immer er genau damit gemeint haben mochte, ein seltsamer Haufen war diese Familie ganz sicher.

15

Die Stimmung beim Frühstück war geprägt von einer Art gespannter Erwartung. Heute sollte es immerhin zur Sache gehen. Ich war froh, dass die Gespräche übers Wetter und die Politik dahinplätscherten. Man konnte hinhören, musste aber nicht. Ich war in Gedanken bei meiner Mutter. Sie wollte zur ersten Besprechung am frühen Vormittag eintreffen. Ich machte mir schon seit längerer Zeit Sorgen um ihre Gesundheit. Ihre leibliche Mutter war an den Folgen eines schlecht behandelten Diabetes Typ I verstorben, als sie selbst kaum zehn Jahre alt war. Und meine Mutter hatte diese Krankheit geerbt. Zwar war sie heute gut behandelbar, aber in höherem Alter hatten diese Menschen dennoch oft Probleme. Ich selbst hatte offenbar bisher Glück gehabt, denn alle Vorsorgeuntersuchungen in dieser Hinsicht waren unauffällig geblieben. Wann immer ich an Greta und Hanna dachte, kamen Ängste hoch. So hatte ich auch gestern in dem allgemeinen Trubel die Gedanken an meine Mutter und ihre ständigen Gesundheitssorgen etwas verdrängt.

»Was sagt der Nephrologe?«, fragte ich sie ungeduldig, als sie aus ihrem Wagen ausstieg, und erinnerte mich im letzten Moment an den Begrüßungskuss. Ich hatte bereits auf dem Vorplatz gewartet. Nun half ich ihr beim Ausladen, denn sie hatte viel Gepäck. Ich musste Janosz später bitten, dass er sich um den Ton und die kleinen Säcke Gips sowie die schwereren Werkzeuge kümmerte.

»Die Nierenfunktion hat sich etwas gebessert«, erwiderte sie knapp. »Vielleicht ist noch etwas Zeit.«

Seit Monaten schwebte das Damoklesschwert einer Dialyse über ihr. Ob ihr Zustand später jemals eine Transplantation zulassen würde, war mehr als fraglich. Seit Jahren predigte, bettelte und schimpfte ich. Aber hinsichtlich der Zuckerkrankheit war sie schon immer uneinsichtig gewesen. Sie zählte eher Kuchenstücke statt Broteinheiten, wollte ihr Leben nicht von der Krankheit bestimmen lassen. Dabei hatte ihr der Arzt ziemlich krass und genau beschrieben, wie ihre eigene Mutter Anfang der Fünfziger an den Folgen der Krankheit verstorben war. Zu allem Überfluss hatte mir Lili irgendwann verraten, dass Hannas Mutter ähnlich dickköpfig damit umgegangen war. Ich befand mich also wieder in einer unangenehmen Zwickmühle. Ich sorgte mich um sie, aber spürte, dass jeder Druck sie nur noch bockiger machte.

»Wie läuft es hier? Benimmt unsere Lili sich?«, wechselte sie auch sogleich das Thema.

Typisch.

»Eine fürchterliche Mischpoke«, flüsterte ich, dehnte das letzte Wort und zwinkerte ihr zu.

Sie lächelte etwas säuerlich. Ein Zeichen, dass sie meine Andeutung verstanden hatte. Und da kam auch schon Lili und bestand darauf, Hanna allen Gästen vorzustellen. Ich klinkte mich aus und versuchte stattdessen, jetzt endlich von Laura etwas Privates zu erfahren. Sie hatte sich in den kleinen Erker zurückgezogen, den die Außenwand hier in einer Art spitzem Keil bildete. Entweder hatten sich die Handwerker vor hundertfünfzig Jahren einen Scherz erlaubt und ein paar Steine mehr verbaut. Oder die Erbauer wollten einen Platz haben, um in Richtung Vordertreppe blicken zu können.

»Klassischer Rock oder auch heftige Sachen?«, fragte ich sie und zeigte auf ihre Earbuds. Die gute Frau musste taub sein, denn ich hörte »Whole Lotta Love« von Led Zeppelin so deutlich, als steckten die Dinger in meinen Ohren.

»Kommt auf die Stimmung an«, schrie sie mich fast an.

Ich nickte. Mein Musikgeschmack war eher etwas unkonventionell. Tschaikowsky beim Polieren, Jethro Tull bei der Ausarbeitung von Wertgutachten, Manowar beim Drechseln und Sägen. Meistens hatte es keinen Sinn, mit anderen Menschen darüber zu sprechen. Ich mochte, was ich mochte. Laura schien es jedoch instinktiv zu verstehen.

»Manchmal bin ich schwerelos, dann wieder voll geerdet«, meinte sie. »Ich tanze, und ich kämpfe. Immer die gleiche Musik wäre wie jeden Tag Fischstäbchen mit Pommes. Ziemlich schnell ziemlich nervig.«

Besser hätte ich es nicht sagen können.

»Alles gut bei dir?«, fragte sie unvermittelt. »Du wirkst etwas gestresst.«

»In diesem Wochenende steckt eine Menge Arbeit«, erwiderte ich. »Jetzt ist die Luft raus. Und es ist tatsächlich so anstrengend, wie ich befürchtet hatte.«

»Du hast nur das Wochenende. Ich muss meinen Vater viel öfter ertragen.«

»Holzfällermentalität in zartem Körper, würde ich sagen.«

»Ich weiß gar nicht, was ich hier soll«, sagte sie nach einer Weile. »Papa hat mich mitgeschleift. Mein Bruder hat einfach abgelehnt.«

»Lässt du dir immer vorschreiben, was du tun musst? Auf mich wirkst du eigentlich nicht so.«

»Geld oder Liebe. Eines von beiden hält dich bei der Familie«, erwiderte sie. »Sagte mein Opa immer. Ich bin pleite. Ich bin faul. Ich bin im Moment ohne Plan. Und mein lieber Vater will mir mal wieder den Hahn zudrehen. Also bin ich zur Abwechslung die brave Tochter und spiele mit.«

Hatte ich mich derart getäuscht? Trotz ihrer distanzierten Kühle fand ich sie recht sympathisch. Und wie sollte ich dann dieses Kalkül deuten? Okay, ich mochte Ehrlichkeit, aber sie konnte auch enttäuschend sein.

»Wirklich?« Irgendwie hoffte ich, es könnte mehr hinter der Sache stecken. »Die Rolle der braven Tochter? Weil du Geld brauchst?«

Sie sah mich einen Moment zu lange an und wirkte einen Hauch zu gleichgültig, als sie nickte. Da musste ich dranbleiben, entschied ich. Vielleicht nicht gerade jetzt, aber da war noch etwas anderes.

»Nachdem ich dir das gebeichtet habe, stehen meine Chancen auf die Million wohl bei null.« Laura lachte, aber es klang nicht wirklich fröhlich.

»Ich denke, ihr macht euch alle zu viel Hoffnung«, sagte ich. »Millionen gibt es hier sicher nicht zu holen.«

»Zwanzigtausend und ein paar Träume wären schon ein Anfang«, erwiderte sie und sah mich an. Aus einer ebenmäßigen, dunkelbraunen Iris und großen, schwarzen Pupillen. Augen, in denen man sich verlieren konnte. Tiefen, in die sie selbst gefallen war, wie es schien.

Da war diese große Traurigkeit, die ich gut kannte. Man wächst daran oder ertrinkt darin. Bei aller Kraft und Energie war auch Lili oft etwas melancholisch gewesen. Es war ein Gefühl, das sie zur rechten Zeit etwas bremste, bevor der Ikarus in ihr der Sonne zu nah kam. Onkel Ebbi hingegen konnte regelrecht depressiv werden. Und das lähmte ihn dann nur. Melancholie war wie das Salz in der Suppe. Sie gab den High-Gefühlen erst den richtigen Geschmack. Ich habe das immer genossen. Und niemals hat mich ein Mensch besser verstanden als Lili. Klar, wir hatten uns auch gestritten und sogar für eine längere Zeit auseinandergelebt. Aber das Band – und dazu gehörte diese leichte *Bittersweet-*

ness – war nie ganz zerrissen. Gern hätte ich mich jetzt auch weiter mit Laura unterhalten, denn ich spürte etwas Gleichartiges an ihr. Aber leider wurden wir unterbrochen. Und die endlose Tiefe in ihren Augen wich dem Ausdruck einer Mattigkeit.

»Wir wollen jetzt die Pläne besprechen«, sagte Ebbi an uns gewandt. Ich hatte ihn aus den Augenwinkeln bemerkt, denn er wuselte bereits seit geraumer Zeit zwischen den Gästen umher. »Kommt bitte alle in den Salon.«

*

Der Salon. Lili hatte dem großen Gesellschaftszimmer, das im linken Flügel des Haupthauses lag, diesen Namen gegeben. Küche, Empfangshalle, Speiseraum, Bibliothek und Salon. Oben die Schlafgemächer und Gästezimmer. Im Dach die Räume der Bediensteten. Das Ensemble war eine herrlich nostalgische Verbeugung vor einer untergegangenen Welt. Ich hatte vor Kurzem im Netz einen Artikel gefunden, der sich mit adligem Alltag befasste. Diese Leute hatten sich mindestens drei Mal am Tag umgekleidet. Am Abend saßen Baronin und Baron natürlich nicht im Wohnbeutel vor dem Kamin im Salon. Für unsere Familie war es ein perfekter Raum.

Eine Viertelstunde, nachdem Ebbi alle Gäste zusammengerufen hatte, hatte sich der Raum gefüllt. Janosz versuchte sich als Butler und bot Kekse und Brause an. Der runde Tisch war zur Wand gerückt. An ihm nahmen Oma Lili und Onkel Ebbi Platz. Vor dem Anwalt lag ein großer Stapel Papiere. Ich saß seitlich und hatte für die Bedienung des Laptops zu sorgen. Der Beamer warf das Bild eines Südsee-Paradieses auf die kleine Leinwand. Bacardi-Feeling in der Uckermark.

»Es geht also doch um Besitztümer aus der guten alten Kolonialzeit«, witzelte Torsten, als er das Bild sah. »Zuckerrohrplantagen. Tabak. Kaffee. Ich denke, es sind Lilis Ländereien auf Sansibar, die wir dort sehen.«

Ich sah mich um. Es beruhigte mich, wenn ich die Verwirrung und Unruhe anderer sah. Dann ließ das Gefühl des Alleinseins nach. Heike saß aufrecht, ein neues Ultrabook auf dem Schoß und bereit, jedes Wort mitzuschreiben. Maurice scherzte mit Patrick und wollte ihn zu einem Martini um zehn Uhr morgens überreden. Lukas saß abseits, zwischen sich und den anderen ein Abstand von drei Metern. Laura gesellte sich nicht zu ihrem Vater, sondern setzte sich mit Schwung auf eine der breiten Fensterbänke. Norbert von Gratten hielt ihr gerade einen Vortrag, ohne zu bemerken, wie sehr er sie damit langweilte. Immer wieder stieß dabei sein Zeigefinger in die Luft. Ich schnappte Worte wie *Charakter*, *Sozialisation* und *Gruppenverhalten* auf. Ich wusste bereits, dass er seine Töchter zu einem Psychologiestudium bewegen wollte. Er hatte jedem, der es nicht hören wollte, davon erzählt. Vielleicht missionierte er auch bei anderen.

Meine Mutter wirkte zwischen den Leuten etwas verloren, obwohl sie so ziemlich in der Mitte saß. Das hatte ich auch bei ihren Ausstellungen oft beobachtet. Wenn es um sie und ihre Werke ging, dann war sie selbstsicher und eloquent. Im Alltag hatte sie oftmals etwas Zurückgezogenes und In-sich-Gekehrtes. Sie malte gerade mit Bleistift auf einem Block, und ich war sicher, dass ich ihr hinterher wieder die Hälfte des Gesagten erklären musste.

»Jetzt beginnt also der offizielle Teil«, sagte Lili, nachdem sie sich von ihrem Platz am Kopfende des Tischs erhoben hatte.

»Ich begrüße euch noch einmal herzlich. Und ich danke euch, dass ihr die Mühe nicht gescheut habt. Ich weiß, dass einige nicht kommen wollten oder konnten. In der Einladung habe ich deutlich gemacht, wie ich dazu stehe. Die Erbfragen werden unter den hier Anwesenden geklärt. Eines möchte ich von vornherein klarstellen, und bitte fühlt euch dadurch nicht angegriffen: Ich bin niemandem gegenüber zu irgendetwas verpflichtet. Mit Ausnahme von Hanna natürlich.« Sie wandte sich kurz meiner Mutter zu. »Also werde ich entscheiden, wer in welcher Form Berücksichtigung findet.«

Direkter konnte man es wohl kaum ausdrücken. Ein Raunen ging durch den Salon, das einigen Unmut auszudrücken schien. Sogar ich fand, dass sie ihren Angehörigen einiges zumutete. Jeder musste sich spätestens jetzt so fühlen, als wäre er oder sie auf einer Art Schönheitswettbewerb. *Benimm dich, sonst gibt es keinen Pudding zum Nachtisch!* Schlimmer noch war, dass bei diesem Blind Date niemand die genauen Regeln kannte.

»Dann werden wir mal schön brav sein.« Torsten sprach aus, was andere offenbar dachten. Er rutschte noch tiefer in seinen Stuhl.

Ebbi ergriff das Wort und beschrieb das Stiftungsprojekt, über dessen Umsetzung er und Lili bereits ein halbes Jahr nachdachten. Ich hatte ein paar nette Bilder vorbereitet und natürlich auch eine unvermeidliche Powerpoint-Show mit rotierenden und mächtigen, aus dem Hintergrund auftauchenden Überschriften. Wer nichts zu sagen hat, benutzt Powerpoint, hatte mir ein Kunde aus der IT-Branche mal verraten.

»Also wird aus Gut Torchau eine Stiftung werden«, fasste Ebbi nach einer Weile zusammen. »Erste Anfragen bei den Gemeinden und der Kulturbehörde waren ermutigend. Lili wird ein Museum für ihre Kunstsammlung eröffnen. Zudem soll ein Ausbildungszentrum der Arbeitsagentur hier entstehen. Und eine Inklusionsgruppe für Menschen mit Handicap ist geplant. Nach Sanierung weiterer Gebäude wird Platz sein für Kulturangebote in Zusammenarbeit mit Vereinen aus Berlin oder der Umgebung.«

»Bravo! Ein richtiger Allround-Philanthropen-Treff wird das«, knurrte Lukas, aber niemand schenkte ihm Beachtung.

»Wie viel Geld fließt denn in dieses Vorhaben?«, fragte Norbert.

»Einen Finanzierungsanschub werden wir geben, indem das gesamte Anwesen ins Stiftungsvermögen übernommen wird«, erklärte Ebbi. »Aus Erfahrung weiß ich, dass man da bei der Bewertung nicht kleinlich ist. Gut Torchau ist letztlich zwei bis drei Millionen wert. Buchwert wohlgemerkt. Gelder in gleicher Höhe sind uns vorab inoffiziell zugesagt von der Arbeitsagentur und dem Kultusministerium.«

»Also geht es um, sagen wir, fünf Millionen Euro«, stellte Torsten fest. »Und darin steckt ein Familienvermögen von zwei Millionen?«

»Erstens wäre es immer noch Lilis Vermögen«, erwiderte Onkel Ebbi. »Zweitens ist das rein rechnerisch. Papiergeld, wenn man so will. Lili und meine bescheidene Wenigkeit haben das Objekt für knapp dreihunderttausend Euro erworben. Zwei bis drei Millionen mag zwar der Sach- und Bodenwert sein, aber er ist in der Praxis schwer zu erzielen.«

»Gutes Geschäft«, sagte Norbert. »Auf diese Weise geht also das Volksvermögen flöten. So haben das schon der Wegelagerer Kohl und seine Kapitalistenbande nach der Wiedervereinigung gemacht. Beste Ländereien und Fabriken aus DDR-Besitz für eine Deppen-Mark an die Westbonzen.«

»Da hast du Honeckers letzte Rede aber fein auswendig gelernt«, nörgelte Torsten.

»Na, na«, mischte sich jetzt auch Lukas ein. »Das war doch ohnehin alles marode. Und im Boden war so viel Dreck, euer ganzes Land wäre eigentlich Sondermüll gewesen.«

»Es wurde nur alles schlechtgeredet!«, ereiferte sich Norbert.

»Weshalb verteidigst du plötzlich die Kommunisten?«, fragte Torsten. »Euch haben sie doch gleich dreimal übel mitgespielt. Erst die Vertreibung, dann in der DDR keine Entschädigung dafür. Und als alter Adel wart ihr für die Stasi doch immer nur Verdächtige.«

»Ach, was wisst ihr schon? War ja nicht alles mies. Und es gab am Anfang auch einen Traum. Ein neuartiges Deutschland mit einem anderen Menschenbild. Aber die Westpropaganda mit ihrer D-Mark hat alles kaputt gemacht. Jedenfalls wurden bei uns die Leute nicht nur nach der Dicke ihrer Brieftasche beurteilt.«

»Ne, sicher nicht«, rief Lukas. »War ja nix drin! Und eure Helden der Arbeit konnten noch nicht mal ordentliche Schrauben herstellen. Ich war damals beim Daimler, da haben wir ...«

Eberhard war aufgestanden und klopfte mit einem Löffel an seine Kaffeetasse.

»Es ist schön zu sehen, dass über dreißig Jahre Einheit endlich zu Frieden und Verständigung geführt haben«, sagte er. »Aber nun zurück zum Thema. Anstatt uns hier in Schlägen unterhalb der Gürtellinie zu verausgaben, sollten wir lieber überlegen, ob und wie wir das Vorhaben sinnvoll unterstützen können.«

»Verlogene Salonbolschewisten«, murmelte Lukas in eine nicht näher bestimmte Richtung.

»Genau, kubanische Zigarren rauchen, Champagner saufen und die Internationale lallen«, ergänzte Norbert.

Die Wogen glätteten sich etwas, als Torsten auf das ihm wichtige Thema zurückkam. Geld einte immer.

»Die Dreihunderttausend sind dauerhaft in der Stiftung gebunden?«, fragte er vorsichtig.

»Ja.«

»Sie stehen also nicht für die Erbschaft zur Verfügung?«

»Direkt? Nein«, antwortete Ebbi. »In der Stiftung sind jedoch einige Positionen zu besetzen. Und es wird Ausschreibungen für eine Menge Aufträge geben. Einem Engagement – auch von familiärer Seite – sind kaum Grenzen gesetzt.«

»Gibt es darüber hinaus denn ein zur Verteilung stehendes

Vermögen?«, fragte Norbert. Torsten nickte eifrig, als wäre die Antwort auf diese Frage absolut entscheidend dafür, ob er blieb oder ging. Und wahrscheinlich war sie es sogar.

»Oder sind wir nur hier wegen der Ehre und einem feuchten Händedruck?«, legte Lukas nach.

»Im Falle einer Stiftungsgründung und der Umsetzung der genannten Pläne werden das Land Brandenburg und die Stadt Berlin die zur Ausstellung vorgesehenen Möbel käuflich erwerben. Natürlich liegt der Preis unter den am freien Markt erzielbaren Erträgen ...«

»Um wie viel geht es da?«

»Etwa eine Million Euro.«

Erstauntes Pfeifen ging durch den Raum, gefolgt von Gemurmel. Ich sah zu Laura hinüber, und unsere Blicke trafen sich. Sie formte mit dem Mund das Wort Million. Ich war selbst überrascht. Lili schien mir nie reich gewesen zu sein. Alles hatte sie in ihre Möbel gesteckt. Und da war sie also, diese magische Zahl. Im Denken vieler Leute schienen diese sechs Nullen nach der Eins aus normalen Menschen gänzlich andere Menschen zu machen; Millionäre eben. Gerade war man noch die unscheinbare Larve, dann plötzlich eine Schillerfliege. Da ließen sich der enorme Stress, der Bluthochdruck und die schmerzende Bandscheibe, die sich auf dem Weg dahin eingestellt hatten, doch gleich viel besser ertragen. Laura und ich lächelten uns wissend an.

»Dreihunderttausend für jede Familie, und die Sache ist gelaufen«, sagte Lukas.

»Na, Moment«, ging Torsten dazwischen. »Lili wird das entscheiden. Und dabei sollte sie sicher auch ein Augenmerk auf wirtschaftliches Know-how haben. Besser ist es doch, das Geld bleibt zusammen und wird durch einen erfahrenen Manager angelegt und verwaltet.«

»Und an wen magst du dabei wohl denken?«, fragte seine

Schwester Heike. »Etwa an Leute, die es in zehn Jahren nicht geschafft haben, einen Flughafen zum Laufen zu bringen?«

Autsch, dachte ich. Die Spitze verstand wohl jeder im Raum. Ich erinnerte mich daran, dass Torsten Rabe irgendetwas mit Schallschutz in den Gebäuden zu tun hatte.

»Spar dir deine süffisanten Bemerkungen, Schwesterherz. Ihr Politiker kommt doch nicht in die Hufe. Eure Verordnungen, Erlasse, Gutachten. Bedenken tragt ihr gern, Verantwortung eher nicht. Und jeder Idiot, der einen seltenen, nistenden Fliegenschnäpper im Gebüsch vermutet, kann eine Verfügung vor Berliner Gerichten erwirken.«

»Ja, ja, jetzt sind wieder die Politiker oder die Gerichte schuld. Oder die Dachdecker. Der Mondstand. Nein, mein Lieber, Leute wie du kommen nicht in die Hufe, wie du es nennst. Irgendeinen Scheiß in China kaufen, bei der Ausschreibung schummeln, die ordentliche Marge kassieren wollen und dann die Anwälte einschalten. So läuft das bei euch. Sag den Leuten hier doch die Wahrheit!«

»Unwägbarkeiten gibt es immer. Gute Unternehmer kommen mit so etwas zurecht«, knurrte Torsten.

»Gute ja! *Du* nicht!«

Jetzt begann es, schmutzig zu werden. Die Ost-West-Posse war noch amüsant gewesen, aber Heike beabsichtigte offenbar, in üblerem Dreck zu wühlen. Ich sah Lili an und gab ihr mit den Augen ein Zeichen. Wenn jetzt niemand ein Machtwort sprach, würden in ein paar Minuten die Fetzen fliegen. Lukas und Norbert rückten bereits unruhig auf ihren Stühlen hin und her, als brächten sie sich in Position.

»Wir legen eine kurze Pause ein«, rief Eberhard, aber er war im aufkeimenden Lärm chancenlos.

Der Tumult brach los. Maurice und Laura verfolgten die verbalen Scharmützel ebenso überrascht wie ich. Torsten versuchte,

Lukas auf seine Seite zu ziehen. Und Heike glaubte, in Norbert einen Verbündeten gefunden zu haben.

»... alles eingebrockt! Ohne die Banken ...«

»Ach was ... belangloses Gutmensch-Geschwätz! Der Mittelstand steht ohne Lobby ... Wir sind schon längst im Sozialismus ...«

»... gar nicht so schlecht. Vermögen muss ...«

»Beim Daimler ... Die wahren Werte ... die Wirtschaftskraft im Süden ...«

Ich stand auf, um meiner Großmutter ein Glas Wasser zu holen. Was geschah hier eigentlich? Woran hatte sich dieses Strohfeuer entzündet? Jeder Schlichtungsversuch zwischen den Streithähnen und -hennen schien im Moment sinnlos. Die Gemüter hatten sich erhitzt und mussten nun von selbst abkühlen. Bei Heike und Torsten hing der geschwisterliche Haussegen offenbar seit Langem schief. Beide rangen mit aufgesetzten Selbstbildern, hatten einander aber längst durchschaut. In Lukas spürte ich Wut und Frust. Er schien zu jener Fraktion von Menschen zu gehören, die sich vom Schicksal zurückgesetzt und überfahren fühlten. Und Norbert wollte unnahbar bleiben, verschanzte sich hinter seiner steifen Intellektualität. Es war, als brächte unser Treffen in allen etwas durcheinander. Da bröckelte etwas, machte uns verletzlich. Ich wollte mich selbst nicht ausnehmen.

»Ihr hättet den Martini nehmen sollen«, witzelte Maurice. »Besser gleich zwei.« Er stand mit Laura am Getränketisch, als ich hinzukam.

»Und ich dachte immer, das gäbe es nur in unserer Familie«, sagte Laura. »Dieses ewige Lamentieren. Hin und her, dabei dreht sich alles doch nur um belanglose Rechthaberei. Und natürlich ums Geld. Ich kann es nicht mehr hören.« Sie spielte mit einer Selbstgedrehten zwischen den Fingern.

»Rüden müssen eben überall hinpinkeln«, meinte Maurice.

»Na, eigentlich hat deine Mutter angefangen«, erwiderte sie.

»Sie hatte schon immer die größten Eier.« Er wurde ernst. »Ich glaube, sie leidet eigentlich an Komplexen. Immer muss sie allen beweisen, wie gut sie ist. Dass sie alles im Griff hat. Sie merkt gar nicht, dass sie dabei oft schlimmer ist als die alten Krawattenträger, die sie doch so verachtet.«

Ich befürchtete, dass das Niveau schnell unter den Gefrierpunkt sinken könnte. Ein falsches Wort, und wir würden uns ebenfalls angiften.

»Heike und ihr Bruder sind sich nicht ganz grün, habe ich recht?«, fragte ich ihn. Ich war mir sicher, dass seine Mutter ihn nicht das erste Mal zur Verzweiflung trieb. Maurice lachte auf und schenkte sich einen Mix aus Cranberrysaft und Wodka ein.

»Onkel Torsten liebt das Geld, aber kann nicht so gut damit umgehen, wie er immer behauptet«, erwiderte er. »Und Heike liebt die Aufmerksamkeit, kann aber damit ebenso wenig umgehen. Die beiden sind sich ähnlicher, als ihnen lieb ist. Sie wollen immer die Hauptrolle und sind nicht auszustehen, wenn die bereits vergeben ist.«

»Sie ist doch eine große Nummer bei dieser neuen Partei. *Mitte für Deutschland*. Wie überaus originell. Wird sie nicht sogar als Spitzenkandidatin für Berlin gehandelt?«

»Ganz nach ihrem Geschmack«, meinte Maurice und nickte. »Rampenlicht um jeden Preis. Sie ist doch so ...« Er kippte den Wodka-Cranberry in einem Schluck. »Integer und moralisch ohne Tadel.«

»Und dein Onkel gehört also zu den Ganoven vom Flughafen«, stichelte Laura.

»Na, ihr im Ländle solltet mal schön die Füße stillhalten«, erwiderte Maurice. »Ihr verbuddelt die Milliarden in eurem Bahngrab. Und der Autokonzern hat hundert Lobbyisten in der Hauptstadt. Auch nicht viel besser.«

Wieder überlegte ich, wie ich eine drohende Eskalation verhindern konnte. Beide standen sich in Hinblick auf ihr loses Mundwerk in nichts nach, jedoch lag Maurice leicht vorn.

»Fehlt nur noch Norbert von Honecker-Gratten«, legte er nach und imitierte die Stimme des Psychologen. »Der Sozialismus war gar so nicht schlecht, obwohl er uns alles genommen hat. Niemand hat die Absicht, eine Mauer zu errichten. Weder im Land selbst noch in unseren beschissenen Köpfen.«

»Das war Ulbricht, nicht Honecker«, sagte ich.

Ich erlebte gerade, was mir in meiner Kleinfamilie bisher erspart geblieben war. Die Generationen redeten munter und aggressiv aneinander vorbei. Was den Älteren wichtig war, war eigentlich schon Vergangenheit. Und dennoch waren sie es, die über die Zukunft bestimmten. Wir Jüngeren waren davon genervt oder sogar abgestoßen. Ich fühlte mich wieder einmal, als säße ich zwischen allen Stühlen. Weder meine Mutter noch Lili hatten mich auf solche Themen vorbereitet. Als Künstlerin war Mama ohnehin irgendwie nie ganz da, immer abseits des Tagesgeschäfts sozusagen. Und Lili war eine Frau, die voll und ganz im Hier und Jetzt lebte. Sie hatte die Hitlerzeit und die DDR erlebt. Und überstanden. Klar, sie sprach ebenfalls über die Vergangenheit, aber sie rührte in ihren Erinnerungen nur selten herum. Ich fühlte mich hilflos, denn an diesem Wochenende war es anders.

»Wer Hunger hat, nimmt auch das trockene Brot und jammert nicht, dass es früher Speck und Wurst gab«, hatte sie mal gesagt.

Lili hatte sich immer einen gewissen Hunger auf das Leben bewahrt. Egal, ob bei Brot oder Speck. Sie war neugierig geblieben und probierte gerne neue Dinge aus. Und dann fällte sie eine Entscheidung. So hatte sie über Facebook und WhatsApp ihren Daumen gesenkt, aber Instagram nutzte sie schon zu Zeiten, als die meisten noch dachten, das wäre ein löslicher Kaffee. Da war sie bereits über achtzig.

Sie war lange Zeit mit der Schwester eines hingerichteten Widerstandskämpfers aus der NS-Zeit befreundet, die das genaue Gegenteil von ihr gewesen war. Die Dame lebte nach dem Krieg fünfzig Jahre in der Vergangenheit, den Blick immer nur zurückgewandt, eine Art lebendiges Museumsstück für deutsche Zeitgeschichte. Und dabei hatte diese Frau dann ganz vergessen, ihr eigenes Leben zu leben.

Jetzt machte mich die mangelnde Erfahrung im Umgang mit familiären Altlasten ziemlich ratlos. Mit innerer Stagnation oder gar der Sehnsucht nach Vergangenem konnte ich kaum etwas anfangen. Und eben dies hatte sich irgendwie bei der Generation 50 plus als Grundhaltung eingeschlichen. Viele waren oftmals so verkrustet. In ihrem Wunsch, sich selbst zu finden, drifteten sie immer weiter weg. Im verzweifelten Versuch, anders als ihre Eltern zu sein, wurden sie ihnen immer ähnlicher. Und hier auf Gut Torchau war ich ganz dicht dran an solchen Menschen, erlebte sie hautnah. Ich merkte, dass ich Raum brauchte, dass ich Distanz schaffen musste.

»Hast du eigentlich auch eine Meinung dazu, Nairi?«, fragte Laura. »Du siehst aus, als wärst du weit weg.«

Ich sah durch sie hindurch und antwortete nicht. Mein Geist hatte sich hier bereits verabschiedet. Nur der Körper musste noch folgen. Also verzog ich mich auf die Toilette, den allseits tolerierten Panikraum für soziale Deserteure. Natürlich nicht, ohne sogleich Schuldgefühle zu bekommen. Warum ertrug ich meine Familie, die ich erst seit einem Tag kannte, nur so schwer? War das normal? Musste ich nicht Stellung beziehen? Aber wozu?

»Eberhard hat die Situation im Griff«, meinte Lili einige Minuten später, als ich ins Zimmer zurückgekehrt war.

Ebbi versuchte sich als Mediator. Und ich fühlte mich wie eine alte Kamera ohne Film. Die Bilder waren verschossen. Es folgte Leere. Sinnlosigkeit. Ich war in einer Art Trance und in Gedanken versunken gewesen, sodass ich das Abflauen des Gezänks gar nicht mitbekommen hatte. Und wenn ich geglaubt hatte, dass die Sache Lili belastete, dann hatte ich mich geirrt. Sie kehrte zum Tisch zurück und sprach mit Patrick. Ich schnappte nur ein paar Worte auf. Er schien Feuer und Flamme zu sein für die Stiftungspläne. Ebbi hatte den Streit schlichten können. Meine innere Reizüberflutung würde aber wohl noch eine Weile anhalten.

»Wirklich alles in Ordnung bei dir?«, fragte ich Lili, als Patrick zu seinem Platz zurückgekehrt war.

»Ich habe damit gerechnet, Nairi. Manche Dinge muss man aushalten können, um die Kraft für Wichtiges aufzusparen.«

Ich dachte an den Ermittler, den sie erwähnt hatte.

*

Ebbi ordnete seine Papiere und fand das Blatt, das er gesucht hatte. Dann erhob er sich und räusperte sich vernehmlich in Anwaltsmanier.

»Vor dem Mittagessen möchte Lili noch ein paar Worte sagen«, sagte er, als es wieder etwas stiller war.

»Ihr sollt wissen, dass ich keineswegs unzufrieden bin mit dem Verlauf des Vormittags«, begann sie. »Ein paar Reibereien sollten uns nicht abschrecken. Ich bin auch nicht enttäuscht oder entmutigt. Im Gegenteil.«

Sie lächelte jeden an und schwieg eine Weile. Da war jetzt diese Würde, die ich immer bewundert hatte. Ich wusste, dass sich für sie ein Kreis zu vollenden begann. Plötzlich verspürte ich einen Stich im Herzen, als mir klar wurde, was dies bedeutete. Ihre Worte waren Vorboten, die einen Schmerz ankündigten, von dem ich nichts wissen wollte. Ein Schmerz, der mich zerreißen würde, da war ich mir sicher. Nicht heute, aber in absehbarer, nicht allzu ferner Zeit.

»Die kleinen Dispute bestärken mich in meiner Ansicht«, fuhr sie fort. »Dinge, die uns belasten, gehören auf den Tisch. Selbst wenn es sich um unangenehme Bilder, alte Rechnungen oder die berüchtigten Leichen im Keller handelt.«

Ich war mir sicher, dass meine Mutter bereits überlegte, wie sie diese Metapher als Kunstwerk in Holz oder Stein umsetzen konnte. Sie saß da und schrieb etwas in ihr Skizzenbuch. Auf Außenstehende wirkte sie oft weltfremd und entrückt. Aber ich wusste, dass sie in diesem Moment alles sehr genau wahrnahm.

»Manchmal frage ich mich, ob Möbel die besseren Menschen sind«, sagte ich leise und warf ihr einen Wir-wissen-es-Blick zu. »Irgendwie ehrlicher. Ein Tisch ist eben ein Tisch und kein Schrank.«

»Gib ihnen Zeit«, erwiderte sie und nickte. »Diese Situation verunsichert uns alle. Dafür gibt es keine Schablone, die wir einfach anlegen können.«

Mit ihrer Bemerkung von eben hatte Lili die übrigen Anwesenden als – wenn auch etwas nervöse – Lacher auf ihrer Seite. Ich erinnerte mich plötzlich an einen schönen Sekretär im Biedermeierstil, den ich vor Monaten hergerichtet hatte. Ramponiert und über Jahrzehnte missbraucht. Die gesamte Arbeitsfläche war zerkratzt gewesen, als wäre jemand Schlittschuh darauf gelaufen. Ein Bein und die Hälfte des Aufsatzes fehlten. Über zwei Generationen fristete das Stück ein Dasein im schimmligen Keller eines Hauses auf dem Wedding. Und beim ersten Säubern fand ich dann tatsächlich einen Brief in einem verschlossenen Fach. Mit der feinen Handschrift einer Frau. Datiert von 1958. Darin erklärte sie ihrem Mann, dass sie sich von ihm trennen wollte. Im Umschlag der Ehering, das Datum der Trauung eingraviert. 1935. Fünfzig Jahre lang hatte niemand diesen Brief angerührt. Dabei war er nicht einmal besonders gut versteckt gewesen. Welche Fragen waren ein halbes Jahrhundert offengeblieben? War diese

Frau einfach verschwunden? Vielleicht war der Mann verstorben, bevor er den Brief erhielt? Vermutungen, Vorwürfe, Zweifel. Oder einfach ein vergessenes Leben.

Scheußliche Bilder. Alte Rechnungen. Leichen im Keller. Lili hatte recht. Die Dinge mussten irgendwann aufgedeckt werden. Wir mussten entscheiden, was mit ihnen geschehen sollte, sonst schleppten wir sie ewig mit uns herum.

»Ich gebe zu, dass ich gehofft hatte, es würde etwas harmonischer zugehen«, fuhr sie fort. »Aber wichtig ist doch einzig und allein, dass wir uns – und sei es zunächst auf unerfreuliche Art – etwas näher kennenlernen. Streit und Versöhnung sind ehrlicher als jede aufgesetzte Höflichkeit. Vielleicht ist es eine Vorbereitung auf das, was noch kommt. Verzeiht einer alten Frau, dass sie die Erbfrage auch nutzen will, um der eigenen Geschichte ein wenig auf die Spur zu kommen. Heute Nachmittag werden wir dazu noch Genaueres erfahren.«

Erneut ging ein Raunen durch den Salon. Torsten Rabe konnte sich offenbar nur mit Mühe eines Kommentars enthalten. Norbert von Gratten hatte eine bedeutsame Miene aufgesetzt und nickte wissend. Und Heike traktierte ihr Notebook, als wäre sie im Fitnessraum.

»Es gibt ein unschönes Kapitel in unser aller Vorgeschichte«, fuhr meine Großmutter fort. »Und ich denke, dass dieses Geheimnis nur wenigen von euch bekannt sein dürfte.«

»Was meinst du?«, fragte Laura. »Welche Vorgeschichte? Wenn sie uns alle betrifft, dann muss es aber schon eine ganze Weile her sein.«

»Richtig, meine Liebe. Das Ereignis, das ich meine, liegt fast achtzig Jahre zurück.«

Ich beobachtete meine Verwandten genau und versuchte, in ihren Gesichtern zu lesen. Die Mimik der Jüngeren verriet nichts außer Verwunderung. Lukas Rabe nestelte etwas zu auffällig unauffällig an seinem Jackett und warf mehrmals verstohlene Blicke zu Lili. Heike hielt ihre Augen krampfhaft auf den Bildschirm gerichtet, obwohl sie nichts notierte. Norbert schien zu überlegen. Hingegen irritierte mich vor allem Torstens Reaktion. Dabei schien es eher das Ausbleiben einer solchen, denn er saß in derart angespannter Haltung auf seinem Stuhl, als erwartete er gerade den Richterspruch in einem Strafverfahren.

Ich wusste, dass meine Großmutter Nachforschungen zum Tod ihres Vaters in Auftrag gegeben hatte. Es ging dabei natürlich um Lili selbst, aber auch um ihren Bruder und ihre Mutter. Aber welches Geheimnis betraf alle Anwesenden? Mein Blick fiel auf meine Mutter, die mich nun vollends verwirrte. Bisher hatte sie nur wenig Interesse an den Ankündigungen und Reaktionen der anderen gezeigt. Jetzt starrte sie jedoch gebannt in unsere Richtung.

»Es wurde vor einigen Monaten seitens der Staatsanwaltschaft Berlin eine Vorermittlung eingeleitet«, sagte Ebbi und zog einige Dokumente aus seiner Ledertasche.

»Ein Mitglied dieser Familie hat Strafanzeige erstattet, damit die Umstände eines Tötungsdelikts aufgeklärt werden. Es geht dabei um die Frage, ob es sich um einen Mordfall handelt. Denn wie ihr vielleicht wisst, verjährt Mord in der Bundesrepublik nicht.«

Einen Moment war es vollkommen still. Irgendwo im Unterholz des Anwesens rief ein Fasan.

»Anzeige gegen wen?« Torsten hatte sich als Erster gefasst.

»Gegen unbekannt«, antwortete Onkel Ebbi.

»Ein Mordfall? In unserer Familie?« Heike war ebenfalls hellwach. »Irgendjemand von uns muss ja etwas damit zu tun haben. Sonst würde sich der Staatsanwalt nicht an ...« Sie unterbrach sich. »Wieso hat man denn eigentlich dich angeschrieben, Eberhard?«

»Eine Zeugenbefragung. Und das Schreiben war an Ottilie Rabe gerichtet. Ich vertrete sie als Anwalt.«

»Wer ...? Ein Familienmitglied?«, fragte Laura. »Ich meine, wer hat gegen dich Anzeige erstattet, Lili?«

»Ich war es«, erwiderte Lukas. Er saß wieder etwas abseits. Der Eindruck eines Außenseiters wurde jetzt noch verstärkt, da seine Tochter mit entsetztem Blick von ihm abrückte.

»Und ich habe Tante Ottilie nicht angezeigt«, stellte er klar. »Es ist eine Anzeige gegen unbekannt. Ich beschuldige niemanden. Ich will lediglich, dass die Sache aufgeklärt wird.«

Ich sah, dass Lili nickte. Sie wirkte ruhig und gefasst, ganz im Gegensatz zu uns anderen.

»Wie kannst du ...?« Laura sprang auf und war plötzlich bedrohlich präsent. »Du hast nichts davon erzählt! Und dann sitzt du hier in Seelenruhe und hoffst auch noch, dass du etwas vom Kuchen abbekommst?«

»Bitte! Beruhigt euch«, meinte Lili jetzt. »Ich wusste es und bin Lukas sogar in gewisser Weise dankbar dafür. Dadurch hat er mich zum Nachdenken gebracht. Lukas und ich haben uns offen ausgesprochen. Und zwar gleich nachdem er die Anzeige gestellt hatte. Erstens habe ich ihn bedrängt, dennoch zu kommen. Er hat sich also hier nicht eingeschlichen. Und zweitens wurden erst dadurch die Nachforschungen veranlasst, von denen ihr nach dem Essen hören werdet.«

»Worum geht es dabei, Lili?«, fragte Laura mit belegter Stimme. »Du kannst uns jetzt nicht vertrösten, als wären wir Kinder, die erst nach dem Spinat an die Schokolade dürfen.«

»Ein schreckliches Ereignis«, antwortete sie. »Ein Jahr vor Kriegsende wurde mein Vater getötet. Erschlagen. Ich war damals sechzehn. Und vielleicht könnt ihr erahnen, wie sehr mich dieser Vorfall gequält, verfolgt und geprägt hat. Eine furchtbare Zeit. Die Nazis. Die Untersuchungen durch Polizei und Behörden. Danach die Russen, dann die DDR. Und nie gab es Antworten auf meine Fragen. Ich war derart verzweifelt, dass ich mir damals sogar das Leben nehmen wollte.«

Einen Moment lang war es wieder still. Ich selbst kannte nicht viel mehr als einige Bruchstücke ihrer frühen Lebensgeschichte und hatte auch nie weiter nachgehakt. Sie war als Jugendliche mehrmals auffällig geworden, hatte als unangepasst gegolten. Ihre beste Freundin, meine leibliche Großmutter, war schwer krank gewesen und früh verstorben. Woraufhin Lili meine Mutter später zu sich genommen hatte. Schließlich gab es wohl in der DDR immer wieder Ärger, weil sie Sympathien für Menschen entwickelte, deren Lebensstil man heute als alternativ oder nonkonform bezeichnete. Ich wusste nicht, weshalb ich nie nachgefragt hatte. Vielleicht hatte ich mich nicht getraut. Vielleicht dachte ich, dass derart lang zurückliegende Geschehnisse besser ruhen sollten. Vielleicht wollte ich nur verdrängen, was sich in dem Wenigen, das ich kannte, andeutete.

»Das ist ja grauenhaft!« Heike legte die Hand vor den Mund und ließ vor Schreck beinahe ihr Notebook fallen. In ihrer Stimme lagen aufrichtige Anteilnahme und Bestürzung.

»Dein ...« Norberts Stimme zitterte, als er darum rang, seine professionelle Haltung zu bewahren. »Dein Vater? Ich meine, der alte Nazi? Großmutter hat ein paar Dinge angedeutet. Wie ...? Er wurde tatsächlich ...?«

»Er wurde ermordet?«, vollendete Maurice die Frage. »Und wieso Nazi? Davon weiß ich gar nichts.« Er schüttelte ebenso wie Laura den Kopf. Plötzlich sahen sich alle fragend an und redeten wild durcheinander.

»Seht ihr?«, rief Lukas. »Niemand weiß etwas. Diese Dinge geraten in Vergessenheit. Und deshalb habe ich die Anzeige erstattet.« Seine Stimme klang erstaunlich matt, fast müde. »Ottilie und ich waren uns später darin einig, dass wir gemeinsam versuchen sollten, die Umstände des Todes von Walter Rabe endlich aufzuklären. Er hatte einen Bruder. Eine Frau. Zwei Kinder. Auch deren Nachkommen haben ein Recht zu erfahren, was wirklich geschehen ist. Selbst wenn es belastend ist.«

Er wirkte jetzt plötzlich sehr verletzlich.

»Ob uns etwas belastet und ob wir es dennoch wissen wollen, entscheiden wir doch bitte immer noch selbst«, fuhr Laura ihn an.

»Ihr habt beide recht«, mischte sich Lili ein. »Alle betroffenen Familienzweige sind vertreten. Jede und jeder entscheidet für sich selbst, wie viel sie oder er wissen will. Vielleicht ist es die letzte Chance, Licht in ein Dunkel zu bringen, das sonst für immer verborgen bleibt.«

»Schweigen ist in solchen Fällen fast immer die schlechteste Wahl.« Norbert nickte zustimmend.

»Mein Vater wurde damals ermordet«, sagte Lili. »Ich halte Lukas' Schritt für absolut richtig.«

»Leider laufen die polizeilichen Ermittlungen schleppend«, meinte Ebbi. »Viel Arbeit und kein Blumentopf zu gewinnen, pflegte mein Seniorpartner immer zu sagen.«

»Deshalb haben wir auch einen pensionierten Kriminalbeamten beauftragt«, ergänzte Lili. »Er soll uns und seine ehemaligen Kollegen unterstützen.«

Mordermittlungen. Erst in diesem Moment wurde mir die ganze Tragweite des Gehörten bewusst. Ein Leben war bereits vor langer Zeit ausgelöscht worden! Und die Schatten der Tat konnten bis in die Gegenwart reichen.

Und doch, das Wort war ausgesprochen. Es schien, als hätte es dadurch Gestalt angenommen und nun Macht über uns. Ich spürte, dass nicht nur in mir viele Gefühle in Widerstreit lagen. Alle schienen fassungslos zu sein.

»Ich kann mir vorstellen, wie es euch geht«, meinte Lili nach einer Weile. »Es gibt da ein schreckliches Geheimnis, das auf unserer Familie lastet. Dass wir vielleicht lange Zeit nichts davon wussten, bedeutet nicht, dass es keine Folgen für uns hatte. Hoffentlich könnt ihr mich jetzt verstehen. Ich brauche Klarheit! Und ich glaube, dass ihr sie ebenfalls braucht. Torchau, die Stiftung, mein Erbe. Alles hängt irgendwie auch mit dieser schrecklichen Tat zusammen. Ich spüre es.«

»Wir werden die Sache klären, aber vorher machen wir eine Mittagspause«, sagte Eberhard, nachdem sich die erste Unruhe gelegt hatte. »Niemand muss befürchten, bloßgestellt zu werden. Es geht nur um die Aufarbeitung und Aufdeckung der damaligen Umstände. Die Ergebnisse werden wir natürlich der Polizei zur Verfügung stellen.«

*

Das Mittagessen nahmen wir wieder im Speisezimmer ein, aber ich bekam keinen Bissen hinunter. Ich war wütend und enttäuscht, fühlte mich irgendwie hintergangen. Wochenlang hatte ich die Vorbereitungen für das Treffen auf Gut Torchau geleitet und überwacht. Wie oft hatte ich mit Lili gesprochen! Ich hatte Ebbi Mut gemacht, wenn er sich überfahren fühlte. Wir hatten die Texte der Einladungen und des Vortrags entworfen, den Ablauf des Treffens besprochen. Und dann das. Häppchenweise erfuhren wir alle von diesem Vorfall, von der Anzeige, von den offiziellen Ermittlungen und dem Privatdetektiv.

Andere stocherten ebenfalls in ihrem Essen herum. Laura nahm sich nur ein Getränk. Maurice hatte sich zwar den Appetit nicht verderben lassen, aber er war erstaunlich wortkarg. Torsten wetterte gegen die Entwicklung, die das Treffen nun genommen hatte.

»Es fehlt nicht viel, dann bin ich weg«, erklärte er.

»Starkes Stück, uns mit so etwas zu belasten«, unterstützte ihn Heike.

»Gut, dass wir die Kinder nicht mitgenommen haben.« Patrick blickte Norbert an, der nur nickte.

»Wir sollten alle bleiben und nicht mit eingekniffenem Schwanz weglaufen«, sagte Laura. »Wie Lili richtig sagte, es betrifft uns alle. Ich hätte mir gewünscht, nicht einfach überfahren zu werden.« Sie sah erst ihren Vater, dann auch Lili an. »Dennoch gibt es keinen Grund, aus gekränktem Stolz das Weite zu suchen. Es wäre nicht nur peinlich, sondern auch dumm.«

»Meine Familie hatte Lilis Mutter davon abgeraten, diesen Walter Rabe zu heiraten«, murmelte Norbert. »Hätte sie auf ihren Vater und Großvater gehört, säße ich heute nicht hier.«

»Vielleicht wäre es gar nicht zu der Tat gekommen!«, meinte Torsten.

»Hört auf«, ging ich dazwischen. »Diese Spekulationen führen zu nichts. Außer zu Streit.«

»Es gibt interessante Forschungsarbeiten, die zeigen, dass seelische Belastungen vererbt werden können«, sagte Norbert und war wieder ganz in seiner Dozentenrolle.

»Stimmt. Bei den Kindern von Holocaustüberlebenden soll es so etwas geben«, sagte Laura.

»Eine solche Tat ist ja wohl etwas völlig anderes«, erwiderte Heike.

»Natürlich. Aber die Folgen für die Leidtragenden können sich dennoch ähneln.« Norbert hatte jetzt die Aufmerksamkeit aller Anwesenden. »Naturkatastrophen, Kriege, Lagerhaft, Folter, Völkermord und Missbrauch aller Art. Völlig unterschiedliche Ursachen können die Seelen von Menschen so stark verletzen, dass Langzeitstörungen bleiben und sogar an Nachkommen weitergegeben werden können. Ich sehe keinen plausiblen Grund, dass nicht auch der gewaltsame Tod des eigenen Vaters als Auslöser wirken könnte.«

»Vererbung ist wie ein Bild, das die Eltern an das Kind weitergeben«, sagte meine Mutter plötzlich. »Ein Bild, das niemals fertig wird. Jede Generation malt etwas hinzu. Und gibt es dann wieder weiter an die nächste.«

Gab es auf unserem Familienbild tatsächlich eine solche schreckliche Szene? Mord? Oder was geschah mit den dunklen, unschönen Stellen auf diesem Bild? Mit den misslungenen Bereichen, den Fehlfarben und falschen Proportionen? Sollte man sie abtragen? Oder übermalen? Neu beginnen? Einfach nicht hinsehen? Offenbar hatten viele Menschen in unserer Familie lange Zeit nicht genau hingesehen, hatten vergessen wollen.

»Ich muss an die Luft«, meinte Torsten und suchte vergeblich nach einem Verbündeten, der ihn auf seinem Spaziergang begleiten würde. Ich stand kurz darauf am Fenster des Speisezimmers und blickte auf die Hofzufahrt. Es schien niemandem nach Begleitung zumute zu sein. Unsere sieben Gäste traten nacheinander aus dem Haus und nahmen unterschiedliche Wege. Weniger um sich die Beine zu vertreten, vermutete ich. Eher um den Kopf freizubekommen.

»Ich fühle mich von euch übergangen«, beschwerte ich mich bei meiner Mutter. Wir waren jetzt allein. »Ich meine, Lili hätte es mir sagen müssen. Oder du. Bestimmt hat sie dir alles erzählt. Ich habe bei den Vorbereitungen einen Großteil der Arbeit gemacht. Das ist nicht fair!«

»Ich weiß doch auch nicht alles«, erwiderte sie.

Sie hatte dieses unheimliche Geschick, mir nie direkt zu zeigen, ob sie nun auf meiner Seite stand oder nicht. Früher hatte mich dies enorm verunsichert. Ich nahm an, dass sie es nicht absichtlich tat. Sie wollte wohl niemanden mit einem festen Standpunkt verletzen. Dass sie mich damit am meisten verletzte, hatte sie anscheinend nie bemerkt. Jede meiner jetzt folgenden Äußerungen war also Glatteis, da ich nicht wusste, woran ich war. Ich wollte wütend sein. Und ich wollte, dass sie es verstand.

»Lili hat mir nie viel von ihrer Kindheit und Jugend erzählt«, fuhr sie fort. »Unsere Geschichten begannen immer an dem Punkt, an dem Mama und ich in ihr Leben traten. Um ehrlich zu sein, sind die Ereignisse davor auch nicht wirklich Teil unserer Geschichte.«

»Ach ja? Als Ausrede kommt dann die Adoption doch ganz gelegen?«, fragte ich. »Wie oft hast du mir gepredigt, dass das keinen Unterschied macht? Und jetzt ist es plötzlich nicht unsere Geschichte! Weil es dir unangenehm sein könnte? Mama, die Welt ist keine deiner Skulpturen, die du formst, wie es dir gefällt. In ihr gibt es verdammt viele unschöne Ecken und Kanten!«

»Nairi! Nun leg nicht jedes Wort auf die Waagschale. Du weißt genau, was ich meine.«

Ich ahnte, dass in diesem Augenblick auch in meiner Mutter ein Feuer brannte. In vielen Jahrzehnten hatte das Leben sie gelehrt, es klein zu halten, vor anderen zu verbergen. Sie war die adoptierte Tochter, die früh ihre Mutter verloren hatte. Sie war die Frau, die ihre Heimat in der DDR verlassen hatte, um einem Mann zu folgen. Sie hatte in ihrer Ehe zu einer Zeit den bikulturellen Spagat versucht, als Kopfschütteln und Ablehnung noch die üblichen Reaktionen darauf waren. Und nun war sie schwer krank. Wie oft hatte ich in meinem Leben schon das Gefühl gehabt, kein Recht zu haben, mich über irgendetwas zu beschweren!

Ihre Ängste waren auch meine. Ihre Traurigkeit lastete auch auf mir. Aber wir kannten die unbändige Freude unbeschwerter Visionen. In der Kunst. Im Handwerk. Wir teilten vieles, vielleicht ohne es zu wissen. Kinder ließen sich nicht täuschen. Sie merkten, wenn die eigenen Eltern instabil und unsicher wurden. Meine Mutter mochte sich ruhig und besonnen geben, aber ich kannte ihre Tränen. Allzu oft in meiner Jugend war sie die Blinde gewesen, die mich aufgefordert hatte, endlich genau hinzusehen.

Manche Dinge ließen sich mit dem Verstand nicht lösen, egal wie lange man grübelte. Ich hatte irgendwann gelernt, im nicht Perfekten meinen Frieden zu finden. Und Eltern waren wahrscheinlich nie perfekt. Aber man konnte sie dennoch lieben. Ich nahm meine Mutter in den Arm.

16

»Ich möchte euch Gernot Beyer vorstellen«, sagte Eberhard, als wir uns nach der Mittagspause wieder im Salon zusammengefunden hatten. »Herr Beyer ist Kriminalrat im Ruhestand und beschäftigt sich jetzt mit den Sorgen privater Kundschaft.«

Er bat einen älteren Herrn in lässigem Anzug durch eine Handbewegung an unseren Tisch. Janosz musste ihn am Vormittag empfangen haben, als die gesamte Familie noch zusammengesessen hatte, denn Beyer hatte bereits ein Zimmer bezogen. Seine bloße Anwesenheit versetzte mir in diesem Augenblick einen Stich. Es war eine Art Enttäuschung darüber, in ein Geheimnis nicht von vornherein eingeweiht zu sein. Für einen Moment hatte ich mir sogar eingeredet, dass Lili und Ebbi nur eine spontane Idee umsetzten. Dass ich deshalb nicht informiert worden war. Aber das Erscheinen des pensionierten Kriminalrats, der eine geräumige Aktentasche bei sich trug, zeigte, dass die beiden alles lange geplant hatten.

»Und er interessiert sich für Fälle, die neudeutsch *Cold Cases* heißen«, ergänzte Ebbi noch. »Für derartige ungeklärte Verbrechen war er vor seinem Ruhestand beim BKA zuständig. So viel dürfen wir verraten, Herr Beyer, nicht wahr?«

Der Mann nickte. Er ging an mir vorbei, und ich konnte den intensiven Duft eines markanten Rasierwassers wahrnehmen. Das er gar nicht brauchte, denn er trug Dreitagebart. Die sechzig sah man ihm zwar an, er wirkte jedoch nicht wie ein Schreibtischermittler. Er war eher der Philip-Marlowe-Typ, allerdings mit ein paar Altersflecken und angegrautem Haar. Fünfzehn Jahre jünger, und ich hätte mich vielleicht sogar für ihn interessiert. Ich riss mich von diesem Gedanken los und beobachtete die Reaktion meiner Verwandten, als eine sichtlich aufgeregte Lili ihm alle vorstellte.

»Keine Umstände, Herrschaften«, sagte er schließlich und winkte in die Runde. Jede seiner Bewegungen wirkte souverän und ruhig. »Händeschütteln wird überbewertet. Und ist nach Corona ohnehin zu einem No-Go geworden.«

»Sie sind also der Ermittler?« Torsten nickte ihm zu und schaute dann in die Runde. »Ein ehemaliger BKA-Beamter. Sind wir plötzlich alle verdächtig?« Er lachte ein wenig zu schrill.

»Herr Beyer wurde von Lili und mir bereits vor längerer Zeit beauftragt. Er sollte möglichst alle Fakten zum Fall Walter Rabe zusammentragen«, erklärte Ebbi.

»Mich beschäftigt das Thema seit über zwei Jahren«, meinte Lili. »Als Ebbi und ich durch Zufall entdeckten, dass Gut Torchau zum Verkauf stand, kamen alte Dinge wieder hoch. Es war für mich eine Art erstes Zeichen. Als dann vor ein paar Monaten die Nachricht der Staatsanwaltschaft eintraf, war für mich klar, dass ich die Vergangenheit aufarbeiten will. Anfangs hoffte ich, dass durch die Beschäftigung mit Torchau meine Erinnerung an diese Zeit wiederkehren würde.«

»Die Anzeige hat dann alles verändert. Lili und mir wurde klar, dass der Tod ihres Vaters eben nicht nur eine private Angelegenheit ist. Dass er auch andere Menschen belastet.« Ebbi sah Lukas an, der zufrieden nickte. »Natürlich möchten wir durch Herrn Beyers Erkenntnisse auch die Ermittlungen der Staatsanwaltschaft unterstützen. In erster Linie benötigen wir jedoch die Fakten, um uns selbst ein Bild zu machen.«

»Hört, hört! Jetzt ist es schon der Fall Walter Rabe«, knurrte

Torsten. »Es sind also nicht mehr bloß schlichte Nachforschungen.«

»Natürlich ist es eine Ermittlung«, meinte Lukas. »Ansonsten hätte die Staatsanwaltschaft Berlin die Anzeige doch sofort verworfen.«

»Ihr habt das also schon länger geplant«, stellte Norbert fest. »Der ganze Streit vorhin war kein Zufall, Lili. Warum hättest du sonst vorher einen …?« Er suchte nach einem Wort. »Ja, was sind Sie eigentlich, Herr Beyer? Im Ruhestand, also sind Sie Berater? Oder etwa ein freier Journalist? Autor?«

»Privatdetektiv.«

»Ich will Ihre Kompetenz nicht infrage stellen«, mischte sich nun Torsten wieder ein. »Aber sind solche …« Er schien nach einem passenden Wort zu suchen. »Sind Detektive nicht vor allem mit Eifersuchtsdramen und Untreue befasst? Und zudem haben Sie in dieser Funktion doch sicherlich keinerlei polizeilichen Rechte.«

»Um es noch einmal klarzustellen: Es soll hier niemand vernommen oder unter Druck gesetzt werden«, sagte Ebbi. »Herr Beyer ist tatsächlich seit längerer Zeit damit beschäftigt, die bekannten Fakten zum Tod von Walter Rabe, also Lilis Vater, zusammenzutragen. Die Anzeige brachte dann den Stein endgültig ins Rollen. Wer könnte besser geeignet sein, uns die Informationen kompetent und neutral darzulegen?«

Gernot Beyer begann, seine Unterlagen auf dem Tisch im Salon auszubreiten. Der Mann strahlte eine sympathische Selbstsicherheit aus, mit der er jetzt auch ein paar Aufgaben verteilte. Seine natürliche Autorität reichte offenbar, Torsten, Norbert und Lukas zunächst einmal zum Schweigen zu bringen.

»Wären Sie so freundlich, Diamagazine und Filmprojektor zu bedienen, Frau Abazian? Sie kennen sich mit Super-8 aus?«

Ich blickte ihn wohl recht dümmlich an, und zu spät bemerkte ich, dass er mich nur auf die Rolle genommen hatte.

»Sorry, natürlich meine ich Beamer und Powerpoint. Ich habe die Ergebnisse meiner Arbeit zusammengestellt.«

Ich nickte nur. Der Mann war es gewohnt, Meetings zu leiten. Als er seine Vorbereitungen abgeschlossen hatte, waren bereits alle Augenpaare gespannt auf ihn gerichtet.

»Wir fangen an, meine Herrschaften!«

Niemand maulte wegen des inkorrekten Genderns, alle nahmen brav Platz. Der Mann hatte allein durch sein Thema einen eindeutigen Heimvorteil.

»Mein Name ist Gernot Beyer, ehemals Leitender Kriminalrat beim BKA ... Nach der Pensionierung wollte ich zurück nach Berlin und habe dort vor etwas mehr als einem Jahr mit PIA angebandelt, der *Private Investigation Agency*. Dort gibt es eine überaus strenge Qualitätssicherung für die Arbeit im Bereich der Privatermittlung. Sonst hätte ich mich darauf nicht einlassen können. Tja.« Er blickte in die Runde. Er wirkte mit jeder Faser selbstsicher und kompetent. »Einmal Schnüffler, immer Schnüffler, könnte man sagen.«

Niemand lachte, nicht einmal er. Ich war sicher, er meinte es ernst. Und vielleicht hatte er auch nur diese PIA.

»Der Fall Walter Rabe ist hochinteressant«, fuhr er fort. »Ich habe mit viel Engagement daran gearbeitet und danke meinen Auftraggebern für das Vertrauen.« Er deutete eine Verbeugung in Richtung Lili und Ebbi an. »Ich möchte zunächst kurz darauf eingehen, auf welcher Grundlage meine Nachforschungen fußen. Danach folgen noch ein paar Worte zum Modus Operandi meines Vortrags. Also, tatsächlich beruhen die Fakten eher auf Nachforschungen als auf Ermittlungen. Dabei konnte ich einige Akten aus dem Kriminalarchiv einsehen, die allerdings sehr lückenhaft sind. Vor allem jedoch hatte ich Zugang zu den Aufzeichnungen des damaligen Ermittlers, eines gewissen Werner Beltheim. Ich konnte seinen letzten Wohnort ausfindig machen. Er ist Anfang der Sechzigerjahre in Berlin verstorben. Beltheim hatte eine gute Bekannte, der er viele Unterlagen zur Verfügung gestellt hatte. Ich konnte über deren Nachkommen Teile seines Nachlasses einsehen, was angesichts der vergangenen Zeit an ein Wunder grenzt. Es ist mir dadurch gelungen, die Ereignisse, soweit bedeutsam, zu rekonstruieren. Darauf werde ich später noch eingehen. Aber ich möchte an dieser Stelle bereits betonen: Meine Darstellungen beruhen auf Fakten.«

»Was die Leute nicht alles aufbewahren«, warf Torsten ein und erntete einen tadelnden Blick Beyers.

»Beltheim hat der Fall offenbar sehr beschäftigt, denn er hatte Abschriften aller wichtigen Dokumente angefertigt. Viele Dinge wüsste ich gar nicht, wenn ich mich nur auf die spärlichen, erhaltenen Akten der Sicherheitspolizei und der Reichsanwaltschaft beziehen könnte. Seien wir also dankbar, dass manche Leute alles aufbewahren, Herr Rabe.«

Ich sah, dass Norbert und Lukas zufrieden nickten. Beyers Andeutungen zur Vorgehensweise schienen seine Kompetenz zu belegen. Anscheinend war nicht nur ich gespannt darauf, was uns erwartete.

»Nun noch zur praktischen Umsetzung«, sagte er. »Mit Herrn Dr. Luchtmann und Frau Rabe ist besprochen, dass ich Ihnen die Fakten hier wertfrei vorstelle. Ich stehe ausdrücklich *nicht* für Diskussionen und Spekulationen zur Verfügung. Und ich führe ausdrücklich *keine* Ermittlung durch. Alles, was Sie hier sagen, bleibt unter uns. Es kann und wird also ausnahmsweise *nicht* gegen Sie verwendet werden.«

Nun lachten doch einige von uns. Er gab mir ein Zeichen, die erste Folie seiner Präsentation aufzurufen.

»Um Ihnen eine wertungsfreie, möglichst objektive Sicht auf meine Recherche zu ermöglichen, greife ich auf ein Schema zurück, welches das FBI entwickelt hat. Die Amis nennen es *Neutral*

Narrative Perspective. Dabei werden die Ergebnisse vom Ermittler so zusammenfasst, als handelte es um einen Artikel oder einen beschreibenden Bericht. Kein subjektiver Bezug, keine Bewertungen, keine Mutmaßungen. Sie werden auf den gleichen Kenntnisstand gebracht. Auf diese Weise können Sie sich Ihre eigene Meinung bilden. Stellen Sie sich vor, Sie wären Polizeikollegen, die gerade aus dem Urlaub gekommen sind. Und Sie hören das erste Mal eine Zusammenfassung zu einem neuen Fall. Mir ist sehr wohl bewusst, dass hinter jedem Fall Menschen stehen. Dass die Opfer fühlende, denkende Wesen waren. Und meist ist es ja nicht nur das Opfer, das gelitten hat. Sondern es sind auch die anderen Beteiligten, die oftmals ihr Leben lang weiter leiden. Sehen Sie mir die trockene, beruflich bedingte Wortwahl also bitte nach.«

»Im Ansatz ja sehr löblich«, meldete sich Norbert zu Wort. »Aber reine Objektivität gibt es nicht. Schon der Versuch, eine Wahrheit ...«

»Sie sind der Psychologe, nicht wahr?« unterbrach ihn Beyer. »Vor Ihnen hat man mich gewarnt.«

Alle – außer Norbert – lachten erneut.

»Nein, im Ernst, Sie haben völlig recht, Herr von Gratten. Aber ich werde mich an gewisse Kriterien halten, die sich in der Praxis bewährt haben. Die Grundsatzdiskussionen in Fachfragen und Kommunikationsstrategien führen Sie dann doch einfach mit der Leitung des BKA. Einverstanden?«

Der Kerl besaß ein natürliches Durchsetzungsvermögen, das musste ich ihm lassen. Norbert schien sich sogar damit zufriedenzugeben, denn seine Kompetenz wurde ja nicht angezweifelt. Beyer war ein Profi.

»Wir sind doch völlig abhängig von Ihnen, Herr Beyer. Woher sollen wir wissen, was wahr, zweifelhaft oder sogar unwahr ist?«, fragte Torsten.

»Gar nicht, Herr Rabe. Betrachten Sie es als Reportage. Da wissen Sie es auch nicht. Niemand zwingt Sie, irgendetwas zu glauben oder anzunehmen. Sofern gewünscht, kann Ihnen Herr Dr. Luchtmann später eine schriftliche Zusammenfassung aushändigen. Und Sie lassen es von einer Stelle prüfen, der Sie vertrauen.«

Der ehemalige Kriminalrat blickte in die Runde, ganz so, als hätte er diese Einwände bereits alle erwartet. Und er hatte sie offenbar schon dutzendfach vom Tisch gefegt.

»Sehr gut. *Your time is my money*. Legen wir also los. Pausen oder Zwischenfragen sind nicht vorgesehen. Stellen Sie sich vor, sie säßen im Kino. Wenn Sie etwas nicht verstanden haben, unterbricht man ja nicht Ihretwegen den Film. Also richten Sie die Fragen bitte später an Herrn Luchtmann und Frau Rabe.«

Nachdem der Vormittag beinahe in Tumult und Eklat geendet hatte, war es jetzt fast gespenstisch ruhig. Beyer hatte anscheinend auch Maurice vorher gebrieft, der auf sein Zeichen hin nun die Vorhänge des Salons etwas zuzog.

»Meine Recherchen setzen mit Datum des 19. April 1944 ein«, begann der pensionierte Polizist. »Nur kurz für jene, die mit deutscher Geschichte nicht voll vertraut sind: Ein Jahr später ging der Zweite Weltkrieg zu Ende. Aber zu jener Zeit saßen die Nazis noch fest im Sattel. Die Polizei war dabei wichtiger Baustein des Terrorsystems. Übergeordnet gab es die Sicherheitspolizei, die aus der allgemein bekannten Gestapo, der Geheimen Staatspolizei, und der Kripo bestand. Die Kriminalpolizei war – ähnlich wie heute – mit Delikten der Schwerkriminalität befasst, stand aber ebenfalls im Dienst der Nazidoktrin. Keine offizielle Stelle war zu jener Zeit unabhängig. Der federführende Ermittler im Mordfall Rabe damals war Werner Beltheim. Er war zuletzt im Dienstrang eines Kriminalrats tätig wie ich. Und ebenfalls bei der Kripo. Seine persönliche Biografie tut nichts zur Sache. Nach meinen Recherchen war er nicht in der NSDAP und auch niemals in der Gestapo. Allerdings hatte er als Polizeibeamter der Übernahme in die SS zugestimmt, was ihm gewisse Laufbahnvorteile verschafft haben dürfte. Also war er ein typischer Mitläufer wie Millionen andere Deutsche auch. Er lebte später in der DDR und wurde dort auch wieder in den Polizeidienst übernommen.«

»Klingt kompliziert.« Maurice sprach aus, was offenbar alle dachten, denn viele nickten zustimmend.

»Nicht ganz so wichtig«, meinte Beyer. »Merken Sie sich bitte nur zwei Dinge: Der zuständige Polizeibeamte war bei der Kripo. Das Opfer, Walter Rabe, arbeitete hingegen beim Sicherheitsdienst, kurz SD. Der SD war gewissermaßen die Schaltzentrale des Naziterrors und verantwortlich für die praktische Umsetzung der Vernichtungsdoktrin.«

Beyer legte eine kurze Pause ein, trank etwas Wasser und gab mir dann ein kurzes Handzeichen. Ich öffnete in den nächsten zwei Stunden eine PP-Folie nach der nächsten, hörte seinen Schilderungen gebannt zu und sog das Unfassbare in mich auf.

17

Berlin, April 1944

Werner Beltheim rückte mit seinem Orpo-Kollegen im grauen Horch 901 an. Die Leute der Ordnungspolizei waren immer ganz aufgeregt, wenn es um Kapitalverbrechen ging, waren sie doch meist mit kleineren Delikten befasst. Oberwachtmeister Koch hatte ununterbrochen geredet, seit er den Kripobeamten vom Werderschen Markt abgeholt hatte. Immer wieder rief er sich die Dienstvorschriften bei Tötungsdelikten ins Gedächtnis und verfuhr sich sogar prompt in der Innenstadt. Beltheim war froh, als sie sich endlich der angegebenen Adresse näherten. Das minderwertige Kriegsbenzin ließ den Motor des zugigen Wagens, der aus Wehrmachtsbeständen abgestellt war, immer wieder röcheln. Die Friedrichstraße lag verwaist im Abendlicht der untergehenden Aprilsonne. Im Süden reckte die Viktoria auf der Friedenssäule am Belle-Alliance-Platz trotzig ihren Lorbeerkranz in den Dunst, den die immer noch rauchenden Fabrikschlote über die Stadt legten. Eine verirrte Sprengbombe hatte gestern ganz in der Nähe des Wohnhauses, zu dem sie gerufen worden waren, eine Litfaßsäule umgerissen. Deren Trümmer lagen jetzt verstreut herum und blockierten Teile der Straße. Der Kripomann war ausgestiegen und hatte seinen Fahrer Koch um den Schutt herum gewunken. Reichsminister Goebbels würde morgen wieder eine Ansprache zum Geburtstag des Führers halten. Beltheim musste die offenbar gerade gestern erst an die Säule geklebte Plakatankündigung, die ein Windstoß heruntergerissen hatte, von seiner Schuhsohle ziehen. Er überflog die Zeilen, die jedes Jahr erhabener und schwülstiger wurden.

> »Unser Hitler ist in allen deutschen Herzen. Er ist in den Herzen der Mütter und ihrer Kinder, die die Zukunft unseres Volkes sind. In den Herzen der Arbeiter und Ingenieure, die unermüdlich im Kampf der Heimatfront stehen. Und er ist in den Herzen der tapferen Soldaten, die den Sieg über einen Feind erringen werden, der schlimmer und grausamer wütet als zu Zeiten Friedrichs des Großen. Unser Hitler ist unser Deutschland!«

Der Kripobeamte konnte schon die schneidende Stimme des Propagandaministers hören, die dann aus Lautsprecherwagen und den Volksempfängern schnarrte. Die sich mal überschlug, mal vor Pathos ölig triefte. *Heimatfront. In den Herzen der Mütter und Kinder.* Beltheim versuchte vergeblich, das Blatt loszuwerden, denn es klebte jetzt an seinen Fingern. Die Front war bereits seit langer Zeit in der Heimat angekommen. Die Wohngebiete im Bereich der zentralen Innenstadt hatten bisher neben den Berliner Industriezentren am stärksten unter den zunehmenden alliierten Bombenangriffen zu leiden gehabt. Vor vier Jahren hatten mit einem einzigen französischen Flugzeug offiziell die Luftangriffe über Berlin begonnen. Die militärisch sinnlose Aktion war natürlich entsprechend verspottet worden. Aber seit November letzten Jahres beharkten die britischen Bomber die Stadt regelmäßig und mit verheerender Wirkung. Die eigentlich begehrte Lage in der Nähe zum riesigen Regierungsviertel an der Voßstraße und Wilhelmstraße erwies sich für betuchte Privatleute, die dort in ihren edlen Etagenwohnungen mit Zentralheizung lebten, jetzt als fatal. Mancher vermögende Beamte und leitende Angestellte hatte sich aus diesem Grund eine kleine Bleibe außerhalb zugelegt. Die Wege zum Arbeitsplatz waren zwar deutlich länger, aber das Hab und Gut – und das eigene Leben – waren dort sicherer. Im Moment war die Lage verworren. Beltheim blickte leicht verunsichert in den Himmel, als könnte er abschätzen, ob es für heute genug war. Die große Angriffswelle schien dieses Mal die südlichen Stadtteile zu betreffen. Allerdings hatte es noch keine Entwarnung gegeben.

»Sollten wir nicht lieber in einem U-Bahn-Schacht ...«, rief Oberwachtmeister Koch mit unruhiger Stimme. Eben erst waren vereinzelt Luftminen in der Nähe eingeschlagen.

Beltheim schüttelte den Kopf. »Heute haben sie vor allem Tempelhof am Wickel. Und denken Sie an die Richtlinien. Anweisung von Heydrich persönlich! Bei Kapitalverbrechen sind Ermittlungen ohne Rücksicht auf Kampfaktivitäten und das eigene Leben sofort einzuleiten.«

Er war sicherlich kein Anhänger des ehemaligen Chefs des Sicherheitsdienstes. Heydrich hatte den SD und das Reichssicherheitshauptamt zu einem Apparat geformt, der scheinbar alles überwachte. Der alle Gegner des Systems gnadenlos verfolgte. Er selbst war zwar vor zwei Jahren einem Attentat zum Opfer gefallen, aber die bloße Erwähnung seines Namens reichte immer noch aus, um die Mitarbeiter aller Abteilungen in Furcht verstummen zu lassen. Beltheim ließ diese Gedanken bewusst zu. Er wollte sich ablenken, nutzte jede Möglichkeit, um sich vor den Luftschutzräumen zu drücken. Er litt an Klaustrophobie. Die Enge unter den Bohlen in den Schützengräben an der Somme 1916 hatte ihn fast verrückt gemacht. Bald dreißig Jahre war das her, aber der Schrecken reichte für mehrere Leben. Manche Kollegen, vor allem die etwas jüngeren, hatten sogar Pech gehabt und mussten in diesem Krieg noch einmal an die Front. Ihm war das erspart geblieben. Bisher. Zunehmend machte sich das Alter auch bei ihm bemerkbar. Sein Trainingszustand war erbärmlich, dazu kam noch das Übergewicht. Die Gelenke knirschten bedenklich und gaben ihren Kommentar zu jeder Belastung. Aber natürlich wusste er, dass er nur aus einem Grund vom Frontdienst zurückgestellt war. Seine Verwendung bei der Kripo, die wiederum Teil der Sicherheitspolizei war, hatte ihn bisher davor bewahrt.

»Natürlich, Sturmbannführer.« Der jüngere Orpo-Mann nahm sogar reflexhaft Haltung an. »Ich vergaß, entschuldigen Sie, Herr Kriminalrat.«

Diese Titelei ging Beltheim fürchterlich auf die Nerven. Bei der Polizei war er Kriminalrat, in der SS Sturmbannführer. Und an letztere Tatsache wurde er ungern erinnert.

»Stellen Sie den Wagen unter einen Torbogen, Koch. Dann ist er wenigstens vor Trümmerschlag geschützt. Bei einem Volltreffer ist sowieso alles egal.«

Beltheim betrat das Gebäude. Reste von Jugendstil mit einem Schuss Klassizismus. Geschmackssache. Hier wohnten Bürger, die es zu etwas gebracht hatten. Der Bau war vielleicht zwanzig Jahre alt, große Räume, große Fenster. Die besseren Wohnungen hatten Bad und Zentralheizung. Weimarer Stolz und Wohlstand. Zwei Fenster waren nur notdürftig repariert. Und an der Fassade fehlten einige Stuck- und Putzteile, als hätte ein riesiger Specht darin nach Beute gehackt. Selbst entfernt einschlagende Bomben konnten die Bausubstanz durch Erschütterungen stark schädigen. Als er die Haustür hinter sich geschlossen hatte, trat augenblicklich ein untersetzter Endsechziger energisch auf ihn zu. Der Mann hatte offenbar im Kelleraufgang gelauert und musterte ihn jetzt.

»Luftgefahr!«, rief er in einschüchterndem Tonfall. »Unsere Räume sind belegt. Versuchen Sie es am Bahnhof. Wieso sind Sie nicht schon längst in den Schutzbauten? Name?« Er zog ein Buch aus seiner speckigen Joppentasche.

Beltheim kannte diese Sorte Mensch zur Genüge. Blockleiter,

Zellenleiter und Luftschutzwarte. Alles treue Parteihunde, die nach jedem Furz schnüffelten und ins Kläffen der Bonzen einfielen. Er zeigte schweigend seine Dienstmarke der Sicherheitspolizei, und sofort stand der Mann stramm.

»Blockleiter Baumann. Stehe zu Ihrer Verfügung!«

»Kripo. Sie sind verantwortlich, dass niemand das Haus verlässt. Auch nach der Entwarnung nicht. Das ist ein Befehl«, sagte Beltheim. Er zog es vor, immer sehr leise mit diesen Leuten zu sprechen. Das schien sie mehr zu verwirren als lautes Brüllen. Sie lebten seit bald zwölf Jahren im Lärm. Der Herzschlag des Nationalsozialismus wurde getrieben von Trommeln und Trompeten. Die Stücke für Harfe und Flöte gehörten nicht zu seinem Repertoire.

»Äh, ja, natürlich. Zu Befehl. Ich habe verstanden.« Der Blockleiter wurde in seinem Auftreten nun vollends militärisch. »Melde, Herr Kommissar, dass wir nach erster Entwarnung wegen britischen Nachzüglern eine weitere Luftwarnung reinbekamen.«

»Kriminalrat, bitte«, erwiderte Beltheim. Es war nicht seine Art, aber Leute wie Baumann spurten umso besser, je höher der Dienstrang war. Natürlich hatte er den zweiten Luftalarm mitbekommen. Oft bogen feindliche Fliegerverbände, die anderswo nicht alles losgeworden waren, noch einmal Richtung Berlin ab, um ihre restlichen Bomben abzuwerfen. Früher entluden sie den Dreck über ländlichen Gebieten, aber die Flugabwehr über der Hauptstadt war derart schlecht geworden, dass selbst der unbegabteste Bomberpilot bei der Zerstörung Berlins mitmischen wollte.

»Ich brauche einen Bericht.«

»Natürlich, Herr Kriminalrat. Ja, die Sache oben. Sehr unangenehm. Gerade in unserem Haus. Aber ich habe schon immer gewusst, dass das nicht gut gehen kann. Bin noch nicht lange hier. Mein Vorgänger musste ... Ich meine, er wurde an die Front ...«

»Baumann. Bleiben Sie bei der Sache!«

»Ja, entschuldigen Sie. Ich meine, ich habe vorhin Lüders angewiesen, bei der Wache Meldung zu machen. Und Luftschutzwart Esser hat befohlen, hier auf Sie zu warten. Also, nicht direkt auf Sie, sondern …«

Die letzten Sätze schienen Blockleiter Baumann wieder etwas Selbstvertrauen zu geben. Luftangriffe brachten im deutschen Denken einiges durcheinander. Oben und unten wurden nicht nur durch die Bombenabwürfe mächtig durchgeschüttelt. Da war es gut und beruhigte das Gemüt, sich in Erinnerung zu rufen, wer wem eine Anweisung erteilt oder einen Befehl gegeben hatte.

»Ein Toter hieß es«, sagte Beltheim. »Zeigen Sie mir den Fundort des Leichnams.«

»Dritter Stock«, antwortete Baumann. Er hielt inne und zog gleich darauf reflexhaft den Kopf ein, als in der Nähe eine Sprengbombe explodierte.

Beltheim hatte lange im ersten Krieg gekämpft. Auch heute noch wusste er die Entfernung von Detonationen abzuschätzen. Und seit einem halben Jahr hatte er diese Fertigkeit nun in der Reichshauptstadt wieder zur Perfektion bringen können.

»Ziehen östlich von uns über Luisenstadt ab«, meinte er lapidar und drängte den Blockleiter, ihm den Weg zu weisen. »Einschlag bei zweihundert, davor nur hundertfünfzig. Also machen Sie sich gefälligst nicht ins Hemd, Volksgenosse.«

Gekränkt stieg der beleibte Mann vor dem Polizisten die Treppe hinauf. Wahrscheinlich hätte er gern den Aufzug genommen. Aber erstens war dies bei Luftgefahr untersagt. Und zweitens war der Stahlkoloss dem Januaraufruf zur Metallspende zum Opfer gefallen. Der leere, mit Brettern notdürftig gesicherte Schacht schien ihn vorwurfsvoll anzusehen. Im zweiten Zwischengeschoss lag nahe dem Treppenabsatz der Schuh eines Mädchens. Beflissen zeigte Baumann darauf und wollte ihn aufheben.

»Nicht anrühren«, befahl Beltheim. »Vielleicht ist es ein Beweisstück!«

Sie gingen weiter. Nichts war zu hören außer dem sich entfernenden Grollen einschlagender Sprengbomben. Am Handlauf nahm Beltheim ein leichtes Vibrieren wahr. Selbst über einen Kilometer waren die Erschütterungen zu spüren. Verwundete Erde, dachte er.

»Dieser Lüders, der Anrufer sagte, der Täter wäre bereits gefasst?«, fragte der Kriminalbeamte, als beide Männer endlich den dritten Stock erreicht hatten.

Baumann wurde blass, und einen kurzen Moment befürchtete der Polizist, der Mann könnte durch seine Luftnot einen Herzanfall erlitten haben. Aber da war noch etwas anderes. Beltheim spürte, dass der Mann nicht nur erschöpft und verunsichert war. Er hatte Angst.

»Ja«, erwiderte der Blockleiter etwas zögerlich. »Wir haben ihn da gesehen.« Er fuhr sich mit der Hand über das spärliche Haarbüschel, das auf der verschwitzten Kopfhaut klebte. »Also, ich meine, wir haben sie gesehen. Die junge Rabe. Das Mädel stand ja neben dem Bett. Und da lag ihr Vater. Mausetot. Bei dem war das Licht für immer aus, so wie sein Kopf aussah.«

»Was ist mit dem Mädchen?«

»Ja, dann war Vollalarm. Bin da nicht zuständig. Müssen Sie Esser fragen …«

»Wo ist sie?« Beltheim hatte nichts gegen einfache Leute. Er stammte selbst aus einer Arbeiterfamilie. Wenn solche Kerle allerdings bestimmen wollten, wo es langging und ihre Dumpfheit zum allgemeingültigen Prinzip erhoben, dann wurde es ihm zu viel. Und der Irrsinn tanzte seit Jahren Polka in allen Etagen der Verwaltung. Bis ins unterste Glied.

»Wir sind alle nach unten. Alarm.«

»Fürs Protokoll. Also niemand bewacht die Tatverdächtige?«

Beltheim musste sich beherrschen und schüttelte ungläubig den Kopf. »Euch Flitzpiepen hamse bei de Toofe doch zu lang in det Wasser jehaltn!« Ins Berlinerische fiel er nur bei starker innerer Anspannung.

Baumann hob die Schultern und wies mit dem Finger zur zweiten Tür auf dem Flur. Sie stand offen. Der Kriminalrat hätte am liebsten losgebrüllt. Die Hausgemeinschaft hatte also eine Tatverdächtige neben einem Toten entdeckt. Sozusagen in flagranti erwischt. Und war dann zu Kaffee, Kuchen und Tratsch in den Luftschutzkeller abgezogen, ohne Sicherungsmaßnahmen zu ergreifen. Die Verdächtige konnte schon in Köpenick sein. Aber wahrscheinlich gab es für solche Situationen noch keine Führerbefehle. Da war der arische Mensch vollkommen hilflos.

Der Polizist zog seine Walther und überlegte. Täter möglicherweise noch vor Ort. Die Weisung in einem solchen Fall lautete, auf Verstärkung zu warten. Sollte er Oberwachtmeister Hermann Koch hinzuziehen? Der Mann wäre eher eine Gefährdung als eine Hilfe. Die Kollegen vom Werderschen? Bis die eintrafen, war er selbst schon pensioniert. Gefahr in Verzug, entschied Beltheim. Damit konnte er später sein sofortiges Eingreifen erklären.

»Keine weitere Person im Zimmer?«, fragte er Baumann und musterte ihn eindringlich. Er wollte sichergehen, dass man ihm nicht ein paar Kleinigkeiten verschwiegen hatte.

»Glaube nicht, Herr Kriminalrat.«

Beltheim verdrehte die Augen und wies den Blockleiter an, wieder nach unten zu gehen.

»Passen Sie auf, dass niemand das Haus verlässt«, sagte er. »Und machen Sie eine Namensliste von denen, die im Keller saßen.« Er überlegte. »Und von denen, die nicht da waren, aber hier wohnen. Vergessen Sie die Besucher nicht!«

Dann schlich er, so gut es über den leicht knarrenden und durch den Wachsbelag leise quietschenden Holzboden ging, zur

Wohnungstür, die nur angelehnt war. Er lauschte. Stille. Nein, nicht ganz. Da war ein Geräusch zu hören, als summte jemand ein Kinderlied. Dann eine Stimme, sehr leise:

»Dort an der Kirchhofsmauer
Da sitz ick auf der Lauer.
Da sitz ick gar zu gern.
Es regt sich im Holunder.
Es regnet mir herunter
Rosin und Mandelkern.«

Beltheim trat über die Türschwelle. Das Summen und Singen kam aus dem Zimmer gleich rechts. Er wusste, dass ihn jeder weitere Schritt verraten konnte. Also gab er sich einen Ruck und öffnete die Zimmertür, die Waffe im Anschlag. Es roch unangenehm. Das Schlafzimmer war tagsüber offenbar nicht gelüftet worden, und die Körperausdünstungen der Nacht hingen noch in der Luft, obwohl das Fenster etwas offen stand. Dazu eine feine, süßliche Note, die nach dem ersten Wahrnehmen einen seltsamen Geschmack am Gaumen erzeugte. Als hätte man auf billiges Blechbesteck gebissen, metallisch. Beltheim wusste, dass man in solchen Momenten für den entscheidenden Bruchteil einer Sekunde unaufmerksam war. Dabei war es mehr eine aufmerksame Unachtsamkeit, denn er achtete sehr wohl auf Kleinigkeiten. Vergaß jedoch das große Ganze. Und ein solcher Fehler konnte tödlich sein. Bei Verdun hatte er mit den Kameraden den Sturmangriff aus den Gräben begonnen und dann oft kurz innegehalten, sich Sekunden über das *Plopp-Plopp* neben sich gewundert. Sein unbarmherziger Verstand hatte unbedingt wissen wollen, wie es sich anhörte, wenn die Kugeln und Schrapnelle Helm und Kopf eines guten Freundes durchschlugen. In seinem Leben hätte er schon tausendfach sterben können aufgrund dieser fahrlässigen

Neigung zur Beobachtung. Manchmal fragte er sich, ob vielleicht die Faszination und böse Schönheit des Todes ihn seinen Beruf hatten wählen lassen.

In diesem Zimmer jedoch wartete keine Kugel auf ihn, kein Messer oder Knüppel. Auf dem großen, fast protzigen Ehebett lag ein Toter. Ein Mann mit eingeschlagenem Schädel. Auf einem kleinen Hocker saß ein junges Mädchen. Von Gesicht und Größe her war es eher eine junge Frau, allerdings zeigte sie noch keinerlei weibliche Rundungen. Eine Augenweide war sie auch nicht gerade.

Neben dem Bett, in einer großen Blutlache am Boden, lag ein Kurzhammer, ein Fäustel. Nicht die Dinger, mit denen man Nägel in die Wand trieb, sondern die Variante mit schwerem Kopf und kurzem Stiel für die härteren und groben Arbeiten. Oben klebten neben dem Blut Knochenstücke und eine graue Masse, die nach Beltheims Erfahrung vom Gehirn des Toten stammen musste. Zweifellos war dies die Tatwaffe. Der Griff des Hammers war von oben bis unten mit Blut verschmiert, und man konnte deutlich die Hand- und Fingerabdrücke daran erkennen. Obwohl der Polizist altmodisch erzogen war und kaum annehmen wollte, dass eine Frau für eine solche Tat verantwortlich sein konnte, sprachen die Spuren eine deutliche Sprache. Blut auch an der rechten Hand des Mädchens. Sie saß da, starrte vor sich hin und summte die Melodie des Kinderlieds, das er schon im Flur gehört hatte.

»Was ist passiert?«, fragte er. Es war eher ein Flüstern, das er an sich selbst zu richten schien.

Beltheim war verunsichert. Saß hier die Täterin vor ihm? Eine singende, junge Heranwachsende? Der blutverschmierte Arm hing schlaff an ihrem Körper herab, als gehörte er nicht mehr zu ihr. Sie trug eine Bluse, am linken Oberarm klebte ebenfalls Blut. Sie umklammerte die Bänder eines abgetragenen Paars Tanzschuhe derart fest, dass die Haut an den Fingerknöcheln der linken Hand gespannt und blutleer erschien. Sie saß da wie ein Kind, das eine Puppe hielt, weil sie ihr vielleicht ein wenig Halt bot. Der Kripobeamte hatte bereits viele fürchterliche Tatorte gesehen, niemals jedoch war er dabei derart widersprüchlichen Gefühlen ausgesetzt gewesen. Immer war es ihm gelungen, eine innere Distanz zu wahren. Und nun verspürte er Mitleid. Der Drang, dieses Mädchen in den Arm zu nehmen und zu trösten, verwirrte ihn.

»Wie heißt du? Gehörst du zur Familie?«

Keine Antwort. Die junge Frau schien in eine ferne Leere zu blicken, nahm offenbar ihre Umgebung gar nicht wahr. Der erfahrene Polizist kannte solche Reaktionen. Menschen, die nach schweren Unfällen wie betäubt wirkten. Ehefrauen, die ihren toten Mann gefunden hatten und einige Tage kein Wort sprachen. Oder Zeugen, die stundenlang weinten und sich stumpfsinnig die Haare auszupften.

Beltheim trat zwei Schritte auf die junge Frau zu. Sie sah ihn zum ersten Mal an, ihre Augenlider flatterten, als wäre sie vollkommen übermüdet. Wie fein und zerbrechlich sie wirkte.

Die kippt mir gleich vom Hocker, dachte der Polizist. Es gelang ihm, sie an den Schultern zu fassen, aufzurichten und zum Bett zu führen. Ihm fiel nichts anderes ein, als sie auf die saubere Seite am Fußende zu setzen. Sie rollte sich augenblicklich auf der Ecke zusammen. Dabei hielt sie immer noch ihre Tanzschuhe fest. Beltheim sah sich um. Fußspuren im Blut. Von den neugierigen Hausbewohnern? Vom Täter? Von der Täterin, korrigierte Beltheim sich. Die Jugendliche trug links einen leichten Spangenschuh, der rechte fehlte. Er hatte ihn im Treppenhaus gesehen. War sie aus dem Keller hinaufgelaufen und hatte den Schuh verloren? Der Strumpf war blutgetränkt. Neben der Blutlache am Bett bemerkte er noch eine dünne Flüssigkeit, vielleicht Wasser. Er betrachtete die junge Frau.

Nein, Urin, erkannte er. Sie hatte sich eingenässt wie ein Kleinkind. Der Schock. Entsetzen konnte die Kontrolle, die der Verstand über den Körper ausübte, durchbrechen. Beltheim hatte so etwas auch bei Erwachsenen oft erlebt.

»Bitte, ich bin hier, um dir zu helfen. Mein Name ist Beltheim, Werner Beltheim. Ich bin Polizist. Du brauchst keine Angst zu haben. Niemand will dir etwas tun.«

Er war sicher, dass er so etwas noch nie zu einem oder einer Tatverdächtigen gesagt hatte. Aber sie war ja auch noch fast ein Kind. Vielleicht war dies der Grund.

»Ottilie«, meinte sie plötzlich tonlos.

»Du gehörst zur Familie?«, wiederholte er seine erste Frage.

Sie nickte nur. Mehr war nicht aus ihr herauszubekommen, und der Ermittler erkannte, dass es keinen Zweck hatte, sie weiter zu bedrängen. Zu seiner Verwirrung gesellte sich jetzt noch eine gewisse Ratlosigkeit hinzu. Verdächtige und Täter wurden natürlich abgeführt und in Gewahrsam genommen. Sollte er Ottilie jetzt etwa Handeisen anlegen? Lächerlich und unmenschlich.

»Ich möchte dich bitten, mit mir zu kommen«, sagte er steif und unbeholfen. Es war schon eine Zeit lang her, dass er mit Kindern und Jugendlichen zu tun gehabt hatte. »Du bekommst einen Kakao.« Er erinnerte sich daran, was seine Tochter gemocht hatte, als sie jünger gewesen war. »Und eine Kuscheldecke.«

Bevor er lange über das Gesagte nachdenken konnte, zog er einen Mantel aus dem Schrank, der wahrscheinlich der Mutter des Mädchens gehörte, und legte ihn Ottilie um die Schultern. Tatsächlich gelang es Beltheim, die Jugendliche behutsam aus dem Zimmer zu führen. Vielleicht hatten sie Glück, und die Hausbewohner hockten noch im Keller. Dann würden sie zum Auto gelangen, ohne bedrängt zu werden. Im Erdgeschoss angekommen fand er nur Baumann und Koch im Eingang stehend vor, die sich bei einer Zigarette unterhielten.

»Kollege Koch, ich möchte wirklich nicht stören.« Beltheim musste die innere Spannung loswerden und wurde jetzt ungerechterweise zynisch. »Wenn es Ihre Zeit erlaubt, wäre es hilfreich, wenn Sie Verstärkung anfordern könnten.«

»Natürlich, Herr Kriminalrat«, gab der Oberwachtmeister kleinlaut zurück. »Wen brauchen Sie?«

»Ich denke, dass Wilhelmy und zwei weitere Männer ausreichen. Einer von Amt V B und einer vom Erkennungsdienst. Und mein Assistent soll seine Leica mitbringen. Kein M-Auto. Ich selbst werde ebenfalls vor Ort bleiben, den Tatort sichern und die ersten Befragungen vornehmen. Sie bringen die Verdächtige nach dem Telefonat sofort aufs Polizeiamt.«

Hermann Koch hob die Hand zum Tschako und sah das Mädchen, das Beltheim sanft am Arm hielt, fragend an. Dann gab er sich einen Ruck und griff nach ihrer Schulter, um sie nach draußen zu führen. Sie ließ es bereitwillig geschehen.

Beltheim wandte sich an den Blockleiter, der mit einer Mischung aus Neugier, Diensteifer und Sorge um sein Ansehen auf Weisung zu warten schien. Für eine ausführliche Befragung war jetzt weder Zeit, noch war hier der richtige Ort dafür. Aber der Kripobeamte wusste, dass die Aussagen oft am wertvollsten waren, wenn die Zeugen noch unter dem Eindruck der Ereignisse standen.

»Sie kennen die Familie?«, fragte er Baumann.

»Kennen ist zu viel gesagt, Herr Kriminalrat. Ich mische mich nicht in die Angelegenheiten anderer Leute ein.«

Sicher. Deshalb bist du ja Blockleiter geworden, dachte Beltheim, aber er schwieg.

»Ich bin hier auch noch nicht lange im Dienst«, fuhr der Mann fort.

»Wissen Sie etwas über das Opfer?«

»Herr Rabe hat einen guten Posten in der Verwaltung.« Baumann kratzte sich am Kopf. »Hatte. Muss wohl gut verdient haben.«

»Irgendwelche Auffälligkeiten? Sie meinten vorhin, dass Sie immer gewusst hätten, dass das nicht gut gehen konnte. Was meinten Sie damit, Herr Baumann?«

»Politisch absolut zuverlässig«, erwiderte der Blockleiter. »Mir jeht dat nüscht an, wenn eener ...« Er unterbrach sich, hatte offenbar bemerkt, dass er sich eben sprachlich und inhaltlich vergaloppiert hatte.

»Wenn einer was?« Beltheim rückte näher an den Mann heran und senkte die Stimme. Eine Taktik, die bei vielen Verhören erstaunlich gute Ergebnisse lieferte.

»Na, der Rabe ... Er und seine Frau hatten oft Streit.«

Beltheim wurde stutzig. Wo war eigentlich die Ehefrau? Wo war die Mutter der Verdächtigen?, fragte er sich und ärgerte sich, weil er nicht früher daran gedacht hatte. Wenn der Tote eine gut bezahlte Position gehabt hatte, war es eher unwahrscheinlich, dass seine Frau arbeitete. Zumal sie ein Kind hatte.

»Mensch, lassen Sie sich nicht alles aus der Nase ziehen, Baumann!«, schnauzte er. »Wo ist die Frau des Opfers? Im Luftschutzraum?«

»Nein, unten ist sie nicht«, druckste Baumann. »Ich weiß nicht, wo sie sein könnte. Die Kinder waren auch nicht da.«

»Kinder?«, fragte Beltheim. »Ottilie Rabe hat Geschwister?«

»Ja, einen Bruder. Und sie ... Ich meine, es soll noch eine Nichte geben, die oft hier zu Besuch ist.« Baumann wirkte nun beinahe verzweifelt. »Ich muss mich um die Gemeinschaft kümmern, Herr Kriminalrat. Ich bekomme eine Rüge vom Luftschutz, wenn ich nach der Entwarnung ...«

Beltheim kannte das Phänomen. Die besonders Klugen und die ganz Dummen waren bei Befragungen immer die härtesten Nüsse. Oftmals wählten sie sogar dieselben Strategien. Irgendetwas stimmte hier nicht, aber die Klärung musste warten. Die Tatortarbeit hatte im Augenblick Vorrang.

»Ich mache Sie persönlich dafür verantwortlich, dass alle Bewohner, Besucher und sonstige Schutzsuchende namentlich erfasst werden«, wiederholte er seine Anweisung von vorhin. »Zudem werden Sie den bald eintreffenden Kollegen einen Lagebericht geben. Strengen Sie sich ein bisschen an! Und sagen Sie den Leuten, dass nichts nach draußen gelangen darf. Ich lasse jeden verhaften, der klatscht und tratscht.«

Beltheim sah im Gesicht des Mannes, dass er ihn eben gerade erheblich überfordert hatte. Die Dichter und Denker in diesem Land waren längst tot. Oder ausgewandert. Er seufzte, schrieb die Anweisungen mit Bleistift auf einen Notizzettel und gab ihn Baumann, der sichtlich erleichtert wirkte. Danach ging er wieder hinauf in den dritten Stock.

Die Arbeit der Kriminalpolizei hatte sich in den vergangenen zwanzig Jahren grundlegend verändert. Als Beltheim nach dem ersten Krieg als Kriminalassistent begonnen hatte, war Mord für die Kollegen zwar eine schlimme Sache gewesen. Aber man hatte kaum anders ermittelt als bei Diebstahl oder Betrug. Er erinnerte sich noch gut an seinen ersten Fall. Vier Beamte waren durch den Raum gestapft, hatten den Leichnam hin und her geschoben, die Tatwaffe befummelt, Fenster geöffnet und die Möbel verrückt. Vor Gericht hatte sein damaliger Vorgesetzter oft nicht einmal die Namen der Opfer gewusst, geschweige denn, wo sie wann wie gelegen hatten. Aber mit dem legendären Kommissar Gennat war eine neue Zeit angebrochen. Akribische Spurensuche und Dokumentation, das Automobil mit den Ermittlungswerkzeugen – von allen nur das Mord- oder M-Auto genannt – und später die neu geschaffene Mordinspektion hatten alles umgekrempelt. Beltheim zog sein Notizbuch aus der Tasche und brachte einige wichtige Fakten zu Papier. Die Uhrzeit, erste Zeugen, die

Tatverdächtige, Beschreibung des Tatorts und des Leichnams. Dazu eine kleine, unbeholfene Skizze. Es gab bereits jetzt viele Ungereimtheiten. Hatte Baumann etwas zu verbergen? Wieso lag ein Schuh der Verdächtigen im Zwischengeschoss? Was hatte es mit dem Hammer auf sich? Wo waren Mutter und Bruder der Verdächtigen?

»Machen Sie zur Not Strichmännchen, aber zeichnen Sie auf, wo Sie was gefunden und gesehen haben.« Beltheim hörte immer noch die Stimme Ernst Gennats, als stünde er im Zimmer. Pfeifend, sonor. Er hatte Autorität durch sein Können besessen, nicht durch Gehabe und Gebrüll. Die Zeiten hatten sich in dieser Hinsicht grundlegend geändert. Die Schreihälse gaben jetzt auch bei der Kripo den Ton an.

Beltheim betrat erneut den Raum mit dem Toten und ging zum Fenster. Auf der Fensterbank lag etwas Asche, der Riegel des Flügels war nicht richtig arretiert. Da er keinen Aschenbecher sah, nahm er an, dass jemand eine Zigarette hinausgeworfen hatte. *Hof! Zigarette?* schrieb er in seinen Notizblock. Die Bombeneinschläge draußen blieben etwa bei zweihundert Metern. Natürlich konnten die Verbände jeden Augenblick abdrehen und doch noch Friedrichstadt ins Ziel nehmen. Fünf Grad im Kurs mochten über Leben und Tod entscheiden. Nach Osten, und sie hatten hier Ruhe. Aber nach Westen, und sie würden das Bankenviertel beharken. Schnell konnte es dann auch die südlich gelegenen Wohnblöcke erwischen. Kriminalrat Werner Beltheim war in dieser Hinsicht dickfellig. Er hatte zu viel gesehen und gehört, als dass er sich um sein eigenes Leben zu sehr sorgte. Seine Frau war in das Haus ihres Vaters im Grunewald gezogen. Seine Tochter Karin war Krankenschwester bei der Kinderlandverschickung. Und Hans, sein Sohn, saß – Gott sei Dank – sicher in Norwegen und beobachtete den Atlantik. Er selbst hatte im Zentrum Berlins nur ein Herrenzimmer in Charlottenburg gemietet.

Keine Damenbesuche. Nichtraucher. Fünfzehn Mark die Woche. Frühstück acht Groschen. Wenn es krachte, war immerhin nicht alles verloren.

Der Leichnam war am Kopf fürchterlich entstellt. Zwei tiefe Krater waren unter dem Haaransatz zu erkennen. Das Gesicht wirkte, als hätte es ein irrer Frankenstein schief auf den Schädelknochen gesetzt. Der Polizist schätzte, dass den Mann mindestens fünf, vielleicht zehn Schläge getroffen hatten.

Rache oder unbändige Wut, kam ihm in den Sinn. Wer einen Menschen derart zerschlägt, dem war nicht mal eben die Hand ausgerutscht. Er machte sich wieder Notizen.

Das Opfer war angekleidet und lag verrenkt auf dem Bett. Das war kein kurzes Nickerchen, dachte der Kripobeamte. Kein Raubüberfall im Schlaf. Er trägt sogar noch die Schuhe. Beltheim nahm an, dass er durch die ersten Schläge aufs Bett gefallen war. Das Muster der Blutspritzer an der Tapete wies darauf hin, dass der Mann beim ersten Hieb noch gestanden hatte. Und nachdem er auf das Bett gefallen war, hatte der Täter immer weiter auf ihn eingedroschen.

Tatort Schlafzimmer schrieb er in sein Heft und fügte drei Fragezeichen und drei Ausrufezeichen hinzu. Ein intimer Ort. Zutritt meist nur für Familienangehörige. Oder aber der Kerl war hier überrascht worden.

Die Schublade des Nachtschranks stand offen. Beltheim hatte Schwierigkeiten, einen Blick hineinzuwerfen, ohne in das Blut am Boden zu treten. Da lag eine Pistole. P08 Luger. Instinktiv spannte er sich an. Waffen waren, zumal in Kriegszeiten, nichts Ungewöhnliches. Aber allzu oft deuteten sie auf Ärger bei den Ermittlungen hin.

Der Mann fühlte sich vielleicht bedroht und wollte sich noch wehren, überlegte der Kriminalrat. Eine P08. Nicht gerade die Standardwaffe eines biederen, deutschen Zivilisten. Er schrieb in sein Notizbuch: *Waffe? Klären!* Danach durchsuchte der Kripobeamte die Mäntel und Anzüge des Toten. Gute Qualität vom Herrenausstatter. Keine Papiere. Keine Uniform.

UK gestellt, vermutete er. Dieser Tage bedeutete eine Unabkömmlichstellung, dass Rabe entweder über gute Beziehungen verfügte oder tatsächlich in einer höheren Position angestellt war. Unwillkürlich spannte er sich erneut an. Ein gut situierter, gesunder Vierzigjähriger im Berlin des Totalen Kriegs, der keine Heeresuniform besaß. Mit einer P08. Regierung? Reichsbank? Industrie? Partei? Jede dieser Möglichkeiten bedeutete einen Haufen Ärger. Also, bloß keine Fehler jetzt.

Beltheim nahm ein Maßband aus seiner Tasche, das er einem Schneider abgeschwatzt hatte. Abstände. Bett zu Tür. Bett zu Fenster. Leichnam zu den entferntesten Blutspritzern. Größe des Blutflecks am Boden. Abstand zur Urinpfütze.

»Ihre Kollegen treffen in einer halben Stunde ein, Herr Kriminalrat«, rief eine ältere Stimme aus Richtung Türrahmen. Werner Beltheim war derart in Gedanken versunken, dass er jetzt vor Schreck fast in das Blut und die Gehirnmasse getreten wäre. »Blockleiter Baumann meinte, ich soll Ihnen Bescheid geben«, entschuldigte sich der Mann, der offenbar im Haus wohnte, denn er trug Filzpantoffeln.

»Ist gut«, knurrte er. »Bleiben Sie an der Eingangstür stehen, und rühren Sie nichts an! Ich sehe mich weiter in der Wohnung um. Ist die Hausgemeinschaft noch im Schutzraum?«

Der Mann nickte und ging zurück zum Hausflur.

Beltheim durchsuchte jetzt Stube und Küche. In der Spüle lagen zwei Leinentücher, die geringfügig mit Blut verschmiert waren. Er wollte sie in den dafür vorgesehenen Papiertüten sichern, entschied sich aber dagegen. Erst mussten die Fotografien angefertigt werden. *Küchentücher! Vom Opfer? Blutgruppe?* Auf dem Tisch im Wohnzimmer standen drei Gläser. Er roch an ihnen.

Zwei waren wohl mit Weinbrand gefüllt gewesen. Im anderen war noch ein Rest Apfelsaft. *Feierabendschnaps? Apfelsaft Ottilie? Treffen? WER?* Das letzte Wort kreiste er mehrmals ein.

Wenn ein Besucher hier gewesen war, dann musste doch jemand im Haus etwas bemerkt haben, dachte er. Die Leute waren derart paranoid geworden, dass sie Fliegen meldeten, wenn ihr Summen sie an die Internationale erinnerte. Es gab einiges zu klären. *Gast? Freund? Arbeitskollege? Befragung Zeugen!*

Im Flur betrachtete Beltheim den Überzieher des Opfers. Nass, es hatte vor dem Luftangriff gegraupelt. Aprilwetter. Vorher Sonne, nachher Sonne. Dazwischen Regen. *Wetterdienst anrufen.* Auf dem Dielenboden waren Abdrücke von Schuhen und die typischen Tropfen eines feuchten Regenschirms zu erkennen, die vom Wohnungseingang zur Garderobe führten. Vor der Schlafzimmertür stand eine Pfütze.

Der Mann war also noch nicht lange zu Hause gewesen. Im Schlafzimmer zurück betrachtete er die Schuhe des Toten. Beste Arbeit vom Schuhmacher. Die feinen Ledersohlen waren ebenfalls durchnässt. *Warum hat er sie nicht sofort ausgezogen?* Er fühlte an den Socken. Die Feuchtigkeit war bis nach innen durchgedrungen. Beltheim überlegte. Draußen war zwar Berliner Wetter, aber kein schwerer Regen. Der Mann hatte, vermutete er, nur eine kurze Strecke zurückgelegt. Sonst hätte er sicherlich ein Taxi genommen. Also arbeitete er wahrscheinlich in der Nähe, hatte vom Luftalarm erfahren und war nach Hause geeilt. Und dabei hatte ihn der Schauer überrascht.

Höhere Position in einer Behörde, dachte Beltheim. Oder doch bei einer Bank, hoffte er. Seufzend machte er sich auf den Weg nach unten. Er wollte vor der Entwarnung im Innenhof sein. Danach würden dort wahrscheinlich mehrere Dutzend Zigarettenstummel am Boden liegen. Als er kurze Zeit später im Hof stand, sah er nach oben und schätzte ab, wo eine ausgerauchte

Zigarette gelandet sein könnte. Er musste einen Hund verscheuchen, und zwischen dem Abfall raschelte es verdächtig. Beltheim hasste Ratten, seit er mitangesehen hatte, wie sie den toten Soldaten auf zahlreichen Schlachtfeldern die Ohren und Nasen abgefressen hatten. Dann fand er tatsächlich einen Sargnagel. Nicht ausgedrückt, sondern brennend weggeworfen. Die Kippe lag in einer kleinen Wasserlache. Vielleicht tatsächlich oben aus dem Fenster geworfen. Nur halb geraucht. Er untersuchte den Glimmstängel eingehend. Fingerabdrücke – das hatten ihm die Kollegen von der Technik irgendwann erklärt – konnte man nach einem solchen Waschvorgang vergessen. Auf dem Papier einer Zigarette ohnehin schwierig. Beltheim stutzte, als er die Marke erkannte. *L&B*. Teuer. Englisch. *Welche Marke rauchte das Opfer?* notierte Beltheim. *Oder stammt Zigarette von Ottilie Rabe? Dritte Möglichkeit: UNBEKANNTER???* Dieses Wort unterstrich er.

Fünfzehn Minuten später trafen zwei seiner Kollegen ein. Kommissar Schröder von B 1, Kapitalverbrechen. Und dazu Beltheims Assistent Wilhelmy, der später unbedingt zum Erkennungsdienst wollte. Beltheim schilderte ihnen kurz die Sachlage, dann stiegen alle gemeinsam in den dritten Stock hinauf.

»Johann.« Er wandte sich an Kriminalassistent Wilhelmy. »Du machst Fotos. Und miss alle Abstände noch einmal nach.«

Draußen gaben die Sirenen Vorentwarnung. Gleich würden die Ameisen aus ihren Kellern kommen. Dann war es mit der Ruhe im Haus vorbei.

»Danach lässt du dir vom Blockleiter die Namen aller möglichen Zeugen geben. Der Kerl heißt Baumann. Und keiner kommt mehr hier in die Wohnung rein.«

Sein junger Mitarbeiter griff nach der Fotoausrüstung und verschwand in Richtung Schlafzimmer.

»Schau mal, Werner«, rief sein Kollege Schröder aus dem Flur. »Sieht aus, als hätte sich jemand daran zu schaffen gemacht.«

Die Aktentasche des Hausherrn stand an der Garderobe. Beste italienische Sattlerarbeit. Auch sie war leicht feucht. Vorsichtig öffnete Schröder die Metallverschlüsse. Offenbar hatte jemand beide Schlösser mit einem Messer oder Schraubenzieher aufgebrochen, die Messingpatina war zerkratzt, die Schlüssellöcher waren eingedellt und verbogen.

»Beweisstück!«, ordnete Beltheim an und notierte dieses seltsame Detail. Hatte ein Unbekannter etwas aus der Tasche entwendet? Und war er vielleicht vorher als Gast gekommen und hatte mit dem späteren Opfer ein Glas getrunken?

»Verdammt«, kam es gleich darauf von Assistent Wilhelmy aus dem Schlafzimmer. »Das müssen Sie sich ansehen, Herr Kriminalrat.«

Beltheim verdrehte die Augen und ging zurück. Er kannte das Phänomen. An einem Tatort wollten die jungen, unerfahrenen Kollegen schnell zu einem Erfolg beitragen und riefen ihn meist zu jedem Fliegenschiss herbei. Andererseits war Johann Wilhelmy bereits ein guter Kriminologe. Der Mann hatte ein Kamerastativ aufgebaut. Seine private, handliche Leica war besser als die veralteten, klobigen Fotoapparate der Agfa. Mehrere gezündete Blitzbirnen lagen auf der Fensterbank. Jetzt stand er wie ein Akrobat über die Blutlache gebeugt und angelte mit einem Holzstab einen Gegenstand aus der Schublade des Nachtschranks. Es war eine Kette. Wie bei der Hundemarke von Soldaten. Aber der Tote war kein Soldat. Es war eine Dienstmarke aus Blech. Reichsadler, Swastika. Beltheim hatte ebenfalls ein solches Oval mit dem Schriftzug *Kriminalpolizei*, mit dem er sich auf der Straße und an den Haustüren schnell ausweisen konnte. Auf dieser Marke stand jedoch etwas anderes. Etwas, das den Verlauf der gesamten Ermittlung beeinflussen konnte.

Geheime Staatspolizei.

18

Gut Torchau, Uckermark, August 2022

Gernot Beyer hatte seinen Vortrag beendet. Mich überwältigte plötzlich das Gefühl, der Raum wäre viel zu eng für uns alle. Offenbar ging es nicht nur mir so, denn eine seltsame Unruhe breitete sich aus, ein Scharren der Füße, Räuspern und Rascheln.

»Ich schlage vor, dass wir uns gleich ein wenig die Beine vertreten«, meinte Ebbi mit tonloser Stimme. Es war deutlich zu spüren, dass ihn diese Sache stark mitnahm.

Dann wurde es still. Schwer lastete der ungeheuerliche Verdacht, der sich aus dem Gehörten ergab. Ein Verdacht, den niemand auszusprechen wagte. Die Luft im Salon war trotz des Lüftens stickig. Sogar der Natur schien es die Sprache verschlagen zu haben. Durch die geöffneten Fenster drang kein Laut und kein Windzug. Alle Anwesenden waren erkennbar erschöpft. Und schockiert. Der Kripobeamte hatte zwar viele Fakten benannt, aber auf die wichtigste Frage noch keine Antwort gegeben: Wer hatte damals Walter Rabe erschlagen? Ottilie war am Tatort gewesen. Mit Blut an ihren Händen.

Meine Mutter weinte. Lili saß mit versteinertem Gesicht da, als wären die Informationen auch für sie völlig neu. Ich war total verwirrt. Konnte es sein, dass sie einen Teil der Ereignisse schlicht vergessen hatte? Oder verdrängt? Mehr noch, dass ihre Erinnerungen quasi gelöscht worden waren? Sie wirkte plötzlich alt und gebrechlich. Ebbi hielt ihre Hand und redete kaum hörbar auf sie ein. Die Spannung wurde in den folgenden Minuten unerträglich. Ich konnte sehen, dass Lukas und Norbert innerlich beinahe platzten. Laura flüsterte mit Maurice, der sich an seinem Glas festzuhalten schien, als wäre es sein Rettungsanker in unsicheren Gewässern. Ich stand vom Tisch auf und hatte sofort das Gefühl, dass mich alle anstarrten.

»Möchtest du vielleicht ein bisschen auf dein Zimmer gehen?«, fragte ich Lili.

Sie nickte, und ich begleitete sie. Das ganze Unterfangen war der reine Irrsinn. Es belastete alle. Und mir wurde in diesem Moment klar, dass das Treffen nicht wie geplant fortgesetzt werden konnte. Beyer hatte angekündigt, dass er noch weitere Ergebnisse seiner Arbeit präsentieren wollte. Unmöglich.

»Es ist, als stünde ich wieder dort am Bett«, sagte Lili leise, als sie kurz darauf vor der alten Frisierkommode in ihrem Schlafzimmer saß. »Als wäre die Zeit zurückgedreht worden. Ich weiß, dass es stimmt, was Beyer berichtet hat. Aber ich kann mich nicht klar erinnern. Als wäre der Vorhang nun zwar zur Seite gezogen worden, aber dahinter ist nur eine Leinwand. Und darauf sind unscharfe Bilder zu sehen. Ein Film. Bruchstücke. Unwirklich.«

Einen Moment lang fragte ich mich, ob es nicht besser gewesen wäre, dieser Vorhang wäre unangetastet geblieben. Aber Oma gab mir im nächsten Moment die Antwort.

»Und dennoch war es die ganzen Jahre so, dass ich die Stimmen dahinter gehört habe. Etwas Unheimliches lauerte auf dieser Bühne und versuchte immer wieder, mein Leben zu vergiften.« Sie seufzte. »Ich brauchte so viel Kraft, um es im Zaum zu halten. Um die schrecklichen Gefühle und Ahnungen nicht die Oberhand gewinnen zu lassen.«

»Ich schicke Onkel Ebbi«, sagte ich leise und wandte mich der Tür zu. »Du kannst jetzt nicht allein bleiben. Aber jemand muss unten nach dem Rechten sehen.«

Es schien, als wäre der Sturm in dem Moment losgebrochen, als ich mit Lili den Salon verlassen hatte. Als ich zurückkam, war eine wilde Diskussion in Gange. Spekulationen und Vorwürfe machten die Runde. Ich wechselte ein paar Worte mit Ebbi. Er schien unschlüssig zu sein, ob hier seine Autorität als Gastgeber gebraucht wurde. Oder ob es besser war, wenn er sich um Lili kümmerte.

»Geh du zu ihr«, sagte ich leise. »Sie braucht dich jetzt.« Ich lächelte ihn aufmunternd an, als er aufstand.

Ich konnte die heftigen Reaktionen der anderen teilweise verstehen. Nur gut, dass Lili und Ebbi nicht anwesend waren.

»Sie könnte eine Mörderin sein!«, rief Heike gerade.

»Die Indizien sind erdrückend«, stimmte ihr Bruder zu.

»Mein Gott, vielleicht hat sie Opa erschlagen.« Die sonst so gefasste Heike schien den Tränen nahe. »Unseren Opa!« Sie sah Torsten an, der ebenfalls um seine Fassung rang.

»Ich bin erstaunt, dass Herr Beyer als Pensionär offenbar mehr herausfindet als die Staatsanwaltschaft«, sagte Lukas. »Noch mehr erstaunt mich allerdings das Offensichtliche.«

»Wie meinst du das?«, fragte ich, obwohl ich ahnte, was es war.

»Wenn die Fakten so eindeutig sind, wie Herr Beyer sie schildert«, erwiderte er. »Weshalb wurde die Sache damals nicht ordnungsgemäß zu Ende gebracht? Warum blieb alles so unklar?« Er wandte sich an Heike. »Immerhin war Walter Rabe Amelias und mein Großonkel. Auch meine Familie hat also ein Recht, zu erfahren, was geschehen ist und wer dafür verantwortlich war.«

»Deshalb die Anzeige?«, fragte ich.

»Andere haben gelitten, mussten mit Zweifeln und Gerüchten leben.« Er nickte. »Das ist nicht fair. Übrigens sieht Lili die Sache ähnlich. Wir haben uns am Telefon ausgesprochen, nachdem sie von meiner Anzeige gegen unbekannt erfahren hatte. Sie hat es ja bereits erwähnt.«

»Hast du schon vorher mehr gewusst?«, fragte Laura. Ihre Stimme klang frostig. Sie wirkte immer noch mächtig angefressen. »Wusstest du, dass ein solcher Verdacht gegen Lili bestand? Kanntest du Einzelheiten?«

»Nein, verdammt!«, rief ihr Vater ärgerlich. »Ich habe monatelang darüber nachgedacht, ob ich es tun soll. Auf die Idee, einen Privatermittler einzuschalten, wäre ich gar nicht gekommen. Dann hatte ich die Idee. Ich wollte Lili nicht schaden. Aber jetzt ... Nach diesen Enthüllungen. Was soll man denn da denken?«

»Es ist doch noch gar nichts klar«, versuchte Patrick seinen Schwager zu beruhigen. »Also, ich sehe bei den Schilderungen genug Raum für Zweifel an Lilis Schuld. Und wenn sie tatsächlich ... Ich meine, dann hätte man doch gerade zur damaligen Zeit kurzen Prozess gemacht. Oder nicht? Dann hätte Herr Beyer uns davon erzählt. Außerdem finde ich es erstaunlich, dass ein sechzehnjähriges Mädchen einen ausgewachsenen Mann erschlagen haben soll.«

»Vielleicht war er betrunken.« Lukas ließ nicht locker. »Oder sie hat gewartet, bis er eingeschlafen war ... Oder er hatte sich gerade umgedreht. Was weiß ich? Die Situation ist doch eindeutig!«

Die Spekulationen schossen immer wilder ins Kraut. Wir Jüngeren hielten uns zurück.

Norbert redete ununterbrochen. Mal wandte er sich an Maurice, dann an Torsten. Als ich näher kam, schnappte ich ein paar Worte auf. Er schien sich wieder einmal auf seine Oberlehrerposition zurückgezogen zu haben, die ihm offenbar die nötige Sicherheit gab.

»... auch denkbar im Affekt. Vor Gericht hat das eine immense Bedeutung, da es Einfluss auf ... Und keinesfalls würde es dann den Tatbestand des Mordes erfüllen.«

Unglaublich, dachte ich. Der Kerl hält tatsächlich einen Vortrag, als wäre er Gutachter vor Gericht. Ich war fasziniert, die unterschiedlichen Reaktionen aller Anwesenden zu beobachten. Maurice versuchte, ihm durch seine Körpersprache klarzumachen, dass ihn die Ausführungen nicht interessierten. Torsten nickte eifrig, und seine Schwester notierte sich ein paar Stichworte.

»Die Kenntnis der Motive ist von absoluter Wichtigkeit«, fuhr der Psychologe fort. »Vermutungen bringen nicht weiter ... Hinzu kommt natürlich die Frage der Schuldfähigkeit. Damals wie heute ist ... Wir müssen das abschließend klären.«

Langsam verstand ich, wie ein Lynchmob funktionierte. Diese Menschen – immerhin meine Verwandten – steigerten sich förmlich in eine Hysterie hinein. Sie sprachen nicht miteinander, sie redeten aneinander vorbei. Maurice und Patrick schwiegen zwar, sogen aber dennoch die gefährliche Atmosphäre auf.

»Sie haben Angst«, sagte meine Mutter. Sie hatte am Fenster gestanden und sich dort ausgeweint. Nun stand sie neben mir.

»Angst?«, fragte ich.

»Die meisten Menschen wünschen sich einen Fahrplan für ihr Leben. Zumindest im Alltag. Klare Regeln, feste Zeiten und Haltestellen. Der Zug fährt zur Arbeit, dann nach Hause. Zum Essen, zum Yoga oder zu Verabredungen. Je mehr sich alles eingespielt hat, desto eher verunsichert uns bereits eine kleine Abweichung vom Plan. Und das hier, meine Liebe ...« Sie wies mit ihrer Hand in die Runde. »Es ist, als hätte dich jemand um zwei Uhr morgens auf einem unbekannten, dunklen Bahnhof ausgesetzt.«

»Ohne Fahrplan.«

»Genau. Wir haben für ein solches Ereignis kein Muster, an das wir uns halten können. Ein Mordfall? So etwas gibt es eben nur in Geschichten. Im Kino, in Romanen, vielleicht mal in den Nachrichten. Aber doch nicht in unserem eigenen Leben!«

»Lili ist total von den Füßen. Sie leidet. Und wenn wir die Sache nicht beenden, befürchte ich das Schlimmste.«

»Sie ist stark«, erwiderte meine Mutter. So war sie. Eben noch einfühlsam. Dann plötzlich wieder geerdet. Vielleicht arbeitete sie aus diesem Grund so gern mit Ton. Sie formte ihre Gefühle in etwas Erdhaftes, Bodenständiges. Sie war nie eine gute Trösterin gewesen. Aber im Prinzip hatte sie ja recht. Lili war stark. Dennoch brauchte sie jetzt Hilfe.

Ich konnte mit derartigen inneren Dissonanzen nur schwer umgehen. Sie stressten mich. Normalerweise tat ich dann alles, um die Harmonie wiederherzustellen. Oder ich tauchte ab. Selbstaufgabe und Schuldgefühle schienen Konstanten in meinem eigenen Fahrplan zu sein.

»Ich darf mich auf mein Zimmer verabschieden.« Die Stimme kam von hinten, und ich erkannte sie sofort. Gernot Beyer.

Der Mann hatte nach dem Ende seines Vortrags stoisch alle Nachfragen abgeblockt, seine Sachen zusammengelegt und einen Umschlag vorbereitet, den er mir jetzt überreichte.

»Sind Sie so nett, diese Aufzeichnungen an Herrn Luchtmann weiterzureichen?«

»Sie ...? Ich meine ... Das war es? Sie gehen, Herr Beyer?«, stotterte ich herum.

»Meine Mutter meinte, dass Sie Ihren Vortrag in zwei Teilen präsentieren.«

»Sie haben recht, Frau Rabe-Abazian. Allerdings scheint mir die Situation aus dem Ruder gelaufen zu sein.« Er blickte sich um. »Glauben Sie mir, ich habe ausreichend Erfahrung mit Angehörigen. Es wäre fahrlässig, Ihre Mutter und die Gäste einer weiteren Belastung auszusetzen. Vielleicht haben sich die Gemüter morgen früh so weit beruhigt, dass ich den Vortrag fortsetzen kann.«

»Oder wir brechen ganz ab«, sagte ich und hoffte, er würde mir zustimmen.

»Wir besprechen es morgen. Ich frühstücke auf dem Zimmer,

und Sie geben mir Bescheid, wie Sie entschieden haben. In der Tat glaube ich, wir sollten Ihnen und den anderen Anwesenden die Zeit geben, die Kenntnisse zu verarbeiten.«

Ich nickte und nahm den Umschlag für Ebbi entgegen. Ich vermutete, darin befand sich die anfangs versprochene Zusammenfassung. Beyer verließ den Salon. Ich sah, dass unsere Gäste darauf mit einer gewissen Ratlosigkeit reagierten.

»Er hat wahrscheinlich recht«, sagte meine Mutter. »Diese Neuigkeiten haben alle mehr schockiert, als Lili vermutlich geglaubt hatte. Einschließlich ihrer selbst. Ich spreche mit ihr.«

»Hast du die Einzelheiten gekannt?«, fragte ich, bevor sie ging.

Ich sah sie direkt an. Wir kannten uns zu gut, als dass wir uns hätten belügen können.

»Ich wusste, dass ihr Vater gewaltsam zu Tode gekommen ist«, antwortete sie. »Aber die genauen Umstände kannte ich nicht. Und schon gar nicht ahnte ich, dass Lili … Ich hoffe, dass sie nicht …«

»Sie war es nicht!« unterbrach ich sie wütend. »Wie kannst du so etwas nur denken, Mama?«

»Ich denke, vermute oder unterstelle gar nichts«, erwiderte sie tonlos. »Auch wenn es nicht so aussieht, aber die Sache frisst mich genauso an wie dich! Ich wollte sagen, dass es wirkte, als hätte es sie selbst überrascht, von den Details zu hören. Als wäre sie damals gar nicht dabei gewesen. Aber du scheinst über meine Vermutungen besser Bescheid zu wissen als ich selbst. Wie immer. Ich sehe mal nach Lili.« Sie drehte sich um und ließ mich einfach stehen. Das konnte sie gut. Kleine Seitenhiebe, die wie Nadelstiche wirkten.

Selbstaufgabe oder Schuldgefühle. Ich kam mir wieder einmal klein vor, irgendwie betrogen. Ich hatte zwar mit einem anstrengenden Wochenende gerechnet. Aber nicht mit der Aufdeckung und den Einzelheiten eines Verbrechens. Ich gab mir einen Ruck und wollte plötzlich einen Drink. Einen kräftigen. Es machen wie Richard Burton, Mel Gibson oder Drew Barrymore. Aber offenbar war nicht nur ich in der letzten Stunde auf diesen Gedanken gekommen. Die Flaschen mit dem Hochprozentigen gingen sämtlich bereits zur Neige. Der Wodka bildete im Glas nur eine traurige Pfütze, sodass ich ihn mit Obstler streckte und für die Gesundheit noch Grapefruitsaft darüber kippte.

»Kann ich irgendwas tun?«, fragte Maurice. »Leider stacheln sich mein Onkel und Lukas wieder auf. Wenn ich aber dazwischengehe, kann ich für nichts garantieren.«

»Mein Vater ist ein armseliger, verbitterter Mann. Aber vielleicht erklärt diese Sache so einiges.«

Laura hatte sich uns unbemerkt genähert. In diesen emotional aufgeladenen Situationen wurde ich unaufmerksam. Das kannte ich schon. Sie wirkte durch ihre Bemerkung noch rätselhafter und dunkler auf mich als zuvor. Irgendwie schien sie zugleich in gedämpfter und angeregter Stimmung zu sein. Als träte sie in ihrem Inneren auf Gas und Bremse gleichzeitig. Der Alkohol stieg mir sofort zu Kopf. Er hatte mir bei Stress noch nie wirklich geholfen.

»Lukas Rabe ist ein Hund, den das Leben an die Kette gelegt hat«, fuhr sie fort. »Und das bisschen Freiheit, das er hat, verteidigt er. Da sollte man ihm nicht zu nahe kommen.«

»Gut zu wissen«, sagte Maurice.

»Es geht allen nahe«, sagte ich. »Wir sitzen doch im selben Boot. Über zwei oder drei Generationen, die Familienbande sind da, gewollt oder nicht. Mir kann niemand erzählen, dass diese Tatsachen sie oder ihn kaltlassen.«

»Du hast recht.« Laura nahm mir die Spitze offenbar nicht übel, schwieg für einen Augenblick und schien zu überlegen. »Anton. Er war mein Urgroßvater. Papa behauptet, mit ihm fing alles Unglück in unserer Familie an.«

»Hört sich ziemlich pathetisch an.« Sofort war meine Neugier geweckt. »Lili mochte ihn anscheinend. Er war Balletttänzer, wusstet ihr das? Ich schätze, er hat es nicht einfach gehabt in der Nazizeit. In den Augen dieser Leute waren Männer wie Anton nicht normal und galten oft als homosexuell.«

»Seit ich denken kann, nennt Lukas meinen Urgroßvater nur *die schwule Primadonna*. Oder *den rosafarbenen Traumtänzer*«, sagte Laura und nickte. »Die Vorurteile haben sich scheinbar noch lange gehalten.«

Dass Lukas so über seinen Großvater dachte, überraschte mich jetzt nicht wirklich. Aber ich bekam eine Gänsehaut, als ich versuchte, mir die Atmosphäre in dieser Familie vorzustellen. Stereotype und Kleinstadtmief der Fünfziger.

»Seit ich von der Anzeige weiß, denke ich ein wenig anders darüber«, fuhr sie fort. »Was wäre, wenn mein Vater nur nachgebetet hat, was ihm als Kind eingetrichtert wurde? Wenn das Thema ihn viel mehr beschäftigt und belastet hat, als es die dämlichen Sprüche vermuten lassen? Ich glaube, er will tatsächlich wissen, woran er ist. Wer war sein Großvater Anton? Wie war das Verhältnis zu seinem Bruder Walter? Was ist nach Kriegsende aus ihm geworden?«

»War Anton denn nun schwul?«, fragte Maurice.

»Weiß ich nicht«, sagte Laura. »Aber ein Mann im Tutu? So etwas lässt doch bei vielen Menschen seit jeher nur einen Schluss zu.«

Ich erinnerte mich, dass Lili vor ein paar Jahren einen Vortrag über die Tradition der Homosexuellenszene in der Hauptstadt gehalten hatte. Sie war da wohl schon zur DDR-Zeit recht engagiert gewesen. Und in der Weimarer Republik hatte es eine gewisse Toleranz gegeben. Jedenfalls kein Vergleich zur späteren Verfolgung bei den Nazis. Nun, wer glaubte, die Vorurteile wären überwunden, brauchte sich offenbar nur bei der eigenen Verwandtschaft näher umzusehen.

»Klasse.« Maurice lächelte immer noch, wirkte nun jedoch interessiert. »Ein Tänzer. Da gibt es ja für die kulturelle Seite der Familie noch Hoffnung!« Er sah mich an. »Die Familie Abazian nehme ich da natürlich aus. Aber alle anderen sind so furchtbar vernünftig. Wirtschaft, Politik, Medizin, Verwaltung. Brav, solide und geerdet, dachte ich immer. Alles fleißige Ameisen und emsige Pillendreher. Aber nein, da war einmal ein Anton. Ein bunter Falter.«

»Bleib auf dem Teppich. Solche Sprüche sind doch Bullshit.« Laura verdrehte die Augen. »Männer beim Ballett konnten in der engen Gedankenwelt meines Vaters und Großvaters nur schwul sein. Vielleicht haben sie mit diesen Vorurteilen ihr kleines, inneres Chaos geordnet. Keine Ahnung. Aber wir wissen, was wir davon zu halten haben. Dein Gesülze bringt uns auch nicht weiter, Maurice.«

»Klar, Emanzen sind Lesben, und laute Kinder sind gestört oder haben asoziale Eltern.« Ich nickte. Lauras Vater war offenbar ein typischer Vertreter der Generation X. Nach vorne wollen, aber im Gepäck die Altlasten von gestern.

»Heike gibt sich da natürlich ganz progressiv. Sie betont immer, dass sie in jungen Jahren Pressereferentin unter einem schwulen Bürgermeister war«, sagte Maurice. »Beim hübschen Klaus. Da muss ich mich doch glücklich schätzen, nicht wahr?«

»Na, verlassen wir das Thema lieber, bevor wir in diesen seichten Gewässern noch auf Grund laufen«, schlug ich vor und wandte mich an Laura. »Ich verstehe, dass dein Vater irgendwie reinen Tisch machen will. Aber da muss doch mehr dahinterstecken. Er hat die Sache dargestellt, als wäre eure Familie nur vom Pech verfolgt gewesen. Aber was kann Anton dafür?«

»Er gehört zu den Menschen, die die Schuld immer irgendwo anders suchen. Nur nicht bei sich selbst. Zur Not waren es eben Gott oder das Schicksal. Mein Opa hatte sich bereits auf Anton eingeschossen, und mein Vater hat diese Einstellung wohl einfach übernommen.«

»Die Macht der Eltern«, sagte ich. »Aber Anton hatte doch damals schon eine Familie. Frau und Kinder. So etwas war den Nazis doch wichtig.«

»Stimmt, aber es wurde dennoch immer schwieriger für ihn. Er hatte nichts anderes gelernt, und eigentlich hatte er vor, nach der aktiven Zeit als Tanzlehrer zu arbeiten. Irgendwo als Schreiberling in eine Firma oder in die braune Verwaltung? Mit diesem Gedanken konnte er sich offenbar nicht anfreunden. Und da hat er eben Hilfsarbeiten angenommen, begann zu trinken und gehörte zu den Verlierern seiner Zeit. Die Nazis wollten ihn Anfang der Vierziger sogar als Asozialen anklagen.«

»Was ihn mir nicht unsympathisch macht«, sagte Maurice.

»Er wurde für den Russlandkrieg eingezogen. Zwei oder drei Jahre an der Ostfront, die ihn wohl am Ende seelisch und körperlich fertiggemacht haben.«

»Übel«, sagte ich unbeholfen. Die bloße Andeutung eines solchen Schicksals reichte aus, dass das Thema plötzlich ganz dicht an mich herankam. Mein Vater hatte mir erzählt, dass seine Großeltern beim Völkermord in Armenien ums Leben gekommen waren. Ich war damals zehn oder elf, vollkommen verstört und hatte immer wieder geweint. Krieg wurde erst wirklich erfahrbar durch das, was Menschen in ihm widerfuhr. Menschen, zu denen wir in irgendeiner Form in Beziehung standen.

»Klingt vielleicht mies, aber eigentlich hat es mich nie wirklich interessiert«, meinte Laura. »Aber ich bin mit einer Stimmung groß geworden, in der Antons Leben von einem Geheimnis umgeben war. Seine Frau, also meine Urgroßmutter, hatte Berlin gleich nach Kriegsende verlassen. Angeblich aus wirtschaftlicher Not. Ihr Mann ist nie zurückgekehrt. Und mein Opa Manfred hat immer stolz davon gesprochen, dass Anton vermisst wäre. Dass er bis zum Schluss mit Kameraden in einem Kessel gekämpft habe. Dass die Sache meinen Vater derart anfrisst, habe ich nicht geahnt.«

»Ich verstehe nicht, was die Anzeige mit Anton zu tun hat«, sagte Maurice. »Dein Vater erwähnte, dass er Klarheit haben wolle.«

»Schon mein Opa hat versucht, über eine Auskunftsstelle und das Rote Kreuz mehr über Antons Verbleib zu erfahren. Und mein Vater hatte später wochenlangen Schriftverkehr mit dem Bundesarchiv. Aber sie haben wohl nicht viel gefunden. Ich denke, er hofft, dass sich durch die Anzeige noch ein paar unbekannte Türen öffnen könnten.«

Ich konnte in diesem Moment den Schmerz, der in diesem Schicksal lag, beinahe greifen. Laura schien ihn regelrecht präsent zu machen.

»Mein Opa hat sich beim Daimler-Konzern hochgearbeitet, aber ein Arbeitsunfall hat ihn früh zum Krüppel gemacht«, fuhr sie fort. »Papa war auch dort. Er hat sich von ein paar schrägen Vögeln zu einer Unterschlagung verleiten lassen. Rausschmiss, Bewährungsstrafe, Schadenersatzforderungen.«

»Nett«, meinte ich. »Die eigenen Verfehlungen dann dem Großvater in die Schuhe zu schieben. Schön einfach.«

»Lukas ist ein Ex-Knacki, ich glaube es nicht. Und dann leiert er hier die ganze Sache an mit der Anzeige gegen unbekannt. Gott bestraft die kleinen Sünden doch«, meinte Maurice.

»Du begreifst wohl gar nichts«, erwiderte ich aufgebracht. »Er hofft wahrscheinlich, dass sich dadurch irgendetwas aufklärt.« Ich sah ihn vorwurfsvoll an. Obwohl er eigentlich wieder recht hatte. Verdienten denn Leute, die von »schwulen Primadonnen« sprachen, überhaupt besondere Rücksichtnahme? Oft waren ja gerade diese Kerle äußerst empfindsam, wenn es ihnen ans eigene Leder ging. Ich wollte etwas erwidern, als Ebbi zurück in den Salon kam. Er steuerte sofort auf mich zu und nahm mich zur Seite.

»Lili und Hanna weinen sich gegenseitig die Taschentücher voll«, sagte er. »Das ist gut. Wenn sie so versteinert ist, dann gefällt sie mir gar nicht. Ich habe mir vorhin wirklich Sorgen gemacht. Besser, sie lässt alles raus.«

Ich gab ihm den Umschlag, den ich von Beyer erhalten hatte, und richtete ihm dessen Nachricht aus. Er sah mich einen Moment an, dachte offenbar nach.

»Ich kannte zwar einige Einzelheiten«, sagte er schließlich. »Aber als Gesamtbild ist das Ganze noch viel schrecklicher. Ich ... Wir haben die Auswirkungen unterschätzt. Vielleicht haben wir uns damit übernommen. Aber jetzt ist der Stein ins Rollen gebracht.«

Er zog seinerseits einen größeren Briefumschlag aus seiner Jacketttasche und reichte ihn mir. Mit einem Augenaufschlag ermunterte er mich, ihn zu öffnen. Darin befanden sich zwei Schreiben. Das erste war die nüchterne Mitteilung der Berliner Staatsanwaltschaft, dass sie als »Herrin des Ermittlungsverfahrens in der Sache Walter Rabe« erste Untersuchungen eingeleitet hatte. Beim zweiten Schriftstück erkannte ich die Lettern einer Schreibmaschine wieder. Ich nahm an, dass es mit diesem alten DDR-Ungetüm, das ich vor Wochen in Torchau gesehen hatte, verfasst worden war.

»Die Anzeige gegen unbekannt?«, fragte ich, und er nickte. »Ich bin immer noch erstaunt, dass Lili ihren Neffen überhaupt noch sehen wollte.«

»Lukas hat Lili darin tatsächlich mit keinem Wort erwähnt. Er hat niemanden konkret beschuldigt«, sagte Ebbi. »Und eigentlich hat er uns damit eine schwere Entscheidung abgenommen. Sie hatte sogar ernsthaft überlegt, sich selbst anzuzeigen.«

»Was geschieht jetzt? Arbeitet die Polizei wirklich an dem Fall?«

»Da die Tat nicht verjährt ist, müssen die Behörden der Sache nachgehen. Meistens öffnen sich dann Archive, die bei privaten Nachforschungen und Anfragen verschlossen bleiben. Allerdings ist Lili die einzig lebende Zeugin, sodass das Interesse nicht allzu groß ist. Es sei denn, es stellt sich heraus ...« Ebbi schluckte schwer. »Lili und ich hatten im Vorfeld bereits eine schriftliche Aussage zu den Ereignissen formuliert. Allerdings werden wir nach Beyers Enthüllungen von heute noch ein paar Dinge ergänzen müssen.«

Ich überflog die Zeilen.

```
Zur Sache erklärt meine Mandantin:

Am 19. April 1944 gegen 17 Uhr fand sie
ihren Vater, Walter Rabe, geboren am 2. Fe-
bruar 1900, tot in der elterlichen Wohnung
vor (Adresse zum Todeszeitpunkt: Friedrich-
straße 18 VG, SW68 Berlin). Nähere Angaben
zum Tathergang, aber auch zu einem möglichen
schuldhaften Verhalten ihrerseits, können
nicht gemacht werden, da bei Frau Rabe seit
jeher erhebliche Erinnerungslücken hin-
sichtlich des Vorgangs bestehen. Weitere
Aussagen zum Sachverhalt wird Frau Rabe nur
in meiner Anwesenheit machen.
```

Ich weiß nicht, ob es der Alkohol war, der mir immer stärker zu Kopf stieg. Ich hatte auch zu Mittag wenig gegessen. Ich hörte das Rauschen in meinem Kopf stärker werden. Jemand drehte offenbar munter am Sendeknopf meines inneren Radios. Mir wurde schwindlig. Manchmal drangen noch kurz die Stimmen der anderen an mein Bewusstsein. Mein Verstand nahm sich ein Time-out. Ich bekam nicht einmal mehr mit, worum es ging.

Irgendetwas in mir schien jedoch zu wissen, dass es mich überforderte.

Die Stimmen entfernten sich. Etwas ließ mich gnädig in die Dunkelheit gleiten. Ich konnte nichts dagegen tun, die Lichter gingen aus. Endlich Ruhe.

*

Nach ein paar Minuten kam ich wieder zu mir. Das Rauschen in den Ohren hatte sich verzogen, und ich lag auf einer stark ramponierten Chaiselongue im Nebenzimmer. Es beruhigte mich, dass ich sofort prüfend über das Holz und die Lackierung strich.

»Geht es wieder?«, fragte Maurice und bot mir ein Glas Wasser an. »Mit deinem Abgang hast du uns allen einen ordentlichen Schrecken eingejagt.«

Ich nickte und nahm das Glas dankbar entgegen.

»Du hast nicht viel verpasst. Eberhard hat uns alle darüber informiert, dass wir uns nur noch einmal morgen nach dem Frühstück treffen und die Sache dann abbrechen. Bis dahin können und sollen sich alle überlegen, ob es das dann endgültig gewesen ist. Oder ob wir uns noch einmal treffen wollen.«

Ich rieb mir den Kopf, der dröhnte. Der Filmriss war peinlich, aber anscheinend notwendig gewesen. Selbstschutz, wenn ich mich schon selbst nicht schützte.

19

Beim Frühstück am nächsten Morgen bildeten sich zwei Gruppen. Ein Teil meiner Verwandtschaft war der Ansicht, wir sollten das Treffen nicht abbrechen. Nach dem Motto: Augen zu und durch. Die Mehrheit – zu der auch Ebbi und ich zählten – waren jedoch dafür, nicht weiterzumachen.

»Wer weiß, welche Reaktionen die Belastung noch auslösen wird«, sagte ich zu Ebbi. »Vielleicht zerbricht dabei Porzellan, das dann nicht mehr zu kitten ist.«

Ich machte einen kleinen Spaziergang und wollte danach in der Bibliothek ein paar Minuten für mich haben. Zu meiner Überraschung fand ich dort einen leicht verschwitzten Lukas in kurzem Laufdress vor. Offenbar war er gerade joggen gewesen. Er sah sich die vergilbten Schinken in den Bücherregalen an und pfiff »Mein kleiner grüner Kaktus« vor sich hin.

»So fröhlich?«, fragte ich.

»Laufen hat mir schon immer gut getan«, entgegnete er, als er sich zu mir umdrehte. »Obwohl die Stimmung insgesamt ja eher etwas explosiv ist.« Er wies mit dem Daumen nach draußen.

»Ganz unschuldig daran bist du nicht«, erwiderte ich.

»Was die Anzeige angeht, bin ich mit mir im Reinen. Und mit Lili habe ich die Sache ebenfalls besprochen. Sie war nicht gegen sie gerichtet, obwohl die bisherigen Fakten wirklich nicht schön sind.« Er hob die Handflächen wie zu einer Entschuldigung und lächelte. »Aber nachdem ich darüber geschlafen habe, muss ich gestehen, dass Patrick recht hat. Noch ist nichts bewiesen.«

»Könntest du dem Vorschlag, sich ein zweites Mal zu treffen, zustimmen?«, fragte ich.

Er ging zum Fenster und blickte hinaus. Ich war erstaunt darüber, wie sehr er sich verändert hatte. Seine Haltung und das Gesicht wirkten entspannt, was ihn zehn Jahre jünger machte.

»Ich war gestern ziemlich angefressen«, entgegnete er. »Aber ich denke, wir haben angefangen, also müssen wir es auch zu Ende bringen. Wenn dafür ein neues Treffen notwendig ist, dann ist es für mich okay.«

»Ich glaube, damit nimmst du Lili eine große Sorge ab«, erwiderte ich. »Und mir. Es ist ihr ungemein wichtig, dass wir weitermachen.«

»Nairi«, sagte er nach einer Weile vollkommen unerwartet. »Ein schöner Name. Ich könnte mir denken, dass viele Leute ihn falsch aussprechen.«

Wie so oft, wenn die Herkunft – meist ausgelöst durch meinen Namen oder mein Äußeres – zur Sprache kam, ging ich auch jetzt reflexhaft in eine Art Abwehrhaltung. Oftmals waren es dabei sehr widersprüchliche Signale, die ich in mir wahrnahm. So auch bei Lukas, denn die Stimme dieses bärbeißigen, verbitterten Mannes klang beinahe sanft. In ihr lag etwas unerwartet Warmes.

Ich fühlte mich dabei ertappt, dass ich ihm natürlich mit dem Wissen vom Vortag entgegentrat. Er steckte bei mir schon ganz tief in einer Schublade mit der Aufschrift *Lukaaarsch*. Vielleicht musste ich ihn da wieder herausholen. Ein Wechselbad der Gefühle.

»Nairi«, versuchte er es noch einmal. »Hat der Name eine besondere Bedeutung? Ich finde es schön, wenn man den tieferen Sinn kennt. Lukas bedeutet ›der Lichtbringer‹, wusstest du das?« Er lächelte.

»Nairi hat im Armenischen eine sehr umfassende Bedeutung«, sagte ich und entkrampfte mich ein wenig. »Es steht für das Land der tiefen Schluchten, wie Armenien früher auch hieß. Die Bewohner nannten sich selbst so während des Genozids vor hundert Jahren.«

»Ja, ich habe davon gelesen«, überraschte mich Lukas Rabe erneut. »Ich meine, von der Verfolgung. Böse Sache. Vor allem, wenn es kaum Anerkennung findet. Man fühlt sich dann bestimmt missachtet. Als wäre man ein zweites Mal Opfer. Sicherlich ist das noch einmal ähnlich schmerzhaft.«

Eigentlich musste ich ihm zustimmen, aber ich fragte mich auch, ob er sich vielleicht ebenfalls als Opfer sah. Laura hatte etwas in der Art angedeutet. Dass er zu jenen Leuten gehörte, die sich von allem und jedem zurückgesetzt fühlten.

»Bist du schon einmal dort gewesen, Nairi? In Armenien?«

»Es hat sich irgendwie nie ergeben«, wich ich aus. »Aber sicherlich werde ich das nachholen.«

»So etwas verlangt dir eine Menge ab«, sagte er. Ich sah ihn fragend an. »Ich meine, an einen Ort aus der Vergangenheit zurückzukehren. Auch wenn es gar nicht die eigene ist. Aber die Heimat deines Vaters beeinflusst auch einen Teil von dir. Ob du es willst oder nicht. Die Fahrt nach Berlin war für mich so etwas wie die Reise ins Land *meiner* Väter. Die Familie Rabe kommt aus der Stadt. Und stell dir vor, ich war nie hier. Hat sich irgendwie auch nie ergeben. Verrückt, nicht wahr?« Er zuckte mit den Schultern.

»Warum die Anzeige?«, fragte ich unvermittelt. Ich hatte die Hoffnung, dass er mir unter vier Augen mehr sagen würde. »Lili geht damit zwar sehr offen um und sagt sogar, du hättest ihr eine Art Gefallen getan. Aber ehrlich, musste denn dieser Schritt an die Öffentlichkeit wirklich sein? Du musstest doch befürchten, dass so etwas einen Stein ins Rollen bringt. Lili hätte auch Schaden nehmen können.« Meine Stimme wurde fester. »Kann es sogar immer noch.«

»Du meinst, ich hätte die Sache auf kleinerer Flamme kochen sollen?« Er blickte mich nachdenklich an. »Siehst du, Nairi, eben dieser Ansicht bin ich nicht. In meiner Familie wurden Anton und Walter entweder gar nicht erwähnt oder in einer Weise, die mich immer nur verwirrt hat. Manchmal war mein Großvater ein Held, dann wieder nur einer von Millionen Landsern, die es erwischt hatte. Und dann gab es noch ein Tuscheln hinter vorgehaltener Hand: Anton, der Tänzer! Anton, der feige Schwächling. Diese Ahnungen und Stimmungen haben große Verwirrung in mir hinterlassen. Ich brauchte einen Befreiungsschlag.«

»Du erinnerst Lili offenbar sehr stark an ihn«, meinte ich. »Ihr seht euch sehr ähnlich. Ich glaube, sie hofft, dass ihr beide Frieden mit den damaligen Ereignissen machen könnt. Mehr noch, sie denkt, dass es nur gemeinsam geht.«

»Es ist ungemein schwer, mit Geheimnissen zu leben, die man nur erahnt. Von denen sonst niemand weiß.« Er schwieg einen Moment, bevor er fortfuhr. »Oder wissen will.«

»Da liegt eure gemeinsame Chance, Lukas. Sie ist die letzte Zeugin. Sie kann dir vielleicht die Gewissheit geben. Und in ihren Augen lebt ein Teil von Anton in dir fort. Du kannst ihr den Trost spenden, den sie so sehr erhofft. Nur zusammen kriegt ihr das hin.«

Er dachte einen Moment lang nach, sah wieder aus dem Fenster. Ich spürte, dass etwas in ihm arbeitete. Dann drehte er sich recht abrupt zu mir und schüttelte den Kopf.

»Mein Vater hat sein Leben lang gegen etwas Unbekanntes gekämpft«, meinte er. »Und er hat den Kampf verloren. Wir Kinder haben stark darunter gelitten. Es geht mir also zunächst einmal darum, Klarheit für meine Familie zu haben. Es geht um mich, Laura und in gewisser Weise auch um Amelia. Anton war – und ist – für uns eine Belastung. Ich muss wissen, weshalb.«

Die innere Anspannung war plötzlich wieder da. Der harte, in sich gekehrte Teil hatte sich in Lukas wieder durchgesetzt. Der Hauch von Sympathie, den ich eben für den Mann empfunden hatte, wurde von seinen bitteren Worten wieder fortgeweht. Ich konnte mich nur mühsam beherrschen.

»Weil er andere Pläne mit seinem Leben hatte?«, fragte ich und spürte, dass sich meine Fingernägel in die Handfläche gruben.

»Er trug eine Verantwortung für seine Familie. Denkst du, Napoleon hätte in Tanzschuhen halb Europa erobern können?«, fragte er zurück. »Damals war die Welt eben eine andere. Für Männer und Frauen. Ein Mann als Tanzgockel wurde gar nicht ernst genommen.«

»Vielleicht wären nicht Millionen Menschen umgekommen, wenn Männer damals statt Uniform einen Rock getragen hätten.«

»Und weshalb musste gerade *mein* Großvater damit anfangen?«

»Irgendjemand muss immer der Erste sein«, erwiderte ich. »Sonst gibt es nie eine Veränderung. Und mir sind denkende Querulanten allemal lieber als dumme Lemminge.«

»Ach, das typische Gerede satter Intellektueller. Mit vollen Hosen lässt sich eben gut stinken. In Notzeiten denkt man anders.«

Ich schwieg, wollte nicht noch mehr Öl ins Feuer gießen. Jetzt schien er wieder ganz der Lukas Rabe vom Vortag zu sein. Innerlich hart und vertrocknet. Ein Mensch, der den Brunnen vergiftet hatte, aus dem er trinken wollte.

Der Tag war noch jung, aber mein Inneres schlug schon wieder Purzelbäume. Zu viele Eindrücke in zu kurzer Zeit. Nach seinem Auftreten gestern hätte ich nie erwartet, ein solches Gespräch mit Lukas zu führen. Jede Medaille hatte eben zwei Seiten.

»Ich finde es schön, dass du wiederkommen wirst.« Ich wollte das Gespräch nicht in Dissonanz enden lassen. »Dadurch wird es leichter, auch die anderen zu überzeugen.«

»Ich habe Respekt vor der alten Dame«, erwiderte er. »Und ehrlich gesagt, bin ich ihr auch dankbar. Sie hat mich nicht abgewiesen, nachdem sie von der Anzeige erfahren hat.«

»Anton bedeutete ihr sehr viel. Offenbar war er sogar eine Art Vaterersatz, denn Walter Rabe scheint in dieser Hinsicht ein Totalausfall gewesen zu sein. Es wäre schön, wenn du ihr eine weitere Chance gibst, die Sache aus ihrer Vergangenheit zu klären.«

»Vielleicht öffnet das Ganze Laura die Augen. Oder auch Patrick. Ich will, dass sie mich verstehen. Immer bin ich für sie nur der Querulant. Amelia meinte kurz vor ihrem Tod sogar, dass ich mit meiner Verbitterung alle in den Wahnsinn treibe.«

»Es geht nicht um Laura oder Patrick«, erwiderte ich. »Es geht um dich! Ich glaube, Lili ahnt ebenfalls, dass ihr beide euch gegenseitig helfen könnt. Walter und Anton waren Brüder. Lilis Vater und dein Großvater. Vielleicht findet ihr etwas innere Ruhe, wenn Herr Beyer weitere Einzelheiten aufdeckt.« Ich hielt kurz inne. »Und falls du es noch nicht bemerkt hast, sie mag dich.«

Er sah mich ungläubig an, als passte das Gesagte nicht zu seinem, jegliche Zuneigung sabotierenden Selbstkonzept. Er räusperte sich und sah wieder zum Fenster.

»Da werde ich mir wohl einen Ruck geben können.« Er nickte. »Ich bin dabei. Ich hoffe, dass ich Laura und meinen Schwager ebenfalls überzeugen kann.«

Es war mir schleierhaft, was genau ihn letztlich zu der Entscheidung bewogen hatte. Egal, ich hatte Erfolg gehabt, und das allein zählte. Maurice war mit seiner Mutter ebenfalls übereingekommen, der Familienangelegenheit eine zweite Chance zu geben. Darüber wunderte ich mich kaum, denn ein Mensch wie

Heike war schlichtweg zu neugierig, um nach der Hälfte des Films zu gehen. Sie würde sich nie verzeihen, wenn sie von diesen News ausgeschlossen wäre. Und Norbert hatte mir bereits vor dem Frühstück versichert, dass er ebenfalls einem weiteren Treffen zustimmen würde. Schließlich war mir Torsten noch in die Falle gegangen, als ich beiläufig erwähnte, dass seine Schwester ganz versessen auf ein neues Treffen wäre. Ebbi hatte mit ihm außerdem über die gute Bausubstanz und einen »starken, fachlich versierten Partner« gesprochen, den die Sanierungsarbeiten bräuchten. Tatsächlich schien die Mammutaufgabe den Unternehmer zu reizen. Auch wenn er sich natürlich noch zieren musste.

»Ich bin beruflich recht stark eingebunden«, wehrte er sich anfangs noch scheinheilig. »Termine, Termine. Aber die Familie ist mir wichtig. Wir müssen jetzt zusammenstehen. Dann kann ich mir auch mal Gedanken über den Baufortschritt machen und die Sache mit Eberhard besprechen.«

Ich fühlte mich vollkommen ausgelaugt. Das Netzwerken hatte mich zum Ziel geführt. Auf dem Hochseil der verletzten Gefühle und Eitelkeiten hatte ich schon manch waghalsige Nummer mit Bravour bestanden. Leider erschöpften mich diese Kunststücke immer ungemein. Es war zehn Uhr morgens, und ich fühlte mich total ausgelutscht.

»Nach einiger Überlegung sind Lili und ich zu dem Schluss gekommen, dass wir unser Treffen ein anderes Mal fortsetzen sollten«, fasste Ebbi schließlich zusammen, was bereits alle wussten.

Wir saßen wieder im Salon, allerdings sah jetzt alles nach Aufbruch aus. Heike und Maurice hatten ihre Koffer neben die Stühle gestellt, als wollten sie keine Minute länger als nötig bleiben. Gernot Beyer war informiert, und wir mussten nur einen neuen Termin mit ihm vereinbaren.

»Mir ist immer noch nicht ganz klar, was das Ganze soll«,

meinte Torsten. »Warum dieser Spuk? Was hat die Strafanzeige mit dem Testament, der Erbverteilung und der Sanierung zu tun? Oder mit der Stiftung? Man muss doch die eine von der anderen Sache trennen. Allein die Arbeiten an Gut Torchau brauchen verlässliche Partner, sonst wird das Projekt nie fertig werden.«

»Ich wünsche endlich Klarheit«, entgegnete Lili. »Ich habe überlebt, weil ich immer nur nach vorn gesehen habe. Siebzig Jahre hat das funktioniert, aber jetzt, kurz vor dem Ende meines Weges, kommen mir Zweifel. Gut Torchau hat mir quasi die Augen dafür geöffnet. Die Erinnerungen, die ich mit diesem Ort verbinde, ermahnen mich, die genauen Umstände der damaligen Gewalttat doch noch aufklären zu lassen.«

»Wegsehen ist aktives Handeln. Verdrängung und Verleugnung kosten Kraft«, bestätigte Norbert in seinem gewichtigen Uni-Tonfall. »Das Nicht-erinnern-Können muss davon unterschieden werden. Es kann sogar heilsam sein, wenn ein traumatisches Erlebnis ...«

»Manche Dinge verschwinden in der Weite von Zeit und Raum«, unterbrach ihn Lili. »Man hat nur scheinbar Ruhe. Und dann plötzlich sind sie wieder da. Manche Erinnerungen setzen sich geradezu auf unser Denken und Fühlen. Wieder und wieder.«

Lili machte eine Pause. Sie atmete tief ein, als wollte sie sich innerlich wappnen. »Bevor ich von Bord gehe, möchte ich klar Schiff machen«, meinte sie. Sie musterte uns der Reihe nach. Ihr Blick schien zu sagen, dass wir jetzt ein letztes Mal Gelegenheit hätten zu widersprechen. »Und dazu gehört auch, dass ich wissen möchte, wie ihr zu dieser furchtbaren Sache steht. Besser gesagt, wie ihr zu mir steht. Mit einem ungeklärten Geheimnis möchte ich nicht abtreten. Und natürlich hat diese Sache auch mit meinem Erbe zu tun. Es geht nicht darum, einfach nur Geld weiterzugeben. Dann könnte ich einfach eine Überweisung vordatieren.«

Sie lächelte dünn. »Die Menschen, die mir nachfolgen, sollen verstehen, wer ich bin. Torchau war in meiner Jugend ein wichtiger Ort für mich. Im Guten wie im Schlechten. Das Landgut ist ein Teil von mir. Das habe ich erst erkannt, als wir durch Zufall auf den Verkauf aufmerksam wurden. Ich möchte die Weichen dafür stellen, dass das, was ich darin sehe, auch nach meinem Tod fortgeführt wird.«

»Das klingt aber ziemlich unfair, meine Liebe«, erwiderte Torsten. »Dann haben also nur diejenigen eine Chance auf ein Stück vom Nachlass, die dich brav bedauern und von aller Verantwortung freisprechen? Ich möchte mir ganz sicher nicht vorschreiben lassen, wie ich zu dem Ganzen stehe.«

Unsensibel, aber vom Grundsatz her war er im Recht. Nicht nur Menschen wie Lukas und Torsten konnten sich durch eine Verknüpfung dieser Fragen leicht erpresst fühlen.

»Ich weiß deine Offenheit durchaus zu schätzen«, erwiderte Lili. »Und ich werde nicht danach entscheiden, wer mir am meisten um den Bart geht. Ich möchte meinen Frieden mit den Vorfällen von damals machen. Ehrlichkeit ist das Kriterium, nach dem ich entscheide. Wenn es dabei unangenehm wird, oder wenn ich mich der Kritik und unbequemen Vorwürfen stellen muss, dann bin ich bereit, das zu akzeptieren.«

»Da erwartest du einen großen Vertrauensvorschuss von uns«, sagte Torsten. »Aber in Ordnung. Erstens bin ich neugierig. Und zweitens ist die ganze Sache schon derart sonderbar, dass es auf ein paar weitere Überraschungen kaum ankommt.«

»Ich bitte euch, mir ehrlich eure Meinung zu sagen. Egal *was* ihr fühlt oder denkt, sprecht es aus. Hauptsache, es ist aufrichtig.«

»Herr Beyer hat noch einiges zu berichten«, fügte Ebbi hinzu. »Nairi und ich werden die Termine absprechen. Allerdings wird das Treffen dann an einem anderen Ort stattfinden. Wir möchten, dass ihr das nächste Mal zu Lili und mir nach Berlin kommt. Hier auf Gut Torchau werden ab der kommenden Woche die ersten Handwerker herumgeistern, die uns tagsüber keine Ruhe lassen würden. Wir müssen sehen, dass die Gebäude bis zum Herbst einigermaßen dicht sind. Das Dach vom Haupthaus wird neu eingedeckt, die Dächer der Nebengelasse ausgebessert. Die Leitungen erfordern schwere Arbeiten, danach wird verputzt. Bodendielen, Fenster und Türen werden, sofern machbar, hergerichtet oder aber erneuert. Ihr seht, hier geht es rund.«

Einige Gäste äußerten ihr Bedauern. Ich wusste, dass Laura und Patrick das Anwesen trotz aller Unzulänglichkeiten in ihr Herz geschlossen hatten.

»Wie ihr sicher wisst, wohnen wir in der Friedrichstadt nahe dem Zentrum. Es ist zwar eine große Wohnung, sie hat aber nur ein Schlafzimmer. Leider müsst ihr also das nächste Mal Hotelzimmer nehmen.«

Das übliche Geplänkel in Terminfragen folgte. Wer, wann, wo wichtig, unabkömmlich, verplant war. Zeit hatte schließlich niemand. Es wurde fleißig in Programmen gescrollt, gewischt, getippt, verknüpft und bestätigt. Endlich fand sich eine Lücke Anfang September.

»Gott sei Dank ist gerade Hochsommer«, sagte Torsten. »Da ist es etwas entspannter mit den Terminen.«

»Ist doch gut«, meinte seine Schwester bissig. »Dann wissen deine Gläubiger ein weiteres Wochenende lang nicht, wo du steckst. Vielleicht buchst du für den Montag danach gleich einen Flug nach Barbados. Die liefern nicht aus.«

»Immer zu Scherzen aufgelegt, die gute Kiki«, erwiderte er und hob theatralisch die Schultern. »Geschwisterliebe. Ich musste dir ja schon früher deine Ungezogenheiten verzeihen, da du dich einfach nicht zu benehmen weißt.«

»Ich hoffe, es gibt einen straffen Zeitplan?«, fragte Lukas.

»Wäre schön, wenn dieser Ermittler dann auch zum Ende kommt. Die Fahrerei von Stuttgart nach Berlin nervt. Und man hat ja noch andere Sachen im Kopf.«

»Ach wirklich?«, fragte Laura. »Neben Lili bist du sicher am meisten daran interessiert, zu erfahren, was hinter allem steckt. Warum sprichst du es dann nicht aus? Andere Sachen im Kopf. Unsinn.«

»Wir sehen, was wir tun können.« Ebbi nahm den beiden den Wind aus den Segeln. »Aber Beyer ist gewiss kein Schwätzer. Ich fürchte, es wird so lange dauern, wie es dauert.«

Er nahm seine Aktentasche zur Hand und zog die Mappe mit Lilis schriftlicher Aussage hervor.

»Ich werde bei Gericht um Fristverlängerung bitten. Lilis Stellungnahme sollte zeitgleich mit Beyers Ermittlungsakte dort eintreffen. Alles andere würde das Bild nur verzerren.«

»Hoffentlich fällt uns die Sache nicht auf die Füße! In der Politik reicht es oft schon aus, wenn ein übereifriger Journalist Verbindungen herstellt, die es gar nicht gibt. Und schon stolpert man darüber«, meinte Heike.

»Ach, allzu tief kannst du mit deinen Deutschnationalen nicht mehr fallen, Kiki«, nutzte ihr Bruder die Chance, ihr ein schnelles Konter-Tor im geschwisterlichen Hauen und Stechen zu verpassen. »Das Niveau deiner Parteifreunde liegt ja bereits unter der Gürtellinie.«

»Habt ihr wirklich alles bedacht?«, fragte Norbert und zeigte auf das Papier. »Ich rate zur Vorsicht. Es gibt zwar Belastungen, die derart verstörend sind, dass bei Betroffenen Erinnerungslücken auftreten können. Aber in Lilis Alter können auch schnell Zweifel an ihrer Zurechnungsfähigkeit aufkommen. Zumal es der Polizei sicher gelegen käme, denn sie könnte den Fall schließen.«

»Unsinn«, meinte Lukas. »Blackouts sind selbst bei Bundeskanzlern völlig normal. Da hat Tante Lili nichts zu befürchten.«

»Ihr meint, ich habe nicht mehr alle beisammen?« Lili lachte laut auf. »Wahrscheinlich gibt es viele, die beschwören würden, dass es so ist.«

»Nenn es, wie du willst, Lili«, sagte Norbert. »Du wolltest Offenheit. Also, da hast du sie. Spiel den Ermittlern nicht in die Hände. Wenn sie den Verdacht bekommen, dass die Aussagen der Hauptzeugin unzuverlässig sind, dann stampfen sie den Fall mit dem Vermerk ›Altersdemenz‹ ein. Bei einem beinahe achtzig Jahre alten Vorgang ist das für diese Leute die beste Strategie, um sich unnötige Arbeit vom Hals zu halten. Frag doch Herrn Luchtmann!«

»Er hat nicht unrecht, Liebste.« Ebbi, sonst immer souverän, wirkte leicht verlegen.

»Je größer der Dachschaden, desto freier der Blick auf die Sterne«, erwiderte Lili immer noch lachend und stieß ihn von der Seite an. »Herrje, ich konnte meinen Mund noch nie halten. Was mir manchen Ärger in den fünf Deutschlands eingebracht hat, die ich miterleben durfte. Das könnt ihr mir glauben.«

»Fünf Deutschlands?«, fragte Maurice interessiert.

»Na, am Anfang noch die Weimarer Republik. Danach kamen die Nazis«, antwortete Lili. »Dann die Besatzung, die DDR und schließlich das wiedervereinigte Deutschland. Können mich da Gerichte oder Gutachten noch erschrecken? Ich habe früh gelernt, dass mir alles, was ich festhalten will, auch entgleiten kann. Beziehungen sind zerbrochen. Hoffnungen wurden zerstört. Ich habe liebe Menschen verloren. Immer und immer wieder. Irgendwann habe ich entschieden, ganz dicht bei mir und nah am Jetzt zu bleiben. Damit bin ich gut gefahren. Und nun ist eine einzige Angst geblieben. Ich will nicht mit unbeantworteten Fragen gehen.«

III

*Es steht dir frei,
dich zu jeder Stunde auf dich selbst zurückzuziehen.
Gönne dir das recht oft,
dieses Zurücktreten ins Innere und verjünge so
dich selbst.*

        (Marc Aurel, 121–180)

        (aus: M. Aurel, *Selbstbetrachtungen*, um 170,
        Übersetzung von G. Long)

20

Berlin, August 2022

Einige Tage nach dem Treffen wurde ich gegen sieben durch Lärm geweckt, der aus dem Werkstattbereich kam. Die Nacht war anstrengend gewesen. Ich arbeitete mich gerne in meinen Träumen ab. Die schwüle Hitze tat ihr Übriges. Ich richtete mich im Bett auf und rief nach Levon. Wahrscheinlich hatte er versucht, sich Kaffee zu machen, und war über Eimer oder Töpfe gestolpert. Er war am Tag zuvor aus Torchau gekommen. Er hatte entschieden, sich eine Auszeit zu nehmen.

»Ich habe derzeit ohnehin kein Engagement. Ich werde auf Torchau mithelfen. Lili ist einverstanden. Janosz und ich teilen uns ein Behelfsheim aus DDR-Zeiten. Alles ziemlich russisch, aber es geht. Und meine Wohnung hier werde ich über Airbnb vermieten. Ich habe sogar schon Buchungen.«

Bei seinem Arrangement hatte er gleich vorausgesetzt, dass er hin und wieder bei mir übernachten konnte, wenn er in Berlin war. Als Mietzahlung war nach zähen Verhandlungen ein regelmäßiger Pralinennachschub ausgelobt. Wer konnte da Nein sagen?

Der Lärm nahm eher zu, sodass ich mir doch Sorgen machte. Nachdem ich mich in ein paar dünne Sommerklamotten geworfen hatte, lief ich nach vorn zur Pantry.

»Jemand verletzt?«, fragte ich belustigt, als ich sein Shirt sah, das mit Kaffeepulver verziert war. Auf dem Boden lag mein sündhaft teurer Ethiopian Blend verstreut.

»Ich habe mich erschrocken«, erwiderte er stockend. »Es hat an der Tür geläutet.«

»Soll vorkommen. Schlechtes Gewissen?«, zog ich ihn auf.

»Nein. Ja, doch. Irgendwie ein bisschen.«

Ich hatte nicht mit einer derartigen Reaktion gerechnet. Es schien, als fühlte er sich tatsächlich ertappt. Vielleicht war es der Torchau-Deal mit Lili samt Überfall auf meine Wenigkeit, die ihm zu schaffen machten?

Es läutete erneut an der Tür. Wir sahen uns an, und ich schüttelte den Kopf. Seufzend schlich er zur Tür. Der Eingangsbereich war vom Küchentresen aus nicht einsehbar, aber ich hörte Levons Aufschrei. Er lief wie von einer Tarantel gestochen an mir vorbei in Richtung des Zimmers, in dem ich ihn untergebracht hatte. Was war hier eigentlich los?

Ich überlegte, wo mein Telefon war, um notfalls die Polizei rufen zu können. Wie immer war es nicht dort, wo ich es brauchte. Die Angelegenheit hörte sich eindeutig nach Ärger an. Einer Menge Ärger. Obwohl ich es nicht glauben wollte. Die Sache hatte das Format einer RTL-Soap. Gerade überlegte ich, ob ich zur Hintertür schleichen sollte, als ein kräftiger, braun gebrannter Mann um die Ecke bog. Wir waren beide gleichermaßen überrascht, denn ich quiekte seltsam, und ihm entfuhr eine Art Grunzen.

»Sorry, ich wusste nicht«, meinte er.

»Fühlen Sie sich wie zu Hause«, gab ich gelassener zurück, als ich es tatsächlich war. »Was soll das?«

»Levon!«, rief der Unbekannte meinem Cousin nach, der sich ins Innere der Wohnung zurückgezogen hatte. Mir klingelten die Ohren von seinem mächtigen Tenor. »Ich kriege dich!« Dann wandte er sich wieder mir zu. »Entschuldigung. Eine Meinungsverschiedenheit zwischen zwei Familien ...« Jetzt wurde er wieder laut und rief Richtung Levons Zimmer. »Zwei Familien, die fast durch Heirat miteinander verbunden gewesen wären!«

»Hallo! Erde an Gorilla!«, ging ich dazwischen. »So geht das nicht. Die Zeiten von Ehrenstreit, Blutrache und Ähnlichem sind vorbei!«

»Blutrache?« Er lachte. Immerhin machte ihn dies ein wenig sympathischer. Dennoch sah ich mit Sorge die Muskeln an seinen Oberarmen und die riesigen Pranken.

»Mal im Ernst. Levon hat es mir erzählt. Eheabsprachen und Zwangsheiraten sind auch in Armenien verboten!«

»*Das* hat er dir also erzählt? Ja?« Er wurde ernst, und seine Kiefer- und Schläfenmuskeln arbeiteten nervös. »Dass man ihn zwingen will, meine Schwester zu heiraten?« Schon wieder brüllte er. »Allein für diese unverschämte Lüge hättest du Prügel verdient, du Dreckskerl!«, rief er nach hinten.

»Es reicht. Ich rufe die Polizei, wenn Sie nicht sofort verschwinden.« Ich fühlte mich hilflos und wütend zugleich.

»Es tut mir wirklich leid«, sagte der Unbekannte und hob die Hände. »Ich will ihm nichts tun. Hat er Ihnen etwa diese Horrormärchen aufgetischt? Dass wir ihn verprügeln werden? Dass er sein Blut geben muss für unsere Ehre? Schwachsinn! Er sollte wissen, dass er unserer Schwester das Herz gebrochen hat. Deshalb bin ich hier. Mein Bruder überwacht seine Wohnung. Wir wollten nur mit ihm reden und ihm klarmachen, dass er ein Arschloch ist.«

Er versuchte, mir die Situation mit wenigen Sätzen zu erklären. Ich fiel aus allen Wolken. Von wegen arrangierte Ehe! Die Familie der Zukünftigen lebte seit zwanzig Jahren in den USA und war zu einigem Wohlstand gekommen. Levon kannte die ihm Versprochene seit langer Zeit, da sie öfter Verwandte in Armenien besuchte. Und er schien recht angetan von ihr, zumindest von ihrem Aussehen. Dann hatte er sich mit ihr nach Verlobung und Eheversprechen während eines Urlaubs in Italien einen angenehmen Monat gemacht. Samt Kamasutra-Studien. Danach waren ihm offenbar Bedenken gekommen, und er war Hals über

Kopf abgehauen. Levon hatte mich also dreist belogen. Ich war wie vor den Kopf gestoßen. Als hätte ich eben die befürchtete Prügel bezogen. Wie dumm konnte man sein? Hatte ich geglaubt, dass ich einem Unbekannten, der zufällig mein Cousin war, problemlos vertrauen konnte? Ich war stinksauer und gab dem Besen, der noch am Boden lag, einen Tritt.

»Unser Vater ist schwer enttäuscht«, sagte der Mann und wandte sich zum Gehen. »Wenn Levon nicht einmal seiner Freundin die Wahrheit sagt, dann ist er es gar nicht wert, dass ich mit ihm rede.«

»Ich bin nicht seine Freundin«, zischte ich ihn an. »Er ist mein Cousin.«

»Noch schlimmer. Er belügt seine Familie.«

Familie. Im Moment konnte ich das Wort nicht mehr hören. Mit zitternder Hand zeigte ich zur Tür.

»Raus«, sagte ich nur.

»Meine Schwester ist verzweifelt. Sagen Sie ihm das. Der Typ dachte, es ginge um die Ehre? Fuck! Es geht um ihr Herz! Er hat es ihr gebrochen. Er hat sie erst benutzt und dann weggeworfen wie einen alten Schuh. Er könnte wenigstens versuchen, es ihr zu erklären. Und wenn wir von Ehre sprechen, wäre es nett, wenn er sich bei ihr und unseren Eltern entschuldigen würde.« Er verabschiedete sich und deutete sogar eine Verbeugung an. Ein paar Sekunden später war er verschwunden.

Ich hoffte für Levon, dass er für mindestens weitere zehn Minuten in seinem Zimmer blieb. Denn in diesem Moment konnte ich für nichts garantieren.

*

»Ist es wahr?«, fragte ich meinen Cousin zum wiederholten Mal.

Ich hatte einen Beutel Tiefkühlerbsen aus der Küche geholt

und kühlte damit meinen geprellten, rechten Fuß. Er war sichtlich geschockt, obwohl ihm nicht das Geringste passiert war.

»Ich konnte doch nicht ahnen, dass sie es ernst meint«, jammerte er. »Und dass ihre Brüder derart nachtragend sind.«

»Wenn du mir nicht gleich sagst, wie es wirklich war, dann löffelst du die nächsten vier Wochen Breikost!« Ehrlich, ich war selbst erschüttert, dass ich knapp vor dem Ausrasten war. Aber ich fühlte mich auf gemeinste Weise hintergangen. Warum ging mir das Ganze bloß so nah? Vielleicht, weil ich hoffte, mit Levon jemanden aus der Familie meines Vaters gefunden zu haben? Jemanden, der mir etwas erzählen konnte über den Fremden, der einmal mein Vater gewesen war? Und nun entpuppte er sich als jemand, der nur zu bestätigen schien, dass ich nichts erwarten durfte? Dass ich immer auf der Hut sein musste?

»Tut mir leid«, sagte er schließlich. »Ich hab mich blöd verhalten. Ich hatte Angst.«

»Hatte der Kerl recht?«, beharrte ich darauf, dass er endlich die wahre Geschichte preisgab.

»Auch da hab ich mich blöd verhalten. Yeva ist ... Ich wusste ja nicht, dass ... Verdammt, ja, ich war sechs Wochen zu Hause. Und nach zwei Wochen haben wir uns verlobt ... Wir sind nach Italien und hatten eine schöne Zeit. Ich konnte doch nicht ahnen, dass ...«

»Du hast ihr ein Versprechen gegeben, das du gar nicht einhalten wolltest? Nach dem Motto: Hübsch ist sie ja. Ein wenig Spaß kann man doch mit ihr haben. Und sich danach einfach verkrümeln?«

»Wie viele Leute verloben sich wohl täglich in Berlin?«, fragte er. »Und gehen dann miteinander ins Bett? Muss man doch heute etwas lockerer sehen. Oder?«

»Ihr Bruder sagte, du hättest ihr das Herz gebrochen. Aber das scheint dich gar nicht zu interessieren. Sie hatte sich vielleicht verliebt, hat deinen Zusagen geglaubt. Du kannst doch nicht einfach auf den Gefühlen anderer Menschen herumtrampeln. Was bist du ...?«

»Es tut mir leid.«

»Du hast mein Vertrauen missbraucht«, sagte ich. »Ich habe dir deine Geschichte geglaubt, dich sogar mit nach Torchau genommen. Lili hat sich gefreut, dich zu sehen. Ich finde dein Verhalten unerträglich. Pack deine Sachen und verschwinde!«

»Darf ich nach Torchau zurück?«, fragte er betreten. Der Welpenblick half ihm dieses Mal definitiv nicht. »Ich habe es Lili und Janosz versprochen.«

»Tu, was du willst. Aber ich bestehe darauf, dass du Lili erzählst, was vorgefallen ist.« Ich funkelte ihn bedrohlich an. »Und zwar alles!«

Er sagte nichts. Offenbar hatte er begriffen, dass jede weitere Diskussion überflüssig war. Wortlos ging er zu seinem Schlafbereich, um die wenigen Sachen zu packen, die er dabeigehabt hatte. Insgeheim war ich froh, dass er die Brücken nicht gänzlich abbrach. Vielleicht würde sich später über Lili etwas kitten lassen. Aber jetzt brauchte ich Abstand.

21

Berlin, Anfang September 2022

Lili und Eberhard lebten seit fünfzehn Jahren zusammen. Es war keine Seniorenwohnheim-Bekanntschaft, bei der man sich um drei zu Kaffee und Törtchen traf, um danach eine Folge der Endloswiederholung von *Der Doktor und das liebe Vieh* zu schauen. Nein, die beiden hatten eine Beziehung, die ihre Generation jahrzehntelang eine »wilde Ehe« genannt hatte. Mit allem Drum und Dran. Nicht dass es mich etwas anging, aber immer wieder musste ich erstaunte Fragen meiner sonst aufgeklärten, toleranten, weltoffenen Bekannten beantworten. Bereits deren Eltern lebten meist im Alterszölibat, von den Großeltern ganz zu schweigen. Ich freute mich einfach für Lili und Ebbi. Es gab bei ihnen alles, von A wie Anhimmeln bis Z wie Zoff. Und sie waren glücklich miteinander. Konnte ich mir für Menschen, die ich gernhatte, mehr wünschen?

Ihr Zuhause befand sich in der dritten Etage eines prächtigen Altbaus mitten in Berlin. Obwohl ihre Wohnung ganz zentral lag, war die Gegend um den Mehringplatz nicht gerade ein Highlight der Hauptstadt. Die Bausünden der Siebziger und Achtziger sowie die Vernachlässigung als Randlage während der deutschen Teilung hatten ihre Spuren in Kreuzberg hinterlassen. Und jetzt kamen neue Sünden hinzu, denn Unter den Linden, Wilhelmstraße und selbst das Regierungsviertel lagen in Rufweite. So entstanden beinahe im Wochentakt neue Scheußlichkeiten. Nur baute man heute nicht mit Beton, sondern in Glas und Stahl.

Dennoch oder gerade deshalb war renovierter Jugendstil auch in dieser Lage fast unbezahlbar.

Die Wohnung war eigentlich viel zu groß für zwei alte Leute. Vor dem jetzt geplanten Treffen hatten wir uns dort regelmäßig zum Tee getroffen. Fast immer saßen wir dann in der geräumigen Wohnküche. Manchmal zwischen Geschirr und Einkäufen.

»Wir lebten bis zum Tod meines Vaters immer in der Nähe der Innenstadt«, sagte Lili. Wir warteten gemeinsam darauf, dass die Gäste eintrafen. »Seit Mitte der Dreißiger waren wir drei Mal umgezogen, weil er besser bezahlte Anstellungen bekam und das nach außen auch zeigen wollte. Nach dem Tod meines Vaters ist Mutter aber im Sommer 1944 mit mir und Ludwig nach Friedrichshain gezogen«, hatte sie mir vor einigen Jahren erzählt. »Zu meiner Oma, denn als alleinstehende Frau konnte sie sich eine große Wohnung nicht mehr leisten. Dennoch hat es mich immer wieder in die Nähe der Friedrichstraße verschlagen. Seltsam, nicht wahr? Wie eine geheime Magie. Später zu DDR-Zeiten hatte ich oft im alten Friedrichstadt-Palast zu tun. Ich gehörte zu einer Gruppe von Handwerkern, die gerufen wurde, wenn etwas für die Aufführungen zu machen war. Oder wenn Reparaturen an den Möbeln im Großen Saal notwendig wurden. In den Kellern der zerbombten Theater lagerten bis in die Siebzigerjahre unglaubliche Schätze. Die aber leider munter von Schimmel und Ratten zerfressen wurden. Einmal haben wir in einem Abbruchhaus am Gendarmenmarkt die Kostüme gefunden, in denen Gründgens als Hamlet aufgetreten war. Die Russen hatten den Fundus zwar nicht geplündert, aber ein paar Grüße aus ihren Kalaschnikows dagelassen. Ich hätte heulen können. Überall Löcher, die wir mit rauer Jute ausbessern mussten. Die Schauspieler sahen aus wie Lumpenkinder aus dem Wedding. Später waren dann immer die Stasileute ganz unauffällig auffällig mit der Tagesausgabe vom *Neuen Deutschland* unterm Arm dabei. Damit man ja nichts sabotierte oder für den Westen ausspionierte. Ein bisschen weiter die Straße runter lag dieser Kontrollpunkt, den die Amerikaner *Charlie* nannten. Kaum zu glauben, aber es war ein und dieselbe Friedrichstraße. Trotzdem zwei Sphären, die da aufeinanderprallten. Im Norden war der Osten, im Süden der Westen. Verkehrte Welt. Und heute geht man da einfach spazieren, als wäre nie etwas gewesen.«

Gern hätte ich jetzt länger hier gesessen und mit ihr geplaudert. Ich wollte eigentlich schon am Vormittag bei Lili sein, aber ein guter Kunde hatte mich mit seiner Unentschlossenheit mächtig aufgehalten. Ich kam also erst gegen Mittag an, und jeden Moment konnten unsere Verwandten eintrudeln. Sie hatte beschlossen, dass wir dieses Mal das Wochenende um den Freitagnachmittag verlängern würden. So würde mehr Zeit für Beyers Vortrag bleiben.

»Ich bin aufgeregter als vor dem letzten Mal«, sagte sie.

»Lass dich mal drücken.« Ich stand auf und umarmte sie fest. »Wir kriegen das hin, Lili.«

»Seltsam, dass ihr jungen Leute mich besser versteht als die Älteren. Bei dir weiß ich das sowieso.« Sie lächelte mich an und strich mir sanft über die Wange. »Aber ich habe auch bei Maurice und Laura den Eindruck, dass sie wissen, worum es mir geht.«

»Hast du mit den beiden gesprochen?«

»Auf Torchau.« Sie nickte. »Und sie haben mich später noch angerufen. Übrigens habe ich auch Nachrichten von Norberts und Patricks Kindern bekommen. Sie würden mich gern besuchen. Schön, nicht wahr? Dann sind meine Pläne doch gar nicht so verrückt.«

»Verrückt genug«, sagte ich belustigt, wurde dann allerdings schnell wieder ernst. »Lili, du sagst dieses Mal Bescheid, wenn es dich zu sehr belastet.«.

»Diese Enthüllung hat uns alle mitgenommen«, entgegnete

sie ausweichend. »Je mehr ich darüber nachdenke, desto mehr will ich wissen. Ich bin jetzt eher angespannt als ängstlich.« Sie blickte mir in die Augen. »Ja, ich verspreche, dass ich sage, wenn es zu viel wird.« Sie stand auf. »Ich gehe kurz ins Schlafzimmer, um mich noch ein wenig zurechtzumachen.«

*

»Bitte, kommt doch rein«, drang Onkel Ebbis Stimme aus dem Flur. Er begrüßte die Gäste. »Schön, dass ihr da seid. Lili ist noch mit ihren Vorbereitungen beschäftigt.«

Ich saß noch immer am Küchentisch und nahm mir vor, mich dieses Mal nicht so tief hineinziehen zu lassen. Die Albträume der letzten Zeit reichten mir. Ich musste innere Grenzen ziehen. Plötzlich huschte Lili wieder zu mir in den Raum. Sie zupfte nervös an den Falten ihres Kleids.

»Es ist besser, wenn ich erst dazustoße, wenn alle da sind«, sagte sie und fummelte an einer Haarspange, die eine vorwitzige Strähne in Schach hielt. »Um ehrlich zu sein, ich bin doch ziemlich nervös.«

Während wir noch ein wenig plauderten, begrüßte Ebbi alle mit denselben Worten. Mir schien es, als wäre er etwas verlegen. Gut Torchau war nicht so privat und intim gewesen. Jetzt aber kamen die Gäste quasi in sein und Lilis Allerheiligstes. Hier arbeiteten und lebten er und meine Großmutter. Hier wachten die beiden morgens auf. Er schlurfte zur Toilette. Sie machte den Tee. Ich konnte Ebbis Unbehagen verstehen. Auch ich traf mich mit Leuten gern an neutralen Orten. Ich mochte es eigentlich auch nicht, wenn flüchtige Bekannte unangekündigt vor der Tür standen. Spontaneität konnte dann anstrengend sein. Mein Wohnungsatelier war eher eine Art Panikraum, der mich vor dem Gewusel da draußen abschirmte. Vielleicht fürchtete ich, er würde seine rituelle Bedeutung verlieren, wenn ich zu vielen Menschen Einblick gewährte.

»Du bist mit deinen Gedanken überall und nirgends, wie mir scheint«, meinte Lili.

»Ich weiß nicht, wer von uns beiden aufgeregter ist«, erwiderte ich.

Sie nickte, lauschte an der Tür zum Flur und huschte dann ins Schlafzimmer, um sich doch noch einmal umzukleiden. Gerade eben hatte sie erklärt, sie wäre so weit. Ich ging ins Wohnzimmer, das durch Schiebetüren von einer Art Salon und einem Essbereich getrennt war. Sie standen offen, und der Raum war so riesig, dass sich sieben Gäste beinahe darin verloren. Die Begrüßung verlief zwanglos, und wir sprachen zunächst über Berliner Preise, Baustellen und – natürlich – übers Wetter. Lukas und Laura hatten sich Hotelzimmer in der Nähe genommen. Patrick und Norbert nahmen die Mühen einer längeren Fahrt vom Grunewald hierher in Kauf.

»Meine Kinder haben mir Löcher in den Bauch gefragt, als ich von der Stiftungsidee und dem Landgut erzählte«, meinte Patrick. »Ich bin dazu verdonnert, am Anfang der Woche noch hinzufahren, um Bilder und Videos zu machen. Und vielleicht kommen sie in den Herbstferien, um sich alles anzusehen.«

Norbert war schweigsam und schien vom Trubel der Hauptstadt förmlich erdrückt zu werden. Privat wohnte er sehr ländlich und abgeschieden. Immerhin zeigte er Interesse an Lilis Plan, über die Stiftung auch ein Inklusionsmodell für Menschen mit Handicap anzubieten. Torsten hatte in den vergangenen Tagen noch einige E-Mails geschrieben und sogar mit mir telefoniert. Dabei hatte er uns Vorschläge unterbreitet, wie man für das Bauvorhaben Fördergelder erhalten konnte. Eine Fachfrau für erneuerbare Energien wollte sich mit ihm zusammen auf Torchau umsehen, um Strategien zu entwickeln. Ich verstand zwar nur die

Hälfte von Torstens Vorschlägen, aber sein Engagement freute mich und Lili.

Auch Heike gab sich beschäftigt, erwähnte mehrmals diverse Meetings und politische Besprechungen, die sie unsertwegen verschoben hatte. Sie hatte tatsächlich ihre Beziehungen spielen lassen und mir einige Namen und Kontaktdaten gemailt. Mir grauste davor, mit den Entscheidungsträgern in Land, Kreis und Gemeinde Gespräche führen zu müssen.

»Ich habe Himmel und Hölle in Bewegung gesetzt, um mir dieses Wochenende frei zu halten«, meinte sie. »Ich kann euch und meinen Maurice ja schließlich nicht allein lassen. Wer weiß, was er anstellt?« Sie zwinkerte uns belustigt zu.

Ich fand, dass manche Scherze den Nagel besser auf den Kopf trafen als eine noch so nüchterne Amalyse. Wahrscheinlich wollte sie ihren Filius nicht unbeaufsichtigt lassen, weil sie fürchtete, er könnte aus dem berüchtigten Nähkästchen plaudern. Immerhin hatte sich beim letzten Treffen angedeutet, dass er ein paar amüsante Dinge über seine Mutter und seinen Onkel zu berichten wusste.

*

In der Wohnung duftete es nach allerlei Kräuteressenzen. Lili hatte einen Spleen mit Aroma-Ölen und Rauchwerk. Ebbi wiederum steuerte seinen Pfeifentabak bei, und er kochte gern. Überhaupt schien es das zu sein, was diese Räume so behaglich machte. Alles war irgendwie lebendig. Die Holzdielen murmelten, die hohen Wände atmeten, die Fenster beobachteten unser Treiben, und Lilis Möbel erzählten ihre Geschichten.

»Tolle Wohnung.« Maurice und ich standen am Fenster und beobachteten das Treiben auf dem zugigen Mehringplatz. »Ich hatte eher diese typischen Räumlichkeiten aus Seniorenheimen erwartet. Du weißt schon, Fahrstuhl ins Bett, ein großer Fernseher, alles abwischbar und funktional. Oder aber eine dieser Altbau-Höhlen, deren Mindesthaltbarkeitsdatum schon 1975 überschritten war. Abgewetzter Teppich, Kasten-Klo und Blumentapete. In der Küche die unvermeidlichen Pril-Blumen auf den Fliesen. Aber das hier hat wirklich Stil.« Er nickte anerkennend.

Tatsächlich entsprach Omas Wohnung keineswegs dem Klischee alter Menschen, die ihre Erinnerungen nicht loslassen konnten. Die feinen Möbel waren von ihr gezielt ausgesucht und zusammengestellt. Einige hatte sie sogar selbst noch aufbereitet. Es waren keine Überbleibsel, von denen man sich nur nicht trennen wollte. Ein nagelneuer Router blinkte im Flur, DECT-Telefon und Smartphone statt Post-Laubfrosch mit Wählscheibe. Diese beiden alten Leute waren unverkennbar mit der Zeit gegangen.

Im nächsten Moment betrat meine Großmutter das Wohnzimmer. Ich war überrascht, wie fein sie sich in Schale geworfen hatte. Das weiße Haar war frisiert und mit edlen Nadeln hochgesteckt. Alles derart altmodisch, dass es schon wieder unverschämt stylish war. Sie trug ein hellblaues Sommerkleid, nicht zu grell, aber keinesfalls aus der Altenheimkollektion. Sie streckte ihren Rücken durch, obwohl ich wusste, dass es ihr Schmerzen bereitete. Alles an ihr war Haltung, zeigte, wie wichtig ihr das Treffen mit unseren Verwandten war. Ich hatte mir noch vor zwei Wochen ein wenig Sorgen um sie gemacht. Das Zusammentreffen in der Uckermark hatte sie augenscheinlich viel Kraft gekostet. Die Augen waren weniger klar gewesen. Ihre Haut hatte ungesund blass gewirkt, und dadurch waren umso deutlicher die großen Altersflecken zu erkennen gewesen. Jetzt allerdings schienen ihre vielen Sommersprossen um die Nase regelrecht zu tanzen. Sie gaben ihrem Ausdruck das mädchenhaft Verschmitzte, das ich so an ihr liebte. Ihre Gesichtsfalten wirkten jetzt weniger tief, und ein Hauch von Rosa war auf ihre Wangen zurückgekehrt. Unweigerlich kehrte mein Blick wieder zu ihrem Haar zurück, um das ich sie immer beneidet hatte. Es war dicht und voll und auf eine derart faszinierende Art weiß-silbern glänzend, dass es fast blendete. Sie lächelte, als sie mich und Maurice begrüßte.

»Vielleicht hätte ich mich bei den Einladungen auf Menschen unter vierzig beschränken sollen«, sagte sie leise. »Dann bliebe mir wahrscheinlich einiger Ärger erspart.«

Es war ein herrlicher Freitagnachmittag. Draußen schien die Sonne. Es war warm, aber windig, sodass die Stadt sich nicht aufheizen konnte. Berlin wurde schnell zum Hochofen, wenn kein Lüftchen wehte. Ich stand jetzt mit Maurice in der geräumigen Küche. Ich liebte alle Arten von Altbauküchen. Leider war der Raum doch zu klein, um uns alle aufzunehmen. Lili hatte deshalb alle Flügeltüren im Wohnraum geöffnet. Dort würde jetzt das zweite Familientreffen stattfinden.

»Mein Vater war total durcheinander in den letzten Wochen«, gestand mir Laura ein paar Minuten später, nachdem ich auch sie begrüßt hatte. »Irgendetwas nimmt ihn total mit. Okay, es ist nicht toll, wenn der eigene Großonkel Opfer eines Verbrechens wurde. Aber dass ihn die Sache derart anfrisst, wundert mich doch.«

»Er muss es doch geahnt haben«, meinte ich. »Ansonsten hätte er ja kaum die Strafanzeige gestellt.«

»Ich werde aus ihm nicht schlau. Und in meiner Familie sind alle Männer immer die großen Schweiger gewesen. Vielleicht hat sein Vater ihm nicht die ganze Geschichte über Anton und Walter erzählt. Ich nehme an, Papa hat es lange Zeit einfach verdrängt, und nun hat er Angst vor der eigenen Courage.«

Nicht die ganze Geschichte erzählt, dachte ich. Immer wieder eine nette Umschreibung dafür, dass man entweder nicht herausrückt mit der Wahrheit oder sie ganz bewusst verdreht. Walter

Rabe war überzeugter Nazi, sein Bruder Anton ein Träumer. Und von beiden wollte man nach dem Krieg nichts wissen. Sie passten nicht ins Bild. Also wurde eben *nicht die ganze Geschichte erzählt*. Vielleicht traf das ja auch auf die Umstände dieser schrecklichen Tat zu. Und auf Antons späteres Schicksal. Tot. Oder vermisst. Auf jeden Fall aber vergessen.

»Keine Ahnung, was geschehen ist«, fuhr Laura fort. »Ein Familiengeheimnis ist schlimmer als Stille Post spielen. Es wird ein paar Mal weitergegeben, und dann ist tatsächlich der Gärtner der Mörder.«

Die Schweigemänner, dachte ich. Mein Vater hatte auch zu ihnen gehört. Alles wurde so lange vergraben, bis nur noch eine Hülle blieb.

»Ich hatte mal eine Freundin bei der Feuerwehr«, sagte ich. »Sie nannte die Kerle, die immer nur vor sich hin schweigen und alles mit sich selbst ausmachen wollen, *Backdrafter*. Wie bei einer Rauchgasexplosion, an die plötzlich Luft kommt. Trifft es ganz gut. In diesen Leuten brennt scheinbar nur ein kleines Feuer. Man bemerkt es von außen zunächst nicht. Erst wenn es einen Auslöser gibt, wenn jemand quasi aus Versehen die falsche Tür öffnet, fliegt dir ein Inferno um die Ohren.«

Ja, mein Vater war ein solcher *Backdrafter* gewesen. Auch in ihm hatte ein verstecktes, eingeschlossenes Feuer gebrannt. Es hatte ihn jahrelang gequält. Und uns. Immer wieder hatte ich die Hitze gespürt, aber ich war damals einfach zu jung, um ihm zu helfen. Irgendwann hatte es geknallt. Mein Vater hatte diese besagte Tür geöffnet. Bis heute beschäftigte mich die Frage, ob ich etwas hätte tun können.

»Du wirkst selbst auch nicht gerade so, als würdest du zur öffentlichen Seelenschau neigen«, sagte ich.

»Man lernt, sich anzupassen«, erwiderte Laura.

22

Berlin, Anfang September 2022

»Alle wieder da«, stellte Lili zufrieden fest, als ihre Gäste am Esstisch und auf dem Sofa Platz genommen hatten. »Ich möchte ein paar Worte zu dieser Wohnung sagen, bevor Herr Beyer mit seinem Vortrag fortfährt. Ihr habt euch ein wenig umgesehen. Natürlich hat sich vieles verändert durch die Sanierung. Aber dennoch kenne ich die Räume noch aus meiner Jugendzeit. Ich habe hier bis Kriegsende mit meinen Eltern gewohnt.«

»Du meinst, in diesem Haus?«, fragte Torsten ungläubig.

Ich konnte seine Verwunderung verstehen, denn schließlich war das Zentrum von Berlin in den letzten Kriegswochen vollkommen verwüstet worden. An einigen Straßen und Plätzen der Innenstadt hatte kein einziges intaktes Haus mehr gestanden. Den riesigen Belle-Alliance-Platz – einst das Symbol großbürgerlichen Stolzes – gab es längst nicht mehr. Er hieß jetzt Mehringplatz, und seit Jahrzehnten kämpften die lokalen Initiativen, gierige Subventionsgeier und Politiker um eine lebenswerte und vor allem lukrative Neugestaltung am Kreuzberg. Mit im wahrsten Wortsinn durchwachsenen Ergebnissen. Ich überlegte einen Moment, ob Lili schon einmal davon gesprochen hatte.

»Also, damit ich es richtig verstehe. Es ist dasselbe Haus?«, wiederholte Torsten seine Frage.

»Ja. Damals gab es noch drei Hinterhofgebäude. Wie überall in Berlin üblich. Vorn das Vorzeigeobjekt des Architekten, und nach hinten sank von Hof zu Hof das soziale und bauliche Niveau dramatisch ab. Bis hin zu den Altmetallsammlern, Kohlefahrern, Hilfsarbeitern und Kriegsversehrten. Aber dieses Haus war schnieke und piekfein, wie wir Berliner sagen. Mein Vater war immerhin höherer Beamter und konnte es sich leisten, hier zu wohnen.«

»Ist die Wohnung Teil der Erbmasse?«, fragte nun Heike mit der ihr eigenen Direktheit. »Also, ich meine, gehört sie dir?«

»Zur Hälfte. Die andere Hälfte ist in Ebbis Besitz. Jeder von uns hat lebenslanges Wohnrecht.«

Natürlich sank dadurch der Wert deutlich, aber bei einer Wohnungsgröße von über hundert Quadratmetern in dieser Lage war Omas Hälfte sicherlich immer noch eine Menge Geld wert.

»Vor zwanzig Jahren stand hier noch eine Ruine, ein Spekulant hatte sich nach der Wende übernommen. Dann wollte man das Haus abreißen, aber es scheint zäh zu sein. Viele Proteste und dann der Denkmalschutz retteten es schließlich. Ebbi hat sie damals gekauft und mich später im Grundbuch als Miteigentümerin eintragen lassen.«

»*Mia casa è tua casa, cara mia*«, sagte er und hauchte ihr einen Luftkuss zu.

Ich sah, dass Lukas und Torsten sich einige Notizen machten. Wahrscheinlich handelte es sich um Rechenspiele. Additionen, Abzüge, Prozentanteile. Ich selbst wollte gar nicht an die Zeit denken, wenn ich hier nicht mehr ein und aus gehen konnte, wie es mir beliebte. Lili, Ebbi, dieser Ort. Zu Hause.

»Vielleicht werden wir die Wohnung eine gewisse Zeit nicht nutzen«, ergänzte Eberhard. »Wenn wir bei guter Gesundheit bleiben, würden wir fortan gern auf Gut Torchau leben. Ein Verkauf kommt aber nicht infrage, solange eine oder einer von uns beiden lebt.«

Als ich noch nichts von den Enthüllungen über Lilis Vater wusste, war mir völlig unklar gewesen, warum sie sich solche

Mühe mit der Erbsache gab. Die Stiftung, Gut Torchau, die Möbel, die Wohnung, das Wohnrecht. All dies schien mir viel zu kompliziert, um die Verwandtschaft damit zu behelligen. Eine Verwandtschaft zumal, die sich jahrzehntelang nicht für sie interessiert hatte.

»Fahr doch zu jedem hin, mach dir ein paar schöne Tage und lade alle zum Essen ein«, hatte ich meiner Großmutter im vergangenen Winter vorgeschlagen, als sie das erste Mal ihre Pläne angedeutet hatte. Ich war mir damals sicher, dass es viel weniger Aufwand und Stress bedeutet hätte.

Wenn ich jetzt in die fragenden Gesichter blickte, dann war ich wohl nicht die Einzige, die die Situation leicht überforderte. Bei ihrer Ankunft waren meine Angehörigen vor allem nervös gewesen. Nun war daraus Anspannung geworden, Lukas und Torsten strahlten wieder diese unterschwellige Aggression aus. Bei Laura und Maurice hatte ich hingegen den Eindruck, dass sie das Ganze eher interessiert von außen betrachteten. Als wären sie das Publikum in einem Theater.

»Ich muss doch noch einmal fragen«, sagte Torsten. »Es ist das gleiche Haus, in dem du als junges Mädchen mit deinen Eltern gelebt hast?«

»Von den umfangreichen Sanierungsarbeiten abgesehen.« Lili nickte. »Es ist dieselbe Wohnung.«

Es schien, als hielten alle den Atem an. Im Raum war es für einen Augenblick beklemmend still.

»Aber es ist nicht ...? Hier?« Torsten wirkte entsetzt.

Heike verschüttete ihren Tee, und Lukas erhob sich abrupt. Laura blickte sich um, als könnte der Täter von damals noch hinter den Vorhängen lauern. Im Raum lagen Verwirrung und Fassungslosigkeit.

»Du meinst, das Verbrechen ist hier in der Wohnung geschehen?« Lauras Stimme klang belegt. »Es ist nicht ein Neubau an derselben Stelle. Es ist nicht nur eine ähnliche Wohnung. Sondern es geschah in *diesen* Räumen?« Ihre letzten Worte klangen ein wenig schrill.

»Ich denke, ich schulde euch eine Erklärung«, sagte Lili leise. »Ja, Eberhard und ich leben in der Wohnung, die schon meine Eltern bewohnten. Mein Vater hatte sie zu Kriegsbeginn gemietet, als er befördert wurde. Das Gebäude ist eines von vier Häusern in der näheren Umgebung, die den Krieg relativ unbeschadet überstanden haben. Bis zur Wiedervereinigung habe ich drüben ...« Sie deutete mit den Fingern Anführungszeichen an. »... im sozialistischen Deutschland jenseits vom Checkpoint Charlie gelebt. Aber die Friedrichstraße und der alte Belle-Alliance-Platz haben mich einfach nicht losgelassen. Das Haus haben Investoren vor zwanzig Jahren entdeckt und wollten es sanieren, aber die Leute hatten sich wohl verrechnet. Wie ich schon sagte, Ebbi hat die Wohnung dann im entkernten Zustand gekauft. Als ich ihn kennenlernte und er mir das Haus zeigte, bin ich aus allen Wolken gefallen.«

»Wie konntest du hier einziehen?«, fragte Heike entgeistert. »Diese ganzen Erinnerungen. Das muss schrecklich sein.«

»Ich habe doch auch gute Zeiten erlebt«, antwortete Lili. »Ich hatte Freunde in der Umgebung, die erste Liebe, Mama fühlte sich hier wohl. Als Ebbi mich herführte, war ich zuerst ebenfalls entsetzt. Aber dann dachte ich, es ist ein Wink des Schicksals. Eine Art Aufgabe, die es mir stellte. Damals war vieles noch im Originalzustand. Bei der Sanierung habe ich darauf bestanden, dass es erhalten wurde. Ich wollte diese Wohnung genau so haben. Mit den alten Dielen, Küchenelementen, Innenfenstern und angeschlagenen Stuckelementen.«

Wieder ein Geheimnis aus Lilis Vergangenheit, von dem ich nichts wusste. Sie hatte mir zwar erzählt, dass die Familie damals immer in der Innenstadt gelebt hatte. Denn seit ihr Vater bei den

Nazis Karriere gemacht hatte, waren gute, geräumige Wohnungen für ihn erschwinglich gewesen.

»Lili.« Ich musste etwas sagen, um möglichst schnell aus meinem Gedankenkreisen herauszufinden. »Wieso hast du nie davon gesprochen?«

»Ich weiß es selbst nicht«, erwiderte sie. »Versteht mich nicht falsch. Natürlich ist der Tod eines Menschen etwas Wichtiges, etwas Belastendes. Aber ich wollte nach vorn schauen und die Wohnung mit Hoffnung und Leben füllen. Ich hatte auch über die ganzen Jahre hinweg das Gefühl, dass sie mir etwas mitteilen will.« Sie sah uns an, als müsste sie sich für das Gesagte entschuldigen. Aber in dieser Hinsicht verstand ich sie gut. Ich selbst würde sicher nicht mit meinen Möbeln sprechen, wenn sie mir nichts zu sagen hätten.

»Und wie ich bereits erwähnte«, fuhr sie fort. »Mit vielen Zimmern verbinde ich auch sehr schöne Erinnerungen.«

»Wie man es dreht und wendet, es ist schon heftig, in der Wohnung zu leben, in der der eigene Vater getötet wurde«, sagte Laura. »Findet ihr nicht?« Einige von uns nickten.

Lili führte uns in den Flur bis zur Wohnungstür. Ich ahnte, dass es die erste Tür rechts sein musste, hinter der sich jenes dunkle Geheimnis verbarg. Sie war fast immer verschlossen. Einmal hatte ich gesehen, dass Lili dort reparaturbedürftige Möbel lagerte. Ich war damals davon ausgegangen, dass der Raum im Moment nicht gebraucht wurde. Oder vielleicht zu wenig Licht bekam. Es konnte auch einfach der Chaosraum für die Dinge sein, die niemand sehen sollte. Jeder brauchte schließlich irgendwo eine Rumpelecke.

»Es ist das ehemalige Schlafzimmer meiner Eltern«, sagte sie und riss offenbar nicht nur mich aus meinen Gedanken. Auch Heike zuckte zusammen.

Lili öffnete die Tür. Im Raum standen immer noch viele Möbel.

Kreuz und quer, zum Teil auch aufeinander. Malervlies schützte sorgsam die Kanten, die Glasflächen und Intarsien waren abgeklebt. Jedes Stück war zudem mit einer Nummer versehen. Der Geruch von altem Holz beruhigte mich sofort. Herb fruchtig mit einer Spur Harz. Dazu Noten von uralter Politur und Beize. Mein Blick blieb an einem wunderschön gearbeiteten Schreibtisch hängen. Zierlich und klein, wahrscheinlich Louis-seize. Kirschbaumfurnier. Kannelierte Rundbeine. Es schien, als müsste sich mein Verstand an solchen vertrauten Eindrücken festhalten, um nicht im Strudel widerstreitender Gefühle zu versinken. Hier war Lilis Vater gestorben.

»Du hast gesagt, dass der Dielenboden noch original ist«, meinte Torsten. Seine Stimme klang belegt.

»Ja. Das Bett meiner Eltern hat dort gestanden.« Lili zeigte auf die gegenüberliegende Wand. »Damals zeigte das Fenster zu einem Innenhof, den es allerdings nicht mehr gibt.«

Torsten bewegte sich mit vorsichtigen Schritten durch den Raum, versuchte dabei, keine Geräusche zu machen. Als wäre er in einer Kirche. An der Stelle vor dem Fenster blieb er stehen und starrte auf den Boden.

»Haltet mich für verrückt«, meinte er mit tränenerstickter Stimme. »Ich spüre es. Hier ist es passiert.«

Die Dielen zu seinen Füßen waren dunkler, fast schwarz verfärbt. Niemand sprach es aus, aber ich war sicher, dass alle wussten, was dies bedeutete.

»Kommt«, meinte Ebbi. »Genug jetzt.«

Alle Gäste folgten ihm in Richtung Wohnzimmer. Nur Lili und ich blieben noch einen Moment.

»Meine Schatztruhe«, sagte sie leise und zeigte auf die wertvollen Stücke. »Ich setze den bösen Erinnerungen damit etwas Gutes entgegen. Ich werde diese Kostbarkeiten nicht mehr zum Leben erwecken können. Aber vielleicht findet sich eines Tages eine Magierin, die es tut.« Sie zwinkerte mir zu. »Teilweise sind es auch Möbel, die ins Vermögen der Stiftung übergehen werden. Deshalb die Nummern. Für mich war es wichtig, sie hier zu lagern. Für mich war es ein Zeichen. Das Leben siegt immer. Und die beste Waffe, die es in seinem Kampf hat, ist die Schönheit.«

Sie zeigte auf ein Prachtstück aus der Gründerzeit mit jenen typischen gedrechselten Windungen im Holz, die oben jeweils in einer Gipsmuschel endeten. Ich schätzte allein den Wert dieses imposanten Büfetts nach der Restaurierung auf mehrere Tausend Euro. Ich sah mich um, hob andächtig den Abdeckfilz. Ich berührte das Holz, fuhr mit den Fingern ganz vorsichtig über die schadhaften Stellen, als wären sie Wunden.

»Das Bestandsverzeichnis aller Möbel liegt dort auf dem Sekretär. An ihm habe ich immer gern gearbeitet. Vielleicht magst du ihn später einmal behalten, Nairi. Er inspiriert.«

Der alte Schreibschrank aus dem Biedermeier war tatsächlich prachtvoll. Lili musste ihn vor Jahrzehnten aufgearbeitet haben. Jetzt strahlte er die Würde eines verschwitzten, norddeutschen Kaltbluts aus, das gerade von der Feldarbeit kam. Ich nahm das Notizheft und überflog die Aufzeichnungen. Aber die Spalten und Zahlenreihen waren in diesem Moment für mich nicht von Interesse gewesen. Vielmehr faszinierte mich der Schreibschrank an sich, die vielen Fächer und die beiden kleinen Rollläden zu beiden Seiten, die aus hölzernen Lamellen gefertigt und sogar noch intakt waren. Ein kindlicher Spieltrieb wurde sofort geweckt, verbunden mit dem Gefühl, dass hier noch Unbekanntes zu entdecken war. Ich zog, drückte und schob an allem, was sich bewegen ließ. Da endlich gab das gute Stück seine Schätze preis. Alte Visitenkarten, auf denen noch vierstellige Postleitzahlen standen. Schlüssel, zu denen es längst keine Schlösser mehr gab. Ein Paar abgetragene Tanzschuhe, schon grau und fadenscheinig. Eine Kinokarte für den Film *Die Halbstarken*. Eine Brosche, deren zentraler Schmuckstein herausgebrochen war. Sorgsam geöffnete Briefe in Seidenkuverts. Solche Fundstücke erzählten mir ihre Geschichten. Sie entführten mich auf wunderbare Weise.

»Oje, was ist da noch alles drin?«, rief Lili ebenfalls entzückt. »Die Liebesbriefe muss ich wohl noch einmal durchsehen.«

Aber der Zauber verflog schnell. Plötzlich war ich wieder im Hier und Jetzt. In diesem Raum war es damals zu der schrecklichen Tat gekommen. Ich erinnerte mich an die Details aus Beyers Vortrag.

»Dort lag mein Vater.« Lili zeigte auf einen weiteren freien Bereich. »Ausgestreckt auf dem Bett.«

Ich starrte jetzt ebenso gebannt auf den Boden wie Torsten eben. Da war er, der alte, große Fleck.

»Es ist, als hätte das Holz die Erinnerung in sich aufgesogen«, sagte Oma leise, wohl mehr zu sich selbst. »Und es gibt sie nicht wieder her.«

*

»Aber nun wollen wir den späten Nachmittag nutzen, um uns die weiteren Ergebnisse der Ermittlungen von Herrn Beyer anzuhören.« Ebbi hatte uns wieder zusammengetrommelt. Er lächelte, aber ich merkte am Klang seiner Stimme, dass er nervös war. Wie wir alle.

Wir waren zum großen Esstisch zurückgekehrt. Beyer trat an dessen Kopfende begrüßte uns kurz. Wir hatten die Leinwand für den Beamer an einen Nagel gehängt, der sonst einen Wandteppich hielt.

»Werner Beltheim war der Kriminalbeamte, der damals für das Tötungsdelikt zuständig war«, erinnerte er uns zum Einstieg in seinen ersten Vortrag. Offenbar wollte er ohne Umschweife zur Sache kommen und sich auf keine familiären Diskurse einlassen.

Heike hob brav die Hand. Eine Geste, die mir nun doch ein wenig übertrieben schien. Beyer nickte ihr zu.

»Wenn Mord nicht verjährt, kann ein Täter auch nach achtzig Jahren ins Gefängnis kommen?«, fragte sie. »Und das gilt auch für den Fall, dass das Opfer ein Nazi war?«

»Hoppla, nicht so schnell«, erwiderte Beyer. »Erstens ist nicht erwiesen, dass es Mord war. Vorsatz, niedere Motive, besondere Brutalität. Da gibt es einige Dinge zu beachten. Viele Taten, die in Filmen oder Romanen als Mord durchgehen, werden von Juristen eher als Totschlag oder Körperverletzung mit Todesfolge bewertet. Es ist zweitens richtig, dass Mord nicht verjährt, die anderen Tatbestände jedoch schon. Drittens ist es der Rechtsprechung zunächst einmal egal, ob das Opfer blau, grün, weiß, schwarz oder Nazi war. Ja, ein Täter müsste sich verantworten. Viertens bleibt die Frage nach der Strafe. Ein lebender Täter wäre heute wohl älter als neunzig Jahre.«

Beyer schaute bewusst auf seine Unterlagen. Älter als neunzig. Da gab es im Raum nicht viel Auswahl. Als keine weiteren Unterbrechungen mehr folgten, gab er mir ein Zeichen, die Präsentation zu starten.

»So, bevor ich loslege, möchte ich noch eine Erklärung abgeben, eine Art Warnung, wenn Sie so wollen. Sollten die Schilderungen emotional aufwühlend oder gar verstörend auf Sie wirken, haben Sie natürlich jederzeit die Möglichkeit, den Raum zu verlassen. Frau Rabe und Herr Dr. Luchtmann haben mich vertraglich explizit aus einer Haftung für mögliche Folgen entlassen.«

Niemand erhob sich.

»Ich hatte es noch einmal mit guter alter Polizeiarbeit zu tun«, fuhr Beyer fort. »Muffige Kriminalakten durchwühlen, Mikrofiches lesen, Behördenkorrespondenz und Personallisten einsehen. Es hat sich gelohnt, so viel kann ich vorwegnehmen.«

23

Berlin, Werderscher Markt, April 1944

»Sind Sie verrückt geworden, Beltheim?« Kriminaldirektor Noltke war außer sich. »Wir versuchen, unsere Arbeit sauber von der Arbeit unserer Kollegen von der Staatspolizei zu trennen. Und Sie legen uns ein solches Ei ins Nest.«

Egbert Noltke hatte das schönste Büro in dem Gebäude der Kriminalpolizei am Werderschen Markt. Natürlich wusste er, dass seit Himmlers Bestreben, die Kontrolle über die gesamte Polizei zu gewinnen, jede Trennung der Ämter nur noch auf dem Papier existierte. Gestapo und Sicherheitsdienst waren die inoffiziell übergeordneten Behörden. Ordnungspolizei und selbst Kriminalpolizei waren eher Befehlsempfänger und hatten sich dem Staatsinteresse, also dem Parteiinteresse, unterzuordnen. Im Moment stieß dies wieder vermehrt auf Kritik. Und interessanterweise vonseiten jener eigentlich Systemtreuen, die ihren Einfluss durch diese Regelungen geschmälert sahen. Der Altersdurchschnitt der Kripobeamten hatte deutlich zugenommen, denn viele Kollegen unter fünfzig waren trotz Unabkömmlichstellung einberufen worden, sodass die »alten Säcke aus Weimarer Zeiten« – so nannte ihr Dienstherr Himmler sie verächtlich – wieder vermehrt das Sagen hatten. Egbert Noltke hatte das Pensionsalter längst erreicht, dann jedoch war ihm die Stelle des Leiters der Mordinspektion angeboten worden. Er war ein klassisch konservativer Kripomann, der die modernen Entwicklungen der Kriminalarbeit ein wenig verschlafen hatte. Zwar betrachtete er sich wie viele andere Kollegen als eher unpolitisch, aber gegen die Annehmlichkeiten, die der Polizei nach der Machtübernahme der Nazis zuteilgeworden waren, hatte er natürlich nichts einzuwenden. Alle wussten, dass Sicherheitspolizei und Sicherheitsdienst die Grundpfeiler ihrer Macht darstellten.

»Das Mädchen ist sechzehn, Egbert«, verteidigte Beltheim seine Entscheidung, Ottilie Rabe nicht an die Dienststelle der Staatspolizei zu überstellen.

Selbst der schlichte Oberwachtmeister Koch hatte am Tatort vorgeschlagen, die Verdächtige doch gleich in die Prinz-Albrecht-Straße zu bringen. Dort logierte die Gestapo. Staatsfeindliche Taten gehörten nun einmal in die Hände der Geheimen Staatspolizei. Und der gewaltsame Tod eines höheren Juristen beim Sicherheitsdienst war ganz sicher eine solche Tat. Die Zentralen von SD und Gestapo lagen nicht ohne Grund nur wenige Meter voneinander entfernt. Sie waren derart eng miteinander verflochten, dass sogar Parteimitglieder des engeren Zirkels oft Fehler bei der Zuständigkeit machten. Und dennoch blieben – trotz aller Zwänge und Vorschriften – kleine Handlungsspielräume, die Beltheim unbedingt nutzen wollte.

»Es rumort überall, Werner.« Noltkes Stimme wurde leiser. »Wir können uns keine Fehler leisten. Falsche Rücksichtnahme gefährdet uns und die letzten Reste einer Selbstständigkeit der Kripo. Der SD würde uns am liebsten komplett einsacken. Dann sind wir alle …« Er unterbrach sich, als er merkte, dass er fast zu weit gegangen war. »Willst du das?«

»Sechzehn«, wiederholte Beltheim. »Und noch ist nicht klar, was da überhaupt geschehen ist. Wenn das Mädchen sich in den Verhörkellern der Stapo entkleiden und eine Nacht in deren feuchtkalten Zellen verbringen müsste, würde sie doch alles gestehen, was die Kerle hören wollen. Egal ob wahr oder unwahr. Mal abgesehen von dem Schaden, den sie innerlich davonträgt.

Das weißt du genau, Egbert. Es gibt Grenzen. Menschliche Grenzen.«

Sein Vorgesetzter nahm die wenigen Angaben zur Hand, die Beltheims Assistent bereits zusammengetragen hatte. Er wies mit dem Zeigefinger auf die zweite Zeile.

»Sie schweigt zum Tathergang?«, fragte Noltke. »Ziemlich verdächtig.«

»Sie sagt, dass sie sich nicht erinnert. Dass eine Art Loch in ihrem Kopf wäre, was die Tatzeit und das Geschehene angeht.« Als sein Chef ihn ungläubig ansah, fügte er schnell hinzu: »Ich kläre das, Egbert. Eine gute Freundin ist Ärztin und wird uns in der Angelegenheit beraten.«

»Ich habe deinen Eigensinn stets respektiert, Werner. Aber das geht zu weit.« Er blätterte in der dünnen Akte eine Seite zurück. »Das Mordopfer ist Dr. Walter Rabe. Weißt du eigentlich, wer das ist?«

»Er hatte einen Dienstausweis und eine Marke der Gestapo«, erwiderte Beltheim. Er wirkte gelassener, als er war, und hob die Schultern. »Irgendein Bürohengst aus der Zentrale. Kam wohl früher nach Hause, weil der SD ja immer die ersten Warnmeldungen über Luftangriffe bekommt.«

»Der Kerl war Leiter der *Abteilung Führerbefehle*, Werner!« Noltke wurde wieder laut. »Anwalt und zuständig für die Koordination von Rechtsfragen zwischen Führerhauptquartier, Sicherheitsdienst und Staatspolizei. Also ein typischer Strippenzieher! Wie du sicherlich weißt, will Hitler in beinahe allen Fragen das letzte Wort haben. Und das vorletzte Wort haben dann oft Leute wie unser Opfer. Die Sache ist brandgefährlich, Werner.« Der Kripoleiter hämmerte mit dem Zeigefinger auf das Papier. »Zudem saß Walter Rabe in diversen Gremien als juristischer Berater. Er galt als kommender Mann. Da werden die Kerle aus Müllers Abteilung ein Exempel sehen wollen. Denn die Sache betrifft sie selbst und ihre ganze Entourage.« Er stockte, nahm hastig einen Schluck kalten Kaffee. Offenbar hatte er bemerkt, dass er kurz davor war, sich mit seinen Bemerkungen ins Aus zu kegeln. »Werner, deine einzige Chance ist, den Leuten vom SD schnelle Ergebnisse zu liefern.«

»Na, bitte, da hast du es.« Beltheim versuchte, halbherzig zu kontern. »Solche Leute haben immer auch Feinde. Da hat vielleicht ein enttäuschter Bewerber die Gunst der Stunde genutzt. Oder jemand wollte sich an Rabe für erlittenes Unrecht revanchieren. Ich glaube wirklich nicht, dass seine Tochter ...«

»Mag sein, aber das ist nicht unser Bier, Werner. Wenn Rabes Tochter tatverdächtig ist, müssen wir sie Müllers oder Kaltenbrunners Leuten überlassen. Wenn ihn ein Rivale ausgeschaltet hat, ist das Staatssache. Und wenn es der Mann im Mond war, fliegen wir hin, nehmen ihn fest und machen danach eben Gott oder die Russen dafür verantwortlich.«

Was für beschissene Opportunisten wir doch sind, dachte Beltheim und malträtierte seinen Hut, den er noch immer in der Hand hielt. Später werden wir sagen: Seht her, wir waren alle dagegen! Und wer war eigentlich dafür? Dieses Unbehagen behielt er jedoch für sich. Wie er es seit zehn Jahren tat. Er spürte, dass die Wut ihm die Luft abschnürte.

»Sie ist eine Jugendliche, Egbert«, versuchte er es erneut. »Und die deutsche Frau ist unter allen Umständen zu schützen, sagt der Führer. Wenn sie mal vom Wege abkommt oder durch ihre Taten fehlt, dann ist der Mann zu finden, der sie dazu verleitet hat. Denn eine deutsche Frau und Mutter ist von sich aus zu keinen bösen Taten fähig. Sie ist immer makellos. Ich zitiere nur den größten Feldherrn aller Zeiten, unseren geliebten, anbetungswürdigen Adolf Hitler.«

»Vorsicht, Werner«, zischte Noltke. »Hier im Amt hat jeder Kopf drei Ohren. Und in den Wänden stecken noch ein paar mehr. Also zügele dein loses Mundwerk, sonst schnupperst du bald doch noch Ostwind. Dazu russische Schweißfüße und Wodkaatem.«

Beltheim gab sich trotzig, obwohl es ganz und gar nicht seine Art war, an Hitlers Weisheiten zu erinnern. Er wollte nur seine Arbeit machen. Mit Politik hatte er nichts am Hut. Seit einem Jahrzehnt war dies sein Credo, mit dem er sich manche Weisung, die er nur für blanken Unsinn hielt, schönredete. Es war dennoch erstaunlich, mitzuerleben, dass die Führerworte immer mal wieder von Nutzen waren. Sogar Noltke schien jetzt zu überlegen.

»Das Kind liegt schon im Brunnen. Vielleicht wecken wir mehr Aufmerksamkeit, wenn wir gerade jetzt eine erneute Verlegung von Fräulein Rabe veranlassen«, sagte der leitende Kripobeamte schließlich. »Wenn die Stapo sie will, rücken wir sie raus. Und bis es so weit ist, kannst du meinetwegen den Ritter für deine makellose, deutsche Jungmaid spielen, du sturer Hund.«

Es hatte Zeiten gegeben, da wäre Werner Beltheim jetzt empört und beleidigt schimpfend abgezogen. Aber das Alter hatte ihn gelehrt, dass Sturheit eine Tugend sein konnte. Nicht zu schnell ausweichen. Nicht wegducken, wenn es laut wurde. Einfach stehen bleiben und aushalten. Manchmal regnete es eben Scheiße. Er wusste, dass er den alten Noltke austricksen musste. Und er war entschlossen, es zu tun. Auf die sanfte Art, denn erstens mochte er seinen Chef. Und zweitens wollte er sich nicht selbst in Gefahr bringen. Noltke war moralisch flexibel. So war das eben heutzutage. Je höher man auf der Verwaltungsleiter dieses Staats kam, desto mehr musste man sich verbiegen. Und Kriminalrat Beltheim hatte bei vielen Kollegen den Eindruck, dass sie dadurch bereits derart krumm waren, dass sie mit dem Kopf im eigenen Hintern steckten.

Beltheim nahm den dünnen Kaffee, den sein Vorgesetzter ihm reichte. Es war eine Art Friedensangebot.

»Danke, Egbert. Ich hoffe, dass mich das Verhör der jungen Dame weiterbringt. An irgendetwas muss sie sich ja erinnern. Und sei es aus der Zeit vor der Tat.«

Kurz danach verabschiedete er sich von Noltke und ging gedankenversunken zu seinem Dienstzimmer zurück. Hier roch es nach dem Kaffeeersatz aus Zichorien und Gerste. Und nach billigen Zigaretten. Nichts schmeckte mehr wie früher. Man kaufte jetzt »Nährmittel« und »Surrogate«. Gute Dinge waren unbezahlbar. Oder man musste sie geschickt »organisieren«, was wiederum streng verboten war. Die Feder an Beltheims Bürostuhl war gebrochen und mit Holzlatten geschient. Für sie gab es offenbar keinen Ersatz, denn Metall und die Spezialteile aus dem Maschinenbau gingen alle an die Front. Das Möbelstück protestierte mit einem Ächzen gegen jede Nutzung. Und unerträglich kalt war es in dem Zimmer auch. Ab Anfang April wurde in der Verwaltung per Rundschreiben Sommer verordnet, egal wie das Wetter war. Kein Heizen mehr, die überschüssige Kohle war wieder abgeholt worden. Also musste man im Mantel arbeiten, manchmal sogar mit Handschuhen. Hätte der weise Führer nicht ein anderes Jahrzehnt für seinen Krieg wählen können, in dem die Winter wärmer waren und nicht so lange dauerten? Wie oft hatte es in den letzten Jahren sogar zum Führergeburtstag Ende April noch geschneit?

Beltheim brauchte ein Konzept, eine innere Ordnung. Die Polizeiarbeit hatte sich verändert. Als junger Assistent in der Kaiserzeit war es vollkommen ausreichend gewesen, den aufsässigen oder straffälligen Untertanen durch die Uniform und eine laute Stimme einzuschüchtern. Selbst die Ganoven hatten sich an diese Spielregeln gehalten, die sich aus Anerkenntnis eines Oben und Unten ergaben. Ein Zeuge, eine Befragung, ein Verdächtiger, eine Verhaftung, eine weitere Befragung, ein Geständnis. Aber heutzutage war alles anders, irgendwie verwirrender. Die

Richter und Anwälte fragten nach Motiven und Indizien. Die Beweise mussten lückenlos erbracht werden. Es gab fast unendlich viele Fakten zu bedenken. Dazu noch die ideologischen Einflüsse. Manchen erfahrenen Kripomann hatte die neue Zeit kapitulieren lassen. Ohren und Augen zu. Und durchhalten bis zum Ruhestand. Beltheim hatte allerdings schon vor Jahren beschlossen, sich den Neuerungen, die Ernst Gennat eingeführt hatte, nicht zu verschließen. Er hatte es bisher nicht bereut. Er machte seine Arbeit gern, er hatte Erfolge. Und er hielt immer noch gern an dem Glauben fest, dass es bei seinem Beruf nur um Gerechtigkeit ging. Dass es Werte gab, für die er einstehen wollte.

»Alle Gedanken zu Papier bringen«, hatte der mittlerweile verstorbene Leiter der Mordinspektion oft in die versammelte Runde gerufen, wenn die Kollegen durcheinandergeredet und ungeordnete Vermutungen zum Besten gegeben hatten. »Was sich nicht aufschreiben und in eine logische Reihenfolge bringen lässt, ist es nicht wert, bedacht und ausgesprochen zu werden.« Klang zwar nach Binsenweisheit, war aber innerhalb weniger Jahre zu einer Grundregel guter Polizeiarbeit geworden. Leider waren dann jedoch diese unseligen Kretins in ihren Braunhemden auf den Plan getreten, die wieder alles umgekrempelt hatten. Was half scharfer Verstand, wenn er sich an ideologischem Geschrei abnutzte?

Aus einer Druckerei hatte sich Kriminalrat Beltheim einen Stapel großer DIN-A1-Papierbögen schicken lassen. Natürlich war es billigstes, graugelbes Kriegspapier. Die Tinte verlief darauf zu großen, blauen und schwarzen Seen, derart holzig war der Mist. Für weichen Bleistift und die Farbmaler von Staedtler reichte es jedoch. Werner Beltheim nahm seinen Notizblock aus der Manteltasche und begann, Namen, Uhrzeiten und Beobachtungen auf den Bogen, der auf seinem einfachen Schreibtisch lag, zu übertragen. Er schrieb Querverweise dazu, zeichnete

Pfeile, kreiste ein oder unterstrich in verschiedenen Farben. Grün waren handfeste Beweise und belastbare Indizien. Ocker stand für ziemlich wahrscheinlich oder vereinbar mit bisherigen Hypothesen. Rot wurden von ihm Fragen, Widersprüche und Gefahren markiert. Diese Gefahren versah er manchmal auch noch mit kleinen Ausrufezeichen, deren genaue Bedeutung nur er kannte: Vorsicht, Einmischung der Gestapo wahrscheinlich. Mittlerweile waren die Kerle – offiziell waren sie seine Kollegen – überall zu finden, wo es um Führer, Staat oder Partei ging. Da war es besser, dreimal hinzuschauen und keine verfänglichen Aufzeichnungen zu hinterlassen, die einem hinterher zum Strick werden konnten. Bei den roten Ausrufezeichen hieß es also für Beltheim, sich lieber das Wichtigste zu merken, anstatt es aufzuschreiben.

Nach etwa einer Stunde betrachtete der Kriminalbeamte seine Arbeit, die aus vielen Notizzetteln, einigen Skizzen und Papierbögen bestand. Er nahm einen Notenständer und ein billiges Gemälde aus der Ecke, in der sein Mantel hing. Auf diese Art von Umnutzung war er stolz, war sie doch quasi seine Erfindung. Wenn er einen verzwickten Fall zu lösen hatte, war es gut, die Fakten und Fragen im wahrsten Sinn mit etwas Abstand, aber dennoch als Ganzes zu betrachten. Er kaufte dann für ein paar Groschen die unansehnliche Kopie eines noch unansehnlicheren Kunstwerks, stellte sie auf den Ständer und heftete seine Notizen daran. Als er vor seinem geistigen Auge gerade den bisherigen Wissensstand zusammenfassen wollte, trat sein Assistent Wilhelmy ein, in der Hand hielt er ein schmales Paket aus Zeitungspapier.

»Sie hatten Blutwurst, Herr Kriminalrat!«, frohlockte er.

Mit Heißhunger stürzten sich beide Polizisten auf die vier Schrippen, die bereits zehn Minuten später Geschichte waren.

»Ich habe mit Wiekings Mitarbeiterin gesprochen, die den Trakt für die Untersuchungshaft leitet«, sagte der junge Kriminalassistent. »Die Rabe kann erst einmal dortbleiben. Allerdings hat sie klargestellt, dass die weibliche Kripo sich nicht für Hilfsarbeiten missbrauchen lässt. Diese Flintenweiber sind da ziemlich empfindlich.«

»Bitte, Johann, mäßigen Sie Ihren Ton. Es gibt jede Menge Ärger, wenn solche Äußerungen bekannt werden.«

»Sag ich doch, Chef«, maulte Wilhelmy eingeschnappt. »Bei denen muss man auf jedes Wort achten.«

»Ich werde gleich morgen mit Friederike sprechen.« Beltheim sah auf die Uhr. Säße die Verdächtige in seiner Abteilung in Haft, dann hätte er die Befragung jetzt noch beginnen können. Seufzend wandte er sich wieder der Darstellung seiner Ermittlungsarbeit zu.

»Ich sehe, Sie haben Ordnung in den Fall gebracht«, meinte Wilhelmy und tippte auf einige Symbole. »Was haben wir? Und was bedeuten die Farben? Weihen Sie mich ein?«

»Morgen, Johann. Ich mache gleich Feierabend«, erwiderte der ältere Kripobeamte nicht ganz wahrheitsgemäß. Zwar vertraute er seinem Assistenten mittlerweile. Und doch war da dieser Einflüsterer auf seiner Schulter, der zur Vorsicht mahnte. Ein ganzes Volk bespitzelte und überwachte sich selbst. Misstrauen war eine heilige Tugend unter den Nazis geworden. Und leider eine überlebenswichtige. Wilhelmy verabschiedete sich. Beltheim jedoch blieb und grübelte noch lange über seiner Zusammenstellung.

Das Opfer war Walter Rabe, überlegte er. Ein höherer Jurist bei Gestapo und SD. Ein typischer Karrierist. Warum war er überhaupt nach Hause gekommen? In der Prinz-Albrecht-Straße hatten sie spezielle Vollbunker. Es hieß, dass es von dort sogar einen direkten Zugang zur Neuen Reichskanzlei gab. Wollte Rabe vielleicht seine Familie warnen oder abholen? Aber hätte er dann nicht einfach einen Fahrer vom NS-Kraftfahrkorps geschickt? Die Beziehung zu seiner Frau war seit einiger Zeit offenbar deutlich angespannt gewesen. Die Nachbarn hatten bei den Befragungen entsprechende Andeutungen gegenüber Beltheims Assistenten Wilhelmy gemacht. Insgesamt waren die Leute aber erstaunlich mundfaul gewesen. Frau Rabe wurde als »stille, nette Frau« beschrieben. Walter Rabe wäre »korrekt, herrisch und unnahbar« aufgetreten. Er hatte allerdings dem Hauswart einmal gedroht, ihn »ins Lager sperren« zu lassen, als dieser sich über Rabes betrunkene, lärmende Besucher beschweren wollte. Eine Nachbarin gab an, die Familie hätte sich als »etwas Besseres« gefühlt und deshalb wenig Kontakt zu den anderen Hausbewohnern gehabt. Und der Blockleiter hatte eine Nichte erwähnt, von der sonst niemand wusste. Alle anderen Bewohner hatten für Beltheims Geschmack viel zu oft erklärt, dass sie »nichts wüssten« und »auch nichts wissen wollten«. Er betrachtete seine bisherigen Notizen, nahm dann einen Bleistift und ergänzte:

Aussagen der Nachbarn. Auffällig wenig Tratsch. Gründe?

Wozu also war Walter Rabe nach Hause gefahren? Ebenfalls ungewöhnlich war, dass der Tote vollkommen durchnässte Schuhe getragen hatte. Er war folglich mit großer Wahrscheinlichkeit zu Fuß gegangen. In seiner Position hätte er auch für fünfhundert Meter einen Fahrer bekommen. Weshalb dieses Risiko und die Mühe? Hatte er vielleicht noch einen wichtigen Termin gehabt? Bei sich zu Hause? Beltheim malte noch weitere Fragezeichen auf das Papier, musste schließlich jetzt sogar einen neuen Bogen aus der Schublade seines Schreibtischs ziehen und schrieb darauf:

Klären, ob Rabe bei internem Voralarm immer nach Hause fuhr
Klären, ob Dokumente aus Rabes Aktentasche fehlen
Befragung Bürovorsteher und persönliche Sekretärin
Suche nach privatem Terminkalender. Treffen Friedrichstraße?
Beziehung zu Kollegen. Laufbahn? Konkurrenten? Protegé?

Hinter drei Zeilen setzte er vorsorglich ein Ausrufezeichen. Bei den Nachforschungen zu verschwundenen Akten sowie der Befragung von Büromitarbeitern und Kollegen des SD würde es mit Sicherheit Ärger geben. Er hatte nicht viel Hoffnung, diese Routinearbeit problemlos erledigen zu können. Alle bei der Gestapo waren paranoid. Und mit jedem Tag, den die Front den Reichsgrenzen näher kam, schien es schlimmer zu werden. Mittlerweile reichte ein Hut nach englischer Mode, um einen unangenehmen Nachmittag mit diesen Leuten zu verbringen. Wer zufällig einen Gestapomitarbeiter nach der Uhrzeit oder dem Weg fragte, lief schon Gefahr, sich verdächtig zu machen. Beltheim wusste über die Zustände in der Prinz-Albrecht-Straße und dem Prinz-Albrecht-Palais gut Bescheid, da ein ehemaliger Kollege, der dort arbeitete, ihm gegenüber beim Bier immer gern sein Herz ausschüttete.

»Im Reichssicherheitshauptamt arbeiten wir nicht nur mit Akten und einfachen Karteikarten«, hatte er vor Kurzem am Kneipentisch geprahlt. »Wir sammeln Informationen demnächst in Automaten. Auf ganz neuen Lochkarten, die mit speziellen Maschinen sortiert werden. Hollerith-Sortierer von der DEHOMAG sind die Zukunft, mein Lieber. Da gibt es übrigens auch eine Karte über dich, Werner. Wir haben sogar eine Menge über dich. Größe, Augenfarbe, Alter, Beruf, Besitz, Kinder, Abstammung. Wir wissen sogar, welche Zeitung du liest und wie dein Friseur heißt. Natürlich werden dort die Vorstrafen der Leute vermerkt. Es gibt Querverweise zu allen Bekannten und Verwandten. Reichsführer Himmler will sogar die Karteikarten der deutschen Ärzte auswerten lassen. Irgendwann wissen wir, dass du ein Loch im Zahn hast, bevor du überhaupt Schmerzen bekommst. Wenn ich will, habe ich dann alles, was wir wissen wollen, in nur zehn Minuten. Mit Rohrpost in fünf. Automatik ist die Zukunft, Werner.«

Beltheim war jedoch sicher, dass er von der Dienststelle nur wenig über Walter Rabe erfahren würde. Höhere Geheimhaltung, da hatte er keine Sicherheitsfreigabe. Und die Kerle ließen sich nicht von einem Kripomann in die Karten schauen.

Also weiter, dachte er. Wer hatte ein Motiv? Die Tochter hatte offenbar Probleme mit ihrem Vater. Aber war das ein Mordmotiv? Und was hatte Gennat immer gepredigt? Wer das Offensichtliche nicht hinterfragt und anzweifelt, erkennt niemals das Verborgene. Beltheim erinnerte sich an die Szene, die er bei seinem Eintreffen am Tatort vorgefunden hatte. Ottilie Rabe mit blutverschmierter Hand. Neben ihr der Hammer am Boden. Er betrachtete die Fotografien der Tatwaffe, die auf dem Schreibtisch verstreut lagen. Der Hammergriff zeigte zweifelsfrei den Abdruck kleinerer Finger. Sein Assistent Wilhelmy hatte die Fotos bereits entwickeln und vergrößern lassen. Gute Arbeit. Gestochen scharf. Johann war wie geschaffen für die Arbeit beim Erkennungsdienst. Er vermied hartes Blitzlicht, wenn es irgend ging, und nutzte stattdessen Tageslicht, große Reflektoren und Lampen. Die Bilder waren perfekt. Neben dem kleinen Handabdruck fand sich eindeutig ein zweiter. Größer. Eine Männerhand.

Spuren am Hammergriff: Abgleich! Fingerabdrücke? Ottilie?

Einiges deutete zwar darauf hin, dass die junge Frau ihren Vater erschlagen hatte. Im Streit? Vielleicht hatte sie sich gegen eine körperliche Züchtigung zur Wehr setzen wollen? War es zu einer Auseinandersetzung gekommen, hatten vielleicht diese Ballettschuhe etwas damit zu tun? Aber war das Ganze nicht zu offensichtlich? Oder gar vollkommen unglaubwürdig? Beltheim notierte weiter:

Gewicht des Hammers? Wie viele Schläge wurden ausgeführt?

Dann betrachtete er die Punkte, die er bereits vorher hinzugefügt hatte. Wie immer zu Beginn eines Falls gab es fast nur Fragen, Rätsel und Ungereimtheiten.

Ottilies Motiv?
Beziehung zwischen Vater und Tochter?
Wo ist die Mutter?
Befragung der Hausgemeinschaft. Einzeln vorladen! Druck!
Wer hatte noch ein Motiv? Kollegen? Privat?
Weitere Bekannte des Toten ausfindig machen und befragen!

Gerade wollte er sich dem zweiten Punkt der klassischen Triangel eines Ermittlers – Motiv, Gelegenheit, Mittel – zuwenden, als es klopfte. Dass der Besucher die Klinke drückte, ohne Beltheims Antwort abzuwarten, verhieß nichts Gutes. Eine Schulter schob sich durch den Spalt, dann wurde der linke Arm sichtbar. Uniform. Ärmelraute mit weißen Buchstaben. S und D, Sicherheitsdienst. Im Laufe der Jahre hatte Beltheim eine Art selektiver Aufmerksamkeit für diese Details entwickelt. Es ersparte eine Menge Ärger, wenn man sofort einordnen konnte, mit wem man es zu tun hatte. Ein ganzes Volk schien in dieser Art von Wahrnehmung unterwiesen worden zu sein. Wann konnte man wem was sagen, ohne Gefahr zu laufen, sich in die Nesseln zu setzen? Waren schon die Uniformen der kämpfenden Truppen und deren Rangabzeichen schwer überschaubar, so gab es in der Verwaltung, bei der Polizei und bei den Sonderverbänden ein totales Chaos. Kripobeamte waren meistens auch in der SS, konnten jedoch auch einen Heeresdienstgrad innehaben. Und die Polizei war als Ganzes im letzten Jahrzehnt mehrfach umstrukturiert worden. Aber die Buchstaben, die sich jetzt samt zugehöriger Person in sein Zimmer drängten, bedeuteten immer Ärger.

»Kriminalkommissar Ernst Schlüter, Sicherheitsdienst beim Reichsführer, Amt I. Heil Hitler!«

Das ging ja schnell, dachte Beltheim resigniert. Ein Strammer. Mit Hackenknall. Sofort erhob er sich und grüßte ordnungsgemäß zurück. Die Kerle haben sofort Wind bekommen von der

Sache, überlegte er. Allerdings wenig verwunderlich, schließlich war Walter Rabe einer von ihnen.

Als er dem Besucher entgegenging, schob er den Notenständer mit dem Bild und den Notizen wie zufällig ein ordentliches Stück zum Fenster und drehte ihn von Schlüter weg. Er wollte verhindern, dass der Mann sofort in alle Geheimnisse eingeweiht war. Es barg Vorteile, wenn man für später noch ein paar Asse im Ärmel hatte.

»Ich bin hier, um das weitere Vorgehen in der Mordsache Rabe zu besprechen«, meinte der SD-Beamte in herrischem Tonfall. Er zeigte Beltheim kurz den Dienstausweis. Der Mann wirkte nach dem zackigen Gruß seltsam schlaff im Auftreten. Bei der Gestapo arbeiteten meist Männer, die zuschlagen konnten und in jeder Hafenspelunke dieser Welt überlebt hätten. Beim Sicherheitsdienst gab es hingegen viele »Kuchen-Beamte«, träge und wenig arisch im Äußeren. Beltheim wusste jedoch, dass diese Kerle nicht minder gefährlich waren.

Jeder Widerstand zwecklos, überlegte er. Vom Dienstalter und Polizeirang war er dem Mann zwar vorgesetzt. Aber beim SD hatten alle Mitarbeiter quasi die Trumpfkarte, die sogar einen Generalsrang stechen konnte. Nassforsch waren die Kerle fast alle. Meistens zwischen dreißig und vierzig verdankten sie ihre Karriere voll und ganz der NS-Bewegung. Dabei waren sie jedoch noch nicht so devot und gutgläubig wie die ganz jungen Kollegen, die nichts anderes kannten als den Führer. Den zwanzigjährigen Neulingen hatte Adolf Hitler mittlerweile ihren Gott ersetzt. Er war nicht nur Vorbild, sondern auch Zweck ihres Daseins. Die älteren, erfahrenen Männer hingegen, die in den Leitungspositionen von Gestapo und Sicherheitsdienst tätig waren, nutzten die Ideologie oft geschickt aus. Sie bogen sie hin, wie es ihnen passte, und hatten damit einen Vorwand für ihr rücksichtsloses Vorgehen. Sie waren allesamt berechnend und auf den eigenen

Vorteil aus. Informiert, routiniert und auf ihre spezielle, teuflische Weise kompetent, ließen sie sich keine Märchen erzählen. Zumindest nicht ungestraft.

»Eine sehr unangenehme Sache, Herr Kollege«, fuhr Schlüter fort. »Der Reichsführer und meine Vorgesetzten wünschen eine schnelle Aufklärung.«

»Natürlich, Herr Schlüter. Sollte es sich um eine Tat im Affekt ...«

Weiter kam Beltheim nicht. Zu seinem Erstaunen leuchteten Schlüters Augen plötzlich auf, als wäre in ihm eine Lampe angegangen.

»Aber natürlich! Sie haben völlig recht, Beltheim. Wir haben es hier mit der emotional aufgeladenen Tat eines verwirrten, armen Geistes zu tun. Ein fehlgeleiteter junger Mensch. Hervorragend. Da hätte ich selbst draufkommen müssen. Man merkt, Sie sind vom Fach, mein Lieber.«

Beltheim hatte mit seinem Einwand eigentlich etwas ganz anderes gemeint. Er ahnte jedoch, weshalb der SD-Mann so begeistert war. Schwerverbrechen an Leib und Leben passten im Staat der treuen Nationalsozialisten nicht ins Bild. Sie waren quasi per Verordnung schon vor zehn Jahren abgeschafft worden. Und es konnte nicht geben, was es nicht geben durfte. Seltsamerweise meinte Beltheim sich aus seiner Weimarer Zeit daran erinnern zu können, dass die Bolschewiki das ähnlich sahen. Fortan suchten die Ermittler der NS-Behörden bei den Tätern also immer nach Geisteskrankheiten oder sogenannter erblich bedingter Neigung zu Kriminalität. Und sie waren immer ganz aus dem Häuschen, wenn sie jüdische Vorfahren im Stammbaum des Verdächtigen fanden. Für sie war es oft Grund genug, den Fall als aufgeklärt abzuschließen. Wobei Beltheim dieses Gewese um Rasse und Vererbung nie so recht in den Kopf gegangen war. Seines Wissens gab es im Stammbaum des Massenmörders Großmann, den man vor zwanzig Jahren geschnappt hatte, nicht einen einzigen jüdischen Vorfahren. Für solche Fälle hielt die nationalsozialistische Logik dann aber noch »die ererbte Verbrechensneigung gegen die gesunde Volksgemeinschaft und den arischen Volkskörper« bereit. Richter und Staatsanwälte erklärten manche Menschen einfach zu »asozialen Elementen« oder »Parasiten«, und damit war ihre Welt wieder in Ordnung. Die Leute verschwanden dann oft in Arbeitslagern zur Umerziehung. Um nie zurückzukehren. Offenbar malte sich Beltheims Besucher gerade aus, welche Variante auf Ottilie Rabe zutreffen könnte.

»Wir haben intern beschlossen, den Fall offiziell beim Kriminalhauptamt, also bei Ihnen zu lassen«, sagte Schlüter. »Macht weniger Aufhebens.«

Mit dieser Äußerung überraschte ihn der SD-Mann nun doch. Beltheim hatte erwartet, alles übergeben zu müssen. Er konnte jetzt über die Gründe des Sicherheitsdienstes nur spekulieren. Entweder man wollte tatsächlich kein Aufsehen erregen, zumal Schlüter die Sache wohl für geklärt hielt. Oder es gab auch beim Reichssicherheitshauptamt – wie beinahe überall – unterschiedliche Begehrlichkeiten und Gruppen, die sich durch zu viel aufgewirbelten Staub in ihren Interessen bedroht sahen.

»Also, mein Guter. Hervorragende Arbeit.« Der Kommissar erhob sich wieder von dem angebotenen Stuhl, auf dem er vielleicht eine Minute gesessen hatte. »Sie sichten alles Material und fassen den Bericht ab. *Der Sohn des Regierungsrats Dr. Walter Rabe hat nach einem heftigen Streit im Aufwallen jugendlicher Gefühle eine unverzeihliche Gewalttat an seinem Vater verübt, in deren Folge usw. usw.* Sie machen das schon, Beltheim. Ich empfehle mich. Heil Hitler!« Schon stand Schlüter in der Tür, hob eher nachlässig, fast jovial die Rechte.

»Heil …«, erwiderte Beltheim verdutzt. »Halt, Herr Kollege! Da steht doch noch gar nichts fest! Wir haben nur die Tochter vor Ort aufgegriffen. Den Sohn haben wir noch gar nicht vernommen. Wir wissen nicht einmal, wo ...« Beltheim stieß den Notenständer um und stolperte, als er hinter seinem Schreibtisch hervortrat. Als er die Tür seines Zimmers erreichte und öffnete, sah er in der Ferne auf dem Flur nur noch die Schwingtür, die klapperte. Schlüter hatte lautlos und schnell wie ein Geist den langen Flur durchquert. Einen kurzen Moment dachte der Kripobeamte daran, dem Kerl hinterherzulaufen. Aber es gab Grenzen, die ihm die Selbstachtung gebot.

Dämlicher Idiot, dachte er. Kommt in gestärkter und frisch gebügelter Uniform, um mir seine SD-Raute zu zeigen. Hat keine Ahnung vom Fall und diktiert mir das Ergebnis der Ermittlung ins Heft. So weit kommt es noch. Er hörte zwei Stimmen in sich. Die erste mahnte ihn eindringlich, die Füße stillzuhalten. Und die andere befahl ihn erbost in die Kampfarena. Schließlich war ihm der Fehdehandschuh ins Gesicht geworfen worden. Im Rahmen seiner Möglichkeiten wollte Kriminalrat Werner Beltheim – ohne sich oder die eigene Familie zu gefährden – die Reste seiner Berufsehre verteidigen. Ein Mensch war tot. Und er würde klären, ob es Mord, Totschlag, ein Unglück oder sonst irgendetwas war.

24

Berlin, Ende April 1944

»Warum habt ihr sie nicht gleich bei euch behalten?«, fragte Friederike Wieking, Regierungsdirektorin und Leiterin der Weiblichen Kriminalpolizei, ihren Kollegen. Beltheim wusste ihre Arbeit im Gegensatz zu vielen anderen Männern bei Sipo und Kripo zu würdigen. Sie dankte es ihm wiederum mit Respekt und Kollegialität. »Ich gebe dir eine schriftliche Vollmacht für die Vernehmungen, aber es hinterlässt keinen schönen Eindruck. Man könnte denken, wir hätten gerade ein Zimmer frei gehabt und nichts Besseres zu tun.«

»Ich weiß, dass es unüblich ist, Friederike. Sie ist Verdächtige in dieser Sache. Oder zumindest eine wichtige Zeugin. Aber sie ist trotz allem eine völlig verunsicherte Jugendliche. Und dafür bist du doch immer eingetreten. Dass wir die jungen Mädchen und Frauen besser schützen.« Beltheim wusste, welche Knöpfe er bei Friederike Wieking drücken musste. Sie nickte.

»Bist du sicher, dass sie nicht an Geistesschwäche oder einer schweren Neurose leidet?«, fragte die Polizistin. »Mir wurde berichtet, dass sie kaum gegessen hat. Und dass sie ihre Zelle nicht verlassen wollte. Sie spricht außerdem nicht, aber summt ständig Kinderlieder vor sich hin. Pass auf, dass es nicht eine Erbkrankheit ist. Sie ist ziemlich groß und mager. Soll bei ererbtem Schwachsinn vorkommen.«

Allein durch diese Schilderung fühlte sich Werner Beltheim bestätigt. Ottilie hierherzubringen, war richtig gewesen. Eine Untersuchungshaft in Moabit oder bei der Staatspolizei wäre kein Zuckerschlecken. Man hätte dort Ottilies Reaktionen als Aufsässigkeit interpretiert und wahrscheinlich sogar mit Schlägen bestraft. Er schüttelte den Kopf, bemerkte jedoch schnell, dass seine Kollegin diese Geste falsch deuten konnte.

»Ich glaube, das Mädchen ist völlig durch den Wind«, sagte er. »Erinnerst du dich an die Kriegszitterer aus dem ersten Krieg? Ich habe darüber gelesen. Es gibt etwas, das die Ärzte Schock nennen. Folge einer starken Belastung, die einen Menschen eine Zeit lang verändern kann.«

»Ich möchte bei der ersten Befragung dabei sein«, sagte Friederike Wieking, ohne auf Beltheims Bemerkung einzugehen. »Nicht dass du mir ein Ei ins Nest legst, das ich später ausbrüten darf.«

Der Kripobeamte wusste, dass es zwecklos war, ihr zu widersprechen. Er konnte das Wohlwollen dieser Frau nicht bis ins Unendliche strapazieren.

»Aber sicher«, erwiderte er stattdessen. »Vier Augen und vier Ohren. Eine gute Idee, Friederike.«

Sie wies ihre Sekretärin an, beide Beamte im gesicherten Trakt für weibliche Untersuchungshäftlinge telefonisch anzukündigen. Die Reichskriminalpolizei war zwar offiziell Teil des Reichssicherheitshauptamts, aber ihr Chef, Arthur Nebe, hatte sich bemüht, eine strukturelle Unabhängigkeit von Gestapo und Sicherheitspolizei zu erhalten. Wieking war der Abteilung »Vorbeugung« zugeordnet, und die Unterbringung der weiblichen Häftlinge war dort etwas humaner. Das Gebäude am Werderschen Markt in Friedrichswerder war riesig, sodass Beltheim und Wieking erst eine Viertelstunde später an ihrem Ziel ankamen.

*

»Kannst du dich denn noch immer nicht erinnern?«, fragte Beltheim zum wiederholten Mal.

Ottilie Rabe saß auf ihrer Pritsche und starrte auf den Boden. Wieking hatte auf einem einfachen Holzstuhl Platz genommen, und Beltheim lief auf und ab. Die Kripobeamten hatten sich entschieden, die Vernehmung im Haftraum durchzuführen.

»Wann bist du nach Hause gekommen?«

»Nach der Schule wollte ich zum Tanzunterricht, aber die Lehrerin hat abgesagt.«

Würde zu den Ballettschuhen passen, dachte Beltheim. Vielleicht hatte sie in ihrem Zimmer oder in der Stube allein geübt und die Schuhe danach ausgezogen.

»Warst du schon zu Hause, als dein Vater kam? Oder hast du ihn ...« Er fühlte sich im Umgang mit jungen Leuten immer etwas unsicher. Auch die Erziehung seiner Tochter hatte ihn Nerven gekostet, weil er vieles nicht verstand. »Hast du mit ihm gesprochen? Habt ihr miteinander gestritten?«

»Weiß nicht genau. Ich glaube, ich war zu Hause.«

»Natürlich warst du zu Hause«, meinte Beltheim ungeduldig. Er spürte, dass er sich hier in Gegenwart seiner Kollegin gerade fürchterlich blamierte. »Aber was ist geschehen?«

»Ich war in meinem Zimmer. Mir ist schlecht. Da war überall Wasser. Ich muss still sein, wenn Papa schlafen will.«

Beltheim sah Friederike Wieking an, die mit den Schultern zuckte. Er bedeutete ihr, mit ihm vor die Zellentür zu kommen.

»Die junge Frau redet wirres Zeug«, meinte die Polizistin. »Vielleicht wäre sie in einem Krankenhaus besser aufgehoben, Werner.«

»Keinesfalls«, entgegnete er leise. »Du weißt doch, welche Diagnose man dort stellen würde.«

»Bedränge sie nicht. Lass ihr Zeit, stell die Fragen nicht so direkt und lies zwischen den Zeilen«, riet sie ihm, bevor sie wieder in den Arrestraum gingen.

»Ich will dir helfen, Ottilie«, versuchte es Beltheim erneut. »Mit Vermutungen komme ich aber nicht weiter.«

»Was mein Kollege sagen will, ist, dass du dir helfen kannst, indem du uns hilfst«, ergänzte Friederike Wieking. »Jede Kleinigkeit zählt. Es gibt nichts, wofür du dich schämen oder rechtfertigen musst.«

»Als ich aus meinem Zimmer kam, waren Wassertropfen auf dem Holzboden im Flur«, meinte Ottilie.

»Und die waren vorher nicht da?«, fragte Wieking.

Ottilie schüttelte den Kopf.

»Hast du mit deinem Vater gesprochen? Habt ihr gestritten?«, fragte Beltheim drängend und überhörte ein mahnendes Räuspern seiner Kollegin.

»Weiß nicht.«

»War noch jemand in der Wohnung? Hast du vielleicht die Haustür nicht abgeschlossen?«

»Weiß nicht.«

»Ein Handwerker? Ein Freund deines Vaters?«

Ottilie schwieg.

»Warst du wütend auf deinen Vater, weil er deine Mutter geschlagen hat?«

»Papa schlägt Mama oft. Macht er bestimmt wieder, wenn er erfährt, dass ich hier bin. Dann gibt er Mama die Schuld.«

Wieking stand auf und legte ihrem Kollegen die Hand auf den Arm. Sie schüttelte unmerklich den Kopf, als er weiter fragen wollte. Sie wirkte beinahe nervös.

»Weißt du, warum du hier bist?«, fragte sie Ottilie.

Die junge Frau starrte jetzt wieder auf den Boden und antwortete nicht.

»Dein Vater ist tot.«

»Glaub ich nicht.« Die junge Frau sprach leise. »Bestimmt macht er das, weil er mich loswerden will. Er tut nur so. Er hat auch schon andere Sachen gemacht.« Sie nickte jetzt heftig.

»Welche anderen Sachen meinst du, Ottilie?« Beltheim war

erstaunt, wie sanft Wiekings Stimme klang. Ihr Vorgehen war äußerst behutsam, dabei galt sie gemeinhin als kaltschnäuzig und unnahbar. Sie trat einen Schritt zurück.

»Er sitzt einfach da und schaut durch mich hindurch. Er bewegt sich ganz lange nicht, aber dann springt er auf und schüttelt mich, bis mir schlecht wird. Er redet mit Leuten, die gar nicht da sind. Dann weint er plötzlich. Ich glaube, er kann auch tot sein, aber er ist es dann gar nicht.«

Beltheim blickte seine Kollegin an. Ottilie klang verwirrt, ihre Aussage ergab keinen Sinn.

»Hat er dir auch auf andere Weise wehgetan, Ottilie?«, fragte Wieking behutsam. »Hat er dich auf seltsame Weise angefasst?«

»Vater hat gesagt, dass er sich vor mir ekelt. Er hat mich untersuchen lassen«, antwortete Ottilie. »Er meinte, dass ich krank bin. Er will mich wegschicken. In eine Anstalt, hat er gesagt. Er will, dass ich tot bin.«

»Glaubst du wirklich? Ist es so schlimm?«

»Ich bin Abschaum, hat er gesagt. Dort werden sie mich totspritzen.«

Wieking sah ihren Kollegen an, der entsetzt den Kopf schüttelte. Beiden schien klar zu sein, dass sie die Vernehmung sofort abbrechen mussten. Ottilie hatte die Beine dicht an sich herangezogen und mit dem Armen fest umschlossen. Sie wiegte den Oberkörper hin und her, sang dazu mit seltsam hohler Stimme.

»Sie schwang sich um ihren Mantel
und sprang wohl in die See:
Gut Nacht, mein Vater und Mutter,
ihr seht mich nimmermeh.«

»Zwei Königskinder«, flüsterte Wieking, als sie wieder im Gang des Zellentrakts standen. Beltheim fröstelte.

25

Berlin, Anfang September 2022

»Polizei und Justiz haben sich damals offensichtlich nicht gerade mit Ruhm bekleckert, Eberhard«, meinte Torsten, nachdem Gernot Beyer eine Unterbrechung seines Vortrags angekündigt hatte.

Ich war mir nicht sicher, ob er Onkel Ebbi, der seit über fünfzig Jahren als Anwalt arbeitete, mit dieser Bemerkung provozieren wollte. Vielleicht war es einfach Verlegenheit, denn Torsten Rabe schien ein Mann zu sein, der Stille nicht gut ertragen konnte. Irgendwas musste also gesagt werden.

»Na, der Widerstand bei den Unternehmern war ebenfalls zu vernachlässigen, nicht wahr, mein Lieber?« gab Ebbi recht schlagfertig zurück.

»Der Fehler lag schlichtweg im System«, meinte Maurice. »Es kann keinen gerechten Faschismus geben, denn in ihm ist Wahrheit von nachrangigem Wert. Wer das nicht erkennt, legt sich eben schnell mit dem braunen Pack ins Bett. Egal ob Polizist, Anwalt, Industrieller, Arzt oder Künstler.«

Es trat wieder eine beklemmende Stille ein. Offenbar war im Moment niemandem außer Torsten und seinem Neffen nach Grundsatzdiskussionen zumute.

»Nette Geschichtsstunde, Herr Kriminalrat«, meinte Norbert nach einer Weile zu Beyer, als der ehemalige Polizist seine Unterlagen ordnete. »Psychologisch interessant, aber es bringt uns in der Sache doch nicht wirklich weiter.«

»Das sehe ich aber anders. Es ist wichtig zu wissen, wie es mit Lili nach …« Ich suchte nach den richtigen Worten. *Verbrechen. Mord. Tat.* Alles schien unpassend, unwirklich, wenn es um die eigene Familie ging. »Also, wir müssen wissen, was die damaligen Ermittlungen ergeben haben. Da ihr Vater bei der Gestapo war, hätte man die Sache vielleicht auch einfach vertuschen oder einem völlig Unschuldigen anlasten können.«

»Ich kann bestätigen, dass die Ermittlungen gegen Frau Rabe durch Werner Beltheim sogar nach heutigen Kriterien als weitgehend unvoreingenommen bezeichnet werden können«, sagte Beyer.

»Im Ernst?« rief Torsten. »Unvoreingenommen? Wenn ihm die Leute von der Gestapo im Nacken saßen?«

»Handlung im Affekt« murmelte Norbert und fertigte einige Notizen an. »Könnte passen. Vielleicht gab es vorher einen Streit. Oder er hat sie bei den Tanzübungen beobachtet. Missbrauch hat es auch damals schon gegeben. Vielleicht wurde Ottilie von ihrem Vater körperlich bedrängt oder bedroht. Ein Wort folgte auf das andere. Auch längere seelische Qualen können eine Kurzschlusshandlung auslösen. Das Fass läuft irgendwann über.«

»Und Lili nimmt mal eben einen Hammer, um ihren Argumenten Nachdruck zu verleihen?«, rief ich empört. »Weißt du eigentlich, was du da sagst? Und ist dir klar, dass der Mensch, über den du diese wilden Theorien anstellst, hier mit uns am Tisch sitzt?«

»Dieser ganze Quatsch mit der deutschen Frau«, mischte sich Laura ein. »War das damals wirklich so, Herr Beyer?«

»Ich bin kein Fachmann für die NS-Rechtsprechung«, erwiderte der Polizist. »Oder besser gesagt, Un-Rechtsprechung.«

»Es ist nicht an den Haaren herbeigezogen. Erstens galt das Ideal der Volksgemeinschaft«, mischte sich Ebbi ein. »Und nach dieser Vorstellung konnte und durfte ein Täter gar nicht aus den Reihen der arischen Gemeinschaft kommen. Es wäre für die

Nazis so gewesen, als würde ein gläubiger Mensch behaupten, Gott hätte einen Irrtum begangen. Der Führer war unfehlbar, und sein Ideal hatte es ebenfalls zu sein. Zweitens nahmen Frauen im NS-System eine Sonderrolle ein. Als künftige Mütter deutscher Soldaten wurden sie zwar auf einen Thron gehoben, waren aber auch auf diese Rolle reduziert. Offenbar durfte im abstrusen Weltbild Hitlers eine deutsche Frau keine Verbrecherin sein.«

»Ist ja total krank«, murmelte Laura.

»Und die Ermittlungen in einer solchen Atmosphäre nennen Sie unvoreingenommen, Herr Beyer?« hakte Torsten nach.

»Ich meinte lediglich die Arbeitshaltung und Methoden des zuständigen Kripobeamten und seines Vorgesetzten.«

»Und wenn ich es richtig verstanden habe, dann wurde ja tatsächlich versucht, die Sache einem Dritten anzuhängen«, sagte Torsten. »Nämlich meinem Vater! Ludwig Rabe!«

»Ludwig? Papa?«, fragte Heike verdutzt. »Wie kommst du denn darauf? Er wurde doch gar nicht erwähnt.«

Ich musste gestehen, dass mir dieses seltsame Detail in der Aufregung zunächst entgangen war. *Der Sohn.*

»Zum Schluss hat der Kerl vom Sicherheitsdienst im Gespräch mit dem Kommissar doch gesagt, es wäre eine prima Idee, dem Sohn die Tat als Handlung im Affekt unterzuschieben. Er sagte: Sohn! Also Ludwig. Oder etwa nicht, Herr Beyer?«

»Ja, aber warten Sie doch bitte ab, Herr Rabe. Meine Ausführungen sind noch nicht zu Ende.«

»Ludwig ... Papa muss damals elf gewesen sein«, meinte Heike leise. »Das ist ja schrecklich. Davon weiß ich gar nichts.«

Ihr schien plötzlich eine Idee zu kommen.

»Der Junge war somit eigentlich ein Opfer der NS-Willkür-Justiz! Wer weiß, was er erlebt hat? Was man ihm angetan hat!«, fügte sie hinzu und wirkte dabei fast euphorisch, was offenbar nicht nur mich befremdete.

»Pass auf, ab Montag steht das auf ihrer Website«, raunte mir Maurice ins Ohr. Er war aufgestanden, um sich etwas zu trinken zu holen. »Die Berliner Politikerin als Tochter eines NS-Opfers. Ein gefundenes Fressen für sie.«

Nach Torstens Einwand hatte nun wieder erhebliche Unruhe eingesetzt. Zunächst hatte es so ausgesehen, als fände dieses Treffen in ruhigerem Fahrwasser statt. Aber eine beinahe von allen übersehene Kleinigkeit in Beyers Vortrag hatte die Büchse der Pandora erneut geöffnet.

Wenn ich gehofft hatte, dass sich nach seinem Vortrag alles – auch in mir – wieder einrenken würde, dann sah ich mich getäuscht. Ich fühlte mich, als wäre ich auf hoher See über Bord gegangen. Mein Schiff, meine Sicherheit verschwanden am Horizont, und ich trieb dahin, mich an eine Planke klammernd. Meine Fantasie war schon immer gleichzeitig meine Stärke und meine Schwäche gewesen. Ich hatte mir in den vergangenen Wochen die Szenen der Tat lebhaft ausgemalt. Der entstellte Leichnam. Die aufgebrachten Nachbarn. Die verstörte, junge Frau. Ich hatte die Stimmen der Leute regelrecht gehört. Ich hatte das Blut und die Angst im Raum gerochen. Lilis tiefste Verzweiflung – obwohl nicht ausgesprochen – hatte mich fast selbst überwältigt. Hatte sie dieses schreckliche Verbrechen wirklich begangen? War es Notwehr gewesen? Oder war meine Großmutter eine Mörderin? Jetzt kam da schon wieder ein neuer Aspekt zum Vorschein. Ebenso unvorstellbar. Hatte die Polizei ihren viel jüngeren Bruder bezichtigt? War er deshalb später aus Berlin weggezogen? Musste er fortgehen, um neu anfangen zu können? Und was mochten ein solcher Verdacht, eine solche Anschuldigung in ihm ausgelöst haben?

»Ich möchte mich nicht aufdrängen, aber es ist doch augenfällig, dass Ottilie damals – und offenbar bis heute – Lücken in ihrer Erinnerung aufweist.«

»Kann es tatsächlich sein, dass ein Mensch sich nicht daran

erinnert, was sie oder er getan hat?«, fragte Heike. »Ich meine, komplett? Und bis heute?«

Alle Blicke wanderten gespannt zu Norbert.

»Eindeutig ja. Es gibt solche Reaktionen«, erwiderte der Psychologe. »Im Falle einer sehr starken seelischen Überlastung ist dies sehr wohl denkbar. Wir alle kennen den Begriff des Traumas. Wenn unerträgliche Seelennot auftritt, ist sie für Beteiligte manchmal nur erträglich, indem sich der Verstand und die Gefühle quasi abschalten. Es handelt sich um einen Schutzmechanismus, den wir auch aus dem Tierreich kennen. Das Beutetier erstarrt im Angesicht des nahenden Todes. Menschen irren dann oft orientierungslos durch die Gegend. Nach schweren Verkehrsunfällen schon oft geschehen. Oder sie stehen einfach erstarrt und stumm da. Auch Erinnerungslücken können dazugehören. Manchmal fehlen die Ereignisse vieler Tage im Gedächtnis der Betroffenen. Die Schilderungen von Beyer könnten dazu passen. Eine genaue Einschätzung kann ich jedoch nur treffen, wenn alle Umstände bekannt sind.«

»Kann so etwas denn Jahrzehnte anhalten?«, hakte Lukas nach und sah Beyer skeptisch an. »Die Erinnerungslücke? Kommen die Bruchstücke nicht wieder?«

»Der Leidensdruck lässt häufig mit der Zeit nach«, antwortete Norbert. »Dann können Teile der Erinnerung wieder ins Bewusstsein zurückkehren. Aber es gibt Fälle, da bleiben die unerträglichen Gefühle und Gedanken dauerhaft abgespalten.«

»Ich glaube das Ganze nicht. Ist doch alles Psycho-Gequatsche.« Lukas winkte unwirsch ab. »Könnte. Denkbar. Belastung. Gefühle. Wenn ihr mich fragt, sind das alles Ausflüchte, weil man dem Unfassbaren nicht ins Auge blicken will. Oder weil man nicht bereit ist, die Konsequenzen zu tragen.«

»Geht es noch?«, fragte Maurice erbost. »Machst du hier eine Rolle rückwärts, oder was?«

»Auch wenn du es anders meinst, erklärt deine Beschreibung das Phänomen ganz gut«, unterbrach Norbert mit lauter Stimme den aufkeimenden Streit und nickte Lukas zu. »Die Psyche kann dem Unfassbaren nicht ins Auge sehen, also schaltet sie gewisse Funktionen ab.«

»Wichtig sind die Beweise«, sagte Torsten. »Und da soll Herr Beyer jetzt mal Tacheles reden. Was haben die Spuren am Tatort ergeben? Was kam bei dem Verhör raus? Gab es andere Verdächtige? Wurde die Sache tatsächlich meinem Vater untergeschoben?«

»Genau!«, rief Lukas. »Fakten zählen! Die Polizei kannte doch die Indizien. Und jetzt muss alles auf den Tisch! Herr Beyer steht in der Verantwortung, die Arbeit nachzuholen, die sein Kollege damals schon hätte tun sollen.«

»Der Polizeibeamte hatte damals scheinbar einige Zweifel am vermeintlichen Tathergang«, sagte Maurice. »Herr Beyer hat sie akribisch aufgezählt. Man muss nur genau hinhören und sollte davor nicht die Ohren verschließen! Und ich persönlich halte es für wichtig, dass wir nachvollziehen können, wie es zu den Entscheidungen kam. Ich bin dafür, dass Herr Beyer genau in diesem Stil fortfährt, denn so kann ich mir meine eigene Meinung bilden. Genau darum geht es dir doch, Tante Lili, oder?«

Plötzlich schwiegen alle. Es schien, als hätte uns Maurice mit seiner Frage an die Person erinnert, um die es hier eigentlich ging.

»Wie fühlst du dich, Lili?«, fragte Laura unvermittelt meine Großmutter. »Wir reden uns hier die Köpfe heiß, dabei dreht es sich vor allem um dich. Du bist schließlich die Einzige, die damals dabei war.«

Lili saß seit einigen Minuten scheinbar unbeteiligt an ihrem Platz, als ginge sie die Diskussion nichts an. Dachte sie nach? Konnte sie sich nach Beyers Schilderungen vielleicht doch an Einzelheiten erinnern? Oder war sie kurz davor, unter der neuerlichen Belastung zusammenzubrechen? Ich war jedenfalls dankbar, dass meine Mutter sich zu ihr gesetzt hatte und ihre Hand hielt.

»Ich habe es nicht gewusst«, erwiderte Lili jetzt kaum hörbar. »Die Dinge sind mir entglitten. Meine Erinnerung daran ebenso wie die Situation hier und heute. Die alten Bilder sind einfach weg. Vielleicht bin ich ja doch nicht mehr so klar da oben, wie ich immer dachte.« Sie umfasste ihren Kopf mit beiden Händen.

»Wenn die Schilderungen zutreffen, dann war das Verhältnis zwischen dir und deinem Vater – milde ausgedrückt – stark zerrüttet«, sagte Laura. »Weshalb wollte er dich loswerden? In welche Anstalt wollte er dich denn schicken?«

»Ja, und was bedeutet *Totspritzen*?«, fragte Maurice.

»Ich weiß es nicht mehr.«

»Lili muss zu diesem Zeitpunkt sehr verwirrt gewesen sein«, mischte sich Norbert ein. »Sie hat in der Vernehmung klar angezweifelt, dass ihr Vater tot ist. Realitätsverlust durch traumatisches Erleben. Da sind auch die anderen Äußerungen mit Vorsicht zu werten.«

»Es stimmt«, erwiderte Lili. »Ich habe heute noch manchmal das Gefühl, es wäre gar nicht geschehen. Aber diese Drohung meines Vaters ...« Sie hielt inne, und ihre Stimme brach. »Er wollte mich fortbringen lassen.«

»Eberhard, ich glaube, es ist jetzt besser, wenn du sie nach nebenan begleitest. Ein paar Minuten Ruhe wirken oft Wunder.« Eben noch der kühle Analytiker, konnte Norbert plötzlich erstaunlich einfühlsam sein. »Es ist denkbar, dass die Situation Ottilie überfordert oder sogar erneut verletzt. Sie durchlebt dann quasi alles noch einmal.«

Ebbi wirkte hilflos, sah erst zu meiner Mutter, dann zu mir. Der Psychologe hatte vollkommen recht. So hatte ich meine Großmutter noch nicht erlebt. Sie schien Worte vor sich hin zu murmeln. Ihre Lippen bewegten sich, aber es war kein Laut zu hören. Nur Ebbi durfte sie jetzt berühren, denn sie wirkte wie ein uraltes Buch, dessen Seiten jederzeit zu Staub zerfallen konnten.

»Na, wer wurde denn hier verletzt? Schlimmer noch! Wer wurde getötet?« schnaubte Lukas, als die beiden den Raum verlassen hatten. »Nicht sie, sondern Walter Rabe. Immerhin war der Mann mein Großonkel! Diese ganze Familie hat doch einen Schaden! Seht ihr das nicht? Der Kerl war ein Nazi. Mein Großvater Anton ein Traumtänzer. Ludwig wurde vielleicht zu Unrecht verdächtigt. Und Ottilie ist vielleicht eine …«

»Walter war *unser* Großvater und Ludwig *unser* Vater«, warf Torsten ein, bevor Lukas aussprechen konnte, wofür ich ihm sicherlich eine Ohrfeige verpasst hätte.

»Sollte Ludwig tatsächlich etwas angehängt worden sein, dann sind wir sogar doppelt betroffen!«, fügte Heike noch hinzu.

»Könntet ihr bitte etwas mehr Rücksicht nehmen!« Ich konnte mich nicht länger zurückhalten. »Es geht hier vor allem um Lili! Es betrifft sie ja wohl am meisten. Oder etwa nicht? Laura hat es schon ganz richtig erkannt. Es geht ihr nicht gut, also ist jetzt mal einen Moment lang Funkstille!«

Mir war der Kragen geplatzt. Meine Stimme duldete in diesem Augenblick offensichtlich keinen Widerspruch, denn das Palaver erstarb fast augenblicklich. Torsten und Lukas sahen sich an, als wollten sie sich gegenseitig die Schuld für die neuerliche Zuspitzung der Situation geben.

»Langsam wird die Sache zu einer Art Selbstzerfleischung«, sagte ich, als alle verlegen an ihren Getränken nippten oder auf ihre Smartphones blickten.

»Ich finde es fachlich höchst interessant«, meinte Norbert. »Wir sehen hier Konflikte, Abwehr, Kommunikationsstörungen und vieles mehr.«

»Menschlich ist es ein Desaster«, meinte Laura.

»Herr Beyer.« Ich wandte mich an den Privatermittler. »Ich hoffe wirklich, dass Ihre Ausführungen Aufschluss geben über die ganzen Fragen, die sich hier auftürmen. Und dass es den Schmerz wert ist, den sie verursachen.«

»Da ist noch einiges, Frau Abazian. Aber ich denke, dass Sie alle gewünschten Antworten bekommen werden.«

»Es ist und war Lilis ausdrücklicher Wunsch, dass Sie sehr ausführlich referieren sollen«, meinte ich. »Wenn es nach mir ginge, würde ich Sie bitten, das Wichtigste in einer Viertelstunde zusammenzufassen.«

Ich hörte zustimmendes Murmeln.

»Aber wir sollten den Wunsch meiner Großmutter respektieren. Das Opfer war ihr Vater, und sie ist es, die traumatisiert wurde. Also spielen wir dieses etwas makabre Stück nach ihren Regeln zu Ende.«

Gernot Beyer nickte und klopfte auf seine Aktenmappe. Beim Hochfahren seines Laptops hatte ich einen kurzen Blick auf seine Folien werfen können. Es waren über dreißig, und ich schätzte, wir waren noch nicht einmal bei der Hälfte angekommen.

»Ohne dass Sie jetzt konkret werden müssen«, sagte ich. »Sind die weiteren Erkenntnisse Ihrer Ermittlungen ebenso belastend?«

»Ich denke, ja«, antwortete er ohne Zögern. »Allerdings bringen sie auch Licht ins Dunkel.«

»Lili hat sich etwas hingelegt«, sagte Laura. Sie hatte im Nebenzimmer kurz nach dem Rechten gesehen.

Ich blickte sie dankbar an. Sie war ein Mensch, bei dem der erste Eindruck mächtig täuschte. Anfangs hatte sie abweisend und unangepasst gewirkt. Nun jedoch entdeckte ich immer mehr Gemeinsamkeiten zwischen ihr und mir.

»Sie meinte aber, dass es weitergehen soll.«

»Ich finde, die Frage der Zurechnungsfähigkeit muss dringend noch einmal angesprochen werden«, meinte Torsten.

»Bringt es dir Spaß, permanent den Armleuchter zu mimen?«, fragte ich. »Das ist echt erbärmlich.«

»Ich meine ja nicht, dass Lili verrückt ist«, versuchte er zu beschwichtigen. »Aber sie quält und schädigt sich selbst. So etwas muss man doch verhindern. Da tragen wir alle eine Verantwortung. Wie siehst du das, Norbert?«

»Eine Grauzone«, entgegnete der Angesprochene. »Wer entscheidet, wann es zu viel ist? Nur sie selbst kann das. Verrückt, wie du es nennst, ist sie ganz sicher nicht. Und oft ist Heilung eben ein sehr schmerzhafter Prozess. Solche Verfahren wenden wir sogar in der Therapie an.«

Ich nutzte die Pause, um mir mit Maurice und Laura einen Tee in der Küche zu machen. Teetrinken war Übersprungshandlung und Meditation zugleich.

»Dass die Sache so entgleist, hätte ich nicht für möglich gehalten«, sagte Maurice.

»Wahrscheinlich haben Beyer und Norbert recht«, entgegnete Laura. »Bei Liebeskummer hilft es, sich die Bilder anzusehen und die Chats noch mal zu lesen. Tut weh, aber es hilft.«

»Als mein Vater abgehauen ist, habe ich alles aus meinem Leben verbannt, was mich an ihn erinnerte.« Ich nickte. »Geholfen hat es nicht. Wegsehen löst das Problem nicht.«

»Ein Problem hatte wohl eher er.«

»Solche Ereignisse verwirren dich vollkommen«, fuhr ich fort. »Ich war wütend auf meinen Vater, aber plötzlich fing ich an, meine Mutter zu bashen. Ich war auf der Suche nach Harmonie und hinterließ nur Chaos.«

»Und? Hast du dich dem Problem, wie du es nennst, gestellt?«, fragte Maurice. »Kommst du jetzt klar mit deinem Vater? Oder ist das Thema wenigstens abgeschlossen?«

Autsch. Gar nichts war abgeschlossen. Das wusste ich bereits seit meiner Therapie. In dieser Frage begleiteten mich seit jeher

Wut und Traurigkeit. Mit diesen Gefühlen kannte ich mich aus, sie gaben mir sogar in gewisser Weise Halt. Auf morbide Weise vermittelten sie mir eine Beständigkeit. Auf sie war Verlass. Auf meinen Vater eher nicht.

»Ich spreche nicht oft darüber«, sagte ich und hob den leeren Becher an den Mund.

»Sehen wir der Wahrheit einfach ins Auge«, meinte Laura. »Wir sollten Lili bei ihrem Wunsch unterstützen, endlich reinen Tisch zu machen.«

Ich nickte nur, und kurz darauf kehrten wir zu den anderen zurück. Offenbar war etwas Ruhe eingekehrt. Der Sturm der Gefühle hatte sich gelegt, alle blickten auf ihr Smartphone oder in ihre Getränkegläser. Diesen Moment der Verlegenheit wollte ich nutzen und öffnete alle Fenster, um ein Zeichen zu setzen. Ebbi, der mit Lili ebenfalls gerade in den Raum zurückkehrte, nickte mir dankbar zu.

»Wir möchten jetzt fortfahren«, sagte Lili mit fester Stimme.

Ihre Autorität ließ keinen Widerspruch zu. Ich musste lächeln.

Gernot Beyer stellte sich seitlich neben den Tisch und betrachtete den Bildschirm seines Laptops. Die Atmosphäre erinnerte mich an einen Klassenraum, kurz nachdem der unbeliebteste Lehrer gekommen war. Alle schienen überreizt, manche maulten vor sich hin. Aber niemand wagte es mehr, eine offene Gegenrede zu führen. Der nächste Akt des Dramas konnte beginnen.

26

Berlin, Anfang Mai 1944

»Der Sicherheitsdienst macht Druck«, sagte Beltheim.

»Es ist unnötig, dies zu erwähnen, Werner«, erwiderte sein Vorgesetzter Noltke. »Ich habe dich gewarnt.«

Beide Männer saßen in Beltheims Dienstzimmer und besprachen die möglichen Zusammenhänge anhand des Schaubilds, das der Ermittler angefertigt hatte. Mittlerweile waren viele rot markierte Bereiche mit Ausrufezeichen auf dem Papierbogen zu sehen. Beltheim ließ seinen älteren Vorgesetzten über deren Bedeutung im Unklaren. Egbert Noltke war zwar kein strammer Parteigänger. Aber auch kein kritischer Geist, der seine Pension aufs Spiel setzen würde.

»Lass es, Werner«, meinte der Kriminaldirektor und wirkte müde. »Du siehst doch, dass SD und Stapo überall ihre Finger im Spiel haben.«

»Schlüter hätte uns den Fall einfach wegnehmen können«, sagte Beltheim mehr zu sich selbst. »Hat er aber nicht. Und ich frage mich nach den Gründen.«

»Du hast ihn doch gehört. Die Sache soll keinen Staub aufwirbeln. Der SD will ein paar Nebelkerzen werfen. Na und? Die junge Frau lassen sie in Ruhe, dem Jungen passiert wahrscheinlich auch nichts. Er ist elf Jahre, da ist egal, was du in die Akte schreibst. Und wenn er Mussolini Haare auf die Glatze geklebt hätte, sie werden ihn in Ruhe lassen.«

»Da stimmt was nicht, Egbert. Das spüre ich. Dieser Schlüter will keine unnötige Aufmerksamkeit erregen. In diesem Punkt gebe ich dir recht. Aber der Grund ist ein anderer. Ich vermute, man befürchtet beim SD, dass unschöne Dinge bekannt werden könnten. Und die Fraktion, der Walter Rabe angehört hat, kommt deshalb ganz schön ins Schwitzen. Also wollen sie das Ganze lieber vertuschen.«

»Dann wäre es eine interne, politische Angelegenheit. Das macht alles nur umso gefährlicher, Werner! Warum willst du das bloß nicht einsehen? Wenn du dich einmischst, bist du plötzlich der Sündenbock.«

»Ich will mir morgens beim Rasieren noch ins Gesicht sehen können«, erwiderte Beltheim. »Wozu mache ich diese Arbeit überhaupt? Die Frage stelle ich mir fast jeden Tag, Egbert! Vor solchen Spinnern und Fanatikern wie Schlüter muss ich kriechen. Alles Leute, die vor zwanzig Jahren nicht mal Pförtner bei uns geworden wären. Wir sind doch Kriminale alter Schule. Erinnerst du dich? Es gibt ein Recht, das wir durchsetzen sollen, damit die Leute ein sicheres Leben führen können. Aber unsere liebe Justitia hat sich in die schlimmste Hure von allen verwandelt. Sie hält ihren Hintern denjenigen hin, die die Macht haben.«

»Hast du den Verstand verloren? Nicht so laut!«

»Schläfst du gut, mein Freund?« Beltheim ließ sich nicht beirren. »Weil du dir einredest, wir wären nicht bei diesem Haufen? Weil wir nicht bei den Sonderkommandos dabei waren? Weil wir im tiefsten Inneren noch rechtschaffene Polizisten sind? Alles Lüge! Wir sind nicht besser als die Stapo-Kollegen. Vielleicht sogar schlimmer, weil wir uns die Scheiße, die sie uns auftischen, auch noch schönreden. Und sie bereitwillig schlucken, statt zu kotzen.«

Egbert Noltke hatte sich erhoben, und die Wut stand ihm in Form hochroter Punkte ins Gesicht geschrieben. Beide Männer kannten und mochten sich seit mehr als zwei Jahrzehnten. Noltke war immer der Besonnene gewesen. Werner Beltheim hingegen hatte sich wegen unbedachter Reaktionen manche Rüge eingefangen. Aus diesem Grund war der eine Chef, der andere nicht. Opportunisten waren sie jedoch beide. Und sie wussten es. Es machte sie wütend. Mit dem Unterschied, dass Noltke wohl in der Tat gut schlief. Er hatte sich arrangiert.

»Herr Kriminalrat Beltheim, ich empfehle Ihnen dringend zu schweigen!« erwiderte er scharf. Dann sagte er etwas leiser: »Bitte, Werner, ich möchte dir keinen Befehl erteilen. Gib jetzt Ruhe.«

Vielleicht wäre in diesem Moment eine alte Freundschaft zerbrochen, hätte nicht Assistent Wilhelmy unvermittelt das Zimmer betreten. Ihm stand Schweiß auf der Stirn, und sein Atem ging schwer, als wäre er eine längere Strecke gelaufen.

»Werner, Sie werden es nicht glauben!« rief er keuchend. Dann erst bemerkte er Noltke. »Oh, Herr Direktor, ich hatte Sie hier nicht erwartet.«

»Geht hier zu wie bei den Hottentotten«, murmelte Noltke nur und schüttelte den Kopf.

Beltheim war insgeheim sehr froh, dass Wilhelmy ihr Gespräch unterbrochen hatte, und bedeutete ihm mit der Hand zu bleiben.

»Was gibt es, Johann?«, fragte er.

»Ich habe vielleicht eine Erklärung für Rabes ungewöhnlich aggressives Verhalten gegenüber Frau und Tochter«, meinte sein Mitarbeiter. »Sie wissen, Herr Direktor«, ergänzte er, an Noltke gewandt. »Die Schläge und Beleidigungen.«

»Nun machen Sie halblang, junger Kollege«, fuhr ihn der Vorgesetzte an. »Jedem Mann in verantwortungsvoller Position kann in diesen Tagen mal die Hand ausrutschen.«

Wilhelmy wollte etwas erwidern, aber Beltheim räusperte sich laut und blickte ihn dann eindringlich an.

»Und noch wichtiger, Herr Kriminalassistent«, sagte Noltke

in gedehntem Tonfall. »Rechtfertigt eine solche Routinesache Ihr ungehöriges Benehmen? Stürzen hier rein, als wäre Moskau gefallen.«

Vorher fällt wohl Berlin, dachte Beltheim, aber er schwieg.

»Es ist denkbar, dass Walter Rabe regelmäßig Rauschmittel eingenommen hat«, sagte Wilhelmy, ohne auf die Bemerkung einzugehen.

»Gibt es entsprechende Zeugenaussagen?«

»Nichts Konkretes.« Beltheims Mitarbeiter blätterte in seinem Notizblock. »Das Übliche. Die Leute zerreißen sich das Maul, machen Andeutungen. Und dann ist es doch nichts Belastbares. Es gibt jedoch übereinstimmende Hinweise, dass Walter Rabe bei kleinsten Anlässen zu Wutausbrüchen neigte. Sogar gegenüber Nachbarn oder dem Postboten.«

»Passt auch zu Ottilies Befragung«, meinte der Kommissar. »Ihr Vater hat sie als Abschaum bezeichnet. Sie meinte, er hätte gewollt, dass sie tot ist.« Plötzlich kam ihm ein Gedanke. Er ging zum Schrank und zog das Protokoll der Aussage aus einer Akte. Wiekings Sekretärin hatte es auf Geheiß ihrer Vorgesetzten angefertigt und ihm eine Abschrift zustellen lassen. Er fuhr mit dem Finger über die Zeilen.

»Hier!«, sagte er triumphierend. »Ich habe die Stelle: ›Er sitzt einfach da und schaut durch mich hindurch. Er bewegt sich ganz lange nicht, aber dann springt er auf und schüttelt mich, bis mir schlecht wird. Er redet mit Leuten, die gar nicht da sind. Dann weint er plötzlich. Ich glaube, er kann auch tot sein, aber er ist es dann gar nicht.‹ Ottilies Worte.« Er schlug mit der Hand auf den Ordner. »Verdammt, wir hätten früher daran denken müssen!«

Wilhelmy griff nach einer weiteren Akte und überflog die Liste der Beweisstücke.

»Da.« Er tippte aufs Papier. »Ein Röhrchen mit Pervitin-Tabletten.«

Viele Soldaten nahmen das Aufputschmittel, das allerdings mittlerweile nicht mehr so leicht erhältlich war. Das Zeug war auch bei SS, Gestapo und SD sehr beliebt, da es das Selbstbewusstsein steigerte und angstlösend wirkte. Seit die großen Siege an der Front ausblieben, nahmen die Sorgen der oberen Chargen immens zu.

»Na, meine Herren«, mischte sich Noltke ein. Offenbar fühlte er sich jetzt überflüssig. »Ich lasse Sie jetzt mal allein bei Ihrer Arbeit.« Er bedachte den jungen Assistenten mit einem tadelnden Blick. Beltheim ahnte, dass er sich später wieder Tiraden seines Chefs über das ungebührliche Verhalten junger Untergebener anhören musste.

»Passen würde es«, meinte er zu Wilhelmy, als Noltke die Tür hinter sich geschlossen hatte. »Angeblich bunkert die Gestapo zwei Tonnen Pervitin in der Prinz-Albrecht-Straße. Wurde beschlagnahmt, aber nie vernichtet. Hab es selbst ein einziges Mal genommen, konnte eine Nacht durcharbeiten und wollte am nächsten Morgen noch schnell die Welt erobern. Du fühlst dich plötzlich unbesiegbar, gehst aber viel zu hohe Risiken ein.«

»Ich denke eher nicht, dass wir dann nur ein Röhrchen von dem Zeug gefunden hätten«, antwortete Wilhelmy. »Es muss etwas Stärkeres gewesen sein. Der Kerl ist manchmal gegenüber seiner Frau und den Kindern regelrecht ausgerastet. Ein Zeuge versichert, dass Walter Rabe regelmäßig seine Frau vertrimmt hat. Oft musste sie dann zum Arzt und hat später allen erzählt, sie wäre im Haushalt sehr ungeschickt.« Der junge Assistent schüttelte den Kopf. »Die Zustände, die seine Tochter bei der Befragung erwähnt hat und die Gewaltbereitschaft passen nicht zur Wirkung von Pervitin. Außer er hat es schon sehr lange und in hoher Dosierung genommen. Dann wäre er aber kaum noch arbeitsfähig gewesen.«

»Ein nettes Früchtchen, unser SD-Arier«, murmelte Beltheim. »Erkundigen Sie sich mal bei der Sitte, Johann. Fragen Sie nach

Kommissar Söller. Er kennt sich mit diesen Rauschmitteln aus. Vielleicht kann er uns einen Hinweis geben.«

Er sah noch einmal auf die Liste der Beweismittel. Ein paar Punkte hatte er aus den Augen verloren.

»Und machen Sie den Leuten vom Erkennungsdienst Dampf wegen der blutverschmierten Küchentücher. Wir brauchen unbedingt die Blutgruppe. Wahrscheinlich hat Rabes Frau nur ihre Platzwunden notdürftig damit versorgt, aber ich will sichergehen.«

Wilhelmy nickte und machte sich entsprechende Notizen. Dann trat er dicht an Beltheims Schreibtisch heran.

»Da ist noch eine Sache, Werner. Ich wollte gegenüber Noltke nicht sofort darüber sprechen. Sie müssen es zuerst erfahren.«

»Also, heraus mit der Sprache, Johann!«

»Ich bin auf der Suche nach weiteren Angehörigen von Ottilie Rabe die Meldelisten durchgegangen. Die Anfrage ans zentrale Register habe ich ebenfalls gleich rausgeschickt. Irgendwo muss der jüngere Bruder schließlich später unterkommen. Ist ja ziemlich wahrscheinlich, dass das Jugendamt die Familie als zerrüttet einstuft.«

»Und? Gibt es andere Verwandte?«, fragte sein Vorgesetzter in leicht gereiztem Tonfall.

»Es ist bei Familie Rabe keine Tochter gemeldet«, erwiderte der junge Beamte. »Die Mitarbeiter des Standesamts haben die Angaben bestätigt.«

»Wie bitte? Was sagen Sie da?«

Beltheim verschüttete vor Erstaunen seinen kalten Kaffee auf einigen Unterlagen.

»Ist sie vielleicht eine Verwandte?«, fragte er. »Irgendein Torfkopf aus der Hausgemeinschaft faselte doch etwas von einer Nichte.«

»Nein. Der Blockleiter hat davon gesprochen.« Wilhelmy blätterte in seinem Zettelblock. »Hier, ich habe es. Baumann erwähnte, dass ein Mädchen bei Rabes wohnt. Er sagte, es sei vielleicht die Nichte.«

Beltheim hatte die Zeugenbefragungen der Nachbarn lediglich überflogen. Wertloses Geschwätz, ein paar Vermutungen. Und eine Menge Angst. Wahrscheinlich fürchteten sie, dass der Tod eines höheren Beamten auch für sie Nachteile haben konnte. Die Aussage Baumanns hatte er für das überspannte Gerede eines Wichtigtuers gehalten. Später hatte sich Baumann auch nicht mehr genau erinnern können. Hatte herumgestottert wie ein Pennäler, den man mit schlüpfrigen Bildchen erwischt hatte.

»Schon geprüft, Chef. Es ist keine Angehörige in diesem Alter bekannt. Könnte natürlich die Tochter einer befreundeten Familie sein. Aber wer schickt denn sein Kind im Moment nach Berlin? Alle wollen raus aus der Stadt.«

Die zwei Männer blickten sich an. Beltheim ließ seinem Assistenten die Sekunden des Triumphs. Junge Leute waren durchschaubar, wenn sie sich in Szene setzen wollten. Bei der Balz, bei Bewerbungen und jetzt hier vor seinem Vorgesetzten.

»Walter Rabe hat zwei Söhne«, ließ Johann Wilhelmy endgültig die Bombe platzen. »Hermann Otto ist sechzehn. Ludwig ist elf. Wie gesagt, keine Tochter.«

»Sechzehn. Dasselbe Alter wie Ottilie. Das kann nicht …« Es war nicht Beltheims Art, sich durch ungewöhnliche Neuigkeiten schnell aus der Ruhe bringen zu lassen. Dafür hatte er die letzten Jahrzehnte einfach zu viel gesehen und erlebt. Aber jetzt stemmte sich der Kripobeamte mit beiden Armen auf den Schreibtisch. Er kam sich in dieser Pose vor wie die Generäle aus dem Wehrmachtsstab, die auf den offiziellen Fotografien immer ihr ganzes Gewicht in die Runde zu werfen schienen. Sie ähnelten dabei Bobby, dem Gorillamännchen aus dem Berliner Zoo, den die Touristen so gern fotografiert hatten. In diesem Moment aber formte sich ein ungeheuerlicher Gedanke in seinem Verstand. Wenn in einer Ermittlung nichts mehr passte. Wenn nur das Unglaubliche noch eine Erklärung bot. Wenn der Prophet nicht zum Berg ging, dann musste der Berg eben zum Propheten kommen.

»Die Fakten sind niemals falsch«, hatte Gennat immer gesagt. »Aber unser Denken über sie kann es sein. Die Perspektive unseres Geistes verformt allzu oft die Wahrheit.«

Wenn es keine Tochter und keine nähere Verwandte gab, wer war dann Ottilie Rabe? Beltheim betrachtete die Notizzettel und Papierbögen, die er an das billige Kunstwerk geheftet hatte. Er griff danach und schob den Notenständer zum Fenster. Danach stellte er das Bild wieder darauf ab. Gennat hatte recht. Er brauchte eine andere Perspektive.

»Vielleicht etwas Illegales«, schlug sein Assistent vor. »Das Kind guter Freunde, die …« Wie sprach man aus, was man nicht aussprechen durfte? »Leute, die irgendwie auffällig wurden oder wegen der Ariergesetze …«

»Wir sprechen über Walter Rabe«, unterbrach ihn Beltheim und schüttelte den Kopf. »Parteimitglied. Große Karriere beim SD. Kein Frontdienst. Prächtige Wohnung. Der Kerl würde doch keine Illegale verstecken.«

»Untermieterin? Geliebte? Ich meine, die Leute lassen sich ja einiges einfallen.«

Beltheim musste seine Ungeduld zügeln. Wilhelmy brachte nur ein paar Überlegungen an, so unwahrscheinlich sie auch sein mochten.

»Andererseits ist niemand anderes dort gemeldet«, gab der junge Mann sich selbst die Antwort, als sein Vorgesetzter nicht reagierte. »Und die Theorie mit der Geliebten können wir wohl getrost vergessen. Ottilie ist minderjährig. Und würde Rabe sie dann in der eigenen Wohnung unterbringen, in der sogar die Ehefrau und die Kinder wohnen? Wohl kaum.«

»Sie hat ihn Papa genannt.« Beltheim stand vor dem Bild und hörte gar nicht zu. »Papa.« Er schlug sich mit der flachen Hand an die Stirn. »Und wenn Walter Rabe wirklich ihr Vater war?«

»Dann ist sie seine Tochter«, entgegnete Wilhelmy zunächst irritiert. Plötzlich strahlte er, als wäre ihm ein Licht aufgegangen. »Klar, Chef! Sie ist ein uneheliches Kind. Passt doch gut. Deshalb auch die Streitigkeiten mit seiner Frau, von denen einige Nachbarn berichtet haben.« Dann schien seine Begeisterung einen Dämpfer zu erleiden, und er rieb sich verlegen das Kinn. »Aber wo ist dann der ältere Sohn? Hermann Otto kann doch nicht verschwunden sein.«

Beltheim schwieg. Er dachte wieder an Berge und Propheten. Und an Gennats *Regeln für ein neues Denken bei der Polizei*. Vor seinem geistigen Auge erschien das Bild der jungen Frau. Hochgewachsen, hager. »Flach wie ein Bügelbrett und keinen Hintern im Rock«, hatte der wenig feinfühlige Orpo-Kollege Koch nach der Verhaftung gesagt. Friederike Wieking hatte berichtet, dass sie ihre Körperhygiene in der Zelle betrieb, weil sie sich weigerte, die Waschräume aufzusuchen. Nun gut, sie war erst sechzehn. Konnte also alles sein. Und dennoch …

»Sie ist gar keine Frau!«, platzte es aus Beltheim heraus. »Ottilie ist Hermann Otto Rabe!«

»Unmöglich«, meinte sein Assistent etwas zu schroff. Er vergaß beim Sprechen die Zigarette, die er sich eben angesteckt hatte, und sie fiel ihm auf die Anzughose. Er fluchte und starrte auf das Brandloch im Stoff. »Walter Rabe war Jurist beim SD. Das wäre doch aufgefallen. Die Kerle durchleuchten jeden, wissen alles. Das hätte Rabe niemals toleriert. Und die Kollegen im Amt ebenfalls nicht. Sie hätten ihn fertiggemacht.«

Anstalt. Totspritzen. Abschaum. Beltheim erinnerte sich an Ottilies Worte. Jetzt ergab plötzlich vieles einen Sinn.

»Der Sohn eines höheren Beamten beim Hauptamt verkleidet

sich als Frau.« Er sprach mehr zu sich selbst und schüttelte den Kopf. »Unfassbar. Suchen Sie unbedingt weiter nach entsprechenden Hinweisen, Johann.«

Wilhelmy nickte, aber beide Männer wirkten verunsichert, als müssten sie sich erst einmal selbst neu orientieren.

»Für den Moment bleibt diese Tochter-Sohn-Hypothese unter uns«, sagte Beltheim schließlich. »Wir brauchen zunächst Beweise, sonst machen wir uns lächerlich. Oder Schlimmeres. Ich werde Noltke nur von dem berichten, was er ohnehin schon mitbekommen hat, der Rauschmitteleinnahme durch Walter Rabe.«

»In Ordnung. Meine Anfragen bei den Ämtern und Kollegen werde ich unauffällig formulieren. Niemand wird Verdacht schöpfen.«

»Dabei belassen wir es im Moment auch«, schärfte er seinem Mitarbeiter nochmals ein. »Erst einmal bleibt die Verdächtige als Ottilie Rabe in Haft.«

Die Angelegenheit kann uns schnell um die Ohren fliegen, dachte Beltheim. Wilhelmy wandte sich zum Gehen, da er die Anfragen bei der Sitte und dem ED zügig stellen wollte. Zudem hatte er noch den Bericht zu schreiben.

»Trennen Sie die beiden Sachverhalte voneinander, Johann. Und von dem Bericht über Ottilie lassen Sie keine Abschrift anfertigen.« Sein Mitarbeiter hob den Zeigefinger an die Stirn, nickte und verließ das Zimmer.

Beltheim überlegte, was ein Versteckspiel überhaupt brachte. Wie lange konnten sie ihr Wissen vor der Staatspolizei verbergen? Warum sollte er sich und Wilhelmy dieser Gefahr überhaupt aussetzen? Der junge Mann war verlobt, er selbst hatte Frau und Tochter. Sollte er alles aufs Spiel setzen für ein Mädchen, das keines war? Das er nicht einmal kannte?

Beltheim setzte sich an seinen Schreibtisch und brachte die neuen Fakten zu Papier. »Was geht hier eigentlich vor sich?«, murmelte er vor sich hin. »Walter Rabe misshandelt seine Frau und schikaniert den ältesten Sohn, der sich scheinbar seit Längerem als Frau ausgibt. Und niemand will etwas bemerkt haben? Oder haben alle einfach nur weggesehen.« Er nickte. »Wäre nicht das erste Mal.«

Er musste unbedingt klären, ob es solche Fälle bei anderen jungen Menschen schon gegeben hatte. Ob es sich vielleicht sogar um eine Krankheit handelte. Vielleicht konnte ihm ein Arzt dazu nähere Auskünfte erteilen.

Fachmann befragen. Charité? schrieb er in sein Notizheft. Er seufzte und strich den Namen der berühmten Klinik wieder durch. Zu viele treue Speichellecker und Karrieristen. Wenn er dort wegen dieser heiklen Sache nachfragte, wusste es eine Stunde später die Gestapozentrale. Er musste einen anderen Weg finden.

Er dachte plötzlich an Schlüter. Weshalb war der Mann derart schnell bei ihm aufgetaucht? Warum hatte er sofort Druck gemacht? Beltheim setzte seinen Bleistift viel zu fest aufs Papier, sodass die Spitze abbrach. Erst jetzt begriff er, was Schlüter gestern gemeint hatte, als er selbstzufrieden davon gesprochen hatte, die Sache dem Sohn unterzuschieben. *Dem Sohn!* Nicht Ludwig, sondern dessen älterer Bruder sollte den Kopf hinhalten. Zwei Fliegen mit einer Klappe. Man hatte einen Schuldigen und wurde einen unliebsamen Transvestiten los.

Was weiß der SD? schrieb er in Großbuchstaben in sein Heft, nachdem er den Stift angespitzt hatte. Auch hier entschied er sich um und übermalte die Worte, bis sie nicht mehr lesbar waren. Der Fall lag nun vollkommen anders. Gerade Schlüters Erscheinen und sein Lösungsvorschlag machten es sehr wahrscheinlich, dass es Leute in Rabes beruflichem Umfeld gab, die von Ottilies wahrer Identität gewusst haben könnten. Oder die zumindest etwas ahnten. Hatte man Walter Rabe unter Druck gesetzt? Oder war er sogar von Kollegen erpresst worden?

Wie man es auch drehte und wendete, es sah immer schlechter aus für Ottilie. Die Neuigkeit veränderte die gesamte Indizienkette. Ein gefundenes Fressen für die Anklage. Es war jetzt denkbar einfach, sie als unnormal und krank hinzustellen. Der Reichsanwalt würde behaupten, dass der verzweifelte Vater zu harten, aber gerechten Maßnahmen gegriffen hatte. Um daraufhin vom Sohn erschlagen zu werden. Ein Racheakt. Mit der Todesstrafe zu ahnden.

»Mein Gott.« Beltheim lehnte sich im Stuhl nach hinten und strich sich mit beiden Händen übers Haar. »Wie kann ich ihr jetzt noch helfen?«

27

Berlin, Anfang September 2022

»Es stimmt.« Mit diesen beiden Worten fegte Lili alle Zweifel – vielleicht aber auch Hoffnung – vom Tisch, dass wir Beyer missverstanden haben könnten. Oder dass ihm ein Fehler unterlaufen sein musste.

»Und ich habe niemanden angelogen, mich nicht verstellt oder Falsches behauptet«, fuhr sie fort. »Ich bin eine Frau. Und ich *muss* nichts erklären.« Sie blickte in die Runde. Gefasst und selbstsicher.

Meine Verwirrung nahm jetzt sogar noch zu. Ich spürte ein Kribbeln im Kopf, als würde mich dort jemand von innen mit Federn kitzeln. Ich merkte, dass mir der Boden unter den Füßen wegzugleiten schien. Die Welt um mich herum sah ich durch eine Art Tunnel oder umgedrehtes Fernglas. Weit weg zwar, doch war ich auch mittendrin.

Beyer hatte recht gehabt. Er hatte angekündigt, dass der zweite Vortrag belastend sein würde. Mir war sein Hinweis zunächst reichlich übertrieben erschienen. Aber nein, es war sogar schlimmer, als er prophezeit hatte. Solche Geschichten konnte es nicht in der eigenen Familie geben! In Filmen vielleicht, da schaute man gebannt hin. Oder man las in Romanen darüber, war froh, dass es einen nicht betraf, dass es nicht real war. Es war mehr, als ich ertragen konnte. Eben erst war meine Weltsicht durch Lilis Verwicklung in den Mordfall erschüttert worden. Und gerade schien es, als würde ich damit zurechtkommen. Als bliebe unsere

Vertrauensbasis bestehen. Nun aber stand die gesamte Identität meiner Großmutter infrage. Dabei hatte ich seit Jahren geglaubt, sie gut zu kennen, ihr wirklich nahe zu sein. Ich war immer so dicht dran gewesen an Lili. Und doch gab es dieses Geheimnis. Ich konnte jetzt nicht einmal sagen, was ich empfand. Tat sie mir leid? Fühlte ich mich hintergangen? War ich sogar wütend? Waren die Gefühle überhaupt meine eigenen?

»Lili ...«, stotterte Torsten. »Sie ist ein Mann?«

Eine Frage, die für sich schon unwirklich genug war. Und doch fasste sie alles auf beinahe unerträglich einfache Weise zusammen. Meinen Schmerz. Lilis Schmerz. *Seinen* Schmerz?

»Ja, nun kennt ihr mein größtes Geheimnis«, sagte Lili. »Es stimmt, ich bin als Junge geboren. Ich mag diese Aussage zwar nicht, aber sie bringt es am besten auf den Punkt.«

Meine Großmutter hieß also Hermann Otto? Unfassbar. Sie hatte es vor mir verheimlicht! Ich wollte aufspringen. Aus dem Raum laufen. Heulen. Ich sah in den Augen meiner Mutter Tränen aufsteigen. Sie blickte mich an, und mir war sofort klar, dass sie es gewusst hatte.

»Aber ich habe mich immer als Frau gefühlt«, fuhr Lili fort, legte dann eine Pause ein. Sie schien zu überlegen, ob es für das, was sie sagen wollte, überhaupt Worte gab. »Nein, das ist nicht ganz richtig. Klingt platt und nach Klischee. So möchte ich es vielleicht heute sehen. Der Weg war immer steinig, und ich habe mich oft verlaufen. Damals als Kind fing alles ganz anders an. Zuerst völlig harmlos. Ich habe nicht nur gern *mit* anderen Mädchen gespielt, ich habe *als* Mädchen mit ihnen gespielt. Zu Beginn ist mir das natürlich nicht klar gewesen. Und Kinder sind da vielleicht auch weniger voreingenommen, gehen unbefangener mit diesen Dingen um.

Dann wurde es schwieriger. Die Eltern der Mädchen wussten ja, dass ich ein Junge war. Ich trug Kleider und lange Haare mit

Schleifen. Meine Mutter versuchte lange Zeit, es vor meinem Vater zu verbergen. Bis Mitte der Dreißiger war er beruflich als Assessor bei Gericht wenig erfolgreich, blieb oft bis spät abends in seinem Büro. Dann arbeitete er sogar eine Zeit lang in Rostock. Wenn er mich doch mal in Kleidern sah, dann redete meine Mutter sich mit einer angeblichen Probe fürs Theater heraus. Ich glaube, er war damals nur mit sich selbst beschäftigt, wir Kinder waren ihm egal. Ich war fünf, als die Nazis an die Macht kamen. Und die hatten erst einmal anderes zu tun, als die kleine Lili zu drangsalieren. Allerdings musste mein Vater, der seine Chancen im neuen System nutzen wollte, zunehmend auf sein Ansehen achten. Meine Großmutter Ilse hat mich übrigens immer unterstützt. Sie war mit einem verstoßenen Sohn des Barons von Gratten verheiratet gewesen.« Sie sah Norbert an und lächelte. »Sie hat mich vor meinem Vater verteidigt, ist sogar zum Schulleiter gegangen, als ich immer öfter Ärger bekam. Und sie hat mir auch ermöglicht, heimlich Ballettunterricht zu nehmen. Ich wollte damals Tänzerin werden. Ich hatte eine uralte Lehrerin, die schon meinen Onkel Anton unterwiesen hatte. Meine Oma hat mir immer klargemacht, wie wichtig es ist, den eigenen Weg zu gehen. Sie war eine starke Frau.« Jetzt suchte sie den Blickkontakt zu uns. Heike, Lukas und Torsten sahen jedoch demonstrativ zu Boden.

»Meine Mutter hat immer versucht, meinem Vater alles recht zu machen. Haushalt, Essen, Anzug, Kinder, Bett. Größer war ihre Welt leider nicht. Ich habe das über lange Zeit nicht verstanden und dachte, sie hätte mich im Stich gelassen. Erst später begriff ich, dass sie innerlich nicht so gefestigt war wie Oma Ilse. Und dass sie dennoch auf ihre Weise versuchte, mich zu schützen. Mein Vater war oft wütend wegen meiner »abnormalen Neigung«, wie er es nannte. Anfangs musste ich deswegen zu medizinischen Untersuchungen. Da haben sie meinen Kopf, die Wirbelsäule und das Becken vermessen, meine Genitalien fotografiert, und ich musste dann Aufgaben lösen. Rechnen, schreiben, lesen. Meine Mutter hat oft ganz bewusst etwas fallen gelassen oder dummes Zeug gesagt. Wenn mein Vater wieder mit diesem Thema anfing und mich schlagen wollte. Damit zog sie dann seine Aufmerksamkeit und meist auch die Prügel auf sich. Er hat sie oft geschlagen. Heute weiß ich, dass sie seine Wut von mir ablenken wollte.«

»Du hast uns die ganze Zeit getäuscht«, sagte Torsten. »Oder zumindest hast du geschwiegen und in Kauf genommen, dass wir etwas Falsches von dir denken.«

»Im Gegenteil«, erwiderte Lili trotzig. »Ihr solltet genau das Richtige von mir denken. Ich *bin* nämlich eine Frau. Und alles andere ist die Lüge! Als Jugendliche war ich jahrelang verunsichert. Es gab niemanden, mit dem ich sprechen konnte. Meine Großmutter hat mich zwar getröstet, aber doch nicht wirklich verstanden. Und Jugendpsychologen oder andere Fachleute gab es damals nicht. Meine Freunde wandten sich von mir ab. Aber irgendwann wurde mir klar, dass ich einfach meinen Empfindungen folgen musste. Ich brauchte gar nichts zu entscheiden, denn die Entscheidung war längst da. Ich war und bin eine Frau. So ist es seit mehr als neunzig Jahren. Und daran ändert ein äußeres Detail rein gar nichts.«

Sie klang streitbar und überzeugt.

»Du bist nicht operiert?«, fragte Torsten.

»Halt! Das geht zu weit«, unterbrach ihn Laura sofort. »Wir sind hier nicht bei der Inquisition. Lili muss sich für nichts rechtfertigen.« Sie funkelte Torsten an. »Und schon gar nicht auf solche Fragen antworten. Das ist sexistisch, borniert, einfach widerlich.«

Zugegeben, ob ich es wollte oder nicht, Torstens Bemerkung löste sofort Bilder im Kopf aus. Ungute Bilder.

»Jetzt wird mir so einiges klar«, mischte sich Heike wieder ein. »Deshalb dieses Engagement in der Gay-Szene. Du bist ja da bekannt wie ein bunter Hund, immer für einen flotten Spruch gut. Erstaunlich, dass dort noch keiner geplaudert hat. Meistens ist doch ein Milieu wie die Homosexuellen-Gemeinde verschwiegen wie ein Haufen Marktweiber. Die Journalisten zahlen außerdem recht gut für solche Storys.«

»Hallo, Erde an Arschloch!«, meldete ich mich sofort zu Wort. Solche Bemerkungen durfte ich nicht einfach im Raum stehen lassen. »Wir reden hier über einen Menschen. Nicht über eine Szene, ein Milieu oder Gemeinden. Einfach nur über einen Menschen, der direkt vor uns sitzt.«

Heike schien zu überlegen, dann lächelte sie auf eine Weise, die mir gar nicht gefiel.

»Moment! Natürlich!«, fuhr sie dann an Lili gewandt fort. »Von deinen Freunden weiß es auch niemand, nicht wahr? Du hast es allen verschwiegen!«

»Nichts habe ich verschwiegen«, erwiderte Lili in kühlem Tonfall. »Es ist schließlich ein Unterschied, ob man lügt und etwas bewusst leugnet. Oder ob man gar nicht gefragt wird. Weil es nämlich nichts zu fragen gibt. Verbergen kann ich nur Fehler und Unwahrheiten. Ich habe nie so getan, als ob. Nein, denn ich *bin* Ottilie Rabe.«

»Spitzfindigkeiten«, murmelte Torsten. »Operation hin oder her. Und egal, was in den Dokumenten steht. Es ändert doch nichts an der Tatsache, dass du als Junge geboren wurdest.«

»Tatsächlich?«, fragte Lili.

Darauf gab es eigentlich nur eine humane Antwort. Hermann Otto und Ottilie war dieselbe Person. Dieser Mensch hatte sich seit der Kindheit als Mädchen und später als Frau gefühlt. Lilis Vater hatte diese Entwicklung mit Gewalt verhindern wollen. Aber was war das eigentlich für eine Entwicklung? War es eine bewusste Entscheidung, die sie getroffen hatte? War ihr etwas klar geworden, das sie dann nach außen vertrat? Oder war etwas gereift? Hatte sich etwas entfaltet, das irgendwo in ihr verborgen war? Oder sollte man es rein biologisch sehen? Gab es Unterschiede zwischen körperlicher und gefühlter Identität? Konnte ein Mensch überhaupt in einem »falschen« Körper geboren sein? Immer waren doch die Reaktionen in der Umgebung – damals wie heute – das Problem. Nicht die Betroffenen selbst. Und mit jeder Äußerung zu diesem Thema begab man sich aufs Glatteis.

»Ich muss euch eine kleine Geschichte erzählen«, sagte meine Mutter.

Sie nutzte die kurzzeitige Stille, quasi im Auge des Orkans. Für solche Augenblicke hatte sie ein feines Gespür.

»Meine leibliche Mutter ist früh gestorben. Anfang der Sechziger. Damals konnten die Ärzte die Zuckerkrankheit noch nicht richtig behandeln. Und ich war erst zehn, als Mama starb. Aber ich bekam eine neue Mutter. Eine wunderbare Mutter. Ohne Lili hätte das Amt mich in ein Heim gesteckt. Aber sie hatte meiner Mutter versprochen, sich um mich zu kümmern. Und das tat sie. Sie wollte mich eigentlich schon damals adoptieren, aber die Verwaltung lehnte immer wieder ab. Laut ihrer Geburtsurkunde war sie ja schließlich ein Mann. Und Männer sind keine Mütter. So einfach, so brutal sind Gesetzestexte. Aber sie hat gekämpft wie eine Löwin. Und schließlich hat sie doch das vorübergehende Sorgerecht erhalten. Immer für ein Jahr, dann ging für sie alles von vorn los. Ich habe davon erst viel später erfahren. Vor mir hat sie die Sorgen und Nöte immer verborgen.«

Niemand wagte, etwas zu sagen. Ich spürte, dieser Moment war kostbar und eigentlich nicht öffentlich. Es fiel meiner Mutter sichtlich schwer, darüber zu sprechen.

»Aber darum geht es mir nicht«, fuhr sie fort. »Es geht mir um die Zärtlichkeit und Liebe, mit der sie mich wieder in diese Welt holte. Mit der sie mir zur Mutter wurde.«

Die Kraft einer Frau – da war ich überzeugt – war schon immer eine Kraft des Willens gewesen, nicht der körperlichen Stärke. Kein Höher, Weiter, Schneller. Und nie in meinem Leben hatte ich das derart deutlich gespürt wie jetzt. Meine Mutter war in diesem Moment so präsent und völlig bei sich, dass es mir beinahe unheimlich war. In diesem Moment fühlte ich mich ihr so verbunden. So nah.

»Natürlich habe ich mich dann recht früh gefragt, warum Mama anders war. Kinder kennen den Unterschied von Frau und Mann, aber sie sehen darin nichts Sexuelles. Nichts Wertendes. Denn das kommt erst später. Mama hat mir erklärt, wie sehr sie sich selbst als kleines Kind gewünscht hatte, ein Mädchen zu sein. Bis sie irgendwann bemerkte, dass sie tatsächlich eines war. Ein Mädchen in einem Körper, den wir sonst gemeinhin als männlich bezeichnen. Und ich habe es verstanden, obwohl ich erst zehn war. Es hat mir unheimlich viel bedeutet in einer Zeit, in der ich immer irgendwie dachte, dass Frauen nur Männer sind, denen etwas fehlt. Solche Ansichten wurden uns damals beigebracht. Zumindest unterschwellig.« Sie sah jeden von uns an. Alle schwiegen. »Aber je älter Menschen werden, desto schwerer fällt es ihnen offenbar, es zu verstehen. Ich habe es damals instinktiv begriffen. Aber es dauerte auch nicht lange, bis ich das Gerede der Älteren über Schwule oder Lesben mitbekommen habe. Ihre Vorurteile. Die Unwissenheit. Den Hass. Manche waren sogar überzeugt, dass eine abweichende Geschlechtsidentität eine ansteckende Krankheit wäre. Dass man solche Menschen behandeln oder wegsperren sollte. Aber nicht nur aus diesem Grund blieb es immer Lilis und mein großes Geheimnis. Der eigentliche Grund war, dass es für uns keine Rolle spielte.«

Man merkte meiner Mutter an, dass sie ihre Worte körperlich angestrengt hatten. Ich ging zu ihr, umarmte sie und hielt sie ganz fest. Es war ein Augenblick, in dem niemand im Raum wagte, sich zu bewegen. Irgendetwas entschied sich.

»Für mich ändert sich nichts«, brach Maurice als Erster das Schweigen. »Uns sollte vor allem der Tod dieses Mannes, Walter Rabe, interessieren. Schließlich geht es uns alle an. Tante Lili aber hat ein Recht auf Intimsphäre. Sie ist sie. Mich fragt ja auch keiner nach meiner Schwanzlänge. Und die älteren Semester in unserer Runde würden sich bedanken, wenn man sich nach ihren Hämorrhoiden erkundigen würde.«

»Maurice! Du bist hier nicht auf deinen Hipsterpartys!«, rief seine Mutter. »Du solltest die Sache ernst nehmen.«

»Wieso? Tut er doch. Und er hat recht«, entgegnete Laura. »Was ändert sich durch dieses Outing? Ist Lili dadurch ein anderer Mensch?«

»Es könnte damals auch eine Schutzbehauptung gewesen sein«, sagte Norbert. »Wir haben ja gehört, dass Frauen offenbar von der NS-Justiz milder beurteilt wurden.«

»Unsinn«, erwiderte Maurice. »Lili hatte ihre Gefühle und Neigungen bereits viel früher geäußert. Ihre Oma und Mutter wussten davon. Ihr Vater ebenfalls.«

»Ja, aber zu dieser Zeit war das eine große Sache«, meinte jetzt Lukas. »Walter Rabe hatte starke berufliche Nachteile zu befürchten. Der eigene Sohn als Transvestit! In der Nazizeit! Das muss ihn doch förmlich provoziert haben. Ein Schlag ins Gesicht vom eigenen Sohn.«

»Da hast du eine falsche Vorstellung von der Entwicklung«, sagte Lili. »Erstens bin ich nicht ständig in Mädchensachen herumgelaufen. Ich spürte zwar, dass ich irgendwie anders war. Aber ich wollte auch nicht überall anecken. Oft waren es Kleinigkeiten, an denen ich meine Freude hatte. Eine Kette, ein Armband, ein Paar Strümpfe oder ein verziertes Halstuch. Erst später habe ich mehr gewagt, längere Haare getragen und auch mal eine Haarspange. Oder Schuhe, die doch recht weiblich waren. Es hatte nichts mit Sexualität zu tun. Mal war es Spiel, dann wieder das Gefühl, dass ich genau so sein wollte.« Sie nahm jetzt Ebbis Hand und lächelte ihn an. »Zweitens hatte ich immer wieder Menschen, die sich um mich kümmerten. Die mich begleiteten. Onkel Anton, Oma Ilse, aber auch meine Mutter haben viel Verständnis aufgebracht. Und sie haben mir Wege gezeigt, wie ich meine Wünsche weniger auffällig ausleben konnte. Im Tanz, auf Ausflügen, aber auch einfach in meinem Zimmer.«

»Du konntest es also gewisse Zeit vor deinem Vater verbergen?«, fragte ich.

»Anfangs hielt er es für Spinnerei.« Sie nickte. »Dann wies er meine Mutter an, sich um das Problem zu kümmern. So nannte er das. Ich war ein Problem. Seine Reaktionen wurden von Mal zu Mal heftiger, unberechenbarer, brutaler.«

»Versteht mich nicht falsch«, sagte Lukas. »Ich bin gegen Schläge in der Erziehung. Aber sollte man nicht auch versuchen, Lilis Vater zu verstehen?«

»Geht's noch?« rief ich empört. »Walter Rabe war ein überzeugter Nazi. Und er lebte in einem Deutschland voller Nazis. Er wollte Karriere machen, und dabei war ihm sein Sohn, der sich als Frau fühlte, im Weg. Er war das *Problem*! Nicht Lili. Wir sollten nicht durcheinanderbringen, wer hier Opfer und wer Täter war.«

»Immerhin war er es, der erschlagen wurde«, gab Lukas zurück. »Ich würde sagen, dass eindeutig er das Opfer war.«

»Könntet ihr bitte damit aufhören?« Ebbi war aufgestanden und sprach mit seiner noch immer Respekt einflößenden Juristenstimme. »Ich denke, niemand will bezweifeln, dass jedes Verbrechen, das an einem Menschen verübt wird, schrecklich ist.

Gerade diese Einsicht haben wir nämlich den Nazis voraus. Doch es geht jetzt um Lili.«

»Ich sehe das ebenso. Aber was ist mit der Einschätzung des damaligen Ermittlers?«, fragte Torsten. »Dieser Beltheim war selbst der Ansicht, dass die Indizien fortan eher gegen Lili sprachen. Wie nennt man das? Eine Tat im Affekt?« Er sah erst Ebbi, dann Norbert an. »Ihr müsst euch doch damit auskennen.«

»Affekthandlung«, bestätigte Norbert und nickte. »Eine intensive, die normale Regulation überfordernde Erregung als Motiv für eine Tat. Zum Beispiel starke Wut oder Angst. Menschen werden zu Handlungen fähig, die völlig untypisch für sie sind.«

»Mord ist Mord«, schnaubte Lukas. »Nazi oder nicht. Affekt hin oder her. Der Mann wurde kaltblütig umgebracht. Und da Mord nicht verjährt, gibt es heute vielleicht noch *den* Schuldigen, *der* dafür zur Verantwortung gezogen werden muss.«

»Ich darf daran erinnern, dass wir keineswegs sicher von einem Mord ausgehen dürfen«, sagte Ebbi und wandte sich dann direkt Lukas zu. »Ebenso wenig können wir Kaltblütigkeit oder Ähnliches unterstellen. Belassen wir es bei den Informationen, die uns Beyer geben konnte.«

»Ich habe mich bisher nicht oft eingemischt«, sagte jetzt Patrick. »Aus gutem Grund, denn ich bin vor allem in Vertretung meiner Kinder hier. Vielleicht kann aber eine neutrale Sichtweise helfen, die aufgewühlten Gefühle zu beruhigen. Denn darum geht es doch letztlich. Ist hier irgendjemand, der oder die unsere Gastgeberin Ottilie aus der Gemeinschaft ausschließen will? Möchte ihr jemand das Recht absprechen, so zu sein, wie sie ist? Das Recht, glücklich zu sein?«

Patrick sah sich um. Raunen und Kopfschütteln, aber niemand erhob sich oder entgegnete etwas. Klare Ansage.

»Das dachte ich mir«, fuhr er fort. »Und das ist gut so. Denn wir sind keine herzlosen Bestien. Nein, wir sind doch alle verunsichert. Uns fehlen die Konzepte dafür, wie wir mit Ottilies neuer Rolle umgehen sollen. Und allein da fängt es schon an! Was hat sich denn überhaupt verändert? Welche neue Rolle wäre das denn? Sie ist und bleibt doch dieselbe Person. Norbert wird mir sicher recht geben, wenn ich sage, dass kaum etwas unerträglicher ist für uns Menschen als Unsicherheit. Sie kann alle Arten von Gefühlen auslösen. Angst, Verzweiflung, Ärger, Scham. Oder irre ich mich da?«

»Nein, völlig richtig«, erwiderte Norbert. »Und ich möchte ergänzen, dass die Gefühlsreaktion entscheidend davon abhängt, wie es in uns selbst aussieht. Wenn ich mich unsicher fühle, dann wehre ich am stärksten ab, was mich am meisten bedroht. Und beim Menschen sind das vor allem die eigenen, tief verborgenen Leidenschaften, Bedürfnisse, Sehnsüchte und Wünsche.«

»Darauf wollte ich hinaus. In unserer Reaktion auf diesen neuen Aspekt spiegeln wir uns vor allem selbst wider!«

»Einfach ausgedrückt, jeder soll sich erst einmal an die eigene Nase fassen«, meinte Maurice.

Patrick nickte. Mir leuchtete das durchaus ein, zumal ich ja eigene Erfahrungen mit meiner Therapeutin und ihren Konzepten gemacht hatte. In gewisser Weise werkelte sich jeder Mensch die eigene Welt so zurecht, wie es für sie oder ihn passte.

»Weltfremdes Gefasel!«, rief Lukas und wandte sich ab wie ein eingeschnapptes Schulkind.

»Wir brauchen einen offenen Diskurs über diese Themen«, sagte Heike. »Und niemand will Menschen wie Lili ihr Recht absprechen, so zu sein ...«

»Sag doch einmal, was du denkst, Heike!«, unterbrach Maurice seine Mutter.

»Wir müssen auch Verständnis dafür haben, dass sich manche Menschen durch diese neuen Entwicklungen bedroht fühlen«, meinte sie.

»Wer bedroht denn wen?«, hakte ihr Sohn nach.

»Es gibt eine Ordnung. Und sie ist die Grundlage unseres Zusammenlebens. Ein Mann ist ein Mann, eine Frau ist eine Frau. Und die Beziehung zwischen beiden sollte vom Grundsatz her auf Nachwuchs ausgerichtet sein. Viele Menschen verunsichert es, dass dies alles plötzlich nichts mehr gilt. Da hast du meine Meinung!«

»Na also«, sagte er. »War erst eine derart ungewöhnliche Konstellation in der eigenen Familie nötig, um endlich einmal klar Stellung zu beziehen?«

»Ich kann diese Einstellung haben und dennoch tolerant mit Menschen wie Lili umgehen«, sagte Heike trotzig.

»Vielleicht kann ich dir noch ein bisschen mehr auf die Pelle rücken«, meinte Maurice. »Dann werden wir ja sehen, wie weit deine Toleranz geht. Ich spucke dir so lange in deine Toleranzsuppe, bis du sie angeekelt wegschiebst.«

Seine Mutter sah ihn verdutzt an. Ich spürte, dass sich Unheil anbahnte. Mehr im Sinne einer Naturgewalt. Eine Eruption. Ein Vulkan, der schon lange rumorte, stand kurz vor seinem Ausbruch.

»Sagen wir es doch allen, Heike«, fügte er hinzu.

»Maurice, bitte, nicht jetzt!«, erwiderte sie aufgebracht, aber doch sichtlich nervös.

»Wann, wenn nicht jetzt? Du weißt schon lange, wie ich zu dem Thema stehe, das wir hier gerade zu fassen haben. Und warum soll die Familie es nicht wissen?« Alle sahen ihn an. »Leute, ich bin schwul. Und ich fühle mich gut dabei.« Er sah seine Mutter demonstrativ an. »Meistens jedenfalls.«

»Das ist wirklich unpassend und geschmacklos.« Heike wirkte verunsichert und sah Lili an. »Es tut mir leid. Er war schon immer aufsässig. Man gibt sich Mühe. Und dann das.«

»Ich will dir keinesfalls in die Parade fahren, Lili.« Maurice ignorierte den peinlichen Einwand seiner Mutter. Wie alle anderen auch. »Ich habe die ewige Geheimniskrämerei satt. Viele Leute wissen seit Langem davon. Meiner Mutter zuliebe habe ich es in ihrer Umgebung und in der Familie verschwiegen.« Er sah sie an. »Hast du vielleicht gehofft, dass sich das *Problem* doch noch irgendwann *verwächst*?«

»Bitte nicht.« Heike war den Tränen nahe.

»Nur so viel: Ich kann dich vollkommen verstehen, Lili. Diese ewige Angst, falsch oder unnormal zu sein. Die Schuldgefühle, dass man den Eltern *so etwas* antut. Diese übergroße Wachsamkeit, ob jemand *etwas* gemerkt hat. Die Fragen einer unsicheren Zukunft. Und die Erleichterung, wenn wir uns entscheiden, endlich wir selbst zu sein. Ich bereue nichts und verberge nichts! Und ich werde nichts erklären.«

Lili erhob sich, ging auf Maurice zu und umarmte ihn. Sieben Jahrzehnte trennten beide. Und dennoch waren sie jetzt Seelenverwandte.

*

Es schien, als wäre der Lack ab. Eine vollkommen verunsicherte Heike Kernbach saß mit mir und Lili am Küchentisch. Sie hatte in diesem Augenblick keinerlei Ähnlichkeit mehr mit der souveränen Macherin, als die sie sich gern gab. Natürlich hatten wir unsere Besprechung unterbrochen. Wir mussten ihr und Maurice etwas Zeit geben, sich nach diesem seelischen Erdbeben wieder zu fangen.

Heike starrte auf ein Glas Limonade. Ihr Make-up hatte den Tränenbächen nicht standgehalten, und sie schien um Jahre gealtert. Dabei hatte ich den Eindruck, dass ihr die Verletzlichkeit sogar besser stand als der Panzer, mit dem sie sich umgeben hatte. In jedem Leben gab es Momente, in denen wir in unsere Abgründe blicken mussten. Und in solchen Momenten wurden wir wieder Mensch, vollkommen nackt und ungeschützt.

»Ich hatte befürchtet, dass dieser Tag kommt«, sagte sie.

»Was hast du befürchtet?«, fragte Lili. »Dass andere herausfinden, wie er fühlt? Ist das denn so schrecklich? Macht ihn das zu einem anderen Sohn für dich?«

»Nein, ich meine etwas anderes«, entgegnete Heike. »Die Lügen und das Verheimlichen. Zu wissen, dass der Tag kommt, an dem das Kartenhaus dann doch zusammenbricht.«

»Meine Liebe, das Leben ist kein Kartenhaus. Es ist viel zäher, gewitzter und facettenreicher, als du es dir im Augenblick vorstellen kannst. Sieh mich an. Um mich herum ist manches zu Bruch gegangen. In mir ebenfalls. Hoffnungen wurden enttäuscht, Träume zerplatzten. Und dennoch fand ich auch so viel Wertvolles. Ich bin die erste als Mann geborene Frau, die in Deutschland ein Kind adoptiert hat. Und ich hätte nie zu hoffen gewagt, mal eine so wunderbare Tochter und Enkelin zu haben. Auf dem Weg dorthin ging manches in Scherben, aber wer hat gesagt, dass es einfach wird?«

Wir schwiegen eine Weile. Ich fand, es war Zeit für einen Seelentröster-Tee, gut gegen die innere Kälte.

»Maurice sagte, er könne dich verstehen«, meinte Heike nach ein paar Minuten. »Mir geht es ähnlich. Ich habe lange ein Geheimnis mit mir herumgetragen. Und ich wollte nicht sehen, wie sehr es mich belastet.«

»Ich denke, er wird dich in nächster Zeit brauchen, Heike. Sei einfach für deinen Sohn da«, meinte sie.

»Mich?«, fragte sie entgeistert. »Wozu denn? Er hat doch klargemacht, dass er seinen eigenen Weg gehen will.«

»Man kann den eigenen Weg gehen und sich trotzdem über Begleitung freuen«, mischte ich mich ein. »Der arme Kerl muss sich ja fühlen wie ein Lamm, das zum ersten Mal geschoren wurde. Völlig nackt und schutzlos. Ein bisschen Kuscheln tut da gut. Dann weiß man, dass man zur Familie gehört.«

»Hör auf, ihn formen zu wollen«, sagte Lili. »Lass ihn seine eigenen Fehler machen. Er soll sein dürfen, was und wie er will. Und er muss nicht so werden, wie *du* ihn haben willst. Gib ihm Raum, damit er sich entfalten kann.«

»Ich sehe in Maurice so viel von meinem Vater. Von mir. Sogar von Torsten. Klingt banal, ich weiß. Aber es tut weh. Ich habe das Gefühl, die Männer in meiner Familie ringen ständig mit sich selbst und behindern sich dabei nur. Immer müssen sie alles überwachen und lenken, damit ja kein Unheil geschieht.«

»Dein Vater Ludwig war ein wütendes Kind«, meinte Lili. »Daran erinnere ich mich. Er wollte immer mit dem Kopf durch die Wand. Aber ansonsten sind alle Bilder von ihm in mir verblasst. Leider.« Ihre Stimme war kaum mehr als ein Flüstern. »Ebenso wie das einzige Foto von ihm. Er ist ein Fremder für mich. Dabei waren wir doch eine Familie, er war quasi ein Teil von mir. Bitte, Heike, lass es mit Maurice nicht so weit kommen.«

»Papa konnte total lieb zu uns Kindern sein«, erwiderte ihre Nichte. »Er hat alles Mögliche für uns auf die Beine gestellt. Reiten, zelten, ein Baumhaus. Aber heute glaube ich, dass es nicht echt war. Nicht von Herzen kam. Als wollte er damit nur eine Schuld abarbeiten. Oder aber Schuldgefühle vermeiden. Vielleicht haben Torsten und ich das damals schon gespürt. Es scheint mir heute, als hätte er all das gemacht, um eine Art Absolution für etwas zu erlangen. Eine Vergebung.«

»Vergebung? Wofür?«, fragte ich.

»Vielleicht für die Gewalt, die in ihm lauerte und ständig drohte auszubrechen. Er hat zwar niemals die Hand gegen uns erhoben, aber er konnte dennoch zerstörerisch und unheimlich sein. Durch sein kaltes Schweigen, seine Abkehr, sein Desinteresse, seine Worte. Mit diesem Liebesentzug konnte er uns bestrafen. Torsten war zunächst der typische Sohnemann in der

Familie. Er hatte zu spuren und sollte werden, wie unser Vater es sich wünschte. Aber als Jugendlicher war er weicher und mitfühlender als heute. Er hat viel gelesen, war politisch interessiert, und er fotografierte gern in der Natur. Diese Sanftheit hat meinem Vater missfallen. Da hat er wohl irgendwann das Interesse an Torsten verloren und sich mir zugewandt.«

Ich musste schlucken. Auch Lili schien überrascht. Generationen, die Jahrzehnte trennten. Und deren Geschichten sich ähnelten.

»Vorher war ich nur sein *Püppchen*, eher Nebensache«, fuhr sie fort. »Die Tochter eben. Und plötzlich war ich sein *ganzer Stolz*. Heute weiß ich, dass er damit nur meinen Bruder treffen wollte. Er hatte nur ein festgeschriebenes Maß an Zuneigung zu geben. Wie die Soße zum Sonntagsbraten, die nicht für alle reichte. Indem er sich mir zuwandte, entzog er reflexhaft meinem Bruder seine Liebe. Als Strafe. Torsten hat das nicht verkraftet. Es hat ihn verändert.«

»Maurice ist anders«, sagte ich. »Du kannst also nicht alles verkehrt gemacht haben. Denn mir scheint, dass er sich nicht auf solche Spielchen einlassen will.«

Sie sah mich dankbar an, als hätte ich ihr gerade das größte Kompliment ihres Lebens gemacht. Es schien, als regte sich ein Fünkchen Hoffnung in ihren Augen.

Plötzlich dachte ich an meinen Vater. Seine Geschichte war ganz anders als die von Torsten und Heike. Er hatte sich früh durchbeißen müssen. Seine Eltern waren früh verstorben. In den 1980er-Jahren, der Spätphase der Sowjetunion, hatte er zwar seine Chancen ergriffen, musste dafür jedoch seine Heimat verlassen. Seine Biografie war danach von handfesten Notwendigkeiten geprägt gewesen, zu denen es keine echte Alternative zu geben schien. Etwas pathetisch formuliert, es ging für ihn lange Zeit nur ums Überleben. Dagegen wirkten die Konflikte aus Heikes Umfeld – auch unsere heutigen Themen – doch eher wie die emotionale Flatulenz überfütterter Großstadthamster. Und dennoch fanden sich auch Parallelen. Die Erkenntnis des Erwachsenen schmeckte oft bitter. Unsere Träume hielten den Notwendigkeiten nicht stand, sie zerschellten an den Tatsachen. Die bunten Farben der ersten Lebensjahrzehnte, die Hoffnungen und Sehnsüchte wichen dann dem Grau einer öden Realität.

Heike stand vom Tisch auf. Sie wollte jetzt allein sein. Sie warf uns dieses typische, gequälte Lächeln zu, das wohl ausdrücken sollte: *Es wird schon gehen. Ich komme klar. Wir haben schließlich alle unsere Sorgen.* Verdammt, warum mussten wir immer Stärke zeigen? Weshalb war es nur so schwer, um Hilfe zu bitten? Um ein liebes Wort oder eine Umarmung?

»Geht es dir gut?«, fragte ich Lili, als Heike gegangen war.

»Ich kann es dir im Moment nicht sagen, Nairi. Ich bin erleichtert, dass das Geheimnis, wie es alle nennen, nun gelüftet ist. Dabei war es für mich gar keins. Aber ich mache mir auch Sorgen. Wie es weitergeht. Wie die anderen reagieren werden.« Sie sah mich an. »Vor allem habe ich Angst, dass sich zwischen uns etwas verändert.«

»Ich war schon angefressen«, sagte ich. »Aber die Gespräche danach haben mir die Augen geöffnet. Viele Vorurteile sind immer noch da. Ganz schnell kommt es zu Missverständnissen. Und alles, obgleich du doch derselbe Mensch bist. Du wirst für mich immer meine Lili bleiben. Versprochen.«

»Da fällt mir ein Stein vom Herzen. Mit dem Rest kann ich umgehen. Aber ich könnte es nicht ertragen, dich oder Hanna zu verlieren.«

»Ich werde Zeit brauchen, um zu verstehen. Wie oft hört oder liest man davon. Ich war mit dir auf den Street Days, bei den Gay-Pride-Paraden, habe deinen Vorträgen in der Szene zugehört. Aber jetzt ist das Thema ganz dicht dran. Nicht abstrakt.

Nein, meine eigene Großmutter ist eine Transfrau. Und ich werde mich erst noch daran gewöhnen müssen, zu sagen: eine Frau wie ich.«

*

Ich wärmte meine Hand an der Teetasse. Manche Dinge ließen mich auch an warmen Tagen frösteln. Ich hing einen Moment meinen Gedanken nach, als Heike zurückkehrte.

»Auf Gut Torchau hätte ich eher ein ruhiges Plätzchen gefunden«, meinte sie.

Ich wollte ihr anbieten, sie allein zu lassen, als plötzlich ihr Bruder in der Tür stand. Sie hatte ihn noch gar nicht bemerkt, als er sich vernehmlich räusperte. Eine typische Macke von Leuten, die nicht übersehen werden wollten.

»Na?«, meinte Heike mit matter Stimme. »Die Sache ist wahrscheinlich eine große Genugtuung für dich. Endlich hast du mich da, wo du mich immer haben wolltest.«

»Du irrst dich, Schwesterherz.«

Er trat an den Tisch und legte einen Arm auf ihre Schulter. Solche Gesten konnten schnell mechanisch und aufgesetzt wirken. Wie eine Art Pflichterfüllung. Aber in diesem Moment wirkte es vertraut, behutsam und unbeholfen zärtlich. Heike schmiegte fast augenblicklich den Kopf an seinen Unterarm. Ich fühlte mich vollkommen fehl am Platz, wagte es aber auch nicht, den kurzen Zauber zwischen den Geschwistern zu stören.

28

Berlin, Anfang Mai 1944

Werner Beltheim hatte gute Erfahrungen mit den Polizistinnen aus der Abteilung V A 3 beim Reichskriminalamt. Nach der Wirtschaftskrise und gegen Ende der Republik drohte die Prostitution aus dem Ruder zu laufen, teils wurden sogar Vierzehnjährige von Banden in die gewerbsmäßige Illegalität gezwungen. Mit der hohen Arbeitslosigkeit war die Not vieler Schichten derart groß geworden, dass die zweite oder dritte Tochter aus armen Familien regelrecht in die Arme der Zuhälter getrieben worden war. In Berlin grassierte die Syphilis. Täglich kamen junge Frauen durch verpfuschte Abtreibungen um, und die Fürsorge musste in jeder Woche Dutzende ausgesetzte Neugeborene betreuen. Die damalige Kriminalrätin Wieking, bereits Leiterin der weiblichen Kripo, nannte sich selbst gern eine »Fürsorgerin für sittlich gefährdete Mädchen und Frauen«. Sie kämpfte anfangs mit Hingabe gegen den Dreck auf Berlins Straßen. Besonders gegen die Ausbeutung und Benachteiligung von Mädchen und jungen Frauen. Beltheim, der selbst eine Tochter hatte, empfand dafür große Sympathie. Leider hatte sich Friederike Wieking von den Nazis einwickeln und für deren Zwecke und Ideologie einspannen lassen. Eine Lobhudelei auf die deutsche Mutter und harte Strafen für Zuhälterei hatten sie überzeugt. Und die scheinbar erbbiologisch gerechtfertigte Moralvorstellung der Machthaber deckte sich oberflächlich betrachtet mit Wiekings inneren Überzeugungen. Zwar war sie auch verantwortlich für zwei Haftlager, in denen Jugendliche ihre Strafen verbüßen mussten. Ein Umstand, den Beltheim nicht guthieß. Aber Wieking behauptete, sie wollte die jungen Menschen nur vor den Lagern für Erwachsene bewahren. Also hatte er sich entschlossen, weiterhin mit ihr zusammenzuarbeiten.

»Eine sehr verzwickte Situation, Werner«, sagte sie, nachdem sie Ottilies Fall noch einmal besprochen hatten. »Was kann ich da tun?«

Beltheim musste der Regierungsrätin umgehend reinen Wein einschenken, sonst verlor er deren Unterstützung. Niemand mochte es, hintergangen zu werden. Also hatte er sie am frühen Vormittag von Wilhelmys Recherchen unterrichtet.

»Wie sollen wir sie jetzt behandeln?«, fragte Wieking. »Ihn?«

»Ich wollte Sie nicht übergehen, Friederike«, erwiderte Beltheim. Er tastete sich vor, da er Wiekings Einstellung zu diesem Thema nicht kannte.

»Ich wüsste nicht, wie ich behilflich sein könnte. Ihr Täter ist schließlich ein junger Mann.« Sie überlegte. »Allenfalls wäre denkbar, eine Zusammenarbeit dadurch zu begründen, dass er offiziell noch unter das Jugendstrafrecht fällt. Wir sind allerdings nur für männliche Heranwachsende bis vierzehn zuständig. Und sicherlich kennen Sie die Weisung aus der Reichskanzlei, Werner. Sollte der Jahrgang 1927 tatsächlich einberufen werden, dann lassen sich die bisherigen Grenzen der Strafmündigkeit ohnehin nicht länger halten.«

Sie ist nicht ohne Grund bis ganz nach oben gekommen, dachte Beltheim. Messerscharfer Verstand, immer gut informiert und eine gewiefte Taktikerin.

»Zunächst einmal ist er nur verdächtig«, meinte er. »Ich muss die Umstände seiner ...« Er suchte nach einem passenden Begriff, sein Verstand bot ihm jedoch nur ein Wortungetüm an. »... Geschlechtlichkeit von Fachleuten prüfen lassen. Es könnte sich bei ihm um einen Transvestiten handeln. Er sieht sich als Frau, nennt sich Ottilie und will sogar standesamtlich eine Namensänderung erwirken. Es gibt dazu hervorragende Arbeiten aus der Sexualforschung.«

»Ich rate zur Zurückhaltung, Herr Kollege«, unterbrach ihn Wieking. »Jene Arbeiten, auf die Sie sich beziehen, gehören sämtlich nicht zum Kanon beim RSHA.«

Weil die Wissenschaftler Juden sind, dachte Beltheim, aber er verkniff sich eine Bemerkung.

»Sind die Angaben der Person denn glaubhaft?«, fragte die Polizistin. »Handelt es sich also nicht nur um eine Schutzbehauptung?«

»Die anderen Hausbewohner waren eher schweigsam. Ich vermute, sie haben Angst. Man wusste schließlich von Rabes Tätigkeit beim SD. Wir werden noch die Mutter und Großmutter befragen müssen. Außerdem machten Ottilies Tanzlehrerin und einige Lehrer gegenüber meinem Assistenten Andeutungen. Diese bestätigen, dass Ottilie seit gut zwei Jahren sehr oft Frauenkleidung getragen hat. Schon als Kind hatte sie – oder er – oft Röcke getragen. Ihr Vater hat sie inoffiziell mehrmals als seine Nichte ausgegeben. Natürlich hätte er mit ernsten beruflichen Konsequenzen rechnen müssen, wenn das Ganze bekannt geworden wäre. Und hätte sie beim Standesamt den Antrag auf Namensänderung gestellt, wäre schließlich alles aufgeflogen.«

Beltheim musste seine Kollegin unbedingt überzeugen. Sie konnte problemlos auf einer Verlegung in die normale Untersuchungshaft bestehen.

Beltheim war selbst erstaunt gewesen, als ihm sein Assistent vom sogenannten Transvestitenschein berichtet hatte. Zu Zeiten der Republik konnten Menschen sich amtlich bestätigen lassen, dass sie zum anderen Geschlecht gehörten. Dass es diese Möglichkeit immer noch gab, hatte er nicht gewusst.

»Ich hörte, dass Walter Rabe noch einiges vorhatte beim Sicherheitsdienst«, meinte Wieking und lächelte vielsagend. »Ein Transvestit als Sohn dürfte sich wohl hemmend auf seine Karriere ausgewirkt haben. Was sagt die Mutter?«

»Liegt mit einer Gehirnerschütterung im Hospital. Derzeit nicht vernehmungsfähig, da sie Opiumtropfen erhält.«

»Unfall?«, fragte sie, hellhörig geworden.

»Offiziell ja«, sagte Beltheim. »Diese Unglücksfälle, bei denen die Ehefrau erst gegen die Kante der Kommode fällt und dann noch ein paar Mal gegen Türen und Schränke. Und immer will der Ehemann helfen, aber sie läuft in seine Fäuste. Sie verstehen, Friederike?«

Er wusste, dass Friederike Wieking häusliche Gewalt gegen Frauen verabscheute und nach Kräften dagegen vorging. Er wollte sie durch die sarkastische Schilderung aus der Reserve locken. Natürlich war der Kripobeamtin bewusst, dass die oberen Chargen in Partei und Verwaltung nichts zu befürchten hatten. Ein guter Deutscher schlug seine Frau nicht, sondern sie war eben nur etwas »ungeschickt«.

»Ein Nachbar berichtet, sie wäre seit Jahren von ihrem Mann misshandelt worden«, ergänzte er. »Leider ist es nur ein einzelner Zeuge, noch dazu ehemaliger Sozi. Seine Aussage würde bei den Kollegen der Stapo nur belächelt werden. Und in Klara Rabes Krankenakten wird jedes Mal ein häuslicher Unfall bestätigt. Aber Ihnen muss ich ja nicht sagen, wie das läuft.«

»Natürlich nicht. Dieses Dreckschwein«, sagte sie wenig damenhaft und bot ihrem Kollegen eine Zigarette an. »Aber der Kerl hat sein Fett ja schon wegbekommen. Und ich werde mich gegenüber dem SD ganz sicher nicht in die Nesseln setzen.« Sie nahm einen tiefen Zug der R6. »Was kann ich also für Sie tun?«, wiederholte sie ihre Frage vom Anfang.

»Ablauf der Tat und die Hintergründe sind bei nüchterner

Betrachtung weiterhin unklar«, meinte Beltheim. »Ich habe Indizien, die einfach nicht zusammenpassen. Unter uns, Friederike, ich halte Ottilie für unschuldig. Aber sie ist eine Zeugin.«

»Eine Zeugin, die sich an nichts erinnert«, meinte Wieking.

»Eben. Vielleicht bekomme ich in Kürze eine ordentliche Aussage von ihr. Sie könnte den Täter gesehen haben. Vielleicht finden wir noch weitere Spuren, die uns der Wahrheit näher bringen. Ich gewinne einfach etwas Zeit, wenn Sie mit mir zusammenarbeiten, Friederike. Gehen wir im Moment einfach davon aus, dass Hermann Otto ein Transvestit ist, also in gewisser Weise auch eine Frau. Wenn Sie gegenüber Noltke auf einer Klärung des geschlechtlichen Status bestehen, könnten Sie Ottilie bis zum Entscheid der Rechtsfrage in Ihrer Abteilung in Gewahrsam nehmen.« Er warf seinen gesamten Charme ins Feld und legte den Kopf leicht schief. »Bitte.«

Wieking lachte heiser, aber nicht unsympathisch. »Sie sind ein Gauner, Werner. Was zum Teufel ist denn die Klärung des geschlechtlichen Status? Meistens reicht dafür das Herunterlassen der Hose. Sie haben Ideen, Werner.«

»Ihnen wagt niemand zu widersprechen, Friederike. Bitte, denken Sie sich etwas aus. Verschaffen Sie mir ein paar Tage.«

»Die Haltung von Partei und Frauenbund in dieser Frage ist eindeutig, Herr Kollege«, unterbrach sie ihn in neutralem Tonfall. »Die Familie ist zu schützen. Der deutsche Mann und die deutsche Frau müssen ihren, von der Natur zugedachten Aufgaben für Führer und Volk gerecht werden. Elemente wie Hermann Otto Rabe sind auf den rechten Weg zu führen oder als entartet anzusehen.«

»Meinetwegen prüfen Sie, ob der rechte Weg für ihn noch auffindbar ist. Lassen Sie mich nicht betteln, Friederike.«

Beltheim vermochte nicht einzuschätzen, ob Wieking ihm nur die ministerielle Direktive heruntergebetet hatte. Oder ob sie selbst diese Haltung vertrat. Diese Frau war für ihn undurchschaubar.

»Ottilie Rabe ist vollkommen verstört«, fuhr er fort. »Irgendetwas stimmt da nicht. Ihr Vater war ein brutaler Schläger. Ich weiß, dass Sie so etwas nicht kaltlässt. Hier haben Sie die Gelegenheit, den werten Herren, die immer alles unter den Tisch kehren, eins auszuwischen.« Beltheim spürte, dass sein Puls raste. Mit der Bemerkung hatte er sich weit vorgewagt. Ein Schuss ins Blaue, der entweder saß oder nach hinten losging.

»Das Ergebnis steht zwar jetzt schon fest«, sagte Wieking, nachdem sie ihn eine Weile schweigend angesehen hatte. »Jedoch kann eine Prüfung des Kasus ein paar Tage, vielleicht auch zwei Wochen dauern. Der Schutz der Jugend hat für den Führer immer Vorrang.« Sie nickte. »Also gut. Verwirrtheit und Jugendschutz, damit kann ich es begründen.«

»Danke, Friederike. Sie haben etwas gut bei mir.«

*

Er war zufrieden, als er die Abteilung der weiblichen Kriminalpolizei verließ. Das Amt V B 1, zuständig für Kapitalverbrechen, lag im östlichen Gebäudeflügel. Die hohen Decken und Wände des scheinbar endlosen Flurs warfen das Stakkato seiner Schritte als Echo zurück. Er mochte den Klang nicht, da es ihn an seine Militärzeit erinnerte. Aber der kleine Sieg, den er bei Wieking errungen hatte, vertrieb alle düsteren Gedanken. Zeit war das Gold jedes Ermittlers. Üblicherweise hatte man wenig davon. Und seitdem der Krieg begonnen hatte, wurden die meisten Anklagen in Rekordzeit erhoben, und viele Urteile standen bereits vor Beginn der Verhandlung fest. Er musste jetzt möglichst schnell alle Fakten sammeln, die seine Thesen stützten oder widerlegten.

Welche Hypothesen?, fragte er sich. Zu viele Ungereimtheiten ließen allenfalls Vermutungen zu. Kaum war er in seinem Büro angekommen, nahm er den Überzieher vom Haken an der Tür. Ein paar offene Fragen konnte jetzt vielleicht der ärztliche Befund klären.

Die rechtsmedizinische Untersuchung der Leiche erfolgte in der Charité. Immerhin war Walter Rabe auf dem Weg gewesen, ein hohes Tier in der NS-Bürokratie zu werden. Da wollte die Reichsanwaltschaft keine Risiken eingehen. Beltheim fragte sich immer wieder, ob die Gerichtsmediziner sich gegen alle Ermittlungsbeamten verschworen hatten. Anders war ihm nicht erklärlich, warum sie darauf bestanden, ihre Erörterungen im kalten Licht der Dampflampen, im Dunst der Aldehyde und fast immer in Gegenwart der von ihnen noch weiter verstümmelten Opfer auszuführen. Er stand jetzt im großen Sektionssaal des Rechtsmedizinischen Instituts, in den ihn ein Assistent des zuständigen Ordinarius geleitet hatte, und warf sehnsüchtig einen Blick durch das hoch gelegene Fenster. Ein Stück blauer Himmel war dort zu sehen, und Beltheim konzentrierte sich darauf. Er musste sich beruhigen, durfte die Eindrücke nicht zu sehr an sich heranlassen. Die Taktik des tiefen Durchatmens half hier nicht. Dann nämlich stachen die undefinierbaren Gerüche derart heftig in der Nase, dass sie jeden Schutz durchbrachen und umgehend zu Übelkeit führten. Es war eine typische Gemengelage aus Desinfektionslösungen, Konservierungsmitteln und Leichengasen, die die Luft schwer durchsetzte.

»Walter Rabe befand sich in einem guten Gesundheitszustand«, näselte Professor Zirnbach, als er sich von der Seite näherte.

Beltheim musste sich auch heute wieder zusammennehmen. Die ganze Atmosphäre dieses Ortes schlug ihm auf den Magen. Ein Tatort zeigte noch Reste des erloschenen Lebens. Hier dagegen war der Tod unleugbar, irgendwie absolut.

»Die Nasenscheidewand des Toten war in auffälliger Weise nekrotisiert. Der einzig krankhafte Befund, eine Lappalie. Ansonsten waren alle Organe gesund. Der Tod wurde durch insgesamt neun Schläge auf den Schädel verursacht.«

Neun, dachte Beltheim fasziniert. Da ist jemandem nicht nur mal eben die Hand ausgerutscht. Die Sache war entweder geplant, und der Täter wollte absolut sicher sein. Oder aber es war ein Akt von wilder Raserei. In der Mordinspektion sprach man dann von Übertötung. Wenn die Schüsse, Hiebe oder Stiche gleich für zwei oder drei Tode ausgereicht hätten. Für eine geplante Tat war hingegen die Mordwaffe eher ungewöhnlich, weil viel zu unsicher und schwer. Ein Hammer musste angehoben und geschwungen werden. Genug Zeit für das potenzielle Opfer auszuweichen oder zu entkommen.

»Die gesamte Schädelkalotte und der Gesichtsschädel sind auf der linken Seite zertrümmert. Die Verletzungen des Gewebes passen zu einem größeren Hammerkopf. Das Gehirn wurde zum Teil mehrere Zentimeter tief gequetscht und durch Knochenteile zerfetzt. Natürlich sind massive Blutungen entstanden. Da der Sinus cavernosus zerrissen wurde, traten Blutmengen aus, die zu der von Ihnen beschriebenen Lache neben dem Bett passen. Das Herz pumpt auch nach dem Hirntod noch kurze Zeit Blut in die offen liegenden Kopfvenen.«

»Können Sie sagen, ob der erste Schlag ebenfalls seitlich auftraf?«

»Zwar nicht mit letzter Sicherheit, aber die Ergebnisse meiner Untersuchungen deuten darauf hin, dass zunächst ein Hieb von hinten erfolgte«, antwortete Zirnbach. »Das Okziput ist ebenfalls zertrümmert und zwar bereits so heftig, dass der Mann umgefallen sein muss. Da der Tote auf dem Rücken lag, vermute ich, er ist zusammengesackt, nachdem man ihn von hinten angegriffen hat.«

»Sie sagten, die anderen Schläge trafen die linke Kopfseite, Herr Professor. Können diese Verletzungen auch von einem Linkshänder verursacht werden?«

»Wenn er die Waffe, also den Hammer, links gehalten hat? Nein, mit ziemlicher Sicherheit nicht«, antwortete der Mediziner. »Dafür müsste er über rechts ausgeholt haben. Neun Mal. Zudem sähen die Abdrücke dann anders aus.«

»Und wenn der Täter als Linkshänder die Waffe rechts geführt hätte?«, fragte Beltheim.

»Die meisten Leute scheuen sich davor, die nicht dominante Hand für wichtige Tätigkeiten zu benutzen. Ja, theoretisch ist das jedoch möglich. Bei der Eindringtiefe des Hammers müsste der Täter jedoch sehr kräftig sein. Als Faustregel kann gelten, dass die dominante Seite um die Hälfte stärker ist. Ein Handwerker, der Rechtshänder ist, hätte in seiner Linken also die Kraft eines untrainierten Beamten aus der Verwaltung.«

»Also ist der Täter wahrscheinlich Rechtshänder oder sehr kräftiger Linkshänder?«, fragte der Kripobeamte nochmals zur Bestätigung.

Professor Zirnbach nickte ungeduldig.

»Sonst nichts?«

Zirnbach schüttelte den Kopf.

Beltheim dachte nach. »Sie sagten, die Nasenscheidewand sei nekrotisch. Was bedeutet das?«

»Eine nicht eitrige Entzündung mit Gewebeabbau. Ziemlich weit fortgeschritten. Auch erste Anzeichen am hinteren Rachen. Gab es früher öfter. In der wilden Zeit der Klubs und Bars. Kokain oder Syphilis. Für Letzteres habe ich keine Anhaltspunkte. Ich denke daher, Herr Rabe hat regelmäßig Koks geschnupft. Da die Entzündung akut und stark ausgeprägt war, dürfte er das Zeug in letzter Zeit öfter genommen haben.«

Nicht dass Beltheim diese Tatsache besonders überraschte.

Viele Männer nahmen Aufputschmittel. An der Front wurde – trotz des offiziellen Verbots – munter Pervitin eingeworfen, um die Leistungsfähigkeit zu steigern. Und in der Heimat dröhnte man sich den Kopf zu, um den Frust und die Ängste zu unterdrücken. In den Großstädten war Kokain recht beliebt. Das Reichspolizeiamt hatte Weisung von ganz oben, diesen Sachverhalt weder öffentlich noch in Untersuchungsakten zu erwähnen. Nach außen hin war das Reich sauber. Je weiter der Endsieg jedoch in die Ferne – und die Front näher – rückte, desto eher zog man sich in allen Bereichen von Partei und Verwaltung eine Linie durch die Nase.

Aber dieser Befund machte den Fall für Beltheim noch verworrener. Walter Rabe, der aufstrebende NS-Jurist, war also ein Kokser gewesen. Er wusste von den Kollegen der Sitte, dass es bei den Gelagen der Parteibonzen immer wieder Ärger gab. Tote Nutten, die an einer Überdosis Morphium verreckt waren. Pervitin-Kuren, die den Herzschlag auf hundertachtzig brachten und einen Infarkt provozierten. Narkosemittel im Champagner, damit auch alte Herren mal zum Schuss bei den BDM-Schönheiten kamen. Aber die Leute vom RSHA übten sich gemeinhin in Askese. Ihr früherer Chef Heydrich war in dieser Hinsicht puritanisch gewesen, sein Nachfolger Ernst Kaltenbrunner ging ebenfalls hart gegen Drogenkonsum bei seinen Mitarbeitern vor. Schließlich sollten diese Männer die Elite eines neuen Deutschlands bilden.

»Sind Sie absolut sicher?«, fragte er den Gerichtsmediziner, der ihn sofort tadelnd ansah.

»In meinem Bericht wird es nicht stehen«, erwiderte der Mann. »Aber unter uns, Herr Beltheim, ich bin mir vollkommen sicher. Bei dem Kerl ging das schon Jahre so.«

Der Kripobeamte verabschiedete sich und wollte den Saal gerade verlassen, als ihm noch eine Frage einfiel.

»Professor Zirnbach, eins noch. Sie sagten, alle Organe waren gesund. Können Sie erkennen, ob der Tote Raucher war?«

»Nicht mit völliger Sicherheit. Das Leben in der Großstadt«, erwiderte der Mediziner. »Viel Dreck in der Luft, da sieht eine Lunge immer etwas grau-braun aus.« Er schien zu überlegen. »Ich denke jedoch, dass der Mann mit hoher Wahrscheinlichkeit Nichtraucher war.«

»Weshalb?«

»Die Nase und der Rachen waren entzündet. Heißer Rauch hätte an diesen Stellen gebrannt, als würde man sich an kochendem Kaffee verbrühen. Nein, ich bin mir ziemlich sicher. Der Mann wird in letzter Zeit die Finger von den Sargnägeln gelassen haben.«

Wieder an der frischen Luft atmete Beltheim ein paar Mal tief durch. Der Anblick einer Leiche verursachte ihm schon lange keine Übelkeit mehr. Unangenehm war die oft kaltschnäuzige Art der Gerichtsmediziner. Selbst ein Kerl wie Rabe hatte im Tod ein wenig Respekt verdient. Beltheim schüttelte den Gedanken ab und konzentrierte sich auf Zirnbachs Angaben. Er griff nach Notizbuch und Bleistift.

Täter wahrscheinlich Rechtshänder
Erster Schlag von hinten – Ungeplant? Überrumpelt?
Walter Rabe: berufliche Probleme?
Ehefrau: Kenntnis von der Kokainsucht ihres Mannes?
Verhaltensänderungen in letzter Zeit?

*

Als der Ermittler zur Kripozentrale am Werderschen Markt zurückkehrte, wartete sein Assistent Johann Wilhelmy bereits ungeduldig im Büro.

»Es gibt Neuigkeiten, Chef«, sagte er. »Ich habe mich im Städtischen Krankenhaus an der Dieffenbachstraße erkundigt. Klara Rabe ist zwar noch nicht vernehmungsfähig, aber auf dem Weg der Besserung. Der Stationsarzt meinte, dass wir sie morgen befragen können.«

»Hat sich der ED gemeldet?«, fragte Beltheim. »Wegen der Blutspuren auf den Leinentüchern?«

»Die Kollegen sagen, dass es sich nicht um Klara Rabes Blutgruppe handelt. Wahrscheinlich ist es das Blut des Opfers.«

»Lässt nur einen Schluss zu«, meinte Beltheim.

»Der Täter hat sich Rabes Blut von den Händen gewischt.« Sein Mitarbeiter nickte. »Kaltblütig und berechnend, wenn Sie mich fragen, Chef.«

»Fingerabdrücke auf der Zigarettenkippe?«, fragte der ältere Kripobeamte weiter.

»Fehlanzeige. Unsere Kollegen haben mich ausgelacht. Ohnehin sehr schwer, aber bei feuchtem Wetter…« Wilhelmy lächelte triumphierend. »Aber es gibt Fingerabdrücke auf den Gläsern, die in der Stube standen. Neben Rabes Abdrücken auch die eines Unbekannten.«

»Sehr gut. Damit können wir vielleicht später einen Verdächtigen festnageln«, meinte Beltheim zufrieden.

»Von V A 3 sind noch zwei Sachen gekommen«, fuhr Wilhelmy fort und reichte seinem Chef eine innerbehördliche Anfrage und eine knappe Mitteilung der Leiterin der weiblichen Kripo.

Friederike beantragte Akteneinsicht im Fall Rabe und wollte eine Stellungnahme ihrer Abteilung zum Verdächtigen abgeben. Sehr gut, dachte Werner Beltheim. Der Vorgang verschaffte ihm tatsächlich Zeit, falls Reichsanwalt oder SD ihm dazwischenfunken sollten. Vielleicht konnte Hermann Otto/Ottilie unter Wiekings Obhut sogar wieder in eine Frauenzelle verlegt werden. Ihre Nachricht an ihn war jedoch weniger erfreulich.

»Verdammt«, entfuhr es Beltheim, nachdem er die Zeilen überflogen hatte. »Sie hat beim Gesundheitsamt Meldung gemacht und um eine Stellungnahme gebeten. Ein gewisser Robert Ritter, Leiter am Institut für Rassenhygiene, soll sich Ottilie ansehen. Wahrscheinlich will sich Wieking nach allen Seiten hin absichern.« Er atmete ein paar Mal durch. Die Aufregung tat ihm nicht gut. Dann wandte er sich wieder an Wilhelmy. »Notieren Sie sich den Namen. Finden Sie heraus, mit wem wir es zu tun haben. Was liegt noch an?«

»Ottilies Großmutter wohnt in Friedrichshain. Die Adresse habe ich Ihnen neben den Fernsprecher gelegt. Sie hat keinen Apparat, sodass ich mir erlaubt habe, sie über das örtliche Revier zu informieren. Sie erwartet uns noch heute Nachmittag, Chef.«

»Hat Aschinger 11 wieder aufgemacht?«, fragte Beltheim und sah auf die Uhr.

Um zwei gab es sicher nur noch Markenessen. Wurstersatz mit Gerstengrütze, eine Albumingallerte in Kunstdarm. Dazu Rüben. Besser als nichts. Die Niederlassung des beliebten Schnellrestaurants an der Leipziger Straße war vor einigen Tagen durch eine Luftmine in Mitleidenschaft gezogen worden. Aber angeblich hatte man sie notdürftig instand gesetzt.

»Ja, aber da riecht es nach Kloake wegen der geplatzten Rohre«, erwiderte Wilhelmy. »Gehen wir also besser zur 1 am Fischmarkt.«

Wenig später hasteten sie durch Nieselregen in Richtung Fischerinsel. Es roch überall nach feuchtem Brand. Gerade der Schmorgeruch von Kabeln und Bakelitteilen bereitete Beltheim immer noch Übelkeit. Auch seine Nase war offenbar nicht bereit, sich an den Zustand ständiger Bombardements – und deren Folgen – zu gewöhnen.

»Ottilie Rabe kann es kaum gewesen sein«, sagte er zu seinem Assistenten. Seekrankheit wurde besser, wenn man sich auf etwas konzentrierte, vielleicht traf das ja auch auf diesen Brechreiz zu. »Also, dieser Hermann Otto ist so zerbrechlich wie eine Zwölfjährige. Der Hammer wiegt fast drei Kilo. Natürlich hätte er ihn heben können, aber neun Mal zuschlagen? Mit derartiger Wucht?«

»Chef, wir müssen uns auf einen Namen einigen. Hermann Otto Ottilie bringt mich durcheinander.«

»Gute Idee. Also sehen wir sie so, wie sie sich selbst wahrnimmt.« Beltheim nickte. »Ottilie. Aber was denken Sie? Sie haben den Kerl ja gesehen. Völlig zerschlagen.«

»Man liest doch von diesen Berserkern«, meinte Wilhelmy. »Übermenschliche Kraft durch aufwallendes Gemüt.«

»Aufwallendes Gemüt?«, fragte Beltheim belustigt. »Wo haben Sie das denn her? Aus dem *Handbuch der Polizeiarbeit* von 1902?« Er zog den Mantelkragen hoch. Die Spree trug wenigstens den Geruch von Ölbracke und Fischabfällen heran. Eine Wohltat.

»Zudem ist sie Linkshänderin«, fuhr er fort. »Also mit der rechten Seite erstens ungeschickt und noch mal schwächer. Wir sollten das bei der nächsten Vernehmung unauffällig prüfen, Johann. Zwar glaube ich nicht, dass sie uns hinters Licht führen will, aber sicher ist sicher.«

Im Aschinger ging es zu, als wäre morgen Weltuntergang. Die Schnellrestaurants hatten schon in Zeiten der Republik regen Zulauf gehabt. Billiges Essen, zügig serviert. Da blieb den Gästen in ihrer Mittagspause noch Zeit für eine Zigarette am Spreeufer. Die beiden Polizisten zeigten nur kurz ihre Dienstmarken am Tresen. Und plötzlich gab es doch noch zwei Buletten mit Kartoffelsalat. Die kleinen Vorteile des Berufs. Die Leute versuchten immer, sich mit Polizeibeamten gut zu stellen. Wer wusste schon, wann man mal ihre Fürsprache brauchte?

Nach dem Essen hatte es aufgehört zu regnen, und sie gingen zu Fuß Richtung Friedrichshain. Die Bebauung war hier weniger dicht als in Neukölln, es blieb frische Luft zum Atmen und sogar etwas Platz für erste Gärtnerversuche der Anwohner. Blumen setzte kaum noch jemand. Wer eine kleine Scholle sein Eigen nannte, pflanzte Kohl und Kartoffeln. Ab Mai wuchsen Bohnen und Rüben in den Vorgärten.

Wenn das mit den Zerstörungen so weitergeht, wird die Stadt bald wieder zum brandenburgischen Kartoffelacker, dachte Beltheim.

Ottilies Großmutter Ilse wohnte unweit des riesigen Krankenhausareals in der Nähe des Hains. Es hatte eine große Aufregung darum gegeben, ob man die Krankenhäuser mit aus der Luft gut erkennbaren weißen Kreuzen markieren sollte. Reichsmarschall Göring, den man sonst kaum noch sah, war über den Vorschlag empört gewesen, da die Kennzeichnung dem Feind zu einer besseren Orientierung hinsichtlich der Rüstungsbetriebe verhelfen konnte. Lieber ein paar tote Verwundete, kranke Frauen und Kinder mehr als eine verlorene Drehbank. Im Krieg musste man eben Prioritäten setzen. Folglich hatte man auf die Markierung verzichtet, und die kleinen Spitäler, die Versehrtenheime und Krankenhäuser waren weiterhin Ziele der Bomber.

Der Stadtteil war eigentlich eine klassische Domäne der Arbeiter. Viele Mietskasernen – eng, dunkel und hoch aneinandergereiht – waren bereits den Luftangriffen zum Opfer gefallen. Mit Pech konnte ein Treffer durch die Brandwinde, die sich rasend schnell über die Hinterhöfe ausbreiteten, mehrere Häuser gleichzeitig zerstören. Der Bereich um den riesigen Volkspark herum war jedoch geprägt durch eine Bebauung mit Bürgerhäusern und kleineren Villen. Zudem hatte die Reichsbahn vielen mittleren Bediensteten Bauparzellen zur Pacht angeboten. Und hier gab es vergleichsweise wenig Schäden zu beklagen. Das Grün der Parkanlage stand in vollem Saft, die dicken Blattknospen der Linden und Kastanien brachen gerade auf.

»Das Ehepaar Gratten ist vor etwa fünfzehn Jahren hierhergezogen.« Wilhelmy fasste einige Stichpunkte seiner Recherche zusammen. »Er ist vor vier Jahren verstorben. Ilse von Gratten bewohnt das Haus jetzt mit einem ausgebombten Ehepaar zusammen.«

Gerade erreichten sie das Siedlungshaus an der Ecke Landsberger Allee und Tilsiter Straße. Auch hier das typische Bild eines kleinen, landwirtschaftlich intensiv genutzten Vorgartens. Ansonsten wirkte alles so, als wäre der Krieg weit weg.

»Wir haben ein paar Fragen zu ihrem Enkel«, sagte Beltheim, nachdem er sich und seinen jungen Kollegen an der Haustür vorgestellt hatte.

Ilse von Gratten bat die Polizisten zu sich herein. Sie servierte dünnen Tee und Kekse. Woher die alte Frau die Korinthen hatte, die darin eingebacken waren, blieb ihr Geheimnis.

»Enkelin, Herr Kommissar«, korrigierte sie ihn sofort. »Sie heißt Lili. Und bevor Sie fragen, ich stehe voll und ganz zu ihr.« Ilse von Gratten zeigte sich resolut. Und offenbar kannte sie die vielen Gefahren, die Menschen mit abweichender Orientierung in Hitlers Deutschland drohten.

»Nichts dergleichen wollen wir unterstellen«, versicherte Beltheim. »Wären Sie, Frau von Gratten, nur eine Zeugin in diesem Fall, dann hätte ich Sie einfach vorladen lassen. Nein, vielmehr bin ich hier, weil ich Ihrer Enkelin helfen möchte. Ich will vor allem die Wahrheit herausfinden.«

»Die Wahrheit?« Ilse von Gratten lachte auf. »Welche denn? Die passende oder die wahre?«

»Bitte, Frau von Gratten«, beschwichtigte Beltheim. Er wusste, dass sich in solchen Angelegenheiten schon mancher um Kopf und Kragen geredet hatte. »Ich glaube, dass Ihre Enkelin unschuldig ist.«

»Sie sind die Schwiegermutter des Opfers«, begann Johann

Wilhemy die Routinebefragung. Eine überflüssige Bemerkung, wie Beltheim fand. Aber der junge Kollege hielt sich an die Regeln.

»Ja, richtig. Und das ist bereits Last genug! Dieser Mann war ein Untier, müssen Sie wissen. Er hat meine Tochter und meine Enkelin misshandelt. Aber das glaubt einem ja niemand, wenn die Kerle die richtigen Beziehungen haben.«

»Wie meinen Sie das, Frau von Gratten?«

»Klara hat ihn dreimal angezeigt. Und glauben Sie, es wäre etwas geschehen? In den Berichten vom Krankenhaus steht, dass meine Tochter jedes Mal unglücklich gestürzt ist. Und der Nachbar, der es bezeugen wollte, hatte eine kostenfreie Hotelübernachtung. Im Kellergeschoss Prinz-Albrecht ...« Sie unterbrach sich. »Ich meine natürlich, er hat eine Verwarnung bekommen.«

»In Ihrem eigenen Interesse, Frau von Gratten, unterlassen Sie diese Bemerkungen«, unterbrach Beltheim augenblicklich.

Sein Assistent bestätigte leise, dass keine Anzeigen gegen Walter Rabe vorlagen. Natürlich hatte der SD genügend Macht, um jede Akte aus den Polizeirevieren verschwinden zu lassen. Und die Verantwortlichen gleich dazu, wenn es notwendig war.

»Ihre Tochter wurde schwer verletzt«, kam Beltheim zum Thema zurück. »War das wieder Ihr Schwiegersohn?«

»Kurz bevor er selbst ...«, bestätigte Ilse von Gratten und nickte. »Er war krankhaft eifersüchtig. Meine Tochter wollte seit einiger Zeit die Scheidung. Er vermutete, dass ein anderer Mann dahintersteckte. Auf die Idee, dass seine Brutalität der Grund war, kam er gar nicht. Und seither war es noch schlimmer geworden. Und dann gab er ihr noch die Schuld an der Sache mit Lili. Er schikanierte meine Enkelin, wo er nur konnte. Er hat sie auch geschlagen, aber da sind die Lehrer ja fix hinterher. Misshandlung von Kindern muss gemeldet werden. Befehl des Führers. Also hat es dann auch meistens Klara abbekommen.«

Der Kriminalrat sah auf seine Notizen. Ihre Angaben stimmten mit Wilhelmys Recherche im Spital überein. Also schied die Ehefrau Klara Rabe als Täterin definitiv aus. Den Hinweis auf einen möglichen Liebhaber hielt er zwar für ein Hirngespinst, aber er notierte ihn dennoch.

Beziehung zu einem anderen Mann? Täter?

»Haben Sie weitere Kinder, Frau von Gratten?«

»Einen Sohn. Aber den habe ich dem Führer geschenkt«, sagte die alte Frau, und Tränen traten in ihre Augen. Sie hob trotzig den Kopf. »Sie sehen, mein Uwe kann seinem Schwager wohl nichts angetan haben.«

»Wir benötigen Ihr Einverständnis, um mit Ottilie sprechen zu können.« Beltheim wollte vermeiden, dass sich die alte Frau noch zu weiteren Bemerkungen hinreißen ließ, die in den falschen Ohren böse Folgen haben konnten.

»Weshalb ...?«

»Wie Sie sicherlich wissen, ist Ihre Tochter noch stark benommen. Die Ärzte haben ihr wegen des Verdachts auf eine Gehirnerschütterung Ruhe verordnet, und sie wird noch ein paar Tage im Krankenhaus bleiben müssen. Wir dürfen Lili nur befragen, wenn ein Elternteil oder Vormund das Einverständnis erteilt.«

»Versprechen Sie mir, sie gut zu behandeln?«

»Glauben Sie mir, Frau von Gratten, ich möchte Ihrer Enkelin helfen. Ich will sie beschützen vor den Leuten, die einen Pfifferling auf Ihr Einverständnis geben würden.«

»Gut, ich unterschreibe Ihnen, was Sie wollen. Sofern es meiner Kleinen hilft. Meinetwegen stecken Sie mich an ihrer Stelle ins Gefängnis. Oder hängen Sie mich auf. Ich würde alles für meine Enkelin tun. Sie ist auf dieser Welt neben meiner Tochter alles, was mir noch Halt gibt.«

Der Kriminalrat gab seinem Assistenten ein Zeichen, der daraufhin nickte und sich eine entsprechende Notiz machte.

»Würden Sie mir wohl einen Gefallen tun?«, fragte Ilse von Gratten, als die beiden Beamten sich bereits zum Gehen wandten. Sie verschwand in der Küche und kam mit zwei Papiertüten zurück. »Nehmen Sie meiner Enkelin bitte ein paar Kekse mit. Lili liebt sie. Für Sie und Ihren Kollegen habe ich auch ein paar Plätzchen und etwas Berliner Brot eingepackt.«

»Mein Kollege kommt morgen gegen zehn mit den Papieren, die Sie unterschreiben müssen«, sagte Beltheim beim Abschied.

»Nette Frau.« Auf dem Rückweg machte sich Wilhelmy bereits über die Kekse her.

Ottilie Rabe ist zumindest nicht ganz allein, stellte Beltheim insgeheim erleichtert fest. Dieser Fall schien von Anfang an hoffnungslos. Gerade in dieser beschissenen Zeit. Gerade für einen Menschen wie sie. Er hatte sich schon lange nicht mehr derart an einer Sache festgebissen. Aber es war seltsamerweise ein gutes Gefühl.

IV

Man sieht oft etwas hundert Mal, tausend Mal,
ehe man es zum allerersten Mal sieht.

    (Christian Morgenstern, 1871–1914)
     (aus: C. Morgenstern, *Stufen*, 1922)

29

Berlin, Anfang September 2022

Wir waren uns einig, dass Gernot Beyer seinen Vortrag erst am nächsten Morgen fortsetzen sollte. Eine Pause würde jetzt guttun. Ebbi und Hanna schlugen vor, ein einfaches Abendessen für alle vorzubereiten, und Laura bot sich an, ein paar Sachen zu besorgen und ihnen dann zu helfen. Norbert, Lukas, Torsten und Patrick wollten sich ein oder zwei Biere genehmigen, um die Sache sacken zu lassen. Und Lili verschwand mit Heike und Maurice im Wohnzimmer. Ich fühlte mich ein wenig wie bestellt und nicht abgeholt. Und war plötzlich mit meinen Gedanken allein. Ohne Ordnung schwirrten mir Namen durch den Kopf. Walter, Maurice, Ottilie, Heike, Hermann Otto. Als mischte sich Gegenwärtiges mit Vergangenem. Heute und gestern. Der Wohnungsflur, in dem ich stand. Und das alte Schlafzimmer, das ich nun betrat. Ich betrachtete die halb abgedeckten Möbel, sah den dunklen Fleck am Boden. Der kleine Sekretär spendete Trost. Ich berührte vorsichtig die Dinge, die Lili und ich vorhin gefunden hatten und die immer noch auf der Schreibfläche lagen. Meine Finger fuhren über die Brosche und die Tanzschuhe, fanden noch gepresste Blüten zwischen Löschpapieren, glitten dann zu den Briefen. Zuckten zurück. Nein, ich durfte diese Sphäre nicht verletzen. Nicht ich entschied, was Lili von sich preisgab. Manche Schätze mussten gehütet werden. Und manches blieb verborgen am schönsten.

»Hier bist du!«, rief plötzlich eine Stimme. »Wir haben uns

schon Sorgen gemacht.« Lili kam auf mich zu und legte ihre Hand auf meine Schulter. »Alles in Ordnung?«

Offenbar hatte ich vor mich hin geträumt. Jedenfalls waren alle Gäste wieder da. Ich folgte Lili in die Küche, in der es herrlich nach italienischen Kräutern und Tomaten duftete. In der Keramikspüle dampfte eine riesige Menge Spaghetti im Abtropfsieb vor sich hin. Mit dem Essen hatte man auf mich gewartet, mit dem Wein nicht. Alle prosteten sich bereits zu, einige Gläser waren nur noch halb gefüllt.

»Gleich Chianti oder vorher noch einen Prosecco für die Stimmung?« Maurice war bester Laune. Er saß neben seiner Mutter und füllte ihr eben Tomatensoße auf den Teller.

»Ebbis Sugo di Pomodoro ist einzigartig. Ihr werdet sehen«, sagte Lili und warf dem Koch eine Kusshand zu.

»Kochst du zu Hause eigentlich auch Armenisch?«, fragte Torsten meine Mutter.

»Klar, die Bulgur-Rezepte sind köstlich und meistens einfach gemacht. Angeblich werden sie sogar für Zuckerkranke empfohlen, aber mir ist wichtiger, dass es schmeckt.«

»Die alte Dame ist schon mächtig in Ordnung«, hörte ich Norbert sagen, der bei dieser Bemerkung Lukas auf den Rücken klopfte. »Oder wie siehst du das?«

»Leben und leben lassen.« Lukas lachte.

War es das gute Essen? Der Rotwein? Oder setzte sich endlich eine gewisse südländische Nonchalance durch? Jedenfalls spürte ich, wie die innere Anspannung nachließ. Das pure Hier und Jetzt wollte genossen werden. Das Leben war eben doch kein mieser Verräter.

»Weshalb kann es nicht immer so sein?« Maurice musste meine Gedanken erraten haben.

»Weil es dann langweilig wäre?«, erwiderte ich.

»Sieh dir Ebbi und Lili an«, meinte er später leise zu mir.

»Queen Mum und ihr Prinzgemahl.« Es klang nicht ironisch, eher bewundernd.

Gegen halb elf war die Luft raus. Die Gäste verabschiedeten sich, nur Laura und ich hingen noch ein wenig zusammen.

»Was ist eigentlich damals mit deiner Tante Amelia geschehen?«, fragte ich sie. »Ist es sicher, dass sie den Unfall absichtlich herbeigeführt hat? Litt sie an derart starken Depressionen?«

»In diesen Sommerwochen kommt wohl nicht nur Lilis Geschichte auf den Tisch, wie mir scheint«, erwiderte sie und lächelte gequält. Dann zuckte sie mit den Schultern. »Na, was soll's? Wir erleben offenbar alle so eine Art *Judgement Day*.«

»Du musst nicht darüber sprechen«, versicherte ich ihr. »Wenn ich mir allerdings die Reaktionen der Leute ansehe, dann denke ich, dass die uralte Geschichte ganz erhebliche Auswirkungen auch auf uns hatte.«

Wir hatten uns aus Lilis Wohnung auf den angebauten Balkon aus Edelstahl zurückgezogen, der gleichzeitig eine Fluchttreppe war. Irgendwo unten rauschte der Straßenverkehr, lärmte die Stadt wie eh und je. Oben waren vereinzelte Sterne zu sehen. Mich beruhigten die Geräusche und der typische, bleiche Nachthimmel, denn sie gaben mir irgendwie die Sicherheit, nicht allein zu sein.

»Manche Menschen ertragen das Leben einfach nicht. Ich habe ein einziges Mal mit meiner Tante darüber gesprochen. Sie fühlte eine Sinnlosigkeit in ihrem Inneren, die sie fertiggemacht hat. Scheinbar ist um dich herum nur Freude, aber du spürst nur Schwere, Last und Traurigkeit. Jeder Schritt, jedes Wort ist eine Qual. So hat sie das formuliert.«

»Hört sich nach schwerer Depression an. Die Medikamente haben nicht geholfen?«

»Immer nur für kurze Zeit. Sie hat viele Therapien gemacht und war irgendwann zermürbt.« Sie schenkte uns noch den restlichen Wein ein. »Zum Schluss waren die Schuldgefühle das Schlimmste.«

»Schuld woran?«

»Dass sie nicht richtig funktionierte. Als Mutter, als Frau, als Mensch.«

Ich nickte nur und starrte in mein Glas

»Tante Amy hat ihren Wagen vor fünf Jahren gegen einen Baum gefahren«, fuhr sie fort. »Zunächst wurde es als Unfall eingestuft. Aber die Untersuchung zeigte, dass der Wagen keinen Defekt hatte. Die Sicht war gut, die Straße trocken. Und warum fuhr sie mit hundertzwanzig in eine enge Kurve? Jeder wusste, dass Amelia depressiv war. Die Ehe mit Patrick war im Eimer. Seit die Zwillinge flügge wurden, fühlte sie sich zunehmend nutzlos. Sie hatte mehrmals angedroht, sich etwas anzutun. Mein Onkel hatte sie vorher schon in eine Privatklinik geschickt, später aber lange Zeit verheimlicht, dass sie dort war.«

»Also gab es auch kein Geld von der Lebensversicherung?«

»Dabei hätte mein Onkel Patrick das Geld gut gebrauchen können. Er hatte eine Firma aufgebaut, aber ein paar neue Entwicklungen verpasst. Er stand damals kurz vor der Pleite.«

»Ganz schön was los in unseren Familien«, sagte ich. Ich wusste, wo Onkel Ebbi den guten Wein lagerte. Und ich hatte uns eine Flasche Bordeaux organisiert.

»Jetzt bist du dran«, sagte Laura nach einer Weile. »Was ist mit deinem Vater passiert?«

Kalt erwischt. So etwas nannte man wohl einen abrupten Themenwechsel. Aber ich konnte mich jetzt nicht herauswinden mit der Bemerkung, es wäre zu privat.

»Er ist nach Armenien zurück, als ich zwölf war.«

»Klassisches Ehedrama?«, fragte sie. »Oder hatte es mit seiner Herkunft zu tun?«

»Beides, denke ich. Meine Mutter hat viel auf sich genommen, um ihrer großen Liebe zu folgen. Sie und mein Vater hatten sich auf einem Kongress kennengelernt. Armenien gehörte damals zur Sowjetunion. Mama lebte in Ostberlin. Er wollte in den Westen, sie ist mit ihm gegangen.« Ich zuckte mit den Schultern. »Andere Zeit, andere Welt. Sie war dann jahrelang in der Rolle einer klassischen Ehefrau gefangen. Später hat sie sich immer mehr freigestrampelt, wurde unabhängiger. Während mein Vater sich zunehmend eingeengt fühlte. Er hatte auch beruflich nicht mehr richtig Fuß fassen können, fühlte sich als Fremdkörper. In seiner Vorstellung schien ihm in der Heimat alles einfacher zu sein.«

»Die Modelle können ganz schön wehtun.«

»Was meinst du damit?«

»Eine lebenslange Beziehung kann auch zu einem Gefängnis werden«, antwortete sie. »Zusammenbleiben um jeden Preis. Weil *man* es so macht. Weil *man* sich nicht trennt. Geld, Haus, Kinder. Es finden sich immer Gründe.«

»Mein Vater hat damals verlangt, meine Mutter müsse mit ihm nach Armenien kommen«, entgegnete ich. »Ich wurde natürlich gar nicht gefragt und habe alles nur durch die Streitigkeiten mitbekommen. Vieles musste ich mir zusammenreimen. Ich wollte nicht weg, aber es hörte sich auch nach Abenteuer an. Lange Ferien in Armenien. Und ich wollte meinen Vater nicht verlieren. Aber Mama hat nicht nachgegeben. Und zuerst habe ich ihr die Schuld an der Trennung gegeben. Später ihm. Vor allem daran, dass nach der Trennung irgendwie mein ganzes Leben auseinandergebrochen ist. Ich hatte Probleme in der Schule, habe mich eingeigelt, wurde zum Sonderling. Da wollte ich meinen Vater einfach nur vergessen.«

»Willkommen im Klub.« Laura hob das leere Glas und stieß es an meines. »Der Versuch ist zwecklos. Ich weiß, wovon ich spreche.«

»Erst viel später bemerkte ich, dass ich vor allem mir selbst die Schuld gegeben habe. Ich dachte, es hätte an mir gelegen. Schon vor der Trennung habe ich versucht, etwas zu retten, was ich nicht retten konnte.«

»Und er ist dann einfach gegangen? Zurück nach Armenien?«, hakte Laura nach.

»Mein Vater hat sich jahrelang in die Vorstellung verrannt, dass er wieder in seine Heimat zurückmusste«, antwortete ich. »Es wurde eine Art Leidenschaft, die im wahrsten Sinn Leiden schuf. Bei ihm. Bei meiner Mutter. Bei mir. Er sah sich ständig alte Bilder an, plante Reisen, besuchte sogar regelmäßig einen armenischen Altmännerklub, in dem sie vor Rührung weinten, wenn Lieder vom Ararat gesungen wurden. Irgendwann hat er meiner Mutter ein Ultimatum gestellt.«

»Heftig. Und du? Wie hast du darüber gedacht?«

»Damals habe ich nicht verstanden, dass er fürchterliches Heimweh hatte. Er wurde davon regelrecht aufgefressen.«

»Armenien«, sagte Laura. »Ehrlich, ich weiß fast nichts über euer Land.«

Euer Land. Wieder ein kleiner Stich. War es denn *mein* Land? Ich schwieg und versuchte, meine Gefühle im Zaum zu halten. Klar, wenn man in Deutschland lebte, machte es natürlich einen Unterschied, ob man in Ostfriesland oder in Armenien geboren worden war. Die erste Antwort sorgte höchstens für einen dummen Spruch. Die zweite weckte hingegen Interesse, das ich gar nicht wecken wollte. Es war die Heimat eines Vaters, der uns verlassen hatte, bevor es überhaupt meine Heimat werden konnte. Für mich war er das Land. Umso wütender reagierte ich, wenn die Leute mich als Armenierin sahen.

»Doppeltorte«, sagte ich. »Meine Mutter mochte Erdbeeren, mein Vater Pfirsiche. Also machte sie Torten, die aus zwei Hälften bestanden. Einmal nannte mich eine Freundin dann eben Doppeltorte. Halb Erdbeere. Halb Pfirsich.«

»Es gibt schlimmere Spitznamen. Aber ich verstehe, was du meinst. Der Pfirsich wollte zurück zu seinen Bäumen. Und du weißt nicht, wohin überhaupt.«

»Mein Vater ging nach Bergkarabach zurück«, fuhr ich fort. »Dort lebte seine Familie. Irgendwie träumte er vielleicht davon, wieder Ziegen zu hüten. Einfaches Leben oder so. Ich weiß es selbst nicht. Seither habe ich keinen Kontakt mehr zu ihm. Meine Mutter bekommt hin und wieder eine Karte oder einen kurzen Brief.«

Im letzten Satz lag mehr Bitterkeit, als ich beabsichtigt hatte. Ich kannte meinen Vater, und ich kannte ihn doch nicht.

»Als mein Cousin plötzlich bei mir auftauchte, kamen viele Erinnerungen wieder hoch. Er sieht meinem Vater so ähnlich. Und er hat ihn in den letzten Jahren öfter besucht. Durch ihn wurde mir bewusst, wie groß die Sehnsucht ist, die ich immer verleugnet habe. Ich wollte mir nie eingestehen, wie sehr ich meinen Vater vermisse.«

»Was macht Levon eigentlich jetzt?«, fragte sie. »Über ihn könntest du vielleicht einen Kontakt zu deinem Vater herstellen.«

Ich brachte sie in der Sache auf den neuesten Stand. Zu meinem Erstaunen sah sie das Ganze lockerer als ich, denn sie lachte herzhaft, als ich den Streit und Levons Unehrlichkeit erwähnte.

»Kann er nicht trotzdem eine Chance sein?« beharrte sie. »Ich meine, wir machen alle Fehler. Nur weil er dir vielleicht Zugang zu deinem Vater ermöglicht, muss er doch nicht makellos und über alle Zweifel erhaben sein.«

Die Bemerkung saß. Darüber musste ich nachdenken. Ich mochte Laura trotz ihrer Direktheit. Sie hatte wohl selbst erkannt, dass unser Gespräch sich jetzt entweder totlief oder aber Punkte berühren konnte, für die unsere Bekanntschaft noch nicht reif war. Ich schwieg beharrlich.

»Schon seltsam, dass Lilis Landgut auch für uns etwas Symbolhaftes hat«, meinte sie. Sie hatte eindeutig bessere Antennen als Annika. Sie wusste, wann es genug war und sie besser das Thema wechselte.

»Ich weiß nicht, ob sie es beabsichtigt hat.« Ich nickte. »Aber es macht etwas mit uns.«

»Torchau bedeutet ihr offenbar viel.« Laura stand auf und streckte sich. Langsam wurde die Berliner Nacht auch etwas kühl. »Woher nimmt sie bloß diese Energie? In ihrem Alter.«

»Ich weiß auch nicht viel mehr als du«, sagte ich. »Sie hat ja versucht, es uns zu erklären. Torchau steht für etwas Größeres. Sie sucht eine ferne Erinnerung und irgendetwas scheint sich dort für sie zu vollenden. Oder zumindest hofft sie das.«

»Dabei war es ja eigentlich ein übler Ort«, sagte Laura. »Erst ein Jugendlager, dann eine Erziehungsanstalt.«

»Sie sieht das anders. Für die Taten sind immer Menschen verantwortlich, im Guten wie im Bösen. Ich ahne jetzt, was sie meint. Sie möchte diesen Ort quasi auf die Seite ihrer schönen Erinnerungen ziehen. Auf jeden Fall hat Gut Torchau Lilis Leben verändert. Es hat sie stärker gemacht. Und sie hat dort meine Großmutter und Hanna kennengelernt.«

Wo wäre ich ohne Torchau?, dachte ich, aber ich verkniff mir die Frage, obwohl sie perfekt zu meinen Selbstzweifeln gepasst hätte. Denn jetzt gerade ging es um Lili.

»Aber sollte sie sich ein solches Vorhaben ans Bein binden? Die Sanierung. Der Aufbau der Stiftung. Das wird Jahre dauern.«

»Der Kölner Dom wäre wahrscheinlich eine armselige Kapelle, wenn der erste Baumeister nur für seine eigene Lebensspanne geplant hätte.«

»Für die angedachte, inklusive Werkstätte und Schule hätte ich sogar eine Idee«, meinte sie.

Ich sah sie fragend an.

»Wieso nicht? Ich kenne mich mit Ausgrenzung und Barrieren aus, glaub mir. Außerdem bin ich Heilpädagogin.«

Noch eine Überraschung. Die ich mit einem fragenden Blick und offenem Mund quittierte.

»Fast jedenfalls. Zwei Semester und die Prüfungen fehlen. Hatte keinen Bock auf die üblichen Konzepte.«

»Sprich doch mit Lili«, sagte ich. »Sie freut sich über jede Unterstützung.«

Ich begleitete Laura noch nach unten vor die Tür. Sie hatte es nicht allzu weit zu ihrem Hotel, schien mir aber ohnehin eher eine Nachtschwärmerin zu sein.

»Nett«, sagte sie und lächelte mir zu. »Müssen wir unbedingt wiederholen.«

30

Berlin, Anfang Mai 1944

Das Reichsgesundheitsamt in der Nähe des Hansaplatzes war Beltheim in unangenehmer Erinnerung. Hier war es vor drei Jahren zu einem kleinen Eklat zwischen ihm und einem Fachreferenten gekommen. Beltheim hatte dessen Gutachten über einen Zigeunerjungen nicht akzeptieren und zu den Akten nehmen wollen. Dem jungen Mann war partout kein Vergehen nachzuweisen gewesen. Und der Arzt hatte daraufhin einfach behauptet, es läge »geradezu im Geschick dieser Rasse, die eigene Schuld auf das Hinterhältigste zu vertuschen«. Und mangelnde Beweise wären »nur als Beleg für die Tücke dieser Menschen und deren erbbiologisch bedingte Hintergrundschuld am deutschen Volke« zu werten. Einen größeren Schwachsinn konnte man nicht verzapfen. Am meisten ärgerte Beltheim jedoch, dass sie in Zeiten lebten, in denen solcher Irrwitz als hoffähig galt. Je abstruser die Theorie, desto mehr Aussicht bestand, dass sich Claqueure fanden, die sie auch noch bejubelten. Seither hatte der Kripobeamte jede Beschäftigung mit solchen Rassenfragen gemieden und gab entsprechende Fälle lieber an Untergebene weiter. Allerdings war er mit dieser Vermeidungsstrategie ebenfalls nicht zufrieden.

Doch jetzt blieb ihm der Weg zum Reichsgesundheitsamt nicht erspart. Beltheim hatte nicht warten wollen, bis sich wieder ein zufälliges Treffen ergab. Fernsprecher und Post schienen ihm zu unsicher. Der Sicherheitsdienst überwachte alle Beamten im gehobenen Dienst. Und die Paranoia dieser Dienststelle war mittlerweile derart ausgeprägt, dass Beltheim auch in Annas Dienstraum nicht offen sprechen wollte. Die Techniken des Abhörens waren in den letzten Jahren immer ausgereifter, die Geräte immer unauffälliger geworden.

»Werner! Schön, dich zu sehen.«

Dr. Anna Schönberg hatte ihr Zimmer im kühlen Nordflügel des imposanten Verwaltungsgebäudes. Sie war bis vor einigen Jahren ein häufiger Gast bei den Hauskreisen des Ehepaars Beltheim gewesen. Auf Initiative seiner Frau hin hatte man sich ein paar Mal im Jahr über Literatur, Glaube und Politik unterhalten. Natürlich waren solche »Freidenker-Zirkel« den NS-Mächtigen ein Dorn im Auge. Und prompt hatte es eine Untersuchung gegeben mit der Empfehlung, diese Umtriebe sofort abzustellen. Dr. Schönberg war Psychiaterin. Im RGA hatte sie vor zwei Jahren ungewollt eine kriegswichtige Forschungsstelle übernehmen müssen, um im Gegenzug weiterhin drei Tage in der Woche in eigener Praxis arbeiten zu dürfen. Sie war vorher von der Gestapo aufs Genaueste durchleuchtet worden, da sie vor 1933 an einem Institut gearbeitet hatte, das von einem Juden geleitet wurde. Kurz nach Antritt ihrer neuen Stelle hatte sie den Kontakt zur Familie Beltheim wieder aufgenommen. Und was der Polizist seither über die Arbeiten im Gesundheitsamt erfahren hatte, ließ ihm die Haare zu Berge stehen.

»Was kann ich für dich tun?«, fragte die Ärztin.

»Nur ein Höflichkeitsbesuch, Anna«, log er, zwinkerte dabei jedoch mehrmals mit dem linken Auge. »Wir haben uns leider lange nicht gesehen. Ich war in der Nähe und wollte dich zu einem Kaffee einladen.« Seine Stimme wurde bewusst leiser, als wäre ihm das Folgende sehr peinlich. »Und ich schlafe in letzter Zeit schlecht. Muss oft auf die Toilette. Die Blasenkrankheit der alten Männer, du verstehst? Ich dachte, du hättest vielleicht einen Rat für mich.«

»Sicher, Werner.« Sie hatte offenbar verstanden und sah ihn neugierig an, während sie nach ihrem dünnen Sommermantel und einem beinahe extravaganten Hut griff.

Ein Kriminalrat der Sicherheitspolizei, der persönlich im RGA erschien, bedeutete entweder Ärger oder Arbeit. In dieser Zeit war alles irgendwie politisch. Überall trafen Interessen aufeinander, lagen Kompetenzen im Streit. Und alles wurde überschattet von dieser unseligen Theorie einer Erbbiologie und Rassenhygiene. Beltheim wusste, dass sich Anna Schönberg ihre Arbeit als Ärztin anders vorgestellt hatte. Er bewunderte sie für ihren Mut und die Hartnäckigkeit, mit der sie nicht nur ihre beruflichen Ziele verfolgte. Von Anfang an war sie fasziniert gewesen von der Seele des Menschen, den Stimmungen und Gefühlen. Ihre Doktorarbeit war zunächst abgelehnt worden, weil sie darin die These einer umfassenden Betrachtung von Körper und Seele vertreten hatte. Zu ungewöhnlich für ihre Zeit. Außerdem war ihr Doktorvater Jude gewesen. Nachdem Beltheim die Möglichkeit verworfen hatte, sich an die Psychiater der Charité zu wenden, hatte er überlegt, ob seine Bekannte für die Aufgabe ausreichend qualifiziert war. In der Männerwelt der Medizin wurde die Aussage einer Ärztin schnell belächelt. Andererseits konnte sie mit ihrem Feingefühl sicherlich Ottilies Vertrauen viel eher gewinnen als ein verknöcherter Ordinarius mit Monokel und Wilhelmbart. Er musste jetzt möglichst schnell eine ordentliche Aussage von der Verdächtigen bekommen. Sofern seine These stimmte, war sie die Hauptzeugin, die vielleicht sogar den Täter gesehen hatte.

»*Für alls Leid a Kreit*, sagte meine Oma immer.« Anna lachte, aber es klang angestrengt. »Ich kann eine Pause gebrauchen, Werner. Bei einem Spaziergang schilderst du mir deine Beschwerden. Und ich mache später ein Rezept fertig.«

Dabei hatte sie keinerlei Ahnung von Prostataerkrankungen,

aber das Thema war eine gute Tarnung, sofern ihr Zimmer abgehört wurde. Das Reichsgesundheitsamt stand wegen seiner Bedeutung für politische Rassenfragen ganz oben auf der Überwachungsliste des SD.

Eine Minute später gingen beide durch den langen und imposant hohen Flur im Erdgeschoss, in dem sich sogar die vier Meter messende Gipskopie eines arischen Titans des Künstlers Arno Breker verlor. Als sie auf die Klopstockstraße traten, fühlte sich Beltheim besser. Offenbar erging es der Ärztin nicht anders, denn sie atmete tief durch. Werner Beltheim schilderte in wenigen Worten den Fall Rabe, als sie kurz darauf am Spreeufer in Richtung Schlosspark Bellevue entlanggingen. Seine Bekannte hörte zunächst aufmerksam zu und stellte dann einige kurze Fragen. Als psychiatrische Gutachterin hatte sie die Gesetzestexte und Verordnungen weitgehend verinnerlicht.

»Ich brauche deine Hilfe, Anna«, meinte der Kripobeamte, als er seine Schilderungen beendet hatte. »Ottilie scheint verwirrt zu sein. Sie kann sich an nichts erinnern. Du musst unbedingt zu ihr durchdringen.«

»Ich kann es versuchen. Aber wenn ihr Schweigen und ihre Verwirrung Folgen einer seelischen Erschütterung sind, kann es langwierig werden.«

»Du musst es versuchen. Bitte, Anna.« Beltheim blieb stehen und sah sich um. »Da ist noch etwas anderes. Ich brauche ein Gutachten hinsichtlich ihres Geschlechts.«

»Du meinst die Geschlechtszugehörigkeit?«, fragte Anna Schönberg. »Die Frage, ob Hermann Otto sich glaubhaft als Mädchen sieht?«

Sie gingen schweigend in Richtung Park. Die Ärztin schien zu überlegen. Und Beltheim war erfahren genug, um zu wissen, wann er den Mund halten musste.

»Eine Anerkennung als Transvestit ist zwar deutlich seltener als noch vor zehn oder fünfzehn Jahren«, sagte sie. »Aber sie ist im Prinzip weiterhin möglich. Nach gegenwärtiger Rechtslage wäre Hermann Otto Rabe dann juristisch als Frau zu sehen. Allerdings ...« Sie zögerte.

»Na, welchen Haken hat die Sache?«, unterbrach Beltheim sie. In diesen Zeiten gab es immer Hindernisse, selbst beim täglichen Brotkauf.

»Wenn nur der leiseste Verdacht besteht, dass der junge Mann die Sache nur vorgibt, um eine homosexuelle Neigung zu vertuschen, dann stecken sie ihn ins Lager. Und mittlerweile werden viele Anträge auf diese Weise abgebügelt.«

»Paragraf 175.« Beltheim seufzte, und die Ärztin nickte.

»Bist du absolut sicher, dass es bisher keine *unzüchtigen Handlungen* gab?«, fragte sie. Sie hatte offenbar bewusst die Formulierung aus dem Strafgesetzbuch gewählt. »Man wird in der Nachbarschaft fragen. Und natürlich wird es ein sehr unangenehmes Verhör des Jungen selbst geben.«

»Er ist erst sechzehn. Sie. Da hat man doch noch nicht ... Ich meine, in *dem* Alter?«, erwiderte Beltheim unsicher.

»In welcher Zeit lebst du eigentlich, Werner? Hirschfeld hat schon vor mehr als zehn Jahren festgestellt, dass die Hälfte der Minderjährigen frühzeitig sexuelle Erfahrungen macht. Und ich meine nicht den scheuen Wangenkuss.« Anna versetzte ihm einen kleinen Stoß und lachte. Dann wurde sie wieder ernst. »Auf jeden Fall ist Hermann Otto minderjährig. Du musst prüfen, ob er irgendwann mal auffällig wurde. Wenn nicht, dann haben wir mit der alten Regelung vielleicht eine Chance, die Anerkennung als Transvestit durchzubekommen.«

»Was bedeutet das eigentlich? Transvestit? Ich dachte, das wären diese schrägen Vögel, die einfach gern mal in den Kneipen um den Nolle herum in Frauenkleidern tanzen. Um danach wieder zu ihrer Familie zu gehen.«

»Im Prinzip hast du recht, Werner. Aber es ist sehr viel komplizierter. Es gibt das einfache Verkleiden, ähnlich dem Karneval. Das sind laut Hirschfeld keine Transvestiten. Dann gibt es den Wunsch, die Kleidung zu tragen, weil man sich dem anderen Geschlecht zugehörig fühlt. Und schließlich gibt es noch Transsexualismus, wie Hirschfeld es nannte. Es ist der Wunsch, sich im Verhalten und körperlich wirklich der anderen Seite anzupassen. Hermann Otto würde also eher zu dieser dritten Gruppe gehören.«

»Mensch, ich glaube, ich werde alt.« Beltheim kratzte sich verlegen am Kopf. »Aber egal, dafür bist du die Expertin.«

»Was willst du damit erreichen?«, fragte sie. »Ich meine, welche Vorteile hat der Verdächtige, wenn er offiziell als Transvestit anerkannt wird?«

»Als Frau kann er nicht hingerichtet werden.«

»Du meintest doch, er wäre unschuldig.«

»Ich vermute es. Aber ich brauche Beweise, sonst befürchte ich, dass man ihn als Lamm auf die Opferbank führt. Der SD will, dass die Sache schnell vom Tisch ist. Zwei Fliegen mit einer Klappe. Die Tat kommt auf diese Weise zu den Akten. Und den unliebsamen Asozialen ist man ebenfalls los. Du weißt, wie das läuft.«

»Nicht so laut, Werner!«, zischte sie, lächelte aber im selben Moment so, als hätte er einen schlüpfrigen Witz gemacht. »Ich selbst hatte einen solchen Fall noch nicht, aber ein Kollege. Er erzählte mir, dass die beteiligten Beamten ganz darauf bedacht waren, die Sache schnell vom Tisch zu bekommen. Es könnte klappen.«

»Ottilie muss in letzter Zeit stark unter ihrem Vater gelitten haben«, sagte Beltheim. »Die Mutter ebenfalls. Natürlich käme als Motiv eine Affekthandlung in Betracht. Da würden es sich die Herren Juristen einfach machen.« Er schilderte die Verletzungen des Toten. »Das Mädchen hätte niemals die Kraft für die vielen Schläge. Dazu gibt es noch Spuren, die auf einen unbekannten Dritten hindeuten.«

»Unschuldig bis zum Beweis des Gegenteils«, sagte Schönberg mit Verbitterung in der Stimme. »Das gilt schon lange nicht mehr.«

»Es ist mehr als eine Unschuldsvermutung, Anna. Und ich will den oder die wirklich Schuldigen finden. Ich bin mir sicher, dass es Ottilie nicht war.«

»Selbst das bedeutet heute nichts mehr.« Die Ärztin lächelte wieder scheinbar grundlos, schrieb ein Rezept aus, das sie aus ihrer Handtasche geholt hatte, und reichte es ihrem Bekannten. Jeder Außenstehende musste vermuten, dass sie einen Freund in einer prekären Gesundheitsfrage beriet.

»Und was kann ich da tun?«, fragte sie danach. »Ich bekomme meine Fälle nur vom RGA zugewiesen. Wenn ich mich direkt einmische, wecke ich nur schlafende Hunde. Dann dauert es nicht lange, bis ich wieder einen Termin bei den Herren in der Prinz-Albrecht bekomme.«

»Ich habe vielleicht einen Fehler gemacht, Anna. Ich war bei Wieking. Prinzipiell unterstützt sie mich. Aber du weißt, wie sie ist. So korrekt, dass sich sogar die Bananen vor ihr gerade machen. Und sie hat sich mit Dr. Robert Ritter in Verbindung gesetzt, damit er eine Stellungnahme abgibt. Ich hätte es ahnen müssen.«

Die Ärztin fluchte leise. Beltheim mochte ihre Offenheit. Anna gehörte – wie seine eigene Tochter – zu einem gänzlich neuen Typus Frau. Die Weimarer Zeit hatte ungewohnte Möglichkeiten der Entfaltung geboten. Studiengänge und Berufe, die auch den Frauen plötzlich offengestanden hatten. Ihr Auftreten und Selbstbewusstsein hatten sich verändert. Aber seit zehn Jahren war alles Neue wieder zurückgedreht worden. Als wäre es ein

Fehlstart beim Hundertmeterlauf gewesen. Die Frau war nun zur Hüterin der Heimat geworden. Attraktiv, umsorgend und gebärfreudig. Der Führer brauchte Helden und Krieger! Der glorreiche Mutterschoß wies sogleich in Richtung Schützengräben.

»Friederike ist kein Unmensch«, sagte Anna. »Aber sie ist zu sehr in Parteiinteressen verstrickt. Ich nehme ihr ab, dass sie Mädchen und junge Frauen schützen will. Aber sie hat sich entschieden, dafür mit den Teufeln zu reiten.«

Was sie hier besprachen, konnte beide ins KL bringen.

»Ritter ist ein Schwein«, sagte Anna nach einer Weile. »Er will sich mit seinem Institut einen Namen machen. Und sein Steckenpferd sind die Zigeuner. Er behauptet, dass einigen Rassen eine Art krimineller Energie im Blut steckt. Dass man diese Elemente aufspüren und aussondern muss.«

»Aussondern. Ihr Ärzte habt für unangenehme Dinge immer recht eigenartige Begriffe. Aber was bedeutet es konkret, Anna? Kriegen die Leute ein Fleckchen Land, oder bringen wir sie einfach nur um?«

»Mach mal halblang, Werner«, erwiderte sie erbost. »Die Polizei ist keinen Deut besser. Bei den Einsatzkommandos nennt man es ›liquidieren‹ oder ›bereinigen‹. Ein Soldat hat einen Abschuss, der Gegner erleidet Verluste. Neulich sprach ein SD-Beamter von ›Bestimmung zuführen‹. Aber wir alle wissen doch, worum es letztlich geht. Ums Töten und Morden.«

»Entschuldige, Anna. Meine Nerven liegen einfach blank. Ich will ein Verbrechen aufklären, aber ich muss mich mit Politik und Ideologie herumschlagen.« Beltheim hielt inne und fasste sie am Arm. »Ich verstehe die Sache nicht. Ottilie Rabe ist doch keine Zigeunerin. Ich meine, was hat Ritter mit Transvestiten zu tun?«

»Ihn interessieren solche Fälle. Er will beweisen, dass eine derartige Abweichung von der Norm vererbt ist. Und wenn man solche Vererbungslinien auslöscht, beseitigt man alles Unnormale. Glaubt er. Er reißt jeden Kasus an sich, wenn er ihm interessant erscheint.«

Beltheim erschauderte. *Auslöschen*. Wieder solch ein Unwort.

»Ist sie das denn? Ich meine, ein interessanter Kasus?«, fragte er etwas hilflos. »Ein junger Mensch, der dabei ist, sich zu finden.«

»Wir wissen es eben nicht genau. Deshalb können Ärzte wie Ritter alle möglichen Theorien aufstellen. Und dann schieben sie sogenannte Beweise dafür hinterher.« Die Ärztin hob die Schultern. »Ich selbst glaube ja, dass Stimmungen, Gefühle und auch die sexuelle Orientierung ganz erheblich durch die Umgebung mitbestimmt werden. Viele Arbeiten bedeutender Forscher sprechen dafür. Aber schreib das ja nicht in deine Berichte! Die Lehrmeinung der NS-Ärzteschaft ist in dieser Frage eindeutig: Von der Nasenlänge bis hin zur Moral ist alles eine Erbfrage.« Sie sah ihn eindringlich an. »Nur mit einer solchen ausschließlichen und ausschließenden Erbtheorie lässt sich übrigens die These von der völkischen Gesundheit und Reinerhaltung der Rasse aufrechterhalten. Und nur so sind die Maßnahmen gegen …« Sie suchte nach einem Wort. »Das Aussondern und Liquidieren. So etwas lässt sich nur begründen, wenn man die Opfer zu Andersartigen erklärt. Wie Leprakranke, verstehst du?«

»Aber es wäre doch ein mittelprächtiger Skandal, wenn der Sohn eines toten SS-Justiziars als rassisch minderwertig eingestuft würde. Im Umkehrschluss hieße das ja, Walter Rabe war es ebenfalls. Und das wiederum bedeutet, dass man in der Prinz-Albrecht-Straße nicht aufpasst, wen man einstellt. Da würden Köpfe rollen.«

»Keine Ahnung, ob Dr. Ritter diesen Punkt in seinem Gutachten berücksichtigen wird«, erwiderte Anna Schönberg. »Jedenfalls ist er ein scharfer Hund. Auf Milde für deine Ottilie darfst du da nicht hoffen. Wenn er sie für rassisch minderwertig hält, gibt es keine Hoffnung.«

»Kommst du an den Fall heran?«, fragte Beltheim. »Ritter ist hier am RGA doch Institutsleiter. Er kann sich bestimmt nicht um alle Anfragen persönlich kümmern. Vielleicht könntest du die Unterlagen und seine Notizen einsehen?«

»Ich bin nicht in der Abteilung Rassenhygiene. Ich glaube nicht, dass ich da unauffällig herankäme. Ich arbeite den einzelnen Fachbereichen nur zu.«

»Bitte versuche es, Anna. Ich könnte es mir nicht verzeihen, wenn die junge Frau durch die Sache mit Wieking und Ritter in noch größere Gefahr geriete. Durch meine Unachtsamkeit und meine Versäumnisse.«

»Du nimmst dir die Sache sehr zu Herzen, nicht wahr? Worum geht es dir wirklich, Werner?«

Beltheim wusste, dass Anna Schönberg ihn längst durchschaut hatte. Ihm machten diese Seelenärzte regelrecht Angst. Was wäre, wenn die Regierung irgendwann in der Lage wäre, alle Bürger zu durchschauen? Wenn nichts mehr verborgen bliebe?

»Ich ducke mich seit zehn Jahren weg, Anna. Rede mir ein, dass ich nur meine Arbeit mache. Ich will aber später sagen können, dass ich wenigstens ein Mal, ein einziges Mal etwas Richtiges, etwas Gutes getan habe. Dieser verängstigte, junge Mensch stirbt ohne meine Hilfe. Unsere Hilfe.«

»Ich sehe, was ich tun kann, aber ich will wirklich nichts versprechen«, entgegnete die Ärztin.

»Ich habe noch zwei fachliche Fragen«, hakte er nach.

»Mit Blasenproblemen bei älteren Männern kenne ich mich nicht aus«, gab sie lächelnd zurück.

»Kann es sein, dass Hermann Otto Rabe wirklich schon seit Jahren glaubt, eine Frau zu sein? Ich weiß nicht, wie ich es richtig formulieren soll. Dass er wirklich meint, im falschen Körper zu sein?«

»Mein Kollege Magnus Hirschfeld hat schon vor zwanzig Jahren dazu geforscht«, antwortete sie. »Aber er war Jude, sodass heute leider niemand mehr an seine Arbeiten denkt. Viele Leute sind zwar überzeugt, dass Transvestiten nur eine Art Spiel treiben. Dass sie einfach Spaß daran haben, die Kleidung des anderen Geschlechts zu tragen. Hirschfeld konnte jedoch zeigen, dass dem nicht so ist. Menschen wie Ottilie glauben nicht nur, dass sie eine Frau sind. Sie wünschen es sich also nicht, weil sie Spaß daran haben. Nein, sie fühlen und denken so. Sie sind oft total verwirrt, weil sie sich fühlen, als wären sie in einen unpassenden Körper hineingeboren. Viele dieser Menschen haben sich in ihrer Verzweiflung sogar das Leben genommen. Und da sich niemand wirklich damit auskennt, ist es einfach, sie auf den Ämtern oder vor Gericht zu diffamieren.«

Beltheim dachte angestrengt nach, versuchte das Gesagte einzuordnen. Seit einigen Jahren fiel es ihm zunehmend schwerer, sich auf Neuerungen und Veränderungen einzulassen. Und das wiederum ärgerte ihn. Sie schlenderten jetzt durch den nördlichen Parkbereich und konnten durch die Bäume rechts bereits das Schloss Bellevue sehen. Im Lustgarten schien die Zeit stehen geblieben zu sein, aber der Bau selbst lag in Trümmern, seit er bei einem der ersten Luftangriffe vor drei Jahren getroffen worden war. Schließlich erreichten sie den kleinen Ausgang am Holsteiner Ufer nahe S-Bahnhof und Spree. In einem Bogen kamen sie zur Brückenallee, wo Anna Schönberg einen Hintereingang zu den Gebäuden des Reichsgesundheitsamts nutzen konnte.

»Den Kaffee bist du mir schuldig.« Sie sah auf die Uhr. »Ich muss jetzt zurück, sonst stellt jemand unangenehme Fragen.«

»Eine Sache noch.« Beltheim gab ihr die Hand, damit alles unauffällig wirkte. »Wie steht man beim Gesundheitsamt zu Fragen der Gewalt? Ich meine in der Ehe und Erziehung?«

»Wie schon?« gab sie in auffallend scharfem Tonfall zurück. »Dem Ehemann und Vater ist die körperliche Züchtigung seiner

Frau und der Kinder laut Gesetz gestattet. Das weißt du doch. In einem angemessenen Rahmen, wie man so schön sagt. Exzesse sind nicht gern gesehen, werden aber meist unter den Teppich gekehrt. So war es, so ist es, und so wird es wohl noch lange bleiben.«

»Würde die Kenntnis einer besonders brutalen Erziehung das Gutachten zugunsten eines Verdächtigen beeinflussen?«, fragte Beltheim. »Ottilie Rabe wurde von ihrem Vater geschlagen und gedemütigt und musste die Misshandlungen ihrer Mutter miterleben.«

»Eher nicht. Du kennst die Haltung des Führers. Die deutsche Jugend soll hart sein wie Krupp-Stahl oder so ähnlich.« In Annas Blick lag jetzt eine Mischung aus Verachtung und Unverständnis. »Was einen nicht umbringt und so weiter. Auf diese Weise wurden schon meine Brüder erzogen.«

Sie lächelte versöhnlich und verabschiedete sich. Andere Mitarbeiter des RGA huschten an ihnen vorbei, ohne das ungewöhnliche Paar zu beachten.

*

Als Beltheim eine halbe Stunde später zum Polizeiamt am Werderschen Markt zurückkehrte, passte ihn sein Assistent vor dem Dienstzimmer ab. Wilhelmy hatte inzwischen Erkundigungen über Dr. Robert Ritter eingeholt. Der ältere Polizist war zufrieden, konnte er sich doch darauf verlassen, dass sein Mitarbeiter zügig und umsichtig recherchierte.

Bis vor Kurzem hatte Ritter offenbar im gleichen Dienstgebäude wie Anna das sogenannte *Kriminalbiologische Institut* geführt. Bei den Nachforschungen zu dessen Person war also Vorsicht geboten. Wahrscheinlich wurde der Mann durch höhere Stellen bei SS und Partei protegiert.

»Ich konnte in Erfahrung bringen, dass Teile des Instituts nach Bayern und Württemberg ausgelagert wurden. Natürlich hieß es, der Grund wären die Forschungsunterlagen und Exponate. Aber wenn Sie mich fragen, dieser Ritter hat Fracksausen bekommen«, sagte Wilhelmy. »Er hält sich derzeit in Mariaberg auf. Ein enger Mitarbeiter ist hier als Kontaktperson beim Gesundheitsamt verblieben. Und zufällig kenne ich diesen Mann von der Polizeischule Köpenick. War mir noch was schuldig und ist ohnehin ziemlich gesprächig.«

»Also?«, fragte Beltheim ungeduldig.

»Dr. Ritter ist mehrmals von oberster Stelle für seine Arbeiten zur Zigeunerfrage belobigt worden«, fuhr der Assistent fort. »Beim Reichsgesundheitsamt war er unter anderem für das Rassenhygiene-Programm zuständig. Er führte Vermessungen an verschiedenen Volksgruppen durch, ließ Ahnentafeln anlegen und Kriminalstatistiken ausarbeiten. Hat ihm zwar politisch viel Anerkennung eingebracht, aber unter medizinischen Fachleuten gilt er als fauler Stümper. Seine Erkenntnisse wollte er bei der Polizeiarbeit in die Kriminalbiologie einbringen. Aber Direktor Nebe hat bisher abgelehnt. Ritter behauptete doch allen Ernstes, eine Tätersuche wäre in Zukunft gar nicht mehr nötig, da sich die möglichen Verbrecher bereits vorher rassenbiologisch ermitteln und aussondern ließen.«

»Idioten.« Beltheim schnaubte verächtlich und schüttelte den Kopf. Er wusste nicht genau, wo sein Assistent politisch stand. Aber man konnte nicht jeden hanebüchenen Unsinn unkommentiert lassen.

»Es kommt alles noch dicker, Herr Kriminalrat«, meinte Wilhelmy. »Walter Rabe und Dr. Ritter kannten sich wohl recht gut.«

»Wie bitte? Rabe und Ritter?« Beltheim fiel vor Überraschung beinahe von seinem Stuhl, der wegen der defekten Feder Schlagseite hatte. Er sprang auf und lief unruhig in seinem Zimmer umher. »Beruflich? Durch SD und Gesundheitsamt? Oder waren sie privat befreundet? Kommen Sie schon, Johann, raus mit der Sprache!«

»Wie man es nimmt. Genaues wusste mein Bekannter nicht. Beide hatten sich im Studium kennengelernt, dann aber aus den Augen verloren. Offenbar haben sie wieder zueinandergefunden. Ich habe nämlich in der Wohnung bei Walter Rabes Unterlagen ein Rezept entdeckt, das unser Ritter ausgestellt hatte.«

»Lassen Sie mich raten? *Eukodal*? *Luminal*?«, fragte Beltheim.

»Opiumtropfen. Nach Angaben seines Apothekers hat Walter Rabe oft über Kopfschmerzen geklagt.«

»Der berühmte Koks-Kopp«, meinte Beltheim und nickte. »Passt zu den Angaben des Gerichtsmediziners. Bei manchen Menschen kann längere Kokaineinnahme starke, chronische Kopfschmerzen auslösen. Deshalb nehmen die Leute oft auch Schmerzmittel. Gute Arbeit, Johann. Aber das bringt uns leider auch nicht weiter.«

»Moment, Chef«, fuhr der junge Mann fort. »Rabe hat den Arzt auch noch um einen anderen Gefallen gebeten. Ritter sollte eine Stellungnahme zu seinem Sohn Hermann Otto ausarbeiten. Mit Vermessung und Erbklassifikation von Körperbau, Haar- und Augenfarbe. Er sollte wohl ausloten, ob für Walter Rabe aus erbbiologischer Sicht eine Chance bestand, die Vaterschaft annullieren zu lassen.«

»Geht das denn?«, fragte Beltheim erstaunt.

»Es gibt Richtlinien bei der SS, die das Vorgehen erlauben«, erwiderte sein Assistent. »Etwa wenn ein behindertes Kind zur Welt kommt und der Herr Vater eigentlich Erste-Klasse-Arier ist.«

»Das gibt es doch nicht! Wie tief kann ein Mensch sinken? Erst verleugnet und misshandelt der Mann sein Kind, und dann will er noch eine Bescheinigung, dass er gar nicht der Vater ist. Es war ihm egal, dass man Ottilie in irgendeine Anstalt gesteckt hätte.«

Beltheim verlor einen kurzen Moment die Beherrschung und fegte wütend eine Akte vom Tisch. »Der Mann stellt eher seine Frau als Ehebrecherin und seinen Sohn als gestörten Bastard hin, als dass er irgendwelche Nachteile in Kauf nimmt. Mensch, Johann, das ist echt widerwärtig. Die eigene Familie zu verraten!«

Er ahnte, was Walter Rabe vorgehabt hatte. Der Mann wäre durch ein fingiertes Gutachten auf einen Schlag alle seine Probleme los gewesen. Er hätte sich von seiner Frau lossagen und eine unehrenhafte Scheidung wegen Rassenschande erwirken können. Das Sorgerecht für seinen Jüngsten hätte er unter diesen Umständen natürlich zugesprochen bekommen. Und der in seinen Augen missratene Sohn wäre sicherlich in irgendeiner Anstalt verschwunden, von denen es laut Anna Dutzende im Reich gab. Bestenfalls.

Anstalt. Totspritzen. Ottilies Worte kamen dem Kripobeamten wieder in den Sinn. Er verspürte plötzlich eine Enge im Brustkorb, die immer dann auftrat, wenn er wütend wurde, sich jedoch beherrschen musste.

»Und jetzt liegt wieder eine Anfrage an Ritter vor«, fuhr er aufgebracht fort. »Diesmal von unserer Kollegin Wieking. Weil ich zu dämlich war, über die möglichen Folgen meines Hilfeersuchens nachzudenken!« Er lief aufgebracht zur Tür, kehrte dann zum Schreibtisch zurück, und eine weitere Akte flog durch den Raum.

»Wie gesagt, mein Kollege schuldete mir einen Gefallen, Herr Kriminalrat.« Wilhelmy lächelte hintergründig und zog zwei Schreiben aus seiner billigen Aktentasche. »Ich habe mir gedacht, dass Sie die Sache vielleicht ein weiteres Mal mit Kriminalrätin Wieking besprechen wollen. Und es könnte sein, dass Ritters erste Einschätzung unglücklicherweise verlegt wurde. Der Umzug seines Instituts nach Süddeutschland. Das Chaos, das durch Auslagerung wegen der Luftangriffe überall entstanden ist. Da kann schon mal was verloren gehen. Sie verstehen?« Wilhelmy hob die Schultern. »So etwas kommt vor. Die Leute sind im Moment nervös und unaufmerksam.« Er legte eine dünne Aktenmappe auf den Schreibtisch.

»Mensch, Johann«, rief Beltheim erstaunt. »Weshalb haben Sie das Risiko auf sich genommen?«

»Wenn dieses Mädchen Ihnen wichtig ist, dann ist sie es auch für mich«, erwiderte Wilhelmy ernst. »Und ich möchte lernen, wie unvoreingenommene Kripoarbeit aussieht. Im Übrigen habe ich mich abgesichert. Es gibt einen Archiveintrag, den man allerdings nur findet, wenn man weiß, wo er ist. Ich habe also die Akte offiziell zu Ermittlungszwecken.«

»Sie haben eine glänzende Zukunft bei der Polizei vor sich, wenn Sie sauber bleiben«, meinte Beltheim anerkennend.

Dann überflog er die beiden kurzen Schreiben. Direktorin Wieking hatte bei Dr. Ritter lediglich angefragt, ob die Anerkennung als Transvestit eine Verletzung hinsichtlich der rassenhygienischen Vorschriften darstellte. Typisch, sie wollte sich hundertprozentig absichern. Robert Ritter hatte nur eine kleine, erste Notiz abgefasst, in der er ankündigte, sich bald eingehend mit dem Kasus beschäftigen zu wollen. Jetzt musste Beltheim die Sache nur noch bei Frederike geradebiegen. Vielleicht konnte seine Kollegin ja stattdessen eine offizielle Anfrage an Dr. Anna Schönberg stellen. Natürlich nur, um den vielbeschäftigten Ritter zu entlasten. Dann hätte alles seine gute Ordnung.

Abwarten, dachte er und zwang sich zur Ruhe. Nur nicht übermütig werden. Ich kann dabei gleich die Gelegenheit nutzen und noch einmal Ottilie befragen. Ich brauche belastbare Hinweise. Sicherlich wird sie sich mittlerweile wieder an Einzelheiten erinnern können. Er spürte, wie das Druckgefühl langsam nachließ.

»Bei Friederike muss ich die Geige der Misshandlung spielen, Johann. Solche Sachen kann sie gar nicht leiden. Dann kann ich sie vielleicht überzeugen, die Angelegenheit durch eine Frau anstatt durch Ritter beurteilen zu lassen. Und Sie erkundigen sich, welche Unterlagen für den Transvestiten-Schein vorgelegt werden müssen.«

Beltheim hatte seinem Assistenten den Sachverhalt vor einigen Tagen ausführlich erläutern müssen.

»Glauben Sie mir, Johann, nicht nur ich verliere allmählich den Überblick. Das Ganze könnte als Drehbuch für eine Filmschnulze mit Rühmann und Söderbaum herhalten.«

»Ich bezweifle doch stark, dass unser werter Minister für Volksaufklärung das Drehbuch dafür durchgehen ließe«, meinte Wilhelmy fast jovial.

Beltheim hob warnend den Zeigefinger an den Mund und lenkte das Gespräch wieder in die richtigen Bahnen.

»Was ist mit der Mutter?«, fragte er.

»Ich habe im Krankenhaus angerufen. Frau Rabe ist weiterhin auf dem Weg der Besserung. Wir werden sie jetzt befragen können. Einer Krankenschwester gegenüber hat sie bestätigt, dass es der fünfte Krankenhausaufenthalt aufgrund von Verletzungen durch Schläge ist. Es war aber wohl noch nie derart heftig wie dieses Mal. Sie war auch immer in verschiedenen Häusern. Ihrem Mann ist wegen der Sache nie jemand gegen den Karren gefahren.«

»Klar, wie auch? Wer legt sich gern mit den Leuten vom SD an?«

»Wir müssen zu Klara Rabe«, sagte er dann. »Besorgen Sie eine Stenotypistin. Ich will nicht nur ein Protokoll, das inhaltlich stimmt. Ich möchte, dass jedes einzelne Wort aufgezeichnet wird.«

»In Ordnung, Chef. Und was wird aus unserem Verdächtigen?« Er verdrehte die Augen und seufzte. »Ich meine, was wird aus Ottilie?«

»Die erste Gefahr ist zwar gebannt. Bei Wieking ist sie zunächst etwas aus der Schusslinie«, meinte Beltheim. »Aber wir sind noch kein Stück weiter, was die Lösung des Falls angeht.«

»Was passiert, wenn doch jemand auf die Idee kommt, sie für krank zu erklären?«, fragte Wilhelmy vorsichtig. »Erbkrank, unwert, asozial. Ihr Vater hat es ja bereits versucht.«

»Unsere Einwände aus den Ermittlungen werden dann niemanden mehr interessieren, Johann. Ich sehe das schon vor mir. ›Untergeschobenes Wechselbalg meuchelt aus niederen Motiven einen verdienten Beamten beim SD. Rassenhygiene in diesen Zeiten wichtiger denn je!‹ Solche Schlagzeilen möchte ich nicht im *Völkischen Beobachter* lesen. Das müssen wir unbedingt verhindern, Johann.«

»Und wie? Er, also sie sitzt doch ein.«

»Deshalb müssen wir handeln. Aus Otto muss so schnell wie möglich Ottilie werden. Und zwar offiziell.«

»Verstehe, Chef. Dieser Schein, von dem Sie sprachen. Hoffentlich verbrennen wir uns nicht die Finger.«

»Keine Sorge. Sie befolgen nur Anweisungen. Sollte es ernst werden, halte ich Ihnen den Rücken frei, Johann. Außerdem ist ja alles nach den Buchstaben des Gesetzes völlig legal. Es gibt eben immer noch Dinge zwischen Himmel und Führer, von denen unsere Bürokraten nichts wissen. Und seien es nur ein paar Lücken in den Verordnungen. Und die müssen wir jetzt geschickt nutzen.«

*

Wilhelmy erkundigte sich telefonisch im Krankenhaus, ob Klara Rabe am frühen Nachmittag vernehmungsfähig sei. Nach einem kurzen Mittagessen in einem Automatenrestaurant in der Nähe des Schinkelplatzes ließ er sich mit Beltheim und einer erfahrenen Sekretärin aus dem Kriminalarchiv ins Diakonissenkrankenhaus am Prenzlauer Berg Ecke Neue Königstraße fahren.

»Der Sturz liegt in Zimmer 212«, sagte die Oberschwester am Empfang des Stationszimmers, als die drei im zweiten Stock ankamen, sich auswiesen und nach Klara Rabe fragten.

Der Sturz. Auf den Entlassungspapieren würde es natürlich genau so stehen. Beltheim hatte als junger Assistent bei der Sitte angefangen. Die Huren waren oft von ihren Zuhältern geschlagen worden, damit sie parierten. Und jedes Mal hatten sie ihm gegenüber angegeben, sie wären gestürzt. Es schien bei ihnen eine Art Reflex zu sein, den man ihnen so lange – im wahrsten Sinn – eingebläut hatte, bis sie selbst daran glaubten. Fünfmal dieselbe Treppe runter. *Ick war schon imma unjeschickt, Herr Kriminalassistent.* Verdammt, manche Dinge änderten sich wohl nie.

Beltheim erinnerte sich, dass es früher schwieriger gewesen war, Ärzte zum Reden zu bewegen. Sie hatten mit ihrem typischen, überheblichen Stolz auf ihre Schweigepflicht und die Sorge um Schutzbefohlene verwiesen. Heutzutage musste er nur seine Dienstmarke zeigen, und schon plapperten die Herren in Weiß munter drauflos. Die Aussicht, bei Missfallen die Aufmerksamkeit der Staatspolizei zu erregen, löste die Zungen.

Multiple Prellungen sowie kleine Frakturen durch Schläge auf Kopf und Körper. Offenbar auch unter Zuhilfenahme eines Gegenstands – vermutlich Gürtel, Koppelschloss o. Ä. So stand es in der Krankenakte, die Wilhelmy von einer Hilfsschwester ausgehändigt worden war. Wenigstens hielt man sich bei den Befunden an die Wahrheit. Und dennoch zeigte das Deckblatt die Diagnose *Zustand nach Sturz von einer Haushaltsleiter.*

»Wahrscheinlich verschwinden die Aufzeichnungen nach der Entlassung auf unerklärliche Weise«, raunte Beltheim seinem Assistenten missmutig zu.

Die Frau im Krankenbett war in einem erbärmlichen Zustand.

Ihre Blässe im Gesicht wurde betont durch die tiefblauen Gewebebereiche, in denen sich die Blutergüsse gesammelt hatten. Ein Auge war zugeschwollen, über das Jochbein verlief ein Verband. Offenbar hatte sie auch Verletzungen am Körper, denn bei der kleinsten Bewegung des Rumpfes stöhnte sie auf. Beltheim war entsetzt und zornig zugleich. Nachdem er sich und seinen Assistenten vorgestellt hatte, kam er sofort zur Sache.

»Zunächst einmal möchte ich Ihnen mitteilen, dass es Ihrer Tochter gut geht«, begann er. Durch die Wortwahl hoffte er, der Frau signalisieren zu können, wie er zu dieser Sache stand. »Sie ist zwar in Gewahrsam, aber wohlauf. Und ich hoffe, dass sie bald auf freien Fuß kommt.« Manchmal war es notwendig, die Wahrheit zu verschweigen. Er hatte entschieden, dass die Frau im Moment genug an Schmerzen litt.

»Sie wissen, dass Ihr Mann …?«

Klara Rabe nickte, und selbst diese winzige Bewegung schien ihr schwerzufallen.

»Frau Rabe, ich muss alles über die Misshandlungen durch Ihren Mann wissen«, sagte er ohne Umschweife. »Der Arzt hat uns nur eine halbe Stunde zugestanden. Und diese dreißig Minuten können über das Leben Ihrer Tochter entscheiden.« Er hatte sich die Worte auf der Fahrt genau zurechtgelegt. Er durfte in diesem Moment keine Rücksicht auf ihre Gefühle nehmen. Er musste sie dazu bringen, so detailliert wie möglich über die Gewaltexzesse ihres Mannes zu sprechen. Nur wenn er später Friederike Wieking die Mitschrift der Befragung vorlegte, konnte er hoffen, den gewünschten Effekt bei der Leiterin der weiblichen Kripo zu erzielen.

31

Berlin, Anfang September 2022

Der Tag hatte schön begonnen. Nach dem entspannten Ausklang am Vorabend war auch das Frühstück zu viert, quasi im engsten Familienkreis, harmonisch gewesen. Nun aber, nach Beyers neuerlichen Ausführungen, war meine Zuversicht dahin.

»Nicht zu fassen, dass ein Vater so etwas tut«, meinte Torsten bedrückt.

»Ich weiß nicht, ob ich ihn in Zukunft noch Opa nennen möchte.« Heike nickte und wirkte ebenfalls ziemlich angefasst.

»Walter Rabe war ein Narzisst mit fehlender Impulskontrolle. Mindestens. Wahrscheinlich handelte es sich um eine schwere Persönlichkeitsstörung.« Nach gestern Abend verstand ich Norberts Reaktion besser. Er brauchte diese Neigung zur nüchternen Analyse, die ihn mir anfangs unsympathisch gemacht hatte. Sie gab ihm Halt. Sie machte ihm die Welt verständlich. Andere hatten dafür ihre Plastiken. Oder Möbel.

»Es hätte nicht viel gefehlt und Lili wäre weggesperrt worden.« Meine Mutter hatte gerötete Augen.

»Fürchterlich«, sagte Maurice. »Viele dieser sogenannten Anstalten waren nur verkappte Tötungszentren.« Er wirkte betroffen. Vielleicht dachte er in diesem Moment daran, dass auch er als Homosexueller einfach nur noch ein rosa Winkel in einem Lager gewesen wäre.

Meine Lili. Unsere Lili, die heute mit uns am Tisch saß. Ihr Anblick war der größte Trost. Diese Unmenschen hatten es nicht geschafft, sie uns zu nehmen. Und doch war es ihnen gelungen, so viel Leid zu hinterlassen.

»Jetzt verstehe ich, weshalb du alles aufarbeiten willst.« Auch Lukas wirkte erschüttert. »Grauenhaft, was man dir angetan hat. Glaub mir, hätte ich das gewusst, ich hätte niemals diese Anzeige erstattet. Ich könnte mich dafür ohrfeigen.«

Der Mann war selbst gefangen in einer Gewaltspirale, dachte ich. Und zum ersten Mal tat er mir wirklich leid.

»Es ist schrecklich, wie sehr das Leben damals von Angst beherrscht war«, meldete sich Lili zu Wort. »Ich spüre ihre Nachwirkungen noch heute in mir. Vielleicht habe ich deshalb später oft so trotzig reagiert. Wenn du mit der Angst groß wirst, sie dir ständig im Nacken sitzt, dann verändert es dich.«

»Mit diesen Geheimnissen hast du die ganzen Jahrzehnte über gelebt?«, fragte Laura und sah Lili ungläubig an.

»Ich habe schon hin und wieder mein Herz ausgeschüttet«, erwiderte sie. »Einem Freund oder einer Freundin gegenüber. Hanna weiß auch einiges. Aber ich schämte mich auch dafür, dass so etwas in der Familie geschehen war, in der ich aufgewachsen war. Und außerdem führte das Sprechen über die Misshandlungen immer auch zu Erinnerungen an das Unerinnerliche. Es war, als hielte ich die Bruchstücke einer Vase in Händen. Wenn ich dann versuchte, sie zusammenzusetzen, merkte ich, dass viele Teile fehlten. Es nahm mich unendlich mit, weil ich doch nicht wusste, was an diesem Nachmittag geschehen war.«

»Und deine Mutter? Hat sie sich davon erholt?«

»Äußerlich ja. Aber die Narben auf ihrer Seele blieben. Ich glaube, sie ist irgendwann in der Ehe mit meinem Vater innerlich verstummt. Und dann war da noch ...« Lili sah Heike und Torsten an, als wollte sie sich schon für die folgenden Worte entschuldigen. »Sie hatte Ludwig, meinen Bruder. Ich glaube, er hat sie ständig an meinen Vater erinnert. Nicht nur vom Aussehen her.«

Wenn ich erwartet hatte, dass beide jetzt in gewohnter Manier protestierten und lamentierten, dann sah ich mich getäuscht. Erst nickte Heike, dann auch Torsten. Ich sah, dass er sogar Tränen in den Augen hatte.

»Er war ein harter Mann«, meinte er. »Zu sich und anderen. Für ihn galt, dass ein Mensch erst zu beweisen hatte, dass er etwas wert war. Und er beurteilte immer nur nach dem Ergebnis, nie nach der Absicht oder dem Bemühen.«

»Er konnte mit Worten schlagen. Und die taten ebenso weh«, fügte Heike hinzu. »Das macht es so schlimm. Wenn ich höre, wie unser Großvater Lili behandelt hat, dann frage ich mich, ob unser Vater in der gleichen Situation nicht ähnlich gehandelt hätte.«

*

Irgendwie schien jetzt wenigstens allen klar, dass es um Lili ging, nicht um einen Talkshowgast, über den man schlaue Reden halten konnte. Nein, es ging um einen Menschen. Hier saß ein Wesen aus Fleisch und Blut vor uns. Lili hatte all dies erlebt und durchlitten. Anfangs war es für uns vielleicht nur die Schilderung eines Verbrechens gewesen. Der nüchterne Bericht eines ebenso nüchternen Polizisten. Und dieser Bericht enthielt genügend Freiräume, damit es abstrakt bleiben konnte. Damit es nicht zu dicht an das eigene Ich herankam. Zwar ging es um den Tod eines Menschen. Aber der Kerl war »nur« ein Nazi gewesen, das Ganze fast achtzig Jahre her. Alles schön weit weg von uns selbst. Wir hatten unsere gute Moral hervorgekramt und damit das Geschehene bewertet. Beurteilt. Verurteilt. Fast schien unsere Welt schon wieder in Ordnung zu sein. Aber jetzt wurde immer klarer, dass es eben doch uns alle betraf. Jede und jeden auf ihre und seine Weise. Sosehr wir es uns auch wünschten, wir waren nicht frei von den Einflüssen der Vergangenheit. Ein Großvater, eine Mutter, ein Onkel. Da hatte jemand einen Abdruck in uns hinterlassen oder vielleicht sogar einen Fleck. Damit musste man erst einmal klarkommen.

»Ich möchte nicht unsensibel erscheinen, aber eine gute Polizeiarbeit orientiert sich an Zeugenaussagen. Akten hin oder her, Zeugen sind das wichtigste Element einer guten Ermittlung.«

Gernot Beyer riss mich aus meinen Gedanken. Er hatte mit seiner Bemerkung gewartet, bis sich die erste Aufregung gelegt hatte. Vielleicht rettete er jetzt sogar, ohne es zu wissen, die Situation.

Beyer sah meine Großmutter direkt an. »Vielleicht möchten Sie sich direkt zu dem Geschilderten äußern?«

Onkel Ebbi legte seine Hand auf Lilis Unterarm. Ich hörte sie leise seufzen. Ihre Haltung erinnerte an eine Weide, die der Wind zwar etwas krumm, aber auch zäh gemacht hatte. Ihre Stimme klang alt, aber eher im Sinne von Reife. Und in ihr jene Klarheit, die ich so sehr liebte.

»Für meinen Vater waren Prügel mehr als ein normales Mittel der Erziehung. Zu jener Zeit waren Schläge in den meisten Familien ja leider durchaus üblich. Aber in seinem Inneren schien die Gewalt zu brodeln und nur auf den Ausbruch zu warten. Er kam oft schon wütend nach Hause. Meine Mutter fragte behutsam nach dem Grund. Oder sie schwieg und bot ihm Kaffee an. Und dann warteten wir alle auf die Explosion. Als wäre in der Ferne ein Geschoss abgefeuert worden, das noch nicht eingeschlagen war. Es schien, als spürten wir, dass sich etwas näherte. Wenn wir irgendeinen Fehler machten, ihm den kleinsten Anlass boten, dann ging es los. Manchmal hatte ich den Verdacht, dass Mutter sogar wollte, dass es geschah. Denn die Spannung vorher war unerträglich.«

»Wenn das Schwein mir zwischen die Finger gekommen wäre.

Da hätte ich seiner Form einen ganz anderen Ausdruck verliehen«, rief Lukas empört.

Er sprach mir aus dem Herzen.

»Ja, eine wirklich sehr gute Strategie. Gewalt mit Gewalt zu beantworten«, sagte Maurice. »Funktioniert schon seit Ewigkeiten prächtig!«

»Schlauschwätzer«, erwiderte Lukas. »Diese Leute verstehen doch nur diese Sprache!«

Offenbar machte die Geschichte nicht nur mich wütend. Dummerweise gab man Mistkerlen wie Walter Rabe leider noch indirekt recht, wenn man ihre Gewalt mit neuerlicher Gewalt beantwortete. Und oftmals wurde noch nach Gründen gesucht, warum Menschen wie er so geworden waren. Nach dem Motto, auch der Täter war in irgendeiner Form ein Opfer. Alles schön und gut, aber ich fand, dass es zunächst einmal um die eigentlichen Leidtragenden gehen musste.

»Das war aber selbst zu der damaligen Zeit strafbar«, sagte Norbert von Gratten. »Die erlaubte Züchtigung der Gattin nach Preußischem Landrecht gab es schon lange nicht mehr. Nur gegenüber Kindern waren Schläge als Erziehungsmittel weiterhin erlaubt. Übrigens ist das Recht auf gewaltfreie Erziehung auch erst seit der Jahrtausendwende gesetzlich verbürgt.«

»Danke für das hilfreiche Wikipedia-Wissen«, knurrte Lukas unwirsch.

»Meine Mutter hatte lange Zeit Verständnis für die Ausbrüche meines Vaters«, fuhr Lili fort. »Ich glaube, sie war nach heutigen Maßstäben eine schwache Frau, ordnete sich meistens unter, gab sich selbst die Schuld für Dinge, die sie nicht zu verantworten hatte. Und sie wollte das Bild einer heilen Familie nach außen tragen. Mein Vater war wohl ein eher mittelmäßiger Anwalt, der oft mit Kollegen Ärger bekam. Er war weder für seinen Arbeitseifer noch seine Kompetenz bekannt. Später habe ich von Mutter erfahren, dass er Anfang der Dreißiger bei einem jüdischen Seniorpartner in die Kanzlei eingestiegen war. Im Zuge der sogenannten Arisierung hatte er dessen Kanzlei übernommen, musste sie aber schon ein paar Jahre später aufgeben. Ihm waren die Klienten weggeblieben. Er hatte Schulden, war frustriert. Und er hat wohl auch Drogen genommen.«

»Typisches Täterprofil gewalttätiger Familienväter«, fügte Norbert hinzu. »Labile Grundpersönlichkeit mit versuchter Kompensation.«

»Na und? Welche Probleme er auch immer hatte«, meinte Laura. »Es gab ihm noch lange nicht das Recht, andere zu misshandeln.«

»Mein Vater.« Lili sprach etwas lauter, um die sich ankündigende Diskussion abzuwürgen. »Mein Vater ging auf Anraten eines Freundes zum Sicherheitsdienst. Er wurde einer dieser Karriere-Nazis. Hundertzehn Prozent. Bereit, alles zu tun, wenn es ihm nützte. Ein gutes Gehalt, Unabkömmlichstellung für den Wehrdienst und die prächtige Wohnung in der Innenstadt. Nur ein Problem blieb bestehen.«

»Du«, sagte ich.

»Anfangs hatte er mich einfach ignoriert.« Lili nickte. »Vieles hat er wohl auch gar nicht bemerkt, weil er oft nur zum Schlafen nach Hause kam. Als er dann aber Justiziar beim Reichssicherheitshauptamt wurde, war ich plötzlich eine Art Bedrohung. Ein missratener Sohn machte sich nicht gut in der Personalakte der SS. Er fing an, meine Mutter zu bestrafen, weil er glaubte, sie hätte mich falsch erzogen. In seinen Augen war ich nicht normal, sogar abartig. Er unterschied nicht zwischen Schwulen und Transvestiten. Und den Begriff Transgender gab es damals noch nicht. Für ihn war ich Rassenschande. Einmal bezeichnete er mich sogar als Tier.«

»O Gott, nein!«, entfuhr es Heike.

»In der HJ musste ich die ekelhaftesten Aufgaben erledigen, durfte bei den Gruppenspielen nie dabei sein. Und ich musste mich vor aller Augen am Wasserhahn des Sportplatzes waschen. Sie haben sogar immer wieder nachgesehen, ob ich beschnitten bin. Nur so zum Spaß. In der Schule wurde ich ausgelacht, und viele Lehrer prangerten mich bewusst an.«

»Dann haben es doch recht viele gewusst?«, fragte Maurice.

»Ja und nein. Nach außen hin haben es alle ausgeblendet. Mein Vater hat einigen Leuten mit Vernehmungen und Klagen gedroht. Sie wussten, dass sie besser jeden Ärger mit dem SD oder der Gestapo vermieden. Bei den Nazis gab es ein Klima der Angst, in dem man den Mund hielt. Also haben mich zwar einige Lehrer, Nachbarn und Gleichaltrige schikaniert, aber nie gab es offizielle Schritte. Offenbar haben die Zeugen damals selbst gegenüber der Polizei nicht oder nur zögernd darüber gesprochen. Man wusste ja nicht, wer wen kannte und was dann geschehen würde.«

»Wie hast du das ausgehalten?«, fragte ich ungläubig. »Es haben sich Jugendliche schon für weniger …« Ich konnte den Satz nicht zu Ende bringen. »Ich meine, der seelische Druck und die Verzweiflung müssen doch riesig gewesen sein.«

»Heute nennen wir es Mobbing. Oder Diskriminierung. Solche Bezeichnungen gab es damals noch nicht. Natürlich fragte ich mich vor allem selbst, ob ich nicht normal, krank oder pervers war. Unwertes Leben. Die Jugendlichen zogen einander damit auf, wenn die Nase krumm oder die Stirn sehr hoch war. Ich fühlte mich tatsächlich oft unwert, klein und hässlich. Und ich dachte oft daran, mir das Leben zu nehmen. Am Anhalter Bahnhof einfach vor den Fernzug. Oder hinter der Schleuse in den Landwehrkanal. Gott sei Dank hatte ich aber auch meine kleinen Fluchten. Ich habe gern getanzt, und die frühere Ballettlehrerin meines Onkels hat mich umsonst unterrichtet. Ich habe bei Oma Ilse alle Kleider anprobiert. Manchmal hat sie mir auch gebrauchte Sachen gekauft. Wir fuhren dann raus nach Köpenick, wo uns keiner kannte. Die junge und die alte Dame tranken dann Brause und Kaffee. Ich hatte sogar einen Freund und mit ihm meine ersten Abenteuer. Es waren diese Dinge, die mich am Leben hielten.«

Sie ist daran gewachsen, dachte ich in diesem Moment. All das, was sie hätte zerstören können, hat sie stark gemacht. Und ihre Kraft war offenbar in kleinen Augenblicken eines bescheidenen Glücks gewachsen.

»Herr Beyer hat herausgefunden, dass dein Vater Kokain genommen hat.« Lukas räusperte sich verlegen. »Hat man bei ihm das Zeug später entdeckt? Ich meine, ist es bewiesen?«

»Ja«, antwortete Lili. »Mutter und ich haben Pulver bei ihm gefunden. Er hatte es in einer zweiten Zuckerdose versteckt, die in seinem Arbeitszimmer stand. Als Berliner Göre kennt man sich mit Verstecken aus.«

»War es tatsächlich Kokain?«, hakte Gernot Beyer nach.

»Ja. Meine Mutter hatte sich einmal laut mit meinem Vater darüber gestritten. Und manchmal kam er wie verwandelt aus seinem Zimmer. Aufgedreht, übertrieben laut, für kurze Zeit sogar freundlich.«

»Ein Nazi, der sich die Lines reinzieht«, sagte Maurice. »Wo bin ich hier gelandet? Ist irgendwo ein Fernsehteam? Das muss doch eine Dokusoap sein.« Er blickte sich theatralisch um.

»Blödmann«, schnaubte Laura.

»Und deine Mutter hat das alles erduldet? Nichts getan?«, fragte ich.

Ich hatte noch nie mit Drogen zu tun gehabt. Und auch niemals Schläge von meinen Eltern bekommen. Ich war also in dieser Unterhaltung eher Zaungast und hinsichtlich beider Dinge glücklicherweise vollkommen ahnungslos. Oder zumindest ohne eigene schlechte Erfahrungen.

»Für sie und mich waren die vielen Prügel irgendwie normal«, antwortete Lili. »Klingt seltsam, aber es war doch die einzige Familie, die wir hatten. Und wir gaben uns oft auch selbst die Schuld am Geschehenen. Dann redete meine Mutter sich ein, dass wir vielleicht zu laut oder zu ungeschickt gewesen waren. Und irgendwann glaubt man tatsächlich, es verdient zu haben. Wenn du immer abgewertet wirst. Wenn es heißt, dass du nichts taugst. Dass du nicht normal und krank bist. Dann fängst du an, dir die Schuld für dein eigenes Dasein zu geben. Ich war eine Zeit lang sehr verzweifelt, wollte mir sogar etwas antun. Aber dann kam der Tag, an dem das Maß für meine Mutter offenbar voll war. Und ihr Handeln war wichtig für mich.«

Schweigen. Fragende Blicke. Was hatte sie eben gesagt?

»Hat sie …? Habt ihr …?« Ich wagte kaum, es auszusprechen.

»Nein! So meinte ich das nicht.« Erst jetzt schien Lili zu bemerken, dass das Gesagte falsch verstanden werden konnte. »Mein Vater hat immer wieder versucht, mich zu brechen. Ihm fielen viele kleine Schikanen ein. Ich musste sogar in ein Winterlager der Hitlerjugend. Damals die Nazi-Art einer Jugendfreizeit. Drill und Schleifen. Dort spielten sie die Rückeroberung von Stalingrad durch. Im Schnee der Lüneburger Heide. Weit weg, aber genauso kalt. Und aus mir wollte der Leiter endlich einen richtigen Mann machen. Vater hatte alles eingefädelt, sogar gute Schmier- und Schweigegelder bezahlt. Es waren die schlimmsten vier Wochen meines Lebens. Niemals vorher oder nachher wurde ich so gedemütigt, so erniedrigt. Erst musste ich tagelang in Frauenkleidern herumlaufen. Die anderen jungen Männer haben so getan, als wäre ich die Hure im Mannschaftspuff, haben sich auf mich gelegt und vor meinen Augen onaniert. Damals hätte eigentlich etwas in mir zerbrechen müssen. Aber ich habe immer wieder an das boshafte Grinsen meines Vaters gedacht, als er mich dort abgeliefert hat. Ohne es zu ahnen, hat er mir den Grund gegeben, dass Lili in einer kleinen Kapsel, ganz tief in meinem Innern, überleben konnte. Ich wollte widerstehen, damit ich ihm ins Gesicht sehen konnte. Ich wollte erleben, wie ihm das Grinsen verging.«

Jetzt war sie es, die Ebbis Arm hielt. Ihre Stimme zitterte. Dem alten Mann liefen dicke Tränen über die Wangen. In meinem Inneren schienen Stürme zu toben. Niemals vorher hatte ich erlebt, dass Wut und Trauer in mir so dicht beieinander lagen. Warum taten Menschen einander so etwas an?

»Danach konnte ich nicht mehr, habe meinen Widerstand aufgegeben. Drei Wochen militärische Ausbildung folgten. Ich durfte mich nicht waschen, die Wäsche nicht wechseln, musste sogar in Uniform und Stiefeln schlafen. *Er soll stinken wie ein Mann. Dann ist er ein Mann, wenn wir mit ihm fertig sind.* Die Worte des Feldwebels.«

»Und da hat deine Mutter endlich gehandelt?«, fragte ich, aber Lili schüttelte den Kopf.

»Nein, aber sie war am Boden zerstört. Und heute weiß ich, dass danach die Sache mit der Vaterschaftsfrage und dem Gutachten kam. Die Beschäftigung mit der Vergangenheit macht manche Erinnerung wieder präsent. Mein Vater hatte es ihr offenbar direkt ins Gesicht gesagt. Und ein paar Tage nach meiner Rückkehr aus dem Lager zog ich wieder ein Kleid an. Ich gebe zu, ich wollte ihn provozieren, wie ich so dasaß und ihn anlächelte. Mit Schürfwunden und blauen Flecken am ganzen Körper. Da hat er mich gepackt und gegen die Wand geschleudert. Und ich habe dann das Gespräch meiner Eltern belauscht. Er hat seinen Bekannten, diesen Arzt Dr. Ritter, erwähnt. Und dass er ihn gebeten hatte, mich zu untersuchen. Ritter sollte durch seine Körpervermessungen feststellen, dass mein Vater nicht mein Vater sein konnte. Meine Mutter sollte bei dem ekelhaften Theater mitspielen. Er wollte ihr etwas Geld geben, und dafür musste sie in die Scheidung einwilligen.

Ich hatte sie noch nie derart aufgebracht erlebt. Sie hat das erste Mal wirklich Widerstand geleistet, sich nicht weggeduckt. Sie hat meinen Vater angeschrien, dass sie das nicht zulassen werde. Dass sie eher sterben wolle, als mich derart zu verleugnen.«

»Also war sie es vielleicht doch«, meinte Norbert und sah den Ermittler an. »Die Tat eines zutiefst verzweifelten Menschen. Da werden ungeahnte Kräfte frei.«

»Sie hat zur Tatzeit im Krankenhaus gelegen«, sagte Beyer. »Ein besseres Alibi gibt es wohl kaum. Beltheim beschreibt ja, dass sie sich auch nach Tagen kaum rühren konnte.«

»Es tut weh, das sagen zu müssen«, fuhr Lili fort. »Aber ich hatte mich noch nie besser gefühlt als in diesem Moment. Meine Mutter kämpfte um mich! Obwohl ich anders war. Obwohl mein Vater – ihr Ehemann – mich hasste. In diesem Augenblick habe ich gespürt, dass sie mich liebt. Nicht nur geahnt oder gewusst. Ich habe es tief in mir gespürt. Dieses Gefühl war so unglaublich schön. Und es hat mich nie wieder verlassen. Es hat mich über die ganze schwere Zeit hinweg getragen.«

Ja, Lili war anders. Und ich war stolz darauf. Ich musste sie festhalten, denn sie war all die Jahre mein Anker gewesen. Ohne dass ich es gewusst hatte.

32

Berlin, Mitte Mai 1944

»Hauptsturmführer Schlüter erwartet Sie heute Nachmittag um Punkt drei Uhr in seinen Diensträumen in der Prinz-Albrecht-Straße 8, Zimmer 214. Da sich unsere Abläufe derzeit durch Anpassung an die Luftlage verzögern können, rate ich Ihnen, etwas Wechselwäsche und Waschzeug mitzubringen«, hatte ein Kriminalassistent von der Gestapo Beltheim am Vormittag telefonisch mitgeteilt. Kurz angebunden. Kaltschnäuzig. So etwas nannten die Kollegen dort eine *sanfte Verhaftung*. Die Stapo-Mitarbeiter hatten Spaß an diesen Wortspielen. Die unsanfte Variante konnte den Verlust von Zähnen bedeuten.

Wechselwäsche und Waschzeug, dachte Beltheim. Die Zelle und wenigstens eine Übernachtung sind also bereits gebucht.

Der Mann hatte nichts weiter gesagt, keine Erklärung gegeben. Was sollte das? Im besten Fall erwartete ihn nur eine Vernehmung in der Sache Rabe. Wenn es schlecht lief, wurde über eine längere Inhaftierung entschieden. Die Geheime Staatspolizei war niemandem Rechenschaft schuldig. Hier entschieden die Ermittler selbst, wer wie lange in Gewahrsam kam. Beltheim versuchte, durchzuatmen und Ruhe zu bewahren. Er entschied sich, zusammen mit Wilhelmy noch einmal die Fakten durchzugehen. Zur Not sollte sein Assistent weitermachen. Und er wollte auf jede Frage vorbereitet sein. Es half nichts, sich etwas vorzumachen. Er war irgendjemandem an höherer Stelle auf den Schlips getreten. Dieser Schlüter hatte ihm schließlich bereits einen Warnschuss verpasst und eine klare Weisung damit verbunden. Ein schnell gefundener Schuldiger und ab in den Feierabend. So seine Forderung. Aber dumme Ratschläge hatte Kriminalrat Beltheim noch nie befolgt. Stattdessen hatte er weitergegraben. Anna Schönberg. Wieking. Wilhelmy und sein Bekannter in der Abteilung Ritter. Die Kokssache. Und die verschwundenen Akten. Wahrscheinlich hatte Beltheims Versuch, mit Walter Rabes Kollegen bei der juristischen Abteilung zu sprechen, das Fass zum Überlaufen gebracht.

Jetzt werde ich die Rechnung dafür begleichen müssen, dachte er. Vielleicht komme ich mit zwei oder drei Nächten davon. Und dazu ein paar Schläge, blaue Flecken, vielleicht ein gebrochener Finger. Schlimmer war es, wenn man danach Blut pisste oder aushustete. Manche Leute kippten sogar erst Tage nach einem Verhör um, weil die Prügel auf den Kopf einige Adern im Gehirn hatten platzen lassen. »Hirnschlag« würde dann auf dem Totenschein stehen. In Beltheims Alter nichts Ungewöhnliches, und kein Hahn würde nach ihm krähen. Er lief unruhig im Zimmer auf und ab.

»Vermeiden Sie es unbedingt, zu viel Aufmerksamkeit zu erregen, Werner«, riet Wilhelmy, als hätte er bereits jede Menge Erfahrung mit der Gestapo. Eigentlich sprachen junge Untergebene ihre Vorgesetzten nicht mit Vornamen an. Aber in den letzten Tagen hatte sich eine ungewöhnliche Vertrautheit zwischen den beiden Kripobeamten entwickelt. »Stellen Sie die Sache als reine Routine dar. Sie wollten nur sichergehen, dass nichts übersehen wird. Langweilen Sie die Kerle mit Beschreibungen unserer Alltagsarbeit. Bloß keine Einzelheiten.«

Zu viel Aufmerksamkeit. Beltheim hörte kaum zu, als sein Assistent ihm eine Reihe weiterer Ratschläge erteilte.

»Sprechen Sie nur, wenn Sie gefragt werden.«

»Testen Sie durch Teilantworten, was die Leute schon wissen. Und geben Sie ihnen dann etwas mehr.«

»Nicht diskutieren!«

Aufmerksamkeit, schoss es Beltheim zum wiederholten Mal durch den Kopf, und er begann schon, an seiner Abgebrühtheit in dieser Frage zu zweifeln. Was wollte ihm seine Intuition mitteilen? Weshalb Aufmerksamkeit? Zu viel? Zu wenig? Warum beschäftigte ihn das? Dann endlich fiel der Groschen. Ein Plan, noch unfertig, ging ihm durch den Kopf.

»Tun Sie mir einen Gefallen, Johann«, unterbrach er seinen Assistenten, der immer noch auf ihn einredete, als hätte er ein Vorstellungsgespräch bei der Napola. »Fahren Sie zu Frau Dr. Schönberg beim Gesundheitsamt. Rufen Sie keinesfalls an! Vielleicht wird ihr Telefon abgehört. Sagen Sie ihr, dass ich sie in der Mittagspause am Lehrter Bahnhof treffen muss. Sagen Sie es nur ihr persönlich, und machen Sie ihr klar, dass es wichtig ist!«

»In Ordnung, aber warum ausgerechnet heute, Chef? Sie sollten sich ausruhen, bevor Sie in die Prinz-Albrecht ...«

»Johann, ich habe eine Idee!«, unterbrach ihn Beltheim. »Sie hatten vorhin völlig recht. Ja! Oder nein, eher doch nicht. Aber Aufmerksamkeit ist die Antwort!«

Der ältere Beamte schlug triumphierend mit geballter Faust in die andere Handfläche. Wilhelmy schüttelte den Kopf.

»Jetzt kapier ich gar nichts mehr« sagte der junge Mann.

Er hatte noch ein wenig Zeit bis zum Mittag. Sein Assistent würde das Treffen mit Anna arrangieren. Wahrscheinlich litt er bereits an Verfolgungswahn, und Anna Schönberg wurde gar nicht überwacht. Aber er wollte auf Nummer sicher gehen. Er selbst würde noch ein paar Schreiben aufsetzen, die zu seinem Plan gehörten. Das Ganze war vollkommen verrückt. Er musste nur darauf achten, dass – außer ihm und Anna – niemand vom Inhalt der Briefe erfuhr. Deshalb mühte er sich mit Zwei-Finger-System an der Adler-Schreibmaschine ab. Nach einer Stunde war er schließlich mit dem Ergebnis zufrieden und überflog die Zeilen noch einmal.

[...] halte es deshalb für meine kollegiale Pflicht, Ihnen, werter Herr Professor, von einem Fall zu berichten, der aufgrund seiner Seltenheit hervorragende Einblicke in die Frage einer Vererblichkeit sexueller Neigungen sowie Abweichungen von der völkischen Norm liefern könnte.
[...]
Ich glaube sogar, daß sich hier die einmalige Gelegenheit bietet, durch eine Langzeitbeobachtung unter effizienter Behandlung den Nachweis zu erbringen, daß Deviationen dieser Art heilbar sind.
[...]
Politisches Interesse sollte in diesem Fall hinter der wissenschaftlichen Pflicht, die Erbgesundheit zu erhalten, zurückstehen.
[...]
Gerade in dieser schweren Zeit ist es die Pflicht deutscher Forscher, dem Führer und Volke zu beweisen, daß es keine Schwäche des arischen Blutes geben kann.
[...]
Darum bitte ich, alle erdenklichen Maßnahmen zu ergreifen, daß die unglaublichen wissenschaftlichen Möglichkeiten, die sich durch vorliegenden Kasus ergeben, nicht durch – zwar verständliche, aber dennoch kurzsichtige – politische Erwägungen zunichtegemacht werden.

Beltheim wusste, dass das Spiel, das er jetzt spielte, einen hohen Einsatz bei noch höherem Risiko erforderte. Nicht nur für ihn selbst konnte es dabei um alles oder nichts gehen. Er hoffte, dass Schlüter gewiss vermeiden wollte, dass die Sache zu große Wellen schlug. Wenn die Schreiben an hochrangige Persönlichkeiten gingen, würde ihm das sicher nicht gefallen. Allerdings konnte sich dieser vermeintliche Trumpf auch als Lusche entpuppen. Bevor Beltheim noch weiter das Für und Wider seines Plans abwägen konnte, läutete der Fernsprechapparat.

»Wilhelmy hier«, kam die Stimme seines Assistenten aus der Leitung. »Herr Kriminalrat, ich habe alles so erledigt, wie Sie es mir aufgetragen haben. Es klappt, wie erwartet und vorgesehen. Ich mache erst einmal Mittag.«

Guter Mann, dachte Beltheim zum wiederholten Mal. Anna Schönberg hatte folglich die Nachricht erhalten und einem Treffen in etwa einer Stunde zugestimmt. Der Kripobeamte sah auf die Uhr, griff nach Mantel und Hut, um sich sofort auf den Weg zum Lehrter Bahnhof zu machen. Vielleicht blieb noch Zeit für eine Wurst vom Schlachter. Unten auf dem Marktplatz angekommen, hatte er Glück und bekam sofort ein Taxi. Die Fahrt in Richtung Spreebogen dauerte nicht lange, sodass er im Blauen Bernd, einer der vielen Kneipen rund um den Bahnhof, ein Schultheiss kippen und eine Bulette hinunterschlingen konnte. Das Bier beruhigte ihn ein wenig, und er überlegte, ob er vielleicht noch ein zweites wagen konnte. Er entschied sich dagegen und zahlte.

Er hatte der Ärztin ausrichten lassen, dass sie sich am nördlichen Eingang treffen würden. Die Invalidenstraße hier auf der Hinterseite des Bahnhofs war ebenfalls ausreichend belebt, um unauffällig zu bleiben. Aber sie war sehr viel übersichtlicher als der Hauptbereich am Vorplatz. Mit geübtem Ermittlerblick machte Beltheim seine Bekannte in der Menschenmenge aus und stellte sicher, dass sie nicht beobachtet wurden.

Er suchte ihren Blick und schüttelte den Kopf, als sie auf ihn zukommen wollte. Stattdessen mischten sie sich unter Fahrgäste, Passanten und fliegende Händler. Alle Leute waren erkennbar nervös. Die Luftangriffe konnten jetzt auch tagsüber geflogen werden. Man war nirgends mehr sicher. Und ein Bahnhof war natürlich ein beliebtes Ziel der Bomber und bei allgemeiner Panik eine Todesfalle. Die Zeit schien sich jedoch einen Spaß aus der Qual der Leute zu machen, die hier auf die Ankunft oder Abfahrt ihrer Züge warteten. So schien sie trotz zigtausendfacher Blicke auf Armband- oder Taschenuhren noch langsamer als sonst zu vergehen. Nur träge rückte der Zeiger der Bahnhofsuhr am Stahlgerüst des Eingangs Minute um Minute vor.

»Von diesem Treffen darfst du niemandem erzählen, Anna«, begann Beltheim leise das Gespräch, als er sich ihr seitlich genähert hatte.

Er trug ebenso wie die Ärztin einen kleinen Koffer zur Tarnung. Sie wirkten wie die anderen Reisenden, als wären sie zufällig ins Gespräch gekommen. Sie tat so, als hätte er sie nach der Uhrzeit gefragt.

»Auch bei einer Vernehmung, kein Wort, hörst du?«

»Es wäre schön, wenn du dein verstaubtes Frauenbild endlich ablegen könntest«, zischte Anna Schönberg, lächelte dabei jedoch. »Ich leide weder an dem angeborenen weiblichen Schwachsinn, den viele Gelehrte uns Frauen unterstellen. Noch zittere ich vor Angst. Ich erinnere mich sehr gut an alle Absprachen. Danke für die väterliche Belehrung!«

»Ich mache mir doch nur Sorgen um dich«, erwiderte Beltheim kleinlaut und wedelte mit seinem Grieben-Stadtplan herum.

Er erläuterte der Ärztin seine Strategie. Ein Husarenstück, wie er fand. Er war regelrecht aufgekratzt, was gut zu der Tarnung eines aufgeregten Reisenden passte. Dabei war ihm besonders wichtig, dass er – für den Fall, dass es schiefging – lediglich sich selbst in Gefahr brachte. Anna Schönberg schwieg eine Weile, als er seine Schilderung beendet hatte. Dann nahm sie die vorgefertigten Schreiben entgegen, die er ihr mit einer Zeitung reichte.

»Du bist vollkommen übergeschnappt«, fuhr sie ihn leise an und zeigte mit dem Finger auf eine beliebige Stelle der Karte, die er wieder hervorgezogen hatte.

»Du kennst doch sicher Fachleute, die sich für Ottilie interessieren könnten?«, fragte er.

»Natürlich. Ist schließlich mein Fachgebiet. Ich könnte Asperger, Pfannenstiel, de Crinis, Villinger, Kaldeway und ein paar andere anschreiben«, erwiderte sie. »Die sind sich alle nicht grün, weil sie befürchten, dass jemand im Hintern des Führers weiterkommen könnte als sie selbst.«

»Denk dran«, unterbrach Beltheim sie. »Bereite die Briefe für diese Leute nur vor, sodass du sie jederzeit absenden könntest, aber halte sie noch zurück. Sollte die Stapo dich wider Erwarten aufsuchen, kannst du behaupten, dass dir meine Anweisung seltsam vorgekommen ist. Und dass du deshalb als gute Volksgenossin auf weitere Direktive von höherer Stelle warten wolltest. Auf diese Weise können sie dir nichts anhängen. Bitte, versprich mir, dass du dich nicht in Gefahr begibst.«

»Du willst die Kerle also nur täuschen?«

»Etwas unter Druck setzen, ja.« Beltheim nickte und sah sich unauffällig um. Bisher hatte er nichts Verdächtiges bemerkt. »Diese Leute mögen es nicht, wenn unbequeme Fakten ans Licht kommen.«

»Du kannst doch Kaltenbrunners Männern nicht einfach drohen, Werner!«, rief Anna etwas zu forsch. »Die lassen sich nicht erpressen, damit unterschreibst du dein Todesurteil.«

»Nicht so laut, bitte.« Beltheim tippte zur Ablenkung wieder auf den Stadtplan. »Ich werde vorsichtig sein. Ich will den Leuten nur einen Vorschlag machen, von dem alle profitieren können. Die Rohfassung dieser Schriftstücke lege ich Schlüter vor, damit er mir glaubt, dass ich es ernst meine. Und ich werde ihnen sagen, dass die Briefe sofort rausgehen, wenn sich nicht eine bessere Lösung finden lässt.«

»Also doch. Die Gestapo und den Sicherheitsdienst unter Druck setzen? Klingt nach einem beschissenen Plan, wenn du mich fragst, Werner.«

»Vielleicht hast du recht, aber es ist mein einziger Plan. Und ohne ihn würde meine Heidenangst mich wohl schon vorher umbringen.«

Beltheim umarmte die Ärztin flüchtig, als wollte er sich vor einer Reise verabschieden. Dann ging er zügig in Richtung Vorhalle und bog in Richtung von Gleis 3 ab. Er behielt dabei alle Personen in seiner Umgebung sorgsam im Auge und schlenderte gemächlich zur Mitte des belebten Bahnsteigs. Dort studierte er eine Tafel mit den Abfahrtszeiten und kriegsbedingten Änderungen im Zugverkehr. Plötzlich schlug er sich gegen die Stirn, blickte hektisch auf seine Uhr und lief zügig zurück. Die Umstehenden mussten ihn für einen Fahrgast halten, der sich im Bahnsteig vertan hatte und nun sehr in Eile war. Und er, der erfahrene Kripobeamte, konnte nach dieser Aktion sicher sein, dass ihm niemand folgte.

Draußen vor dem Ausgang angekommen, ging er in Richtung Innenstadt. An seiner Dienststelle hatte er sich vorsorglich für den Nachmittag und morgen abgemeldet. Er hoffte, dass die Gestapo selbst daran interessiert war, die Sache erst einmal nicht an die große Glocke zu hängen. Da Schlüter ihn in etwa anderthalb Stunden erwartete, lohnte es sich nicht, ins Büro zurückzukehren. Die Vorstellung, sich in einem Mittagslokal ein Markenessen zu bestellen, in dem er dann appetitlos herumstochern würde, erschien ihm nicht verlockend. Ein Spaziergang schied als Möglichkeit des Zeitvertreibs aus, denn seine Füße schmerzten. Letztlich entschied er sich für das Café Kranzler. In dem ehrwürdigen Kaffeehaus an der Ecke Unter den Linden und Friedrichstraße hatte er früher gern mit seiner Frau gesessen. Hier hatte das Paar vor zwanzig Jahren Ernst Lubitsch und die Dietrich, später Hans Albers und Marianne Hoppe bei Kaffee und Kuchen plaudern sehen. Gedankenversunken schlenderte er durchs Brandenburger Tor. Die ehemalige Prachtstraße bot einen traurigen Anblick. Man hatte Tarnvorrichtungen aus Holz errichtet, die überall die ehemals breiten Wege blockierten. Sie sollten die Orientierung der feindlichen Bomberverbände stören. Einige Gebäude waren beschädigt, andere mit riesigen Tarnnetzen überspannt. Plötzlich blieb er vor einer Ruine stehen.

»Ich brauche dringend Urlaub.« Beltheim sprach zu sich selbst und schüttelte den Kopf. Er hatte völlig vergessen, dass das Café Kranzler Geschichte war.

Berlin baut. Schöner! Größer! Stolzer! stand auf einem großen Plakat, das dort aufgestellt war, wo sich noch vor zehn Tagen die Terrasse des berühmten Kaffeehauses befunden hatte.

Wer den Schaden hat, muss wohl für den Hohn nicht sorgen, dachte Beltheim erbost. Er fühlte sich ausgelaugt und war froh, als er einen Platz auf einer Sitzbank im Schatten der Bäume fand. Er schloss kurz die Augen und hätte hier wohl seinen Termin verschlafen, wenn nicht ein Spitz vor ihm laut gekläfft hätte. Beinahe panisch sah er auf die Uhr und war erleichtert. Erst halb drei. Das war gut zu schaffen.

*

Prinz-Albrecht-Straße 8. Hier befand sich die Zentrale der Gestapo. Selbst als Kriminalbeamter dachte Beltheim mit sehr gemischten Gefühlen an die Adresse, als er aus Richtung Leipziger Straße kam. Es gab viele Ecken in der Hauptstadt, die zugig und kalt waren. Und zwar zu jeder Jahreszeit. Ob sommers oder winters, hier fror man immer. Und in der Prinz-Albrecht-Straße schien es heute besonders kalt zu sein. *Geheimes Staatspolizeihauptamt.* Daneben lagen der Amtssitz von Reichsführer-SS Himmler und in der Wilhelmstraße das Reichssicherheitshauptamt. Sie waren die zwei gefräßigen Kraken, die mit ihren tausend Armen das Reich umschlangen. Ebenso ungeheuerlich und unheimlich wie die Wortungetüme, die ihren Sinn beschrieben, waren die Arbeiten, die dort verrichtet wurden. Es rankten sich viele grausige Gerüchte um den Komplex. Mancher Berliner machte einen kleinen Umweg um diese Straße. Andere starrten bewusst auf die gegenüberliegende Seite oder auf den Boden. Als könne eine ungute Magie den Betrachter jetzt oder später an diesen Ort ziehen und für immer festhalten. Und das war etwas, was wirklich niemand wollte.

Beltheim trat erst durch den Treppenhausflur und dann durch eine weitere, imposante Kassettentür. Schließlich stand er in der Haupthalle des Geheimen Staatspolizeiamts. Als älterer Kripobeamter hatte er glücklicherweise kaum mit dem Gestapa zu tun. Die jungen Kollegen mussten jedoch ihre Ausbildung teilweise auch hier absolvieren. Sein Assistent Wilhelmy winkte noch heute ab, wenn Beltheim ihn nach dieser Zeit befragte. Offenbar wollte der junge Mann das Erlebte so schnell wie möglich vergessen. Andere Kollegen waren wiederum ganz fasziniert gewesen von den personellen und finanziellen Ressourcen der deutschen Geheimpolizei und hatten sofort ihre Versetzung dorthin beantragt.

Betont selbstbewusst schritt Werner Beltheim an den Führerbüsten und großen Bannern mit der Swastika vorbei. Und dennoch kroch die Kälte langsam und unaufhörlich in seine Glieder. Die Angst war zurück. Dieses mühsam gebändigte Untier, das ihm feuchte Hände und ein durchgeschwitztes Hemd bescherte. Er wusste, hier in den Fluren gab es nicht nur die Dienstzimmer der Beamten, nicht nur Räume für Vernehmungen oder Besprechungen. Und nicht nur Zellen für die einfache Untersuchungshaft. Hier gab es eine Art Sondergefängnis des SD und der Gestapo. Hier konnten Häftlinge für lange Zeit verschwinden, ohne dass ihnen der Prozess gemacht werden musste. Kein Anwalt scherte sich um deren Schicksal. Und dennoch waren sie für ihre Peiniger jederzeit verfügbar. Einige Gestapo-Männer waren bösartige Schläger, die sich vor dem Mittagessen gern noch einmal an einem Häftling abreagierten. Und wer hier eine längere Zeit zugebracht hatte, dessen Leben veränderte sich für immer. *Was nicht tötet, härtet ab.* Diesen Spruch kannte Beltheim noch aus seiner Erziehung. Aber er war eine große Lüge. Die meisten Menschen, die von der Gestapo geistig und körperlich drangsaliert wurden, waren danach gebrochen, für den Rest ihres Lebens gezeichnet.

Nachdem sich der Kripobeamte endlich zum Dienstzimmer von Hauptsturmführer Ernst Schlüter durchgefragt hatte, stand er immer noch fünf Minuten früher als vereinbart vor dessen Tür. Eine Sekretärin aus dem uniformierten SS-Gefolge wies ihm einen Wartebereich zu, und Schlüter ließ ihn eine Viertelstunde schmoren. Die Einschüchterung begann bereits vor dem ersten Gespräch.

»Ich will nicht lange herumreden, Herr Beltheim«, sagte der Mann, nachdem sie sich knapp begrüßt hatten.

Alte Taktik, dachte der ältere Beamte. Warten lassen, keine oder unfreundliche Begrüßung, Dienstrang ignorieren. Damit jagst du mich nicht ins Bockshorn, mein Junge.

»Es sieht nicht gut aus für Sie«, fuhr Schlüter fort. »Es liegen uns Beschwerden vor, dass Sie unter Mitarbeitern des Sicherheitsamts ohne Befugnis Befragungen durchgeführt, sogar Beschuldigungen gegen bewährte, dem Führer treu ergebene Kameraden erhoben haben.«

»Ich denke, dass diesen Herren meine Absicht nicht klar war«, erwiderte Beltheim. »Denn seit wann ist gute Kriminalarbeit ein Vergehen?«

»Ich dachte, wir waren uns einig, Herr Kollege. Es schien doch alles geklärt zu sein. Nur ein degenerierter Volksschädling konnte eine derart schändliche Tat begehen. Natürlich ist es undenkbar, dass ein solches Subjekt der Sohn eines verdienten SS-Offiziers ist. Wir hätten nur erklären müssen, dass ihm das Kind von seiner Frau untergeschoben wurde. Alles hätte bestens sein können. Für uns. Für mich. Und vor allem für Sie.«

Nur reden, wenn du gefragt wirst, ermahnte Beltheim sich. Er nippte an dem Kaffee, den Schlüters Sekretärin gebracht hatte, zwang sich, die Einrichtung des Büros zu betrachten. Zwang sich, zu schweigen.

»Ich hatte erwartet, dass Sie der Bedeutung angemessen in Uniform erscheinen, Herr Beltheim.« Der SD-Beamte blätterte demonstrativ in einer anderen Akte, die er vom Stapel auf seinem Schreibtisch gezogen hatte. »Ihre halbjährlichen Beurteilungen könnten Anlass zur Vermutung geben, dass Sie es am nötigen Eifer für die Sache fehlen lassen. Gerade in dieser Zeit unverzeihlich.«

»Manche dienen mit den Füßen, andere mit dem Herzen. Und einige eben mit dem Kopf«, erwiderte Beltheim.

Schlüters Gesichtszüge verhärteten sich. Er setzte zu einer scharfen Entgegnung an, aber sein Besucher kam ihm zuvor.

»Übrigens nicht meine Worte, sondern die des Reichsführers SS anlässlich einer Fachtagung ...«

»Hören Sie auf, Mann!«, donnerte Schlüter und schlug mit der flachen Hand auf den Tisch. »Ihr selbstgefälliges Geschwafel wird Ihnen schnell vergehen, wenn wir Ihre Hingabe an Reich und Führer ein paar Tage lang überprüfen. Und danach können Sie dann den Kameraden im Osten helfen, den Endsieg zu erringen! Was halten Sie davon, Beltheim?«

»In Uniform hätte ich Sie nur in Verlegenheit gebracht.« Der Kriminalbeamte versuchte, ruhig zu bleiben, obwohl ihn die Drohungen keineswegs kaltließen. »Denn schließlich habe ich ja als Sturmbannführer den höheren Dienstrang. Sie sehen, alles geschah aus reiner Rücksichtnahme und Respekt Ihnen gegenüber, Herr Schlüter.«

»Glauben Sie mir, Beltheim. Erstens erschüttert uns bei der Staatspolizei nichts. Zweitens bin ich bei Ermittlungen, die die Sicherheit des Reichs betreffen, *Ihr* Vorgesetzter. Und beides wissen Sie genau. Also, keine Mätzchen mehr!«

Natürlich war sich Beltheim dieser Tatsache bewusst. Und dennoch nahm er mit Genugtuung die leichte Veränderung in Schlüters Stimme wahr. Der Mann schlug eine weitere, deutlich dickere Akte auf.

Überlegenheit zeigen. Uniform. Laute Stimme. Scheinbar wichtig in Dokumenten blättern.

»Sie händigen Ihre Ermittlungsakte sofort an die Kollegen vom Amt IV aus. Zudem eine Abschrift davon an III B 3«, sagte Schlüter. »Die Angelegenheit fällt jetzt in unsere alleinige Zuständigkeit. Rodenberg klärt die Rassenfrage. Und ich persönlich werde die Personalsache in die Hand nehmen. Schließlich darf der Fall kein schlechtes Licht auf den Reichsführer werfen. Und Sie, lieber Beltheim, sind in der Angelegenheit abgemeldet. Haben wir uns verstanden?«

Die Akte geht also an die Gestapo, dachte Beltheim. Und an die *Abteilung Rasse und Volksgesundheit*. Sieht nicht gut aus für Ottilie Rabe. Entweder verschwindet sie in einem dunklen Loch. Oder kommt als Homosexueller ins KL.

»Ein Fall von besonderer Tragweite erfordert ungewöhnliche Maßnahmen«, sagte er.

»Wohl wahr. Sie werden sich für Ihr Verhalten rechtfertigen müssen, Beltheim. Meine Weisungen waren eindeutig, und Sie haben sich Ihnen widersetzt. Gerade in der SS können wir Insubordination nicht dulden. Über Ihr Fehlverhalten werden Sie ein paar Nächte lang nachsinnen können. Wir haben gerade ein paar Zimmer ohne Aussicht frei. Danach sprechen wir uns wieder. Und ob Sie danach an der Front Dreck fressen, hängt allein von Ihrem Verhalten und Ihrer Einsicht ab.«

»Herr Schlüter, ich befürchte, Sie haben meine Bemerkung falsch gedeutet. Ich meinte natürlich die Tragweite, die der Fall für die Rassenforschung haben könnte. Das Wohlergehen des deutschen Volkes liegt der Kriminalpolizei, also auch mir, besonders am Herzen. ›Der Polizist ist der Chirurg an der völkischen Moral.‹ Ebenfalls die Worte des Reichsführers. Und unser geschätzter Gruppenführer Heydrich hat sie kurz vor seinem tragischen Tod weise ergänzt, indem er sagte: ›Verbrechen sind Geschwüre, die unbedingt entfernt werden müssen. Die Wiederherstellung und künftige Erhaltung der deutschen Volksgesundheit hat immer Vorrang.‹«

Beltheim hatte schon immer über die Fähigkeit verfügt, sich Dialoge und Redepassagen bis aufs Komma zu merken. Er konnte sie aus seinem Gedächtnis abrufen, wie andere eine Fotografie ihrer Familie aus der Brieftasche zogen. Diese Fähigkeit hatte Gesprächspartner manches Mal verwirrt und ihm wertvolle Zeit zum Nachdenken verschafft. Auch Schlüter sah ihn überrascht an. Die Erwähnung der beiden gefährlichsten Männer des Reichs, Himmler und Heydrich, verfehlte ihre Wirkung selbst bei deren Mitarbeitern nicht.

»Deshalb werden in diesem Moment fachliche Stellungnahmen bei allen Koryphäen der Medizin eingefordert«, fuhr Beltheim fort. »Reichsweit. Sogar ein Treffen der Professoren wäre denkbar.«

Er versuchte, die Neuigkeit wie beiläufig klingen zu lassen. Ihm war klar, wenn der Bluff in die Hose ging, dann steckte er bis zum Hals in einem großen Haufen Unrat. Aber er sah, dass der Gestapomitarbeiter einen Moment lang darin zögerte, sich Kaffee nachzuschenken. Sie hatten kurzen Blickkontakt, dem der Mann auswich. Wahrscheinlich musste er über das eben Gehörte nachdenken.

»Was haben Sie denn mit den Medizinern zu tun?«, fragte er nach einer Weile.

»Na, man kommt herum bei der Ermittlungsarbeit. Versuchen Sie es zur Abwechslung mal mit ein paar netten Kontakten, Kollege Schlüter. Sie werden erstaunt sein, wen Sie da kennenlernen.«

Nicht provozieren. Beltheim sah, dass sich die Züge seines Kollegen erneut verhärteten.

»Körperdiskrepanz, Gegengeschlechtlichkeit, Paradoxien von Verhalten und Phänotyp. Dr. Robert Ritter vom Institut für Rassenhygiene wird sehr an dem Fall interessiert sein«, schob er hinterher. »Ebenso Professor Max de Crinis von der Charité. Ich hörte, dass Asperger sich mit diesen Anomalien beschäftigen will. Wahrscheinlich würde es die Herren verärgern, wenn ihnen ein derart seltener Kasus wegen kleinlicher Rangeleien entginge. Jedenfalls gehen die Anfragen an sechs oder mehr Kapazitäten in diesem Moment raus. Soviel ich weiß.«

»Nein, verdammt!«

Ernst Schlüter schlug mit der flachen Hand auf den Tisch. Die Kaffeetasse vor ihm drohte umzukippen. Sein Gesicht war weiß vor Zorn.

»Doch, doch, Herr Schlüter. Es war meine Pflicht als Beamter vorausschauend der Volksgesundheit zu dienen. Und beim RGA bestätigte man mir, dass ein Subjekt wie Ottilie, also Otto Rabe enorm wichtig sein kann für die Forschung am arischen Erbgut. Vor allem hinsichtlich der zukünftigen Behandlung solcher Abstrusitäten …« Werner Beltheim presste die Lippen aufeinander und schwieg. Vielleicht war er bereits zu weit gegangen.

»Ich hatte Ihnen gesagt, dass die Sache unauffällig und schnell zu erledigen ist«, zischte sein Gegenüber. »Sie sind bockig und begriffsstutzig. Wurden Sie schon so geboren, oder sind Sie erst so geworden im Laufe Ihrer stumpfsinnigen Jahre?«

»Sie meinen, die Angelegenheit könnte Staub aufwirbeln?«, fragte Beltheim in einem unschuldigen Tonfall.

»Hören Sie auf«, brüllte der Hauptsturmführer, sprang auf und stemmte die Fäuste auf den Schreibtisch. »Glauben Sie etwa, ich erkenne ein Täuschungsmanöver nicht? Was haben Sie mit dieser Kanaille zu tun, Beltheim? Ein Asozialer. Ein schwuler Geck. Wahrscheinlich ein einfacher Drückeberger, der Angst hat, nächstes Jahr dem Vaterland dienen zu müssen. Haben Sie selbst solch ein verdorbenes Balg zu Hause? Oder hat Ihnen gar Frau Rabe schöne Augen gemacht?«

Beltheim biss derart heftig die Zähne zusammen, dass er fürchtete, es wäre im Raum zu hören. Wenn er sich jetzt zu einer unbedachten Äußerung hinreißen ließ, dann war alles vorbei. Dabei konnte er zufrieden sein. Schlüter wurde persönlich. Beleidigend. Ein Kardinalfehler bei Befragungen, der höchstens bei debilen Kleinganoven Wirkung zeigte. Denn es bedeutete, dass der Ermittler mit seinem Latein am Ende war. Dass er dabei war, die Kontrolle zu verlieren. In der nächsten Minute konnte sich entscheiden, wer hier die Oberhand behielt. Immerhin hatte der SD-Mann noch seinen brutalsten Trumpf in der Hinterhand. Die feucht-muffigen Kasematten der Prinz-Albrecht-Straße, die Lederknüppel und mit Sand gefüllten Handschuhe.

»Geben Sie mir nur etwas Zeit, Schlüter«, sagte Beltheim in scheinbar versöhnlichem Tonfall. »Ich mache die Arbeit, Sie sonnen sich im Erfolg. Und Sie können mich jederzeit einkassieren. Was haben Sie zu verlieren?«

Dem Gegner Auswege zeigen, dachte er. Und die Möglichkeit geben, das Gesicht zu wahren. Gennats Schule zahlte sich schon seit Jahren für Beltheim aus. *Jetzt, du verdammter Schweinehund, zeige ich dir, was eine gute, polizeiliche Vernehmung ausmacht!*

»Hermann Otto Rabe war nicht der Täter«, legte er nach, als sein Gegenüber schwieg. »Und wenn es nach Frau Wieking geht, steht der Anerkennung als Transvestit nichts im Wege. Dann haben Sie es auch mit der Frauenabteilung zu tun. Mit diesen Blaustrümpfen will sich doch niemand herumärgern.«

Schlüter straffte sich für den Bruchteil einer Sekunde, tat dann sofort wieder unbeteiligt. Dem erfahrenen Kripobeamten entging die Anspannung jedoch nicht.

»Ich liefere Ihnen den Täter, Schlüter«, fuhr er fort. »Und Sie stehen in doppelter Hinsicht gut da. Die Erkenntnisse für die Forschungsarbeit wären gerettet. Nur Ritter wird den Fall zu Gesicht bekommen. Die Tat wäre aufgeklärt. Sie lassen sich auf die Schulter klopfen. Was wollen Sie denn mehr?«

»Und Sie glauben, das kriege ich nicht ohne Sie hin?« Die Stimme von Hauptsturmführer Schlüter klang jetzt leise. Und gefährlich.

Beltheim antwortete nicht. Ihm war klar, dass er hier mit einem Verliererblatt und hohem Einsatz spielte. Anna hatte die endgültigen Einladungsschreiben an die Professoren wahrscheinlich noch nicht einmal fertig. Geschweige denn, dass sie jemals abgeschickt würden. Und wahrscheinlich würden die Herren Professoren ohnehin desinteressiert abwinken. Auch Friederike Wieking wusste noch nichts von ihrem Glück. Nein, die Sache entschied sich quasi auf der anderen Seite. Hier, beim SD. Aber manchmal hatte der Gegenspieler eben noch schlechtere Karten. Darauf musste Beltheim jetzt hoffen. Je mehr Ernst Schlüter zu verbergen hatte, umso eher mussten ihn mögliche Enthüllungen beunruhigen.

»Jede Ermittlung in Richtung Sicherheitsdienst hat zu unterbleiben«, sagte der jüngere Beamte unvermittelt.

Gewonnen. Von Beltheim fiel eine Last ab, die sich in den vergangenen Minuten wie ein Ring um seine Brust gelegt hatte. Wut und Angst waren mächtige, aber unangenehme Verbündete.

»Wenn Sie weiterhin in den Angelegenheiten des SD herumschnüffeln«, fuhr Schlüter fort. »Wenn Sie noch eine weitere unsinnige Vermutung äußern. Wenn Sie das RSHA oder das Staatspolizeiamt nur schief ansehen, dann werde ich Sie wegen Hochverrats einbuchten, Beltheim. Dann mache ich Sie fertig.«

Leere Drohungen. Zumindest wollte Beltheim daran glauben, dass es so war.

»Keine Aufmerksamkeit in der Öffentlichkeit. Sehen Sie zu, dass Ihre Kontaktperson die Schreiben an die Ärzteschaft zurückzieht. Sagen Sie, es war ein Missverständnis. Oder Übereifer. Wie Sie das machen, ist mir egal. Wenn ich erfahre, dass Asperger, de Crinis oder der Reichsarzt im Bilde sind, dann ...«

»Hochverrat«, unterbrach ihn Werner Beltheim und nickte. »Ich hab es begriffen. Was ist mit dem jungen ...« Er genoss es, das folgende Wort langsam auszusprechen und die Verwirrung zu beobachten, die es bei seinem Gegenüber auslöste. »... Mädchen?«

»Nehmen Sie sie aus dem Spiel. Meinetwegen soll sie in einer unserer Forschungsanstalten verschwinden. Ritter wäre verschwiegen genug. Oder das Balg soll mit der Mutter abtauchen. Namensänderung und Geburtsurkunde mit dem Vermerk *Vater unbekannt*. Mir völlig egal. Wenn mir die Sache noch einmal querkommt, weiß ich von nichts. Sie liefern mir in spätestens einem Monat einen Täter. Und hoffen Sie für Ihre eigene Gesundheit, dass wir nie wieder miteinander zu tun haben werden. Guten Tag.«

Ernst Schlüter nahm eine Akte aus dem Regal und gab vor, deren Seiten eingehend zu studieren. Sein schauspielerisches Repertoire bei Vernehmungen war offenbar begrenzt. Aber es war klar, die Audienz im Vorhof zur Hölle war für Beltheim beendet. Das Purgatorium musste also warten. Sein Plan war aufgegangen. Beinahe. Einen Aspekt hatte er jedoch nicht bedacht. Denn jetzt musste er den Täter finden. *Einen* Täter, wie Schlüter es süffisant gefordert hatte. Dort, wo Beltheim den wahren Mörder am ehesten vermutete, durfte er allerdings gar nicht suchen. Aber darum ging es hier auch gar nicht. Mit wenigen Worten hatte der Beamte deutlich gemacht, wie im Gestapa gearbeitet wurde. *Liefern Sie mir einen Täter*. Gemeint war: irgendeinen.

33

Weißrussland, März 1944

Diese Füße würden nie mehr tanzen. Davon war Anton Rabe überzeugt. Zweimal waren ihm die Zehen in diesem unbarmherzigen Krieg erfroren. Drei hatten die Feldärzte abgenommen. Doch im Winter 1943/44 reichte eine solche Lappalie längst nicht mehr für eine Verlegung in das Heimatlazarett.

»Zwei Wochen Riga Leichtverwundete«, hatte der Oberstabsarzt entschieden. »Dann noch vier Wochen Schreibdienst ohne Feldeinsatz, danach wieder voll diensttauglich. Strengen Sie sich an, Gefreiter Rabe!«

Erst schlägt der Krieg kleine Stücke aus dir heraus. Frisst dich lebendig. Und dann sollst du dir Mühe geben, schnell wieder hochzukommen. Damit der Moloch weiter an dir zerren und reißen kann. Der Tod kommt näher, haucht dir seinen Moderatem in die Brust. Presst dein Herz aus, bis du endlich sehnst, es wäre vorbei. Als wäre das Leben selbst eine Schuld, eine Schmach, ein Versehen. Nur drei Zehen. Eine Lappalie. Streng dich an, Mensch!

Anton Rabe rieb seine Füße, die er kaum spürte. Seit den Erfrierungen waren sie taub geblieben. Es war Fleisch, das lebte und dennoch nicht zu ihm zu gehören schien. Das ihm nie wieder richtig gehorchen würde. Im ersten Jahr des Kriegs gegen Russland hatte er noch Glück gehabt. Sie hatten ihn bis 1942 zurückgestellt. Immerhin gehörte er damals zum Ensemble Kreutzberg an der Staatsoper. Doch dann hatte ihn die Maschine geholt. Die

Menschenfresser-Maschine. Sie verschlang alles. Arme, Beine, Gesichter, sogar die Seelen. Und Anton wusste, wem er dies zu verdanken hatte. Seinem Bruder Walter. Die russischen Offensiven bei Luga und Wolchow hatten ihm gezeigt, wozu der Menschenfresser fähig war. Dann die Monate bei Plotzkow. Warten auf die Russen. Weiterhin Juden und Zigeuner zählen. Denunziationen erzwingen. Die Treibjagden in den Wäldern. Erdhöhlen ausräuchern. Waren es weniger als zehn Personen, lautete die Weisung: *Schnelle Lösung vor Ort. Spuren sind zu beseitigen!* Über zehn bedeutete: *Abtransport Birkenau. Meldebogen erstellen!* Der deutsche Menschenfresser konnte schreiben und zählen.

Tausend Kilometer entfernt von zu Hause. Das Ende dieser ganzen Teufelei hatte für Anton als harmlose Routine begonnen. Er war eingeteilt gewesen für eine Patrouille im Hinterland. Der Alltagstrott eines Landsers. Die Erkundung des Geländes ging der Sicherung voraus. In den letzten Wochen waren die Einheimischen vermehrt unruhig geworden. Es hatte Waffenfunde in Scheunen gegeben. Widerstand regte sich, die Maschine fraß sich zwar noch durch die russischen Dörfer, aber nach vorn war ihr Vorstoß stecken geblieben.

»Wittern Morgenluft, die Schweine«, hatte der Kommandant des zuständigen Polizeibataillons bei einer Besprechung gesagt. »Der Russe marschiert im Frontbereich auf. Man erkennt es am Gestank, der über die Felder zieht. So etwas riechen unsere Leute bis hierher.«

Diese beschissenen Wälder waren immer wieder von Moorlöchern durchsetzt. Eben lief man noch über trockenen Boden, dann sank man ein, oft einen ganzen Meter tief. Anton war kurz zurückgeblieben, um zu pissen. Dann wollte er schnell wieder zu seinem Trupp aufschließen. Plötzlich gab das Gras nach. Stiefel und Hose verschwanden, und er war halb weg bis zur Hüfte. Seine Scheißfüße meldeten ihm nicht mehr, worauf er gerade trat. Jetzt nahm ihm eine kleine Nebelbank auch noch jede Orientierung. Panik stieg in ihm auf. Er wollte seine Kameraden rufen. Aber ebenso gut konnten dann auch fünf Partisanen anrücken, die ihn mit ihren Gewehrkolben erschlugen oder mit einer Mistgabel abstachen. Wo war die verdammte MP 40? Anton blickte sich um, versank durch die Bewegung wieder ein Stück im Schlamm. Nichts. Die Sache musste er selbst klären. Sonst konnte er wieder ein paar Strafrunden drehen. Der StUffz hatte ihn sowieso auf dem Kieker. Er streckte sich nach einem Ast, packte zu. Zog.

Nicht mit den Beinen strampeln, ermahnte er sich. Du versinkst nur noch tiefer. Ruhig atmen. Bei jedem Ausatmen kurz ziehen. Millimeter für Millimeter.

Nach einer gefühlten Ewigkeit lag Anton auf der Grasinsel neben dem Moorloch. Alles ab Koppel war versaut, klebte und roch nach Fäulnis. Der modrige Saft stand in den Stiefeln, war ins Pistolenholster eingedrungen.

»Na, hast in Gedanken wieder eine kleine Ballettnummer mit Ninotschka geschoben?«, hörte er bereits die höhnischen Stimmen der Kameraden. »Mach uns mal den schwulen Schwan, Anton!«

Viel schlimmer war seine Waffe, die Maschinenpistole. Das Drecksding war weg, und das würde eine Menge Ärger geben. Die Braut des Soldaten im Schlamm versunken. Kürzung der Ration, Abzug beim Sold, Strafdienst. Im Mai sollte er eigentlich Fronturlaub bekommen. Den konnte er jetzt getrost vergessen. Das Entfernen von seinem Trupp musste er dann auch noch erklären. Anton Rabe hielt inne und blickte in den Dunst, aus dem sich ihm die Äste der Baumkronen wie Tausende Geisterfinger zu nähern schienen. Er war erschöpft. Verwirrt. Er hatte nur das halbe Marschgepäck dabei. Falls sie in einen Hinterhalt gerieten, mussten die Spähtrupps schnell sein und ausweichen können. Ihre Aufgabe war lediglich, zu erkunden, zu verfolgen und zu umgehen. Manchmal fanden sie Spuren der Partisanen und hefteten sich an deren Fersen. Also hatten sie im Feldrucksack nur das Nötigste für zwei bis drei Tage dabei. Das Ding war außerdem trocken geblieben, da Anton sich instinktiv die Last vom Rücken gerissen hatte, bevor er im Dreck versunken war.

Der Proviant reicht für ein paar Tage, ging es ihm plötzlich durch den Kopf. Papiere sind am Mann. Kompass, kleine Karte, etwas Geld. Er hatte die Stiefel ausgezogen und gesäubert. Jetzt rieb er die Unterschenkel und bewegte die Zehen, um die Durchblutung zu fördern. Die letzte Amputation – der kleine rechte Zeh – war erst sieben Wochen her. Hoffentlich rieb sich die Narbe nicht auf. Anton zog trockene Socken an, schob zwei Lagen Brotpapier in seine Knobel. Er musste schnell wieder rein in die Stiefel. Wenn die Füße wegen der Anstrengung und Feuchtigkeit erst anschwollen, dann konnte er in Fußlappen weiterlaufen. Einen kurzen Moment war er von einer undefinierbaren Sorge erfasst und abgelenkt. Als deutscher Soldat hatte er gelernt, nur von einem Schritt zum nächsten zu leben und zu denken. Denn beim übernächsten konnte er bereits tot sein. Diese innere Haltung – am Anfang überlebenswichtig – war für viele Kameraden nach ein paar Monaten zu einer Art Lebensprinzip geworden. Eine Zigarette, ein halbes Bier, Wichsen oder Puff, Fressen, ein paar Stunden Schlaf. Anton hatte begriffen, dass es kein Zurück gab in seine alte Welt. Leben war nur noch ein Vakuum, ein Zwischenzustand. Dem Nichts schon nahe, bevor es selbst zum Nichts wurde.

Die Einheimischen haben Angst vor uns und stellen sicherlich keine dummen Fragen, überlegte Anton. Wenn mich meine Leute aufgreifen, kann ich ihnen irgendeine Geschichte auftischen. Unvorhergesehener Feindkontakt oder so etwas. Zumindest auf den ersten Kilometern komme ich dann vielleicht mit einer Verwarnung davon. Und danach? Egal, ein Schritt, dann der nächste. Nicht denken.

Die Wälder Weißrusslands waren unheimlich, schienen sich endlos auszudehnen. Der Entschluss, vor dem Menschenfresser zu fliehen, war spontan gekommen. Was Anton gesehen hatte, reichte für drei Leben. Es war genug. Vielleicht konnte er später trotz der Fußprobleme in der Schule von Gret Palucca Tanzunterricht geben. Noch einmal die Musik mit dem Körper umfassen, die Vereinigung spüren. Eine unbedeutende Stelle würde ihm reichen, vielleicht als Lehrer für die Eleven im ersten Jahr. Die Füße würde er verschnüren, sodass niemand sah, dass er ein Krüppel war. Mit ein wenig Übung und Routine würde er wenigstens wieder die Musik in sich aufnehmen können. Geist und Körper schweben lassen. Über den nächsten Schritt hinaus blicken und erahnen, dass es dort Größeres für unsere Seelen zu entdecken gab. Dass der Fresser nicht alles zerstören konnte.

Als Anton Rabe nach Tagen das erste Mal wirklich bewusst wurde, was er getan hatte, waren es bereits weniger als neunhundert Kilometer bis Berlin. Er war einfach nach Westen gegangen. In Richtung Heimat. Er war desertiert, beinahe ohne es zu bemerken. Fahnenflucht. Er war jetzt gebrandmarkt als Feigling, als Verräter. Zweifel nagten an ihm. Also hatten seine Kameraden recht behalten. Er taugte einfach nicht zum Soldaten. Der Balletttänzer, der weibische Leisetreter hatte sich nach dem Pissen einfach aus dem Staub gemacht. Worauf sollte er jetzt hoffen? Auf den Endsieg? Oder auf die Russen? In beiden Fällen würden die Teufel auf seinem Grab tanzen. Braun oder rot würden sie ihr Gift auf seinen toten Körper erbrechen. Er war also endgültig jener Ausgestoßene geworden, als der er sich schon immer gefühlt hatte. Der Menschenfresser hatte ihm bereits seine Füße genommen, jetzt würde er nach den Resten seiner Seele greifen. Anton fühlte sich schwach. Er hatte begonnen zu husten, und die Wunde am Fuß entzündete sich. Erstaunlich, dass niemand fragte, woher er kam, wohin er wollte. Natürlich ging er beinahe instinktiv den

Patrouillen der Feldpolizei aus dem Weg. Vielleicht stand ja der alte Gevatter schon neben ihm, wenn er mit den Leuten sprach. Vielleicht drohte er ihnen, damit sie den Todgeweihten mit einem letzten Rest von Respekt behandelten. So erhielt er ein Stück Brot hier, eine halbe Rübe dort. Ein Wagenrad gewechselt, und es gab eine Suppe. In polnischer Erde lag noch gute Kleidung vergraben. Man musste nur an den typischen Waldrändern in der Nähe der Dörfer dem Verwesungsgeruch folgen. Die Gruben waren drei, vier Jahre alt, aber sie stanken immer noch. Dort gab es Jacken, Hosen, Schuhe. Fast wie bei Wertheim oder Karstadt. In den Kaufhäusern trugen Holzpuppen die Mode, hier waren es die angenagten Skelette, aus deren Augenhöhlen die Würmer krochen. Es war so einfach, das Menschsein zu verlieren.

34

Berlin, Anfang September 2022

Ich mochte Lilis kleinen Stadtbalkon. Hier war ich quasi mittendrin im Leben und doch ein wenig abgeschirmt. Während viele Gäste die Mittagspause für einen Bummel und Döner auf die Hand nutzten, blieb ich mit Laura wieder hier hängen. Etwas Wein war noch da, und Sandwiches ließen sich aus allem machen.

»Über meinen Urgroßvater weiß ich fast nichts«, meinte sie, als ich Anton ansprach. »Er hat als Soldat im Russlandfeldzug gekämpft. Die Informationen über ihn waren immer recht widersprüchlich. In Gegenwart anderer sprach mein Opa über seinen vermissten Vater, als wäre er ein Held gewesen. Weil er bis zuletzt in irgendeinem Kessel gekämpft hatte. Und wenn wir unter uns waren, dann hat er oft über ihn geschimpft. Ich habe es nie wirklich verstanden und irgendwann aufgegeben, es verstehen zu wollen.«

»In den Köpfen der Leute hat das Kriegsende eben nicht alles verändert«, sagte Heike, die unvermittelt in der Tür stand und uns ansah. »Darf ich mich zu euch setzen? Die letzten Sommertage sollte man nutzen, aber für das Berliner Straßenpflaster habe ich die völlig falschen Schuhe an.«

»Klar«, meinte ich, und Laura nickte. »Wie meinst du das? Was hat sich in den Köpfen nicht verändert?«

»Mit uns Kindern wurde nie viel gesprochen über diese Zeit«, sagte sie. »Mein Vater hat entweder geschwiegen, wenn Torsten oder ich etwas fragten. Oder er kam mit einer seltsamen, verklärenden Nostalgie an. Letztlich waren es die alten Vorurteile und Feindbilder, nur quasi in neuer Verpackung. In seiner Kindheit hatte er die Naziideale eingeimpft bekommen. Und in den ersten Jahren nach dem Krieg hieß es angesichts der Not und Unsicherheit: *Es war nicht alles schlecht. Die Autobahnen. Der Volkswagen. Alle hatten Arbeit. Überall war es sicher. Deutschland war wieder wer. Ja, dies oder das hätte Hitler vielleicht nicht tun sollen.*« Sie zuckte mit den Schultern. »Später waren es die Halbstarken und Gammler, die angeblich Deutschlands Zukunft zerstörten. Dann die Gastarbeiter, die uns die Arbeit wegnahmen. Die Ossis, die nur auf die D-Mark scharf waren.«

»Immer und überall gibt es diese Schablonen und Schubladen«, sagte Laura. »Ich glaube, Menschen können nicht anders. Macht vieles einfacher. Denken strengt an.«

Der Türke, kam mir plötzlich wie aus heiterem Himmel in den Sinn. Ich erinnerte mich dunkel an die Bitterkeit, mit der mein Vater über den Völkermord an den Armeniern gesprochen hatte. Ich muss zehn oder elf gewesen sein, als bei einer Feier der armenischen Gemeinde die Grausamkeiten detailliert vor allen, auch uns Kindern, ausgebreitet worden waren. Im Denken der Exilanten war es *der* Türke gewesen, der damals die Grausamkeiten begangen hatte. Ein kleiner Artikel reichte schon, um andere auszugrenzen. Feindbilder in Reinform. *Der* Deutsche, *die* Nazis, *der* Russe. Wir und die. Gut und Böse. Es war einfach, in den Köpfen Grenzen hochzuziehen.

»Ohne Vater aufzuwachsen, war für meinen Opa eine starke Belastung«, sagte Laura, und ich verspürte im selben Moment diesen Stich im Bereich des Solarplexus. »In einer Zeit, in der alles zusammengebrochen war, blieb ihm nach außen eine Art Heldenmythos, den er immer wieder herunterbetete. Innen sah es jedoch ganz anders aus.«

Gernot Beyer trat auf den Balkon und verdrückte sich in die äußerste Ecke, um zu rauchen. Nachdem er die Zigarette inhaliert hatte, bat er uns in den Wohnbereich.

»Wir wollen gleich weitermachen«, sagte er. »Die anderen müssten jeden Moment eintreffen.«

Aus der Küche hörte ich Lilis Stimme. Lukas saß bereits wieder an seinem Platz. Er wirkte stark angespannt und drehte ständig einen Stift in seiner rechten Hand.

»Ich kann das nicht glauben«, murmelte er. »Nimmt dieser Irrsinn gar kein Ende?« Dann stand er abrupt auf und ging zu dem Ermittler, der gerade seine Papiere sortierte. »Weshalb mussten Sie auch noch in dieser Geschichte herumwühlen?«, fragte er ihn. »Reicht es nicht, dass Sie uns mit Fakten zum Mordfall bombardieren? Was hat diese Soldatengeschichte damit zu tun?«

»Bitte haben Sie noch etwas Geduld, Herr Rabe«, antwortete Beyer gewohnt ruhig. »Ich versichere Ihnen, ich schildere nur Ereignisse, die in dem einen oder anderen Zusammenhang stehen mit der Tat.«

»Da ist doch nichts erwiesen«, polterte Lukas los. »Woher sollen wir wissen, ob das stimmt? Versprengt, getrennt von der eigenen Einheit. Irgendwo in der Pampa im Osten. Anton könnte zurückgekehrt sein. Er wurde vermisst gemeldet und später für tot erklärt.«

»Papa, bitte lass Herrn Beyer seine Arbeit machen«, sagte Laura und trat an ihren Vater heran.

»Er wurde vermisst!«, beharrte Lukas auf seiner Version. »Mein Vater hat für ihn Messen lesen lassen! Er hat erzählt, dass sie anfangs in der Kirche für seine Rückkehr gebetet haben.«

»Du weißt selbst, wie es bei uns war«, erwiderte sie. »Und immer noch ist. Alles schön unter dem Teppich lassen. Unsere Familie hatte nur die Chance, möglichst allen Erwartungen in der Gemeinde zu entsprechen. Gerade damals. Ein Ehemann, der von der Front abgehauen war, hätte da wohl kaum ins Bild gepasst.«

»Ich frage mich, ob mein Vater ihn wirklich gehasst hat«, sagte Lukas nach einer Weile. »Er konnte fürchterlich über Anton herziehen. Er gab ihm die Schuld daran, dass Oma nach dem Krieg wieder bei null anfangen musste. Dass er nur eine Lehre machen konnte, anstatt zu studieren. Dann der Unfall.«

»Oft genug habe ich dich selbst so reden hören«, meinte Laura. In ihren Worten schwang kein versteckter Vorwurf mit, eher Verständnis. »*Mit ihm fing das Unglück in der Familie an*. So hast du es mal ausgedrückt.«

»Auf den Brüdern Rabe lastet doch ein Fluch!«, rief er jetzt laut, nahm wieder Platz und schien förmlich in sich zusammenzusacken.

»Nein, Lukas. Anton trifft keine Schuld«, sagte jetzt Lili, die aus der Küche gekommen war. »Mein Vater hat seinen Bruder gedemütigt, wo er nur konnte. Als Anton Ende der Dreißiger noch Tanzvorstellungen geben konnte, hat er oft ein paar Randalierer von der SA vorbeigeschickt. Als Anton ihn um eine Bürgschaft bat, damit er bei der Bank eine Hypothek für ein kleines Haus aufnehmen konnte, hat er abgelehnt. Er hat ihn vor Manfred einen ›schwulen Gecken‹ genannt, den man ins Lager schicken sollte. Und eigentlich ist er sogar für Antons Tod verantwortlich.«

»Wie das?«, fragte Lukas.

»Walter hat seinen Bruder beim Wehrkreis angeschwärzt. Anton war wegen Lungenschwäche untauglich. Er hatte als Kind Tbc durchgemacht. Aber mein Vater hat ein Jahr nach Beginn des Kriegs gegen Russland alle Hebel in Bewegung gesetzt, dass Anton nachgemustert und doch noch eingezogen wurde.«

»Woher weißt du das?«, fragte Lukas ungläubig.

»Meine Mutter hat es mir erzählt«, entgegnete Lili. »Anton hatte in diesem schlimmen Krieg nie eine Chance. Wir haben uns diese geheimen Briefe geschrieben, und ich merkte, dass es ihm immer schlechter ging, dass er immer schwächer wurde. Dann noch die Winter, in denen ihm die Zehen abfroren.«

*

Mehr als zwei Jahre Ostfront hatte Anton hinter sich, als er sich schließlich entschieden hatte, dem Menschenfresser doch noch zu entkommen. *Der Menschenfresser.* So pflegte er den Krieg in den geheimen Briefen an Lili zu nennen. Er schrieb immer zwei an sie. Da war der offizielle, der von der Zensur gelesen wurde und oben im Päckchen lag. Und da gab es den anderen, den er zwischen zwei Lagen Packpapier am Boden einklebte. Meistens gingen Pakete nur in eine Richtung. Von zu Hause an die Front. Aber Anton fand immer etwas, das er an seine Nichte zurückschickte. Oft waren es Bücher mit Gedichten oder schöne Fotografien einer unbekannten Landschaft. Manchmal auch nur getrocknete Blumen, eine Matroschka oder kleine Malereien. Ein Buch über die Möbel aus der Zarenzeit hatte es Lili besonders angetan. Und mit den wertvollen Farbpigmenten, die ihr Onkel schickte und die es in Deutschland nicht gab, experimentierte sie herum. Zwei seltsam aussehende Werkzeuge dienten der Reparatur von Intarsien. Die belanglosen Zeilen über den schönen, neuen Lebensraum im Osten, den Endsieg und das herrliche Landserleben kümmerten Lili nicht. Diesen Brief warf sie ungelesen fort. Aber die zweiten Briefe, die verborgenen, betrachtete sie immer mit freudiger Erwartung, denn aus ihnen sprach der wahre Anton, ihr Onkel Tonton.

Meine liebe Lili,

ich will nicht hier sein, denn es ist Unrecht, was wir tun. Der Krieg ist ein Menschenfresser, denn es geht ihm nicht mehr nur um Stellungen, Gelände, Dörfer und Fabriken. Es geht ihm um das Leben an sich. Jetzt noch sind wir seine Handlanger, helfen ihm, die Glieder auszureißen, die Seelen zu trinken. Aber die Zeit wird kommen, da werden wir die Gejagten sein. Ich höre den betrunkenen Offizieren genau zu. Nur die Dummen unter ihnen glauben an einen Sieg. Manche hoffen, dass wir uns mit den Russen doch noch einigen. Die meisten sagen, dass der Fresser kommen wird, uns zu holen. Dann sind wir dran. Wir werden laufen und doch nie wieder Frieden finden. Er wird uns vor sich hertreiben. Niemals mehr werden wir Ruhe haben. Und unsere Untaten werden seine Peitsche sein. Bis es so weit ist, tanzen wir hier seinen Totentanz […]

Meine Großmutter hatte mir erzählt, dass sie und ihr Onkel eine Art geheimen Code in ihren normalen Briefen verwendet hatten. Sie konnten nicht ständig Pakete schicken, wollten aber dennoch wissen, wie es dem anderen wirklich ging. Wenn sie ganz besonders übertrieben, dann meinten sie das Gegenteil. *Ganz wunderbar* bedeutete schrecklich. *Äußerst gut* hieß schlecht. Lili hatte ihrem Onkel von dem »ganz wunderbaren Jugendlager« berichtet, in das ihr Vater sie gesteckt hatte. Und er wusste auch von der zunehmenden Brutalität seines Bruders gegenüber Frau und Tochter: »Er behandelt uns äußerst gut und wird dann immer besonders liebevoll. Und niemals, wirklich niemals erhebt er die Hand gegen uns.«

V

Ich kann freilich nicht sagen, ob es besser werden wird,
wenn es anders wird;
aber so viel kann ich sagen,
es muss anders werden, wenn es gut werden soll.
          (Georg Christoph Lichtenberg, 1742–1799)
           (aus: G. C. Lichtenberg, *Sudelbuch K*, 1793)

35

Berlin, Mitte Mai 1944

Nun stand Werner Beltheim samt kleinem Koffer mit Wechselwäsche wieder vor dem Gebäude des Staatspolizeiamts. Pyrrhussieg, erinnerte er sich an das Wissen seiner Schulzeit. Gewonnen und doch verloren. Zwar hatte er seinen Kopf bei Schlüter erst einmal aus der Schlinge gezogen, aber um den Preis, dass er nun schnell den Schuldigen finden musste. Seine Knie fühlten sich weich an, sodass er an der Leipziger Straße ein Taxi nahm, das ihn zum Werderschen Markt zurückbrachte.

Er musste unbedingt mit Ottilie sprechen. Es war zwar schon halb fünf, aber er hoffte, dass er Friederike Wieking noch in ihrem Büro antraf. Ohne Ottilies Zeugenaussage sah es düster aus. Welche Möglichkeiten blieben ihm überhaupt noch? Weitere Nachfragen im Umfeld von SD oder Reichssicherheitshauptamt waren ihm untersagt. War dort Rabes Kokainsucht bekannt gewesen? Gab es einen noch unbekannten Besucher, vielleicht einen Kollegen, der ihn kurz vor der Tat aufgesucht hatte? Und hatte jemand Papiere aus Rabes Aktentasche entwendet? Wenn ja, welche Papiere waren aus Walter Rabes Tasche entwendet worden und von wem? Diese Spuren waren jetzt für ihn tabu. Rabes Suchtproblem war zwar nicht weiter ungewöhnlich. Das Zeug erfreute sich seit zwanzig Jahren wachsender Beliebtheit. Die Nazis hatten es erst im Freuden- und Siegestaumel benutzt. Und jetzt zogen sie es sich aus Angst und Frust durch die Nase. Von seiner Bekannten, Dr. Schönberg, wusste Beltheim, dass der Konsum und die Abhängigkeit zu unkontrollierten Gefühlsausbrüchen führen konnten. Walter Rabes zunehmende Gewaltbereitschaft und Unberechenbarkeit gegenüber Frau und Kind konnten daher rühren. Alles hatte langsam begonnen, ein plausibles Bild zu ergeben. Und jetzt hatte ihm Schlüter Knüppel zwischen die Beine geworfen.

Das Rauschmittel ist in den letzten Monaten verdammt teuer geworden, überlegte Beltheim, als das Taxi gerade am Kriminalhauptamt hielt. Vielleicht war Rabe bei einem Lieferanten mit der Zahlung eines hohen Betrags in Verzug gewesen? Oder er hatte minderwertiges Zeug an andere weitergegeben. Oder war einem Bonzen in die Quere gekommen. Oder in ein größeres Ringgeschäft verwickelt. Oder, oder. Spekulationen. Sinnlos. Klar, durch Morphium oder Koks hatten schon viele Leute ins Gras beißen müssen, nicht nur als Süchtige. Aber beim SD? Die Herrschaften kontrollierten Deutschland. Dort kam man wahrscheinlich leichter an den Kram heran als die Berliner Hausfrau an ein Pfund Speck.

Viel wichtiger schien Beltheim hingegen die andere Frage, die er jetzt wahrscheinlich ebenfalls nicht mehr klären konnte, da ihm der Zugang zu den SD-Leuten verbaut war. Dort vermutete er eine Spur, die zum Täter führte. Wenn er allerdings weiter nachhakte, dann brachte ihn das in Arrest. Oder an die Front. Schlüter hatte keine Zweifel daran gelassen.

Beltheim streifte in seinem Dienstzimmer den Mantel ab und stellte den Koffer neben den Aktenschrank. Danach marschierte er direkt in den zweiten Stock. Er achtete nicht auf die Proteste in Wiekings Vorzimmer. Manche Dinge duldeten keinen Aufschub. Kriege wurden schließlich auch nicht nach Termin geführt. Wieking saß mit ihrer Assistentin am Schreibtisch über einigen Akten.

»Langsam wirst du doch etwas wunderlich, mein lieber Werner«, sagte sie, als er etwas außer Atem vor ihr stand. »Mag sein, dass du bei Egbert ein und aus gehst, wie es dir beliebt. Wir haben allerdings Regeln.«

Er murmelte eine Entschuldigung und fühlte sich wie ein zurechtgewiesener Schuljunge. Unrecht hatte sie nicht, gestand er sich ein.

»Ich nehme an, es geht wieder um diese Person? Otto Ottilie Rabe?«, fragte sie in spitzem Tonfall.

»Ich muss dringend mit ihr sprechen. Und natürlich wollte ich dich nicht übergehen.«

»Wie zuvorkommend, aber ohne meine Einwilligung kommst du nicht weit, denn sie fällt ja in *meine* Zuständigkeit.«

»Es ist alles für den Transvestiten-Schein vorbereitet«, log Beltheim. »Wir können ihn jetzt beantragen. Ich wollte mit dem Mädchen nur einige Details besprechen. Damit sie die richtigen Antworten gibt. Der langweilige Behördenkram.« Er blickte die leitende Beamtin an. »Und natürlich kannst du wieder mitkommen.« Zwar war es das Letzte, was er wollte, aber er musste dieses Angebot machen, damit alles nach einem Routinebesuch aussah.

»Lass mal, Werner. Ich habe zu tun. Vorn bekommst du die Vollmacht. Halt mich einfach auf dem Laufenden.«

Zufrieden schloss Beltheim die Tür hinter sich und gab der nörgelnden Sekretärin die Anweisung, eine Vollmacht für Besucher aus anderen Abteilungen auszustellen.

Als er wenig später im Zellentrakt für die Untersuchungshaft ankam, ließ er Ottilie in den Vernehmungsraum bringen. Sie trug wieder nur ein schlichtes, graues Kleid und die typischen, groben Holzpantoffeln, wirkte jedoch robuster und entspannter.

»Hallo, Ottilie. Ich habe gute Neuigkeiten für dich. Wir können dir helfen, eine Änderung deines Personenstands und die Anerkennung deines weiblichen Namens zu erwirken. Ganz offiziell.«

Die Inhaftierte sah ihn nur ungläubig an.

»Dafür ist die Untersuchung durch eine Ärztin ...«

»Nein!«, rief sie sofort. »Ich will nicht befummelt und vermessen werden. Wegen Papa musste ich so etwas schon einmal machen. Es ist widerlich!«

»Keine Sorge, Ottilie«, versuchte Beltheim, sie zu beruhigen. »Frau Dr. Schönberg wird nur mit dir sprechen. Sie ist eine Freundin und auf unserer Seite.«

»Unserer Seite?«

»Ich habe dir schon einmal gesagt, dass ich dir helfen möchte. Ich glaube nicht, dass du deinen Vater getötet hast.«

»Ich erinnere mich daran nicht.«

»Ich weiß. Aber du hast ein paar Andeutungen gemacht, die ich überprüfen werde. Und ich muss sichergehen, dass der Standesbeamte keine Einwände gegen den Antrag erheben kann. Nur einige Fragen, Ottilie.«

»Wie ich sehe, haben Sie sich an Ottilie gewöhnt«, erwiderte sie keck und lächelte etwas gezwungen. »Und wie kann ich sicher sein, dass das Ganze kein Trick ist? Sie könnten mich reinlegen. Vielleicht arbeiten Sie sogar für meinen Vater.«

Beltheim dachte an seine eigene Tochter. Jugendliche waren oftmals wie Igel. Zwar nicht wehrlos, doch voller Furcht. Und auf alle Fälle war in manchen Momenten eine Umarmung recht schmerzhaft.

»Was wollen Sie wissen?«, fragte sie in sanfterem Ton.

»Deine Mutter war noch zu schwach, um viel über dich zu erzählen. Und deine Großmutter meinte, dass es ihr nicht zusteht, dein Privatleben offenzulegen.«

»Recht hat sie.«

»Seit welcher Zeit fühlst du dich als Mädchen? Und jetzt als junge Frau?«

»Das ist schon seit vor der Schulzeit so, aber das sagte ich bereits.«

»Und es ist nicht nur die Kleidung, die dich fasziniert.«

»Nein. Anfangs glaubte ich noch, dass ich gern ein Mädchen *wäre*. Später wusste ich, dass ich eines *bin*. Aber das können Sie bestimmt nicht verstehen, Herr Kommissar.«

»Kannst du versuchen, es mir zu erklären?«

»Wie erklärt man Gefühle? Da ist etwas Mächtiges in mir, dass mich fühlen und wissen lässt, dass ich eine Frau bin. Es wäre falsch, würde ich behaupten, ich bin ein Mann.«

»Aber dein Körper …« Beltheim ertappte sich dabei, dass er nach verräterischen Zeichen suchte. Die fehlende Wölbung einer Brust. Ein Hauch von Bartflaum. Die Stimmlage. Kleine Zeichen, die einen Gesichtszug zu einer männlichen Mimik, eine kleine Hand- oder Kopfbewegung zu einer männlichen Geste machten.

»Das machen alle, die es wissen.«

»Was?«, fragte der Polizist mit belegter Stimme.

»Beobachten. Nach Fehlern suchen. Aber ich habe keine Fehler, mein Körper ist kein Irrtum. Ich bin auch keine Laune der Natur.«

»Bevor das Gesundheitsamt zustimmt, wird man fragen, ob es zwischen dir und einem Jungen jemals zu unsittlichen Handlungen gekommen ist.«

»Da bin ich mir nicht sicher«, antwortete Lili. »Es gibt einfach Menschen, die ich sehr anziehend finde. Manchmal sind dies Frauen, manchmal Männer. Ob es unsittlich ist, weiß ich nicht.«

»Ottilie, was ich jetzt sage, ist sehr wichtig!«, meinte Beltheim. »Deine Antwort auf die Frage muss nein lauten. Hast du verstanden? Mir ist es egal, aber wenn diese Leute davon Wind bekommen, dass du Männer anziehend findest, dann stempeln sie dich als Homosexuellen ab. Dann haben wir verloren.«

Sie nickte.

»Gut. Und jetzt noch einmal zu dem Tag, an dem dein Vater starb. Wir gehen alles noch einmal durch. Jede neue Einzelheit kann wichtig sein.«

Sie verdrehte die Augen und seufzte.

»Du warst zu Hause, als dein Vater früher als üblich von seiner Arbeitsstelle zurückkam?«, fragte Beltheim und nahm sein Notizbuch hervor.

»Mittwochs habe ich eigentlich Tanzunterricht.« Lili Rabe nickte. »Eine alte Ballettlehrerin in Friedrichshain. Papa wusste nichts davon. Aber Frau Ohlsdorf war krank und hatte abgesagt.«

»Hast du gehört, als dein Vater kam?«, fuhr er fort. »War er allein oder in Begleitung?«

»Keine Ahnung«, antwortete die junge Frau. »Ich erinnere mich nicht. Ich war in meinem Zimmer. Ludwig war beim HJ-Sport, Mama im Krankenhaus. Ich habe die Tanzschritte geübt. Bei den Hausaufgaben ist Frau Ohlsdorf streng.«

»Woher kamen die blauen Flecken an deinen Armen? Hat dein Vater dich geschlagen? Oder jemand anderes?«

Lili schwieg. Sie betrachtete ihre Haut, obwohl die Hämatome bereits abgeklungen waren. Werner Beltheim wartete und beobachtete ihre Reaktion.

»War noch jemand anderes in der Wohnung? Vielleicht schon bevor dein Vater kam? Bitte, das ist wichtig! Hast du Stimmen gehört?« Er machte eine Pause. »Wer war da?« Beltheims Stimme wurde ungewollt härter. Das war der Tonfall aus Verhören, kurz bevor die Verdächtigen einknickten. »Ein Freund? Oder ein Kollege deines Vaters?«

Sie begann zu weinen. Nicht schluchzend und laut, sondern ganz leise. Müde. Zusammengesunken.

»Wer, Ottilie? Wer?«

»Mein Onkel war da«, erwiderte sie mit fast tonloser Stimme, ohne aufzublicken. »Onkel Anton war da«, wiederholte sie.

Obwohl er bereits Hunderte Vernehmungen durchgeführt hatte, mochte Werner Beltheim solche Situationen gar nicht.

Viele seiner Kollegen bei der Kripo oder Gestapo nutzten gezielt Einschüchterung und Entwürdigungen für ihre Zwecke. Aber innere Hoffnungslosigkeit zu schüren, war für ihn eine besonders abscheuliche Form der Gewalt. Sein Mentor Gennat musste sich angesichts solcher Methoden im Grab umdrehen. Lili erschien ihm jetzt völlig verwirrt. Er glaubte nicht, dass sie ihm die Anwesenheit ihres Onkels bewusst verschwiegen hatte. Sie wirkte vielmehr so, als wäre sie selbst in diesem Moment von der wieder in ihr Bewusstsein gelangten Tatsache überrascht. Beltheim sprach kurz mit einer Wärterin und verlangte nach einem Glas Milch und Brot mit Invertzucker.

»Anton? Der Bruder deines Vaters?«, fragte er dann. Er erinnerte sich an die Zusammenstellung seines Assistenten. Den Stammbaum, der alle Verwandten auflistete.

Lili nickte wieder.

Der Polizist blätterte in seinen Notizen. Wilhelmy hatte sich um die Angehörigen und deren Verbleib zur Tatzeit gekümmert. Anton Rabe war an der Ostfront, südlich von Riga. Beltheims Assistent hatte nichts von Fronturlaub gesagt. Anton Rabe konnte also unmöglich in Berlin gewesen sein!

»Bist du sicher?«, hakte er nach. »Er ist an der Front.«

»Er hat gesagt, dass er zwei Wochen Genesungsurlaub hat«, erwiderte die junge Frau. »Wegen seiner Füße, glaube ich. Er wusste, dass Papa in letzter Zeit sehr böse zu uns war. Ich habe es ihm geschrieben.«

»Geschrieben?«, fragte Beltheim verwundert.

Die Feldpost wurde ziemlich streng überwacht. Keine Angaben zum Frontverlauf, zum Alltag der Soldaten oder zu etwaigen Zweifeln und Ängsten. Aber auch nichts, was die Kampfkraft schwächen konnte. Eheprobleme, Krankheit, Ausbombung und Not durften von Angehörigen nur geschönt dargestellt werden. Und Briefzeilen über einen Mitarbeiter des SD, der seine

Familie misshandelte, wären wohl nie bei Anton Rabe angekommen.

»Wir hatten unser kleines Geheimnis«, erklärte die junge Frau. »Er wusste von Papa und den Schlägen, glauben Sie mir. Auch vom Lager, in das er mich gesteckt hatte.«

Anton Rabe, notierte Beltheim. *Prüfen!* Der Fall nahm ganz plötzlich eine unerwartete Wendung.

»Hatten dein Vater und er Streit?«, fragte er vorsichtig.

»Weiß nicht«, entgegnete Lili.

Die Polizeimeisterin brachte Milch und Brot. Die Geste verfehlte ihre beruhigende Wirkung nicht. Lili kaute zunächst nervös und hektisch, schien sich dann jedoch zu entspannen.

»Hat dein Onkel dich am Arm gepackt? Wolltest du vor ihm weglaufen? Oder hat er dich zu etwas gezwungen?«

»Weiß nicht.«

»Hat dein Onkel geraucht?«, kam Beltheim plötzlich als Frage in den Sinn. Die Asche auf der Fensterbank, die Kippe im Hof. Instinkte eines Ermittlers.

Lieber eine dämliche Frage stellen als schweigen. Man musste den Druck in einer Vernehmung aufrechterhalten. Jeder Landser zog an den Sargnägeln. Sofort fragte sich Beltheim jedoch, woher ein Heimaturlauber von der Ostfront die englische Edelmarke L&B haben konnte. Sanfter Virginiatabak war unter den Deutschen zudem eher verpönt.

»Anton hat nie geraucht«, sagte Lili. »Er hat eine schwache Lunge. Und jetzt hustet er noch mehr.«

»Und was wollte er von dir?«, fragte der Kripobeamte so sanft wie möglich.

Ottilie Rabe schien sich in dem Augenblick zu öffnen, da sie über die Wesenszüge ihres Onkels sprach. Er war vor ihrem inneren Auge lebendig geworden, als stünde er vor ihr. Ihr Blick wurde beinahe zärtlich.

»Er wollte Mama und mich beschützen.«

»Beschützen? Wovor?«

»Vor Vater.«

»Hat er ...? Hast du gesehen, dass er deinen Vater ...? Hat er zugeschlagen?«

»Nein! Ich weiß doch nichts.« Lilis Stimme überschlug sich. »Mein Onkel hat mich ins Treppenhaus und nach unten gezogen. Er wollte, dass wir verschwinden. Ich habe mich aber losgerissen, bin wieder nach oben gelaufen.« Sie ließ sich auf den Bettkasten fallen, vergrub ihr Gesicht in der Decke und weinte. Laut. Verzweifelt.

Die Befragung war beendet. Der Polizist spürte es. Jedes Beharren würde die junge Frau noch mehr verletzen. Beltheim war vollkommen hilflos und fühlte sich schuldig. Kinder, Jugendliche, Frauen. Deren Gefühlswelten machten ihm große Probleme, verursachten Chaos in ihm. Da schwand seine Abgebrühtheit ganz schnell.

»Tun Sie doch was«, herrschte er die Wärterin an, die die Szene von der Tür aus beobachtet hatte.

Wütend über sich selbst, verließ er die Abteilung und rannte beinahe in Richtung des Gebäudeflügels, in dem er selbst arbeitete. Erst als er den vertrauten Flur erreicht hatte, ließ die Spannung etwas nach. Er hatte am Anfang seiner Ermittlungen nicht tief genug gegraben. Und dadurch war wertvolle Zeit verloren gegangen. Ohne Ankündigung stürmte er in das winzige Dienstzimmer seines jungen Assistenten, das mehr einer Abstellkammer glich, und schlug die Tür hinter sich zu.

»Sie haben unsauber gearbeitet, Johann.« Die Verwirrung in ihm war immer noch nicht vollständig abgeklungen. »Anton Rabe war oder ist in Berlin. Verdammt! So etwas darf uns nicht passieren!«

»Kann nicht sein«, erwiderte Wilhelmy verdutzt. »Laut einer

Auskunft vom Wehrkreiskommando Nordost war Rabe bei seiner Einheit im Frontdienst gemeldet. Weder gefallen noch vermisst oder verletzt. Und ganz sicher kein Urlaub.«

»Noch mal nachfragen!«, knurrte Beltheim.

»Sagen Sie, Chef«, meinte Johann Wilhelmy. Ihm war gerade ein Gedanke gekommen. »Könnte es sein, dass …?«

Beltheim sah ihn kurz an, dann begriff er. Verluste wurden umgehend gemeldet. Urlaub nicht immer. Aber es gab eine Sache, deren Bekanntgabe gern hinausgezögert wurde. Man hielt sich bedeckt bei der Truppe, wenn es um illegales Entfernen ging.

»Rabe könnte sich vom Acker gemacht haben«, fasste Wilhelmy die Überlegungen in Worte.

Fahnenflucht. Meist das Todesurteil für den Soldaten. Und eine Schande für die Einheit. Zog immer viel Schreibarbeit und dann noch eine unbeliebte, ideologische Schulung nach sich. Deshalb klärten die Wehrmachtsstellen das gern unter eigener Ägide. Das Einfachste war, wenn die Feldpolizei den Deserteur schnappte. Dann konnte alles auf kleiner Flamme gehalten werden. Die GFP lieferte den Deserteur urteilsreif, wie es hieß, an das Kriegsgericht. Fast immer wurde die Todesstrafe verhängt und kurz darauf vollstreckt.

»Ich könnte einen Schuss ins Blaue abgeben«, meinte der junge Assistent. »Ich verlange von der Einheit einfach eine Bestätigung der Desertion. Die werden den Teufel tun, es zu leugnen, wenn es stimmt. Jede andere Nachfrage würde sehr viel länger dauern.«

Schlauer Fuchs, dachte Beltheim. »In Ordnung, veranlassen Sie das«, sagte er laut.

36

Berlin, Anfang September 2022

»Totaler Irrsinn! Was haben Sie da für einen Quatsch ausgegraben, Herr Beyer?« Lukas Rabe war nach Beyers Vortrag sofort aufgesprungen und tigerte wild gestikulierend durch den Raum. Wenn der Begriff »dicke Luft« eine Berechtigung hatte, dann jetzt. Die Mittagssonne hatte das Wohnzimmer, in dem wir saßen, aufgeheizt. Und Beyers Enthüllungen offenbar wieder einige Gemüter erhitzt.

»Ich berichte nur von Dingen, die ich mindestens einmal überprüft habe«, erwiderte der Ermittler relativ gelassen. »Mir liegen nicht nur Notizen des damaligen Kriminalbeamten vor. Sondern auch die Listen der Heeresgruppe Nord vom ersten Quartal 1944 mit den Namen derjenigen Soldaten, die sich unerlaubt von der Truppe entfernt hatten. Anton Rabe ist Anfang März desertiert.«

»Nein!«, donnerte Lukas.

Sein Gesicht war rot angelaufen. Und ich hatte sogar Angst, er könnte auf Beyer losgehen. Der ehemalige Polizist hob nur die Schultern, schien sich jedoch auch anzuspannen. Ich war sicher, dass er Lukas bei einer unbedachten Aktion ins Leere laufen lassen würde. Gleichzeitig war ich total irritiert. Sein Bericht über Antons Erfahrungen in Weißrussland hatten nahegelegt, dass er sich – zumindest zeitweise – von seiner Einheit abgesetzt hatte. Weshalb sträubte sich Lukas jetzt derart vehement gegen die Vorstellung, dass sein Großvater schlicht die Nase voll gehabt hatte und endgültig abgehauen war?

»Ich habe den Eindruck, dass plötzlich nur Antons Verhalten von Belang ist«, meinte Lukas. »Es geht doch darum, das Verbrechen an Walter Rabe aufzuklären! Warum muss jetzt wieder meine Familie mit Dreck beworfen werden?«

»Ich sagte bereits, dass ich nur über Fakten berichte, die für die Lösung des Falls auch relevant sind.« Beyer bemühte sich weiterhin um ein ruhiges Auftreten. »Damit alles einem logischen Aufbau folgen kann, bitte ich noch um etwas Geduld.«

»Und was heißt denn eigentlich ›mit Dreck beworfen‹?«, ging Laura dazwischen und sah ihren Vater fragend an. »Jetzt erzähl mir bloß nicht, dass du sein Verhalten missbilligst. Anton wollte diesem Wahnsinn ein Ende bereiten! Und er hat für sich die Konsequenz daraus gezogen. Wahrscheinlich war seine Entscheidung mutiger als das ganze Endsieg-Gehabe und sinnlose Töten.«

»Sie hat recht«, sagte Lili, die bisher geschwiegen hatte. Das Thema ging ihr erkennbar nahe. »Und dir sollte doch mittlerweile klar geworden sein, dass es nicht deine, sondern unsere Familie betrifft.«

»Ich habe immer vermutet, dass da noch etwas ist«, fuhr Laura an ihren Vater gewandt fort. »Ein Geheimnis, über das nicht gesprochen wurde. Über das nicht gesprochen werden durfte. Was hätten bloß die Leute in der Gemeinde gedacht? Familie Rabe, Nachkommen eines Feiglings, eines Verräters!« Sie nahm die Hand ihres Vaters. »Du hast doch selbst erzählt, dass Anton im Familienkreis nie gut gelitten war. Vielleicht war das Tanzen nicht der einzige Grund.«

»Es gab quasi eine offizielle Geschichte über den vermissten Helden.« Lukas schien in sich zusammenzusacken. Er nickte. »Ein Schicksal wie hunderttausend andere auch. Für die Kirchenbank und das Wirtshaus, damit die Leute Ruhe gaben. Aber wie oft habe ich meinen Vater über ihn schimpfen gehört! Seine Mutter ist mit ihm und den Geschwistern aus Berlin weg. Jetzt weiß ich, dass sie nicht neu anfangen wollte. Sie ist vor der Wahrheit davongelaufen.«

»Es war nach dem Krieg für viele Angehörige schwer, solche Wahrheiten zu akzeptieren«, sagte Lili. »Die Deserteure blieben immer außen vor. Es schien, als wüssten die Menschen nicht mit ihnen umzugehen, als könnten sie ihr Handeln nicht deuten. Also schwieg man einfach.«

Totschweigen, kam mir in den Sinn. Für viele hatte es bedeutet, einen zweiten Tod zu sterben. Durch Verdrängen und Vergessen.

»Es kam auch zu Umdeutungen und Ersatzerzählungen«, mischte sich Beyer ein. »Dadurch wird es für Hinterbliebene und Nachkommen einfacher, mit den unerträglichen Spannungen umzugehen.«

»Mein Großvater war kein Feigling!«, rief Lukas empört, aber der Protest klang halbherzig.

Plötzlich schien aus ihm alle Luft wie aus einem Ballon zu entweichen. Er hatte zwar den Arm noch erhoben, seine Gesichtszüge und seine Haltung jedoch erschlafften. Nur sein Blick blieb unruhig.

»Es ist Zeit, dass die Wahrheit ans Licht kommt«, meinte Laura und bot ihm ein Glas Wasser an. »Herr Beyer macht doch nur seine Arbeit. Niemand will uns etwas Böses. Wenn es neue Fakten gibt, dann kannst du sie später prüfen lassen. Er händigt dir sicherlich eine Abschrift seiner Nachforschungen aus.« Sie sah den ehemaligen Polizisten an, der kurz nickte. »Du und Opa, ihr wusstet es doch im Grunde schon lange. Oder zumindest habt ihr es geahnt. Aber es durfte nicht sein! Er musste ein Held sein, weil es nur so für seine Frau und später für die Kinder erträglich war. Auf diese Weise konnte sie eine Kriegswitwe sein, und niemand stellte Fragen.«

»Ich habe es nie richtig verstanden.« Fast schien es, als spräche Lukas zu sich selbst. »Es hätte einfach sein können. Ein Großvater, der im Krieg gefallen war. Punkt. Aber mein Vater hat manchmal fürchterlich über ihn gesprochen.«

»Wahrscheinlich hat seine Mutter gedacht, sie könnte dieses Wissen vor ihm verbergen«, sagte Lili. »Aber Kinder machen sich ihre eigenen Gedanken. Ich weiß, wovon ich spreche.«

»Was mache ich jetzt?«, fragte er.

»Sprich mit Manfred. Macht reinen Tisch, so lange es noch geht«, antwortete sie.

Lilis Cousin war schwer krank und deshalb auch nicht zu unserem Treffen erschienen.

»Ich kann ihm das nicht zumuten«, erwiderte Lukas.

»Du kannst es *euch* nicht zumuten, länger zu schweigen. Ich denke, er wird erleichtert sein, darüber reden zu können, die Last loszuwerden. Auch da weiß ich, wovon ich spreche.« Lili lächelte nachdenklich.

Schweigen errichtete Mauern. Miteinander reden riss sie ein. Lili und Lukas teilten diese Erfahrung wie niemand sonst in unserer Familie. Zugegeben, sie war weiter als er. Bei ihm musste einige Erkenntnis noch reifen.

»Dann war die Anzeige kein Fehler?«, fragte er und blickte seine Tochter beinahe hilflos an.

»Um ehrlich zu sein, als ich davon erfuhr, hätte ich dich am liebsten geohrfeigt«, gestand sie. »Aber jetzt denke ich, es war gut. Eigentlich hast du nur eine Lunte entzündet. Das Pulverfass war bereits da.«

»Und wäre irgendwann ohnehin in die Luft geflogen.« Lili nickte Laura dankbar zu. »Es war auch keine Nestbeschmutzung, falls du das denkst.«

Lange Schatten, dachte ich in diesem Moment. Fast achtzig Jahre waren vergangen. Drei Generationen hatten inzwischen mit diesen Schatten gelebt, ihre Ängste und Zweifel verleugnet. Und sich dabei auf seltsame Weise bestimmen lassen von einer

Zeit und ihren Ereignissen, die sie so schnell wie möglich hatten vergessen wollen.

Lukas murmelte etwas und ging hinaus. Ich war überzeugt, dass Tränen in seinen Augen standen. Laura wirkte etwas verloren. Wahrscheinlich kannte sie diese Reaktion ihres Vaters.

»Ich würde jetzt gerne sagen, dass es mich nicht wirklich betrifft«, meinte sie nach einer Weile, als wir anderen nur betreten in unsere Gläser schauten. »Aber manchmal träume ich von den Zinnsoldaten, mit denen mein Opa noch als Erwachsener gespielt hat. Oder von der Flucht meiner Urgroßmutter mit den Kindern. Zwei Koffer und ein Fahrrad. Dabei war ich ja gar nicht dabei. Ich habe die Stimmungen meines Vaters erlebt und ertragen. Auf und ab. Die ewigen Tiraden. Unsere Familie ist vom Pech verfolgt. Das Schicksal hat uns ungerecht behandelt. Andere haben es viel leichter. Und diese Wut in ihm. Unterschwellig, aber immer da.«

»Das Gefühl, ausgeschlossen zu werden, hat ihn zornig gemacht«, sagte Lili. »Man empfindet Schweigen in solchen Fällen als Vorstufe einer Lüge. Und wer angelogen wird, darf wütend sein. Das versteht jeder. Ich selbst war fünfzehn Jahre lang wütend. Seit dem Tod meines Vaters bis zu dem Tag, an dem ich Hanna in meine Obhut nahm. Überall traf ich auf Schweigen. Meine Mutter konnte nicht mit mir reden. Ludwig war zu jung, und Anton war fort. Meine Bekannten wollten die Vergangenheit schnell vergessen. Die Behörden kehrten alles unter den Teppich. Selbst mein Verstand schien zu schweigen, denn ich konnte mich ja kaum daran erinnern, was geschehen war.«

»Ich möchte nicht drängen«, sagte Beyer, nachdem eine Zeit lang niemand etwas gesagt hatte. »Wir sollten weitermachen und die Sache abschließen. Ich denke, dass dadurch die Gemüter wieder beruhigt werden können. Dieser Zwischenzustand der Ungewissheit muss sehr quälend für Sie alle sein.« Er räusperte sich und nahm seine Akten wieder zur Hand, gerade als Lukas zurückkehrte.

»Anton Rabe kam offenbar nach einiger Zeit auf eine Fahndungsliste der Geheimen Feldpolizei«, sagte er. »Man hat ihn also aktiv gesucht. Je näher damals das Kriegsende rückte, desto härter wurde in solchen Fällen durchgegriffen.«

»Geheime Feldpolizei?«, fragte ich.

»Die GFP. Das war eine Art Gestapo für das Militär. Anderer Name, aber ebenso skrupellos«, antwortete der Polizist. »Desertion galt damals als Schwerverbrechen, das meistens mit dem Tod geahndet wurde. Auch nach Kriegsende waren diese Leute lange Zeit als Verräter und Feiglinge gebrandmarkt. Manch konservativer Politiker forderte in der frühen Bundesrepublik sogar ihre nachträgliche Bestrafung.«

»Unfassbar«, sagte ich.

»So unglaublich ist das gar nicht«, meinte Lili. »Die neuen Leute nach 1945 waren doch oftmals die alten. Da nahmen sich übrigens die DDR und BRD nichts. Ich habe es erlebt. Überall besetzten diese Kerle wieder ihre Posten. Und sie haben sich ihre Definition von Moral selbst gemacht. Für Widerständler, KZ-Häftlinge und Deserteure war in ihrer Welt kein Platz. Und später, als Buße und Schuldbekenntnis populär wurden, hat man sich dann mit dem Gedenken an sie geschmückt, um die eigene Toleranz zu belegen.«

»Offiziell gilt zwar heute, dass sich diese Männer mit ihrem Gewissen mutig gegen das Unrecht stemmten.« Gernot Beyer rollte vieldeutig mit den Augen. »Aber in den meisten Familien wird die Biografie eines Deserteurs weiterhin lieber verschwiegen oder eben umgedeutet.«

*

»Diese Treffen kosten Zeit, Geld und Nerven.« Ausnahmsweise war es Patrick, der jetzt Einwände erhob.

Lili hatte mir gestanden, dass Beyer bereits vor diesem Wochenende Zweifel geäußert hatte, dass die Zeit ausreichen würde, um alle Fakten auf den Tisch zu legen. Jetzt war es bereits später Sonntagnachmittag. Alle wirkten erschöpft.

»Ich kann Sie verstehen«, sagte der ehemalige BKA-Ermittler. »Der Zeitplan wäre nur ohne weitere Diskussionen zu halten gewesen. Aber erstens sind wir hier kein Team von Kollegen. Dann hätte ich einfach jede Einmischung und Unterbrechung abgewürgt. Und zweitens bin ich kein Unmensch. Wie gesagt, ich kann Ihre Gefühle in dieser Angelegenheit durchaus nachvollziehen.«

»Wie lange werden Sie noch brauchen?«, fragte Torsten.

»Wahrscheinlich drei bis vier Stunden«, erwiderte Beyer. »Und es gibt noch ein paar Hinweise, denen ich gern nachgehen würde. Ich denke, dass ich in einer Woche die letzten, noch fraglichen Punkte klären kann.«

»Wir sollten Nägel mit Köpfen machen«, sagte Ebbi. »Was denkt ihr? Lasst uns die Sache nächstes Wochenende zum Abschluss bringen.«

Es erhob sich nur müder Protest. Torsten und Heike stimmten erstaunlich schnell zu. Patrick und Laura unterhielten sich leise mit Lukas, der wieder seine Gewittermiene aufgesetzt hatte. Meine Entscheidung stand fest. Ich war im Moment ausgelaugt, kaum noch aufnahmefähig. Selbst das heftigste Binge-Watching fand irgendwann mal ein Ende. Und schließlich war dies hier keine Lieblingsserie, sondern harte Realität.

»Es macht keinen Sinn, mit unkontrollierbaren Gefühlen und zufallenden Augen ein solches Thema zu besprechen. Ein paar Tage sacken lassen und dann zum Ende kommen«, fasste Norbert nach kurzer Zeit zusammen, was die meisten dachten.

»Gut«, meinte Beyer, nachdem etwas Ruhe eingekehrt war. »Besprechen Sie in Ruhe miteinander, wie Sie verfahren wollen, und geben Sie mir Bescheid. Ohnehin gibt es noch einige Fragen zu Antons Rolle. Ich werde die Zeit nutzen, um daran zu arbeiten.«

37

Berlin, Anfang Juni 1944

»Das Grenadierregiment 410 bestätigt ein Fernbleiben des Gefreiten Anton Rabe nach Spähtruppeneinsatz am Abend des zehnten März«, sagte Wilhelmy.

»Wird doch langsam ein Bild draus«, erwiderte Beltheim. »Auch wenn es mir nicht gefällt. Laut Ottilies Angaben hat er im Januar von ihrer Umerziehung im HJ-Lager erfahren. Und von weiteren Misshandlungen seiner Schwägerin durch seinen Bruder Walter. Er hat zu diesem Zeitpunkt ohnehin die Nase voll und beschließt zu türmen. Bestechend logisch. Leider. Motiv und Möglichkeit. Kauft uns jeder Reichsanwalt sofort ab.« Er überlegte kurz, bevor er weitersprach. »Über einen Monat für tausend Kilometer Luftlinie. Viel zu Fuß, ab und zu ein Wagen, eine kleine Pause, um sich eine Mahlzeit zu verdienen. Den Zug wird er wohl nicht genommen haben. Die GFP kontrolliert jetzt überall.«

»Könnte also hinkommen«, sagte sein Assistent. »Ist dann in Berlin als Illegaler untergetaucht. Hab neulich von einem SD-Kollegen gehört, dass sie etwa fünfzehntausend solcher Kerle hier vermuten. Unglaublich, oder?«

»Anton Rabe trifft sich mit seiner Nichte«, meinte Beltheim. »Er erfährt die Einzelheiten und will daraufhin seinen Bruder zur Rede stellen.«

»Er gerät in Wut und schlägt ihn nieder. Passt. Wozu machen wir uns überhaupt noch Gedanken? Auf ihn wartet also ein

Erschießungskommando wegen der Fahnenflucht oder der Galgen für den Mord. Ihm wird es wahrscheinlich egal sein. Und Sie haben die Sache vom Hals, Herr Kriminalrat. Soll ich ihn zur Fahndung wegen Mordes ausschreiben?«

Beltheim rieb sich die Stoppeln am Kinn, eine jener Gesten, die er wählte, wenn er in Verlegenheit kam. Um Zeit zu gewinnen und um den eigenen Zweifel zu überwinden.

»Noch nicht, Johann«, sagte er gedehnt. »Und die Feldpolizei soll sich selbst um die Fahnenfluchtsache kümmern. Den Kerlen arbeiten wir nicht auch noch zu.«

Wilhelmy sah seinen Chef fragend an.

»Ich will ihn zuerst selbst erwischen«, erklärte Beltheim ihm. »Ein bisschen Zeit habe ich noch. Und wenn der Trottel Schlüter am Ende schon gewinnt, dann will ich wenigstens wissen, was da wirklich gespielt wird.«

»Wo fangen wir am besten an zu suchen?« Wilhelmy konnte sich blitzschnell auf neue Situationen einstellen. »Ich meine, wo kann Anton Rabe sein? Seine Frau Hertha lebt mit dem Sohn draußen in Blankenburg. Ich könnte mit ihr sprechen. Oder gleich mit dem Blockwart und Zellenleiter vor Ort. Vielleicht ist ihnen etwas aufgefallen.«

»Sprich mit ihr, aber lass die Partei außen vor.« Beltheim nickte. »Die schnuppern doch jeden Furz schon, bevor er den Arsch verlässt. Die Kerle würden sofort Meldung machen. Wo könnte Rabe sein? Die entscheidende Frage. Als Illegaler hast du nur zwei Möglichkeiten. Entweder versteckst du dich auf einem abgelegenen Hof. Oder aber in einer Großstadt. Ganz weit weg oder mittendrin. Also, wahrscheinlich ist er hier. Denn er will ja Kontakt halten zu Lili und zu seiner eigenen Familie, vielleicht auch zu seiner Schwägerin.«

Der Kriminalrat wies seinen Assistenten an, auch bei Klara Rabe nachzuhaken. Lilis Mutter war aus dem Krankenhaus entlassen worden und musste ein paar Tage zu Hause das Bett hüten. Und Wilhelmy würde nicht mit leeren Händen zu ihr kommen. Immerhin hatte er ein paar gute Nachrichten für sie. Die unmittelbare Gefahr schien gebannt zu sein. Ihre Tochter war zunächst ein wenig aus der Schusslinie. Aber ohne konkrete Hinweise konnte sich das schnell wieder ändern. Vielleicht lockerte dies ihre Zunge und half der Erinnerung auf die Sprünge. Nach Beltheims Erfahrung erwiesen sich Angehörige als recht dankbar, wenn sie merkten, dass man ihnen nichts Böses wollte. Und vielleicht konnte Klara Rabe Anhaltspunkte liefern, damit sie ihren Schwager fanden. Quid pro quo. Und Schritt für Schritt.

»Wenn später jemand dahinterkommt und fragt, dann sagst du, dass Gefahr in Verzug war. Dass wir die Ermittlung nicht durch Mitwisser gefährden wollten. Und dass aus diesem Grund Feldpolizei und Parteileitung nicht umgehend informiert wurden. Zur Not schiebst du alles auf mich. Ich werde vergesslich auf meine alten Tage.«

»Klar, Chef.« Johann Wilhelmy grinste.

Beltheim wollte unbedingt vermeiden, dass sein Assistent Ärger bekam. Er selbst konnte sich dann vielleicht durch einen vorgezogenen Ruhestand aus der Affäre ziehen. Wilhelmy jedoch wäre die Laufbahn versaut, wenn die Gestapo ihm in seiner Personalakte Unzuverlässigkeit attestierte. Anfangs hatte der Kriminalrat gedacht, man hätte ihm, dem nicht ganz so eifrigen Parteigänger, mit Johann einen Spitzel an die Seite gestellt. Aber der junge Kollege hatte sich schon oft als loyal erwiesen.

Wilhelmy verschwand, nachdem er seinen Klepper vom Haken genommen hatte.

Beltheim vermutete, dass sein Assistent nichts Neues aus Klara Rabe herausbringen würde. Hätte sie etwas gewusst, wäre es wohl bei der ersten Vernehmung ans Licht gekommen. Weshalb sollte sie ihren Schwager schützen, wenn es um das Leben ihres Kindes ging? Nein, wenn Anton tatsächlich in Berlin war, dann gab es außer Lili nur zwei Personen, die vielleicht davon wissen könnten. Wilhelmy würde, nachdem er bei Klara Rabe war, Antons Ehefrau auf den Zahn fühlen müssen. Und er selbst wollte zu Lilis Großmutter Ilse von Gratten. Außer der Mutter war die alte Frau offenbar die einzige Vertraute des Mädchens. Danach wollten die beiden Polizisten die Aussagen auf mögliche Widersprüche hin abgleichen.

Beltheim sah aus dem Fenster. Es regnete Bindfäden, und deshalb entschloss er sich, einen Dienstwagen beim Fahrdienst anzufordern. Gerade wollte er nach dem Hörer greifen, als er sich jedoch umentschied. Ein Taxi schien ihm geeigneter. Kein Zeuge, keine unangenehmen Fragen, kein Fahrtenbuch. Die Schnüffler waren überall.

»Muss een Umweg nehmen«, sagte der Fahrer, als der Polizist eine Viertelstunde später an der Ecke Kurstraße einstieg. »De buddeln ums Schloss. Und den Mühlendamm hat et beim letzten Jruß von oben ooch bös erwischt.«

Beltheim wies den Mann an, einen extra großen Bogen zur Jannowitzbrücke zu fahren. Erst nach Süden, dann nach Osten. Die Grundstücke entlang der Gleise gehörten der Reichsbahn. Erbpacht für die Pensionäre. Darauf standen in guter deutscher Ordnung die Bahnhäuser, die allzu oft selbst Güterwaggons ähnelten. Dicht an dicht fehlten nur die Kupplungen und Puffer zwischen ihnen, und der Traum vom ewigen Rollen auf Schienen wäre perfekt gewesen. Schöne Vorgärten zeugten vom nie versiegenden Eifer der Besitzer, dem kargen Berliner Boden ein Stück vom Glück abzuringen.

»Inne Friedrichshain übern Anhalter und Tempelhof. Wenn ick det meener Frau erzähl.« Der Fahrer kratzte sich am kahlen

Schädel, wunderte sich über Beltheims Wunsch. Meist wollten die Fahrgäste den kürzesten Weg und maulten bei jeder Straßensperrung oder Umleitung.

Immer wieder drehte sich der Kripobeamte möglichst unauffällig um und beobachtete die Straße. Aber nach dem Überqueren der Spree war er sicher, dass sie nicht verfolgt wurden.

*

»Oh, Sie schon wieder«, sagte Ilse von Gratten, als sie die Tür öffnete. »Da hätten Sie auch Pech haben können. Ich wollte gerade los, denn bei Schlachter Kreiß gibt es heute Fleisch ohne Marken. Sehnig wird es sein, aber ich lege es vorher lange ein. Dann ist es genießbar.«

»Es dauert nicht lange, Frau von Gratten«, sagte Beltheim und trat über die Türschwelle, ohne eine Aufforderung abzuwarten. Er hatte sich diese Unart von seinen Stapo-Kollegen abgeschaut und war selbst nicht zufrieden damit.

»Ihre Enkelin«, begann er. »Lili ist in Gefahr. Ich konnte bisher das Schlimmste verhindern, aber die Kollegen ihres verstorbenen Schwiegersohns wünschen eine rasche Aufklärung. Und dummerweise haben diese Herrschaften einen erheblichen Einfluss.« Beltheim übte ganz bewusst Druck aus, indem er die Situation ungeschönt darstellte. Er konnte jetzt keine Rücksicht auf die Gefühle der Verwandten nehmen.

»Aber sie ist doch jetzt im Frauengefängnis«, erwiderte die alte Dame. »Und die Vollmacht für das Standesamt habe ich Ihrem Kollegen auch unterschrieben. Sie sagten, Sie würden ihr helfen. Da kann ihr doch nichts mehr passieren. Oder?«

»Wenn es schlecht läuft, drohen Ottilie schnell zehn Jahre Zuchthaus in einem Frauenlager, Frau von Gratten. Oder Schlimmeres.«

»O Gott!« Sie schlug die Hände vor dem Mund zusammen und ließ ihr Einkaufsnetz fallen.

Werner Beltheim verabscheute sich für solche Manöver. Aber dem Ermittler lief die Zeit davon. Er brauchte Hinweise.

»Wie gesagt, für den Moment konnte ich das Schlimmste verhindern und die Aufmerksamkeit ein wenig von Ihrer Enkelin ablenken«, versuchte er, sie zu beruhigen. »Eine gute Bekannte wird diese …« Er räusperte sich verlegen. Er hatte stets den Eindruck, dass es schwierig war, die richtigen Worte für den Vorgang zu finden. »Sie wird die Angelegenheit übernehmen. Sie ist Ärztin und sieht gute Chancen, dass Ottilie nach einer ausführlichen Begutachtung als Transvestit anerkannt wird. Ganz offiziell mit einer Namensänderung.« Jetzt unterbrach er sich erneut, fragte sich, ob die alte Dame überhaupt wusste, wovon er sprach.

»Ich weiß, was ein Transvestit ist, Herr Kriminalrat. Aber was würde dieser Vorgang ändern?«

»Es geht um Glaubwürdigkeit, Frau von Gratten. Wenn ein Gutachten belegt, dass Hermann Otto bereits seit langer Zeit diesen Wunsch hegt, können wir mögliche Vorwürfe, es handele sich nur um Schutzbehauptungen, entkräften. Und zudem wäre selbst im Falle einer Verurteilung die Gefahr eines Todesurteils gebannt.«

»Sie glauben, es kommt zu einer Verhandlung?« Sie hob eine Hand vor den Mund und schluchzte.

»Wir werden Sie brauchen, Frau von Gratten. Und die Mutter. Guter Leumund und Zeugen sind bei diesem behördlichen Vorgang immens wichtig.«

»Selbstverständlich, Herr Kommissar! Ich tue alles für meine Kleine, das habe ich Ihnen schon gesagt.«

»Ihre Tochter meinte, dass die Familie von Gratten etwas schwierig sei. Sie deutete an, dass Walter Rabe ihrem Vater nicht genehm war. Ich muss jeder Spur nachgehen.«

»Nein, nein. Es ist kompliziert. Mein Mann war ein Sohn des alten Barons. Gott hab ihn selig.« Sie bekreuzigte sich. »Ich aber war ein uneheliches Kind. Da war natürlich Holland in Not, als mein Friedrich mich nach Hause brachte und seiner Familie vorstellte. Sein Vater drohte, ihn zu enterben, wenn er weiter um mich warb. Deshalb hat er sich von seiner Familie abgewandt und ist dann zur Bahn gegangen. Seine beiden Brüder waren in den Augen des Barons ebenfalls missraten. Da wollte der alte Gratten plötzlich unsere Tochter Klara wieder unter seine Fittiche kriegen. Was hat er ihr nicht alles versprochen, wenn sie sich von uns abwenden und auf das Familiengut zurückkehren würde. Geld, ein Auto, sogar ein eigenes Haus. Sie aber hat sich losgesagt und ist diesem Scheusal Walter verfallen. Richtig hörig war sie ihm. Das Schicksal meinte es oftmals nicht gut mit meiner Klara.« Sie hob mit einem Seufzen die Schultern. »Wo die Liebe eben hinfällt. Am Anfang war der Walter ja noch ein ganz Vornehmer. Den feinen Herrn hat er gegeben und ihr galant den Hof gemacht, aber dann nach der Hochzeit wurde er zu einem furchtbaren Tyrannen. Er hatte andere Frauen und nahm Rauschgift. Und er war ein Schläger, wurde immer brutaler. Nachdem sein Erstgeborener, also meine Lili, nicht so geriet, wie er es wollte, nahm er keinerlei Rücksicht mehr. Ich bin froh, dass er tot ist.«

»Gibt es noch Kontakte zu Grattens? Könnte jemand aus der Familie eine Rechnung mit Walter Rabe beglichen haben?«

»Nein, ich denke nicht«, antwortete die alte Frau.

»Wie sieht es mit anderen Verwandten aus?« Beltheim wollte sich dem Thema Anton Rabe behutsam nähern. »Walter Rabe hat laut unseren Nachforschungen einen Bruder.«

»Anton.« Sie nickte.

»Ich will Ihnen nichts vormachen, Frau von Gratten.« Der Polizist blätterte in seinen Notizen, um ihr nicht in die Augen blicken zu müssen. »Wir haben Zeit gewonnen. Wenn die Männer in den oberen Etagen des SD jedoch wollen, dass Köpfe rollen, dann wird es eng für Ihre Enkelin. Es wird zwar keine Todesstrafe geben, sofern sie als Frau anerkannt wird. Aber ihr droht dann eine lange Haftzeit.«

»Aber sie war es nicht! Es kann diesen Leuten doch nicht daran liegen, dass eine Unschuldige verurteilt wird.«

»Ich muss Ihnen wohl nicht sagen, dass in Deutschland seit geraumer Zeit andere Maßstäbe an die Wahrheit angelegt werden, Frau von Gratten. Volkswohl vor Einzelwohl. Soll ich deutlicher werden?«

Die alte Frau sank förmlich in sich zusammen. Hoffnung war oft wie eine Seifenblase. Kurze Zeit wunderschön, aber auch unglaublich zart. Sie konnte jederzeit zerplatzen. Beltheim entschloss sich, alles auf eine Karte zu setzen. Besser, diese Frau sprach jetzt mit ihm, als dass sie eine Vorladung in die Prinz-Albrecht-Straße erhielt.

»Sagen Sie mir, wo Anton Rabe ist. Ich weiß, dass Sie es wissen«, gab er vor. »Ich muss mit ihm sprechen, denn ich glaube, er kann Licht in die Sache bringen.«

»Wie? Anton? Er ist doch an der Front.« Ihre Stimme klang jetzt matt. Es war ein verzweifelter Versuch. Durchschaubar für jeden Ermittler ab dem zweiten Dienstjahr. »Woher ...? Ich habe doch keine Ahnung.«

»Der Bruder des Toten ist fahnenflüchtig. Dafür haben wir die Bestätigung. Ein Schwerverbrechen. Aber er hatte durch Ihre Enkelin von den vielen Misshandlungen erfahren. Und er wollte seinen Bruder wohl dafür zur Rede stellen. An wen soll er sich wenden, wenn nicht an Sie?«

»Was hat das denn mit mir zu tun? Er ist Lilis Onkel, aber ich bin doch gar nicht mit ihm verwandt. Warum sollte er zu mir kommen?«

»Bitte, machen Sie es mir und sich selbst nicht unnötig schwer,

Frau von Gratten«, sagte Beltheim. »Ich kann Sie zu einem offiziellen Verhör vorladen lassen. Dadurch wird Ihr Leumund bei Lilis Anhörung vor dem RGA jedoch erheblich leiden. Wollen Sie das in Kauf nehmen und ihr schaden? Anton Rabe hatte ein sehr inniges Verhältnis zu Ihrer Enkelin. Seine eigene Familie lebt am Stadtrand. Wenn er dort auftaucht, erkennt man ihn sofort und stellt unangenehme Fragen. Und er wird seine Frau und seinen Sohn nicht unnötig gefährden wollen. Also bleiben ihm nur Bekannte, die entweder im Feld sind oder aber überwacht werden. Oder aber er wendet sich an Klaras Familie. An Menschen, denen er vertraut. Menschen, die seiner Nichte wohlgesinnt sind. Da gibt es nicht viele, Frau von Gratten.«

Sie schien verunsichert, ob sie entrüstet oder überrascht tun sollte. Sie wollte gerade antworten, als Beltheim die Hand hob.

»Bevor Sie etwas sagen, bedenken Sie, dass Anton Rabe der Einzige ist, der Ottilie konkret entlasten kann«, meinte er. »Eine Zeugenaussage von ihm kann entscheidend sein. Ich bin überzeugt, dass er etwas gesehen hat, vielleicht sogar den Täter. Ihre Enkelin hat bezeugt, dass er zur Tatzeit in der Wohnung war.«

»Der Krieg hat ihm doch die Füße ruiniert«, erwiderte die alte Frau leise. »Er war ein so wunderbarer Tänzer. Wissen Sie, Herr Kommissar, nur wenige Männer können die Musik in ihren Körper strömen lassen, ihre Gefühle wahrnehmen und durch die Bewegungen zum Ausdruck bringen. Anton konnte es. Und meine Lili hat ihn dafür geliebt.«

»Wo ist er?«, beharrte Beltheim.

»Können Sie nichts für ihn tun, Herr Kommissar?« Ihre Stimme zitterte. »Er wollte nur helfen. Er kann doch zu seiner Einheit zurückkehren und dafür auf den nächsten Fronturlaub verzichten. Sie könnten ihn vielleicht durch Ihre Fürsprache retten!«

Werner Beltheim hielt ihrem Blick stand. Die verzweifelten Vorschläge von Angehörigen hatten ihn schon immer Kraft gekostet. Sie waren wie Kinder, die eine teure Vase im Spiel zerschlagen hatten. Entsetzen angesichts des Geschehenen. Dann ein Bitten und Betteln, es ungeschehen zu machen. Aber er konnte nichts wieder gut werden lassen. Die Mühlen würden weiterhin Knochen mahlen. Unbarmherzig und ohne Sinn. Was vermochte ein Werner Beltheim schon dagegen zu tun?

»Frau von Gratten, wenn die Feldpolizei ihn findet, ist es aus. Wenn ich jedoch mit ihm reden kann, hat er vielleicht eine Chance«, log er dennoch. »Und vor allem werde ich Sie und Ihre Enkelin da heraushalten.« Wenigstens das konnte er versuchen.

»Ein Zimmer in Moabit. Bei St. Johannes.« Ihre Worte waren kaum zu verstehen.

Beltheim hatte gewonnen, aber er war nicht stolz darauf. Er konnte sehen, dass in dieser Frau ein Stück Hoffnung zerbrochen war. Er überlegte. In einer Besprechung des SD zum Thema Illegalität in der Hauptstadt hatte er erfahren, dass Untergetauchte meist ein festes Schema nutzten. Sofern sie keine gefälschten Papiere besaßen, mussten sie die Meldestelle umgehen. Die Männer erfanden allerlei Lügen, im Kampf Verwundete zeigten unverhohlen ihre Verletzungen und plumpe Fälschungen von Wehrpässen. Viele Vermieter wollten zudem die Steuer sparen und verzichteten auf eine polizeiliche Meldung. Vielleicht war Anton Rabe aber auch nur bei einem alten, unverbesserlichen Sozialdemokraten untergekommen, der damit selbst Kopf und Kragen riskierte. Der Kripobeamte sah auf die Uhr. Bald Feierabend bei Borsig, Siemens und den anderen großen Werken im Nordwesten von Berlin. Wenn er sich beeilte, konnte er sich dort unter die Werktätigen mischen, die nach Hause strömten. In den Straßen der Arbeitergegend Moabit konnte er als kleiner Angestellter durchgehen und fiel nicht weiter auf. Er trug den dünnen, hellen Mantel, den seine Frau schon vor drei Jahren an das Winterhilfswerk geben wollte. Das Ding war an vielen Stellen bereits abgerieben und fadenscheinig. Aber er mochte die dunklen, gummibeschichteten Klepper-Überzieher nicht, die so gern von den Gestapokollegen genutzt wurden. Er dachte nach. Rabe lebte als Illegaler, er konnte jeden Augenblick wieder seine Bleibe wechseln. Beltheim durfte keine Zeit verlieren. Er ließ sich die genaue Adresse der Vermieterin geben.

»Ich sehe, was ich tun kann, Frau von Gratten«, sagte er, als er sich von der alten Dame verabschiedete. »Beten Sie zu Gott, dass Anton Rabe etwas weiß, das mir weiterhilft. Ich muss meinen Kollegen unbedingt den Täter liefern.«

Beltheim war klar, dass es ein Leichtes wäre, die Sache einem Deserteur in die Schuhe zu schieben. Dort, wo er den wahren Täter vermutete, durfte er ohnehin nicht suchen. Wenn Schlüter davon Wind bekam, wäre Anton Rabe auf alle Fälle erledigt. Der Kerl würde keine Sekunde zögern, den Mann ans Messer zu liefern. Aber diesen Umstand verschwieg er vor Ilse von Gratten. Er konnte jetzt die Verzweiflung im Flur des kleinen Hauses fast greifen. Und er wollte den Menschen, der vor ihm stand, nicht noch weiter quälen.

38

Berlin, Anfang Juni 1944

Der Stadtteil Moabit ähnelte einer Münze mit ihren zwei Seiten. Der Süden wurde vom kleinen, aufstrebenden Bürgertum bevölkert. In den vergangenen Jahrzehnten war man in diesen Schichten zu bescheidenem Wohlstand gelangt und wollte ihn zeigen. So waren die Hausflure sauber, die Holztreppen blank gebohnert, in den filigran gearbeiteten Glaseinsätzen der Türen sperrten Häkelarbeiten allzu neugierige Blicke aus. Der Norden des Stadtteils war hingegen ärmlich. Hier lebten Arbeiter, vormals stolze Sozialdemokraten oder Kommunisten nun als bekehrte, braune Volksgenossen. Genau genommen waren es natürlich die Familienangehörigen jener Männer, die hier wohnten. Denn sie selbst standen ja im ruhmreichen Kampf um einen Endsieg, der in umso weiterer Ferne lag, je näher die Front kam. Hingegen verbüßten die Unbelehrbaren lange Haftstrafen in Zuchthäusern und Konzentrationslagern.

Beltheim war durch interne Berichte zu Ohren gekommen, dass sich in den alten Arbeitervierteln Unmut breitmachte, ja sogar Widerstand regte. Die Gestapo hatte mehrere Zellen und Zirkel ausgehoben, die entflohene Häftlinge oder Soldaten versteckt hatten. Ungewöhnlich war, dass erstmals auch der deutsche Kleinbürger rebellierte. Nicht gegen den geliebten Führer oder die Partei. Das wäre einem gotteslästerlichen Akt gleichgekommen. Nein, der deutsche Michel sorgte sich doch langsam etwas um die Kosten und andere mögliche Folgen der großdeutschen Träume. Während man im Norden Moabits von der Hand in den Mund lebte, gab es weiter südlich doch den einen oder anderen Sparstrumpf. Und so manche Kriegsanleihe, die Zins bringen sollte. Nun bekamen etliche Menschen hier langsam Fracksausen, die Groschen aus jahrzehntelanger Arbeit könnten bald wertlos werden. Also hatte sich ein neuer Volkssport entwickelt. Eine Art Widerstand aus der Geldbörse heraus. Schwarzarbeit und Steuerhinterziehung waren regelrecht wuchernde Übel geworden. Man log bei Erklärung seiner Einkünfte, dass sich die Balken bogen. Und die Untervermietung von Zimmern erwies sich in den Großstädten geradezu als Eldorado dieser ansonsten doch so feinsinnig auf ihrem Recht beharrenden Bürger. Viele Frauen aus den ländlichen Gebieten waren zum Arbeitsdienst in den Rüstungsbetrieben verpflichtet worden. Es gab Fremdarbeiter aus befreundeten oder besetzten Staaten, die sich eine eigene Unterkunft suchen durften. Und zunehmend nahmen auch Beamte wie Beltheim, die für ihre Familie etwas außerhalb der von Bomben bedrohten Stadt Grundbesitz erworben hatten, für sich selbst in der Innenstadt ein kleines Quartier. All jene Menschen brauchten ein Bett. Mit polizeilicher Meldung waren fünf Mark die Woche zu berappen. Ohne Meldung vier fünfzig. Und dann steuerfrei für die Vermieter. Haben und Sein waren eben nur dann ein rein philosophisches Problem, wenn man gar nichts hatte. Ansonsten kam die Moral schnell auf den Prüfstand des Mammons und unter die Räder der Erfordernisse.

Der Kripobeamte bog von Alt-Moabit in Richtung Robert-Koch-Krankenhaus ab und erreichte kurz darauf die Gegend um den alten Arminiusplatz, der zum großen Teil dem Rathausneubau hatte weichen müssen. Unter der Adresse, die er von der alten Dame erhalten hatte, fand sich ein kleines Mehrfamilienhaus aus der Gründerzeit, gut gepflegt, in ruhiger Lage. Er betrat das Treppenhaus und suchte auf den Briefkästen nach dem Namen, den Ilse von Gratten ihm genannt hatte. Kaum stand er dreißig Sekunden unschlüssig vor den unleserlichen Schildern, da schoss bereits der Hauswart aus seiner Tür. Offenbar hatte man ihm eine Art Erker oder Windfang vor den ursprünglichen Eingang gebaut. Das Ding hatte zu drei Seiten Fenster, sodass er das gesamte Treppenhaus überblicken konnte, ohne seine Wohnung verlassen zu müssen.

»Wat wolln Se? Is det wat Offiziellet?« Die Stimme des Mannes hatte etwas Schnarrendes wie eine defekte Türklingel. Beltheims Trommelfell war überfordert. »Bin hia de Hauswart. Und een stellvertretender Blockleeter, also wat nu? Papiere, juter Mann!«

Unterste Sprosse der Parteileiter, dachte Beltheim. Kleinste Trommel im Rund, aber am meisten Lärm machen. Ihn amüsierten und beunruhigten diese Menschen zugleich. Sie waren derart einfach gestrickt, dass ein Stück trockenes Brot sie beim Skatspiel mühelos hätte besiegen können. Aber selbst die niedrigsten Ränge hatten eine gefährliche Macht über ihre Volksgenossen. Macht war die Zauberkraft, die auch den Einfältigsten Bedeutung versprach. Sie war frühzeitig das Lockmittel der braunen Rattenfänger gewesen. Die Macht spielte auf ihrer Flöte, und alle folgten.

»Bechtmann von der Meldestelle.« Beltheim nuschelte den Namen, sodass man ihn kaum verstehen konnte. Gleichzeitig zog er seinen Dienstausweis, hielt ihn jedoch schräg. Wichtig war, dass der Kerl Reichsadler und Swastika zu sehen bekam.

Sofort ging ein Ruck durch den Hausmeister. »Blockleeter Kroppke.« Er nahm jetzt sogar Haltung an. Krumm und schief, wahrscheinlich aufgrund einer Verwundung im ersten Krieg. »Hat jemand wat ausjefressn? Meldeverjehen, wa?«

»Nein, nein«, beschwichtigte Beltheim. Er wollte unbedingt Aufsehen und Unruhe vermeiden. »Im Gegenteil. Wir haben eine Belobigung für Frau Strauss. Die wohnt doch hier? Und vermietet zwei Zimmer? Ordentliche Frau, alles korrekt, da wird sie eine Ehrenmedaille bekommen.«

»Ordentlich? Die Frieda? Na ja. Ihr Oller war Sozi, aber is jefalln. Bee Scharkow, gloob ick. Da hat se janz schön gegn de Krieg jewettert. Aber ick hab nüscht jesacht. Ick bin ja keen Unmensch.«

»Ist sie zu Hause?«, fragte Beltheim.

»De Vormittag is se uff Dienst. Is mittags jekommen. Hab se nich wieder jehn sehn. Müsst also da seen.«

»Na, dann. Dritter Stock?«

»Nee, im zweeten. Links. De Schilder hier unten an de Kästen stimmen nich.«

»Wunderbar, Kroppke. Werde Sie lobend erwähnen!«

Jetzt schlug der Mann sogar die Hacken zusammen, was wegen seiner abgewetzten Hausschuhe aus Filz gründlich misslang. Beltheim bedankte sich und stieg die knarrenden Stufen hinauf. Der Putz war rissig, eine Fensterscheibe geklebt. Offenbar war in der Nähe eine Luftmine detoniert. Insgesamt war das Gebäude jedoch gut gepflegt. Er fragte sich, woher Rabe überhaupt das Geld hatte, um die Miete zu bezahlen. Über ein paar Wochen würde sicher eine ordentliche Summe zusammenkommen. Zudem war es schwer, Lebensmittel ohne Marken zu organisieren. Und vor allem war es teuer. Die Gestapo stellte seit einiger Zeit geschickt Fallen, indem sie Bäcker und Schlachter das Gerücht verbreiten ließ, es gäbe Rationen ohne Zuteilung. Und dann musste sie lediglich die Geschäfte überwachen. Die Verzweifelten fielen auf das Lockangebot herein und wurden hochgenommen. Tausend Illegale waren den Häschern auf diese Weise im letzten Jahr ins Netz gegangen.

Im zweiten Stock fand er das Türschild und läutete. Als der Türspion bewegt wurde, aber niemand öffnete, versuchte er es mit derselben Finte, mit der er am Hauswart vorbeigekommen war. Schließlich öffnete ihm eine Frau, die vielleicht Mitte fünfzig war. Ihr Haar war an der Stirn schütter, und ihr Gesicht war rot wie Schneewittchens Apfel. Sie funkelte Beltheim aus schlauen Augen an.

»Es geht um eine Belobigung«, wiederholte er, wieder viel zu laut. Selbstverständlich würde Kroppke von unten lange Ohren machen. »Vorausgesetzt, Sie spielen mit«, fügte er leiser hinzu. »Lassen Sie mich rein, und alles bleibt unter uns.«

Es folgte das typische Hin und Her zwischen Ermittler und einem Menschen, der nicht so leicht einzuschüchtern war. Die Vermieterin war von einem anderen Kaliber als Ilse von Gratten. Sie gab ihm seelenruhig den Dienstausweis zurück und provozierte ihn sogar.

»So weit ick weeß, is de Kripo doch gar nich zuständig für Meldevergehen.«

»Wer hat denn etwas von Vergehen gesagt, Frau Strauss?«

»Ick meen ja nur. Bei mia hat imma allet seene jute Ordnung. Keene krummen Sachn.«

Harte Nuss, dachte Beltheim anerkennend. Es gibt also noch Leute, die nicht sofort tanzen, wenn ein deutscher Polizist pfeift. Entweder mache ich alles offiziell und lass die Bude durchsuchen, oder ich schau in die Röhre. Er entschloss sich, einen Schuss ins Blaue abzugeben.

»Es hat doch keinen Zweck, Frau Strauss. Ich weiß von einem Zeugen, dass bei Ihnen zwei Herren logieren. Einer gemeldet, der andere nicht.«

»Ihr Kerle kommt doch sonst nich alleene«, schimpfte die Frau plötzlich. »Da is wat faul, dat spür ick in meen linkes Hühnerooje. Ick kenne meene Rechte. Mia hängn Se nüscht an, meen Juter.«

»Hören Sie, ich bin nicht von der Steuerfahndung, und von mir erfahren die auch nichts. Aber Steuer oder Meldestelle wären sowieso Ihr kleinstes Problem. Wenn rauskommt, dass Sie einen Illegalen beherbergen, dann geht es für ein paar Wochen ab ins Staatshotel. Kostenlos Logis und schmale Kost beim Straßenbau oder Aufräumdienst. Da können Sie Ihre Rechte beim Schaufeln gut gebrauchen.«

Die Frau schwieg beharrlich und sah ihn trotzig an. Beltheim blickte sich um. Auf der Kommode stand ein Bild.

»Ihr Mann?«, fragte er, und Frau Strauss nickte widerwillig.

Typischer Trauerflor am Rahmen. Aber es war nicht jene Art von Soldatenporträt, die derzeit in vielen deutschen Stuben Konjunktur hatte. Die Fotografie war über zehn Jahre alt, denn an der Siegessäule im Hintergrund wehte Schwarz-Rot-Gold. Und der Mann trug die typische Schiebermütze mit einem Abzeichen der Rotfront.

»Sie haben genug geopfert, Frau Strauss«, fuhr er fort und zeigte auf das Foto. »Ich will nur mit dem Mann sprechen, den Sie hier inoffiziell beherbergen. Mehr nicht. Danach verschwinde ich wieder. Wenn ich erfahre, was ich wissen will, haben Sie nichts von mir zu befürchten. Sie beide. Arbeiten Sie mit mir zusammen, und die Sache verläuft im Sande. Wenn Sie es abstreiten, machen Sie es nur schlimmer. Vorladung, Anzeige, das ganze Programm.«

»Hat jemand jesungen? Mia wat anhängen, wa?« Die Frau gab sich keck, wirkte jedoch verunsichert. Sie musste offenbar noch etwas Dampf ablassen. »Ick ahne, dit war die olle Jans vonne Bahnsiedlung am Hain. Wat muss sie sich ooch in eenen Grafen von und zu verguckn! Dat hat se weich jemacht, da oben.« Sie klopfte sich an die Schläfe.

»Also?«

»Ick hab von nüscht jewusst, hörn Se! Ejal, wat Se dem vorwerfen. Und wenn det Rosewelt persönlich is, ick weeß von nüscht. Und de Meldung hab ick nur verschlampt wejen de Fliejer. Machn mia janz kirre. Wollt ick die Tage machen, gloobn Se mia.«

Wurde der Berliner nervös, dann blätterte der zivilisierte Anstrich ab wie der Lack von seiner Gartenlaube. Dass die Frau immer mehr in die Mundart abglitt, zeigte Beltheim nur, dass er auf der richtigen Fährte war.

39

Berlin, Mitte September 2022

Zu meinem Erstaunen hatte sich Lukas gleich am nächsten Tag an Gernot Beyer gewandt. Ich erfuhr durch Laura davon, die mich vor dem Wochenende anrief.

»Mein Vater will unbedingt mehr über die Beziehung zwischen Anton und Walter erfahren«, sagte sie. »Er hat Beyer beauftragt, Nachforschungen in diese Richtung anzustellen.«

Ich hatte die Befürchtung, er könnte sich verrennen, aber Laura wirkte recht zufrieden mit der Entwicklung.

»Mir ist allemal lieber, er wird aktiv, als dass er wieder ins Lamentieren und in Schuldzuweisungen verfällt«, meinte sie.

Und Beyer erwies sich einmal mehr als Spürhund. Ich war selbst erstaunt, welche Details er in dieser Sache nach einem Dreivierteljahrhundert noch ans Licht brachte. Er war im Landesarchiv auf einen bescheidenen schriftlichen Nachlass von Anton Rabe gestoßen. Es war eine Art lückenhaftes Tagebuch, das er nach der Desertion während seiner Zeit in Berlin geführt hatte. Beyer wollte es zunächst auswerten, überließ Lukas jedoch ein paar Zeilen, die sich um die Jugendzeit der Brüder drehten.

Unser abschließendes Treffen war für kommenden Sonntag geplant. Aber Laura und ihr Vater kündigten sich zu Lilis und meinem Erstaunen bereits für den Samstag zum Frühstück an.

»Danke für euer Verständnis, es ist mir sehr wichtig«, sagte Lukas, als wir zu sechst in Lilis Küche beisammensaßen. »Bevor wieder die Fakten auf den Tisch kommen, möchte ich mit euch über die beiden und ihr Verhältnis zueinander sprechen. Mich interessiert vor allem Anton. Für Lili und auch für Torsten und Heike dürfte es aber interessant sein, ein paar Dinge über Walter zu erfahren. Mein Großvater hat sich anscheinend ein paar Lasten von der Seele geschrieben, als er sich hier in Berlin versteckt hielt.«

»Walter mit Antons Augen betrachtet? Meinst du das?«, fragte Lili.

»Genau.« Lukas nickte und wies mit dem Finger auf die kopierten Schriftstücke, die vor ihm auf dem Tisch lagen. »Anton schreibt, dass sein Bruder als Jugendlicher Gedichte geschrieben hat. Sogar einen Kriminalroman und eine Abenteuergeschichte hat er verfasst.«

»Derselbe Walter Rabe, der später seine Familie misshandelt und für den Unterdrückungsapparat der Nazis gearbeitet hat?«, fragte Laura entgeistert. »Ja, aber offenbar wurden seine Neigungen vom Vater brutal und unnachgiebig unterdrückt. Anton, der früh seine Vorliebe für Musik und Tanz entdeckt hatte, ließ sich durch die ständigen Schmähungen und Abwertungen nicht vom Weg abbringen. Sein Bruder jedoch war wohl daran zerbrochen, hatte fortan immer der ›gute Sohn‹ sein wollen, auf den ein Vater stolz sein konnte.«

»Deshalb die Entfremdung zwischen den beiden«, sagte Lili. »Jetzt begreife ich das. Es war gar keine grundsätzliche Abneigung, sondern eine Entwicklung.«

»Genau, sie gingen unterschiedliche Wege.« Lukas tippte auf eine Zeile, die er markiert hatte. Er las sie vor. »*Ich habe immer wieder versucht, mit ihm zu sprechen. Habe ihm gesagt, dass er seine Begabung nicht wegwerfen, seine Wünsche nicht begraben soll.*«

»Es ist, als säße er vor mir. Sein Gesicht, seine Stimme«, meinte Lili wie in Trance und starrte Lukas gebannt an.

Mir lief ein Schauer über den Rücken. Ich fürchtete, sie würde die Belastung nicht ertragen.

»Es ist wunderschön«, sagte sie jedoch, und ein versonnenes Lächeln huschte über ihr Gesicht. »Ein Geschenk. Danke, Lukas.«

»Walter muss immer tiefer in einen Strudel aus Abhängigkeit und Schamgefühl geraten sein«, sagte Ebbi nach einer Weile, und Lili nickte.

»Er war abhängig von dem Zuspruch des Vaters«, ergänzte sie. »Und er sehnte sich letztlich nach Zuneigung und Anerkennung trotz des Liebesentzugs. Aber insgeheim schämte sich der unterdrückte, echte Walter dafür, dass er sich immer mehr von seinen Bedürfnissen entfernte.«

»Er muss es schlimm getrieben haben«, bestätigte Lukas mit einem Nicken. »Beyer deutete an, dass er sogar nach den Kriterien seiner NS-Vorgesetzten als jähzornig und unzuverlässig galt. Er hat wohl mehrere schlechte Beurteilungen erhalten.«

Lukas wirkte in gewisser Weise zufrieden, denn er hatte jetzt ein Bild von seinem Großvater. Zumindest eine grobe Skizze. Und sie war allemal konkreter als die nebelhaften Schemen, mit denen er bisher gelebt hatte. Nach dem Frühstück nahm Lili meine Mutter und mich zur Seite.

»Das war er«, sagte sie strahlend und zeigte auf Lukas. »Onkel Tonton war für einen kurzen Moment zurück. So kannte ich ihn. Ein offenes Herz. Er hatte irgendwie alle im Blick und wollte, dass es uns gut geht.«

Ich hatte plötzlich das Gefühl, als kämen die Dinge an ihren Platz. Der Schluss eines Puzzles, wenn die Teile, die vorher scheinbar nie gepasst hatten, alle in die für sie vorgesehenen Lücken huschten.

*

Eigentlich sollte dieser Samstag unter ganz anderen Vorzeichen stehen. Ich hatte mir nämlich vorgenommen, die Beziehung zu meinem Cousin Levon ein für alle Mal zu klären. Dass ich ihn aus meiner Wohnung rausgeworfen hatte, hatte in einer Art Schwebezustand, also quasi einem emotionalen Patt geendet. Er arbeitete auf Torchau mit. Lili mochte ihn und drängte mich, endlich reinen Tisch zu machen.

»Es ist doch kein Zustand«, hatte sie gesagt. »Ihr geht euch aus dem Weg, wenn du nach Torchau kommst.«

Levon hatte sie, Ebbi und mich zu einem Liederabend mit Tanzdarbietung in einer alternativen Theaterfabrik in Lichterfelde eingeladen. Klang interessant und war sicher als Friedensangebot gemeint, aber ich hatte geschmollt und war nicht gekommen. Anfang der Woche hatte ich mich endlich dazu durchgerungen, ihn anzurufen. Ich war also meine Zettelsammlung durchgegangen auf der Suche nach Levons Telefonnummer und Adresse. Er hatte sie mir irgendwann auf Gut Torchau gegeben.

»Nairi? Hi. Wahnsinn!«, hatte er gestammelt, nachdem ich ihn kurz angebunden begrüßt hatte. »Ich dachte, ich höre nie wieder von dir. Ich meine, nach dieser Sache ...«

Du Vollpfosten hast eine Frau betrogen, die dich gernhatte. Wollte ich eigentlich sagen, aber ich hatte geschwiegen. Schließlich war mein Anruf als Versuchsballon einer Aussprache gedacht gewesen.

»Gibst du mir noch eine Chance?«, fragte er. »Ich wollte zu meiner Familie fahren, aber im Moment sind die stocksauer auf mich. Da wäre es schön, hier in Berlin jemanden aus der Familie zu haben.«

»Eine winzig kleine Chance bekommst du«, antwortete ich.

Ich hatte mir vorgenommen, auf jeden Fall wütend zu bleiben. Ganz so einfach durfte der Kerl nicht davonkommen. Wir hatten uns fürs Wochenende zu Tee und Kuchen in der Ankerklause am Landwehrkanal verabredet.

Nun war ich also auf dem Weg dorthin. Wenigstens hatte ich Zeit, meine Gedanken etwas zu ordnen. Wieder einmal war mein Plan, alles hübsch der Reihe nach abzuhaken, torpediert worden. Die Kneipe war zwar nicht überfüllt, aber drinnen roch es nach Burgern und Pommes aus der Rushhour der Mittagszeit. Dazu der kalte Zigarettenrauch, den das Mobiliar und die Wände bei feucht-warmen Wetter ausatmeten und der wahrscheinlich ebenfalls unter Denkmalschutz stand. Levon saß vor einer Fassbrause und sprang sofort auf, als er mich sah.

»Es tut mir leid. Ich habe Mist gebaut«, meinte er, nachdem wir uns steif begrüßt hatten. Dabei nestelte er an einem Hemdknopf, der jeden Moment abfallen konnte. Er sah mich mit diesem Blick an, bei dem man ihm viel zu schnell verzeihen musste. Die handgeschöpfte Schokolade, die er mitgebracht hatte, war allerdings auch eine nette Geste.

»Kann man wohl sagen. Warum hast du mich belogen?«

»Zuerst dachte ich nur, dass ich einfach bei dir unterkomme. Als ich dann bei dir ankam, hatte ich Angst, dass du mich hinauswirfst, wenn ich alles sage. Ich fand es in dem Moment sehr schön, dich zu sehen. Ich meine, du bist meine Cousine. Und wir kannten uns gar nicht.«

»Super Entscheidung. Mit deiner Flunkerei hast du alles nur schlimmer gemacht. Du musst das mit deiner ...« Ich suchte nach einem Wort. »Du kannst deine Verlobte nicht einfach ohne Erklärung abspeisen.« Ich gab mir einen Ruck. Dieses Lamentieren führte zu nichts. Außer schnell zu neuem Streit.

»Zurück auf Los?«, fragte ich. Als er mich verdutzt ansah, musste ich plötzlich lachen. Und der Anfall wurde nicht besser, als ich merkte, dass er mitlachte, ohne zu wissen, worum es ging.

»Ich meine, wollen wir einen Neuanfang wagen?«

Er nickte, und wir versuchten in der nächsten halben Stunde, wieder zu unserer gemeinsamen Basis zurückzufinden, sprachen über die Arbeiten in Torchau, über Armenien und schließlich auch über unsere Familien.

»Du hast mich noch gar nichts über deinen Vater gefragt«, meinte er, nachdem wir beide etwas aufgetaut waren.

»Ich war ganz schön überrascht. Und mir ging so viel durch den Kopf. Dann noch die Fahrt in die Uckermark.« Ich trat mir selbst unter dem Tisch auf den Fuß, so abgestanden klang diese Erklärung.

»Aha.« Besser hätte er kaum ausdrücken können, dass er mir diese Äußerung natürlich voll und ganz abnahm. Und wieder dieser Welpenblick. Waffenscheinpflichtig.

Ich gab mir einen Ruck. »Dann frage ich eben jetzt.«

Es wurde wider Erwarten ein langer Nachmittag. Zwar wusste Levon nicht allzu viel über meinen Vater, aber was er zu erzählen hatte, sog ich auf wie eine Verdurstende. Ich gab mir auch keine Mühe mehr, dies vor ihm zu verbergen. Die Brüder Abazian hatten offenbar immer noch losen Kontakt zueinander. Und mein Vater, der vor seiner Flucht aus der Sowjetunion Astrophysiker werden wollte, arbeitete seit zwanzig Jahren als Elektriker und bestellte einen kleinen Hof in der Provinz von Eriwan.

»Er sitzt abends vor seiner Tür und schaut hinüber zum Vaterberg.«

Der Ararat. Warum nannten ihn die Armenier auch Vaterberg? Passend unpassend, fand ich. Im Augenblick jedenfalls.

»Ist er …?«

»Verheiratet? Nein.«

»Das meinte ich nicht. Wirkt er zufrieden?«, fragte ich und spürte, wie mein Mund trocken wurde. Unmöglich, über so etwas zu sprechen, ohne dass sich auch dieser Druck im Oberbauch wieder einstellte. »Denkst du, er ist glücklich?«

»Warum besuchst du ihn nicht und fragst ihn das selbst?«, fragte er. »Oder schreibe ihm wenigstens.«

»Es tut immer noch weh«, sagte ich.

»Ist es das, oder hast du einfach Angst?«

Ich boxte ihn heftig in den Oberarm. Warum gab es auf komplizierte Fragen manchmal doch verblüffend einfache Antworten? Und warum wollte man sie dann nicht hören?

»Ich kann dich ja verstehen, Nairi. Aber wird der Schmerz besser, wenn du abwartest? Hat er in den letzten zwanzig Jahren denn wirklich nachgelassen?«

Zeit heilte alle Wunden? Nach den vielen Wochen, in denen ich Stück für Stück von Lilis Geheimnissen erfahren hatte, kannte ich die Antwort darauf nur zu gut.

»Ich mache dir einen Vorschlag«, fuhr er fort, als ich nichts weiter sagte. »Wir überlegen, ob wir gemeinsam fahren. Familie, du verstehst? Wir helfen uns gegenseitig. Du bist dabei, wenn ich meiner Familie wieder unter die Augen trete. Und ich komme dafür mit zu deinem Vater.«

Eine Idee. Und ich musste darüber nachdenken.

40

Berlin, Mitte September 2022

Es war ein angenehmer Sonntagvormittag. Das Berliner Wetter tat erneut so, als wollte es den Sommer zurückholen. Wir saßen bei geöffneten Fensterflügeln in Lilis und Ebbis großer Küche und genossen ein gemeinsames Frühstück. Gernot Beyer hatte sich für zehn Uhr angekündigt.

Lili und Lukas waren übereingekommen, allen Anwesenden ein paar Einzelheiten aus Walters Biografie zu schildern. Nicht alles, denn in der Tat waren Antons Aufzeichnungen für beide etwas sehr Intimes und Wertvolles.

»Plötzlich wird aus einem abstrakten Bild ein Mensch«, sagte Lili. »Ich habe bisher nie daran gedacht, dass auch mein Vater eine Kindheit hatte, die ihn geprägt hat. In meiner Erinnerung war er immer der wütende Schläger, der allem und jedem mit Verachtung und Entwertung begegnete.«

»Ohne einen Bauern, der den Boden bereitet und aussät, keimt das beste Saatgut nicht«, sagte Norbert.

»Was soll der Spruch?«, fragte Torsten gereizt. Er wirkte durch die Schilderung aufgewühlt. Verständlich, wie ich fand.

»Vererbung und Umwelt«, erklärte Norbert. »Wer wir sind, wird durch beides bestimmt. Das erste sind die Gene, also das Saatgut. Das zweite ist die Erziehung, im Bild also die Arbeit des Bauern und der Boden. Erst wenn beides stimmt, gedeiht die Pflanze.«

»Es ist wohl allen klar, dass wir von unseren Eltern viele Dinge erben«, sagte Laura.

»Aber viele Muster werden erst später geprägt«, führte Norbert weiter aus. »Wir erlernen sie. Und sie können ebenso hartnäckig sein wie das Vererbte.«

»Und was hat das mit dieser Geschichte zu tun?«, fragte Lukas. »Walter hatte einen strengen Vater. Na und? Ist doch nichts dabei, einen aufmüpfigen Burschen ein bisschen in die Spur zu bringen. Walter hat als Junge ein paar Seiten bekritzelt, und sein Vater hat das Zeug zerrissen. Warum groß Aufhebens darum machen? Muss man deshalb gleich zum Schläger werden? Oder zu einem überzeugten Nazi?«

»Es ging um etwas viel Wichtigeres. Sein Vater hat ihn nicht beachtet«, sagte Laura leise. »Walter Rabe fand für seinen Vater gar nicht statt. Seine Wünsche, seine Träume waren bedeutungslos. Da wären sogar Prügel besser gewesen. Dann hätte Walter gegen seinen Alten wenigstens innerlich Stellung beziehen können. So aber blieb er ohne Orientierung. Er hatte keine Maßstäbe für seinen eigenen Wert. Und musste sich später Bestätigung durch Leistung oder Unterdrückung anderer holen.«

Ich legte Laura meine Hand auf den Arm. Zuerst schreckte sie zurück, als bedrohe sie diese Geste, ließ sie dann aber zu. Ich konnte die Spannung spüren, die von ihr ausging. Ihr Vater hatte offenbar einen wunden Punkt getroffen, ohne es selbst zu bemerken. Vielleicht fehlten Männern in dieser Hinsicht leistungsfähige Antennen. Sie nahmen die Signale und feinen Schwingungen in ihrer Umgebung oft nicht wahr.

»Seht ihr, deshalb ist es so wichtig, miteinander zu reden«, sagte Lili. »Wir alle haben viele Lücken in unserem Wissen über die Vergangenheit. Und vor allem über die Menschen aus dieser Zeit. Gemeinsam können wir sie vielleicht teilweise schließen.«

Viele Erzählungen in den Familien blieben nach dem Krieg unvollständig. Die Toten schweigen. Und die Lebenden taten es ihnen gleich. Vertreibung und Not, dann Wiederaufbau und

Wirtschaftswunder. Plötzlich waren zwanzig Jahre vergangen, ohne dass die Lücken wirklich gefüllt worden waren. Man hatte Konsum in sie hineingestopft. Aber die Bilder blieben unvollständig. Kinder und Enkel kannten sogar nur diese Fragmente, mussten ihnen notgedrungen Sinn geben.

»Ich hatte es befürchtet«, meinte Maurice. »Es war für mich leichter, diese Enthüllungen zu ertragen, als Walter einfach nur das Nazischwein war. In Partei und Verwaltung war er an verantwortlicher Stelle. Er hat seine Familie misshandelt, war suchtkrank, schickte mit einem Federstrich tausend Juden oder Sinti in den Tod. Als ich noch so über ihn dachte, hatte ich einen gewissen Abstand. Ich konnte mir also leicht vormachen, dass ich ganz anders bin. Dass ich anders gehandelt hätte. Aber jetzt? Mein Uropa zeigte Wesenszüge, die man heute doch nur bemitleiden kann. Trotz allem, er war auch ein Mensch.«

41

Berlin, Juni 1944

In der kleinen Kammer roch es nach Kampfer und Kamille. Der Kräuterduft erinnerte Beltheim an Kindheitstage, als seine Mutter bei Erkältungen oft wohlriechende Salben aufgetragen hatte. Was der Kripobeamte jedoch hier vor sich sah, holte ihn umgehend in die Wirklichkeit zurück. Das kleine, verschmutzte Fenster ging in einen sehr schmalen Innenhof und ließ kaum Luft und Licht in den Raum. Die gekalkten Wände waren mit bräunlichen Stockflecken überzogen. In einem Schuhschrank, aus dem die Türen herausgebrochen waren, befanden sich Anton Rabes Habseligkeiten. Verschlissene Unterwäsche, ein Hemd zum Wechseln, gestopfte Wollsocken und ein Paar abgelaufene Schuhe, an deren Sohlen sich die Nähte lösten. Ein aufgeschlagenes Buch lag auf dem Schrank zusammen mit einer Lesebrille, deren rechter Bügel fehlte. Alles in diesem Leben schien beschädigt zu sein. Rabe saß auf einem Bett, das ein Behelf aus Brettern und in eine Matratze eingenähten Lumpen war. Er wirkte nicht überrascht, als Beltheim sich vorstellte und seine Dienstmarke zeigte. Es schien, als hätte der Mann jeden Moment damit gerechnet, aufgespürt zu werden.

Sein Husten klang nicht gut. Als wäre der Brustkorb des Mannes eine riesige Katakombe, in deren Labyrinth aus Gängen Tausende Fledermäuse kreischten und flatterten.

»Tja, Herr Kommissar, da wird der Führer wohl ohne mich auf den Endsieg anstoßen müssen«, sagte Anton Rabe, nachdem er sich etwas von dem Anfall erholt hatte. »Ein Geschenk aus Russland. Hat schon vor über einem Jahr angefangen, aber wen kümmert die Schwindsucht eines Landsers, wenn das ganze Reich schon schwindsüchtig ist?«

Tuberkulose, dachte Werner Beltheim und zog ein Taschentuch hervor, das er sich vor die Nase hielt. Die große Geißel der Menschheit. Geboren in Not, Feuchtigkeit und Kälte. Im Krieg waren diese drei Schwestern immer schon die Gespielinnen des Todes gewesen, und in ihrer Gegenwart feierten die beschissenen Bazillen immer ein Freudenfest, wenn sie auf die vielen ausgemergelten Körper trafen. Beltheim wusste, dass die Ansteckungsgefahr für ihn recht gering war. Die Krankheit betraf vor allem die Schwachen und Hinfälligen. Dennoch schien ihm ein wenig Vorsicht angebracht zu sein.

»Nehmen Sie mich mit, wenn Sie sich trauen«, sagte Rabe, und sein Atem ging wieder rasselnd.

Beltheim war nicht auf den Mund gefallen, und er hatte im Laufe seiner Berufsjahre schon vieles gesehen. Aber der Zustand des desertierten Soldaten, der hier hauste, versetzte ihm einen Stich. Seine Augen lagen so tief in den Höhlen, als hätten sie sich auf der Flucht vor den Schrecken dieser Welt darin verkrochen. Die Haut zeigte ein fahles Gelb, durch das die Adern am Kopf und an den Armen hindurchschienen.

Mit diesen Soldaten will der Führer also den Krieg gewinnen, dachte Beltheim und versuchte, sich sein Entsetzen nicht anmerken zu lassen.

»Sie wissen, dass das hier eine Menge Ärger geben könnte«, sagte er. Als Rabe etwas erwidern wollte, bedeutete er ihm mit einer Handbewegung zu schweigen. »Mir ist klar, dass Sie sich selbst nichts schulden, Herr Rabe. Aber den Kollegen von der Gestapo wird das ziemlich egal sein. Ihre Wirtin, die anderen Mieter, Ilse von Gratten, vielleicht sogar Klara und Ottilie. Und nicht zuletzt Ihre eigene Familie. Sie bringen diese Menschen in Gefahr. Ganz zu schweigen von den Dominoeffekten.«

Die Gestapomitarbeiter hatten schon von Beginn an darauf gesetzt, nach den Verhören weitere Verhaftungen vornehmen zu können. Jemand wusste etwas und verriet andere, um die eigene Haut zu retten. So konnte schnell ein ganzes System zusammenbrechen.

»Ein paar unverbesserliche Sozis, da ist der SD ganz scharf drauf«, legte Beltheim nach. »Wollen Sie das, Herr Rabe?«

Der Mann schwieg. In seinen müden Augen zeigten sich Reste von Trotz und Entschlossenheit. Vielleicht war er eine harte Nuss. Oder nur abgestumpft. Zwei Jahre Russland und tausend Kilometer zurück in die Heimat. Beltheim konnte nur ahnen, welches Grauen Rabe durchgemacht hatte. Aber er kannte seine Schwachstelle.

»Ich werde Ottilie dann nicht mehr schützen können.«

Rabe sprang unerwartet auf, und Beltheim war überrascht, welche Energie dieser ausgezehrte Leib plötzlich aufzubringen vermochte.

»Wieso Lili?«, keuchte Rabe. »Sie hat damit absolut nichts zu tun!«

»Kommen Sie, Herr Rabe. Ich bin bei der Kripo, nicht bei der Gestapo. Im Gegensatz zu meinen Kollegen benutze ich den Verstand, nicht den Schlagstock. Alte Schule. Ich weiß noch, was eine Ermittlung ist. Und ich weiß von den geheimen Briefen, die Sie einander geschrieben haben. Lili hat Ihnen von den Misshandlungen berichtet. Sie wussten, dass Ihr Bruder immer heftiger gegen Ihre Schwägerin wütete. Dass er Lili quälte und auf einer HJ-Fahrt erniedrigen ließ. Sie wussten wahrscheinlich sogar davon, dass er die Vaterschaft annullieren und Ihre Nichte in eine Anstalt einweisen lassen wollte. Also, halten Sie mich nicht zum Narren!«

»Verhaften Sie mich, oder lassen Sie es bleiben. Aber Lili hat damit nichts zu tun«, beharrte Rabe stur.

»Verdammt, Mann!« Beltheim wurde laut. »Sind die Koch-Bazillen schon in Ihrem Gehirn angekommen? Glauben Sie, ich lasse mich von Ihnen für dumm verkaufen? Ich will Ihrer Nichte helfen. Aber wenn Sie so dämlich reagieren, dann sehe ich schwarz. Letzte Chance! Was ist am Nachmittag des 19. April geschehen? Packen Sie aus, oder ich lasse den Hauswart in der Prinz-Albrecht anrufen!«

Die kurze Anstrengung hatte Rabe offenbar erschöpft, und er setzte sich zurück auf sein Bett. Beschwichtigend hob er die Hände. Das Strohfeuer eines Widerstands, das in ihm einen Moment lang gebrannt hatte, erlosch ebenso schnell, wie es entfacht war.

»Sie behaupten, Sie wollen Lili helfen?«, meinte Rabe. »Wie soll ich das denn verstehen? Und woher soll ich wissen, dass Sie mich nicht nur um den Finger wickeln?«

»Denken Sie, was Sie wollen. Fakt ist, dass ich Ihre Nichte für unschuldig halte. Sie hat ihren Vater nicht getötet. Sie wäre dazu körperlich gar nicht in der Lage gewesen. Walter Rabe wurde mit einem Hammer erschlagen, den Ottilie niemals mit dieser ungeheuren Wucht und derart oft hätte führen können.«

»Würde dieser Zweifel einen Richter überzeugen?«, fragte Rabe. »Heutzutage?«

Plötzlich kam Beltheim ein Gedanke. Er zog einen Bleistift und ein gefaltetes Blatt Papier aus der Innentasche seines Überziehers und legte sie auf den Schuhschrank.

»Schreiben Sie ein paar Zeilen an Ihre Nichte.«

Rabe sah ihn überrascht an und blieb zunächst am Bettrand sitzen.

»Machen Sie schon. Ich würde nicht meine Hand dafür ins Feuer legen, dass Sie sie noch einmal wiedersehen. Sie wird sich freuen, Nachricht von Ihnen zu erhalten. Ich verspreche, sie wird den Brief bekommen. Und ich werde ihn nicht lesen, sofern Sie mir versichern, dass Sie meinen Namen nicht erwähnen. Aber fassen Sie sich kurz. Die Zeit drängt, und wir haben noch einiges zu besprechen.«

Nach kurzem Zögern beugte sich Rabe schließlich vor und nahm den Stift. Einige Minuten später faltete er das Papier zusammen und reichte es Beltheim. Der Kripobeamte nickte zufrieden.

Linkshänder wie seine Nichte, dachte er. Seine Ahnung hatte sich bestätigt. Was hatte der Gerichtsarzt gesagt? Mit der nicht dominanten Hand besaßen die meisten Leute nur die Hälfte der Kraft. Anton Rabe schien zwar zäh zu sein. Aber Beltheim war sicher, dass auch er mit rechts nicht genug Kraft für neun oder zehn heftige Schläge gehabt hätte. Würde dieser Zweifel einen Richter überzeugen, kamen ihm Rabes Worte in den Sinn. Heutzutage?

»Ich hoffe, Sie glauben mir jetzt, dass ich Ottilie helfen möchte«, entfuhr es ihm heftiger als beabsichtigt. »Nun reden Sie endlich! Jede Kleinigkeit könnte wichtig sein.«

»In Ordnung«, sagte Rabe schließlich und wirkte jetzt gelassener. »Die erste Hälfte der Geschichte kennen Sie ja bereits. Da kann ich mich kurzfassen.«

Beltheim war überzeugt, dass die abrupten Stimmungswechsel des Mannes durch Übermüdung, Resignation und Krankheit verursacht wurden. Auf den Sturm folgte scheinbare Ruhe. Vielleicht war es auch nur der Fatalismus eines Todgeweihten.

»Lili und ich haben seit vielen Jahren ein sehr inniges Verhältnis zueinander«, fuhr Rabe fort. »Sie war noch ein Kind, als ich durch ihre Großmutter Ilse erstmals von ihren ...« Er schien nach einem passenden Wort zu suchen. »Von ihren Neigungen erfahren habe. Damals war sie fünf oder sechs Jahre alt. Zuerst haben Klara, Ilse und ich das nicht weiter ernst genommen. Aber es war mehr als die Puppenspielphase eines Jungen. Es schien, als hörte Hermann Otto damals immer mehr auf zu existieren. Als träte der Junge in diesem Kind immer mehr in den Hintergrund. Und meine Ottilie kam zum Vorschein. Wissen Sie, was das für mich bedeutete, Herr Beltheim?«

Der Polizist antwortete nicht, sondern musterte Rabe weiter.

»Dieser neue Mensch war so wertvoll für mich, dass ich Gott bis heute für seine sonderbare Fügung danke. Verstehen Sie mich nicht falsch. Mein Sohn Manfred ist ebenfalls wunderbar, aber leider sind die Kinder und Jugendlichen in diesem ganzen Spuk gefangen. Sie glauben an das, was ihnen in der Schule, im Jungvolk oder auf der Straße eingeflüstert wird. Etwas Böses hat teilweise Besitz von ihnen ergriffen, und ich hoffe inständig, dass sie es eines Tages wieder abschütteln können. Lili und ich hingegen waren von Anfang an eine Art Schicksalsgemeinschaft. Wir sind Seelenverwandte im Guten. Wir lieben die Musik, den Tanz, die Natur. In einer Zeit, die das Schöne mit Füßen tritt, glauben wir an eine Kraft, die sich der Schrecknis entgegenstellt.«

»Herr Rabe, uns läuft die Zeit davon«, unterbrach Werner Beltheim ihn ungeduldig. »Ihre prosaischen Ausführungen in allen Ehren, aber ich brauche Fakten.«

»Lili ist wie eine Tochter für mich. Und als ich an der Front durch ihre Briefe erfuhr, wie es um sie stand, wurde ich fuchsteufelswild. Ich habe Ende letzten Jahres um Sonderurlaub ersucht, aber dann sind mir im Winter die Zehen abgefroren. Lazarett ist Erholung genug, hieß es. Also Pustekuchen. Aber Lilis Nachrichten wurden immer schlimmer. Ich litt Höllenqualen, weil ich ihr nicht helfen konnte. Dann schrieb sie mir von dieser Umerziehung im Lager der Hitlerjugend, die mein Bruder veranlasst hatte. Und von ekelhaften Untersuchungen. Da war das Maß voll. Ich musste zu ihr.«

»Sie geben also zu, sich vorsätzlich dem Dienst an der Waffe entzogen zu haben, Herr Rabe? Sie mussten wissen, was das bedeutet.«

»Auf einer Patrouille wurde ich von den Kameraden getrennt«, sagte Rabe. »Ich habe nichts geplant, wenn Sie das meinen. Als es dann geschah, habe ich es als Wink des Schicksals hingenommen.«

»Gut, die Schilderung der paar Kilometer nach Berlin sparen wir uns jetzt, Herr Rabe. Sonst stehen wir morgen noch hier. Also, was ist geschehen, nachdem Sie wieder in der Stadt waren?«

»Zu meiner Familie durfte ich nicht gehen, um sie nicht zu gefährden. Ich bin also direkt rein in die Stadt. Hier in Moabit kannte ich einen Schulfreund, Otto Strauss. Er schuldete mir noch einen Gefallen. Dem armen Kerl hätte die SA kurz vor Hitlers Machtübernahme fast den Schädel eingeschlagen. Ich war sicher, dass seine Frau mir helfen würde. Und hier bin ich nun. Bitte, können wir sie da heraushalten? Frieda ist eine alte Gewitterziege, aber sie hat das Herz am rechten Fleck. Ich unterschreibe Ihnen alles, Herr Kriminalrat. Ich könnte behaupten, dass ich sie bedroht und eingeschüchtert habe.«

»Ich sehe, was ich tun kann. Vorausgesetzt, Sie packen jetzt endlich aus.«

»Ich habe Lili dreimal getroffen, seit ich in Berlin bin«, sagte Rabe und schob die nächste Bemerkung schnell hinterher. »Sie dachte übrigens die ganze Zeit, ich hätte Erholungsurlaub. Wegen der Füße. Sie wusste von nichts.«

»Sicher, niemand wusste irgendwas«, meinte Beltheim. »Haben Sie sich mit Lili in der Wohnung Ihres Bruders verabredet?«

»Nein, wir sind in Cafés gegangen. Ich habe mir dann von Frau Strauss einen Anzug ihres Mannes geliehen. Und in belebten Lokalen fällt man ohnehin kaum auf.«

»Wann trafen Sie Lili zuletzt? Und wo?«

»An dem besagten Tag. Im Kranzler.«

»Wie bitte?« Beltheim glaubte, sich verhört zu haben. Das Café Kranzler an der Ecke Friedrichstraße war einer der beliebtesten Treffpunkte der Stadt gewesen. Und einer der belebtesten Orte. »Ihnen ist klar, dass dort zur gleichen Zeit wahrscheinlich auch Beamte von der Sipo oder aus dem Wirtschaftsamt ihren Mokka getrunken haben könnten?«

»Es heißt doch, man solle mit den Wölfen heulen, um nicht aufzufallen. Warum sich nicht auch in ihre Höhlen wagen?« Rabe lachte kurz auf.

»Worüber haben Sie mit Ottilie gesprochen?«

»Sie hat mir von den Wutausbrüchen meines Bruders erzählt. Vermutlich war er in Geldnot, denn sie hat mehrere Gespräche zwischen ihm und ihrer Mutter belauscht. Klara sollte ihre Familie um eine größere Summe anpumpen. Als sie abgelehnt hat, ist er förmlich ausgerastet. Ich wusste auch von seinen Problemen mit dem Kokain. Er hat es schon früher manchmal genommen.«

»Erzählen Sie mir von seiner Rauschgiftsucht. Wann hat er damit angefangen, das Zeug zu nehmen?«

Beltheim machte sich Notizen in einer Kladde. Später würde er sie mit den anderen Befunden abgleichen.

»Als es mit seiner Kanzlei nicht gut lief, hat er sich Koks besorgt. Offenbar gab es ein paar Parteifreunde, die mit beschlagnahmter Ware handelten.«

Beltheim kannte diese Fälle. Nach der Machtergreifung hatte das harte Vorgehen der Kripo gegen die Rauschgifthändler zur Beschlagnahmung riesiger Mengen Morphium und Kokain geführt. Und mit schöner Regelmäßigkeit waren dann immer wieder ein paar Kilo davon auf dunklen Wegen verschwunden.

»Als Walter dann seine Stelle beim SD angetreten hat und sich seine Karriereaussichten verbesserten, schien er sich zu fangen. Und er hat mit dem Koksen zunächst aufgehört.«

»Aber dann wieder angefangen?«, fragte Beltheim.

»Lili und ihre Mutter haben es am eigenen Leibe zu spüren bekommen.« Rabe nickte. »Walter wird unberechenbar, wenn er zu viel von dem Zeug nimmt. Er hat Klara mehrmals derart heftig verprügelt, dass sie ins Krankenhaus musste.«

»Und Sie wollten ihn deswegen zur Rede stellen?«

»Natürlich!«, meinte Anton Rabe beinahe empört. »Ich bin sein Bruder, und er kann meine Schwägerin nicht so behandeln. Und schon gar nicht Lili. Hermann Otto war früher sein Liebling. Als es ihn dann nicht mehr gab, hat er Lili gequält, als wäre sie schuld daran, dass sein Sohn fort war. Ich wollte ihm die Leviten lesen. Im Kranzler habe ich versucht, Lili zu beruhigen, und ihr versprochen, Walter bald zur Rede zu stellen. Aber sie war so verzweifelt und hat gebettelt, ich solle sofort mit ihr nach Hause kommen.«

»Und? Haben Sie an diesem Tag mit Ihrem Bruder gesprochen?«

»Ich wollte in der Wohnung auf Walter warten, aber er war bereits da.«

»Er hatte wie üblich früher von einem bevorstehenden Luftangriff erfahren«, sagte Beltheim mehr zu sich selbst. Rabes Angaben stimmten mit seinen Nachforschungen überein.

»Genau. Also habe ich versucht, mit ihm zu reden. Ich wollte ihm anbieten, dass Lili dauerhaft bei ihrer Großmutter wohnen könnte. Walter hätte sich eine passende Geschichte ausdenken können, und sie wäre ihm auf diese Weise aus dem Weg gegangen. Meine Schwägerin hätte ihn dann allerdings weiter ertragen müssen.«

»In welchem Raum haben Sie miteinander geredet?«, fragte Beltheim. »In der Küche, in der Wohnstube?«

»Erst im Flur, dann kurz auch in der Stube.«

»Hat er Ihnen etwas zu trinken angeboten? Einen Schnaps oder Likör?«

»Nein.«

»Haben Sie miteinander gestritten?«

»Ja. Er war außer sich.«

»Und dabei kam der Hammer ins Spiel.«

»Nein! Ich meine, wir haben uns angeschrien. Ich wusste, weshalb er so reagierte. Er hatte dieses Flackern in den Augen, und seine Bewegungen waren fahrig. Er hatte Koks genommen, war uneinsichtig, gemein und laut. Aber ich schwöre, dass ich nicht die Hand gegen ihn erhoben habe.«

»Wissen Sie, was geschehen ist?«

»Walter hat mich hinausgeworfen. Er hat gedroht, die Feldpolizei zu rufen. Ich war bereits im Flur und hörte ihn hinter mir in der Stube pöbeln. Da hat mich Lili in ihr Zimmer gezogen. Ich habe die Haustür zugeknallt, sodass mein Bruder dachte, ich wäre gegangen. Sie hätten Lili sehen sollen! Sie war vollkommen aufgelöst. Ich habe sie in den Arm genommen, und dann haben wir uns ein paar Minuten leise unterhalten. Und kurz darauf kam ein weiterer Besucher. Offenbar unerwartet.«

Beltheim war plötzlich hellwach.

»Haben Sie sehen können, wer es war?«, fragte er.

»Nein.« Rabe schüttelte den Kopf. »Aber der Kerl hatte eine seltsame Stimme. Näselnd und kratzend zugleich. Ich kannte Diphtheriekranke, die sich so anhörten. Gleich an der Tür kam es zum Streit zwischen den beiden. Mein Bruder wollte den Mann anscheinend nicht in die Wohnung lassen.«

»Worum ging es?«

»Um Geld. Um viel Geld. Hunderttausend Dollar. Der unbekannte Besucher war ziemlich laut und ungehalten.«

»Dollar?«, fragte Beltheim verblüfft. »Sind Sie sicher?«

»Tja, in manchen Kreisen ahnt man wohl, dass die Reichsmark bald nur noch zum Arschwischen taugt. Ja, Herr Kriminalrat, es ging um Dollar.«

Beltheim pfiff durch die Zähne. »Geld, das Ihr Bruder dem Kerl schuldete?«

»Offenbar mehreren Männern. Er sprach davon, dass sie Walter die Hölle heiß machen würden. Sie. Mehrzahl. Auch da habe ich mich ganz sicher nicht verhört.«

»Haben Sie mitbekommen, wofür sich Ihr Bruder das Geld geliehen hatte?«, fragte der Polizist.

»Kokain.«

»Kommen Sie, Mann! Sie wollen mir doch nicht weismachen, dass Walter sich Koks für hunderttausend Dollar durch die Nase gezogen hat!«

»Natürlich nicht. Sie sprachen von Geschäften. Walter hatte eine Lieferung bezahlt, die nicht angekommen war. Behauptete er jedenfalls. Der Unbekannte sprach von Abnehmern, die stinksauer waren, weil sie auf das Zeug warteten. Ich denke, dass Walter mit seinen Freunden einen netten Handel aufgezogen hatte. Aber etwas war offenbar schiefgegangen.«

»Haben Sie mitbekommen, was genau mit dem Kokain geschehen ist? Wollte Ihr Bruder die Leute übers Ohr hauen?«

»Ich kann nur wiedergeben, was ich gehört habe. Anscheinend haben sich Walter und sein Besucher regelmäßig getroffen. Walter hatte einen Plan ausgeheckt, um eine richtig große Lieferung zu organisieren. Quasi als Altersvorsorge für die Zeit nach dem Krieg. Er wollte aus Südamerika über Spanien eine größere Menge Kokain nach Berlin holen. Die Spanier bereiten sich allerdings bereits auf eine Zeit nach Hitler vor. Um sich lieb Kind bei den Alliierten zu machen, werden immer öfter deutsche Frachter in ihren neutralen Häfen festgesetzt. Bevor die Polizei die Kabine des Kapitäns in Cádiz durchsuchen konnte, gab der Mann, mit dem Walter eine Abmachung hatte, den Befehl, die fünfzig Kilo Koks einfach ins Wasser zu kippen. Ware weg. Geld weg.«

Beltheim dachte nach. Endlich ein glaubhaftes Motiv. Bisher

liefen alle Überlegungen auf Handlung im Affekt hinaus. Notwehr, Nothilfe, irgendetwas in der Art. Alles mehr als wacklig. Anton Rabes Bericht passte hingegen gut ins Bild. Beltheim wusste von Ermittlungen wegen Korruption gegen ein paar Dutzend höhere Beamte, die Devisen auf Konten in der Schweiz oder in Schweden gebunkert hatten. Und tatsächlich schien auch Südamerika bei einigen Parteigängern hoch im Kurs zu stehen. Solche Transaktionen galten auf persönliche Weisung Hitlers als Hochverrat, da wurde kurzer Prozess gemacht. Fünfzig Kilo Kokain waren in diesen unruhigen Zeiten – ähnlich wie guter Schnaps – Gold wert. Die Straßenpreise stiegen im Moment rasant. Aber Walters Kapitän hatte das Geschäft buchstäblich versenkt. Damit stand Walter selbst mächtig in der Kreide bei Leuten, die sicher keinen Spaß verstanden.

»Und was ist danach passiert?«, fragte er.

»Walter hat gedroht, ein paar Dinge an Kaltenbrunners Stab weiterzuleiten. Was genau, habe ich nicht verstanden. Und dann hat er den Kerl einfach vor die Tür gesetzt. Lili war überzeugt, dass jeden Moment Luftalarm ausgelöst werden würde. Ich hoffte, sie und ihr Vater würden dann gemeinsam den Luftschutzraum aufsuchen. Ich wollte mich weiter in ihrem Zimmer verstecken, da er mich keinesfalls dort sehen durfte. Aber nichts da, Walter ist einfach ins Schlafzimmer gegangen. Unglaublich, was das Rauschgift aus einem Menschen macht. Eben war er noch aufgebracht gewesen und hatte herumgeschrien, jetzt dachte er offenbar an ein Nickerchen. Ich habe mit Lili noch besprochen, dass ich mich mit einem alten Bekannten von der Jugendfürsorge treffen würde. Ich wollte nicht gehen, ohne ihr ein wenig Hoffnung zu machen, obwohl ich selbst keine hatte. Plötzlich war wieder die Haustür zu hören. Und jemand schlich durch die Wohnung. Stube, Küche, dann in Ludwigs Kammer. Plötzlich wurde die Klinke zu Lilis Zimmer heruntergedrückt, und wir befürchteten schon das Schlimmste. Anscheinend hatte der unangemeldete Gast jedoch Walters Schnarchen nebenan gehört und hielt inne. Danach ging alles sehr schnell. Die Schlafzimmertür wurde aufgestoßen, und jemand stürmte in den Raum. Walter rief schlaftrunken einen Namen. Gottfried oder Gottwalt, ich konnte es nicht genau verstehen. Dann ein dumpfer Schlag, gefolgt von einem fürchterlichen Gurgeln. Es klang, als wäre ein Abfluss verstopft. Wieder ein Schlag, und es war nur noch ein Röcheln zu hören. Dann noch drei oder vier weitere Schläge.«

»Wollten Sie Ihrem Bruder nicht helfen?«, fragte Beltheim. »Sie mussten doch annehmen, dass im Nebenzimmer ein Gewaltverbrechen verübt wurde.«

»Nein. Und ja.« Rabe sah den Kripobeamten an. »Halten Sie mich nicht für herzlos, aber Walter war ein schlechter Mensch. Er hätte unsere Mutter an den nächstbesten Zuhälter verkauft, wenn ihm das Vorteile verschafft hätte. Die Drogen haben seine Charakterzüge nur noch mehr hervorgebracht. Ich dachte einen Augenblick, dass er eine Abreibung verdient hätte. Und alles ging so unglaublich schnell. Ich wollte ja keinesfalls Lili in Gefahr bringen. Ich konnte nicht wissen, dass ...« Er musste kurz innehalten, um Luft zu holen. »Für mich hatte der Schutz meiner Nichte absoluten Vorrang.«

»Sie haben den Täter nicht gesehen?«, fragte Beltheim nochmals. »Nicht vielleicht durch den Türspalt, durchs Schlüsselloch oder aus dem Fenster im Innenhof?«

»Nein. Im Schlafzimmer war es eine Minute still, dann hörten wir im Flur wieder Schritte. Der Kerl machte sich scheinbar an der Garderobe zu schaffen.«

Die aufgebrochene Aktentasche, überlegte Beltheim. Aus den Bruchstücken wurde langsam ein glaubhaftes Ganzes.

»Irgendwann ging er zur Haustür und verschwand«, fuhr Anton Rabe fort. »Ich wollte im Schlafzimmer nachsehen, was geschehen war. Lili sollte in ihrem Zimmer bleiben, aber sie ist mir gefolgt. Das viele Blut, der zertrümmerte Schädel. Als Soldat stumpft man irgendwann ab, aber der Anblick hat selbst mich schockiert.«

»Haben Sie etwas berührt?«, fragte Beltheim. Er dachte an die blutigen Küchentücher, die sie in der Spüle gefunden hatten. »Mussten Sie sich das Blut Ihres Bruders von Händen oder Kleidung abwischen?«

»Nein. Ich war viel zu entsetzt. Und plötzlich schrie auch noch Lili hinter mir. Ich packte sie und zog sie ins Treppenhaus. Ich glaube, wir sind nur eine Etage weit gekommen, dann hat sie sich von mir losgerissen und ist wieder nach oben gerannt. Ich musste ja annehmen, dass jeden Moment die Polizei kommen würde. Ich war völlig kopflos und wollte einfach nur raus. Mittlerweile war Alarm ausgelöst worden. Das ist alles, Herr Beltheim. Ich bin auf Umwegen und durch Seitenstraßen hierhergelaufen, denn die Warte in den Schutzräumen kontrollieren scharf. Ohne Papiere wird sofort Meldung gemacht.«

Gottfried oder Gottwalt. Beltheim notierte die Namen. Dann zog er eine Packung Overstolz aus der Manteltasche. Er hatte das Rauchen eigentlich aufgegeben, seit nur noch getrockneter Rinderdung und Rasenschnitt gedreht wurden. Die Ärzte hatten es ihm wegen seiner Lunge ohnehin verboten. Das Päckchen, das er jetzt in Händen hielt, kam noch aus der Vorkriegszeit und sah aus wie fünfmal gemangelt. Aber er musste überlegen. Eine wichtige Entscheidung treffen.

Anton Rabe war nicht der Täter. Davon war Beltheim ebenso überzeugt wie von Ottilies Unschuld. Was hätte der Mann davon, ihn zu belügen? Erstens brächte er dadurch seine geliebte Nichte wieder in Gefahr. Und zweitens hatte er ohnehin kaum eine Chance, die Sache heil zu überstehen. Ein kranker Deserteur, der sich in Berlin versteckte. Wie lange mochte das gut gehen?

Welche Optionen gab es jetzt? Hatte Walter Rabe Besuch von einem Kollegen gehabt? Und war dieser Unbekannte auch der Täter? Alles sprach dafür. Aber Nachforschungen in dieser Richtung würde Schlüter sofort bemerken und unterbinden. Er würde dann Beltheim kaltstellen und wahrscheinlich doch noch Ottilie verhaften.

Der ältere Polizist spürte, dass seine Anspannung zunahm. Er war unzufrieden, fühlte sich hilflos. Für welches Recht konnte er hier überhaupt noch einstehen? Seine Spielräume waren mit den Jahren immer enger geworden. Mal hatte er hier ein Zugeständnis an das System gemacht. Dann wieder hatte er woanders weggesehen. Es war Zeit für die Wahrheit.

»Man muss sich hin und wieder weit aus dem Fenster lehnen, um den eigenen Träumen beim Fliegen zuzusehen«, hatte seine Mutter immer gesagt, wenn ihr Sohn etwas zu ängstlich und gehemmt wirkte. Eine weise Frau.

Und was mache ich seit Jahren?, fragte er sich in diesem Moment. Ich öffne das Fenster nicht mal ein Stück weit. Und an keinen einzigen Traum dieser Zeit kann ich mich erinnern. Er war mit diesen beschränkten Parteiheinis der NSDAP nie grün geworden. Mit den Leuten von der Stapo erst recht nicht. Er hatte auch die Rassengesetze nicht verstanden, und die Behandlung der Fremdarbeiter in der Stadt stieß ihm sauer auf. Aber hatte er etwas dagegen unternommen? Er bemühte sich zwar, mit Häftlingen korrekt umzugehen. Er hatte in den letzten Jahren auch nicht jeden Keller durchsucht. Und manche Aussage, die die Betroffenen in Bedrängnis bringen konnte, hatte er einfach unter den Tisch fallen lassen. Damit war er in den vergangenen Jahren gut gefahren. Meistens schlief er gut. Einigermaßen gut. Nicht jeder war zum Helden geboren. Auf das Frontheldentum konnte er ohnehin getrost verzichten. Unverfänglich und unauffällig bleiben. Überleben.

»Kann ich auch eine bekommen?«, fragte Rabe und schreckte

Beltheim aus seinen Gedanken auf, sodass er kurz zusammenzuckte.

»Ob das eine gute Idee ist?«, gab der Kripobeamte zurück, brach dann aber doch eine Zigarette entzwei und gab seinem Gegenüber eine Hälfte. Dann riss er ein Zündholz an. Anton Rabe nahm einen tiefen Zug. Seltsamerweise schien sich das Rasseln in seiner Brust dadurch eher zu beruhigen.

»Wissen Sie, Herr Beltheim, ich hatte gehofft, ich könnte Lili Unterricht geben.« Er beschrieb mit der Hand ein paar Kreise in der Luft. »Wenn dieser Spuk vorbei ist. Ich war vor dem Krieg Balletttänzer. Aber mit den Erfrierungen an den Füßen ist nicht daran zu denken. Aus und vorbei.« Wieder nahm er einen tiefen Zug und blickte den Rauchwolken hinterher. »Ich hätte sowieso nicht mehr tanzen können.« Beltheim sah ihn fragend und unschlüssig an.

»Dieser Krieg hat uns allen die Unschuld geraubt«, fuhr sein Gegenüber fort. »Aber als Tänzer habe ich immer durch die Musik hindurchgeschaut. Wie durch ein Fernglas. Auf eine Welt, die etwas Paradiesisches hat. Das, was alle Leben nennen, ist für mich kein Leben. Ich lebe im Tanzen. Nun jedoch ist das Paradies erstickt in Blut und Tränen. Meine Generation wird nicht mehr tanzen. Das ist mir schon lange klar. Aber ich hatte noch ein paar Träume. Lili und andere werden lernen, wieder zu leben. Sie werden Lehrer brauchen. Da hätte mein Platz sein können. Das hatte ich mir auf dem langen Weg hierher ausgemalt.«

Für diesen Traum hast du dich weit aus dem Fenster gelehnt, dachte Beltheim.

Rabe hatte den Stummel bis zum letzten Tabakkrumen geraucht und sich eine Brandstelle am Zeigefinger eingehandelt. Nach dem letzten Zug setzte sofort das Rasseln wieder ein, als wollte sein Brustkorb gegen die sauer-stickige Zimmerluft protestieren.

»Ich sehe, was ich tun kann, Herr Rabe. Es ist sicherlich in Ihrem Sinne, dass ich versuche, die Situation Ihrer Nichte zu verbessern. Ich brauche wohl nicht zu erwähnen, dass solche Menschen im Augenblick keine guten Karten haben. Ich kenne eine Ärztin, die Chancen sieht, für Hermann Otto eine Personenstandsänderung zu erwirken. Ottilie wäre danach ganz offiziell eine Frau.«

Rabe sah ihn ungläubig an. »So etwas geht noch? Das wäre ... Ich ...«, stammelte er. »Danke.«

»Sie bleiben hier und rühren sich nicht«, fuhr Beltheim fort. »Ich muss einige Dinge klären, und dann kann ich entscheiden, was mit Ihnen geschieht. Wenn Sie abhauen, kann das das Todesurteil für Ihre Nichte bedeuten. Ich glaube nicht, dass sie eine Krankenanstalt oder das KL überstehen würde. Haben Sie mich verstanden, Rabe? Sie bleiben hier!«

Der Mann sah Beltheim an. Schließlich nickte er. Beiden war klar, dass sie nun gemeinsam vor einem Abgrund standen. Für die Katastrophe reichte ein falscher Schritt. Der Polizist nickte zum Abschied und wandte sich bereits zum Gehen.

»Der Brief.« Anton Rabe fasste ihn am Ärmel und reichte ihm mit zitternder Hand das gefaltete Blatt Papier. »Können Sie ihn bitte in einen Umschlag stecken? Lili mochte es schon als kleines Kind, wenn sie richtige Post bekam. Richtig bedeutete für sie, dass der Brief im Umschlag sein muss.«

Beltheim nahm ihn an sich und nickte erneut, bevor er den Raum verließ.

42

Berlin, Mitte September 2022

Mein Blick wanderte zu Lili. Tränen liefen ihr über das Gesicht, aber zugleich lächelte sie. »Ich erinnere mich. Plötzlich ist es wieder da!«

Alle starrten sie an, als sie sich erhob und hinausging.

Kurz danach kam sie zurück. In der Hand hielt sie ein Paar Ballettschuhe. Ich hatte sie schon einmal gesehen, als ich vor Kurzem die Möbel in dem alten Schlafzimmer bewunderte. Es waren abgetragene Spitzenschuhe aus hellem Leinen. Ich hatte damals angenommen, dass sie Lili gehörten.

»Ich wusste es nicht! Mein Gott, ich wusste nicht einmal mehr, dass ich mich mit Onkel Tonton in meinem Zimmer versteckt hatte«, sagte sie. »Die ganzen Jahre über lagen die Schuhe dort im Sekretär. Und ich hatte vergessen, dass sie ihm gehörten.«

Sie drückte die Schuhe an ihre Brust wie ein Kind sein liebstes Kuscheltier. Die Größe war schlecht abzuschätzen, konnte aber auch für Lili passend sein. Wahrscheinlich hatte ich mir deshalb keine weiteren Gedanken darüber gemacht.

»Es stimmt, was Herr Beyer sagt.« Sie sah den Polizisten an. »Ich meine, was Sie herausgefunden haben, Herr Beyer. Dass Anton mit mir an diesem Tag im Kranzler gewesen ist. Denn dort hat er mir diese Schuhe gegeben. Er hatte sie bei seiner letzten Aufführung getragen. Kurz bevor er eingezogen wurde. All die Zeit während des Kriegs hat er sie versteckt und behütet wie einen Schatz. Vielleicht gaben sie ihm die Hoffnung, eines Tages wieder auf die Bühne zurückkehren zu können.« Sie legte beide Hände an die Wangen. »Wie konnte ich das vergessen? Der Tod meines Vaters hat offenbar weit mehr Erinnerungen ausgelöscht, als ich bisher angenommen habe. Ja, ich war mit Onkel Tonton in meinem Zimmer. Wir haben diesen Streit gehört, und ich hatte furchtbare Angst. Es ist alles wahr, was Anton erzählt hat!«

»Kann das denn sein, Norbert?«, fragte Torsten irritiert. »Dass man eine Sache aufbewahrt, aber nicht weiß, was es damit auf sich hat?«

»Durch ein Trauma können solche Details verloren gehen.« Der ebenso überrascht wirkende Psychologe nickte. »Als hätte ein Archivar ein Schriftstück abgeheftet und vergessen, es zu notieren. Es ist zwar da, aber der Verstand weiß nicht, wo.«

»Lukas!« Lili war jetzt völlig aus dem Häuschen. »Weißt du, was das bedeutet? Anton war mit mir in dem Café. Danach wollte er mit mir nach Hause kommen, um seinen Bruder zur Rede zu stellen. Beide haben sich gestritten. Und dann ist Onkel Anton mit in mein Zimmer gekommen.«

Beyer räusperte sich verlegen. Lukas blickte ihn an.

»Nun ja. Im klassischen Sinn wäre Ihre Aussage nicht als Beweis zu werten, Frau Rabe«, meinte der Ermittler. »Aber sie ist ein wertvoller Anhaltspunkt. Das Bild ist stimmig, und ich sehe keinen Anlass, an den damaligen Angaben Ihres Onkels zu zweifeln.«

Lukas drehte sich ohne ein Wort um und verließ den Raum. Laura folgte ihm kurz darauf.

»Auch gute Nachrichten müssen erst einmal verarbeitet werden«, sagte Norbert. »Geben wir ihnen etwas Zeit.«

*

»Für die Bürokraten war ich nur ein Transvestit«, sagte Lili, als sie sich etwas beruhigt hatte. Wir saßen in ihrem Schlafzimmer auf dem Bett. »Und damit hatte ich noch Glück. Wäre ich als Homosexueller eingestuft worden, hätte man mich wohl sofort in ein Lager gesteckt. Dennoch betrachteten mich die meisten Männer, mit denen ich zu tun hatte, mit Abscheu und Ekel. Manche waren amüsiert, als hätten sie einen Sonderling vor sich, der erst recht Hitlers Thesen bestätigte. Und die Frauen, mit denen ich Kontakt hatte, nahmen mich entweder nicht ernst oder schienen sich zu fragen, weshalb ich so dumm war, freiwillig in ihre weibliche Welt wechseln zu wollen. Dr. Schönberg hat mich und meine Mutter bei den Behördengängen oft begleitet. Dann war es erträglicher. Sie wies die Leute in ihre Schranken. Wenn ich hingegen allein war, dann haben die Leute mich ›asoziale Sau‹ oder ›schwuler Drückeberger‹ genannt.«

»Transvestit hatte aber doch schon damals eine ganz andere Bedeutung«, sagte ich. »Das muss doch selbst den Nazibeamten klar gewesen sein.«

Die queere Welt war für mich immer schon etwas verwirrend gewesen, obwohl ich durch Lili viele Kontakte hatte. Queer war mehr als korrektes Gendern. Und mich widerten jene unvermeidlichen Medienwiedergänger an – egal ob cisgender oder transgender –, die von einer Talkshow zur nächsten reisten und der Welt ihre Meinung kundtaten. Extrovertiert bis zum Identitätsverlust. Und oftmals unerträglich narzisstisch. Um die Menschen und ihre Nöte ging es den Medienmachern doch nur selten. Freaks brachten Quote. Alles wirkte bei denen so aufgesetzt gechillt. Alles easy. Aber es ist nicht einfach, anders zu sein. Was tun, wenn der Sohn sich plötzlich outet? Wenn die Tochter eine Lebensgefährtin hat? Damit kann die Gen X vielleicht sogar noch umgehen. Wirft doch Toleranzkompetenz ein besonders gutes Licht auf den eigenen Charakter. Sozial voll erwünscht. Aber dann das eigene Kind ein Transmensch? So weit geht Verständnis dann oft doch nicht. Verdammt, es war noch nicht allzu lange her, da wurden solchen Menschen Stromschläge verpasst, um sie zu »heilen«.

»Die Nazis haben gar nichts verstanden«, meinte Lili. »Durch ihre dunkelbraune Brille sahen sie nichts mehr und tappten im Dunkeln. Denken? Fehlanzeige. Dabei hatte es zu Zeiten der Republik bereits Forschungen zu diesem Thema gegeben. Hirschfeld hatte sogar ein eigenes Institut in Berlin und sich für diesen Transvestiten-Schein starkgemacht.«

»Der hat dir geholfen?«, fragte ich.

»Hirschfeld?« Sie lachte. »Der Mann war Sozi und Jude. Und noch dazu schwul. Der arme Kerl vereinte also sämtliche ideologischen Feindbilder der Nazis auf sich. Sie haben sein Institut zerstört und geschlossen. Er ist nach Frankreich gegangen und dort recht früh verstorben. Er hat viel für die Menschen getan, deren geschlechtliche Identität oder Orientierung nicht den üblichen Vorstellungen entsprachen.«

»Aber Beyer hat diese Bescheinigung doch erwähnt.«

»Familienamt und Meldestelle konnten auch unter den Nazis so etwas Ähnliches wie den früheren T-Schein ausstellen. Damit war beim Standesamt eine Personenstandsänderung möglich. Man sprach allerdings nur noch von medizinischer Indikation. Ein Facharzt musste alles bestätigen. Es wurden Belege eingefordert für die Glaubwürdigkeit. Langwierig und entwürdigend. Aber dann war eine Änderung des Namens und Geschlechts möglich. Irgendwie muss das eine Lücke im System gewesen sein. In der späteren DDR haben mir die Behörden zunächst nicht geglaubt, dass es so abgelaufen ist. Man hat mir sogar vorgeworfen, ich hätte mit den Nazis kollaboriert, um den Namenswechsel möglich zu machen.«

»Selbstbestimmung trifft immer auf Grenzen, die andere bestimmen«, sagte ich. Ich holte tief Luft. Denn eine Frage ließ mich einfach nicht los. »Warum hast du mir nicht früher etwas davon gesagt?«

»Was denn?«, fragte sie. »Für mich war die Sache damit abgeschlossen. Ich wollte nicht mehr daran erinnert werden, dass es bei mir einen Irrtum oder sogar einen Fehler gegeben hatte. Heute bin ich da selbstbewusster. Ich bin weder falsch noch in irgendeiner Form missglückt. Früher war ich unsicherer. Dann aber hatte ich plötzlich meinen Namen, und es fühlte sich stimmig an. Du bist eine Frau, Nairi. Ebbi ist ein Mann. Und spricht irgendjemand darüber? Müsst ihr es begründen? Bei Transmenschen hingegen besteht immer eine Art Erklärungsnot. *Seit wann? Weshalb? Wie ist das denn so?* Und sogar das überall gezeigte Verständnis kann ganz schön auf die Nerven gehen. Ich brauche dieses Überverständnis nicht, weil es nichts zu verstehen gibt.« Sie nahm jetzt meine Hand. »Und natürlich hatte ich auch Angst, Nairi. Angst, dass du mich anders siehst. Dass du dich von mir abwendest.«

Ein wunder Punkt. Wir waren uns seit zehn Jahren sehr nahegekommen. Aber ich musste akzeptieren, dass ihre engsten Vertrauten nun einmal Eberhard und meine Mutter waren. Sie waren offenbar die einzigen Menschen, die von – dafür gab es einfach kein Wort, das sich richtig anfühlte – Lilis Transpersönlichkeit wussten. Trotz allem Verständnis fühlte sich aber ein Anteil in mir auch betrogen, hintergangen.

»Ich gebe zu, es ist nicht ganz einfach für mich«, druckste ich. »Gib mir ein bisschen Zeit. Du bleibst als Mensch für mich die, die du immer warst. Ich muss nur den Setzkasten etwas umräumen, in dem ich meine Vorurteile aufbewahre.«

»Sollte man von Zeit zu Zeit machen«, erwiderte sie mit einem Lächeln.

»Wie schaffst du das nur, Lili? Diese Aufarbeitung kostet Kraft. Sie verletzt dich und andere. Quasi als Nebenwirkung wird auch noch eine Menge Staub aufgewirbelt.«

»Es ist eine Art Wiedergeburt, Nairi. Kennst du das Gefühl,

dass man gern an einen Ort, in eine Zeit zurückkehren würde? Dass man ein Gefühl noch einmal erleben will? Oder dass man die Sicht darauf neu ausrichten möchte? Klar, wir können das Vergangene nicht ändern. Aber die Art der Betrachtung kann man verändern. Wir sehen plötzlich Farben, wo vorher nur Schwarz-Weiß war. Oder hören Dinge, die wir bisher überhört haben. Wir fühlen etwas, was wir lange entbehren mussten.«

»Du suchst immer noch nach diesem Fünkchen Zuneigung, nicht wahr?«

»So ist es. Ich möchte spüren, dass ich auch damals geliebt wurde. Denn in dieser schweren Zeit gab es Menschen, die mich mochten. Oma Ilse. Meine Mutter und Onkel Tonton. Und dann war da noch Hubert, der Sohn des Möbelbauers.« Sie lächelte beinahe verträumt. Mit Augenaufschlag.

»Wie? Davon hast du nie erzählt, Lili!« Ich tat entrüstet, war es vielleicht sogar. »Du hattest einen Verehrer?«

»Er war ein schnieker Junge, der Hubert. Aber lass das Ebbi nicht hören, er ist immer so eifersüchtig.« Sie hob den Finger an die Lippen. »Wir haben damals rumgemacht, nichts Schlimmes, aber er hat mich genau so geliebt, wie ich war. Und darum geht es. Einfach ein wunderbares Gefühl, das sich danach viel zu lange versteckt hielt.«

Lili beim Schmusen mit Hubert. Meine Gedanken kreisten. Bilder ploppten auf und verschwanden. Fragen über Fragen. Antworten, die ihr süßes Geheimnis bleiben mussten.

»Und deine Mutter?«, fragte ich verwirrt. »Die hat dich tatsächlich ohne Vorbehalte angenommen?«

»Das ist das Los der Mütter«, erwiderte sie. »Wenn sie uns lieben, merken wir es nicht. Wenn sie uns nicht lieben, sterben wir tausend Tode. Ich denke, sie hat mich geliebt, auch wenn sie es nie gesagt hat. Sie hat für mich dieses eine Mal gekämpft. Als mein Vater mich verleugnen wollte, hat sie ihm das erste Mal in ihrer Ehe widersprochen. Und sie hat einen hohen Preis dafür bezahlt.«

»Sie war ansonsten offenbar eine schwache Frau«, sagte ich. »Neulich hast du so etwas angedeutet.«

»Ach, ich weiß nicht. Das ist so wertend. Schwach, was bedeutet das? Sie war eine Frau ihrer Zeit. Frauen galten damals immer noch als das zurückgebliebene Geschlecht. Schwächer, labiler und dümmer. Heim und Herd, bla, bla. Klar, aus heutiger Sicht erscheint das abwegig. Wir blicken stolz auf die ersten Frauen in der Medizin, Politik und Kunst. Alles so normal. Aber Fakt ist, dass die Mehrheit noch lange Zeit unmündig blieb. Und auch bleiben sollte. Da war die Opposition meiner Mutter gegen ihren Mann vielleicht doch eine heldenhafte Tat.«

43

Berlin, Ende Juni 1944

»Und Sie sind ganz sicher, Johann?«, fragte Beltheim.

Beide Männer saßen in ihrem Dienstzimmer und gingen erneut ihre Aufzeichnungen durch. Der ältere Kriminalrat hatte seinen Assistenten mittlerweile in alle Einzelheiten des Falls eingeweiht.

»Mein Kontakt bei der Stapo hat offen auf alle Fragen geantwortet.« Wilhelmy setzte eine beleidigte Miene auf. »Und keine Sorge, ich habe das Ganze natürlich als Fragen im Rahmen einer anderen Ermittlung getarnt. Der gute Konrad ist außerdem geistig etwas träge. Ich bin sicher, er hat keinen Verdacht geschöpft. Wie es aussieht, hat Müllers Abteilung keinen blassen Schimmer von dieser Moabiter Untergrundzelle. Sie überwachen viele alte Sozis, aber gegen eine Frieda Strauss besteht offenbar kein Verdacht. Noch ist Rabe also relativ sicher.«

Seit Beltheim den Deserteur aufgespürt hatte, waren einige Tage vergangen. Es wunderte ihn, dass die Feldpolizei den Angehörigen noch nicht auf die Pelle gerückt war. Weder seine Frau Hertha noch seine Schwägerin waren bisher befragt worden.

»Konrad meint, dass sich irgendetwas beim SD zusammenbraut. Natürlich ist er in nichts eingeweiht, aber es wurden viele Kräfte vorübergehend den Ämtern IV und VI unterstellt. Ständig gibt es Besprechungen auf höchster Ebene und unter strengster Geheimhaltung.«

»IV und VI?«, fragte Beltheim. »Also Müller?«

Die Erwähnung des Gestapoleiters jagte selbst abgeklärten Polizeibeamten wie Beltheim einen Schauer über den Rücken.

»Zusammen mit der Auslandsabteilung.« Wilhelmy nickte.

»Wahrscheinlich geht es um Spionage oder Sabotage. Egal, soll uns recht sein, dass die Kollegen mit anderen Dingen beschäftigt sind.« Beltheim war beunruhigt. Er konnte mit Ungewissheit kaum umgehen. Bei schlechten Nachrichten wusste er wenigstens, woran er war. Im Moment befand sich die Sache Rabe jedoch in einem undefinierten Schwebezustand.

»Anton Rabe wird zwar offiziell von der Gestapo gesucht, aber offenbar noch ohne Nachdruck.« Johann Wilhelmy zeigte auf seine Unterlagen. »Aber natürlich könnte sich die Feldpolizei direkt einmischen. Ihre Befugnis wurde auf die Inlandssuche ausgeweitet. Angeblich bekommen die Kerle jetzt sogar Fangprämien für jeden aufgegriffenen Flüchtigen.«

Gestapo *und* Geheime Feldpolizei, dachte Beltheim. Verdammt, die Sache kocht hoch. Die Kerle von der GFP waren noch mal schlimmer als Müllers Leute. Er schärfte seinem Mitarbeiter erneut ein, in dieser Sache keinerlei Notizen oder Akteneinträge anzufertigen. »Alles hier oben, sonst nirgendwo.« Er tippte an die Stirn. »Ich werde noch einmal mit Anton Rabe sprechen. Sie bleiben hier. Wenn es hart auf hart kommt, können Sie …«

»… alles abstreiten«, unterbrach ihn Wilhelmy leicht genervt. »Ich weiß, Chef.«

Nach dem Gespräch machte sich Beltheim auf den Weg nach Moabit. Er brauchte Zeit, um seine Gedanken zu ordnen. Da kam ihm der Fußmarsch vom Polizeihauptamt am Werderschen Markt in den alten Arbeiterstadtteil gerade recht. Draußen war es heute schwülwarm, aber sein Kreislauf hatte sich noch nicht an das Frühsommerwetter gewöhnt. Die Schweißflecke an Hemd und Anzugjacke zeugten bereits auf halbem Weg davon, dass sich Beltheim überforderte.

Es ist nur eine Frage der Zeit, bis Gestapo oder GFP auf die Untergrundzelle um Frieda Strauss aufmerksam werden, dachte der Kripobeamte. Dann wird es auch für mich eng. Schlüter wird mich büßen lassen für seine Demütigung. Da kann ich mich vielleicht nicht mehr herausreden.

Plötzlich setzte ein warmer Nieselregen ein. Beltheim eilte von dunklen Ahnungen getrieben in Richtung Pariser Platz und Brandenburger Tor. Überall in den Straßen lag der Geruch nach kaltem Brand und verschmorten Kabeln. In Beltheim stieg wieder Übelkeit auf. Er musste einen klaren Kopf bekommen und wollte sich bei einem Umweg über den Tiergarten noch etwas länger vom Regen abkühlen lassen.

Nach einer Dreiviertelstunde hatte er den alten Arminiusplatz endlich erreicht. Auf dem Rückweg würde er auf eigene Kosten ein Taxi nehmen. Sein Rücken und Brustkorb schmerzten. Aber er hatte die Bewegung und die Zeit gebraucht, um sich einen Plan zurechtzulegen. Er war allein, und bereits dieser Umstand konnte ihm als Dienstvergehen ausgelegt werden. Aber er wollte Rabes Vertrauen gewinnen und keinesfalls in Gestapomanier vor ihn treten.

Elende Bluthunde, dachte Beltheim, als er gerade durch das Treppenhaus des Hauses eilte, in dem Frieda Strauss wohnte.

Als hätten sich Beltheims düstere Stimmung und Ahnungen auf das Wohnhaus übertragen, öffnete die Hauswirtin die Tür nach längerem Läuten nur zögerlich. Ihr Gesicht zeigte eine Mischung aus Angst und Resignation. Sie wusste genau, dass unten auf der Straße auch ein Kommando warten konnte. Und dass es dann keinen Ausweg für sie gab.

Wo sollen diese Leute auch hin?, fragte sich Beltheim. Welche Möglichkeiten haben sie? Alles stehen und liegen lassen und nach Schweden schwimmen? Einen Tunnel in die Schweiz graben? Nein, ihnen blieb nur vage Hoffnung. Die Hoffnung, dass sie unentdeckt blieben. Dass der Kelch auch dieses Mal an ihnen vorübergehen würde. Ihnen war nur das Vertrauen auf bessere Zeiten geblieben.

»Ich benötige nur ein paar Angaben für unsere Amtsstelle, Frau Strauss«, rief er so laut, dass es hinter jeder Tür im Haus gehört werden konnte. »Wegen der Belobigung durch die Kreisleitung. Man war bei der Partei sehr erfreut.«

Unbekanntes und Leises war in diesem Staat verdächtig. Die Musik des Nationalsozialismus war seit jeher laut und polternd gewesen. Nur dann fühlte sich der Volksgenosse wohl. Frieda Strauss blickte zwar misstrauisch in den Hausflur, entspannte sich jedoch ein wenig. Sie schien allmählich zu begreifen, dass ihr keine unmittelbare Gefahr drohte.

»Na, denn ma rin inne jute Stube«, sagte sie.

Sie bot Beltheim von der Plörre an, die die Berliner seit über drei Jahren Kaffee nannten.

»Es ist nicht viel Zeit, Frau Strauss.« Er schüttelte den Kopf. »Ist Anton Rabe in seiner Kammer?«

Sie nickte. Beltheim bedeutete ihr, in die Küche zu gehen. Er selbst betrat Rabes Zimmer, ohne zu klopfen. Der Mann lag auf seinem Bett und sah schlimmer aus als bei ihrem ersten Zusammentreffen.

Die nächste Overstolz wäre wohl wirklich sein Sargnagel, dachte der Polizist und unterdrückte folglich den Wunsch zu rauchen.

»Sie sind wieder ganz allein gekommen?«, fragte der Soldat mit gedämpfter Stimme. »Haben Sie keine Angst, dass ich Sie fertigmache? Respekt.« Sein heiseres Lachen ging in einem fürchterlichen Hustenanfall unter. »Ich könnte auf die Idee kommen, Ihnen die Scheiße aus dem Leib zu prügeln. Oder Ihnen die Waffe klauen und die Reichskanzlei besetzen.«

»Vor allem können Sie einer Menge Leute das Leben retten,

Rabe«, sagte Beltheim, ohne auf den Galgenhumor einzugehen. »Allerdings stehen Ihre eigenen Chancen dabei eher schlecht.«

»Ich sitze doch schon bis zum Scheitel in der Latrine. Ich meine, viele Möglichkeiten habe ich nicht, oder?«

Beltheim schüttelte den Kopf. »Ich mache Ihnen einen Vorschlag, der Ottilie, Ihre Schwägerin und die Leute hier aus der Schusslinie bringt«, sagte er. »Dann hat Ihre Flucht letztlich doch noch einen Sinn gehabt.«

Er schilderte Rabe die Situation, in der sich seine Nichte derzeit befand, nochmals eindringlich.

»Ihr Bruder war Jurist beim Sicherheitsdienst. Sein Sohn, also jetzt Ottilie, ist in deren Augen kaum besser als ein Homosexueller. Ich habe Anlass zu der Vermutung, dass der wahre Täter in deren eigenen Reihen zu suchen ist. Wie Sie sich vielleicht denken können, will im Moment niemand eine solche Wahrheit hören. Was liegt näher, als den vermeintlich abartigen Sohn, der auch noch blutbeschmiert am Tatort aufgefunden wurde, zum Sündenbock zu machen? Da Sie fahnenflüchtig sind, wird man Ihnen dann noch Anstiftung oder Beihilfe unterjubeln. Da braucht der Reichsanwalt gar nicht die Akte zu öffnen, so schnell schreibt der Richter das Urteil. Wenn es ganz schlecht läuft, dann sind Ihre Schwägerin und Ilse von Gratten auch dran.«

»Was ist nur aus diesem Land geworden?«, stöhnte Rabe. »Wozu brauchen wir ein Rechtssystem, das Unrecht fördert?«

»Diskutieren Sie diese Fragen mit Ihrem Militärrichter. Oder besser gleich mit Freisler persönlich. Gehen Sie meinetwegen zum Führer, und beschweren Sie sich bei ihm. Ich habe keine Zeit für derartiges Lamentieren.«

Werner Beltheim erschrak über seine eigenen harten Worte. Wie oft schon hatte er sich genau dieselbe Frage gestellt?

»Habe ich Ihr Wort, dass Lili nichts geschieht? Und den Leuten hier?«, fragte Rabe.

»Sie haben mein Wort, dass ich alles dafür tun werde, um das zu verhindern. Allerdings müssen Sie dafür mitspielen. Keine Mätzchen, sonst fliegt uns das alles um die Ohren.«

»Was muss ich tun?«

Beltheim gefiel nicht, was er mit Anton Rabe in den folgenden Minuten besprach. Aus einem wahnwitzigen Einfall war ein verzweifelter Plan geworden. Das Ganze war ein Drahtseilakt, bei dem sich jede Seite auf die andere verlassen musste. Jeder noch so winzige Fehler brachte alle in Gefahr. Aber Beltheim spürte, dass er jetzt aus der Deckung musste. Er wusste, es war seine letzte Chance, wenn er sich morgens je wieder mit einem guten Gefühl im Spiegel betrachten wollte. Er wollte Lili helfen, weil er sie mochte. Er musste ihr helfen, weil er etwas in sich, das er selbst nicht ganz verstand, damit retten konnte. Es war eine Bauchentscheidung. Ungewöhnlich genug, da er doch sein Leben lang versucht hatte, alles mit dem Verstand zu betrachten.

Rabe hörte aufmerksam zu. Was Beltheim von ihm verlangte, musste ihn tief erschüttern, aber er beschwerte sich nicht.

»Sie oder Ihre Nichte«, meinte der Polizist, nachdem er seinen Plan geschildert hatte. »Ich sehe keinen anderen Ausweg.«

»Sie können auf mich zählen, Herr Kriminalrat«, sagte er, nachdem alles besprochen war. »Danke.«

Das letzte Wort traf Beltheim wie ein Faustschlag. Der Plan ließ Rabe kaum eine Chance, und der Mann bedankte sich auch noch dafür. Er gab dem Kranken zum Abschied die Hand. Schwindsucht hin oder her. Ein Mensch verdiente Respekt, wenn er eine gute Entscheidung getroffen hatte. Ob sie auch richtig war und ob sie zum Ziel führen würde, mussten die nächsten Tage zeigen.

»Ich würde gern etwas Aufmunterndes sagen, Herr Rabe. Aber für Sie sieht es nicht gut aus.«

Rabe nickte stumm. Beltheim nahm die Packung Overstolz

aus seiner Jackentasche und legte sie mit den Zündhölzern auf den kleinen Schrank. Beide Männer ahnten, dass sie sich in diesem Leben nicht mehr wiedersehen würden.

*

Beltheim hätte die Angelegenheit auch von seinem Assistenten regeln lassen können. Aber er hatte Wilhemy bereits großen Gefahren ausgesetzt. Wenn die Gestapo von den Machenschaften Wind bekam, saß der junge Mann ziemlich in der Klemme. Also ließ er sich von dem Fahrer des Taxis in die Prinz-Albrecht-Straße bringen. In normalen Zeiten wäre es problemlos möglich gewesen, nach dem Mitarbeiter einer Dienststelle zu fragen.

»Es ist eine pikante Sache, die ich nicht offiziell machen möchte«, sagte er, als er sich im Erdgeschoss des RSHA zur Poststelle durchgefragt hatte. Als der Pförtner seinen Dienstausweis musterte, wollte er ihn gleich an den stellvertretenden Leiter der Personalabteilung verweisen, aber Beltheim bevorzugte für solche Missionen die unteren Chargen. Er kam selbst aus einfachen Verhältnissen und wusste mit diesen Menschen umzugehen. Letztlich bedurfte es nur eines kleinen Zeichens von Anerkennung, und die Leute öffneten sich ihm, wurden zuweilen sogar vertraulich.

»In einem Lokal Ecke Tauentzien und Nürnberger habe ich vor einiger Zeit ein paar Bierchen gezischt«, log er. »Sie kennen sicher diese mörderischen Tage, an denen man nicht weiß, wo einem der Kopp steht. Alles schnell, schnell.«

»Klar, Herr Kriminalrat. Mächtig wat los hier.« Wie zur Bestätigung stapelte der Mann drei Briefe von oben nach unten, um sie gleich danach wieder in die alte Reihenfolge zurückzulegen.

»Ich sitze angeheitert, als mich eine Dame anspricht. Keine Leichte, wenn Se wissn, wat ick meen.« Beltheim zwinkerte seinem Gegenüber zu.

»Klar, Herr Kriminalrat. Ne Dame eben, keene Schwalbe.«

»Genau. Sie hatte mich erkannt, weil sie vor geraumer Zeit am Werderschen eine Zeugenaussage machen musste. Sagt sie also zu mir, sie wäre da im Lokal mit eenem netten Herrn zusammengesessen. Und sie würde ihn gern wiedersehen. Bin richtig neidisch geworden. Mächtig Holz vor der Hütte und Beine bis zum Himmel!« Beltheim stieß den Mitarbeiter kumpelhaft an und zwinkerte ihm erneut wissend zu. »Und sie sagt, sie wüsste nur seenen Vornamen und dat er bei uns arbeitet. Dann war aber een Kollege von ihm gekommen, und er hatte janz schnelle los jemusst.«

Der Verwaltungsangestellte lächelte jetzt und sah Beltheim mit verschwörerischer Miene an.

»Un nu wolln Se die Dame zu ihrn Glück verhelfen, wa?«

»Nicht der Dame, eher dem Herrn.«

Beide Männer lachten herzhaft.

»Wie heeßt er denn, de Schwerenöter? Ick meen mit Vornamen.«

»Gott ... Ist es zu fassen? Hab den Namen auf einen Zettel geschrieben.« Beltheim tat, als suchte er seine Taschen ab. »Gottfried oder Gottwart, glaube ich.«

Der Mann verschluckte sich an einem Stück Apfel, das er gerade kaute. Nach dem Hustenanfall sah er Beltheim ungläubig an.

»Is nich deen Ernst, Kolleje! Doch nicht die Trockenpflaume Gottwart?«

»Doch, natürlich. Gottwart, richtig.«

»Warzen-Gottwart und eene Dame?« Jetzt lachte der Beamte. »Dat Prachtweeb muss aba total blind jewesen sein. Bei seene janzen Jewächse inne Jesicht.«

»Bitte. Mir ist es ja egal, aber dat Frollein will ihm een Brief schreiben. Wie heißt er mit Nachnamen?«

»Amtsrat Bürger. Gottwart Bürger. Arbeitet im Amt II C 2, zuständig für Haushaltsfragen der Sipo. Vertrocknet wie een Blatt im Oktober.«

»Ich kann auf Ihre Diskretion zählen? Vielleicht ist er verheiratet.«

»Ja, mit seene Akten.« Wieder Lachen.

Plötzlich kam Beltheim eine Idee. Am Polizeipräsidium und auf vielen Ämtern verdienten sich die Pförtner etwas dazu, indem sie gegen Trinkgeld kleine Besorgungen für die höheren Beamten erledigten.

»Was trinkt und raucht unser Gottwart denn so?«, fragte er. Als ihn der Pförtner leicht misstrauisch ansah, schob er schnell hinterher: »Da kann sich die süße Schnecke mit einem Geschenk bei ihm anbiedern.« Er zwinkerte dem Mann zu.

»Jeizig wie een Filz«, antwortete der Mann. »Trinkt nur Wasser aus der Leitung. Seene alten Latschen kocht er bestimmt zu ne Brühe durch.« Er hielt kurz inne. »Moment. Nee, Stängel hab ick ooch nich besorcht. Da macht er uff Jraf Kacke, roocht nur Englische. Kriegste nich in Paules Laden.«

Verdammt, dachte Beltheim und versuchte, sich nichts anmerken zu lassen, als er sich verabschiedete. Eine dämlichere Geschichte konnte ich mir nicht ausdenken. Er war sicher, dass binnen Tagesfrist das gesamte RSHA von den amourösen Abenteuern des tollen Gottwart wissen würde. Warzen-Gottwart und die Schöne aus der Tauentzien. Und er selbst würde sich wohl trotz des Frühsommers warm anziehen müssen, hatte er doch den Verdacht, bald wieder auf Ernst Schlüter zu treffen. Immerhin hatte er die Identität des Besuchers in Rabes Wohnung wohl geklärt. Und die gefundene Kippe von Lambert & Butler gab es natürlich nicht bei Edeka. Er stromerte unruhig wie in Jugendtagen durch die Berliner Straßen. Er konnte den Erfolg nicht wirklich genießen. Wenn die Sache auffliegt, geht es für mich ab in den Bau, dachte er grimmig. Er wollte sich jetzt unbedingt ablenken. Vermeidbare Fehler waren ihm im Nachhinein ein Graus. Die Grübelei, ob er mit mehr Achtsamkeit zu viel Aufsehen hätte verhindern können, würde ihn heute Nacht den Schlaf kosten. Er ging in die nächstbeste Kneipe. Kaum hatte er das Bier bestellt, entschied er sich anders, knallte zwei Münzen auf den Tresen und ging wieder. Vor einer Apotheke an der Leipziger überlegte er, ob er sich eine Tablettenrolle Luminal kaufen sollte. Traumloser Schlaf für sechs Stunden. Und morgen den ganzen Tag das Gefühl, ein Kohlelaster hätte ihn überrollt. Kaum hatte die Türglocke der Adler-Apotheke geläutet, drehte er sich auf der Schwelle wieder um. Entschlusskraft war angeblich eine wesentliche Eigenschaft guter Ermittler. Wütend trat Beltheim gegen eine Abfalltonne, die scheppernd umfiel.

»Verzieh dir, oller Sack! Oder ick mach Meldung«, pöbelte ihn der Hauswart an, der gerade links und rechts die Straßenfront abspähte.

Endlich kam Beltheim die erlösende Idee. Ein Geistesblitz, der alles zu verändern schien. Bisher hatte er nur das Nötigste schriftlich festgehalten. Aus Angst. Angst vor den Gestapokollegen. Und sie hatte ihn mürbe gemacht. Davon lebte dieses System. Dass jedes eigene Denken im Mief von Angstschweiß erstickt wurde. Dazu kam die Scham. Man roch diese Angst und konnte sich selbst nicht mehr ausstehen.

Tatsächlich wurde es eine durchwachte Nacht. Fünf Stunden notierte Beltheim jede Kleinigkeit zu dem Fall. Namen, jeder Verdacht, alle Anweisungen. Er schrieb sich auf dreißig Seiten die Finger wund. Die Schreibmaschine konnte er in seiner Bude nicht nutzen. Viel zu auffällig. In den frühen Morgenstunden überlegte er dann, von welchen Dokumenten er Abschriften anfertigen lassen würde. Und schließlich fand er ein vorläufiges Versteck für seine Aufzeichnungen.

Irgendwann kommt die Zeit, dachte er zufrieden und schob

den grauen Aktendeckel in einen Spalt, den die Jahre in das Sperrholz seines Kleiderschranks getrieben hatten. Die Zeit für die Wahrheit. Noch hatte er zwar keinen konkreten Plan, aber er musste unbedingt verhindern, dass die Akten im Fall Rabe plötzlich verschwanden.

*

»Wir werden es also für uns behalten, Chef?«, fragte Johann Wilhelmy ungläubig und sprach sofort leiser. »Keine Meldung an die Stapo?«

Beltheim schwieg. Ihn wurmte es, dass sein Assistent derart tief in die Sache verwickelt war. Nicht weil er ihm misstraute, sondern weil dieses Wissen Wilhelmy gefährdete. Wenn etwas schiefging, erwartete den jungen Mann mit Sicherheit die Front. Wahrscheinlich in einem Bewährungs- oder Strafbataillon, ein Umstand, der oft genug einem Todesurteil gleichkam. Aber es gab kein Zurück mehr.

»In gewisser Weise doch«, erwiderte der ältere Polizist nach einigem Zögern und zeigte auf seine Olympia-Schreibmaschine. »Ich werde einen Bericht verfassen und darin Anton Rabe als Täter benennen. Wir können die Indizien und Zeugenaussagen ohne Probleme in dieser Weise deuten. *Aufenthaltsort unbekannt.* Sie verstehen, Johann? Sollen sich die Fahndung oder GFP um ihn kümmern. Mit ihm selbst habe ich alles besprochen. Sollte er gefasst werden, bestätigt er meine Angaben.«

»Freiwillig?«

»Wie man es nimmt, Johann. Rabe will seine Nichte retten. Dafür ist er bereit, jeden Preis zu zahlen. Und Sie hätten den Mann sehen sollen. Er ist ohnehin am Ende.«

»Wie wollen Sie rechtfertigen, dass Sie mit ihm gesprochen, ihn aber nicht verhaftet haben?«

»Gar nicht«, antwortete Beltheim. »Von dem Gespräch wissen nur Sie und Frau Strauss. In meinem Bericht erwähne ich es nicht. Im besten Fall wird die Fahndung nach Rabe erfolglos bleiben. Die Herren beim SD werden zwar nicht erfreut sein, aber dennoch ist der Fall offiziell gelöst.«

»Somit besteht kein Grund mehr, Ottilie Rabe zu belangen. Verstehe, Chef. Ein ziemlich riskantes Unterfangen. Warum tun Sie das?«

»Haben Sie nur einen Moment geglaubt, dieser Transvestit wäre der Täter?«

»Nein.«

»Ich habe eine Entscheidung getroffen, Johann. Wir tauschen ein ohnehin zerstörtes Leben gegen ein junges.«

»Ich möchte nicht in Ihrer Haut stecken, Werner.« Er sah dem älteren Vorgesetzten in die Augen. Aus anfänglicher Skepsis und Zweifel war Vertrauen gewachsen. Und Vertrauen war dem System, dem sie dienten, grundsätzlich suspekt. Beide Männer wussten, dass sie bereits vor einiger Zeit eine Entscheidung getroffen hatten. Sie arbeiteten miteinander in dem Wissen, dass sie eine Grenze überschritten hatten. »Ihnen ist klar, dass Sie damit leben müssen?«

»Ich lebe bereits mit so vielem, dass es darauf auch nicht mehr ankommt.«

VI

Alte Werte sind spätestens dann zu hinterfragen,
wenn man sie nur noch bewahren kann,
indem man auf ihnen beharrt.
> (Henriette Wilhelmine Hanke, 1785–1862)
> (aus: H. W. Hanke, *Gesammelte Werke*, 1860)

44

Berlin, Mitte September 2022

»So, meine Aufgabe ist hiermit beendet«, sagte Gernot Beyer und schloss demonstrativ den Ordner, aus dem er während seines Referats immer wieder Papiere gezogen hatte.

»Wie bitte?«, fragte Torsten. »Das war es also?«

Was alle herbeigesehnt hatten, fühlte sich in diesem Moment nach Auswurfschock an.

»Die Sache ist abgeschlossen«, fügte der Ermittler hinzu. »Für die Zeit von August 1944 bis zur Kapitulation waren keine weiteren Akten auffindbar. Außer Frau Rabe gibt es keine Zeitzeugen, die noch zu befragen wären. Somit ist das alles, was ich zur Rekonstruktion des Falls beitragen kann.«

»Was? Echt jetzt? Ich finde, da sind noch einige Fragen offen!«, rief Heike dazwischen.

»Das kann doch nicht wahr sein!«, polterte Lukas los.

Offenbar fühlte nicht nur ich mich, als wäre das Internet an der spannendsten Stelle eines Filmstreams abgeschmiert. Die ganze angespannte Erwartung, und dann kam die Mitteilung *Keine Verbindung. Versuchen Sie es später erneut.* Verdammt ärgerlich.

»Die Nazibeamten des Reichssicherheitshauptamts haben im letzten Kriegshalbjahr ganze Arbeit geleistet«, meinte Beyer mit einem Anflug von Bedauern in der Stimme. »Das übelste Beispiel sind die Dokumente aus den Konzentrationslagern, die sämtlich erst nach Theresienstadt ausgelagert worden waren und dort fast vollständig vernichtet wurden. Auf diese Weise konnten sich später selbst die schlimmsten Mörder mangels handfester Beweise vor Gericht herausreden. Und bei den NS-Dienststellen in Berlin oder der Partei in München sah es nicht anders aus. Wahrscheinlich hat dieser Gottwart Bürger seine eigene Personalakte verbrannt und konnte sich mit sämtlichen Siegeln und Papieren der Reichsdruckerei eine neue Vergangenheit zusammenlügen. Manche haben sich sogar Geburtsurkunden mit anderen Namen ausstellen lassen.«

»Es bleibt also vage und unklar«, sagte Lukas. »Dieser Polizist und mein Großvater hatten eine Absprache. Wie muss man das heute sehen? Ist Anton schuldig oder nicht?«

»Ein Anwalt hat darauf vielleicht eine Antwort«, erwiderte Beyer. Und bevor Lukas Rabe protestieren konnte, fuhr er fort: »Bitte, beruhigen Sie sich. Ich sehe die Sache genauso wie Sie. Aber das, was wir haben, sind nur Indizien. Keine Beweise. Ihr Großvater gab an, dass er damals in der Wohnung des späteren Opfers durch die Tür den Namen Gottwart gehört hatte. Sicher kein Name, den man sich ausdenkt. Und es bestätigte sich, dass ein Mann mit diesem Namen beim SD arbeitete. Werner Beltheim scheint ihm ebenfalls geglaubt zu haben, sonst hätte er sich niemals auf eine Vertuschung eingelassen.«

»Sie nennen es Vertuschung?« Lukas umkreiste unruhig seinen Stuhl. »Ihr Kollege hat damals die Sache Anton in die Schuhe geschoben! Finden Sie nicht, dass die Vereinbarung zwischen Beltheim und meinem Großvater nur einer Seite genutzt hat? Der Kripomann hat doch nur seinen eigenen Kopf aus der Schlinge ziehen wollen!«

»Denken Sie an die Menschen, die dadurch gerettet wurden. Geheime Feldpolizei und Staatspolizei waren dem Mann ohnehin auf den Fersen. Wie groß waren da wohl seine Chancen, unentdeckt zu bleiben? Zudem war er schwer krank. Er hat durch die Vereinbarung mit Beltheim seine Familie, Lili und die Oppositionszelle um Frieda Strauss vor bösen Folgen bewahrt.«

»Wissen Sie, was danach mit ihm geschehen ist?«, fragte Laura mit Tränen in den Augen. »Bitte, Herr Beyer, wir müssen es endlich erfahren! Wurde er verhaftet? Und hingerichtet? Oder ging er doch wieder an die Front? Ich meine, die Schweine brauchten doch Soldaten für ihren Krieg!« Ihre Stimme überschlug sich jetzt beinahe.

»Wie gesagt, die Unterlagen in Berlin wurden entweder absichtlich oder durch Kriegseinwirkung zum großen Teil vernichtet. Selbst bei eher unverfänglichen Stellen wie dem Meldeamt, Sterberegister oder der Standortkommandantur war nichts über Ihren Urgroßvater zu finden. Auch die Abteilung PA des Bundesarchivs verfügt über keine Angaben. Theoretisch könnte Anton Rabe in den Kellern der Prinz-Albrecht-Straße verschwunden sein, ohne dass wir je davon erfahren.«

»O Gott.«

Überraschend nahm Lukas seine Tochter in den Arm, die jetzt am ganzen Körper zitterte. Auch er selbst rang sichtlich um Fassung. Natürlich war allein die Vorstellung, dass Anton infolge der Ereignisse ums Leben gekommen war, schon fürchterlich genug. Aber für seine Verwandten war die Ungewissheit ebenso grausam. Um trauern und abschließen zu können, brauchten sie Klarheit. Seit nunmehr drei Generationen gab es in Anton Rabes Familie nur diesen giftigen, undurchdringlichen Dunst aus Mutmaßungen, Zweifeln, Vorurteilen und Scham.

*

»Ich wurde im Spätsommer 1944 doch noch angeklagt«, sagte Lili, nachdem wir uns bei Tee und Kaffee etwas beruhigt hatten und wieder beisammensaßen.

»Dann war die Sache mit Antons Schuld auch noch sinnlos?«, fragte Lukas mit einiger Verzweiflung in der Stimme. »Dass er alles auf sich nehmen wollte? Umsonst?«

»Nein. Denn in der Zeit, die dadurch gewonnen wurde, haben die Ärztin und meine Mutter die Änderung im Personenstand durchgeboxt. Mit amtlichem Segen war ich fortan nur noch Ottilie.«

»Und weshalb der Prozess?«, fragte Torsten.

»Wir waren alle überrascht. Meine Mutter bekam Mitte Juli noch eine Aufforderung, sich beim Jugendamt und der Fürsorge zu melden und nachzuweisen, dass sie in der Lage war, zukünftig für Ludwig und mich zu sorgen. Kurz darauf, nach dem Attentat auf Hitler, war dann die Hölle los. Sogar die einfachen Leute merkten, dass sich der Ton verschärfte. Jedes noch so kleine Vergehen wurde streng geahndet. Ich war vollkommen am Boden zerstört, als wir im August ein Schreiben erhielten, dass ich als Angeklagte vor Gericht erscheinen müsse. Meine Mutter hat von ihrem Ersparten einen Anwalt besorgt, der wenigstens die Akten einsehen konnte. Es ging um zwei Vorwürfe. Erstens meine Mitschuld am Tod meines Vaters. Und zweitens um mein Verhalten als ›Volksschädling‹. An das Wort erinnere ich mich noch genau.«

»Können Sie sich das erklären, Herr Beyer?«, fragte Ebbi. »Mir ist klar, dass man die Rechtsprechung der Nazis kaum als solche bezeichnen darf. Aber es muss doch einen Grund dafür geben, dass schließlich doch noch ein Verfahren eröffnet wurde. Haben Sie Hinweise dafür in den Unterlagen finden können?«

»Nichts Genaues«, erwiderte der Ermittler. »Beltheim hat an einer Stelle jedoch erwähnt, dass er diesen Schlüter vom Sicherheitsdienst deswegen angerufen hat. Der Mann hat ihm wohl klargemacht, dass die Angelegenheit jetzt ganz oben beim Amt I D angesiedelt wäre. Es war damit quasi zur Chefsache in der

Abteilung für Strafangelegenheiten geworden. Ich kann nur Vermutungen anstellen. Entweder hat es tatsächlich mit der verschärften Lage nach dem Hitler-Attentat zu tun, wie Frau Rabe vermutet. Oder Walter Rabes Komplize und spätere Täter könnte versucht haben, die unliebsame Zeugin doch noch zu beseitigen. Vielleicht drohte die Sache aufzufliegen, in die Rabe verwickelt war. Wir werden das nicht mehr klären können.«

»Könnte es nicht einfach ein Hinweis darauf sein, dass die Gestapo Anton nicht gefunden hat?«, fragte Laura. »Dieser Beltheim hat ihn in seinem offiziellen Bericht als Täter benannt. Dann haben Feldpolizei und Gestapo wochenlang nach ihm gesucht. Und als das erfolglos blieb, wandte man sich wieder Lili zu, um irgendetwas zu haben. Wäre doch denkbar.«

»Es ist nicht einfach, sich in die Köpfe dieser Leute hineinzuversetzen«, meinte Beyer. »Es ist Mode geworden, die Nazibeamten als Dummköpfe und Verblendete zu sehen. In der Tat waren jedoch die meisten Männer im Sicherheitsamt gut ausgebildet und intelligent. Also keineswegs Mitläufer, sondern Überzeugungstäter. Es ist denkbar, dass jemand ein Exempel statuieren wollte, als man Anton nicht aufgreifen konnte.«

»Wieder bleiben Fragen offen«, meinte Laura.

»Ich weiß nicht, ob es ein Trost für Sie ist«, sagte Beyer. Er durchsuchte seine Aktentasche und zog die Kopie eines Dokuments hervor. Das Original musste vergilbt, rissig und kaum leserlich sein.

»Ich habe dieses Kranken- und Sterbeblatt eines russischen Militärlazaretts ausgegraben«, fuhr er fort und deutete auf das Papier. »Die Einrichtung lag auf einem Trümmerfeld neben der Charité. Auch hier wurden viele Akten später vernichtet, manche verschwanden unsortiert in den Archiven. Hier ist von einem Mann mit offener Tbc im Endstadium die Rede. Er wurde zur Pflege von den anderen Kranken getrennt behandelt.«

»Behandelt? Die Russen haben ihn wahrscheinlich eher zum Sterben irgendwo abgelegt«, knurrte Lukas.

»Bedenken Sie, dass die Erkrankung damals kaum zu heilen war«, sagte der Polizist. »Und im Endstadium schon gar nicht. Allerdings waren diese Menschen hochgradig ansteckend und eine Gefahr für die halbwegs Gesunden. Die Russen haben also nur gemacht, was Briten und Amis ebenfalls getan hätten. Bei der Wehrmacht und SS wurden übrigens infizierte Kriegsgefangene oftmals einfach erschossen.«

Beyer legte das Blatt auf den Tisch.

»Man kann das Original kaum noch entziffern«, fuhr er fort. »Leider fehlen Name, Geburtsdatum und andere Angaben auf dem Krankenblatt. Der Mann war bereits stark geschwächt, hatte Gelenkschwellungen und befand sich in einer Art Delirium, als er eingeliefert wurde. Aber es gibt einen Vermerk, der uns vielleicht weiterhilft.« Er las einige russische Worte vor und übersetzte dann. »Es sind die Angaben bei Einlieferung. *Amputation drei Zehen*. Es steht in der Zeile *Besondere Merkmale*. Man hat ihn also wahrscheinlich nicht erst dort operiert.«

»Die Erfrierungen. Er hatte seiner Frau und einem Freund in Briefen davon berichtet«, sagte Lukas leise. »Er könnte es also wirklich gewesen sein. Mein Großvater. Wissen Sie, wann genau er dort in diesem Lazarett gelegen hat, Herr Beyer?«

»Juli 1945«, antwortete der Ermittler. »Also zwei Monate nach Kriegsende. Die Zustände müssen fürchterlich gewesen sein. Vielleicht hatte sich Ihr Großvater vorher noch einige Zeit versteckt gehalten, weil er befürchten musste, bei den Russen in Kriegsgefangenschaft zu geraten. Letzte Sicherheit haben wir natürlich nicht. Trotz der Hinweise auf die offene Tbc und die Amputationen. Deshalb war ich mir nicht sicher, ob ich Ihnen dieses Dokument überhaupt zeigen soll. Mit solchen Erkrankungen und Verstümmelungen sind bestimmt Tausende Soldaten durch Berlin geirrt.«

Lukas streckte seine Hand nach der Kopie aus, zog sie dann aber zurück.

»Es bleibt also unklar«, meinte er resigniert. »Vermisst, weiteres Schicksal unbekannt. Es bleibt letztlich dabei.«

»Aber es ist doch schon etwas anderes«, erwiderte Lili. »Wir wissen jetzt, dass wir ihm wichtig waren. Trotz der Schwäche ist er diese unglaublich lange Strecke gelaufen, hat die Strapazen und Gefahren auf sich genommen. Weil er zurück nach Hause wollte.«

»Er hätte sich bei seiner Frau melden müssen!« Lukas ballte die Fäuste, rang mit der Verzweiflung. »Er durfte sie nicht einfach im Unklaren lassen.«

»Ich bin sicher, er hätte es getan, wenn sein Zustand nicht derart schlecht gewesen wäre. Und er wollte sie nicht gefährden. Sie ist damals mit Sicherheit von der Gestapo überwacht worden.«

»Kein Grab! Irgendwo verbrannt oder verscharrt. Kein Ort, um zu trauern.«

»Diesen Ort müssen wir in uns schaffen.«

Ich fühlte mich gerade irgendwie fehl am Platz. Es war ein besonderer, intimer Moment, der allein Lili, Lukas und Laura zu gehören schien. Ich blickte etwas hilflos zu Ebbi, der mich, sehr zu meiner Erleichterung, kurz darauf erlöste und zu sich winkte.

»Ich darf mich verabschieden«, sagte Gernot Beyer leise zu uns. Der Ermittler hatte zügig und unauffällig seine Sachen zusammengepackt.

»Danke.« Ebbi schien von seinem plötzlichen Aufbruch leicht überrumpelt zu sein. »Sie haben viel für uns getan.«

Ich begleitete Beyer zur Haustür. Plötzlich hielt er inne, und es schien so, als hätte er etwas vergessen.

»Eins noch, Frau Abazian. In den Unterlagen fand ich einen Brief. Er ist an Ihre Großmutter gerichtet.«

Er gab mir einen vergilbten, stockfleckigen Umschlag. Darauf war eine verblasste Schrift zu erkennen. Alte deutsche Schreibschrift. *An meine liebe Lili* entzifferte ich.

»Sie erinnern sich, dass ich ihn in meinem Bericht erwähnt habe?«

Ich überlegte. »Anton. Als der Polizist ihn aufgespürt hatte. Lili hat ihn also nie erhalten?«, flüsterte ich schließlich, und Beyer nickte.

»Ich weiß nicht, warum. Beltheim könnte ihn in der Hektik vergessen haben. Oder er fürchtete, dass er in falsche Hände geraten würde.« Er sah mich an und legte eine Hand auf meine Schulter. Eine fast intime Geste, aber ich empfand sie nicht als unangenehm, denn in gewisser Weise gehörte er jetzt ebenfalls zur Familie. »Sie kennen Ihre Großmutter am besten. Ich wollte ihn ihr nicht einfach während der Vorträge geben. Ich denke, die Gruppendynamik hätte sie auch zu sehr unter Druck gesetzt. Sie müssen entscheiden, ob und wann Sie ihr den Brief geben.«

Ich sah ihn zugleich dankbar, aber auch verwirrt an. Wieder blieb eine schwere Entscheidung an mir hängen, aber letztlich war ich sicher, dass ich Lili den Brief geben würde. Nur den Zeitpunkt musste ich mit Bedacht wählen.

»Sollten Sie noch Fragen haben, zögern Sie nicht, sich zu melden, Frau Abazian.« Sein Lächeln hatte genau die richtige Dosis. Passend zu einer Situation, die zwar mächtig wehtat, aber nicht hoffnungslos war. »Wir Polizisten mögen oft kühl und distanziert wirken. Aber wenn wir uns nicht schützen, gehen wir unter. Ich bin da, wenn Sie mich brauchen.«

45

»Es ist verwirrend, wieder von Hermann Otto zu hören«, sagte Lili. Ich hatte mich mit ihr und meiner Mutter – wieder einmal – in die Küche zurückgezogen und Tee gekocht. Sie hatte sich etwas beruhigt, hielt aber immer noch die Ballettschuhe in ihren Händen. »Er ist ein Teil von mir, aber dennoch abgetrennt und fremd. Ich und doch nicht ich. Klingt seltsam, nicht wahr? *Bin* ich das? *War* ich das? Er? Sie.«

Es schien, als ginge ihr Blick in die Ferne. Verträumt und suchend. Obwohl sie nie Zucker zum Earl Grey nahm, spielte sie mit dem Löffel herum. Bis meine Mutter ihn ihr wegnahm.

»Wenn Herr Beyer von den damaligen Befragungen erzählt, dann könnte ich glauben, ich wäre mehr als eine Person«, fuhr sie fort. »Es ist, als müsste ich mich noch einmal den entscheidenden Fragen stellen.«

»Wie meinst du das?«, fragte meine Mutter.

»Warum bin ich, wie ich bin? Durfte ich überhaupt diesen Weg gehen? Habe ich zu vielen Menschen wehgetan? Habe ich sie überfordert?«

Diese Fragen kannte ich nur zu gut. Wie viel Mitspracherecht haben wir eigentlich in unserem eigenen Leben? Wo endete Selbstverwirklichung, wo begann Rücksichtslosigkeit? Wann wurde aus Rücksichtnahme Selbstaufgabe? Und waren in Worte gefasste Antworten darauf nicht nur Plattitüden und nett gemeinte Lebensweisheiten?

»Dass du dir diese Fragen stellst, reicht doch schon«, sagte ich. »Dieser Zweifel macht uns menschlich.«

»Interessanter Gedanke. Die Nazis haben versucht, auf einfache Weise zu bestimmen, was gut und lebenswert war. Und vielleicht liegt darin der Reiz aller Ideologien. Sie geben simple Antworten auf die drängenden Fragen des Lebens und nehmen den Leuten scheinbar ihren Zweifel. Sie heben lieber den Arm, zeigen mit dem Finger auf andere und brüllen Parolen, anstatt in den Spiegel zu sehen.«

»Zu jeder Zeit fragen sich Menschen, wer ins Bild passt. Und wer nicht«, erwiderte ich. »Wirklich übel wird es, wenn die Antwort darauf eigentlich schon feststeht und gewaltsam durchgesetzt werden soll. Oder wenn Menschen beginnen sich anzupassen, um möglichst allen Erwartungen gerecht zu werden.«

Ich musste an Heike und Torsten denken. Ihr Radar, mit dem sie ständig ihre Umgebung absuchten, um ja die bestmögliche Wirkung ihres Auftretens zu erzielen. Oder Lukas, der sich eher hinter ewiger Wut verschanzte, als zuzugeben, dass er auf der Suche war und dass die ständige Verunsicherung ihn fertigmachte. Tanzten wir nicht alle irgendwie auf einem Maskenball?

»Freiheit kann auch fesseln«, meinte Lili. »Die Welt ist zu einer riesigen Eislaufbahn geworden. Viele Leute drängeln und schubsen sich bei dem Versuch, beachtet zu werden. Aber die meisten Menschen stehen doch eher unsicher auf ihren Schlittschuhen. Sie bleiben lieber am Rand, suchen Halt, wagen sich nicht mehr hinaus. Aus Angst, sich eine Blöße zu geben.«

»Du hast dich doch immer auf die Bahn gewagt«, meinte Hanna.

»Tatsächlich? Ich bin mir nicht sicher. Gerade diese alte Geschichte zeigt mir, dass ich vielleicht zu sehr versucht habe, alles nur hinter mir zu lassen.«

»Geht das denn?«, fragte ich. »Ich meine, können wir eine Sache vollständig hinter uns lassen? Sind wir nicht immer irgendwie geprägt durch das Geschehene, auch wenn es scheint, als hätten wir es vergessen? Wir können auch so tun, als würde es uns nichts ausmachen, aber stimmt das?«

»Ich hatte wohl gehofft, dass die Erinnerungen wie Spuren am Strand sind. Dass sie irgendwann vom Wasser verwischt und fortgespült werden. Aber wahrscheinlich hast du recht. Der Wunsch, mit meinen Gefühlen noch einmal in die Vergangenheit einzutauchen, zeigt ja, dass es für mich nie abgeschlossen war.«

»Der Schmerz bleibt«, sagte meine Mutter.

»Ich glaube, ich habe die Gefahr, der ich damals ausgesetzt war, gar nicht richtig wahrgenommen. Da war dieses Kribbeln, das alle Jugendlichen in sich spüren. Ein Drängen. Wie ein Krokus, der im Frühling austreiben will. Ich streckte mich dem Leben entgegen. Als wäre ich in die ganze Welt verliebt. Und doch ist es so tragisch, denn dieses wunderschöne Gefühl ist verbunden mit dem Verlust eines Menschen. Meines Vaters. Ihr könnt mich verstehen, nicht wahr?«

Hanna nickte und streichelte Lilis Hand.

»Ja und nein«, sagte ich. »Jemanden zu verlieren, tut weh. Aber dein Vater war ein Scheusal, das dich zerstören wollte.«

»Ich trauere nicht um *diesen* Vater«, erwiderte Lili. »Ich trauere um *einen* Vater. Die Person Walter Rabe werde ich niemals lieben, aber ich hoffte dennoch immer, etwas zu finden.«

Ich sah sie nur fragend an.

»Eine Nuance, die an den Menschen erinnert, der er für mich hätte sein können. Eigentlich hätte sein müssen.«

»Er hat als Junge Gedichte geschrieben«, sagte meine Mutter und nickte. »Anton hat in seinen Aufzeichnungen erwähnt, dass sein Bruder sich erst später verändert hat. Unter den Einflüssen ihres Vaters. Da muss also etwas anderes in ihm gewesen sein.

Mehr als nur Hass und Verachtung. Etwas, das nicht gepflegt und gewürdigt wurde.«

»Menschen sind nicht von Natur aus kaputt. Sie werden kaputtgemacht. Es ist wichtig für mich, das zu wissen. Und jetzt endlich kann ich glauben, dass mich ein Anteil in ihm hätte lieben können. Dadurch werden die Schuldgefühle für mich erträglicher.«

»Du warst nicht schuld an seinem Tod, Lili«, sagte ich.

»Spielt das eine Rolle? Du bist auch nicht schuld daran, dass sich deine Eltern getrennt haben. Und dennoch leidest du noch immer. Mehr noch, du hast dir selbst die Schuld gegeben. Ein Kind empfindet einen Schmerz, der so tief geht, dass er auch alle anderen Gefühle berührt. Wut, Angst, Traurigkeit. Und eben Schuld. Es ist, als würde erst eine Kirchenglocke läuten, und die anderen stimmen dann ein. Das ist oft so verwirrend. Ich will meinen Vater hassen, aber stattdessen spüre ich Traurigkeit, manchmal sogar Scham. Ich habe mich oft gefragt, ob ich ihn hätte retten können. Ist er vielleicht meinetwegen in seine verdammte Drogensucht hineingerutscht? War er meinetwegen verzweifelt und wütend? Vielleicht hat er sich dadurch seinem Mörder ausgeliefert?«

»Nein, Lili, du kannst nichts dafür«, gab ich energisch zurück. »*Er* war der Erwachsene, *du* die Heranwachsende. Er hätte *dich* schützen müssen, nicht umgekehrt.«

Meine Mutter sah mich an. Wir wussten, dass unsere Gefühle mächtiger waren als der Verstand. Gut gemeinte Ratschläge wirkten da immer etwas kraftlos. Was hatte ich als junges Mädchen alles angestellt, um die Risse in der Beziehung meiner Eltern zu kitten? Ich hatte mich zum Spaßvogel und Tanzbären gemacht. Ich war sogar kurz fortgelaufen, weil ich glaubte, sie wären ohne mich freier, ungebundener. Das gute Kind in mir hatte so oft versucht, brav zu sein. Weil es dachte, damit meinen Eltern etwas Gutes zu tun.

»Es tut mir leid«, sagte meine Mutter plötzlich. »Es war damals alles so verwirrend. Lili, die Enge in der DDR. Ich hatte mich Hals über Kopf in Bagrat verliebt. Die Flucht.«

Sie drehte ihre Teetasse zum gefühlt hundertsten Mal in der Hand. Tassendrehen. Ihre Gesten waren mir seit der Kindheit vertraut.

»Wir wollten neu anfangen, aber plötzlich wurde alles wieder eng. Ich dachte, ich hätte Lili für immer verloren. Bagrat vermisste seine Heimat. Geldverdienen war oberste Pflicht, als entscheide sich daran das Menschsein.«

»Und zu allem Überfluss kam auch noch ich.« Die Wut über mich und die Welt schien zu verpuffen, als ich den Satz aussprach. Viel zu lange schon begleitete mich dieses Empfinden.

»Ohne dich, Nairi, wäre meine Welt nicht einmal halb so schön. Ohne dich hätte ich schon längst aufgegeben.«

Manchmal möchte man sein Glück einfach nur herausschreien. Wir drei drückten uns gegenseitig so lange, bis wir wieder lachten. Lili wollte nach Ebbi und den anderen sehen, sodass ich mit meiner Mutter allein zurückblieb. Sie schielte zu den Zimtschnecken, die ich morgens vom Ökobäcker am Mehringplatz besorgt hatte. Als sich ihre Finger in Richtung süßer Sünde verirren wollten, griff ich nach dem Teller und stellte ihn neben die Spüle. Ich gab ihr einen Haferkeks für Diabetiker, den sie betrachtete, als wäre er getrockneter Fensterkitt.

»Von diesem Zeug bekommt man auch noch Asthma«, nörgelte sie und ließ aus Protest zwei Süßstofftabletten in ihren Kaffee fallen.

»Was hältst du eigentlich von Lilis Aktion?« Ich musste sie ablenken, sonst würde sie mir hier noch eine Szene wegen eines Stücks Kuchen machen, das ich böse Tochter ihr verweigerte.

»Mama und ich haben eine Art stille Vereinbarung«, meinte sie. »Wir lassen uns die Freiheiten, die wir brauchen. Ich mische mich nur ein, wenn ich gefragt werde. Auf diese Weise konnten wir so lange Zeit miteinander auskommen. Was nicht heißt, dass wir uns nicht streiten. Sie hat mir von ihrem Vorhaben erzählt, aber es ist ihr Ding. Kinder wollen von den Eltern in ihren Belangen ernst genommen werden. Ich sehe keinen Grund, weshalb das umgekehrt nicht ebenso gilt.« Sie strich plötzlich mit ihrem Finger über den Rand meiner Torte. »Darf ich auch ein halbes Stück?«

»Solche Belange zählen nicht dazu.« Ich rückte meinen Kuchenteller aus ihrer Reichweite. Wir lachten.

»Ich bin erstaunt, dass auch Laura und Maurice die Sache so nahegeht«, sagte sie, nachdem sie zwei Diätkekse verputzt hatte. »Schließlich geht es um Ereignisse, die achtzig Jahre zurückliegen. Was dürften sie schon von ihrem Urgroßvater gewusst haben? Und uns kannten sie ja kaum.«

»Eben«, murmelte ich kaum hörbar. »Das Schweigen war doch das Problem, die Unwissenheit. Und jetzt, da alles ans Licht kommt, haut es sie von den Füßen. Ich will mich da übrigens nicht ausnehmen.«

»*Die Sünden der Väter*. Ebbis Worte. *Bis ins dritte oder vierte Glied.* So steht es doch in der Bibel.«

Taten, die auch drei Generationen später noch in den Seelen der Menschen wirkten und sie quälten. Mich gruselte es bei dieser Vorstellung.

»Wo wir gerade bei den Vätern sind«, meinte sie. »Mir ist es unangenehm, dass ich Levon auf Gut Torchau einfach links liegen gelassen habe. Hast du noch Kontakt zu ihm?«

Ich nickte nur. Die Geschichte mit seiner Verlobten hatte ich ihr gar nicht erzählt.

»Und?«, hakte sie nach.

»Hast du nicht eben von Freiheiten gesprochen, die man einander lassen sollte?«, sagte ich und zwinkerte ihr zu.

»Ein Fettnapf? Und ich mittendrin?« Sie nahm meine Hand. »So war das nicht gemeint.«

»Wir haben über Armenien gesprochen. Und auch über Papa. Ist doch verrückt! Lili stochert in der Vergangenheit herum. Und plötzlich kommt heraus, dass Maurice schwul ist. Patricks Frau hat sich wahrscheinlich das Leben genommen. Mir läuft ein Cousin über den Weg, von dem ich nichts wusste. Ich denke so oft an Papa wie zuletzt vor zwanzig Jahren.«

»Nennen wir es Altlasten. Wahrscheinlich gibt es sie in jeder Familie. Man muss nur tief genug graben.«

*

Am Abend sollte es abschließend noch um die Frage gehen, die ich komplett verdrängt hatte. Lili wollte über ihren Nachlass sprechen, wie sie es unseren Angehörigen versprochen hatte. Letztlich ging es doch um eine Menge Geld, wenn auch nur auf dem Papier. Die Wohnung, Hunderte Möbel, Gut Torchau, ein paar Wertanlagen. Es interessierte mich nicht. Obwohl dies nicht wirklich stimmte. Ich hatte vielmehr entschieden, dass es mich nicht zu interessieren hatte, weil ich mit diesem Thema etwas verband, wovon ich nichts wissen wollte. Noch nicht. Eigentlich niemals.

»Ich musste sie doch herlocken«, hatte Lili mir schelmisch erklärt. »Ohne Aussicht auf die Penunze wäre doch niemand gekommen.« Ich mochte es, wenn sie ein wenig berlinerte. »Und es wäre unfair, sie jetzt zu enttäuschen. Ich habe alles mit Ebbi und deiner Mutter besprochen. Wir sind auf dem Weg, wieder eine Familie zu werden. Wenn etwas Geld, Torchau und die Stiftung dabei helfen, kann ich damit leben.«

Schließlich wurde es Zeit, und wir versammelten uns ein letztes Mal im Wohnzimmer.

»Kann man eigentlich noch etwas für Anton tun?« Die Frage schien Laura auf der Seele zu brennen. »Ich meine, um seinen Ruf wiederherzustellen. Es muss doch eine Art Rehabilitation von zu Unrecht Beschuldigten geben.«

Ihr Vater nickte und sah sie dankbar an.

»Anton Rabe wurde ja nie vor ein NS-Gericht gestellt, also auch nicht verurteilt. De facto liegt also kein Justizirrtum oder Unrechtsurteil vor«, antwortete Ebbi. »Allerdings könnte es im Rahmen der Ermittlungen hinsichtlich der Anzeige zu einer entlastenden Erklärung kommen.«

»Und welche Konsequenzen hätte das?«, fragte Lukas. Er wirkte verunsichert. »Ich meine auch und gerade für Ottilie? Ich möchte nicht, dass sie dadurch Nachteile hat.«

»Es wird auf Lilis Aussage ankommen«, erwiderte Ebbi. »Die Fakten, die durch Herrn Beyer zusammengetragen wurden, entlasten sie vollständig. Daran wird niemand ernsthaft zweifeln. Sie könnte in einer Stellungnahme gegenüber der Staatsanwaltschaft natürlich betonen, dass sie ihre Rettung vor der damaligen Unrechtsjustiz nur dem Opfer ihres Onkels zu verdanken hatte. Wenn wir es geschickt genug anstellen, wecken wir sicherlich öffentliches Interesse. Zum Beispiel werden sich NS-Opferverbände nicht einfach mit der Einstellung der Vorermittlungen abspeisen lassen. Ich überlege mir etwas. Es wird Staub aufwirbeln, Fragen aufwerfen, Ärger machen. Aber dank Herrn Beyer ist die Sachlage fast lückenlos aufgeklärt. Norbert könnte vielleicht seine beruflichen Beziehungen spielen lassen. Opferforschung ist ein weites Forschungsfeld und leider aktueller denn je. Und für Antons Nachkommen wäre dann die Ehrenrettung – wenn auch spät – vollzogen.«

Onkel Ebbi hatte wieder einmal das kleine Wunder vollbracht. Plötzlich war es, als würden alle merken, dass wir im selben Boot saßen. Lili blickte mich an, und ich glaubte, deutliche Erleichterung in ihrem Gesichtsausdruck zu erkennen. In ihrem Lächeln lag dieser Hauch Melancholie, der mir so vertraut war. Es mochte arg seltsam klingen, bei einer über Neunzigjährigen von Neubeginn zu sprechen. Aber genau dieses Empfinden hatte ich jetzt. Dass sie noch einmal durchstarten würde. Und nicht nur sie hatte viel vor. Da kam einiges auf uns zu.

Schließlich kam Ebbi zum Thema Erbe. Er verlas eine Absichtserklärung, die – Gott sei Dank – nicht wie ein Testament klang. Ich war sicher, dass ich so etwas nicht ausgehalten hätte. Lili und Ebbi hatten eine sehr geschickte Regelung gefunden. Jeder Familienzweig sollte eine nicht unbedeutende Summe des Vermögens erhalten, die sich später vor allem aus dem Verkauf der Wohnung ergeben würde. Der weitaus größere Betrag bliebe jedoch – wahrscheinlich unveräußerlich – als Anteil an Gut Torchau und den Möbeln, die der Stiftung als Dauerleihgabe überlassen wurden, gebunden. Ich war sicher, dass die Bekanntgabe dieser Regelung zu Beginn unserer Treffen einen Eklat herausgefordert hätte. Zu meinem Erstaunen nickten alle und wirkten zufrieden, als Ebbi die Erklärung verlesen hatte.

»Lili hat tatsächlich erreicht, was sie wollte«, sagte meine Mutter leise. »Man mag es noch so sehr leugnen. Aber am Gelde hängt es, zum Gelde drängt es, wie es so unschön, aber treffend heißt. Dass jetzt niemand widerspricht oder nörgelt, zeigt, dass sie ihre Herzen erreicht hat.«

Wir saßen später noch eine Weile zusammen. Und ich bekam mit, dass die Stiftungsidee die meisten Anwesenden sowohl irritierte als auch faszinierte. Lili stand ihnen Rede und Antwort, so gut sie konnte. Sie zerstreute Bedenken, dämpfte allerdings auch zu hohe Erwartungen. So kannte ich sie. Geerdet. Mit einer Kraft, die sich irgendwie aus geheimen Quellen zu speisen schien.

Als Heike eine Flasche Champagner in die Runde brachte und Gläser herumgereicht wurden, war ich richtiggehend erleichtert.

Und tatsächlich, es gab in diesem Augenblick etwas zu feiern. In solchen Momenten musste alles, was unsere Gefühle zu beschreiben versuchte, entweder zu groß oder zu klein, zu pathetisch oder zu nüchtern klingen. Und eigentlich war diese Stimmung ohnehin nur denen zugänglich, die dabei waren. Es war etwas fein Erhabenes, wie ein leiser Jubel in unseren Herzen. Etwas, das für andere ohne Bedeutung sein mochte, hatte unser Leben verändert. Wir waren Menschen, deren Wege sich längst getrennt zu haben schienen. Nun jedoch waren wir eine Familie, die zu neuen – gemeinsamen – Zielen aufbrach.

Nachdem sich schließlich alle verabschiedet hatten, ging ich zum Flurschrank, wo Lili und Ebbi ihre Fotoalben aufbewahrten.

Die beiden alten Leute knipsten immer noch mit einer Leica aus den Fünfzigerjahren und ließen den Film bei einem Fotolabor von Hand entwickeln. Auf den ersten Bildern war Ebbi deutlich jünger, und er turtelte um Lili herum wie ein verliebter Teenager. Fotos von Ausflügen nach Köpenick, an den obligatorischen Wannsee, nach Potsdam. Die Wohnung vor der Renovierung. Empfänge und Straßenfeste. Christopher Street Day. Lili mit zu großer, rosafarbener Brille. Mit Hut. Im Kleid. In bunten Regenbogen-Hippie-Lumpen. Kussmund und erhobene Faust. Jedes Bild, jeder Augenblick ein Leben. Ein reiches Leben.

»Soll Hanna dir das Liegesofa beziehen?« Lili stand plötzlich neben mir. Ich schreckte hoch und verteilte dabei die Fotos auf dem Boden. Ich hatte ihr Kommen nicht bemerkt, war vertieft in diese Momentaufnahmen, die sich in meinem Geist zu einem ganzen Film zusammengefügt hatten.

»Oder willst du bei deiner Mutter im Bett schlafen wie vor dreißig Jahren?«

»Sie schnarcht und hat das Restless-Legs-Syndrom«, erwiderte ich und tat ihr den Gefallen, auf die Frotzelei einzugehen. »Da kann ich gleich bei den Hobos am Bahnhof schlafen.«

Lili zeigte mit dem Finger auf ein Bild, das ich gerade aufgehoben hatte. Darauf war sie mit einem viel jüngeren Mann auf einer LGB-Demo zu sehen. Er trug den Anzug leger und lief barfuß. Etwas riskant auf Berlins Straßen.

»Und? Wer ist der Typ neben dir?« Irgendwie kam er mir bekannt vor.

»Wowereit. Er war damals gerade Bürgermeister geworden. Ich war mit ihm nicht immer einer Meinung, und er war schon sehr von sich eingenommen. Aber mir sind bunte Seifenblasen immer noch lieber als vertrocknete Knochen. Die einen laden zum Träumen ein, die anderen taugen nicht mal mehr für die Suppe.«

»Auch in der Szene wusste niemand, dass du eine Transfrau bist?« Szene. Hörte sich total bescheuert an, irgendwie nach Parallelwelt.

»Einige Leute wussten es natürlich. Noch aus der DDR-Zeit. Aber da war man Verschwiegenheit gewohnt. Für Menschen wie mich war es immer besser, sich genau zu überlegen, wem man was sagte. An diesen Kodex halten sich auch heute noch die meisten. Nur wenige sind darauf aus, sich immer ins Rampenlicht zu drängeln.«

Sie blätterte in einem anderen Album und zeigte auf ein Bild, dessen Farben wie ein Polaroid auf LSD-Trip aussahen. Siebzigerjahre. Lili mit Schlaghose und seltsamen Schuhen. Neben ihr stand ein anderer Mann. Oben Platte, seitlich Matte. Gelbe Lederjacke mit Fransen an den Ärmeln.

»War das Raumschiff von diesem Männchen gerade bei Pankow gelandet?«, fragte ich echt amüsiert.

»Rainer. Damals war er mein Lebensgefährte«, erwiderte Lili. »Nach außen rühmte sich die DDR, dass die Benachteiligung von Lesben und Schwulen schon früh abgeschafft wurde. Aber Papier ist bekanntlich geduldig. Die Stasi hat uns überwacht, und die sogenannten normalen Bürger misstrauten uns. Dabei war ich ja offiziell eine Frau. Ärgerlich war nur, dass die Dokumente die Nazi-Stempel trugen, was mich natürlich sofort verdächtig machte. Für manche war ich einfach nur krank, für andere ein verkappter Schwuler. Mehr als einmal haben Jugendliche auf unseren Festen oder in den Kneipen randaliert und Dinge zerschlagen. Dann hieß es vonseiten der Richter, wir hätten sie provoziert. Schließlich durften wir oft auch noch Strafe zahlen und mussten für die Schäden aufkommen. Wie gesagt, in der DDR haben wir gelernt, manche Dinge nicht an die große Glocke zu hängen.«

»Mal abgesehen davon, dass es im Westen vermutlich auch nicht anders war. Du wurdest in diesem Umfeld akzeptiert? Wenn niemand dein Geheimnis kannte, mussten die Leute dich doch ...« Ich erlitt schon wieder Schiffbruch an Wortklippen.

»... für eine normale Frau halten? Meintest du das?«

»Das Wort sollte man verbieten. Gerade die Leute, die es am häufigsten benutzen, sind meist alles andere als normal.«

»Für mich war es normal, die zu sein, die ich bin. Du hast das neulich so schön formuliert. Alle Menschen haben ein Recht auf einen Schutzraum. Und da drin hatte ich mein Geheimnis verschlossen. Obwohl es für mich selbst eigentlich gar keines war.«

46

Es war spät geworden. Noch nicht Mitternacht, aber knapp davor. Eigentlich stand mir der Sinn nach Alleinsein, und ich hatte mir fest vorgenommen, noch nach Hause zu gehen. Aber meine Mutter hatte mich überzeugt zu bleiben. Zur Geisterstunde in den Seitenstraßen von Kreuzberg war auch nicht gerade ein Szenario, das mich begeisterte. Ich wollte gerade das Sofa aufklappen, als es an der Tür läutete.

»Da hat sich bestimmt jemand in der Klingel geirrt. Passiert öfter«, sagte Lili, die sich gerade im Bad nachtfein gemacht hatte.

Ihr End-Sechziger-Nachthemd hatte etwas Gewagtes. *Unziemlich* hatte sie es einmal lachend genannt. Irgendwie altmodisch modern. Bevor sich jedoch durch den Hauch von Rosenduft, der von ihr ausging, eine Spätvorstellung in meinem Kopfkino ankündigen konnte, öffnete ich endlich die Haustür. Zu unserer beider Überraschung stand Laura mit einer Flasche Wein im Treppenhaus.

»Ich brauche jemanden zum Trinken«, sagte sie und wedelte mit den anderthalb Liter Fusel. Marke Lambrusco Schädeltod. »Ich werde nicht schlafen können und sowieso morgen Kopfschmerzen haben. Da will ich wenigstens vorher etwas Spaß. Machst du mit?«

Sie hatte ganz offensichtlich bereits zwei Gläser intus.

»Komm schon. Wir bestellen noch eine Pizza. Ich zahle.« Sie grinste.

»Verlockend.«

Labbrige, kalte Pizza von Jimmy's und lauwarmer Lambrusco. Wer konnte da schon Nein sagen?

In unserem Alter mussten sich unverheiratete Frauen schon langsam fragen, was sie abends noch unternehmen konnten, ohne als in jeder Hinsicht bedürftig zu gelten. Für Bingo fühlte ich mich allerdings doch noch zu jung. Laura bequatschte Lili, und schließlich bekamen wir die Erlaubnis, noch ein wenig die Küche zu rocken. Laura nahm ihr Smartphone und gab mir einen Earbud. Den anderen nahm sie. Ich hörte Songs von Slipknot im rechten Ohr. Die Unterhaltung führten wir mit dem linken. So ging Multitasking.

»Hat sich dein Vater gefangen?«, fragte ich, als wir auf den Pizzadienst warteten und den mondhellen Berliner Nachthimmel über den Häuserdächern beobachteten.

»Ich kann ihn jetzt etwas besser verstehen«, sagte Laura ausweichend. »Wenn in den Jahrzehnten nur ansatzweise in ihm abgegangen ist, was ich jetzt gespürt habe, dann tut er mir sogar leid.«

»Vielleicht seid ihr euch ähnlicher, als du es wahrhaben wolltest.«

Sie nickte. Wir schwiegen, tranken und warteten auf Jimmy's Wabbelpizza. Das Leben konnte manchmal eben doch einfach sein. Irgendwann zwischen dem ersten und zweiten Glas klingelte der Lieferbote. Da er zu spät war, hätte ich laut Werbung nur die Hälfte zahlen müssen, aber dann hätte ich mich nur mies gefühlt. Laura und ich befanden uns zudem gerade im Lambrusco-Zuckerschock und stürzten uns mit Heißhunger auf die beinahe kalte Pizza.

»Es geht doch irgendwie immer nur um die Suche nach ein bisschen Liebe. Ich verstehe dich gut.« Ich reichte ihr ein Pizzastück, das sich im rechten Winkel bog und kalte Käsefäden zog.

»Noch nicht gefunden?«, fragte sie und schenkte ungeniert zwei Bistrogläser randvoll ein.

»Was?«, fragte ich.

»Wen«, erwiderte sie. »Ihn. Sie. Das bisschen Liebe, das du meinst. Du bist noch nicht an den Richtigen geraten?« Sie lächelte. »Oder die Richtige?«

»Ha, und selbst?«

»Ich hatte ein paar Beziehungen. Mit *Doctor H*, *Mr. Koka* und *Pilz-Boy* hatte ich längere Bekanntschaften. Und sogar Sarah Crystal war kurz meine Freundin. Mir reicht es erst einmal. Ich brauche Zeit für mich.«

»Sorry«, meinte ich etwas hilflos. »Ich ahnte zwar, dass es da eine Geschichte mit dem Zeug gibt, aber dass es so viele Lover waren ...«

Sie lachte herzhaft, und ich stimmte unverkrampft ein. Dann schwiegen wir uns eine Weile an, tranken. Bevor die Stimmung kippen konnte, kamen endlich die Erdbeerdonuts, die wir in einem Anfall von Wahnsinn auch noch geordert hatten. Heute war Kindergeburtstag. Volle Kante. Seltsam, dass der Mist dann doch immer irgendwie schmeckte. Vielleicht aßen die Leute nur aus einem Grund Fast Food. Weil sie eigentlich Hunger auf etwas ganz anderes hatten.

»Ich hab die Drogen hinter mir«, sagte sie kauend. »Sofern jemand diese Dinge überhaupt hinter sich lassen kann.«

»Um auf deine Frage nach Beziehungen zurückzukommen«, sagte ich. »Die Chemie stimmte nie für längere Zeit. Und ich klammere nicht. Also ging so manche hoffnungsvolle Romanze den Bach runter.«

Klang pathetischer, als es sein sollte.

Ich leerte demonstrativ mein Glas. Dann schnipste ich ihr Donutkrümel ins Gesicht. Sie revanchierte sich mit Serviettenkugeln.

»Das vorgerückte Alter muss jetzt ins Bett«, sagte ich nach einer Weile. »Hau dich aufs Sofa. Lili hat sicherlich nichts dagegen. Aber zieh die Stiefel aus!«

Als ich im Bett lag, konnte ich nicht vom Thema Kinder wegkommen. Spätestens wenn jede Bekannte verständnisvoll erklärt hatte, dass das Thema »eine weise und starke Entscheidung« erforderte, wurde klar, wohin die Reise ging. Wir Frauen leugnen unsere biologische Bestimmung gerade deshalb so vehement, weil sie uns derart bedroht. Wer etwas anderes behauptete, war ein weltfremder Trottel. Sicher, es gab viele »Modelle«, wie heute das Leben anders zu gestalten war. Ehen kamen und gingen. Vielleicht lebte man in einer sogenannten progressiven Beziehung. Nicht getrennt, aber »offen für alles«. Oder man arrangierte sich in einer Gewohnheitsehe, frei nach dem Motto: *Es hätte auch schlimmer kommen können.* Wahrscheinlich konnten viele einfach das Alleinsein nicht ertragen. Und ihnen erschien dann eine toxische Kommunikation immer noch besser als gar keine.

Solche Gedanken gingen mir die halbe Nacht durch den Kopf. Bilder und Grübeleien kamen, wie es ihnen beliebte. Hatte ich eine Oma Otto, oder war es Opa Ottilie? Lili war meine Vertraute. Als ich ein Kind war, hatte sie mir vorgelesen, wenn ich zu Bett ging. Sie war gekommen, wenn ich Angst hatte. Und sie hatte zugehört, wenn die Welt um mich herum zu laut, zu fremdartig war. Da waren Nähe und Wärme in diesen Bildern, die nicht durch das neue Wissen verdrängt werden konnten. Irgendwo zwischen den Erinnerungen und der Überzeugung, gut aufgehoben zu sein, schlief ich dann doch noch ein.

*

Am nächsten Morgen saß ich dennoch früh und etwas zerzaust am Küchentisch. Ich lauschte den Geräuschen, die von der Straße kamen. Eine Taube gurrte irgendwo und schlug mit den Flügeln. Im Badezimmer rumorte es. Es waren diese wertvollen Minuten, in denen ich spürte, dass mein Tee mich ins Leben zurückholte. Als ich dann das Frühstück vorbereitete, merkte ich jedoch auch, wie erschöpft ich war. »Die meisten Leute glauben, dass es nur eine Frage der Akzeptanz wäre«, meinte Lili wenig später zu mir. »Da ist jemand anders – sagen sie sich –, also müssen wir nur tolerant sein, dann ist alles gut. Aber das Problem liegt viel tiefer. Die Muster in uns Menschen sind so uralt, dass sie sogar in mir wirken. Wahrscheinlich in allen Betroffenen. Obwohl wir ja nichts sehnlicher wünschen, als dass es nicht so wäre. Wir sind zerrissene Menschen auf der Suche nach Einheit. Ich glaube, das gilt nicht nur für Transpersonen. Obwohl ich mit dem Glauben nicht viel am Hut habe, denke ich, dass es etwas mit einer Art Schöpfungsakt zu tun hat. Wenn man das nicht biblisch versteht, sondern wissenschaftlich, dann könnte es der Moment vor ein paar Hunderttausend Jahren gewesen sein, als der Mensch sich das erste Mal seines Ichs bewusst wurde. Und trotz aller angeblichen Aufgeklärtheit sind doch die uralten Modelle noch da. Die Frau ist die Mutter, Hüterin, Hingebende, Bewahrende, Anmutige. Der Mann ist der Tapfere, Kraftvolle, Öffentliche, Selbstständige, Denker.«

»Du meinst, es ist für ein Leben, für eine Generation zu viel, es ändern zu wollen?«, fragte ich.

»Genau. Deshalb habe ich mich auch nie fanatisch und aufopfernd in die Szene gestürzt. Ich wurde von den wenigen, die mein Geheimnis kannten, immer dazu aufgefordert, meine Geschichte offenzulegen. Aber ich habe ein Leben verdient, das nicht nur öffentlich ist. Und ich möchte, dass das auch in den letzten Monaten oder Jahren so bleibt.«

Ich hatte meine Großmutter als eine – auch politisch – aktive Frau in Erinnerung. Ein paarmal im Jahr sprach sie immer noch bei Treffen im LGBTQ-Umfeld. Bisher hatte ich angenommen, dass sie sich dort zu DDR-Zeiten Kontakte geschaffen und bewahrt hatte. Ihr erstes Museum war auch eine Art Zufluchtsort für Lesben und Schwule gewesen, die im sozialistischen Deutschland zwar geduldet, aber leider auch schikaniert wurden. Dass das Engagement mit ihrer eigenen sexuellen Identität zu tun haben könnte, war mir nie in den Sinn gekommen.

»Natürlich geht es mir auch darum, angenommen zu werden«, fuhr sie fort. »Wer wünscht sich das nicht? Dazugehören, wie man ist. Ohne Wenn und Aber. Es geht jedoch vor allem um die Überwindung dieses zerrissenen Lebensgefühls. Die Teilung Deutschlands empfand ich immer als Symbol dafür. Wir und die Welt wären auch weiterhin mit zwei Staaten klargekommen. Aber es blieb immer eine Sehnsucht. Irgendwie war es nicht natürlich, ungesund, quälend. Und so will etwas in mir wieder vereint werden. Will nach Hause kommen. Ich bin jetzt über neunzig, aber kann dir immer noch nicht sagen, was es eigentlich ist.«

Ich merkte, dass es Zeit für mich war, aufzubrechen. Meine Gefühle spielten verrückt, als wüssten sie in einem Zustand von Schwerelosigkeit nicht, wo oben und unten, vorn und hinten ist. Da war auch dieses bittersüße Empfinden in mir, das sich immer dann einstellte, wenn etwas zu Ende ging und mich im Off zurückließ. So vieles hatte sich verändert. Schönes war geschehen, aber wir hatten auch Schreckliches aus der Vergangenheit erfahren. Ich brauchte jetzt Zeit für mich. Ich brauchte meine Möbel, meine Wohnung, mein ganz normales Leben, um mit ein paar Dingen ins Reine zu kommen.

47

Ostberlin, 1963

»Du solltest etwas vorsichtiger sein, Werner«, meinte Anna Schönberg.

»Rät das die Ärztin? Oder die treue Kommunistin?« Beltheim war in diesem Moment tatsächlich nicht sicher, ob sie seinen Gesundheitszustand oder sein loses Mundwerk meinte.

»Die besorgte Freundin sagt dir das, du Idiot.«

Der pensionierte Polizist zog sich das Hemd an. Er trank. Und rauchte. Er aß gern und üppig. Die angeratene Bewegung an der frischen Luft war ihm zuwider. Er las viel und ereiferte sich zu den Nachrichten der *Aktuellen Kamera* und *Tagesschau*. Das Westfernsehen war zwar verpönt, aber jeder sah es. Er mochte Orchideen, die er über Ungarn bezog. Er hatte damit sogar einige Preise gewonnen. Und er liebte Konrad, seinen Kanarienvogel. Ein Mitbringsel von der Bulgarienreise. Ein Hund wäre Beltheim zu mühsam gewesen. In letzter Zeit war ihm die Luft etwas knapp geworden, die Füße wurden abends dick. Anna Schönberg war zwar keine Poliklinikärztin, aber immerhin war sie Ärztin. Und die einzige, der Beltheim vertraute. Er wusste, dass man ihn mittlerweile für einen schrulligen Sonderling hielt. Es kümmerte ihn allerdings nicht.

»Du hast Wasser in der Lunge und in den Beinen«, sagte sie. »Eine Herzschwäche. Du bist zu fett. Zu träge. Und zu starrsinnig.«

»Dann passe ich doch ganz gut in die FDJ. Und in zehn Jahren werde ich dann Politiker«, witzelte Beltheim, aber seine Stimme klang matt.

»Ich versuche, dir einen Kurplatz zu besorgen«, meinte die Ärztin. »Wird nicht einfach. Du weißt, die Arbeiterklasse geht vor. Aber irgendwo werden sie einen Pensionär noch unterbringen.«

»Meinetwegen. Aber vorher muss ich endlich diese Angelegenheit zu Ende bringen, Anna.«

Seit einigen Monaten beschäftigte ihn der Fall Walter Rabe erneut. In den Wirren der Nachkriegsjahre schien Gras über die Sache gewachsen zu sein. Sein Unmut über den letztlich nicht geklärten Mordfall war zwischen Altersträgheit und den Hemmnissen eines neuen, repressiven Systems irgendwann eingeschlafen. Nun jedoch trieb ihn eine seltsame Unruhe an, noch einmal aktiv zu werden.

»Fast zwanzig Jahre ist das Ganze her!« Anna Schönberg wurde laut. Sie hatten sich oft genug über das Thema gestritten. »Der Kerl war Faschist, Werner. Wie so viele andere auch. Gib endlich Ruhe. Wem ist gedient, wenn du jetzt alles aufrollst? Du verbrennst dir die Finger, setzt deine Pension aufs Spiel.« Sie legte fast zärtlich eine Hand auf seinen Oberarm. »Vor allem zerfleischst du dich selbst. Wofür, Werner? Wofür?«

»Für die Wahrheit, Anna. Wir wären doch sonst genau wie sie«, sagte der alte Kriminalbeamte und beschrieb mit seinem Arm eine Bewegung, als wollte er auf die Welt da draußen zeigen. »Wir dürfen unsere Augen nicht verschließen oder einfach wegsehen. Sie wollen uns das Denken abgewöhnen. Damals wie heute. Das Denken!«

»Bitte, nicht schon wieder«, unterbrach ihn Dr. Schönberg. »Ja, der Sozialismus hat seine Fehler, aber erste Schritte sind immer mühsam.«

»Mir geht es nicht um Ideologien, Anna. Darüber können wir

bei Broiler und Molle zanken. Mir geht es um meine eigene, kleine Verantwortung. Ich bin zur Kripo gegangen, um die Täter zu fassen. Menschen, die anderen Leid zugefügt haben. Ich will dabei nicht abwägen müssen, ob dieses Leid gerade ins politische Konzept passt oder ob der Täter ein Mitglied der Partei ist. Wenn ich auf die einfache Frage nach meiner Verantwortung keine Antwort finde, brauche ich mir um das große Gejaule da draußen keinen Kopp zu machen.«

Beltheim sah sie an. Er schnappte nach Luft, da er sich entgegen seiner Absicht doch ereifert hatte.

»Wenn wir aufhören, selbst zu denken, dann können wir bald gar nicht mehr zwischen wahr und falsch unterscheiden«, fuhr er unbeirrt fort. »Dann bleibt nur Gehorsam, weil wir keinen moralischen Kompass mehr in uns haben. Die schlimmsten Verbrecher berufen sich bei ihrem Tun auf eine besondere Form der Dummheit, die ihr Gewissen betäubt. Sie vertrauen nämlich darauf, dass andere für sie denken, ihnen also auch die Verantwortung abnehmen. Dann lässt es sich morden für einen Gott, einen Führer oder ein Parteiprogramm. Sieh dir doch diesen Eichmann an! Behauptet, ihn träfe keine Schuld, da er nur Befehle befolgte.«

Die Psychiaterin strich sich durch ihr Haar, verdrehte die Augen und atmete ein paar Mal tief ein und aus. Obwohl sie in ihrem Fachgebiet nicht von den Hygienevorschriften betroffen war, trug sie eine Kurzfrisur nach Art einer Klinikärztin. Da sie sich auch sonst wenig weiblich gab, hatte ihr das herbe, selbstbewusste Auftreten – zusammen mit ihrer politischen Gesinnung – den wenig schmeichelhaften Spitznamen »Roter Dragoner« eingebracht. Dieser Umstand hatte jedoch der freundschaftlichen Beziehung zwischen ihr und Beltheim keinen Abbruch getan. Im Gegenteil, er mochte diese Unangepasstheit, den rauen Charme des Widerspruchs.

»Was hast du denn vor?«, fragte sie etwas versöhnlicher.

»Meine Nachforschungen sind abgeschlossen. Die letzten vier Monate waren fast noch einmal wie in alten Zeiten!« Werner Beltheim strahlte beinahe wie ein Kind, dem ein Eis versprochen war. »Ich weiß jetzt, wo der Kerl steckt, der Walter Rabe auf dem Gewissen hat. Er nennt sich heute Fritz Kruse.« Er legte eine Pause ein, um durchzuatmen, und wiederholte den Namen. »Und mindestens zwei weitere Kollegen vom Sicherheitsdienst sind ebenfalls untergetaucht. Kruse alias Gottwart Bürger hat mit Rabe und seinen feinen Kameraden damals einen profitablen Kokainhandel in Berlin aufgezogen. Erinnerst du dich? Walter Rabe hatte eine große Lieferung Rauschgift über Südamerika beschaffen wollen. Dafür musste er eine Stange Geld im Voraus blechen. Dann hat sein Verbindungsmann das Zeug im Meer versenkt, als die spanische Polizei das Schiff durchsuchen wollte. Die Aussage seines Bruders belastete damals Gottwart Bürger.«

»Fritz Kruse? Er ist Parteisekretär in der Hauptabteilung III und Mitarbeiter des Ministeriums für Staatssicherheit!«, rief die Ärztin in entsetztem Tonfall. »Ein ganz harter Hund und Duzfreund von Mielke. Alter Stalinist mit vielen Verbindungen.« Sie fuhr sich erneut durchs Haar. »Sprich bitte leiser!« zischte sie. »Kruse? Bist du übergeschnappt? Wenn du dieser Spur weiter nachgehst, wirst du bald ein paar unschöne Gespräche mit der Staatssicherheit haben. Wegen republikfeindlicher und konterrevolutionärer Aktivitäten.«

»Ich soll leiser sein?«, fragte Beltheim aufgebracht. »Ein paar unschöne Gespräche? Hatten wir das nicht schon einmal? Soll das alles wieder von vorn anfangen?«

»Werner, bitte!«

»Der Kruse ist Fallobst, Anna! Die Schale rot, aber innen total verfault. Jetzt ein guter Sozialist, früher ein Nazischwein«, protestierte Beltheim. »Nach dem Zusammenbruch hat er nur den Namen geändert, die braunen Stellen seiner Biografie übermalt und sich in Moskau bei den politischen Bildungsmaßnahmen lieb Kind gemacht. Und nun? Seht her, werte Genossen, ich war immer rot!«

»Sie werden dich für unzurechnungsfähig erklären«, erwiderte Anna Schönberg. »Sie werden dich fertigmachen, indem sie *deine* alte Personalakte herausholen. Kriminalrat der Sipo, Mitglied in der SS. Und ein paar Kleinigkeiten dichten sie dazu. Sie werden dir alles wegnehmen, dich vielleicht sogar ins Gefängnis stecken. Bist du dir darüber im Klaren? Du musst diese Angelegenheit endlich hinter dir lassen.«

»Und an ein solches System glaubst du?«, fragte der Polizist. »Welchen Unterschied gibt es dann überhaupt noch? Warum durften die Nazis nicht einfach in Amt und Würden bleiben?«

»Werner! Es reicht!«

»Ich will doch gar nichts an die große Glocke hängen«, sagte Beltheim in sanfterem Tonfall und nahm Annas Hand. »Dafür bin ich zu alt, zu müde. Aber ich möchte wenigstens der Familie die Wahrheit erklären. Diese Menschen müssen doch erfahren, was wirklich passiert ist. Ich werde ihnen später alle Unterlagen und Beweise überlassen. Nach meinem Tod. Und vorher muss ich reinen Tisch machen, denn meine Gedanken kreisen immer noch um diese Sache. Meine Schuldgefühle fressen mich auf.«

»Was hast du vor?«

»Ich will nur mit ihnen sprechen. Mit Ottilie und ihrer Mutter. Nur reden.«

Er sah seine langjährige Vertraute an. Wie oft hatte er früher mit seiner Frau Ärger wegen Anna Schönberg bekommen! Ein älterer Mann und eine jüngere, attraktive Frau. Konnten sie nur Freunde sein? Das lag außerhalb der Denkmodelle seiner Generation. Schon in der dunkelbraunen Zeit war über beide getuschelt worden. Und es hatte bis heute kaum nachgelassen. Dabei war sie eher ein guter Kumpel für ihn. Eine Frau mit Verstand, die es auch wagte, ihn zu benutzen. Sie war eine Verbündete. Abseits ewig gültiger Konventionen. Beltheim wusste, dass sie sich um ihn sorgte. Das schwache Herz spürte er bereits seit Langem. Es war, als wollte seine Pumpe ihm sagen: *Es reicht. Zu lange habe ich gegen diese Widerstände gekämpft. Gegen die inneren Dämme, die du aufgebaut hast.*

»Ich habe das Gefühl zu platzen«, sagte er. »Als würde sich in mir etwas anstauen, das abfließen will.«

»Du wirst also nichts gegen Kruse unternehmen?«, fragte Anna Schönberg erleichtert.

»Nein. Ich denke, diese Aufgabe wäre zu groß für mich. Soll die Nachwelt entscheiden, wie sie mit diesem Wissen umgeht. Ich gebe dir alle Dokumente, Anna. Als Zeichen meines guten Willens. Ich möchte damit abschließen. Du bekommst alle Ergebnisse der Nachforschungen der letzten Monate und die Abschriften der wichtigsten Dokumente von damals. Bewahr sie für mich auf. Entscheide selbst, ob du sie jemandem geben willst. Wem und wann. Du hast viele Kollegen, bist auf Kongressen. Vielleicht ergibt sich etwas. Wer weiß, vielleicht kommt eine Zeit, da man alles doch noch aufarbeiten will. Ich spreche nur noch mit Ottilie und ihrer Mutter, dann ist der Fall für mich erledigt. Versprochen.«

Sie schwiegen eine Weile. Es war einer jener Momente, in denen sie einander am nächsten waren. Er bewunderte an ihr, dass sie ihn verstand, auch ohne zu fragen.

»Ottilie«, murmelte Anna Schönberg. »Unglaublich, was wir damals auf die Beine gestellt haben, nicht wahr?«

»Hast du nach dem Prozess noch von ihr gehört?«, fragte Beltheim.

»Sie kam später bei einem Betrieb in Prenzlau unter. Zwar offiziell als Häftling, aber die Bedingungen waren deutlich besser als im Lager Uckermark. Sie hat mir nach Kriegsende eine

Postkarte geschrieben. Ans Gesundheitsamt adressiert. Seither nichts. Ich dachte, es wäre besser so.«

»Ohne die Anerkennung als Transvestit wäre die Sache wahrscheinlich schlechter ausgegangen.« Beltheim nickte.

»Personenstandsänderung«, korrigierte sie ihn. »Hört sich besser an. Er. Sie. Trotz allem fällt es mir schwer, einen jungen Mann als Frau zu betrachten.«

»Unsere Entscheidung war richtig, Anna. Ottilie lebt seit beinahe zwanzig Jahren als Frau. Ich habe das durch einen Bekannten bei der Volkspolizei nachprüfen lassen. Wäre das Ganze nur eine Schutzbehauptung gewesen, dann hätte sie gleich nach der Kapitulation alles fahren lassen können.«

»Leben alle Angehörigen von Walter Rabe in der DDR?«, fragte sie.

»Einige sind in den Westen gegangen.« Der pensionierte Polizist schüttelte den Kopf. »Nur Lili ist mit ihrer Mutter geblieben. Ich habe die Adresse von Klara Rabe, weiß aber nicht, ob ihre Tochter bei ihr wohnt. Beim Meldeamt arbeiten jetzt jüngere Leute, die ich nicht mehr kenne und die mir keine Auskunft geben.« Er fuhr sich durch das schüttere, weiße Haar. »So ist das, wenn man zum alten Eisen gehört.«

»Ich weiß wirklich nicht, ob es eine gute Idee ist, sie aufzusuchen«, sagte sie. »Vielleicht haben sie Frieden damit gemacht.«

»Mutter und Tochter haben ein Recht darauf zu erfahren, was geschehen ist. Wer der wahre Täter ist. Findest du nicht, Anna?«

»Geht es nicht vielmehr darum, dass *du* endlich deine innere Ruhe hast? Du schläfst besser, und andere dürfen deine Albträume jetzt weiterträumen. Sehr fair, mein Lieber!«

In Beltheims Kopf rauschte das Blut. Ihm schien es manchmal, als hätte sein malträtiertes Herz eine kleine Nebenpumpe zwischen beiden Ohren installiert.

»Ich werde Lili und ihre Mutter fragen«, schlug er vor. »Vielleicht erinnern sie sich sogar an mich. Wir haben ihnen damals geholfen, das schafft Vertrauen. Wenn sie sagt, dass sie es nicht wissen will, dann lasse ich es. Einverstanden? Und von Kruse erzähle ich gar nichts.«

»Dickschädel.«

*

Anna nahm die Berichte zur Hand. »Du liebe Güte«, sagte die Ärztin, nachdem sie sie gelesen hatte. Sie holte zwei Gläser und eine Flasche aus der Anrichte. »Als Ärztin verordne ich uns beiden erst einmal einen Birnenschnaps.«

»Mich hat Polizeiarbeit schon immer verwirrt«, fuhr sie fort, als beide den Klaren gekippt hatten. »Ist ja schlimmer als im Puppentheater. Da konnte ich mir auch nie merken, wer wen mit welchem Knüppel verhauen hat. Und warum.«

»Na, du hast es nötig mit deinem Seelenkabarett«, erwiderte Beltheim lachend. »Hätte Ödipus den Vater nicht erschlagen, dann wäre die Mutter ohne Einfluss auf mein Es. Oder war es das Über-Ich? Hätte ich so etwas studiert, wüsste ich am Ende nicht mehr, ob mir das Bier überhaupt noch schmeckt.«

»Davon trinkst du ohnehin zu viel.« Jetzt war sie es, die lachte.

»Den zweiten Bericht solltest du im Moment besser nicht lesen.« Werner Beltheim wurde wieder ernst. »Immerhin geht es um einen Mitarbeiter der Staatssicherheit, Freund von Erich Mielke und Abgeordneten der Volkskammer. Ich habe darin alles zusammengetragen, was ich – ohne zu viel Staub aufzuwirbeln – von Fritz Kruse alias Gottwart Bürger in Erfahrung bringen konnte. Je weniger du weißt, desto sicherer bist du.«

»In Ordnung«, erwiderte Anna Schönberg. »Was brächte es mir außer einem Magengeschwür? Der erste Bericht ist für mich unverfänglich. Ich habe ja alles miterlebt. Du könntest aber

Ärger bekommen, wenn das herauskommt. Falschangaben, die zur Verfolgung eines Opfers faschistischen Unrechts führten. Die Staatssicherheit wird dich als Faschisten einstufen. Deine Pension wärst du los.«

»Die Nazis haben diesen Anton nie gefasst«, sagte Beltheim. »Ich meine, er sah fürchterlich aus, aber er könnte das Jahr bis zur Kapitulation überstanden haben. Vielleicht lebt er sogar noch hier in der DDR?«

»Du weißt, dass das ziemlich unwahrscheinlich und auch egal ist, Werner. Man könnte dir die Sache als Denunziation bei der Gestapo auslegen. Vor allem dann, wenn du einem hohen Tier um Minister Mielke in die Quere kommen willst.«

Beltheim legte die Aktenmappen in einen Pappkarton, der gerade eben in seine Ledertasche gepasst hatte. Anna sah geduldig zu und nahm das Ganze schließlich entgegen.

»Um den Nazi Walter Rabe ist es weiterhin nicht schade«, meinte sie. »Aber sein Bruder wurde zu Unrecht beschuldigt. Mir ist klar, warum du das damals getan hast. Du wolltest dieses Mädchen retten. Wir wollten es. Vielleicht hatte es ja gar keine Konsequenzen für Anton Rabe, weil er sich versteckt halten konnte. Vielleicht ist er verstorben, bevor die Feldpolizei ihn aufspürte. Ich hoffe es für dich, Werner. Denn sollten ihn die Nazis doch erwischt haben, dann hast du große Schuld auf dich geladen. Ich kann schon verstehen, dass du die Sache jetzt geradebiegen möchtest.«

»Weißt du, meine Tochter leidet bis heute darunter, dass sie nicht weiß, was mit ihrem Ehemann geschehen ist. Er wird seit Februar 45 vermisst.« Beltheims Stimme zitterte leicht. »Immer wieder fängt sie davon an. Er könnte doch noch in einem Lager sein. Er könnte seine Erinnerung verloren haben. Er könnte ein verstümmelter Krüppel sein, der sich schämt zurückzukehren. Fast zwanzig Jahre, und es quält sie so sehr, Anna. Wie oft ich mir wünsche, ich könnte ihr Gewissheit geben. Den Angehörigen von Anton Rabe ist es sicherlich ähnlich ergangen. Aber ich kann das jetzt ändern.« Er deutete auf die Aktenmappe. »Diesen Menschen muss ich endlich die Wahrheit sagen. Vielleicht bringt das ein wenig Frieden in ihre Herzen.«

»Und in deines«, sagte sie und lächelte sanft.

Sie nahm den Karton und trug ihn zur Rumpelkammer. Zwischen Besen, Kehrschaufel und zwei Paar abgetragener Schuhe verstaute sie die Dokumente auf einem Regal.

»Da hat die Stapo immer als Erstes gesucht«, sagte Beltheim leise.

»Was hast du gesagt?«, fragte sie, als ihr gerade eine Dose Wiener Kalk vom Regal auf den Kopf fiel und feinen, weißen Staub auf ihrem Haar verteilte.

»Nichts. Leg es möglichst weit nach hinten.«

Sie saßen noch eine Weile beisammen, und Anna redete ihm nochmals ins Gewissen, ein paar Untersuchungen durchführen zu lassen. Sie hatte bereits einige Termine für ihn vereinbart.

»Blutwerte und Röntgen. EKG unter Belastung und ein Lungenfunktionstest. Und danach kannst du dann bei Ottilie und ihrer Mutter vorbeischauen«, meinte sie. »Auf ein paar Tage kommt es doch nicht an.«

Er nickte.

Dass er die Familie sofort aufsuchen wollte, verschwieg er. Er fand, er hatte der langjährigen Vertrauten bereits genug zugemutet. Und er wollte keinen Streit um seine Gesundheit. Insgeheim fürchtete er jedoch, eine innere Stimme könnte ihm sein Vorhaben doch noch ausreden.

*

Beltheim fühlte sich seltsam leicht, als er durch die Straßen der Innenstadt ging. Berlin war eine andere Stadt geworden. Und mit ihrer Verwandlung hatte er seine Heimat verloren. Obwohl er noch an denselben Orten wie früher stand. Aus dem schrecklichen Kokon – den Bombentrichtern und Schutthalden – war leider kein schöner Schmetterling geschlüpft. Kein Phönix war der Asche entstiegen. Germania, die Großartige, bestand nun aus Ruinen, Ödflächen, hässlichem Beton, staubigen Fassaden und Kohleruß. Immerhin waren die riesigen Stalin-Porträts aus den Straßen verschwunden. Die neue, sozialistische Funktionskunst schien allerdings kaum besser geeignet, die Stimmung der Betrachter zu heben. Eine kurze Zeit lang, während der Weimarer Jahre vor Hitler, hatten die Menschen geglaubt, ihr Leben könnte sich zukünftig an Glück und Schönheit ausrichten. Aber nun war es wieder zu Frondienst verkommen, der Mensch war hüben wie drüben nur ein *Homo muneris*, ein Sklave des Plans, des Geldes, der Leistung.

Und dennoch verspürte Beltheim diese angenehme Leichtigkeit. Das alte Märchen. *Hans im Glück*. Er fühlte sich befreit. Eine Last begann von ihm abzufallen. Die Schuld? Die Verachtung, die er all die Jahre gegenüber sich selbst empfunden hatte? Er wusste es nicht. Er hatte damals so gehandelt, wie er es für richtig gehalten hatte. Er hatte Ottilie gerettet, einen ohnehin dem Tode geweihten Mann geopfert. Aber wer war er, dass er über Leben und Tod hatte entscheiden dürfen? Eben diesem Mann, Anton Rabe, war er es schuldig, die Sache in Ordnung zu bringen. Die Angehörigen sollten endlich die Wahrheit erfahren.

»Ich brauche doch nur ein Grab, an dem ich trauern kann«, sagte seine Tochter jedes Mal, wenn sie in tiefe Verzweiflung stürzte. Sie gehörte zu den Hunderttausenden Frauen, deren Liebster wohl für immer vermisst blieb. Eine Witwe ohne Gewissheit, eine Trauernde ohne Hoffnung auf Abschluss. »Nur ein Grab. Dann könnte ich mein Leben weiterleben.« Und wahrscheinlich fühlte Antons Familie ähnlich.

Konnte es sein, dass Ungewissheit, Unaufrichtigkeit und Schweigen eine Last immer größer werden ließen? Wie Schnee, den man nur vor sich herschob? Erst ging es leicht, aber schnell türmte er sich auf zu riesigen, unverrückbaren Bergen. Schicksalsbergen aus Fragen, Mutmaßungen, Zweifeln, Scham und unausgesprochener Trauer.

Werner Beltheim ging zum Rathaus. Er hatte noch immer gute Beziehungen in der Verwaltung. Wenn der »Alte vom Werder-Markt« kam, öffneten sich Archive und Bibliotheken wie von Zauberhand. Unvergessen war vielen Staatsdienern, dass durch sein Wissen »aus der alten Zeit« mancher Ganove, aber auch mancher braune Drecksack Anfang der Fünfziger geschnappt werden konnte. Aber schnell war ein weiteres Jahrzehnt vergangen, und sein kleiner Ruhm verblasste immer mehr. Und tatsächlich ließ ihn jetzt ein junger Pförtner abblitzen, als er ohne Termin beim Meldeamt auftauchte. Er hatte gehofft, doch noch Ottilie Rabes Adresse auf dem kleinen Dienstweg herausfinden zu können.

»Nüscht da«, fuhr ihn der Mann kurz darauf an, als er nach dem Telefon greifen wollte. »Jehn Se uffs Postamt wie alle juten Jenossen.«

Frustriert stöhnte Beltheim leise auf und trollte sich. Das nächste Postamt lag nicht weit entfernt in der Spandauer Straße. Immerhin wusste er, wo Klara Rabe wohnte. *Jott-weh-deh*, wie der Berliner sagte. Am östlichen Stadtrand, in dem beschaulichen Örtchen Mahlsdorf. Fast schon ein Vorort von Moskau. Der Schalterbeamte blätterte lustlos im amtlichen Fernsprechbuch und kassierte die zehn Pfennig für ein vermitteltes Gespräch. Beltheim hatte Glück. Er stellte sich Klara Rabe kurz vor und verabredete für den nächsten Tag einen Besuch bei ihr.

Er überlegte, als er das Postamt wieder verlassen hatte. Er würde weit fahren müssen. Die Gegend im Berliner Nordosten war ländlich. Idyllisch. Es gingen Gerüchte, dass der reale Sozialismus dort in der Nähe gerade mit ein paar Hochhäusern neuerer Bauart experimentierte. *Karnickel uff Etage*. Gab es schon zu allen Zeiten. *Wilhelm, Adolf, Walter sind des Untergangs Verwalter*. Manche flapsigen Sprüche äußerte man besser nicht so laut. Damals wie heute.

Eine halbe Weltreise, überlegte der alte Mann. Die Tram fuhr nicht so weit raus. Also würde er die S-Bahn nehmen müssen. Gute Planung war der halbe Erfolg. Auf dem Weg nach Hause genehmigte er sich eine Zigarette. Schuldbewusst sah er sich um, bevor er sie anzündete. Eine Packung im Monat gestand er sich zu. Für Notfälle. Und zur Belohnung. An einer Bude lud er eine weitere Sünde in Form eines halben Broilers auf sich. Danach musste es noch eine Molle mit Korn in seiner alten Stammkneipe Rosa L. sein.

»Das Leben ist zu kurz für später«, meinte er zu dem Wirt, als er zahlte. Der Mann sah ihn nur verwundert an.

*

Am nächsten Morgen machte sich Beltheim frühzeitig auf den Weg zum Ostbahnhof. Er hatte schlecht geschlafen, für ihn ein Zeichen, dass die Angelegenheit keinen Aufschub mehr duldete. Er musste die Bahn Richtung Strausberg nehmen und ließ sich von einem Bahnbeamten die Verbindung heraussuchen. Der Bahnhof war wie immer zugig, einer der Orte, an denen man beständig fror. Dennoch hatte sich das Empfinden innerer Leichtigkeit, das er verspürte, sogar noch zu einem wahren Hochgefühl gesteigert. In letzter Zeit hatte er öfter solche Zustände, die sogar an leichte Trunkenheit erinnerten. Bedeutungslos. Und eigentlich recht nett, denn auf diese Weise ersparte er sich den Schnaps. Und die Folgen. In diesem Moment aber wurde es doch lästig.

Er stand nur da, und die Proportionen auf dem Bahnsteig wirkten plötzlich auffällig verschoben. Der einfahrende Zug erschien klein, fast wie ein Spielzeug. Der Kiosk kam mal auf ihn zu, dann entfernte er sich wieder. Als der Boden zu schwanken begann, musste sich Beltheim am kalten Stahl der Dachträger festhalten.

»... nicht gut?«, hörte er jemanden aus der Ferne fragen.

Ist es möglich, die Welt wahrhaftiger zu sehen, als wir es gewohnt sind?, fragte sich Beltheim, als sich das Bahnhofsdach über ihm im Kreis drehte. Vielleicht öffnet erst der Alkohol die Augen für das, was wirklich ist. Für das, was hinter dem Vorhang ist. Aber er hatte nicht getrunken. Gestern die Molle mit Korn. Hatte Walter Rabe vielleicht ähnliche Erlebnisse gehabt, als er das Kokain in rauen Mengen genommen hatte? Hatte auch er hinter einen Vorhang schauen wollen? Etwas stach Beltheim in den Rücken. Und die Brust. Und den Arm. Was waren das für Gedanken? Er musste doch nach Mahlsdorf!

»... blass aus. Haben Sie Schmerzen?« Eine andere Stimme. »So antworten Sie doch!«

Er hörte die Worte aus weiter Ferne. War das Stechen überhaupt ein Schmerz? Sind Träume die eigentliche Realität? Und Wachsein ist nur ein Traum. Wer schneidet meine Welt entzwei? Mahlsdorf! Dort entscheidet sich, ob ich wieder ganz werde.

»Hallo, sagen Sie doch etwas!«

Ein Sperling saß auf dem leeren Gleis und beobachtete ihn. Ein riesiger Vogel, der seine Schwingen ausbreitete und sich majestätisch in die Luft erhob. Werner Beltheim hätte Angst verspürt, wäre nicht das Gesicht gewesen. Nein, die vielen Gesichter. Die nun, halb von Federn bedeckt, auf ihn hinabsahen. Seine Frau, seine Tochter, Anna, ein paar Bekannte. Anton Rabe? Ottilie? Sie hoben ihn auf. Die Welt wurde weicher, er war frei.

»Rufen Sie einen Arzt! Der Mann atmet nicht mehr!«

48

Meine liebe Lili!

Mir bleibt nicht viel Zeit, Dir zu versichern, dass wir einander immer nahe sein werden. Wir hatten das Glück, eine Leidenschaft im Tanz zu teilen. Und ich konnte spüren, dass Du trotz Deiner noch jungen Jahre verstanden hast, was es bedeutet, ganz und gar aufzugehen in Bewegung und Musik.

Im Leben ist nicht wichtig, wer oder was Du bist. Es ist wichtig, wie Du bist. Denn die Aufrichtigkeit ist das Maß, an dem wir gemessen werden. Es war mir vergönnt, ein paar Wochen Unterricht bei der begnadeten Gret Palucca nehmen zu dürfen. Ihre Tanzform ist Sinnbild eines ehrlichen Lebens. Jeder Moment, jede Bewegung ist ein Gebären und Sterben zugleich. Das Dazwischen, auf das das Streben so vieler Menschen gerichtet ist, wird bedeutungslos, wenn Du nicht bereit bist, Dich dem Werden und Vergehen zu ergeben.

Wie gern hätte ich mit Dir über diese Dinge gesprochen! Wie gern hätte ich noch einmal mit Dir getanzt! Und wie gern wäre ich noch eine Weile Dein Begleiter gewesen. Es soll nicht sein. Aber es tröstet mich zu wissen, dass Du den Weg gehen wirst, der Dir bestimmt ist. Denn Du ahnst bereits jetzt, wie Du bist. Finde Deine Wahrheit und Deine Stärke. Nichts an Dir ist falsch!

Ich habe es nicht geschafft, Hertha und Manfred noch einmal meiner großen Liebe zu versichern. Zu groß wäre die Gefahr für sie gewesen. Aber ich bin sicher, dass Du ihnen diese Gewissheit geben kannst. Dein Herz ist groß, und alle meine Lieben werden darin Platz finden. Und gemeinsam werden wir ein Fest feiern. Vielleicht bin ich schon wirr im Verstand, aber in solchen Vorstellungen finde ich Trost. Wir werden uns wiedersehen, meine teuerste, liebe Lili.

49

Berlin, November 2022

Ich war im Moment total im Bewahr-Modus. Die Arbeiten auf Gut Torchau gingen gut voran und lösten in mir jedes Mal, wenn ich dort war, ein Hochgefühl aus. Ein Symbol dafür schien mir ein kleiner Springbrunnen, den Janosz im Herbst seitlich am Haus angelegt hatte. Kein Imitat aus Polyresin, sondern eine umgenutzte Waschtrommel aus den frühen 1900er-Jahren. Hier mühte sich keine Waschfrau ab. Einfach nur zum Vergnügen stand das Alte in neuer Funktion als Vogelbad und Stillleben dort. Dazu kam eine fast unüberschaubare Anzahl Möbel, die aufbereitet werden mussten. Arbeit für Jahre und ohne Hilfe nicht zu schaffen. Ein ehemaliger Tagungsraum der örtlichen SED-Kader wurde gerade zu einer Lehrwerkstatt umgebaut. Viele Schlafsäle in den Nebengebäuden erhielten Zwischenwände und einen – sehr – bescheidenen Komfort. Der alte Ort wurde langsam wiederbelebt, sanft, Stück um Stück. Keine Luxussanierung. Und Lili erfüllte sich damit ihren Wunsch, den alten Ungeist durch neues Leben zu vertreiben. Liebevolles Leben.

Für das Versprechen, das ich Annika gegeben hatte, konnte ich nun endgültig keinen weiteren Aufschub heraushandeln. Zu allem Überfluss war es leider einer jener Tage, an denen zwei grundverschiedene Bedürfnisse aufeinanderprallten. Mein besagter Bewahr-Modus traf auf ihren radikalen Alles-muss-neu-Elan. Andererseits war ich auch ganz froh über ein bisschen Abwechslung. Die Vorbereitungen und die Treffen selbst hatten

Kraft gekostet. Aus meiner Minifamilie war eine Art Clan geworden. Da tat die Vorstellung gut, mal wieder etwas mit der besten Freundin zu machen. Zumal ich sie den Sommer über sträflich vernachlässigt und immer wieder vertröstet hatte. Ein großer Einkaufstag war zugegebenermaßen vielleicht nicht die beste Wahl, um ein Wiedersehen zu feiern. Ich brauchte eigentlich etwas Ruhe, ein bisschen Ablenkung, Tee und Schokolade. Sie benötigte hingegen vor allem eine Einkaufshilfe und Einrichtungsberaterin. Annikas Freund kehrte nämlich bald von seinem Auslandspraktikum zurück. Anstatt also bei der Lieblingsserie und Popcorn auf dem Sofa abzuhängen, fand das überfällige Gespräch mit meiner Freundin nun beim Möbel-Hopping statt.

»Sieh dir diese Couch an, Nairi!«, rief Annika begeistert.

Wir hatten gerade erst angefangen. Parkplatzsuche, Drehtür und Rolltreppe lagen bereits hinter uns. Jetzt standen wir bei *Wohnen*. Ich unterdrückte ein Stöhnen, als ich sah, wie meine Freundin eine Liste aus ihrer Tasche zog.

Die Liste. Gott sei Dank waren bereits einige Zeilen durchgestrichen oder abgehakt. Aber erschreckend viele stachen mir gut leserlich ins Auge. Die meisten auch noch dick unterstrichen, mit Ausrufezeichen oder Kommentaren versehen. Annika und ich kannten uns seit über zehn Jahren. Und viele Leute fragten sich, warum zwei derart verschiedene Menschen befreundet waren. Wer sich darüber wunderte, hatte offenbar selbst keine Freunde. Es war eben der Unterschied, der so oft den Reiz ausmachte.

Als Restauratorin mochte ich alte Dinge, vor allem Möbel. Lili hatte sich ihr Wissen in vielen Jahren nach dem Krieg quasi selbst beigebracht. Von ihr hatte ich die Tricks. Meine Mutter war Malerin und Bildhauerin. Von ihr hatte ich den Hang zum Gestalten und Erschaffen.

»Von beiden hast du vor allem den Dickkopf«, behauptete Annika jedoch immer. Sie konnte fürchterlich direkt sein.

Möbel redeten nicht. Das machte sie mir schon von Grund auf sympathisch. Alte Möbel hatten allerdings eine Geschichte. Sie zu entdecken war spannend, zumindest für mich. Ich hatte eine Bestandsaufnahme der Stücke in Lilis Wohnung und auf Gut Torchau gemacht. Einiges war museal wertvoll und sollte in die Stiftungssammlung kommen. Vieles würden wir selbst für die Einrichtung des Haupthauses nutzen. Und es blieb noch ein ordentlicher Bestand, der nach und nach verkauft werden konnte. Ich freute mich darauf, diesen Möbelstücken bei meiner Arbeit einen Teil ihrer Geheimnisse zu entlocken. Für mich war eine gerade neu geschliffene und instand gesetzte Intarsie wie ein Babypopo, den man sehr vorsichtig pflegen musste.

Solche Überlegungen galten ausdrücklich Möbeln, nicht am PC entworfenen Nutz- und Verbrauchsobjekten. Letzteres war jenes Lebensabschnittsinventar, das an allen Stadträndern der Welt in monströsen Verkaufshallen angeboten wurde. Möbel hatten Charakter, Nutzobjekte hingegen brachten mich in Situationen, wie die heutige eine war. Dabei hatte der Tag vielversprechend angefangen. Ich hatte sogar Kaffee im Haus gehabt. Und Toast. Die Sonne schien. Zwar nicht in meine Küche, aber ein bisschen Himmel, das ich zwischen den zwei Vorderhäusern sah, hatte mich zuversichtlich gestimmt.

»Oder doch lieber eine Chaiselongue?«, fragte Annika jetzt. Sie stand vor einem grauenhaften Liegeobjekt. »Sehr praktisch, wenn man Gäste hat. Und gemütlich zum Kuscheln, ohne dass eine Lehne stört.«

»Ja.« Was sollte ich sagen? Und irgendeine Reaktion erwartete sie schließlich. »Ja«, wiederholte ich.

Nach zwei Stunden hatte Annika erst sieben Zeilen auf ihrer Liste durchgestrichen. Drei Bestellungen waren aufgegeben, aber – und das beunruhigte mich – sie hatte weitere Sachen hinzugefügt. Ausrufezeichen waren durch Fragezeichen ersetzt worden. Dabei freute ich mich auf einen Kaffee. Es hieß, der wäre hier ganz gut.

»Jan meint, dass wir uns dein Angebot, ein paar Antiquitäten dazuzustellen, überlegen werden.«

Was so viel bedeutete wie: Sie waren ihm zu teuer. Deshalb war er auch jetzt nicht dabei. Annika hatte Geschmack, und sie nahm auch in diesem Konsumtempel nicht das Billigste. Sicherlich bekam Jans Schließmuskel am Portemonnaie einen ordentlichen Krampf, wenn er später auf die Kontoauszüge sah.

»Du solltest die Sache hier als Übung sehen, Nairi.«

Für meinen Geschmack waren wir noch viel zu weit entfernt von der Cafeteria. Ich sah sie fragend an, weil sie das offenbar von mir erwartete.

»Du kannst nicht ewig allein in einer Fabrikhalle wohnen«, fuhr sie unbeirrt fort. »Wie sieht es denn mit deinen neuen Plänen aus? Wirst du in die Uckermark ziehen?«

»Keine Ahnung. Muss ich auf mich zukommen lassen.«

»Da lernst du doch erst recht niemanden kennen, Nairi. Es ist Zeit für eine ernsthafte Beziehung. Auf dem Dorf bist du jahrelang eine Außenseiterin. Und du wirst schneller ...«

»Meinst du, hier ist der richtige Ort, um das zu diskutieren?«, unterbrach ich sie. Mein Protest klang müde. »Außerdem möchte ich jetzt mit dir viel lieber über Lili und meine Verwandten sprechen.«

»Es ist nie der richtige Ort. Oder Zeitpunkt. Und immer gibt es andere Dinge«, erwiderte sie, während sie irgendwelches Billigbesteck musterte. »Als ich neulich bei dir war, saß dieser gut gebaute Kerl auf deiner Couch. Zuerst dachte ich, du hättest dir endlich einen Typen geangelt. Aber nein, es stellt sich heraus, dass es dein Cousin ist.« Sie spitzte den Mund und hob die Augenbrauen. »So ein Mann würde zu dir passen.«

»Hör bitte auf, Annika. Erstens, ich angle nicht. Und zweitens bin ich auch nicht in Torschlusspanik. Ich meinte es ernst, als ich sagte, ich möchte reden.«

»In Ordnung. Ich höre zu. Vorausgesetzt, dass wir nebenbei weiter einkaufen.«

Ich hatte einen Teilsieg errungen. Immerhin würde mir jetzt eine Hälfte ihres Verstandes folgen, während die IKEA-Hälfte weiter Farben und Maße abschätzte. Ich versuchte also, ihr zwischen *Küchen* und *Schlafen* eine Kurzfassung zu geben.

»Okay«, sagte sie gedehnt, als ich geendet hatte und wir uns bei den Matratzen eine Verschnaufpause gönnten. »Jetzt wird mir einiges klar.«

»Zögere die Hinrichtung nicht hinaus«, erwiderte ich.

»Du weißt nicht, wer du bist.« Sie wechselte das Probebett. »Und das Problem hast du anscheinend von beiden Elternteilen mitbekommen. Die Identität deiner Großmutter. Dann dieses Verbrechen, an das sie keine Erinnerung hat. Die Adoption deiner Mutter. Zu viele Fragezeichen. Und wie oft in deinem Leben hast du schon mit Rückzug reagiert, wenn du dir unsicher wurdest!«

»Und was hat das mit meinem Vater zu tun?«

»Komm schon, das weißt du genau, Nairi. Du suchst Antworten. Wer war er? Wer ist er? Wie steht er zu dir? Du hast doch gesehen, was geschieht, wenn man sich nur ein Bild aus zweiter oder dritter Hand machen kann. Deine Fragen werden immer schneller sein, als du laufen kannst. Also stelle dich ihnen.«

Stimmte schon irgendwie. Ich tauchte gern ab, wenn es auf der Gefühlsseite zu brenzlig wurde. Ich schob gern auf, wenn ich meine Bedürfnisse gefährdet sah. Oder ich lief weg. Es schien zwar, als wäre ich recht quirlig, kontaktfreudig, manchmal sogar extrovertiert. Aber dennoch bevorzugte ich es, in Deckung zu bleiben. Anonym. Die Kehrseite des Namenlosen blieb allerdings dessen Austauschbarkeit und damit Ersetzbarkeit. Das Leben flatterte dann einfach vorbei, als wäre es ein Stück Papier. Eine verlorene Papierserviette aus einem Schnellrestaurant, die im Wind davonstob. Kein besonders schöner Gedanke, wie ich fand.

Und er erinnerte mich an Lukas und seine Schwester Amelia. Das Ungenannte und Unbekannte hatte das Leben vieler Menschen beeinflusst. Und nicht zum Guten.

»Du hast bereits auf vieles deine Antworten gefunden«, sagte Annika. »Dass Lili so sein darf, wie sie ist. Dass die Altlasten auf den Tisch mussten. Dass man manchmal mit den Schatten leben muss. Aber einer Sache gehst du konsequent aus dem Weg.«

»Mein Vater? Und wie stellst du dir das vor? Soll ich ins Flugzeug steigen und in Eriwan nach Herrn Abazian fragen?«

»Nimm den Vorschlag deines Cousins an. Ich verstehe, dass du immer noch enttäuscht von ihm bist. Vielleicht ist er ein Idiot, aber er kann dir ein paar Puzzleteile liefern. Da gehe ich jede Wette ein.«

Konnte Levon wirklich eine Chance sein?

»Außerdem geht es ja gar nicht um deinen Cousin, sondern um die Beziehung zu deinem Vater«, fuhr sie fort. »Hast du schon mal daran gedacht, dass es besser wäre, jetzt reinen Tisch zu machen? Nicht erst in ein paar Jahrzehnten. Sieh dir doch an, wie viel Leid zu langes Abwarten auslösen kann! Du hast es bei deiner Großmutter und deinen Verwandten erlebt. Jetzt kannst du nicht einfach kneifen. Du bist nicht in einem Kinosaal, aus dem du dich unerkannt herausstehlen kannst, weil dir der Film nicht gefällt.«

Anonym, schoss es mir in diesem Moment durch den Kopf. Der Stummel von Bleistift, den ich immer noch in meiner Hand knetete, zerbrach in zwei Hälften. Interessanterweise in Längsrichtung. Wir saßen inzwischen mit drei überdimensionierten, blauen Plastiksäcken im Restaurant. Ich hatte mich so gefreut, dass ich mein Versprechen eingelöst und die Sache hier zu Ende gebracht hatte. Aber nun hatte ein neuer Presslufthammer in meinem Kopf seine Arbeit begonnen. Es gab definitiv noch eine Sache zu klären. Ich war ein wenig sauer auf Annika, weil ich spürte, dass sie recht hatte. Also, eigentlich war ich eher sauer auf mich.

Epilog

Wenn man vom Kind spricht, besänftigen sich die Seelen;
die gesamte Menschheit teilt diese tiefe Emotion,
die vom Kind ausgeht.
Das Kind ist eine Quelle der Liebe.
Kommt man mit ihm in Berührung,
berührt man die Liebe.

       (Maria Montessori, 1870–1952)
        (aus: M. Montessori, *Das Kreative Kind*, 1949)

Gut Torchau, April 2023

Nairi hatte recht. Die Bibliothek ist ein wunderbarer Ort. Wir haben nicht viel verändert, nur der Wasserschaden wurde von den Arbeitern beseitigt. Langsam füllen sich sogar die Bücherregale wieder. Ein schöner Platz, um mit Zuversicht aus der Vergangenheit in die Zukunft zu schauen. Und dabei die Gegenwart kurz zu streifen. Meine Horizonte sind in dieser Hinsicht überschaubar geworden. Meine Unruhe legt sich, seit ich ahne, dass die Wanderschaft an ein Ziel kommt. Und ich weiß, dass der Weg – würde ich ihn auf eine Karte zeichnen – wohl recht seltsam anzusehen wäre. Mancher Zickzackkurs fände sich, ein Vor und Zurück, Einbahnstraßen und Sackgassen. Manches Mal ging es bergab, dann wieder bergauf, oft war es steinig und rau, nur selten weich und eben. Immer jedoch konnte ich sagen, dass es *mein* Weg war. Und früh habe ich gelernt, ihn nicht allein zu gehen. Es gab sogar diese ganz wunderbaren Zeiten, da war alles besonders leicht. Da flog ich über Wolken und tanzte mit den Schmetterlingen. Für diese Momente hat es sich gelohnt zu leben. Man kann sie nicht herbeizwingen, aber ein wenig Sehnen hilft schon. Das Herz offen halten für Menschen, die eintreten wollen. Denn nur sie geben die Wärme, die du brauchst, um wirklich zu leben.

Wer liebt, hat viel seltener kalte Füße. Meine Großmutter war eine weise Frau. Als junges Mädchen habe ich oft gefroren, dann aber wurde es besser. Zuerst Onkel Anton und Oma Ilse, dann

Hubert. Später Helga und Greta. Viele Menschen haben seither das Feuer am Brennen gehalten. Jetzt scheint es mir, dass wir alle noch einmal beieinandersitzen. Auf Gut Torchau vollendet sich, was mit einer verirrten Liebe begann. Wie paradox. Die Nazis haben mich hierhergeschickt, um mich zu brechen. Ich bin noch da. Etwas windschief vielleicht, aber ich stehe. Später hat auch der reale Sozialismus versucht, mich in diesem Lager umzuerziehen. Und gerade dadurch wurde ich zu der Frau, die ich bin. Gut Torchau. Für mich ein magischer Ort, der sich widersetzt, der unangepasst und unbequem ist. Ein Ort, der aufbegehrt, der hinterfragt, der überdauert.

Ich befürchte, ich werde meinen Angehörigen eine marode Bruchbude hinterlassen. Und ein paar Hundert Möbelstücke. Alles ist alt, aus der Mode, trägt die Spuren schlechter und guter Zeiten. Zuversicht und Verzweiflung lagen hier immer nah beieinander. Und vielleicht liebe ich diesen Ort gerade deshalb so sehr. Vielleicht habe ich mich gerade deshalb so gefreut, als Norbert mir mitteilte, dass seine Töchter – die ich kaum kenne – unbedingt bei unserem Projekt mitarbeiten wollen. Ich war in ihrem Alter, als ich Hannas Mutter hier kennenlernte. Ein schönes Zeichen.

»Maurice und ich würden dich gern unterstützen«, hatte Heike kurz vor Weihnachten erklärt. Und etwas herumgedruckst »Vielleicht ein ungewöhnlicher Plan, den er da ausgeheckt hat.«

Wohl wahr. Ein *Männerhaus* will er aufbauen. Ein Rückzugsort für jene, die durch Anspruch, Realität und eigene Identität verwirrt sind. Und denen die Natur zufällig ein Y-Chromosom verpasst hat. Und wer bin ich, einen Stab über ein solches Vorhaben zu brechen? Obwohl wir uns noch über die Benennung unterhalten müssen. Mir würde *Menschenhaus* eher zusagen.

Apropos Inklusion. Offenbar hat Nairi eine neue Freundin gefunden. Mittlerweile teilt sie sich mit Laura die Miete in Berlin.

Laura hat sich dazu durchgerungen, ihr Studium doch noch abzuschließen. Ich glaube auch, dass sie sehr gut nach Berlin passt. Und als Heilpädagogin wird sie später in Torchau bei einem Modellprojekt mitwirken, das die Gemeinde bereits genehmigt hat.

»Damals waren wir die Exkludierten«, hatte ich ihr erklärt und von den Erfahrungen mit Jugend-KZ der Nazis und Jugendwerkhof der DDR berichtet. »Weggesperrt, weil wir anders und auffällig waren.«

»Was meinst du, wie die Leute im Kreisrat geguckt haben, als ich ihnen unser Konzept vorgestellt habe«, hatte Laura erwidert. »Eine Bildungseinrichtung für die Exkludierenden. Damit sie ihre gefärbten Brillen, vorgefassten Meinungen und alten Hüte ablegen.«

»Und dann müssen sie auch noch an Möbeln arbeiten und werden von Menschen mit Handicap unterrichtet.« Auch mit Mitte neunzig habe ich bei solchen Überlegungen eine Menge Spaß.

Lauras Vater arbeitet im Moment nicht an unserem Projekt mit. Er braucht Abstand. Ich respektiere und verstehe seinen Wunsch. Wir sind im Guten auseinandergegangen. Ich erkenne in Lukas die gleiche Sehnsucht, die meinen Onkel Tonton, seinen Großvater, erfüllt hat. Und deren Tore er durch das Tanzen weit öffnete. Lukas ist ebenfalls ein Suchender. Aber die bittern Krusten aus jahrzehntelangem Ringen um Anerkennung brauchen Zeit und Zuneigung, um aufzubrechen. Wer weiß, vielleicht kehrt er eines Tages zu uns zurück?

Ein erfolgreicher Vortrag über »Die Wiederbelebung ländlicher Infrastruktur unter Nutzung von Alt-Liegenschaften des Bundes mit Einbindung lokaler Fachbetriebe sowie Berücksichtigung der symbiotischen Wirkkraft von Kultur und Wirtschaft« führt Torsten in der Uckermark übrigens seit Wochen von Gemeinde zu Gemeinde. Als ich den etwas sperrigen Titel las, war ich zunächst skeptisch, aber Heike versicherte mir, dass ihrem Bruder das Konzept wirklich am Herzen liege. Nairi meinte, dass er wohl ein paar einflussreiche Politiker für das Unterfangen gewinnen konnte. Obwohl er sich als Berliner vorwiegend mit dem negativen Zahlenraum auskennt, scheinen seine Pläne Anklang zu finden. Und er hat versprochen, uns bei den Gesprächen mit möglichen Geldgebern zu unterstützen. Die Energiefrage, die wie ein Damoklesschwert über dem unsanierten Gutshof schwebte, hat er bereits recht elegant geklärt. Die riesigen Dachflächen aller Nebengebäude werden an ein Solarstromunternehmen vermietet. Und auf einer abseits gelegenen Brachfläche werden fünf Windräder errichtet. In Zukunft will er Torchau durch Solarspeicher sogar zu einer »Insel« machen. Ganz verstanden habe ich das allerdings nicht.

Und meine drei Liebsten? Ich hoffe, Hanna dazu bewegen zu können, sich auf Gut Torchau etwas mehr zu bewegen. Sie hat sich über den Winter ein wunderschönes Atelier ausbauen lassen, das sie noch im April beziehen will. Die frische Luft wird ihr guttun. Sie ist ihrer Mutter sehr ähnlich, was mich teils mit wehmütigem Stolz, teils mit großer Sorge erfüllt. Der Zucker ist leider eine heimtückische Krankheit, die durch ständiges Verleugnen nicht besser wird. Hanna fügt sich in die vielen Widersprüche, für die Torchau steht, perfekt ein. Sie hat ein stilles, fast scheues Wesen, das aber gern gesehen werden möchte. Und das Gut hat seine verborgene Schönheit, die entdeckt werden will.

Dank Ebbi sind meine Füße meistens warm. Ich bin froh, dass Gut Torchau – entgegen meinen Befürchtungen – in allen Belangen eine Art Jungbrunnen für ihn ist. Er ist die männliche Hand auf unserem Anwesen. Wo ich mit allzu viel Gefühl und schwärmerischem Instinkt entscheiden will, denkt er hin und wieder auch ans Geld. Denn manches Mal spüre ich einen traumseligen

Tatendrang, den die junge Ottilie damals hier für die ältere Lili zurückgelassen haben muss. Aber Ebbi ist auch mein Ritter. Erst neulich hat er mich davor bewahrt, einem Flegel, der sich im Bus über mich lustig gemacht hatte, den Regenschirm über den Kopf zu ziehen.

»Du solltest die wenigen Tassen, die bei dem jungen Mann im Schrank stehen, nicht auch noch zerschlagen, meine Liebe«, hatte er gesagt und damit die Lacher auf unsere Seite gebracht.

Ich habe beschlossen, dass ungewöhnlich schöne Wetter zu nutzen. Nun sitze ich auf der baufälligen vorderen Veranda in der Frühlingssonne. Meine Lieblingsenkelin hat mir eine Decke gebracht. Da ist etwas Neues an ihr. Ihr verborgener Zorn scheint einer Fürsorglichkeit gewichen zu sein, die sie weicher macht. Wir haben noch nicht über ihre Reise nach Armenien gesprochen. Sie wird am besten wissen, wann der Zeitpunkt dafür gekommen ist.

»Das Haus am See«, meint sie und lächelt mich an.

»Tümpel trifft es eher«, sage ich.

Im November wurde der alte Feuerwehrteich, der seitlich von der Zufahrt liegt, wieder ausgehoben. Auch diese Entscheidung war Ebbis Umsicht zu verdanken. Pumpe, zwei Hydranten und die Auflagen der Baubehörde waren erfüllt gewesen. Zudem waren plötzlich die Kellerräume im Haupthaus trocken. Die Idylle gab es umsonst dazu.

»Du findest wohl nur im Chaos Ruhe, Lili«, meint Nairi plötzlich.

Ihre Nähe ist mir so vertraut, dass ich manches Mal gar nicht merke, wenn sie auftaucht und mir einen Tee anbietet. Überhaupt habe ich in letzter Zeit das Gefühl, dass sich die Grenzen zwischen mir und jenen, die ich mag, zunehmend auflösen. Nairi und ich sind der lebende Beweis, dass familiäre Zuneigung, Geborgenheit und Fürsorge nicht durch wissenschaftliche Regeln,

Gene oder Blut erklärt werden. Um es zu verstehen, muss man lieben.

»Hier vorn sieht es doch aus wie auf einer Baustelle«, fügt sie noch hinzu.

Zugegeben, die Teichidylle wird seit Wochen durch ein paar Maschinen, einen Bauwagen, Gerüste und sonstige Materialien gestört. Aber wer das Schöne sehen will, muss auch mal ausblenden können, was stört.

»Soll ich wie der da im Lotussitz unter der Ulme hocken und auf einem Minzblatt kauen?«, frage ich und zeige auf einen in Gips gegossenen Bengel, der aussieht wie Buddha als Kind. Ein Geschenk, das zu Weihnachten aus Stuttgart kam.

»Ich finde, er passt hierher. Sieht aus wie ein Junge, der seine Mutter fragt, ob jetzt langsam genug ist mit dem Meditieren. Weil er gern spielen würde.«

Wir wissen in diesem Augenblick beide, weshalb wir hier sitzen. Sie war für einen kurzen Abstecher nach Torchau gekommen, damit wir nicht am Telefon über diese wichtige Sache sprechen müssen. Ich bin so gespannt, wie sie sich entschieden hat.

»Ich bleibe in Berlin«, meint Nairi.

Ich hatte es befürchtet. Meine Kleine ist ein Stadtmensch. Und ich muss diese Entscheidung akzeptieren. Aber auch Verständnis kann ziemlich schmerzhaft sein.

»Laura und ich teilen uns die Kosten für die Werkstatt«, fährt sie fort. »Und jeweils ein halbes Jahr lang ist dann eine von uns hier. Wir machen das abwechselnd.«

Sie strahlt. Und ich kann mein Glück kaum fassen.

»Du machst es also, Nairi?«, frage ich ungläubig.

»Ich habe schon mit Ebbi gesprochen.« Sie nickt. »Und ins Thema eingelesen habe ich mich auch. Allerdings sollte der Stiftungsvorstand aus drei Personen bestehen. Dann bleibt nicht alles an mir hängen.«

Wieder einmal mute ich meinen Gelenken viel mehr zu, als sie noch protestfrei zu leisten vermögen. Es knirscht deshalb ordentlich, nicht nur im wurmstichigen Stuhlgebälk, als ich aufstehe und Nairi umarme. Als ich jung war, hatte es viele Momente gegeben, in denen ich aufgeben wollte. Zeiten, die so dunkel waren, dass es mir zwecklos erschien, weiter nach einem Licht zu suchen. Als ich älter wurde, erlebte ich Augenblicke des Glücks, die mich schier zerreißen wollten. Ich dachte, dass mehr gar nicht geht. Dass es sich kaum lohnen würde weiterzuleben, da nichts derart Gutes mehr kommen konnte. Und immer hatte ich mich getäuscht. Immer war da doch Helles gewesen, das mich durch die schwarze Nacht geführt hatte. Immer kam nach einem scheinbar letzten Glück noch ein weiteres. Ich werde jetzt zusehen, wie Gut Torchau wächst und zu dem wird, was in ihm verborgen liegt. Ich werde nicht mehr alles Schöne sehen. Aber für das, was da ist, halte ich die Augen offen, so lange es geht.

Nachwort

Oft frage ich mich nach Abschluss eines Romans, was mich eigentlich veranlasst hat, ihn überhaupt zu schreiben. Und ebenso oft kann ich mir (und anderen) darauf nur teilweise eine Antwort geben. Romane erzählen Geschichten. Und das Leben bestand für mich schon immer aus Geschichten. Ich nehme sie wahr, sie faszinieren mich. Und irgendwann gibt es vielleicht eine Art kreativer Initialzündung, die mir zwar nicht bewusst wird, aber mich veranlasst, daraus einen Plot zu weben.

Wir alle haben unsere eigene, höchst intime Geschichte. Wir müssen sie uns gar nicht täglich erzählen, um zu wissen, dass sie existiert. Das unterbewusste Erkennen einer zur eigenen Person passenden Geschichte ist sogar ein wichtiger Aspekt unserer seelischen Gesundheit. Wir nehmen quasi instinktiv das Lied unseres Lebens wahr. Fügt es sich im Wesentlichen zu einem harmonischen Ganzen, zu einer wohlklingenden Melodie, dann geht es uns gut. Erleben und spüren wir jedoch allzu oft Dissonanzen, Brüche und Diskrepanzen, so können wir ernsthaft erkranken. Als Arzt habe ich erlebt, dass vielen Menschen das besagte Lied sogar unerträglich erscheint. Um sich zu schützen, wählen sie dann den Weg des Weghörens. Oder gar des Ertaubens. Man mag »es« nicht mehr hören, stopft sich Wachs (oder Earbuds) in die Ohren und flüchtet in Ablenkungen aller Art. Die Betroffenen stellen sich hierdurch aber, ohne es zu merken, auch taub gegen die eigenen Bedürfnisse, verarmen immer mehr bei häufig überladener, äußerer Fülle.

Als Therapeut habe ich mich stets bemüht, jeden Menschen nicht nur in Teilaspekten, sondern in seinem ganzen Sein wahrzunehmen. Nicht das einzelne Symptom interessierte mich, sondern die Geschichte, die bei diesem Menschen zu eben diesem Krankheitszeichen führte. Ich bemerkte im Laufe der Jahre jedoch, dass manche Menschen enorme Schwierigkeiten hatten, sich »zu öffnen« und mir die größeren Sinnzusammenhänge in ihrem Leben zu beschreiben. Zunächst vermutete ich in diesen Fällen, dass vielleicht schlicht die Vertrauensbasis zwischen uns fehlte. Allerdings musste ich später feststellen, dass viele Patient*innen offenbar gar nicht in der Lage waren, an die eigene Geschichte heranzukommen. Sie konnten sie nicht spüren, folglich auch nicht reflektieren oder schildern. Sie waren taub geworden für ihr Lebenslied.

Ich habe den Betroffenen geholfen, den Weg zur eigenen Narration neu zu entdecken. Immer war es auch eine Art Spurensuche. Gemeinsam fanden wir die Geschichte(n) wieder, befreiten sie von ihrem Ballast. Da stellten sich uns aber auch viele Hindernisse in den Weg: Belanglosigkeiten, Zwänge, Schuldgefühle, Überreizungen, Scheinbedeutungen, Lebenslügen, Enttäuschungen, festgefahrene Glaubenssätze. Und die Folgen erlebter Gewalt. Die Gewalterfahrung ist nämlich eine sehr häufige Ursache dafür, dass wir uns auf unserem Weg verirren, dass wir ihn aus den Augen verlieren, dass wir blind und taub werden. Oft wirken dabei die auslösenden Ereignisse auf Außenstehende nebensächlich und werden heruntergespielt oder kleingeredet. Denken wir etwa an die Verharmlosung kindlich erfahrener, sexualisierter Gewalt. (»Da war doch nichts.«) Manchmal liegen die Vorfälle auch Jahrzehnte zurück und haben dennoch sehr starke Auswirkungen auf die Lebensgestaltung der Betroffenen. Viele ältere Patienten in meiner Praxis litten an den Folgen von Traumatisierungen, die sie als Kinder und Jugendliche erfahren hatten. Und es gibt schließlich noch das Sonderphänomen einer »vererbten«

Traumatisierung, wenn auch die Nachfahren der Opfer (seltener auch der Täter) Krankheitssymptome entwickeln (z. B. Kinder der Shoah-Opfer, Kriegsenkel).

Es ist Aufgabe der Traumatherapie, bei der Verarbeitung und inneren Überwindung von Gewalterlebnissen zu helfen. Wenn belastende Ereignisse dauerhaft nicht bewältigt werden können, wenn sie Gefühle von Ohnmacht und Hilflosigkeit hinterlassen, dann können sie die Persönlichkeit eines Menschen verändern. Und es treten dann in den meisten Fällen eine Vielzahl von seelischen, oft auch körperlichen Störungen hinzu. Ich spreche in diesem Zusammenhang vom »Lebensschmerz«, denn das Leben selbst ist für solche Individuen in vielen Aspekten qualvoll. Sie erleben sich dabei ein weiteres Mal als hilflos, fühlen sich als Spielball von Schicksal, Gesellschaft und eigener Psyche. Diesen Menschen ist der Auslöser ihres Lebensschmerzes meist nicht bekannt. Oder sie erahnen ihn nur angstvoll als Schemen. Gerade dies gehört zur besonderen Tragik des traumatischen Geschehens. Um sich vor dem unerträglichen Erlebnis zu schützen, schaltet ein Teil des Gehirns während der traumatischen Verletzung (und auch später) quasi den erinnerbaren Zugang zum Ereignis ab. Stellen Sie sich vor, jemand bricht sich ein Bein. Natürlich ist dies bedauernswert und schmerzhaft. Jedoch kann der Schmerz gedeutet, verstanden und verarbeitet werden. Denn ein Knochenbruch ist nun einmal von Natur aus schmerzhaft. Traumatisierten fehlt allerdings der Zugang zum auslösenden Ereignis. Sie spüren den Lebensschmerz, ohne die Ursache zu kennen. Es ist für sie, als erinnerten sie sich nicht an den Knochenbruch, sondern durchlitten nur die Folgen.

Ganz ähnlich ergeht es der Hauptfigur Ottilie in meinem Roman. Sie wird in ihrer Kindheit und Jugend das Opfer vielschichtiger, seelischer und körperlicher Gewalt. Sie erinnert sich später als Erwachsene zwar an einige dieser Ereignisse und kann sie wohl auch teilweise verarbeiten. Therapeutisch sprechen wir in diesem Zusammenhang von einer gelungenen Bewältigung. Jedoch bleibt die wesentliche Verletzung, das Verbrechen an ihrem Vater, dessen Zeugin sie wurde, jahrzehntelang unbewältigt. Dabei ist völlig unerheblich, dass er ihr Hauptpeiniger war, sie also durch seinen Tod sogar eine gewisse Entlastung erfuhr. Sein Tod hat die Jugendliche tief verstört und führte zu einer typischen Traumatisierung. Dieses Ereignis war ihr »Knochenbruch«, an den sie sich später nicht erinnern konnte. Sie verspürte jedoch diesen Schmerz in sich. Sie fühlte, dass etwas an ihrem Heilsein zerbrochen war. Immer wieder und bis ins hohe Alter. Ihr instinktiver Wunsch, das Trauma doch noch zu überwinden, bringt sie auf die Idee, das Familientreffen zu planen. Gut Torchau wirkt hierbei als eine Art Katalysator. An diesem Ort ehemaliger Schrecken gelingt es ihr (und der Familie), etwas Neues und Gutes zu schaffen, das die traumatische Erfahrung schließlich auflöst. Der Schmerz verliert auf diese Weise seine Hinweisfunktion auf »Unerledigtes«. Er darf endlich abklingen.

Ein weiteres Thema, das im Roman anklingt und mich seit Langem bewegt, ist die Vermeidbarkeit vieler seelischer Verletzungen. Ich spreche an dieser Stelle bewusst nicht von Vorbeugung, da mir der Begriff zu mechanistisch und reglementierend scheint. In jedem Moment unseres Daseins liegt es nämlich in *unserer* Verantwortung, die Entwürdigung und Herabsetzung von Menschen zu vermeiden. Es ist die bewusste Entscheidung für ein humanistisches Menschenbild. Egozentrismus mündet letztlich im »Recht des Stärkeren«. Wir erleben gerade, wohin eine solche Entwicklung führt: Wenigen geht es gut, viele leiden. Nicht nur materiell, sondern auch und vor allem seelisch. Ich werde die Hoffnung nicht aufgeben, dass wir zu einem gemeinsamen Bewusstsein, einem Gefühl der Allverbundenheit, finden können. Und ich lasse mich da gern einen Träumer nennen. Wahrscheinlich verortet sich hier der eigentliche Antrieb für mein schriftstellerisches Tun. Ich *sehe* Geschichten. Ich *träume* Geschichten. Ich *schreibe* Geschichten. Um meine Hoffnung nicht zu verlieren.

Die Figur der Ottilie ist zu einem Sprachbild dieser Hoffnung geworden. Dabei entwickelte sie eine Lebendigkeit (in mir und durch mich), die ich in dieser Form als Autor bisher nicht erlebt habe. Während des Schreibens befand ich mich früh in einem Dialog mit ihr, sodass das Fiktive in einer »Authentizität des Fiktiven« mündete. Mit anderen Worten, Ottilie diktierte mir oft ihre Geschichte in die Feder, ohne dass ich das Gefühl hatte, ich dürfte etwas hinzudichten oder verändern. So erklärt sich auch, dass die direkte, sprachliche Zuordnung ihrer Figur in die »Geschlechterwelt«, in die Normen unserer Gesellschaft, weitgehend unterbleibt. Denn für sie ist es schlicht ohne Bedeutung. Ottilie begreift sich als menschliches Wesen. Es spielt dabei keine Rolle, ob wir sie weiblich, männlich, divers, straight, cis, transgender oder queer »sehen«. Als Mensch hat sie bedingungslos unser Verständnis und unsere Zuneigung verdient. Hier nun schließt sich für mich der Kreis. Und es findet sich wohl auch eine Antwort auf die eingangs gestellte Frage. Wir alle haben die Möglichkeit, unsere Welt zu gestalten. Und zwar in jedem einzelnen Moment. Denn wir entscheiden, ob aus einem Eindruck ein vorschnelles Urteil, eben ein Vorurteil wird. Eine (von außen definierte) sogenannte Andersartigkeit verleitet zur Bildung von Stereotypen, Klischees und Schubladendenken. Der Schritt zur Diskriminierung und Herabwürdigung ist nur ein kleiner. Und schnell wird daraus für die Betroffenen ein Trauma.

Die Geschichte, die ich erzählt habe, hilft mir, mich in die Gefühlswelt dieser verletzten Wesen hineinzuversetzen. Verständnis und Respekt sind ein guter Anfang. Aber es gibt nur einen Königsweg, um zukünftige Traumatisierung von Menschen zu vermeiden und bereits gesetzte Traumata aufzulösen: die liebevolle Zuneigung.

**Das Leben wirft mehr Fragen auf,
als es beantwortet.
Schreiben hilft mir, mich dennoch darin
zurechtzufinden.**

(Arne Jensen)

Danksagung

Der maritim geprägte Nordfriese in mir sieht sich an dieser Stelle als Kapitän, der sein Schiff durch manch unsichere Gewässer und schwere Stürme bringen musste, bevor es in den Hafen einlaufen konnte. Und als Kapitän, der weiß, wo seine Grenzen liegen, habe ich nun vielen guten Geistern zu danken, ohne deren Zutun die ganze Unternehmung auch Schiffbruch hätte erleiden können. Ich vermute, in gewisser Weise widerspricht das alte, hierarchisch geprägte Bild ein wenig dem heute woken Teamgeist. Dennoch erlaube ich mir – quasi als Primus inter Pares – aufs Herzlichste meiner Mannschaft, den Lotsen und der Reederei für ihr Vertrauen in mich, ihren Glauben an das Projekt und ihren Enthusiasmus zu danken.

Es war die bislang gefährlichste und längste Reise, die ich als Autor antreten durfte. Während meine Krimi-Arbeiten eher den Wegen auf bekannten Handelsrouten ähnelten, war es dieses Mal eine Entdeckungsfahrt, ein Aufbruch in unbekannte Welten. Ich musste mich öffnen für Eindrücke, die mir meine Reise erst vermittelte, von denen ich vorher nichts geahnt hatte.

Insbesondere möchte ich hier Ottilie selbst nennen, die in meiner Vorstellung lebendig wurde und mir den Weg zu Orten wies, die ich allein nie gewagt hätte zu erkunden. So saß sie manches Mal im Ausguck und korrigierte den Kurs, wenn ich allzu sehr danebenlag.

Ich musste auch erkennen, dass Mitglieder meiner Crew oftmals mehr Durchblick hatten als ich. Aber nur ein schlechter Kapitän sträubt sich gegen weise Ratschläge, ein guter nimmt sie an.

Ich danke meiner Familie für die Geduld, denn ein ums andere Mal hatte sie die Unwetter zu ertragen, die aufzogen, wenn das Schiff nicht auf Kurs war – will sagen, wenn etwas nicht so lief, wie ich es wollte. Ein liebevolles Buch kann nur schreiben, wer Liebe erfährt. Für ihre Liebe danke ich meiner Frau. Mit Stolz und Liebe schaue ich auch auf meine Kinder, um deren Zukunft es geht. Yvonne war wie immer eine weise Ratgeberin und geduldige Zuhörerin. Und eine tolle Smutje natürlich auch. Joshua hat mir durch spontane Fotoprojekte aus kreativen Sackgassen geholfen.

Ein Dank gebührt auch den beiden ersten Probeleserinnen Dana und Madeleine.

Meine Fotogruppe musste manches Mal auf mich verzichten, wenn ich mal wieder manisch seitenweise »Papier« beschrieb.

Fünftausend Worte an einem Tag sind nur mit einiger Verrücktheit zu schaffen. Gleich danach starrte ich meist wieder deprimiert auf leeres Weiß. Da tat der Zuspruch lieber, vertrauter Menschen gut.

Bodo danke ich für die tolle Session am Hamburger Hafen, während der meine Autorenfotos entstanden. Leider haben die Spieleabende mit Sabine und Frank unter meiner »künstlerischen Flatterhaftigkeit« in letzter Zeit gelitten. Aber keine Sorge, ich gelobe Besserung.

Mein ganz besonderer Dank gilt zwei Menschen, die mir Einblicke in eine queere Welt ermöglichten, die eigentlich eine völlig normale Welt ist. Ich verstehe und respektiere ihren Wunsch, nicht namentlich genannt zu werden, auch wenn es mich traurig stimmt, dass die Normen unserer Zeit immer noch derart viel Macht haben und Angst verbreiten.

Motorradfahren ist eine – politisch nicht ganz korrekte – Leidenschaft, deren Bann ich mich auch im vorgerückten Alter nicht zu entziehen vermag. Für viele Jahre des Schraubens und Fachsimpelns danke ich meinem Kumpel Bernie, der nun leider nicht mehr unter uns weilt: »*Gott hat das Metall nicht geschaffen, damit Menschen Büroklammern daraus machen. Ride safe, mein Lieber!*«

Der freien Lektorin, Hanna Bauer, danke ich für die vielen Verbesserungsvorschläge, das Ertragen der ersten Version des Manuskripts und das geduldige Hin und Her bei der Überarbeitung. Wo die Gewässer zu seicht wurden oder Schiffbruch an Klippen drohte, steuerte sie uns wieder in sicheres Fahrwasser.

Meiner Lektorin beim Heyne Verlag, Anna Baubin, und ihrem Vorgänger, Oskar Rauch, möchte ich meinen Dank aussprechen für die Zuversicht, mit der sie das Projekt begleiteten, und den Drive, das Thema »Ottilie« tatsächlich zu wagen. Ein Aufbruch zu neuen Ufern wäre ohne die Unterstützung des Verlags nicht denkbar gewesen. Für das in mich gesetzte Vertrauen danke ich allen Beteiligten und Verantwortlichen.

Natürlich möchte ich hier auch Dr. Uwe Neumahr von der Agence Hoffman erwähnen, der wieder einmal für eines meiner (nicht immer einfachen) Projekte einen Verlag gewinnen konnte. Danke für den Zuspruch, wenn mal etwas nicht zündete (obwohl ich dafür brannte). Danke für das sensible Gespür und Knowhow, meine Ideen trotz aller Widrigkeiten ›in den Markt bringen‹ zu können.

Arne Jensen